ダンジョンに出会いを求めるのは間違っているだろうか 18

大森藤ノ
OMORI FUJINO

イラスト デザイン ヤスダスズヒト
YASUDA SUZUHITO

Double Role
六章　女神

HESTIA
FAMILIAR

ダンジョンに出会いを求めるのは間違っているだろうか

18

ヘスティア
HESTIA

人間や亜人を越えた超越存在である、天界から降りてきた神様。ベルが所属する【ヘスティア・ファミリア】の主神。ベルのことが大好き！

ベル・クラネル
BELL CRANEL

本作品の主人公。祖父の教えから、「ダンジョンで素敵なヒロインと出会う」ことを夢見ている駆け出しの冒険者。【ヘスティア・ファミリア】所属。

リュー・リオン
RYU LION

もと凄腕のエルフの冒険者。現在は酒場『豊穣の女主人』で店員として働いている。

アイズ・ヴァレンシュタイン
AIS WALLENSTEIN

美しさと強さを兼ね備える、オラリオ最強の女性冒険者。渾名は【剣姫】。ベルにとって憧れの存在。現在Lv.6。【ロキ・ファミリア】所属。

シル・フローヴァ
SYR FLOVER

酒場『豊穣の女主人』の店員。偶然の出会いからベルと仲良くなる。

フレイヤ
FREYA

【フレイヤ・ファミリア】の主神。神々の中で最も美しいといわれる『美の女神』。

オッタル
OTTARL

ファミリアの団長を務めるオラリオ最強の冒険者。猪人。

アスフィ・アル・アンドロメダ
ASUFI AL ANDROMEDA

様々なマジックアイテムを開発するアイテムメイカー。【ヘルメス・ファミリア】所属。

CHARACTER & STORY

迷宮都市オラリオ――『ダンジョン』と通称される壮大な地下迷宮を保有する巨大都市。冒険者志望の少年、ベル・クラネルはこの街で神ヘスティアと出会い、【ヘスティア・ファミリア】に入団する。憧れの【剣姫】アイズ・ヴァレンシュタインに認められようとダンジョン探索に明け暮れる中で、サポーターのリリや鍛冶師のヴェルフ、極東出身の命や狐人の春姫も同じファミリアの一員に。

ベルを手に入れるため、オラリオ全体を『魅了』した神フレイヤ。しかしベルの折れない心と、『魅了』を免れたリュー、アスフィ、そしてヘスティアの権能によって、ベルを【フレイヤ・ファミリア】に取り込むことには失敗する。様々な思惑が絡み合うなか、ベルと【フレイヤ・ファミリア】の行く末を懸けた、『戦争遊戯』が始まる――。

リリルカ・アーデ　LILIRUCA ARDE
「サポーター」としてベルのパーティに参加しているパルゥム（小人族）の女の子。結構力持ち。

【ヘスティア・ファミリア】所属。

ヴェルフ・クロッゾ　WELF CROZZO
ベルのパーティに参加する鍛冶師の青年。ベルの装備《兎鎧（ピョンキチ）Mk=Ⅱ》の制作者。

【ヘスティア・ファミリア】所属。

ヤマト・命　YAMATO MIKOTO
極東出身のヒューマン。一度囮にしてしまったベルに許されたことで恩義を感じている。

【ヘスティア・ファミリア】所属。

サンジョウノ・春姫　SANJONO HARUHIME
ベルと歓楽街で出会った極東出身の狐人(ルナール)。

【ヘスティア・ファミリア】所属。

エイナ・チュール　EINA TULLE
ダンジョンを運営・管理する「ギルド」所属の受付嬢兼アドバイザー。ベルと一緒に冒険者装備の買い物をするなど、公私ともに面倒を見ている。

ヘルメス　HERMES
【ヘルメス・ファミリア】主神。派閥の中で中立を気取る優男の神。フットワークが軽く、抜け目がない。誰からかベルを監視するよう依頼されている……？

アーニャ・フローメル　ANYA FROMEL
『豊穣の女主人』の店員。

少々アホな猫人(キャットピープル)。シルとリューの同僚。

クロエ・ロロ　CHLOE LOLO
『豊穣の女主人』の店員。

神々のような言動をする猫人(キャットピープル)。ベルの尻を付け狙う。

ルノア・ファウスト　LUNOR FAUST
『豊穣の女主人』の店員。

常識人と思いきや、物騒な一面を持つヒューマン。

ミア・グランド　MIA GRAND
酒場『豊穣の女主人』の店主。

ドワーフにもかかわらず高身長。冒険者が泣いて逃げ出すほどの力を持つ。

アレン・フローメル　ALLEN FROMEL
【フレイヤ・ファミリア】に所属するキャットピープル。Lv.6の第一級冒険者にして『都市最速』の異名を持つ。

アルフリッグ・ガリバー　ALFRIGG GULLIVER
小人族にしてLv.5に至った冒険者。四つ子の長男で、ドヴァリン、ベーリング、グレールの三人の弟がいる。

ヘグニ・ラグナール　HOGNI RAGNAR
ヘディンの宿敵でもある黒妖精(ダーク・エルフ)。
二つ名は【黒妖の魔剣(ダインスレイヴ)】
実は話すことが苦手……？

ヘディン・セルランド　HEDIN SELLAND
フレイヤも信を置く英明な魔法剣士。

二つ名は【白妖の魔杖(ヒルドスレイヴ)】

ヘルン　HELUN
フレイヤに忠誠を誓う女神の付き人。『名の無き女神の遣い(ネームレス)』の渾名で知られる。

ヘイズ・ベルベット　HEITH VELVET
【フレイヤ・ファミリア】に所属する有能な治療師。オッタルによくダメ出しをするらしい。

イラスト・デザイン
ヤスダスズヒト

Double Role II

私がいつも最後に辿《たど》り着くのは、『花畑』だった。

天界にいた頃の私は、何かと不自由だった。

『美の神』は神々の中でも特別。

その権能は甘露であると同時に猛毒でもある。

神にも及《およ》ぶ『魅了』の威力は絶対的で、神理《しんり》さえも崩壊させうる。大神《たいしん》を始めとした神々は私達『美の神』を欲しながらも恐れていた。従属神《じゅうぞくしん》にしようとして自分が傀儡《かいらい》になっていた、なんてことはよくある話だったから。

よって『美の神』への対処は二つしかない。

完全に滅ぼすか、姫のごとく甘やかすか。

大抵は後者。そして近い位置に安全装置《ストッパー》である処女神が置かれる。同じ美神《アフロディーテ》なんかは純潔神《アルテミス》辺りによく実力行使で黙らされていたわね。天界での『侵略』と『支配』を禁ずるため、界《かい》の番人達は権能の無制限行使が不文律として許されるようになった。

それで私にも見張りがついて不自由だった——というわけではない。

私の『魅了』は処女神でさえも貫いてしまったから。

『美の神』の中でも別格。

私が望むと望まざるにかかわらず、そんな風に崇《あが》められ、畏《おそ》れられるようになっていた。恐らく私の権能に真に抗《あらが》えるのは天峰《オリュンポス》の三大処女神のみ。

だから、私は厳しい『管理』を受けた。

表面上は叶《かな》わないものが何もない楽園。本質は私を閉じ込める無限の牢獄《ろうごく》。

与えられた天界に二つとない大神殿も、それを守護する数多《あまた》の従属神《じゅうぞくしん》や精霊達も、全《すべ》て私を戒める『枷《かせ》』。憎たらしいのは、牢獄を作り上げた大神《オーディン》が私の趣味や嗜好を何から何まで見透かしていること。女王《フレイヤ》が見捨てられない者達を見繕い、彼等や彼女達の不純なき情《じょう》でさえ私を縛る『鎖』に変えた。当の本人は『魅了』が届かない場所でのうのうと過ごし、何かあったら神槍《やり》を投げて私を殺す。あのいけ好かない老神《ろうじん》の考えそうなこと。

けれど、不自由を嘆いたことはない。

不満は数えきれないほどあったけど、『美』と『愛』の神として甘んじた。

嫌味でも何でもなく、誰《だれ》からも愛される私は誰よりも恵まれていたから。不幸を気取る方が噴飯ものというものだ。何より私自身が、牢獄に閉じ込められる前から、既に達観と諦観の言いなりとなっていた。


だって、これは『お人形遊び』でしょう？

誰も私に逆らわない。逆らえない。

みんな私の『愛』を欲して跪《ひざまず》く。

どんなに強い武神も、どんなに非道な邪神も、私の『愛』を求めて躍起になる。

逆に私が求めれば、いかなる存在も『愛』を返してくれる。

私は、その『愛』があらゆる界《かい》で最も空虚なものだと、そう思ってしまった。

誰にも理解してもらえないかもしれない。

誰にも共感してもらえないかもしれない。

けれど、狂おしいほど『愛』を求めているにもかかわらず、女神《わたし》に求められれば『無償の愛』を差し出す者達の矛盾の、何と歪《いびつ》なことか。

奈落のごとく黒い欲望も真っ白な平原に変えてしまう『美』の『愛』。

『魅了』の有無は関係ない。

私が『美の神』である以上、この空虚は永遠について回る。

ならば真実、美と愛の女神である私は、この空虚という名の『軛《くびき》』から逃れられない。

『愛』を司《つかさど》る私こそが、『愛』の奴隷なのだと、私は気付いてしまった。

私がどんなに奔放な風を気取っても、どれだけ残忍な魔女を装っても、『女神の軛』から解き放たれることは永劫《えいごう》にないのだと。

誰もが見惚《みほ》れる仮面のような微笑ではなく。

心の底から『本当の笑み』をこぼしたのは、一体いつが最後だったか。

私はもう、思い出せなくなっていた。


『愛』は便利ね。

何だって手に入る。手に入らないものはない。

『愛』は素敵ね。

幸福を生むことができる。幸福を育んで、それを羨望《せんぼう》する者を作り出す。

『愛』は綺麗《きれい》ね。

美しくなければならない。美しくなければ、それは『愛』と呼べない。


だって打算は『愛』と呼ばれない。少しでも醜ければ『愛』と見なされない。

でなければ性愛は鼻で笑われないし、自己愛が咎《とが》められることもない。

『愛』とは神聖でなければならない。誰もが『愛』に幻想を持っている。『愛』は何よりも尊くて、最も美しいものだと疑わない。

では、美しくなければ、私は『愛』を忘れられる？

なら、美しさを捨てれば、私は『女神の軛《くびき》』から解放される？

私は汚れたかった。

だから私は、汚れようと思った。

男神《おとこ》達が囲う、牢獄という名の鳥籠《とりかご》に引きこもり、あらゆる快楽を貪《むさぼ》った。

女神《おんな》達も呼んで、思いつく限りの穢《けが》れを試した。

淫蕩《いんとう》の都《みやこ》なんて目じゃない。退屈な天界の中で退廃を極《きわ》めていたのは、間違いなく私を閉じ込めていた大神殿。数十と万の年月をかけて色欲と肉欲の海に溺《おぼ》れた。

そしてある時、神のくせに深い倦怠感《けんたいかん》に包まれながら、ふと気が付いた。

私を見つめる周囲の目に。

私を見つめる、熱のこもった『愛』の眼差《まなざ》しに。

変わらない。

変わらない！

どんなに汚《よご》れても、永劫の時をかけようが、誰も私を見捨てない！

私の体には、『女神の軛』がかけられたまま!!

私は絶叫した。

初めて『品性』なんてものをかなぐり捨て、大神殿から飛び出した。

山を越え、谷を越え、海を越え、星を越え。

百の貌《かお》の一つである『娘』の顔を纏《まと》い、追手を振り切って、最果てなどない天界をさまよい続けた。

そして辿り着いたのは、茫漠《ぼうばく》たる一面の花畑。

天と地の境界が消えた、美しい赤い花の海の中で、私は膝《ひざ》をつき、崩れ落ちた。

私は泣けなかった。

けれど、瞳《ひとみ》から滴が止まらなかった。

嗚呼《ああ》やっぱり、なんて達観と諦観に支配され、激した感情はとうに乾いた砂漠へと変わっていた。だから何も悲しくない筈《はず》なのに、それでも生娘のように顔を両手で覆《おお》っていた。止まない雨が黄金《おうごん》へと変わり、赤い花々に伝って、大地を濡《ぬ》らした。

見つからない。

見つからない。

何を探しているのかも見つからない。

でも、きっと私は探してる。

『女神の軛』から解き放ってくれる『何か』を探してる。

悲しみを伴わない空っぽの滴は、千か、二千か、あるいは三千もの夜、続いた。

そして花弁が散り、茎が折れ、黄金の泉が私を浸すようになった頃、彼女は現れた。

同郷の女神《イズン》。

『美の神』に迫ろうかという美貌を持ちながら、無邪気で善神《ぜんしん》である彼女は、淫蕩な生活を送る私を見かね、説教しに来たと言った。

延々と探し回ったと汗だくになって言う彼女は、自分が司る事物に則って、『青春』について熱弁し始めた。

曰《いわ》く、男女の逢瀬《おうせ》とはもっと清らかに。

曰く、甘きも苦きも分かちあわなければならない。

曰く、どれだけ年月を経ようと魂は若々しく。

曰く、だから貴方もレッツアオハル☆

私は彼女を殺してやろうと思った。

立ち上がり、好き放題語る女の背後に回って、その細い首に両手をかけようとした。
『だからフレイヤ、貴方の伴侶《オーズ》を探しましょう？』
——伴侶《オーズ》？
私は動きを止めていた。
絞め殺される寸前だったことにも気付かず、女神《イズン》は笑って答えた。
貴方を満たしてくれる伴侶《オーズ》が、きっとどこかにいる筈。
その存在と青々しい春を楽しみましょう。
それはきっと、軛《しがらみ》から貴方を解き放ってくれる筈だから。
話を聞いて、私は女神《イズン》を嗤笑《ししょう》した。
そんなものがあるわけがないと。
だけれど、私は、女神《イズン》の与太話を信じることにした。
そんなものがあるわけがないと、証明することもできはしなかったから。

神殿に戻り、周囲を騒がせた私は、その頃《ころ》から収集癖をこじらせ始めた。
美しいものを集め、特に子供達の魂を眺めては、私だけの存在を探す。
そして、ほとぼりが冷めた神殿から、ふらりと何度も抜け出すようになった。
全て伴侶《オーズ》探しの旅。
『発作』を起こすように、『娘』の貌《かお》を纏い、あてもなく天の世界を行く。

何度も何度も抜け出し、追手の手をかいくぐり、けれど伴侶《オーズ》は見つからず、失望は増えていく。退屈の毒に蝕《むしば》まれるのを嫌い、刺激を求め、時には群がる神々を適当にあしらいながら、私は放浪し続けた。たまたま女神《フレイヤ》のまま処女神《ヘスティア》と出会ったのも、その頃だったかしら。

再会して『伴侶《オーズ》は見つかった—？』と呑気《のんき》に笑いかけてくる女神《イズン》を絞め殺しかけながら、私は一つわかったことがあった。

私達『美の神』には、手に入れられないものが一つだけある。

何よりも美しいが故に。『愛』が故に。

他の『美の神』はどう思っているのかと思考を巡らせて、すぐに考えるのをやめた。そんなもの無駄であることは明白だったから。

他の『美の神』は決して私のように悩まない。自分が絶対の女王だと信じて疑わず、恵みも献上も当然のように貪る。自分こそが至上だとのたまい、他のものは顧みない。

傲慢な美神《イシュタル》が妬《ねた》ましい。

馬鹿《ばか》な美神《アフロディーテ》が羨《うらや》ましい。

彼女達は『　』を見つけても、せせら笑うか、古傷に変えることができるから。

そして悠久の時をかけて、私は天界を探し終えてしまった。

私の伴侶《オーズ》はこの天の海にいなかった。

ならば、次に向かうのは『下界』。

ちょうどその頃、神々の降臨が始まっていた神時代《しんじだい》に、私は飛び込んだ。

表面上は、天界で持てあました退屈を殺すため、不完全な世界の可能性を夢見て。

そして奇跡のような『未知』に——伴侶《オーズ》に巡り合えることに縋《すが》って。

けれど。

天界より遥《はる》かに小さい下界はすぐに限りが見え、私の祈りは、すぐに絶望に変わった。

横《よこ》たる大地は探し終えた。あとは縦《たて》たる時が巡るのを待つしかない。

当時、既に【ファミリア】を結成していた私は、疲れてしまっていた。

可愛《かわい》い子供達の前では女王の笑みを浮かべながら、これならば退屈の毒に蝕まれ、永遠に眠っていた方がましだったと、そう思うくらいには。

ある日、眷族《けんぞく》の目をかいくぐり、一人になった私が辿り着いたのは、奇《く》しくも天の故郷に似た光景だった。

黄昏《たそがれ》に沈む赤い花畑。

私はその中心で、崩れ落ち、涙を流した。

今度は悲しみを伴って、軛《くびき》に嗤《わら》われながら、絶望を必死に押し殺して。

多分、それが、下界で流した最初で最後の涙。


……ああ、違ったわね。

だって娘《シル》が、貴方の前で涙を流してしまったものね。

六章　女神転征　～オラリオ黙示録～

髪が伸びた。

気が付けば、首を越え、背中にかかるほどに。

手に取ってみれば、薄緑色に染まった一房の中に、金の地毛が見える。

正体を隠すため、髪を染めてくれるのはいつも彼女で、そして髪を切ってくれたのも彼女だった。

姿見に映っていた、あの優しげな眼差《まなざ》しが今は遠い。

口もとに浮かんでいた微笑みも、上手《うま》く思い出せない。

髪を切ってくれていた彼女はもういないから。

私が拒み、彼女も去った。

今となっては、彼女自身、それを望んでいたような気がする。

彼女は何を思って、私の髪を梳《す》いていたのだろう。

一体どんな気持ちで、綺麗《きれい》だと褒めてくれたのだろう。

私達が過ごした時間は、全《すべ》て嘘《うそ》だったのか。

怒りと悲しみとともに、何度目とも知れない疑問が浮かんでは消える。

あの薄鈍《うすにび》色の瞳《ひとみ》は『役割演技《ロール・プレイング》』だと、そう言った。

これまで豊穣《ほうじょう》の酒場であったことは『遊び』だと、はっきりと告げたのだ。

わからないことは沢山ある。

傷付いたことも無数にある。
裏切られたと叫べばいいのか。
騙《だま》したのかと泣けばいいのか。
それとも、私達の純情を返せと罵《ののし》れば、楽になるのだろうか。
閉じ込められた地下室で、そんなことをずっと考えていた。

けれど。

ふと気付いてしまった。
彼女は何も変わっていないと。
だって彼女は、いつも身勝手だったから。
私達を大事に思っているなんて口にしておきながら、自分のことは話さず秘密ばかり。
笑ってふざけては、するりと手の中から離れていく。
彼女はいつだって自由気ままな『風』だった。
今だってそう。
彼女は自分の都合を一方的に告げて、勝手に縁を切ろうとしているだけ。
私は何もわかっていないし、何を信じていいのかも定まっていないというのに。
そうだ――。
私はまだ、満足がいくまで、彼女と言葉を交わしていない。

それならば――。
私が『知ったことか』と言い返し、彼女に迫ることも、許される筈だ。
彼女がどんなに今までを遊びと切り捨て、全て嘘だと嘲笑《あざわら》おうとも。
私はまだ、その胸の内を、一つだって暴《あば》いてやれていないのだから。
貴方が街娘を捨て、我儘《わがまま》な女王を気取るというのなら、勝手にすればいい。
疾風《わたし》も今だけは、横暴な『嵐《あらし》』になろう。

「……言われた通り、持ってきたぜ。あの戦いで、拾っておいたもんだ」
市壁の外、都市門の前に立つ彼から、それを受け取る。
砕けた『木片』。
迷宮の宿場街からわざわざ来てくれた大頭に礼を告げ、おもむろに空を仰《あお》いだ。
日の出も始まっていない夜と朝の境界。
薄明の空にあって輝く星が見える。
もう決して目を逸らすことのない、いくつもの星々が。
「ヘルメス様が、これを。……『あの方』は遥《はる》か東の剣製都市《ゾーリンゲン》にいるようです」
主神《あるじ》の伝言を告げる友へ、感謝とともに頷《うなず》く。
彼女の手を借りて、出発の準備は全て済ませてある。
あとはもう、この都市としばしの別れをするだけ。

何も遮《さえぎ》るものがない水平線を見やりながら、私は市壁に背を向けた。

白い髪の彼のために。

薄鈍色の髪の彼女のために。

そして、今日まで金の髪を隠し続けていた、自分のために。

最後の『禊《みそぎ》』を済ませに行く。

今も輝く星を眺めながら、背後の都《みやこ》に向けて、呟《つぶや》きを風に乗せた。

「待っていなさい、シル。貴方の頬《ほお》を張り飛ばさなければ気が済まない」


前代未聞の『戦争遊戯《ウォーゲーム》』、決定す――。


その一報は直ちにオラリオを駆け巡った。

『美の神』が引き起こした大規模の『魅了』――『侵略』によって、記憶の整理もままならない迷宮都市の住民は、更なる情報を叩《たた》きつけられ、例外なく混乱を極《きわ》めた。

【フレイヤ・ファミリア】対『派閥連合』。

これまで聞いたことのない異例の方式は、管理機関《ギルド》及《およ》び神々の総意なのか、それともフレイヤ自ら申し出たものなのか、事態に翻弄されるばかりの民衆は知る由《よし》もない。ただ間違いないのは、オラリオ史上『最大の戦争遊戯《ウォーゲーム》』になるという予感である。『派閥大戦』の報《しら》せは巨大市壁を越えた都市外にすら衝撃を与えた。

何が起こってるんだ、と状況に付いていけない者は叫んだ。

当然の処置だ、と記憶を弄《いじ》くられた者は憤った。

生温《なまぬる》い、と吐き捨てる者もいた。

それでも最も多かったのは、これからどうなってしまうんだろう、と戸惑いを隠せない者達だった。

商人も今度ばかりは商機を探るどころではなく、都市の『均衡』を危ぶんだ。

神々でさえ例外ではない。

普段のおちゃらけた態度を放り出し、身の振り方を真剣に考える者が続出した。血の気が多い眷族《けんぞく》──参戦に名乗りを上げようとする冒険者の制止に苦労する神は今も後を絶たない。

何にせよ、【フレイヤ・ファミリア】の暴挙を許そうと口にする者は皆無だった。戦争遊戯《ウォーゲーム》という決着の仕方に度肝を抜かれたとはいえ、歓楽街壊滅の件も含め、これまでの数々の横暴に対する鬱憤《うっぷん》が爆発《ばくはつ》した形でもある。

そう。

今、この状況で、女王《フレイヤ》は孤立無援であった。

少なくとも表面上は、彼女に味方すると明言する者は、いないと言ってよかった。

──その上で、『美神の総軍』と戦おうとする命知らずは、決して多くはなかった。

「どぉーーーいうことだぁ⁉」

ヘスティアの大声が鳴り響く。

高い天井《てんじょう》を列柱が支える大広間。

都市中央にそびえる『バベル』三十階にて、その『神会《デナトゥス》』は開かれていた。

「なんで君が戦争遊戯《ウォーゲーム》に参加しないんだ、ロキ⁉」

「い、い、い、い、い、い、い、い、」

バンッ！　と。

ヘスティアの両手が思いきり円卓に叩きつけられる。

彼女の斜向《はすむか》いに座るロキは、口を思いきり『へ』の字にしていた。

「……しょうがないやろう。そういうことになったんやから」

「何がそういうことだよ！」

ヘスティアが一方的に喚《わめ》き散らす中、大広間は騒然となっている。

今回の『神会《デナトゥス》』の目的は、『戦争遊戯《ウォーゲーム》』の対戦方式など詳細《ルール》の話し合い。ひいては【ヘスティア・ファミリア】を旗頭に据えた、『派閥連合』に参加する連合名簿《リスト》の確認でもあった。

言うまでもなく、【ロキ・ファミリア】は【フレイヤ・ファミリア】に対抗できる最有力候補。しかし、それが『不参加』だというのだ。

議会は大いに揺れた。

未《いま》だかつてないほど大勢の神々が出席している『神会《デナトゥス》』に波紋が広がっていく。

「君達はフレイヤをボコボコにするための戦力筆頭だろう！　それがこんなタイミングで、いきなり『参加しませ～ん』なんて言って恥ずかしくないのか⁉」

「『戦争遊戯《ウォーゲーム》』を受けて立つ、ってドヤ顔で啖呵《たんか》切ったのはソッチやろ……」

「血の気の多い君のことだから、真っ先に参加するだろうと思ってたんだよ！　というかヴァレン何某《なにがし》君達を頼る気《き》満々だったんだよ！　じゃなきゃ、あんな恐ろしいフレイヤ達と戦うわけないだろー‼」

「普段忌み嫌っとるヤツの力を当てにして、恥ずかしくないんか、自分……」

めちゃくちゃ他力本願の塊であった幼女神に、ロキは呆《あき》れ果てた顔を浮かべた。

しかしヘスティアはヘスティアでそれどころではない。

身を乗り出し、ロキに唾《つば》を飛ばしかねない勢いで立て続けに叫びかける。

「周りを見ろ！　君が出ないなんて言うから、乗り気だった連中もすっかり及び腰《ごし》になっちゃってるじゃないか！」

各派閥の動向をうかがっていた主神達は今や、物理的にも心の距離的にも、ヘスティアからすこぶる間合いを取っていた。具体的には椅子が円卓から五歩分ほど離れ、「ハハハ」「へへへ」と空笑いを浮かべている。

『道化の派閥《ロキ・ファミリア》が参戦しないなら、じゃあ誰《だれ》が化物連中《オッタルたち》を押さえんの？』

一つとなる神々の心の声とはソレである。

旗色が悪くなれば保身に走る。それは人だろうと神だろうと変わらない。

周囲を見やっていたロキは、億劫《おっくう》そうに口を開いた。

「なら言わせてもらうけどなぁ……うち等がガチ参戦したら、それはもう『ロキとフレイヤの喧嘩《けんか》』っちゅうことになるやろ、ぶっちゃけ」

「うっ……!?」

「名目上は、あくまで『ヘスティアとフレイヤの喧嘩』や。自分達がおまけに回る羽目になるで？　……主神《かみ》の代理戦争やなくて、お前《ドチビ》の代理戦争になっとるわ」

【フレイヤ・ファミリア】VS【ヘスティア・ファミリア】とその支援者、ではなく。

【フレイヤ・ファミリア】VS【ロキ・ファミリア】＋その他大勢、になりかねない。

ロキは言外にそう言っていた。

ヘスティアもしょーじき、その通りであると思っている。ので、ぐうの音も出ない。

それこそ富と名誉、そして矜持《きょうじ》さえ賭《か》けて今回の一戦に臨むフレイヤに対してすこぶるカッコ悪いし、不義理ではある。

敵があまりにも強すぎるので「そんな体裁《もん》知るかァ！」「こちとらベル君の操《みさお》がかかっとるんじゃい！」となり振り構っていられない心境ではあるが。

「だ、だけど、それならせめて、何人か参戦させるくらいは……！」

「それも先回りされて禁止されとる。……ギルドにな」

フレイヤ自ら申し込んだ『戦争遊戯《ウォーゲーム》』とはいえ、今のままではただの公開処刑。

諸外国への体面が悪いし、『戦争遊戯《ウォーゲーム》』を名乗るのならば最低限公平を期さなければならない──と言うのがギルドの『言い分』らしい。

「ボクとアポロンの時はもっと理不尽だったじゃないかー！」と異論を口にすれば。

「あれは勧誘《スカウト》をサボっとった自分の落ち度や」とド正論を突きつけられる。

結局ヘスティアは「ぐぬぬっ」と唸《うな》る羽目となる。

もとより複数対一の、異例尽くしの『派閥大戦』。

規則《ルール》など整備されている筈もないので、無理からぬことではあるが──。

「……」

ヘスティアは、ちらと円卓の一角を見た。

そこは真正面の空席。ヘスティアと対峙《たいじ》する筈だった女王の席である。

この『神会《デナトゥス》』にフレイヤはいない。

勝負の方法も、規則《ルール》の詳細も、どんな不利な条件であろうと「全て受け入れる」と、彼女はそうのたまったのだ。

『バベル』最上階に住まう権利も捨てた美の神は、今は居城《ホーム》の玉座で不気味なまでに沈黙を貫き、都市の決定を待っている。己《おのれ》が築き上げてきた全てを元手《チップ》に開戦を要求したフレイヤは依然、女王のままだ。

「オラリオが傾《かたむ》きかねん戦争を、ギルドは許さないっちゅうことや。目の上のたんこぶに命令されて、うち等も仕方なく参加を見送って──」

「……とか何とか言って、フレイヤに弱味を握られてるとかいうオチじゃないだろうな？」

「────ぎくぅ！」

ぼそりと呟いたヘスティアの言葉に、ロキがわかりやすく狼狽《ろうばい》する。

たちまち、ヘスティアの眉《まゆ》が逆立った。

「やーっぱりそうか！　好戦的な君がギルドの言うことを大人しく聞くなんて、おかしいと思ってたんだ！」

「な、な、なに言うてんねん⁉　別にうちは天界時代の負債とか借りパクしてた鷹《たか》の羽衣の件で強請《ゆす》られてるとか、そんなことはちっともないでぇ！」

「絶賛語るに落ちてるじゃないか、不良神め！」

椅子を飛ばして立ち上がるヘスティアとロキがギャーギャーと騒ぐ様に、成り行きを見守っていたヘファイストスやミアハ、タケミカヅチ達は重い溜息《ためいき》をついた。

ややあって。

糾弾されにされていたロキは、長嘆し、椅子に座り直す。

「……うちかて戦えるもんならしとるわ。あの色ボケは今回それだけのことをした。一発ブチかましてやらんと気が済まん」

「それなら……！」

「けど、それがまかり通らん理由がある」

断言した。

ロキ自身、ほとほと不本意のように、しかめっ面を浮かべながら。

彼女の神意は固い。いや、フレイヤに借りを返さんとする彼女の神意を、捻《ね》じ曲げる『理由《なにか》』が存在する。そしてそれを、ロキは話すつもりがない。

ヘスティアはもう、観念するしかなかった。

同じ神として、こうなってしまった神意は翻《ひるがえ》すことができないと理解しているからだ。

「……わかった。もう本番に出てくれとは言わない。だけどせめて、ヴァレン何某《なにがし》君に力を貸してもらえないかい？」

押し黙っていたヘスティアが最後に行ったのは、交渉。

共闘ができずとも、その譲渡だけは引き出そうとした。

「ベル君とヴァレン何某君は、その……なんていうか、戦い方的な意味で、相性《あいしょう》がいいんだ。だから戦争遊戯《ウォーゲーム》が始まるまで、あの子に協力してほしい」

集まっている神々の手前『レアスキル』の正体を悟られないよう、言葉を濁しつつ求める。

【憧憬一途《リアリス・フレーゼ》】の源《みなもと》を知るヘスティアは、アイズとの鍛練ないし交戦がベルをどれほど飛躍させるか痛感している。それこそ太陽神《アポロン》との戦争遊戯《ウォーゲーム》前、彼女との特訓が少年を急成長させて大番狂《ジャイアント・キリング》わせを成し遂げさせたように。

ヘスティアの懇願に対し、じっと見返していたロキは……力なく、頭《かぶり》を横に振った。

「だめや」

「なっ……⁉　ど、どうして！」

「アイズはもう、身動きがとれん」

達観した言い回しに、ヘスティアはうろたえる。

ロキは体を背もたれに預け、頭上を仰いだ。

「あの子が今、一番『契約』に縛られとる」


朝霧に包まれた、広大な『原野』。

冬のように寒い秋の早朝に、陽《ひ》の光はない。

アイズはそこで一人、猪人《ボアズ》の男と向き合っていた。

「女神の言葉を伝える」

「……」

「『借りを返してもらう』」

「……」

「支払ってもらう代償は、沈黙」

「っ……」

閉じられていたアイズの唇が、揺れた。

「ベル・クラネルに関《かか》わる事柄の一切《いっさい》に、関与するな」

「……！」

「期限は決戦《ウォーゲーム》が終わるまで。原野《ここ》であったことを顧みれば、相応の見返りの筈だ」

「それ、はっ……」

「受け入れられないと言うか？」

「……」

「所詮《しょせん》は口約束。『契約』を無下にするというのなら、好きにするがいい」

「…………いいの？」

「その時は、お前の剣《つるぎ》が腐り落ちるだけだ」

「‼」

「誓いも守れぬ剣《つるぎ》が、どうして鈍《にぶ》らずにいられる」

たった二人しかいない緑の海の中で、オッタルは多くは語らない。

猪人《ボアズ》の武人はアイズに背を向けて、霧の奥へと姿を消した。

戦いの野《フォールクヴァング》に一人取り残されたアイズは、口を引き結び、天を仰ぐ。

「………………ベル」

ごめん、と。

アイズが絞り出せたのは、そのたった一言だった。

「どういうことだ、ロイマン」

その小人族《パルゥム》の声音《こわね》には、ありありと非難が込められていた。

咎《とが》めるフィン・ディムナの双眸《そうぼう》に、ギルド長《ちょう》ロイマン・マルディールは一筋の汗を滴《したた》らせながら、しかし毅然《きぜん》と睨《にら》み返す。

「通知した通りだ。ギルドとして、お前達【ロキ・ファミリア】に戦争遊戯《ウォーゲーム》参加の許可は与えられん」

挟んだテーブルの上で、小人族《パルゥム》とエルフが見据え合う。

場所は大通りから離れた路地裏に建つ、小さな喫茶店《きっさてん》。

フィンとロイマンは今、二人きりで密会していた。

「僕達が納得できる理由を提示できるのか？」

「説明するまでもなければ、納得させる必要もあるまい。【ロキ・ファミリア】と【フレイヤ・ファミリア】は『都市の双頭』とも呼ばれる二大勢力。かつての最強派閥《ゼウスとヘラ》と同じように、絶妙な均衡《バランス》の上でオラリオに君臨し続けなければならんのだっ！」

語気を強めるロイマンの真意は明らかだ。

『戦争遊戯《ウォーゲーム》でロキとフレイヤを衝突させ、潰《つぶ》し合わせるわけにはいかない』。

彼はその一念で、今回の『大戦』に水を差そうとしている。

そしてそれを顰蹙《ひんしゅく》覚悟で——恐らく独断に近い形で——押し通そうとしている。

証拠に、ロイマンはその贅肉《ぜいにく》が詰まった腹を片手で押さえ、頻《しき》りに擦《さす》っている。顔色も悪い。

えてきそうだ。

彼の決定に反発する者はギルド内部でも少なくなかったのだろう、今にも胃痛の呻《うめ》き声が聞こえてきそうだ。

そもそも、こんな路地裏の店を密会場所に選んだのも（ロイマンが）周囲の目を恐れてのことである。もし【勇者《ブレイバー》】が『ギルド本部』に直接乗り込み抗議しにきたと噂《うわさ》になれば、威信なんてものは地に落ち、冒険者やギルド職員の不満に拍車がかかるだろう。世論も激化する。負荷《ストレス》が極まって倒れられでもしたら、それはそれで時間の無駄なので、フィンは仕方なく自派閥所属の団員《エルフ》に教えてもらったこの店を密会場所に選んだのだ。

今回の申し出がロイマンにとって苦肉の策であることは、想像に難くない。

が、フィンからすればそんなこと、知ったことではない。

険しく鋭い眼差しは温厚な彼らしからぬものだ。

それほどまでに、フィンも今回の決定は不服に思っている。

「何のための戦争遊戯《ウォーゲーム》だ。何のための規則《ルール》の設定だ。『抗争』ではなく『決闘』……『試合』という形式にしたのは、そちらが危惧する『被害』を食い止めるだろう？」

「どの口が言う！　冒険者の確約など信じられるものか！」

フィンの指摘に、ロイマンは気丈に反論した。

これだけは頑《かたく》なに譲ろうとしない。

「お前達の言葉を鵜呑《うの》みにして、犠牲者が出なかった例がどれほどある？　むしろ出ない方が珍しい！」

敵眷族の『殺害』を禁止事項に盛り込んだところで、犠牲者は出る時は出る。

それがギルドの見解だ。

神々の代理戦争といえ、戦うのは気性の荒い冒険者。ましてや敵対派閥が相手ならば尚更《なおさら》で、戦闘の熱狂も相まって『お行儀のいい規則《ルール》』など理性の彼方へ飛ぶだろう。

だがフィンからすれば、そんなもの今更だ。

現に、ギルドはこれまで戦争遊戯《ウォーゲーム》の犠牲には目を瞑《つむ》ってきた。

いや、むしろ戦争遊戯《ウォーゲーム》そのものは推奨すらしていた。

それは街中で抗争を起こされるよりはマシ、という理由が大部分を占めるし、神同士の因縁は遊戯《ゲーム》を用意して勝敗を設定しなければ、いつまでも終息を迎えないという諦観もある。

だが、その中に『派閥同士を戦わせ冒険者の昇華《ランクアップ》を促進させる』という打算が含まれているのは間違いない。

戦争遊戯《ウォーゲーム》とはある種、犠牲以上の見返り《リターン》を得る『試練』の場でもある。

【ヘスティア・ファミリア】と【アポロン・ファミリア】の戦争遊戯《ウォーゲーム》がいい例だ。

大方の予想を裏切って、ヘスティア派はアポロン派の養分になることを良しとせず、勝利をもぎ取って躍進した。特にベルは、あの一戦で名実ともに超大型新人《スーパー・ルーキー》の名を手に入れ、有望冒険者として台頭を果たした。いっそ『新たな英雄候補』などと巷《ちまた》では囁《ささや》かれるほどに。

『年中殺し合いを続ける野蛮な女戦士《アマゾネス》達の聖地と迷宮都市《オラリオ》は違う！』などとロイマンは断固として主張するだろうが、『英雄の都《みやこ》』を名乗るのであれば、英雄に至らんとする者達が衝突するのは本来、必然なのだ。

しかし。

「私でもわかるぞ、フィン！　今回の戦争遊戯《ウォーゲーム》は最大のものとなる！　熾烈《しれつ》を極め、余裕など失い、自制心なんてものはかき消えるだろう！　第一級冒険者も例外ではない！　【フレイヤ・ファミリア】と戦争を起こすとは、そういうことだ！」

今回は騒動の発端が発端だった。

理不尽な『魅了』によって記憶そのものを改竄《かいざん》され、オラリオ全ての者がいいように弄《もてあそ》ばれたのだ。尊厳を踏み躙《にじ》られたと、怒りが突き抜けている者が圧倒的に多い。

「神フレイヤは許されないことをした、それは私も認める！　だが、だからこそ多くの者が激昂《げきこう》し、もはや歯止めなどかかる状況ではない！　【凶狼《ヴァナルガンド》】がいい例だ！」

狼人《ウェアウルフ》のベートは、炉の女神《ヘスティア》によって『魅了』の呪縛《じゅばく》が焼き祓《はら》われた直後、真っ先に【フレイヤ・ファミリア】の首級を挙げようとした。ギルドの停戦命令が出された後も、フィン達が押さえ込まなければ止められなかったほどだ。

「今回だけは万が一があってはならん！　『黒竜』討伐《とうばつ》を前に、第一級冒険者、とりわけお前達【ロキ・ファミリア】やオッタル達を失うわけには……!!」

最後に残った三大冒険者依頼《クエスト》の一つ、『黒竜』の討伐は、迷宮都市の責任にして責務。

フィン達やオッタル達がもし共倒れすれば、下界の悲願は遠のくどころか、望みそのものが潰《つい》えると言っていい。

ロイマンはその一点を、誰よりも危ぶんでいた。

「僕達が参戦しなければ、【ヘスティア・ファミリア】とその連合は必ず敗北する」

彼の言い分を聞き終えたフィンは、双眼を細め、そう切り出す。

「……それがどうした。神フレイヤの要求は『ベル・クラネルの移籍』のみ。一人の冒険者の所属が変わるだけだっ」

ロイマンは一度口を閉ざした後、唸るように言い返した。

「【ヘスティア・ファミリア】が敗《ま》けたところで、都市戦力という点では、何ら痛手はありはしない！」

フィンは久しぶりに。

本当に久しぶりに、その唇の奥で舌打ちをしそうになった。

――ギルドの、いやロイマンの『悪癖』が出た。

大局が見え過ぎるが故の不道理。

ギルド長を務める彼は決して無能な『ギルドの豚』などではない。しかし至上命題を優先するあまり、人情や倫理《モラル》さえ度外視するきらいがある。

今回もそうだ。

【フレイヤ・ファミリア】という強大な都市戦力を損なわせないために、【ロキ・ファミリア】の介入を阻止し、【ヘスティア・ファミリア】を切り捨てようとしている。

あれだけの『侵略』を味わっておきながら、ロイマンは【フレイヤ・ファミリア】側についたのだ。

今後『魅了』の恐怖に怯《おび》えるにもかかわらず、鉄の理性で感情を律して、世界の『悲願』を達成しなければならない迷宮都市の使命を全うしようとしている。

それはきっと為政者としては正しく、下界を危ぶむ者の中で誰よりも賢人の判断なのかもしれない。同時に、世論を納得させることのない非大義名分である。

そしてそんなもので、フィンやベートを始めとした【ロキ・ファミリア】は納得しない。

「茶番だな、ロイマン」

「茶番にしなくてはならんのだ、フィン」

二人の眼差しが絡《から》み合《あ》う。

殺気にも近い感情を宿す勇者《フィン》の眼差しを前に、妖精《ロイマン》は決して目を逸らそうとしなかった。

その姿勢には、彼の覚悟が見え隠れしている。

「……戦争遊戯《ウォーゲーム》の形式と規則《ルール》は、神会《デナトゥス》とも連携して決める。どちらにも勝算があるように、公平に。私も決して、ヘスティア派に負けてほしいと思っているわけではない」

「その言い分と君の行いを比べて、一体どれだけの人間が納得する？　少なくとも、僕の団員はしないだろう。そして、僕もさせる気はない」

努めて冷静に続けられる言葉に対し、フィンは意趣返しのつもりで言ってやった。

ロイマンはたちまち怒りで真っ赤《まっか》になった。

真っ赤になって…………大きく息を吐き出した。

すっかり疲れきった老人のような顔で、懐《ふところ》からあるものを取り出す。

「フィン……これを見ろ」

「？」

机の上に置かれたのは、『氷の塊』だった。

大きさは小振りなナイフより、なお小さい。

よく見れば、それは氷塊ではなく、刃が欠けた短剣が凍りついたものだった。

「これは……？」

怪訝《けげん》な顔をするフィンに、ロイマンは告げる。

「『千蒼の氷園《タリアひょうえん》』から持ち帰られたものだ」

「！」

瞬間、フィンの瞳が見開かれた。

ロイマンの顔と卓上の氷結物の間で、視線が一度、往復する。

「……彼女以外に成果があったのか？」

「僅《わず》かな遺物に過ぎんがな」

「……場所は？」

「60階層と61階層の『狭間《はざま》』。今のお前には、それだけしか言えん」

フィンは、無意識のうちに声をひそめていた。

そして、数秒の逡巡《しゅんじゅん》を挟んで、それを尋ねる。

「……………『鍵《かぎ》』は？」

「見つかっていない。少なくとも、ゼウスとヘラは発見できなかった」

一時《ひととき》の静けさが店内を満たす。

味わうのは世界が停止したかのような錯覚だった。

しかしロイマンは間髪入れず、本題を突きつける。

「戦争遊戯《ウォーゲーム》の不参加を約束するなら、ギルドが持つ『氷園《ひょうえん》』の情報を開示する」

「!!」

「詳しい経路《ルート》から、領域の場所まで、全て。進攻《アタック》も可能になるだろう」

二度目の驚愕《きょうがく》がフィンに見舞われた。

動きを完全に止める小人族《パルゥム》を他所に、ロイマン自身、強い苦渋を滲《にじ》ませながら続ける。

「ゼウスとヘラですら、その程度の小物しか地上に持ち帰れなかった。だが……あの『お転婆』がいるお前達【ロキ・ファミリア】ならば、あるいは『鍵』を見つけられるかもしれん」

ロイマンの言葉が、空転する思考を素通りしかける。

まさかという衝撃を振り払い、必死に情報をかき集めるフィンは……ロイマンの真意を探るより先に、尋ねてしまっていた。

「なぜ、今になって情報を開示する？」

「――言わせるな、頑固者どもめ！」

対するロイマンは、再び眉を急角度に吊《つ》り上《あ》げた。

「もともとこの情報は！　お前達【ロキ・ファミリア】と【フレイヤ・ファミリア】が！　ゼウスとヘラのように結託するまで教えるつもりはなかった!!　報告通りなら、『氷園《ひょうえん》』が存在する地帯《エリア》はそれほどまでに危険だからだ！　しかし、お前達と来たら、いがみ合うばかりで手を取り合おうとすらしない！　それどころか、ここにきて矛を交えようとしている！」

ドンッ！　と机が殴りつけられる。

ロイマンは腰を浮かせ、唾を撒《ま》き散らす勢いでまくし立てた。

「お前達が潰し合うくらいなら!!　…………秘匿していた情報を明かしてでも、衝突を回避させた方がマシだ」

肩で息をするロイマンは、椅子にへたり込み、そのように結んだ。

それは秤《はかり》にかけた取引であり、断腸の交渉である。

二大派閥が協力しなければ挑ませまいとしていた危険領域へ、【ロキ・ファミリア】単身の進攻《アタック》を許可する。

その代わりに戦争遊戯《ウォーゲーム》からは手を引け。

ロイマンはそう言っているのだ。

「…………」

ギルド長の妥協点に、フィンは初めて口を閉ざした。

同時にそれは、ロイマンがフィンに報いた一矢でもあった。

それほどまでに、フィン達は目の前に吊るされた情報を無視できない。

少なくともリヴェリアが黙っていない。

この一件を打ち明ければ彼女は団員達《ベート》と争ってでも、今回の戦争遊戯《ウォーゲーム》を回避させるだろう。

「フィン……お前達は、必ず『黒竜』を討《う》ち倒さねばならない」

「……」

「お前達の次は、ないのだ。お前達ほどの『英雄の器』は、もう現れん」

「……」

「三大冒険者依頼《クエスト》の達成は、それほどまでに厳《きび》しく、重い」

齢《よわい》一五〇を超えるエルフは、一言一句、噛《か》みしめるように言う。

「来《きた》る黒竜討伐の際、指揮官はお前になるだろう。……いつまでも一介の冒険者を気取っているな」

訓戒めいた響きには、懇願も含まれていた。

二人の間に流れるのは、長い沈黙だった。

「……伝えることは伝えた！　戦争遊戯《ウォーゲーム》には参加するなよ、フィン！　いいな！」

最後はいつもの調子を取り戻し、ロイマンは席を立つ。

念押しに念押しを重ね、慌ただしく店を後にするのだった。

「………………ふー」

フィンは、溜《た》まっていた息を吐き出した。

卓の上に残された氷結物に手を伸ばし、天井に向かって翳《かざ》して、一頻り眺める。

そして椅子にもたれ、頭を傾けながら、声を投げかけた。

「これも女神フレイヤの計算通りかい、ヘディン？」

「私の名を気安く呼ぶな、小人族《パルゥム》」

背後から返ってくるのは、冷たい声音だった。

フィンがいる店内の端、その更に奥。

衝立《ついたて》一枚を挟んだ席にいるのは、ロイマンとは別の見目麗《うるわ》しいエルフだ。

金の長髪を背に流し、片手で本を読む妖精の名は、ヘディン・セルランド。

【フレイヤ・ファミリア】の幹部にして、Lv.6の第一級冒険者である。

「君もこの店の常連だったなんて知らなかったな」

「店の名前からエルフに縁《ゆかり》があるのは明白だろうに。そういう貴様も千の妖精《サウザンド》にでも店を勧められた口だろう」

この店の名は『ウィーシェ』。

フィンは与《あずか》り知らないことだが、とある少年がヘディンに連行された喫茶店であり、図らずもフィンも件の少年に『小人族《パルゥム》の求婚』を打診した場所でもある。

ロイマンは気付いていなかったが、フィン達が入店した時には既にヘディンはいたのだ。

彼がいることを知りながら話を進めた――『牽制《けんせい》』の意味合いも兼ねて行った――フィンもそうだが、今も長台《カウンター》の奥で我関さずを貫いて紅茶を楽しんでいるエルフの店主《マスター》も、中々に曲《くせ》者《もの》だった。

「フレイヤ様はもとより、オラリオの総軍を叩き潰すおつもりで開戦を要求した。あの方を侮辱する下衆《げす》な勘繰りはやめろ」

ヘディンは本に視線を落としたまま、ありのままの事実を語る。

対してフィンは右手にある氷結物を弄《いじ》りながら問い返す。

「他派閥の連合軍に加え、僕達も下すつもりだったと？」

「貴様等を相手にするなら、それ相応の作戦を立てるだけだ。獰猛《どうもう》な獣《けもの》共を殺すためのな」

【フレイヤ・ファミリア】とは女神のためだけに戦う『強靭な勇士《エインヘリヤル》』――統制の利《き》かない圧倒的な『個』の集まりだ。

そんな彼等が、女神のために連携し始めたらどうなるか？

まず、手が付けられなくなる。

仮にだが、フィン達以上の統率力を発揮された場合、【ロキ・ファミリア】は【フレイヤ・ファミリア】に勝てないだろう。

「第一級冒険者は幹部が、他の有象無象はヘイズ達が片付ける」

「満たす煤者達《アンドフリームニル》か……」

「そも、味方ながら癪《しゃく》ではあるが……オッタルがいる限り、あらゆる前提など覆る」

「……」

そうだ。

極論、どんな者が相手をしようが、猛者《オッタル》を討てなければ終わる。

これはそういう話だ。

『都市最強』を有する【フレイヤ・ファミリア】と、一戦交えるということは。

「……ロイマンはああは言ったが、僕は【ヘスティア・ファミリア】につく」

「それで？」

「介入はともかく、『協力』は禁じられていない」

「つまり？」

「勇気ある同族に知恵を授《さず》けさせてもらうよ」

「私に屁理屈《へりくつ》と負け惜しみの類を抜かすな、馬鹿《ばか》め」

背を向け合い、一瞥《いちべつ》も交わさないまま、声だけが二人の間を行き交う。

「ギルドの豚に一杯食わされた貴様を見られて、私は十分満足している。胸がすく思いだ」

「ああ、やられたよ」

表情を一切変えず本の頁《ページ》をめくるヘディンの皮肉を、フィンはあっさりと認める。

ロイマンは都市戦力の喪失を誰よりも危ぶみ、とっておきの切札《カード》を切ったのだ。

【ロキ・ファミリア】から一人でも戦争遊戯《ウォーゲーム》に参戦すれば、彼は決してフィン達が欲する情報を渡さないだろう。

「これで援軍は絶望的……」

【ロキ・ファミリア】が介入して、ようやく五分五分だった。ようやく、天秤《てんびん》が揺れ動く。

それほどまでに今の【フレイヤ・ファミリア】は強い。

【ヘスティア・ファミリア】を待ち受けているものとは、過酷と絶望が約束された戦いだ。

フィンは窓の外を見る。

とある同族の少女の顔を思い浮かべながら、その碧眼《へきがん》を細めた。

「彼女は泣き喚かず、平静を保っているかな？」


「ベルしゃまぁ～～～～～～～～～～～‼」

ダメであった。

勇者の願い虚《むな》しく、リリルカ・アーデは絶賛泣き喚くだけの幼児と化していた。

「リリ……僕はもう大丈夫だから……」

「ごめんなさいごめんなさいごめんなさいごめんなさいっ！　リリはっ、リリはぁぁぁぁぁぁぁぁぁ～～～～～～～～～～～～～～～～～～～～～‼」

【ヘスティア・ファミリア】本拠《ホーム》『竈火《かまど》の館』。

その居室《リビング》に、ベルは突っ立っていた。

正確には、突っ立つことしかできなかった。

ベルのお腹《なか》に顔を埋めるようにリリが抱き着き、涙目で見上げ、壊れた自鳴琴《オルゴール》のように謝罪を繰り返している。泣き縋るもかくやといった彼女の体勢に、ベルは身動きが取れない。

更に言うと、リリだけではない。

「ごめんね、ベル君……！　あんなこと言ってっ……！　私、アドバイザー失格だね……！」

「私《わたし》を救ってくださった英雄様《あなた》に、恩を仇《あだ》で返しました……。春姫《ハルヒメ》は……一体なにを、償えばいいのでしょうか……」

右斜め後ろにいるのはエイナ。

左斜め後ろには春姫《ハルヒメ》。

妖精の両手がこちらの右手をぎゅっと握る、あるいは膝《ひざ》をつく狐《きつね》の指が左手をか細く握る。

三方向からの謝罪は、これ以上ないくらい悲嘆一色に沈んでいた。

あと重い。

思わずベルの後頭部からじんわりと汗が滲むくらいには、重症《ヘビー》だ。

というか、春姫《ハルヒメ》もそうだが、エイナが泣いていることにベルは衝撃《ショック》を受けた。

姉代わりの年上の女性が自分のため――むしろ自分のせいで――子供のように嗚咽《おえつ》を漏《も》らす姿は、まだ十四歳の少年にとってあまりにも衝撃的だった。言葉を出そうにも出せず、途方もない罪悪感が湧《わ》いてくるほどに。

「申し訳ありません、ベル殿……貴方を忘れるどころか、突き放して……！　窮地を救えず、いったい何が眷族《ファミリア》か……！　土下座をもってしても許されない！」

「悪い、ベル。俺《おれ》も……俺は…………」

更に更に。

ベルと三人を取り囲むのは、命《ミコト》やヴェルフ達。

ナァーザやダフネ、カサンドラ、桜花《オウカ》や千草《チグサ》達【タケミカヅチ・ファミリア】、アイシャ、モルドまでいる。神会《デナトゥス》に出払っている神々を除いて、全て美神《フレイヤ》の『魅了』に堕《お》ち、ベルを突き放した面々だ。

「いっそ握《にぎ》り拳《こぶし》で殴ってほしい……」『それ、自分の罪悪感を減らすための自己満足じゃん……』「じゃ、じゃあどうすれば……⁉」「……切腹か」「やめてよ桜花《オウカ》ぁ！　べ、ベルさんっ、私がするから！」『取り乱しすぎだろ、お前等……』「お、俺は別に悪いと思っちゃいねえぞ……！　ただ、なんだ……お、お前が落ち込んでねえかって思って……」などなどなどなど。

みな一様に暗澹《あんたん》たる面持ちか、合わせる顔がないといった表情で、通夜もかくやという雰囲気で言葉を重ねる。居室《リビング》は今や謝罪密集地帯と化していた。

『あーもうメチャクチャだよ』。

と、ベルの脳内に住まう神様《ヘスティア》が天を仰いで、風車《ウィンドミル》のようにくるくると回転し始める。

（……どうしよう）

ベルは胸の中で呟いた。

ぶっちゃけ途方に暮れていた。

ベルは相手に謝罪をさせて溜飲《りゅういん》を下げるほど擦《す》れていない。

逆に気まずくなってしまう人間《ヒューマン》だ。

しかも、今回リリ達には何も非がない。『魅了』によってベルを他所者だと誤認していた彼女達も立派な被害者だ。けれど、「大丈夫だよ」「みんなは悪くないよ」、そんな言葉を何度告げても、いやむしろ告げる度に仲間達は顔を暗くする。

だからベルは、天井を見上げ、眉間に皺《しわ》を溜めて目を瞑り、困り果てた。

許されるなら現実逃避したいと、そんなことを思っていると、しゃくり上げるリリの咽《むせ》びがお腹から伝わってくる。

「リリはっ、リリはもうっ、絶対にベル様を裏切らないって誓ったのに……！」

初めての出会いの時、リリは金儲《かねもう》けと自分勝手な逆恨みのためにベルに近付いた。

嘘をつき、裏切って、それでもベルに救われた彼女は、無二のサポーターとなった。

そんな彼女にとって、ベルを傷付けたという事実は何よりも赦《ゆる》されない事柄なのだろう。それこそ万死でも償えないと思うほど。

深い後悔と自己嫌悪、そして懺悔《ざんげ》に取り憑《つ》かれる少女の泣き声が、その場にいる者達の想《おも》いまで代弁している。

途方に暮れるだけだったベルは、今も流れる涙を見て……意を決した。

少女の肩に両手を置き、床に膝をついて、今も泣いている瞳と目線を合わせる。

「リリ、聞いて？　僕はリリが望むような……その、罰っていうものを、与えられない」

「うぐっ、ぐすっ……そんなぁ……！」

しゃくり上げるリリは、ベルの顔を見返して悲しみに満ちた。

小さな両手で何度拭《ぬぐ》っても止めることのできない涙が、栗色の双眸からこんこんと溢《あふ》れ出してくる。

そんなリリを見つめながら、ベルは、エイナ達にも聞かせるつもりで語りかけた。

「けど——罰なんてものより、ずっとすごくて、怖いものが、この先に待ってる。リリだけじゃなくて、僕にも」

「!!」

リリの瞳が見開かれた。

ヴェルフ達の間からも、驚きの気配が漏れる。

ベルは眉尻を下げて、ちょっぴり情けなく、笑いかける。

「僕一人じゃあ、次の戦いはどうにもならない。だから、そんな格好悪い僕に……力を貸してほしい」

「ベルさま……」

「だから、謝るんじゃなくて……一緒に立ち向かってほしいんだ」

お願い、リリ。

僕を助けて。

真摯《しんし》に、心の底から願うベルの深紅《ルベライト》の瞳に、栗色の瞳は先程までとは違う意味で潤んだ。

リリは、まだこぼれる涙をぐしぐしと乱暴に拭い、音を立てて鼻をすすりながら、何度だって頷いた。

「はいっ……！　リリが、ベル様を助けますっ！　お支えしますっ！　貴方を傷付けた分まで、ううんっ！　それ以上に、これからもずっと!!」

「……ありがとう、リリ」

誓いを立てるように叫ぶリリに、ベルは微笑んだ。

それを見たリリは結局、瞳から涙を決壊させ、抱きついた。

両腕を回し、首もとにかじりつくように顔を埋める少女の背中を優しく叩きながら、ベルは周囲を見回す。

「ヴェルフも、命《ミコト》さんも、春姫《ハルヒメ》さんも……エイナさん達も、どうかお願いします。僕を、助けてください」

目を見張るヴェルフ達に、今度は冗談めかす。

「僕がみんなに迷惑をかけたことなんて、しょっちゅうだったでしょ？　だから、これで……『おあいこ』にしよう」

──多分僕の『借金』の方が多くて、釣り合わないけど。

ベルが頬をかきながら、そう告げると。

ヴェルフ達の顔にも、ようやく笑みが戻った。

「……団長の言葉だ。そうしようぜ、お前等」

「はい……。ベル殿をお助けするのは、自分達です！」

「春姫《ハルヒメ》も、ご恩をお返しします！　この身に代えましても！」

ヴェルフが兄のように笑い、命《ミコト》が生真面目《きまじめ》に答え、春姫《ハルヒメ》が指で目尻を拭いながら誓う。

『【フレイヤ・ファミリア】のベル・クラネル』から、ようやく『【ヘスティア・ファミリア】のベル』に戻ってこれた。

ベルはこの時、そう思った。

「ベル……私、これから回復薬《ポーション》作りまくるよ……ずっと無理だった万能薬《エリクサー》にも、挑戦してみる」

「ありがとうございます、ナァーザさん！」

「私もいい予知夢《ゆめ》が見れるまでっ、苦しくなっても寝続けます！」

「無理しないでください、カサンドラさん！」

「ベル君！　私もギルドで手に入った情報は全部横流しするから！」

「さ、さすがにそれは……」

ベルの呼びかけによって、ようやく罪悪感の茨《いばら》から脱することができたナァーザ達も、顔を上げ、口々に助けになることを約束する。

そして、俺も私もと加熱《ヒートアップ》し続け、ベルの額に大粒の汗が溜まり始めた頃。

広間の扉が大きな音を立てて、開け放たれる。

「あ～～っ、ダメだ！　やっぱりロキ達を説得できそうにない!!」

やってられないとばかりに声を上げ、居室《リビング》に入ってきたのはヘスティアだった。

神会《デナトゥス》から戻ってきた彼女は、「にょあー！」と奇声を上げながら持ち帰った書類を宙に放り投げ、顔から長椅子《ソファー》へ飛込《ダイブ》する。

「【ロキ・ファミリア】の参戦禁止……。それじゃあ、やっぱり……」

床に落ちた羊皮紙の一枚を拾い上げ、ざっと目を通すベルは、不安を隠さなかった。

戦争遊戯《ウォーゲーム》の開催が決まってから連日ヘスティアが神会《デナトゥス》に出て、自分達に有利な条件を勝ち取ろうとしていたことは知っている。その雲行きが徐々に怪しくなっていたことも。

「フレイヤは神会《デナトゥス》に出席せず、どんな勝負形式《ルール》も受け入れる姿勢を貫いているが……」

「そもそもの戦力差が違い過ぎる。ロキ達が参加しないことで、乗り気だった他の【ファミリア】も参加を見送ろうとしている始末だ」

ヘスティアの後に居室《リビング》に現れたのはミアハとタケミカヅチだった。最後にヘファイストスが入室する中、眷族達も顔を強張らせる。

「いっそ、大食い勝負とかにならないもんかな……」

「そんなもので勝ち負けが決まって、いったい誰が納得するんだ……」

ダフネの言葉に桜花《オウカ》が頭を痛めるが、彼とてそう言いたくなるのはわかった。

それほどまでに、【フレイヤ・ファミリア】という雷名は轟《とどろ》いており、彼等と戦うということは絶望を意味する。

「【ロキ・ファミリア】の不参戦については、ギルドの内部でも反感の声が上がっています。ですが、ギルド上層部はロキ・フレイヤ両派閥の共倒れこそを恐れているようで……」

エイナの言葉を最後に、居室《リビング》には沈黙が落ちた。

なぜ戦争遊戯《ウォーゲーム》を受けたのか。

そんな風に、ベルとヘスティアを責める者はいなかった。

この一戦を越えなければ【フレイヤ・ファミリア】との因縁は断ち切れず、騒動は収束しないことを誰もが理解していたからだ。

ベルから離れ、ようやく落ち着きを取り戻したリリは、参謀《ブレーン》の顔となってヴェルフの顔を見やった。

「ヴェルフ様……」

「わかってる……ベルに言った手前だ、『クロッゾの魔剣』を打つ。時間が許す限り、山程」

「ヴェ、ヴェルフ、でもそれは……」

「『ヴェルフの魔剣《おれ》』だと、使い手の能力《ちから》にどうしても依存する。たとえ砕けようとも、格上の相手を倒す火力を出すには、『クロッゾの魔剣』を使うしかない」

ベルの気遣いの眼差しに、ヴェルフは頭《かぶり》を横に振った。

『遠征』で創造するに至った『ヴェルフの魔剣《ヴェルフ》』は自壊要素が取り除かれた分、その効果及び火力は、作り手本人を除けば使い手の能力《ステイタス》に依存する。

現在Lv.2のリリがもし使用したとしても、Lv.2相応の火力しか発揮できない。

敵を焼き払うほどの瞬間火力を欲するなら、『クロッゾの魔剣』が必須ということだ。

故郷の王国《ラキア》――『不敗神話』を誇った【アレス・ファミリア】の真似事《まねごと》も辞さない。

一族《クロッゾ》の魔剣を忌避しているヴェルフをして、その覚悟を決めたのだ。

手段を選ばなければ戦える相手ではないと、彼を含め、この場にいる全員が悟っていた。

「……作戦を練りましょう。密に、細かく、あらゆる手段を模索して。でなければ、勝機を手繰り寄せることもできない」

リリが張り詰めた声音を落とした、直後だった。

それまで少年への謝罪に加わらず、黙っていたアイシャが口を開いたのは。

「ベル・クラネルに頭を下げるより、フレイヤの連中をブチのめす。私はずっとそう思ってる。【ロキ・ファミリア】がいようがいまいが関係ない。……アンタ達は違うのかい？」

挑発的で、好戦的なそのアマゾネスの言葉に。

今ばかりは、冒険者達は賛同した。

「はい、アイシャさん！　私《わたくし》も、お、お、おブッ飛ばし、してみせます！」

「ベル殿はお一人で戦い続けた。ならば、次に全身全霊を尽くすのは自分達の番です！」

春姫《ハルヒメ》と命《ミコト》も声を重ねる。

幼馴染《おさななじみ》達の声に桜花《オウカ》や千草《チグサ》も笑みを宿し「おう！」『うんっ！』と応じた。

アイシャの発破が切っ掛けとなって払拭《ふっしょく》される暗い空気。やがてリリ主導で、戦争遊戯《ウォーゲーム》の話し合いが始まった。

「……よかった」

活気と意志が漲《みなぎ》るリリ達を眺めながら、ベルは唇を曲げた。

それはリリ達が罪悪感から解放されたことを喜ぶ、安堵《あんど》の笑みだった。

目を細めていたベルは、間もなく、顔付きをあらためる。

リリ達からそっと離れ、窓辺に近付けば、太陽は既に月に場を譲っていた。

（あの人は今……何をしているんだろう）

空の先に思い浮かべるのは、偽りの時間を過ごした『原野』での出来事と、自分に知らない表情を沢山見せた『彼女』のこと。

儚《はかな》く輝く月を見上げながら、ベルは誰にも聞こえない声で、一人の娘《むすめ》の名を呟いていた。


蒼然《そうぜん》とした夜は暗い運河にも似ていた。

きらめく星々は揺れる水面。

欠けた月は一隻のゴンドラ。

薄い雲の隙間《すきま》を渡っては儚く輝いている。

まるで離れ離れになってしまった誰かを舟の上から探すように、誰も見つけられないと、月明かりがそう嘆く。

ならば探しているのは何者なのか。

そう尋ねようとして、女神はやめた。

あまりにも滑稽な自分を、感傷の海から引き上げ、ただ、その少年の名を呟いた。

「ベル……」

七章
ボク達、
この戦いが
終わったら
結婚するんだ

Lv.4
力：SS1033→SSS1379　耐久：SSS1218→1501　器用：SS1041→SSS1383　敏捷：SS1089→SSS1442
魔力：S965→SSS1251

「…………」

「…………」

更新された【ステイタス】──Lv.4の最終能力値を凝視する僕と神様は終始無言だった。

「……ベル君」

「……はい」

二人で持った能力値《アビリティ》のみの更新用紙に眼差《まなざ》しをそそいだまま、神妙な顔で口を開く神様に、僕は上半身裸のまま、真顔で畏《かしこ》まる。

「君はフレイヤのところで、どれだけボコボコにされたんだい？」

「今まで生きてきた中で絶対に一番って言えるくらい、バキバキのベキベキのメタメタに……」

いや最大瞬間過酷は『深層』の方が上だとは思うけど……。

地獄が延々と継続したという意味では、今回の『洗礼』の方が上……だと思う。

僕がとても頭の悪い答え方をすると、神様は何も言わなかった。

代わりに目を瞑《つむ》り、戦争から帰ってきた子供と再会した父親のように、鷹揚《おうよう》に抱きしめた。

両腕を僕の背中に回しながら、ぽむぽむと優しく後頭部を叩きながら。

僕は僕で神様の豊かな胸に顔を突っ込んでいるというのに、やっぱり真顔のまま。

どちらからともなく体を離した後、神様は特大の溜息《ためいき》をついた。

「はぁ～～～～～～っ……本当にごめんよ、ベル君。とんでもなくヤバイところに放り込まれていた君を助けてやれなくて……。最後の最後まで君を苦しませてしまった」

「そんなこと、ありません。神様は助けに来てくれたじゃないですか」

都市にかけられた『魅了』を解くため、神様が散々手を尽くしてくれていたことは、ヘルメス様やアスフィさんから聞いている。

僕なんて自分のことで精一杯で、最後まであの『箱庭』をどうにかすることなんてできなかった。それを打開してくれた神様達は本当にすごいし、かかってしまった時間はそれだけ必要だったものに違いないと思う。

だから顔を上げた僕は、しゅんと肩を落として落ち込むヘスティア様に、偽りなんかない想《おも》いを伝えた。

「あの時、空から神様達が乗り込んで、助けに来てくれた時……僕は本当に、嬉《うれ》しかったんです」

「……！」

目を合わせて一言一句、はっきりと告げると、神様は感極《かんきわ》まったように瞳《ひとみ》を震わせた。

するとまた僕の体に腕を回し、「ベルくぅ～～～～んっ！」と抱き寄せる。

柔らかい谷間に顔を埋めた僕は、照れもあって、今度こそ頬《ほお》から耳まで赤らめてしまう。

ややあって、僕を離して目もとをごしごしと腕で拭《ぬぐ》った神様は、手に持った更新用紙に視線を戻す。

「しっかし……本当にすごい上昇値だな、まったくぅ。君のことが欲しいなんて言っておきながら、こんなにイジメるなんて、フレイヤは嗜虐嗜好《サディスト》の気があるね！　間違いない！」

「あはは……」

神様は尖《とが》った攻撃的な口調で、ここにはいない、あの人に文句を言った。

もしかしたら他人の手で眷《ぼく》族の恩恵《ステイタス》が更新されていたということもあって、お冠なのかもしれない。あるいは、何もできなかった自分に対する怒りも含まれているのかも。

「そのおかげ、っていうわけじゃないですけど……一気に【ステイタス】は伸びましたし」

「……ああ。『深層』から帰ってきた後の君でも十分すごかったのに、輪をかけて強くなった」

熟練度上昇値1600オーバー。

複数あるSSSとか能力値《アビリティ》評価もとんでもないことになっている。

戦いに明け暮れた原野での『殺し合い』を思い返して、僕は言葉では言い表せない様々な感慨に、一頻《ひとしき》り浸った。

浸った後、神様を見返した。

「それじゃあ、神様――」

「うん。ここで【ランクアップ】だ、ベル君」

そう言って、全《すべ》ての準備はもう済ませていたように。

寝台《ベッド》に腰かけていた僕の背中を、神様は人差し指で叩《たた》いた。

心の奥、魂のもとまでノックされる感覚。

背中が水面に変わり、静かな波紋が全身へと広がっていく。

そんな幻想を感じた。

そして、そんな幻想の後——ぐわっ、と。

刻まれている【神聖文字《ヒエログリフ》】が燃え上がるように熱を放つ。

今までにない感覚に僕が息を止めている間、神様は別の更新用紙に、昇華を果たした【ステイタス】を書き記す。

ベル・クラネル
Lv.5
力：I0　耐久：I0　器用：I0　敏捷：I0　魔力：I0
幸運：F　耐異常：G　逃走：I↓G　連攻：I
《魔法》
【ファイアボルト】
・速攻魔法。

《スキル》
【英雄願望《アルゴノウト》】
・能動的行動《アクティブアクション》に対するチャージ実行権。
【闘牛本能《オックス・スレイヤー》】
・猛牛系との戦闘時における、全能力の超高補正。
【美惑炎抗《ヴァナディース・テヴェレ》《ヘスティア・ディバル》】
・処女の加護。
・魅了効果侵犯時に発動。全能力値《アビリティ》に超高補正。
・体力及《およ》び精神力《マインド》の永続回復。

「おめでとう、ベル君……Ｌｖ．５だ」

その言葉と一緒に、神様に更新用紙を手渡される。

スロットが一つである以上、新たな『魔法』は当然なし。

『スキル』は、発現したのも納得できてしまう『対魅了特化型』。

限定条件下なら凄《すさ》まじい力を発揮しそうだけど、今回の戦争遊戯《ウォーゲーム》ばかりは関係ないだろう。

昇華に合わせて発現した『発展アビリティ』は『連攻』。

確かエイナさんに教わったギルドの情報だと、攻撃を連続で重ねるほど威力が上がっていく、
貴重な攻撃系アビリティだ。

けれど、それらの情報は些末《さまつ》に過ぎない。

最も重要なのは用紙に踊っている、その数字。

Lv.5。

その『5』という数字がどれだけの意味を有し、どれほどの重みがあるのか、一介の冒険者に過ぎない僕でも理解できる。

ベル・クラネルは『第一級冒険者』になった。

迷宮都市が誇る最強戦力、その末席へ仲間入りを果たしたのだ。

とうとうここまで……憧憬《しょうけい》の背中に手が届く距離まで、やって来た。

（それなのに――）

本来ならば、手放しで喜んでいい成果を前に、僕は顔を強張らせたままだった。

神様も同じ思いなのだろう。

祝福の言葉を送ったヘスティア様も、唇を引き結び、黙りこくっている。

「……神様」

「……なんだい？」

「僕は、師匠《マスター》達と……【フレイヤ・ファミリア】の幹部と、渡り合えると思いますか？」

【ランクアップ】前の貯金、潜在値《エクストラポイント》を加味した上での問い。

一縷《いちる》の望みに縋《すが》るように、主神としての見解を眷族《ぼく》は求めた。

「……ボクは戦いの神じゃない。だからタケみたいに具体的なことは言えない」

「……」

「それでも」

神様は、束の間の沈黙を挟んだ後、言った。

「フレイヤの眷族に……君は太刀打《たちう》ちできないと思う」

その神の見立てを、残酷だとは思わなかった。

それは僕自身感じていた、厳然たる事実だったから。

達成した偉業を示す『5』という数字を、こんなに頼りなく感じてしまう。

Lv.6、そしてLv.7。

僕達を待ち受けているものとは、つまりそういった規格外で、『最強』だった。


「……こんなの、どうすればいいんですか」

文字の海の中で、リリは呻《うめ》いた。

本拠《ホーム》の書庫には、床という床、そして机の上に数え切れない羊皮紙が散らかっている。

これら全て、【フレイヤ・ファミリア】についての派閥情報である。

ヴェルフは『魔剣』の作製のため工房に引きこもり、命《ミコト》や春姫《ハルヒメ》は少しでも能力値《アビリティ》や『技』を磨こうとタケミカヅチ、あるいはアイシャのもとへ向かった。戦争遊戯《ウォーゲーム》に向けて誰《だれ》もがやれることを行っている中、リリも派閥の参謀《ブレーン》として敵の情報を片っ端から収集していたのだ。ギルドに所属するエイナの手も借りて、できる限りの資料を揃《そろ》えてもらっている。

だが、

「強過ぎる。どうしようもないくらい……」

読み込めば読み込むほど、分析すれば分析するほど、『絶望』の二文字を叩きつけられる。

埋めようのない隔絶した戦力差。犬と獅子《しし》どころではない。蟻《あり》と竜だ。

知っていた筈《はず》の『都市最強』の意味を、リリはこの時、初めて具体性をもって理解した。

「現在の眷族は百五十七名、非戦闘員及び『信者』を含めれば五千以上……第一級冒険者の実力は言うに及ばず、第二級冒険者の層も厚い。特に治療師《ヒーラー》の数はオラリオに所属する【ファミリア】の中でも最多《トップ》……」

並ぶ数字を見ただけでも、リリはえずきそうになった。

というか第二級冒険者に当たるLv．3とLv．4の総数を見ただけでも、急いで荷物をまとめて夜逃げしそうになった。【フレイヤ・ファミリア】を解体するだけで『中堅派閥』を二十は作ることができると言えば、派閥連合との比較も容易《たやす》いだろうか。

更に、そんな第二級冒険者の上に君臨するのが、【猛者《おうじゃ》】を始めとした第一級冒険者達。

「『下層』の怪物の宴《モンスター・パーティー》を一撃で消し飛ばす超短文詠唱の砲撃って……バカ言ってんじゃないですよ……」

『魔法』及び『スキル』の情報が流出することは【ファミリア】にとって命取りだ。

なのでギルドも眷族の生命線を秘匿することは認めている。故にエイナが集めた資料は、あくまで職員や冒険者達からの伝聞であり『おおよその能力』という注釈がつく。

しかしそんな『おおよそ』の内容でも、リリの戦意をへし折るのには十分だった。

『魔法剣士』という概念を疑いたくなる、広範囲に及ぶ弾幕と弩級《どきゅう》の砲撃。

たった四人で戦争遊戯《ウォーゲーム》を制したという小人族《パルゥム》の連携。

【凶狼《ヴァナルガンド》】を下し、都市最速の名をほしいままにした戦車の脚。

そして、かつての『暗黒期』で度々発露していたという獣人の本能。

これにまだ『切り札』を隠し持っているのだとしたら、リリは指揮官として、もはや卒倒するしかない。

(手が足りない。いっそ絶望的なまでに。【ヘスティア・ファミリア】と【フレイヤ・ファミリア】の力の差なんて、最初からわかっていました。でも、それでも……!)

真に恐ろしいのは、鍛冶神《ヘファイストス》達の戦力を加味しても現状では欠片も勝ち目がないということ。

自覚してしまう。

『女神祭』で行われた瞬殺の強襲劇、あれすらも手を抜かれていたということを。

「作戦を練るとしても…………こんなの、どうすれば…………」

圧倒的な基礎戦力の差に、思考が堂々巡りを来たし、先程と同じ呟《つぶや》きを落としてしまう。

今はミアハ達と一緒に回復薬《ポーション》や万能薬《エリクサー》の精製を手伝っているダフネの知恵を借りたとしても、光明が差すとは思えなかった。むしろダフネだって今頃《いまごろ》は頭を抱え、夜逃げの準備をしているかもしれない。リリの顔からはすっかり血の気が引いていた。

こんな盤面を覆すとするなら、それこそリリ達より高度な視点を持つ『最高司令官《マーシャル》』でもいなければ――

「サ、サポーターくんっ!!」

現実逃避と絶望の境界でリリが立ちつくしていた時。

扉を蹴破《けやぶ》る勢いで、ヘスティアが書庫に転がり込んできた。

「ヘスティアさま……？　どうしたんですか……？」

「君に客だっ！　い、いや、客と呼んでいいかわからないけどっ、とにかく来客だ！」

神のくせに酷《ひど》く動揺しているヘスティアの姿に、不思議に思っていたリリだったが、彼女に続いて現れた人物を認めて、すぐにその理由を理解した。

「やぁ。久しぶり、というわけではないけど……ご無沙汰《ぶさた》していたね、リリルカ・アーデ」

片手を上げて入室するのは、黄金《こがね》色の髪の同族だったのである。

「フィ、フィン様⁉」

「これは全部、【フレイヤ・ファミリア】の資料かい？　よく集めたね」

リリの驚愕《きょうがく》を他所に、フィンは呑気《のんき》に床に散らばっている羊皮紙を拾い上げる。

どーいうことだ、と主神に視線を飛ばしても、ヘスティアはブンブンと顔を左右に振るだけだった。どうやら本当に事前約束《アポ》なしの、突然の来訪だったらしい。

挙動不審だったヘスティアは、やがて「そ、それじゃあ後は二人でごゆっくりー」なんて言ってそそくさと退出した。

主神のくせに面倒事は全て押し付けるつもりらしい。許すまじ、駄女神《ダメガミ》。

「寝る間も惜しんで、敵の情報収集か。指揮を預かる者ならば、正しい行動だね」

「……ど、どうも……」

目の下に疲れを溜《た》め込《こ》んでいるリリを一瞥《いちべつ》し、フィンは軽く笑みを送る。

状況が一向にわからないまま、かろうじて頷《うなず》くリリだったが、

「でも、必要ない」

「なっ……！」

片手に集めた羊皮紙を宙に放り投げられ、栗色の瞳を見張った。

「僕があらゆる情報を提供しよう。【フレイヤ・ファミリア】が得意とする戦術も、把握している『魔法』や『スキル』の詳細も、全て。彼等と何度も争った、この第一級冒険者が」

リリは今度こそ、息を呑《の》んだ。

実際に戦った者の見識。

それは不確かな伝聞の情報とは大きく異なり、絶対的な武器となりうる。

しかも第一級冒険者の見地となれば、その洞察眼も相まって事実以上の価値を持っているだろう。それこそ【ロキ・ファミリア】は長年の宿敵《フレイヤ・ファミリア》相手の研究と考察を重ねている筈だ。

もしかすれば、今のリリ達の持ち札《カード》だけでも対策が講じられるかもしれない。

「僕が君を無二の『指揮官』に変える。派閥連合を統率するほどの最高司令官《マーシャル》に」

勇気をもたらす力強い言葉に、胸が打ち震える。

涎《よだれ》を垂らしながら飛び付きたくなる衝動が湧《わ》き上がるが——ぐっっ、と。

リリは鋼の精神で押さえ込み、目の前の同族に尋ねた。

「どういうおつもりですか……？　力を貸すなんて……」

「おや、説明が必要かい？」

必死に理性的であろうとするリリに対し、フィンは好ましいものを見るように目を細めた。

それと同時に、少し大げさに肩を竦《すく》めてみせた。

「【フレイヤ・ファミリア】は……いや女神フレイヤは禁忌《タブー》を犯した。ある種もっとも惨《むご》い手段で下界の尊厳を踏み荒らし、僕達そのものを捻《ね》じ曲げたんだ」

「そ、それは……」

「これは非難されて然《しか》るべき問題だ。不利益《ふりえき》はなかったなんてギルドは言うが、『不快感』は残る。ベル・クラネルを慕う君達からすれば怒りも猶更《なおさら》だ。違うかい？」

「…………」

「僕だって、頭にきているんだ」

フィンの言う通りだ。

そして彼の言葉に、嘘《うそ》はない。

「ギルドに止められたのは戦争遊戯《ウォーゲーム》の参戦。なら僕は戦いが始まる直前まで、君達に知恵を貸すよ。……いや、はっきり言おうかな。君達には女神フレイヤとオッタル達を、ぎゃふんと言わせてほしいんだ」

最後は子供のような茶目っ気を覗《のぞ》かせながら、フィンはそう締めくくった。

恐らくは今、彼は『大義名分』と嘘偽りのない『ちょっぴりの本音』を打ち明けてくれた。

一族の勇者は建前《たてまえ》の面からも感情の面からも、手を差し伸べてくれている。

だがリリは、即決できなかった。

一方的な利益《りえき》というものは【ファミリア】の間ではありえない。詐欺神の派閥《ヘルメス・ファミリア》ではないが、上手《うま》い話は必ず警戒しなければならないのが常だ。

果たしてこの手を取って、何か代償を求められないか。

それこそ主神《ヘスティア》に判断を仰《あお》ぐべきではないのか。

【ファミリア】の参謀《ブレーン》として最後までためらう、そんな同胞の姿に、フィンは、

「……七十点」

と。

苦笑にも見える微笑とともに、小声で呟いた。

「リリルカ・アーデ。その慎重な姿勢は評価に値する。だけどね、今、君のするべきことは僕の真意を探ることなんかじゃない」

「えっ……？」

「勇者《ぼく》も放り出したくなるような、絶望的な一戦のために、何だって利用することだ」

「!!」

その残酷なまでの表現に、鼓動が酷く荒ぶる。

「少なくとも、僕が君と同じ立場だったならそうする。一族の勇者なんて持て囃《はや》されている存在から、いくらでも情報をむしり取ってでもね」

「っっ……！」

「君はベル・クラネルと同じで、とても臆病《おくびょう》な一面を持っているね。別に貶《けな》しているわけじゃない。それは十分美徳になるものだ。だけど今、君が一番怯《おび》えなければならないのは──」

──自分のもとから、大切な者がいなくなってしまうことの筈だ。

その最後の言葉が、止《とど》めだった。

ぐっと握りしめた小さな拳《こぶし》を解き、リリは、フィンに差し出していた。

「情けない姿を見せて、申し訳ありませんでした」

「ふふっ……それで？」

「──お願いします、フィン様！　リリに貴方のお知恵を貸してください！」

心を決めたリリに、フィンは手を握り返すことで応《こた》えた。

それを扉の隙間《すきま》から覗き、ヨッシャ！　と幼女神も拳を作る。

この時より、【ヘスティア・ファミリア】は【勇者《ブレイバー》】と結託した。

「……ですが、そのぉ……やっぱりリリ達に返せるものは、あまりないといいますか……あらかじめ見返りは期待してほしくないといいますか……お手柔らかにというか……」

「気にしなくていいよ。さっき言ったように、オッタル達にやり返してくれれば、僕の体裁や安い矜持《きょうじ》なんかも面目が立つ」

　それまでの威勢の良さが幻だったかのように、『借り』に怯えて弱腰になるリリに苦笑いしつつ、フィンは告げた。

「それに、君達には『人徳』がある。僕以外にも手を貸す者は大勢いるんじゃないかな？」


「どうしてアルゴノゥト君達と一緒に戦っちゃいけないのー⁉」

　ティオナの大音声が轟《とどろ》く。

【ロキ・ファミリア】本拠《ホーム》、『黄昏《たそがれ》の館』。

　その応接間で、アマゾネスの少女は両手を振り上げながら、盛んに喚いていた。

「沢山の派閥が【フレイヤ・ファミリア】と喧嘩《けんか》するのに！　何であたし達だけダメなの⁉」

「何度も説明しただろうに。ギルドからの勅令じゃ。もはや強制任務《ミッション》のようなもの、と言えばわかるか？」

　彼女を鎮めようとするのはドワーフのガレス。

　歴戦の大戦士も、まさに利《き》かん坊《ぼう》の相手に疲れきった親のごとくだった。彼が何度言って聞かせようが、ティオナはやはり子供のように、「わかんないー‼」と両足で地団駄《じだんだ》を踏む。

「あたしもアルゴノゥト君達を助けたいー‼　酷いこと言っちゃった分まで、力を貸してあげたいんだよ！」

「駄目じゃ。大人しくしておけ」

「なんで～～～～～!!　ケチ～～～～～～～!!」

館中に大声を響かせる少女に、ガレスは溜息も売り切れと言わんばかりの表情を作る。

「まったく、お主等は仮にも派閥幹部だろうに……。これ以上駄々をこねるようなら、ベートのように叩き伏せるぞ？」

ガレスの顔や太い腕は傷だらけだった。

狼人《ウェアウルフ》のベートは既に不満を炸裂《さくれつ》させた後だった。戦争遊戯《ウォーゲーム》で【フレイヤ・ファミリア】を蹴《け》り殺すと言ってはばからず、あまつさえ殴りかかってきた彼を、ガレスは実力行使でねじ伏せたのである。それでも気が収まる筈のない狼人《ウェアウルフ》は「クソがっ!!」と吐き捨て、今はダンジョンに行って暴《あば》れ回っている最中だ。

「ガレスを倒せば戦争遊戯《ウォーゲーム》に出れるなら、あたし戦《や》るよ！」

「さらりと儂《わし》なんてどうでもいい、みたいに言うでない。……儂をどうにかしたところで、ギルドには認められん。規則《ルール》を無視して戦争遊戯《ウォーゲーム》に殴り込みに行けば、【ヘスティア・ファミリア】の反則負けじゃ。あの若造に借りを返すどころの話ではなくなるぞ」

「うっ～～～～～～～～～!!」

ガレスの正論を前に、頭髪をグシャグシャと両手でかき回すティオナは、とうとう奇怪なダンスを踊るように、天井《てんじょう》を仰ぎながらくるくると回り始める。

見かねたように口を挟むのは、彼女の双子の姉だった。

「ガレス。団長の命令だから、私は言うことを聞くけど……納得はしてないわ。他団員達《ラウル》だって口に出してないだけで、同じ筈よ。ベル・クラネルと【ヘスティア・ファミリア】のことだけって言っても、記憶をいじくられたんだもの」

長椅子《ソファー》の背もたれに腰を寄りかからせるティオネの言葉に、ガレスは目を瞑った。

儂《じぶん》だって同じ思いだ──そんな本音が彼の唇からこぼれそうになった時、

「よせ、お前達。ガレスの責任でないことはわかっているだろう」

「リヴェリア……」

「ティオナも、騒ぎ立てるのはもうやめろ。派閥幹部としての自覚を持て」

「うううううう……」

結わえた翡翠《ひすい》色の長髪を揺らし、ハイエルフのリヴェリアが応接間に現れる。

派閥の副団長として姉妹《しまい》を戒めていた彼女は、間もなく目を伏せた。

「文句があるなら、せめて私に言え。……全て、私が聞く」

「リヴェリア……？」

彼女の態度にティオナとティオネが顔を上げる中、エルフはドワーフのもとまで赴く。

「すまない、ガレス……私の我儘《わがまま》のせいで」

「……お主の私意などということはあるものか。『氷園《ひょうえん》』の座標がほのめかされたなら、儂等とて無視することはできん」

声をひそめて会話する。

それはフィンがロイマンと交わした『取り引き』——正確には無視できない『代価』——の件だった。リヴェリア・リヨス・アールヴは、その情報を決して逃すわけにはいかなかった。

この話をまだティオナ達に打ち明けられていないことを差し引いても、ガレス達は表向きの事情で彼女達を説得するしかなかった。

「アイズに呼びかけても『ごめん』しか言ってくれないし〜っ。う〜〜〜〜〜〜〜〜〜〜〜〜んっ…………うんっ！」

しばらく唸《うな》っていたティオナは、そこで、考えることを止《や》めた。

「行こっ、ティオネ！」

「ティオナ、どこに向かうつもりだ？」

「アルゴノゥト君のところ！」

リヴェリアの問いに、ティオナは駆け出しながら叫び返した。

やれやれと姉が追ってくる中、振り返って舌を出す。

「戦争遊戯《ウォーゲーム》に出れなくても、あたし、アルゴノゥト君に味方しちゃうから！」

勢いよく館を飛び出していくティオナは、奇《く》しくもフィンと同じ結論に達するのだった。

【ロキ・ファミリア】——不参戦。

「では、【ファミリア】丸ごと、ヴェル吉達に助太刀するのだな？」

巨大な鍛冶場で、椿《ツバキ》・コルブランドは問うた。

都市北東、『工業区』にそびえ立つ『ヴァルカの紅房《こうぼう》』。

『冒険者通り』や『バベル』内部に存在する支店とは異なる鍛冶大派閥《ヘファイストス・ファミリア》の本拠《ホーム》にて、新たな『魔剣』を打ったばかりのハーフドワーフは、大粒の汗を腕で拭い、己《おの》が神を見やる。

「ええ。ロキ達が戦争遊戯《ウォーゲーム》に出られないことが確定している今、私達だけはヘスティア達に全面的に力を貸すわ」

団長の最終確認に、周囲を見て回っていたヘファイストスは無表情で答える。

鎚《つち》の音は絶えず鳴り続けていた。炉もフル稼働とばかりに殺人的な熱気をまき散らしている。団員の一人が鍛え終えた『魔剣』を恐る恐る差し出すと、視線を剣身に走らせる鍛冶神は「駄目。打ち直し」と無情に言い渡す。

いつになく厳しい主神の声に——大戦《ウォーゲーム》で求められる武装の精度に——職人気質の鍛冶師でさえ戦々恐々としている中、椿《ツバキ》は唇をつり上げようとして失敗した、そんな笑みを見せる。

「【フレイヤ・ファミリア】との戦争か。奴等《やつら》に手前の武具が通用するのか、興味深くはあるが……体が震えてくるぞ」

それは武者震いではない。

Lv.5の最上級鍛冶師《マスター・スミス》の目《め》をして、【フレイヤ・ファミリア】の強靭な勇士《エインヘリヤル》とは『武器を振るう使い手』ではなく、『戦い続ける狂戦士《バーサーカー》』の類として映る。自分の用意した武器でどのようにに切り裂き、いかに貫けば彼等《ら》彼女等《ら》の進撃が止まるのか、一向に答えが出ない。

「ま……やるしかないのだがな。このままでは弟弟子《ヴェルきち》が踏み潰《つぶ》されてしまう」

しばし手を止めていた椿《ツバキ》は、身に巣食う雑念を振り払うように、新たに熱した精製金属《インゴット》へ鎚を振り下ろした。

【ヘファイストス・ファミリア】――参戦。


「なぜだ、姉者！　なぜ私達が戦争遊戯《ウォーゲーム》に加わってはならない！」

【ガネーシャ・ファミリア】本拠《ホーム》。

股間の位置に入り口を持つ奇天烈《きてれつ》な巨大象にして巨身像、『アイ・アム・ガネーシャ』の内部で、アマゾネスの副団長イルタ・ファーナは大声で訴えていた。

「我々の主《あるじ》が群衆の主《ガネーシャ》であり、我々は『都市の憲兵』と呼ばれる存在であるからだ」

道化《どこ》の派閥《か》の同族《アマゾネス》と同じく騒ぐイルタに、団長のシャクティは嘆息を重ねる。

「憲兵であるなら、今こそフレイヤの連中を取り締まり、これまでの横暴《おうぼう》含めて制裁するべきだ！　奴等のせいで一体どれだけオラリオに被害が及んだと思っている！」

「たとえそうだとしても、ギルドがそれを望んでいない」

「何だ、それは！　強ければ何をしても許されるのか!?　世界の中心たる都《オラリオ》はいつから、私がよく知る蛮族《アマゾネス》の集落に成り下がった！」

自分達の立場を優先しようとするシャクティの姿勢に、イルタは益々激昂《ますますげきこう》した。

今でこそ秩序を取り締まる側に回っているイルタだが、オラリオ入都《にゅうと》当初は無法者の筆頭だった。一人の女戦士《アマゾネス》として、強さのみを善悪の基準に据え、横暴の限りを尽くしていたのだ。

そんな彼女はある日、シャクティやその妹に、まさに『成敗』された。

自分を打ち負かした彼女達の強さ——そして己より弱き群衆を守る精神に、当時のイルタは衝撃と感銘を受けた。女戦士《アマゾネス》としてはらしくないほどに。それから彼女は【ガネーシャ・ファミリア】に加わり、ここに珍しいアマゾネスの憲兵が生まれたのである。

そんな彼女だからこそ、腐敗じみたギルドの意向と、姉貴分達《シャクティ》の静観に我慢ならなかった。

「……今回の戦争遊戯《ウォーゲーム》の規模は、人員含め史上最大のものとなる。それは理解しているか？」

「しているとも！　それが何だと言うんだ！」

「勝負の形式はまだ決定しないが、恐らく『戦場』は都市外の広大な土地になるだろう。そしてその『戦場』を監視し、規制するのは、我々以外に不可能だ」

都市最大の団員数を誇る【ファミリア】の団長として、シャクティは『それ』を語った。

「戦争遊戯《ウォーゲーム》とは無縁の第三者として、我々が周囲一帯を見張らなければ……下手をすれば他国・他都市の介入を許すことになる」

「!!」

「勢力均衡《バランス・オブ・パワー》を望み、オラリオの弱体化を目論《もくろ》む組織はいくらでもある。『闇派閥《イヴィルス》もどき』の邪神達もな。もし弱り果てた【フレイヤ・ファミリア】ないし派閥連合を狙《ねら》われたなら……都市戦力の減退に繋《つな》がりかねん」

シャクティが語ったのは『政治』だった。

イルタがまだ持っていない視点の話だった。

三大冒険者依頼《クエスト》──世界の命運を握る迷宮都市の一員として、シャクティは自覚がある。

目先のことだけに囚《とら》われているイルタにはそれがない。

内心はどうであれ、シャクティは憲兵の長として、清濁併せ呑む覚悟を持っている。

「更に言えば、『審判』なんてものができるのも、我々くらいしかいまい。【フレイヤ・ファミリア】を律し、公平を期すというのならな」

「そ、それは……！　しかしっ……！」

戦場の準備、モンスターの駆逐及び区域の管理。あらゆる意味を含め、『派閥大戦』を成立させるためには【ガネーシャ・ファミリア】は裏方に回るしかない。そう諭すシャクティに、イルタは先程までの勢いを失いつつあった。感情の折り合いがつかないでいると、

「落ち着いてくれぇぇぇぇぇイルタさぁぁぁぁぁん!!　俺《おれ》達が戦争遊戯《ウォーゲーム》を取り仕切らないと一体どこの誰が司会役を務めるんだァァァァァ!!　人々の鼓膜を焼き焦《こ》がすのはこの俺こと喋《しゃべ》る火炎魔法【火炎爆炎火炎《ファイアー・インフェルノ・フレイム》】!!　イブリ・アチャーァァァァアの役目ぇぇぇぇぇぇ!!」

「黙れイブリ!!　私の鼓膜を潰す気かバカがぁ！」

「お、落ち着いてくださいイルタさん！　あとイブリ巻き舌すんなウゼェ！」

「私は冷静だ、モカーダ!!」

「惜しい！　あと一文字！　自分の名前はモダーカですぅ！」

「なにィ!?　おちょくってるのか貴様ァ！」

「だったらイイ加減覚えてくださいイヤ本当に⁉　もー長い付き合いなんですけど実際⁉」

「うるさいっ！　紛《まぎ》らわしいお前の名前が悪いんだ！　おい、ガネーシャ！　お前も黙ってないで何か言え！　主神として考えを聞かせろ！」

「俺がガネーシャだあああああああああああああああああああああ‼」

「こ・の・糞共がぁぁぁぁぁぁぁぁぁぁぁぁぁぁぁあ‼」

口を挟む団員＋意見を仰いだ主神が爆薬となり、イルタは見事に噴火した。

激昂と怒号の総出《オンパレード》に、一人真剣《シリアス》だったシャクティは果てしなく長嘆するのだった。

【ガネーシャ・ファミリア】——不参戦。


「ほ、本気かよ、モルド⁉」

同派閥のヒューマン、ガイルとスコットの悲鳴に、モルド・ラトローは叫び返した。

「おうよ！　俺達は【ヘスティア・ファミリア】につく！」

そこは場末の酒場だった。

多くの同業者が戦争遊戯《ウォーゲーム》への姿勢を決めかね、ひとりでに情報戦じみたものが都市内で始まっている中、モルドははっきりと言う。

「主神《オグマ》の野郎はもう説得した！　『くたばっても墓は作んねーぞ』なんて抜かしてやがったが、構うものか！　都市《オラリオ》どころか世界中が注目するこの一戦で、俺達の名を挙げてやるのよ！」

丸卓を挟んで座るスコットとガイルを含め、彼等の所属は【オグマ・ファミリア】。

等級《ランク》はF。Lv.2の団員を有しつつ、特に名が話題に挙がることもなく、下位にはいかないにしても中堅とも呼ぶには抵抗のある、いかにもモルド達らしい派閥である。

だがそれも今日までだと、モルドはあおっていた木杯《ジョッキ》を卓上に叩きつける。

「何より！　この戦争遊戯《ウォーゲーム》の勝ち組になりゃあ、【フレイヤ・ファミリア】の財産が手に入る！　土地なんかも含めりゃあ、下手な王国なんかよりすげえ額になるって話だ！」

戦争遊戯《ウォーゲーム》の勝者は敗者から、あらゆるものを奪うことができる。

その規則《ルール》に則れば【フレイヤ・ファミリア】に勝利した暁には、【ヘスティア・ファミリア】に協力した者も代価を要求できるのは道理だ。認識を改竄《かいざん》したフレイヤへの『けじめ』を抜きにしても、明確な代価《リターン》が存在するのだとモルドは熱弁する。

「億万長者だって目じゃねえ！　迷宮街《リヴィラ》で安酒をあおる日々とも、これでおさらばできるってもんよ……！」

たとえ各派閥で取り分を山分けしたとしても、【フレイヤ・ファミリア】の富ならば、個人が豪遊できる額は必ず手に入る。もとから強面《こわおもて》のモルドが浮かべる笑みは、まさにあくどいことを考える『ならず者』といった風貌《ふうぼう》だった。

しかし、スコットとガイルは、顔を見合わせた後……溜息をついた。

「もういいぜ、モルド」

「は……？」

「本音、言ってくれよ」

ガイルの言葉に、うんうん、とスコットが頷く。

モルドが動きを止めると、彼と付き合いの長い冒険者は指摘した。

「お前は、ベル・クラネルを助けてやりたいだけだろう？」

その指摘に、モルドの顔がかぁっと赤く染まる。

「あいつが竜女《ヴィーヴル》相手にバカやって、都市の連中から嫌われた時も、ずっと機嫌が悪かっただろ」

「【アポロン・ファミリア】の戦争遊戯《ウォーゲーム》でも、有り金ぜんぶ賭《か》けてたし……」

「『魅了』が解かれて、フレイヤの本拠《ホーム》に突っ込んだ時もそうだ。お前は【白兎の脚《ラビット・フット》】が危ない目に遭うのが見過ごせないんだ。……弟を心配する兄貴とか、親父みたいにな」

「ば、バカ言ってんじゃねえ！　俺は、そんなんじゃ……！」

過去の話にも言及され、モルドは立ち上がり、叫び散らした。

そのまま否定しようとしたが、ガイルとスコットに見つめられ、言葉が続かない。

「……ちげぇよ。俺があのガキをほっとけねえのは、そんなんじゃねえ……」

力なく椅子に座り直したモルドは、散々歯を食い縛って唸った後、顔を振り上げた。

「俺は、あいつに助けられた分の借りを、まだ返してねえだけだ！」

半年近く前。18階層に出現した『黒いゴライアス』。

無法者達の宴を味わっておきながら、それでも自分を助け出したベルには『親愛』ではなく、『負債』があるのだと、モルドは唾《つば》を散らして力説した。

「あーはいはい、わかったわかった」

「お前の照れ隠しなんて見ても、気持ち悪《わり》ぃって。酒の肴《さかな》にもならねえ」

「て、てめえ等っ！　この野郎⁉」

もう一度立ち上がって怒鳴り散らすモルドに、ガイルとスコットが笑い声をあげる。

しょうがねえ。やるか。

大した力にはならないだろうが、いないよりはマシだろ。

そんな風に観念して、男達三人は少年のために戦うことを決めた。

【オグマ・ファミリア】――参戦。


「モージ……それにマグニ」

タケミカヅチは嫌々ながら、二柱の男神《おがみ》に声をかけた。

「お、タケミカヅチ～。それにミアハ～」

「もしかしなくても、派閥連合へのお誘い～？」

「わかっているなら聞くでない」

白亜の巨塔『バベル』、その三十階。戦争遊戯《ウォーゲーム》の形式や詳しい規則《ルール》を巡って、もう何度目とも知れない神会《デナトゥス》が開かれている最中、タケミカヅチ達は他の神々に声をかけて回っていた。少しでも仲間を増やし、ヘスティアの力になるためだ。

ミアハが嘆息を返すと、円卓の席の一角に腰かけているモージとマグニはニヤニヤと笑う。

どちらも土色の髪と瞳に、偉丈夫と言える体格。顔立ちは当然のごとく整っている。が、絶えず浮かべている下卑《げび》た笑みによって、全て台なしになっているところは他の神と同じだ。

よく自分を玩具《オモチャ》にする神集団《グループ》の二柱だけに、本音では関《かか》わりたくない武神《タケミカヅチ》は顔をしかめる。

「タケミカヅチ達はどっちにつくおつもり～？」

「それこそ、聞く必要なんてないだろう。俺はヘスティア側につく」

「我々もだ。ベルを傷付けてしまった分、今度は助けなければなるまい」

ミアハとともに派閥《ファミリア》の総意を口にすると、モージ達はやはり薄笑いを浮かべた。

「そりゃそうかぁ」

「ロキは不参加が決定したけど、やっぱヘファイストスのとこがなぁ。勢力図がどう転ぶかわからなくて、神々も身の振り方を決めかねてるぜ。……ま、それも中立連中だけだけどなぁ」

モージが頷き、マグニが情勢を補足する。それを黙って聞いていたタケミカヅチとミアハは、空いている円卓の椅子を引き寄せ、二神を挟むように腰かけた。

「それで？　お前達はどうするつもりだ？　戦いに加わるのか？　それとも傍観か？」

「我々の、いやヘスティア達の邪魔をしない、と約束してくれるだけでも助かるのだがな」

切り込んだミアハの言葉に、モージの唇がつり上がる。

彼の代わりに口を開いたのは、マグニ。

「ミアハ～。タケミカヅチ～。神会《デナトゥス》がどうしてここまで長引いてるのか、わかるかぁ？」

連日開かれている神会《デナトゥス》で、戦争遊戯《ウォーゲーム》の詳細決定は難航に難航している。

とにかくお祭り好きで、退屈をこよなく嫌う神々は基本、即決即断だ。面白《おもしろ》ければ乗っかる。

それが彼等彼女等の常。オラリオ史上初の『派閥大戦』ということを差し引いても、未《いま》だ勝負形式すら決まっていないこの状況は本来、ありえないものだった。

「……お前達がそれらしいことを言って、神会《デナトゥス》を妨害しているからだろう」

フヒヒ、と。

しかめっ面を浮かべるタケミカヅチに、モージ達は下種《ゲス》な笑みを隠しもしない。

円卓の上では今も神々の声々が飛び交っていた。

主に女神達がヘスティア達に有利な条件を提案し、男神達が却下する。

そんなやり取りが何百何千と繰り返されている。

朝から出席しているヘスティアも積極的に発言しているが、華麗に無視され「当事者をスルーってどういうことだコラー⁉」と激怒していた。

「やはりそなた達も、フレイヤの『共鳴者《シンパ》』であったか」

「そこは応援者《ファン》って言ってくれよ～」

「俺達も散々フレイヤ様にお世話になったからさ～。こんな時になっても力を貸してやりたいっていうか、こんな時だからこそっていうか……ま、誑《たら》し込まれた弱みってやつさ」

オラリオの多くの男神達が『美の神《フレイヤ》』に肩入れしているのは公然の事実だ。

そして彼等は時に、愛する女神のため、頼んでもないのに行動を起こす時がある。

それが今だ。彼等は、フレイヤを陰ながら援助しようとしているのだ。

「今回ばかりはフレイヤは許されないことをした。それを理解していないのか？」

「してるさ。してるが、それでもフレイヤ様への『愛』が勝つ」

「勿論《もちろん》、ここで頑張ったらご褒美《ほうび》もらえねぇかな～とか下心もあるけど……結局、なんだかんだ俺達は、フレイヤ様に女王でいてほしいのさ」

今までの下品なそれとは異なる笑みを、モージとマグニは見せた。

タケミカヅチは嘆息した。

下手をすると、タケミカヅチやミアハ、ガネーシャなど、一部の神々を除いた全ての男神がマグニ達と同じ行動原理で動いている。不毛な議論が連日繰り返されている今の神会《デナトゥス》は、言わば『ヘスティア側の勢力』と『フレイヤ側の支援者』が争う縮図なのだ。

「別に俺達も、フレイヤ様にめちゃくちゃ有利な条件が欲しい、と思ってるわけじゃない。というか、そんなことフレイヤ様自身が望んでないだろうしなぁ」

「だが、少なくとも公平《フェア》と言える条件《ライン》にはさせてもらう。ま、地力の差とかあるし……６：４か７：３で連合軍に有利な形式なら満足《オッケー》かな」

「だから、大食いとか馬鹿《ばか》な勝負形式は、何があっても通さない」

まるで兄弟のように、モージとマグニは言葉を継いだ。

フレイヤの顔を立たせるためにも、そこが妥協点であると、はっきりと告げる。

「ロキの件、あれだってそうだ。もしギルドが沙汰を下してなかったら、俺達があいつの参戦を徹底的に邪魔してた。フレイヤ様に何て言われようともな」

「──！」

「あー、わかるー。ロキが参加したとしても、遊戯《ゲーム》の始まりと同時に連合の中で内乱起こしてたぜ。ベル・クラネルだろうがお前達のところだろうが、眷族達《こども》に襲いかからせてた」

だって公平《フェア》どころか筋が通ってねーもん、と。

そう告げてくるモージとマグニの顔を、タケミカヅチとミアハは凝視した。

「……お前達の言う『筋』とは、なんだ？」

タケミカヅチが問うと、

「ロキか、ロキじゃないか」

モージは簡潔に断言した。

「……あまりにも極端ではないか？」

ミアハが眉《まゆ》をひそめると、

「どこが？　真っ当だろう？」

マグニは肩を竦めた。

「ヘファイストスとかは、まぁいいよ。あいつ等は鍛冶師だし、いざ戦うとなったらヘスティアのところがきちんと旗頭になって、指揮とかも執ると思うし」

「でも、ロキのところはダメだ。ロキが加われば、それは全てロキの勝負《もの》になる」

「「……」」

タケミカヅチもミアハも、それに対しては反論することができない。

「指揮も、戦術も、戦力もロキの色に染められる。旗頭なんてお飾りだ。『ヘスティア率いる派閥連合』じゃなくて、『ロキに乗っ取られた派閥連合』になる」

——なら最初からロキのところと戦争遊戯《ウォーゲーム》しろよ、っていう話になる。

——更に言っちゃうと、それってもうただの私刑《リンチ》で、勝負じゃないだろ？

モージとマグニはそれぞれが、そう付け加えた。

タケミカヅチとミアハは悟った。

たとえギルドが手を打たなかったにせよ、ロキの参戦は叶《かな》わなかったことを。

「大義名分は大事だ。だけど、『趣旨』は間違えちゃダメだろ？　これはあくまで【ヘスティア・ファミリア】と【フレイヤ・ファミリア】の戦争遊戯《ウォーゲーム》なんだ。その他大勢の連合軍は、ヘスティアに与《くみ》する形にならなきゃ」

彼等の主張は真っ当だった。

絶対の女王だったフレイヤの都落ちを望んで、彼女に恨みを持つ女神達があの手この手で策を弄しようとするが、美神の『愛』を知る神々はそれを断固として防ぐ。

モージとマグニ達の神意とは、『ちゃんと戦って決着をつけろ』。それだけである。

「……お前達は、フレイヤ達の味方につくのか？」

「しねぇよ。ていうか、できねえ。フレイヤ様がそれを望んでるんだもん」

「まともな戦いになるよう信者《オレたち》は手を尽くすけど、そこまでだ。フレイヤ様と一緒に戦いましゅ〜、って言おうものなら、お払い箱どころかその場でボコボコにされるさ」

「……」

「戦争遊戯《ウォーゲーム》を宣言した時、フレイヤ様は自分達の身一つで戦うって決めた。女神の矜持《きょうじ》だけは、汚せない」

最後は神と呼べる厳格な顔付きとなって、モージとマグニは言い切る。

タケミカヅチとミアハは口を噤《つぐ》んだ。それと同時に、彼等を見直しもした。

モージ達にも、信念と呼べるものがあるのだと。

「そう、だから俺達は傍観するつもりだったのに──ドルムルのアホがさ～～～!?」

「うちのルヴィスも『ベル・クラネルに恩を返す時！』って言って聞かねえの～～～!!」

が、次には真剣《シリアス》などブン投げて、マグニとモージは泣き喚いた。

「エイナちゃんの時に悪戯《いたずら》したの、まだ根に持っててさぁ！　主神《おれたち》が何度も止めたって聞かねえでやんの！　『誰がお前の命令なんて聞くか！』って！」

「あ～～～～ん、ルヴィスのバカ～～～！　ぼんくら息子～～～！」

びえんびえん泣き出す男神二柱に、それまで神妙な顔を浮かべていたタケミカヅチとミアハは、呆《あき》れた眼差しを注《そそ》いだ。

「「終わったー！　うちらの【ファミリア】オワッター!!」」

「「全て自業自得だ……」」

【タケミカヅチ・ファミリア】、【ミアハ・ファミリア】、【モージ・ファミリア】、【マグニ・ファミリア】──参戦。

「あンのクソ男神ども！　妾《わらわ》達の邪魔しかしねー！」

「こうなったら、やはり女神同盟じゃ！　今こそ憎きフレイヤに天誅《てんちゅう》を下す時！」

某所。

本日の神会《デナトゥス》が終わった夜な夜な、黒いローブを纏《まと》った神々が妖《あや》しげな館で声を上げる。

「デメテルのところはダメじゃ！　あやつの派閥は色々あって疲弊しとるし、何よりフレイヤとも仲が良い！　フレイヤを神聖浴場に誘ってともに湯浴みするのはあやつくらいじゃ！」

「何より、おっぱい！」

「ああ、デカパイ！」

「あのデカさは許せねえ！　つまり仲間外れ決定！」

「「「というわけで、ハトホル！　おぬしが旗頭となってくれ！」」」

「いやいやいや、なんでだよー」

声が向かう先は、一柱の女神だった。

適当に結わえられた黒い長髪に白い肌、無花果《イチジク》の耳飾りや首飾り、そして顔の上半分を覆《おお》う牛を模したお面。身長は幼女神《ヘスティア》より高い一五五Ｃ《セルチ》。

顔を隠した少女然とした彼女はハトホル。『女神祭』では『豊穣の塔』に座した女神の一柱であり、男神達の間では『実は最強の少女母性《バブみ》を持つ』とも噂《うわさ》されている。

「デメテルやフレイヤと同じ、豊穣の神であろう！」

「対フレイヤ推進派の急先鋒《きゅうせんぽう》イシュタルが消えた今、そなたしかいない！」

「いや別に私、美神《フレイヤ》を目の敵にしてないしー。あと私の豊穣はオマケみたいなもんだしー」

長椅子《ソファー》に寝そべりながらハトホルは気怠《けだる》げに拒むが、女神達が止まることはなく。

「前に『逆ハーリア充《じゅう》ゆるせねぇー』やら『ほんものの逆ハーみせてやるぜー』って言ってましたでしょう!」

「言葉の綾じゃーん」

「「「いいからやれー!」」」

「おいこらよせー。うわなにをするやめっ――ぬあぁーーーーー」

女神同盟――参戦。


日々が流れていく。

神会《デナトゥス》は日毎夜毎開かれ、議論は続き、白亜の巨塔を仰ぐことしかできない民衆は漠然とした不安を抱くようになった。ギルドの者達でさえ、神々の決定を待つことしかできない。

その間にも参戦を決める者達は確実に増え、派閥連合に名を連ねるようになった。そうそうたる戦員《メンバー》の名簿《リスト》を眺め、ギルド職員の間では『もしかしたら』という声も上がり始める。

「ダメだ。負けた」

しかし。

美神の戦争遊戯《ウォーゲーム》宣言から一週間目の夜、ヘルメスは椅子の上に身を投げた。

【ヘルメス・ファミリア】本拠《ホーム》、その神室《しんしつ》。神会《デナトゥス》から帰宅するなり、手にしていた羊皮紙を机へぞんざいに放った主神の姿に、帰りを待っていたアスフィはしばし口を閉ざした。

「……決めつけるのは、まだ早いのではありませんか？」

「早くないさ。ヘスティア達とベル君は負ける。確実に」

強張った顔で発せられるアスフィの言葉を、ヘルメスは淡々と退けた。

「どれだけ戦力が揃おうが関係ない。対抗戦力《ロキ》がいなければ意味がない。フレイヤ様と戦争するってことは、そういうことだ」

「それは……」

「せめてアイズちゃんだけでも味方になってくれれば、砂粒ほどに過ぎずとも勝機があったんだが……フレイヤ様に手を打たれた。この『条件』じゃあ、完璧《かんぺき》に詰みだ」

それは達観とも諦観とも異なる、全てを見極《みきわ》めてしまった神の声だった。

『条件』という言葉に眉を怪訝《けげん》の形に変えつつ、アスフィは質問を重ねた。

「我々【ヘルメス・ファミリア】は、どうするのですか……？」

「団員が一人でも参加すれば、派閥《ファミリア》が連合に加わったことになる。フレイヤ様は一人勝ちした後、ベル君との関係を永遠にするため、打ち負かした神々に漏《も》れなく『首輪』をつけるだろう。それだけは避けたい」

「っ……『箱庭』の際はあれほど身を粉にしたというのに、ここで退《しりぞ》くと？」

「神《オレ》は英雄じゃない。博打《ばくち》にすらなってない勝負に、投身自殺《レイズ》する気は起きないさ」

「………」

「まぁ、アイシャは止めても聞かないだろうが……ギルドに登録している所属は偽の派閥《プルートスのところ》だし、構わないだろう」

アスフィの弱々しい訴えに、ヘルメスは老人が身じろぎするかのように、肩を竦める。

主神として【ファミリア】の安全を第一に考える『保身』は本来正しく、アスフィは食ってかかることも、責めることもできなかった。

「……もし、これを覆せるとしたら、それは……」

耳を澄まさなければ聞こえない神の囁《ささや》きの続きは、いつまでも音になることはない。

希望的観測さえ禁じているように、ヘルメスが続く言葉を口にすることは永劫《えいごう》なかった。

「私は……今回ばかりは、彼等とともに戦いたいです」

それに対しアスフィは、自分でもらしくないと思いながら、素直な胸の内を明かす。

「ヘスティア様やベル・クラネル達に、情が移ったというわけではありません。ですが……リオンの『願い』を聞いた身として、せめて彼女が戻ってくるまでは力に──」

その眷族の決意を、瞑目《めいもく》して聞いていたヘルメスは手の平を突きつけ、遮《さえぎ》った。

彼女の想いを理解した上で、今から言うことがほとほと憂鬱《ゆううつ》そうな、そんな表情だった。

「悪いが、【万能者《ペルセウス》】は出場禁止だ。神会《デナトゥス》で、名指しで指定された」

思ってもみなかった厳命に「なっ！」とアスフィは瞠目《どうもく》する。

何故《なぜ》ですか⁉　と。

そんな叫びが飛び出しそうになった寸前、机に投げ出されていた羊皮紙が、差し出される。

「これは――」

綴《つづ》られた『決定』を目にし、アスフィは息を吞んだ。


「ヴェルフ……大丈夫？」

「ああ…………いや、大丈夫じゃない」

本拠《ホーム》の居室《リビング》で、たっぷり間を置いて返事をするヴェルフに、ベルは汗を流した。

夕焼けの名残《なごり》も西から完全に消え去った夜。何日振りに顔を合わせたか定かではない鍛冶師の青年は、顔も体も疲弊の影に埋めつくされていた。

「こんなに『魔剣』を打ったのは初めてだ……自己嫌悪を覚える暇もない」

頰はこけ、声も喉《のど》が干からびたように掠《かす》れている。

ベルが知る限り、昼夜逆転など当たり前で、ここ連日工房から一度も出てこなかった。迷宮を探索していないにもかかわらず回復薬《ポーション》をあおるヴェルフの姿に、思わず汗を湛《たた》えてしまう。

「いつ始まるかもわからない戦争遊戯《ウォーゲーム》のために、全員が全員、準備や対策に力をそそいでいます。というか、何もしないでいる方が不安で不安で……不可能です……」

そんなことを口にするリリも、目の下にすっかり隈《くま》を溜め込んでいる。

長椅子《ソファー》の上で肩を寄せ合っているのは命《ミコト》と春姫《ハルヒメ》で、ぼーっとしているのは精神疲弊《マインドダウン》の後遺症だ。『魔法』の精度や『魔力』の能力値《アビリティ》を高めるため、彼女達も相当の無理を重ねている。Lvに開きがある【フレイヤ・ファミリア】の団員に一矢報いるとすれば、それは確かに切り札であり必殺でもある『魔法』しかない。

たまたま時間が重なり、久しぶりに本拠《ホーム》の居室《リビング》に集まったというのに、会話は続かなかった。誰も彼も心身が休息を求めている。

それでもなお、意識を落とすことは困難だった。

胸の中の鼓動が、己の存在を主張するように、盛んに全身へ響き渡っている。

高揚を排した不安と緊張が──『最強』の名を冠する【ファミリア】の存在が、ベル達から予断の一切《いっさい》を奪っている。

今、できることをしなければ　精神がまともに安定すらしてくれないのだ。

「……お前も平気なのか、ベル？　傷だらけだぞ」

目を向けるヴェルフに、ベルは指で頰を擦りながら、苦笑した。

その体は、露出している肌も、服の下も、生傷だらけである。

それは必要な『儀式』であり、『代償』だ。

協力者の手を借り、『器』と『心』を一致させるための『調整』だった。

（みんな、ずっと頑張ってる。沢山の人が力を貸してくれている。……勝ちたい。……勝たなきゃ。僕はやっぱり、【ヘスティア・ファミリア】にいたい──）

ヴェルフ達の姿を眺めながら、ベルは心の中で唱えた。

（――何より、あの人を――）

そして窓の外に目を向け、冬の女王の心を映し出すかのような、凛冽《りんれつ》とした空を見つめる。

静かに拳を握り、思いを新たにしていた、その時。

「決まったっ！　決まったぞ！」

部屋の外で、大扉が開く音が轟いた。

最初に反応したのはベル。

次にはっと振り向いたのはリリとヴェルフで、弾かれたように長椅子《ソファー》から立ち上がったのは命《ミコト》と春姫《ハルヒメ》。いの一番にベルが居室《リビング》を飛び出し、リリ達が後を追う。

眷族達が玄関に駆けつけると、彼等に負けず劣らず疲れ果て、躓《つまず》いて転がっていた主神が、なけなしの力で体を床から引き剝《は》がした。

「戦争遊戯《ウォーゲーム》の詳細が決まった！」

「「「「!!」」」」

全員が息を呑んだ後、ベルが代表して問いただす。

「神様っ、それじゃあ勝負の方法は⁉」

ベルの手を借りて立ち上がる女神は、答える代わりに、握り締めていた巻物《スクロール》を差し出した。

リリが慌てて受け取り、広げて、ヴェルフ達も覗き込む。

五対の瞳が、羊皮紙に踊っている共通語《コイネー》、その中の一つの単語に辿《たど》り着く。

ベル達が目を見開く中、ヘスティアは告げた。

「勝負の方法は、隠れんぼ――『神探し《ハイド・アンド・シーク》』だ」


「戦争遊戯《ウォーゲーム》の仔細《しさい》が決定しました。フレイヤ様」

アレンの声が神室《しんしつ》に響く。

恭《うやうや》しく差し出された紙を、寝椅子《カウチ》の上で受け取ったフレイヤは、静かに読み上げた。

「日時は六日後、場所は『オルザの都市遺跡』……『神の家』がある、あそこね」

女神は一頻り目を通した後はもう興味を失ったように、単脚の丸テーブルの上、蠟燭《ろうそく》の火で紙を燃やす。

「【ロキ・ファミリア】の不参戦も確定しました。ギルドが公式に発表しています」

「そう。今のウラノスなら、ロイマンを止めると思ったけれど……傍観するようね」

究極、どちらでも構わない。

説明するアレンを他所に、顔色を変えないフレイヤの素直な感想は、それだった。

奇しくもヘディンがフィンに語ったように、フレイヤは【ロキ・ファミリア】ともことを構えるつもりで戦争遊戯《ウォーゲーム》の開戦を要求したのだ。神意など既に定まっている。『都市の双頭』と度々比較されるロキ達と、雌雄《しゆう》を決するいい機会だとすらも思っていた。

誰が参戦しようがしまいが、敵を打ち破る。

オラリオの総軍を真っ向から叩き潰し、欲するものを手に入れる。

それがフレイヤの女王としての姿勢だった。

「……お尋ねしてもよろしいですか？」

だからか。

主神の神意を理解している眷族に、その『矛盾』を指摘されたのは。

「何故、【剣姫】をあの兎《うさぎ》から遠ざけたのですか？」

「……」

オッタルにアイズと接触させ、誓いの鎖で縛るよう命じたのは、他ならないフレイヤだ。

最大の敵《ロキ・ファミリア》を迎え撃つ意志を固めておきながら、たった一人の少女の介入は防ごうとする。

それは明らかな『矛盾』だった。

女王《フレイヤ》らしからぬ選択を、片膝《ひざ》をつくアレンは責めているようにも見える。

フレイヤは僅《わず》かの間を挟んで、答えた。

「ベルの憧憬一途《レアスキル》の正体は、貴方も知ったでしょう？」

「はい」

「【剣姫】との鍛練を積むことで、あの子は今以上に成長する恐れがある。あるいは、貴方達がこの戦いの野《フォールクヴァング》で与えた『洗礼』以上に力を伸ばすかもしれない」

『箱庭』を構築した際、『魅了』をも弾くベルの情報《スキル》は眷族達と共有されている。

それを踏まえた上で、フレイヤは事実としての可能性を告げた。

「その、、、程度で俺達が追い詰められると、本当にお思いなのですか？」

するとと今度こそ、アレンの瞳が鋭く吊《つ》り上《あ》がった。

その双眼は、主《あるじ》にさえ爪《つめ》を立てる凶暴な猫のそれだ。

「貴方をどこにでも運び、貴方の障害を全て蹴散らす、そんな貴方だけの『戦車』になる。俺はあの『愚図《ぐず》』を捨てた時、そう誓った筈です」

強靭な勇士《エインヘリヤル》としての力も、遠い日の誓約も侮辱するつもりか。

僅かに剝かれた鋭い八重歯《きば》が、そんな風に言外に問うてくる。

「……あの子を、確実に手に入れるためよ」

眷族に対し、女神が答えたのは、その短い一文だった。

窓の外、揺れ動く雲によって月光が翳《かげ》る。

主神を見据えていたアレンは、氷のような怒りを霧散させた。

「出過ぎた言葉を」

それ以上追及などせず、立ち上がる。

「……」

「失礼します」

女神の聖域に立ち入らぬ忠実な番人のごとく、猫人《キャットピープル》は退出する。

一人取り残された神室《しんしつ》で、フレイヤは、背もたれに頭を預けた。

「『確実に手に入れるため』？」

笑わせる。

高い天井を仰ぎながら、自分自身に嗤笑《ししょう》を落とした。

「これはただの……嫉妬《しっと》」

少年から憧憬《しょうけい》を遠ざけたい。

ベルにアイズを近付けたくない。

そんな小娘のような一念で、フレイヤは【剣姫】の介入を禁じた。

巨大市壁の上で繰り広げられていたベルとアイズの鍛練。『バベル』の最上階から何度も目にした。あの逢瀬《おうせ》が重ねられると思うと、喉の奥が、胸の裏側がかき回される。あたかも刃毀《はこぼ》れした錆《さ》びた剣で無理矢理傷口を抉《えぐ》られるかのような、そんな苦痛の錯覚。

前は我慢できた。しかし、今は無理だ。

少年への独占欲は肥大化し、それを抑えていた箍《たが》も外れた。制御不能の感情は『美の神』たらしめていた『品性』を激情の渦の向こうへ追い立てようとしている。

今にも、何かが反転しそうになってしまう。

まるで、本当に、ただのつまらない『小娘』に堕落してしまいそう。

「…………無様ね」

誰の耳にも届かない声で、彼女は呟いた。

「フレイヤ様は我々を信じておられないのか」

四男グレールの言葉に、ガリバー兄弟は揃えて目を向けた。

最上階に存在する女神の神室《しんしつ》から遠く離れた『戦いの野《フォールクヴァング》』一階、『セスルームニル』。

戦士達の晩餐《ばんさん》を既に終え、特大の広間はその広さを持てあましていた。

場を貸し切っている第一級冒険者達の声が、隅々までよく響く。

「オッタルに命じて、何故【剣姫】を遠ざけた？」

「勝利を確実にするため。それ以外に何がある？」

「正直に言えば、心外だ。どんな敵が来ようとも全て倒してのけるというのに」

グレール、ベーリング、ドヴァリンが、順々に声を交わす。

珍しい光景だった。普段は何を言わずとも以心伝心する兄弟が、まるで自問を繰り返すように問答を行う。それはつまり、主神への疑問と、一抹《いちまつ》の不服に他《ほか》ならない。

三つの同じ声音《こわね》が論じ合い、フレイヤの心中を測りかねていると、

「フレイヤ様を疑うな。そんなものは僕達の忠誠に反する」

長男のアルフリッグが口を開いた。

彼の言葉に、グレール達は押し黙る。

結論などわかりきっていた。どんなに不審感を抱こうとも——彼等以外の他団員が同じ疑問を抱いたとしても——行き着く場所は同じなのだ。

女神のために、【フレイヤ・ファミリア】は命を賭《と》して戦う。それだけである。

「俺はフレイヤ様の気持ち、少しわかるな」

ぼそり、と。

四兄弟以外、唯一同席している黒妖精《ダーク・エルフ》のヘグニが、腰掛けた卓の上で片膝を抱え直す。

「自分が目にかけたものを、誰かに盗《と》られるのは……俺も嫌だ」

声の端々にはうっすらと寂寥感《せきりょうかん》が滲《にじ》んでいた。

彼の視線の先にあるのは、今はいない少年が座っていた席だ。

偽りの関係で、決して長い時間ではなかったとはいえ、その黒妖精《ダーク・エルフ》の瞳は『【フレイヤ・ファミリア】のベル・クラネル』を確かに名残惜しんでいた。

「【剣姫】だろうが、なかろうが……他の誰でもない、この手で……もう少しだけ、ベルを育てたかった」

自分達強靭な勇士《エインヘリヤル》と比べて、才能など大したことない筈なのに。

世界に拒絶され、自分の認識すら疑う『箱庭』に閉じ込められていた筈なのに。

美神の言葉に、『魅了』に、あらゆる過酷に抗《あらが》った存在。

他者との接触に怯えるヘグニをして──何より一人の妖精《エルフ》として──あの只人《ヒューマン》はそれほど興味深く、新鮮だった。

目を伏せながら、胸中を吐露していたヘグニは、そこではたと。

アルフリッグ達の視線が、自分のもとに集中していることに気が付いた。

「今日はよく喋るな」

「おまけに普通に喋っている」

「普段からそうしろよ人見知りエルフ」

ヘディンの翻訳要らずで伝わるヘグニの言葉に「「「なに感傷的《センチ》になってんだ」」」と小人族《パルゥム》の兄弟は心無い集中放火を浴びせる。瞬く間に赤面するヘグニは「あばばば……！」と白目を剝き、慌てて外套《マント》の立襟《えり》を引っ張り上げ、顔半分を隠してしまった。

「ヘグニ。感慨に耽《ふけ》るのは勝手だけど、その時が来たなら――」

「あ、案ずるな。この身は果てなき闇に見出されし、冷酷の下僕《しもべ》っ……！」

白けた視線を送る弟達を他所に、アルフリッグが警告を投げかける。

ヘグニは普段通りのこじらせた言葉で平静を装った。

そして、冷たい戦士の顔となり、告げる。

「戦場で相見《あいまみ》えれば、必ずやこの剣《つるぎ》で四肢もろとも奴を断つ――全ては女神のために」

【フレイヤ・ファミリア】は迷わない。

彼等が戦場に立つ時、それは勝利を女神に捧《ささ》げる時だ。

「――やはり、駄目です。目を覚ましません」

『戦いの野《フォールクヴァング》』の五階、その西側に位置する部屋の中で、うら若い少女の声が響く。

それまで黙って報告を聞いていたオッタルは、口を開いた。

「手遅れだったということか？」

「さすがの私でもプンスカ怒りますよ、団長？　これでも、いつも無茶振りされている治療師《ヒーラー》の矜持はあるんです」

じろり、と。

治療師《ヒーラー》の少女ヘイズが目を尖らせて見上げてくる。

それに対しオッタルは、岩の塊のような威圧感ある表情を崩さなかった。

が、その厳《いか》めしい顔とは裏腹に、頭上の猪《いのしし》の耳が僅かに曲がる。

オッタルは、この治療師《ヒーラー》の少女が苦手だった。

正確には、日々『戦いの野《フォールクヴァング》』で殺し合う団員達の『洗礼』をヘイズ達満たす煤者《アンドフリームニル》達に投げっぱなしにしていて負い目がある、というのが正しい。

優秀な治療師《ヒーラー》であるが故に激務を押し付けられるヘイズはオッタルを恨んでいるし、オッタルはオッタルで団長らしいことは何もしていないという自覚がある。よって超実力主義派閥《フレイヤ・ファミリア》では珍しいことに、一介の治療師《ヒーラー》とLv．7の団長の立場は見事に逆転していた。

第一級冒険者相手であろうが臆さず意見を発信するヘイズは、無愛想な子供のように黙り込む巨漢の猪人《ボアズ》に溜息を挟みつつ、報告の続きを行った。

「手は尽くしました。吐き気を催すくらい回復魔法を施して、傷は塞《ふさ》ぎ、血肉だって元通り。呼吸や脈だってある。目覚めない筈がないんです。……ですが、瞼《まぶた》を開かない」

「……仮死状態ということか？」

「今の彼女に、その表現は治療師《ヒーラー》として受け入れがたいですが……間違ってはいません」

そう言って、ヘイズはオッタルとともに、側にある寝台《ベッド》を見下ろす。

「貴方は本当に……面倒な女《ひと》ですね。ヘルン」

寝台《ベッド》に寝かされているのは一人の少女だった。

『女神の付き人』ヘルン。

しかし、今の彼女の容貌は美神《フレイヤ》の侍従頭《じじゅうがしら》として知られるそれではない。

結わえられておらず、肩まで流れる薄鈍色の髪。閉じられた瞼の中には髪と同じ色の瞳があることをオッタル達は知っている。

その姿は『シル・フローヴァ』と呼ばれていた街娘そのものだった。

ヘルンが身に宿す魔法【ヴァナ・セイズ】。

下界でも『唯一の秘法』は、『神の力《アルカナム》』を除けば完璧に女神フレイヤに変神《へんしん》することができる。今のヘルンはこの力で、フレイヤの『貌《かお》』の一つであるシルと化している状態だった。

「ベルに真相をバラした挙げ句、自刃するなんて……フレイヤ様を裏切ってまで貴方が何をしたかったのか、私はまるで理解できない」

フレイヤが作り上げた『箱庭』の中で、ヘルンはあろうことか禁じられていたベルとの接触を犯し、自身と女神《フレイヤ》、そして娘《シル》の関係まで暴露した。

彼女こそが、フレイヤの『箱庭』を破壊したと言っても過言ではない。

少なくともヘイズ達はそう見なしている。その背信行為は派閥中に知れ渡っており、主《あるじ》の命令さえなければ団員達は少女を躊躇《ちゅうちょ》なく亡骸《なきがら》に変えただろう。同僚として付き合いが長く、気心の知れたヘイズでさえ例外ではない。

女神のみに忠誠を捧げる少女は、一瞬、ヘルンを見下ろす瞳に底冷えした光を宿す。

眠る少女の細い首へ、今にも手を回しそうな無表情な横顔をオッタルが見つめる中、ヘイズは目を瞑り、嘆息した。

「……フレイヤ様の神意に従い、彼女の命は繋ぎ止めました。ですが、それだけです。自分の無能を晒《さら》しますが、これ以上私にできることはありません」

ヘイズの声が広い室内に響き渡る。

女神を裏切った『罪人』には相応《ふさわ》しくない白く瀟洒《しょうしゃ》な室内には、寝台《ベッド》一つのみしか存在しない。教会めいた神聖な空気も相まって、魂がさまよう天と地の狭間《はざま》なんてものを連想させる。

少女が眠る箱型の寝台《ベッド》は、棺にも見えた。

ここに花々を敷き詰めれば、彼女が亡骸であると誰も疑わないだろう。

お伽噺《とぎばなし》の住人のように、かつて『シル』と呼ばれていた少女は眠り続けている。

「目覚めない原因はわかるか？」

「神ならぬ身の推測にはなりますが……」

構わん、とオッタルは視線で先を促す。

「まず考えられるのは、ヘルン自身が覚醒《かくせい》を拒んでいること。自害を目論んだことからもフレイヤ様に罪の意識があることは明白です。精神が永久《とわ》の眠りを望むなら、肉体をいくら癒《いや》しても意味はない。…………あとは」

自身の仮説を語るヘイズは、そこで口ごもった。

散々言い淀《よど》んだ後、ソレを言葉にする。

「フレイヤ様が葬ろうとした『シル様』を、今は彼女が繋ぎ止めているか……」

今度は、オッタルも口を閉ざした。

「ヘルンが傷付けたのは、自分自身《ヘルン》の体。神の肉体ではありません。ですが今、肉体そのものの危機は去った。意識が絶たれているにもかかわらず、唯一の秘法《ヴァナ・セイズ》が一向に解除されない」

「……」

「であれば、『何か』を失わないように、ヘルンが魔法を行使し続けているとしか……」

そこまで言葉を続けて、しばらく経《た》った後。

ヘイズは、力なく首を横に振った。

「ただの推測で、つまらない戯言《ざれごと》です。忘れてください」

「……ああ」

少女に向かって、オッタルは上辺だけの返事をする。

(娘《ヘルン》にしかわからなかった女神のご心中……あるいは、あの方さえ気付きえない、何か)

【ヴァナ・セイズ】という繋《ラ》がり《イン》を通し、ヘルンには女神の感情が逆流することがある。

オッタルはそれをフレイヤの口から聞いたことがある。

目を閉じる娘《シル》が何を思い、なぜ眠り続けるのか。

男は最後まで彼女の『望み』を理解しきることはできず——してやろうとも思わなかった。

武人《オッタル》には、戦うことしかできないからだ。

最強《オッタル》には、女神の敵を叩き潰すことだけが求められるからだ。

だから、不肖の身を承知で、それを問うた。

「お前は今、いかなる『夢』を見ている？」

Monologue VI

ユメを見ている。

今の私《ヘルン》でも、昔の私《シル》でもない、『彼女』の記憶《ユメ》を。


彼女は孤独だった。

『愛』で満たされている筈《はず》なのに、ちっとも満足していなかった。

人によれば、それは酷く傲慢で、気に食わないほど贅沢《ぜいたく》な姿に見えたかもしれない。

『愛』を知らずに育ち、命を失う者がこの下界にどれだけいることか。他ならない昔の私《シル》もその一人だった。

けれど彼女は、何ものよりも『愛』を識《し》るからこそ、『愛』を知らない者では到底理解できない空虚を抱えていた。

満たされないからこそ、『愛』に餓《う》えることができる者。

そして満たされるからこそ、『愛』に囚《とら》われ、殺され続ける者。

一体どちらが不幸なのか、答えは出ない。

言えることがあるとすれば、それは永遠という尺度の中では、『愛』すら猛毒の地獄になりうるのかもしれないということ。


記憶《ユメ》の彼女は花畑で泣いていた。

両手で顔を覆《おお》い、大粒の涙を流し、黄昏《たそがれ》に染まる赤い花畑をあたかも黄金《おうごん》の海に変えながら、悲しみに暮れていた。

見つからない。

見つからない。

ずっとそう嘆いている。

やがて……そんな彼女のもとに、一人の女が現れた。

背丈の低いドワーフだった。

どこか勝ち気そうなドワーフは最初、彼女の美貌と涙に驚いていた。

彼女はすぐに立ち上がった。

見たわね？　と。

涙なんてものを消し去り、瞳《ひとみ》が銀の色に染まる。

目にしたものを全《すべ》て忘れなさいと、『魅了』しようとする。

ドワーフは体を痙攣《けいれん》させ、ふらふらと近寄り、彼女が命令を与えようとした瞬間、痛烈な昇拳《アッパーカット》を放った。

ええーーー、と私《ヘルン》が全力で仰《の》け反《ぞ》るほど、それはもう見事な昇拳《アッパーカット》だった。

顎《あご》を強打した彼女は尻《しり》もちをついた。

花畑が彼女を受け止め、ぱっと赤い花弁を舞い上げる。

顎《あご》をさすりながら目を白黒させる彼女に、ドワーフの女は鬼《オウガ》のような形相を浮かべた。

『妙な術《じゅつ》使うんじゃないよ‼　ブッ飛ばされたいのかい‼』

もう既にブッ飛ばした後のドワーフは、怒り狂っていた。

涙を見られ、彼女も動揺して『魅了』するのが遅れたとはいえ、言いなりとなる前に殴り飛ばしたドワーフは、ただただ強《したた》かだった。

呆然《ぼうぜん》とする彼女は言った。

『私、女神よ？』

ドワーフの女は鼻を鳴らした。

『そんなの知ったこっちゃない！』

生まれてこのかた超越存在《デウスデア》なんて拝んだことがない、と豪語するドワーフに、彼女は間もなく笑い出した。

はしたなく声を上げて。

もう一度花畑の中に倒れ、胎児のように丸くなりながら、お腹《なか》を抱えて。

図らずとも、よりにもよって、ドワーフの女は『彼女の初めて』を奪った。

『彼女を初めて殴った女』になった。

彼女はずっと、笑い続けていた。

『ねぇ、貴方の名前は？』

『……ミアだよ』

彼女は嫌がるドワーフに付《つ》き纏《まと》うことにした。

ドワーフはとある炭鉱街の生まれだった。

彼女が足を運んだ時、街の環境はそれはもう劣悪で、炭鉱もほとんど死んでいた。

男手はみな鉱夫として駆り出され、村にいるのはやせ細った女子供ばかり。ドワーフの女はそんな者達を食わせてやるため、一人で酒場――酒場とは名ばかりの炊事場――を切り盛りしていた。

彼女と出会ったのも、貧窮《ひんきゅう》した街の代わりに食材をかき集めていた途中だった。

『神なんかより飯《メシ》だ！　アタシは宝石なんかより、腹いっぱいの食材が欲しいんだ！』

ドワーフは餓えの苦しみを誰《だれ》よりも知っていた。そして温かい食事が、綺麗《きれい》な宝石や美しい女神なんかより、ずっと価値があると信じていた。

それは飢餓や貧困などとは無縁な、完成された天界ではありえなかった光景だった。

同時に彼女は思った。これが下界の本質かと。

不完全だからこそ神々も予期しえない『未知』が生まれ、目の前のドワーフのような存在も育まれる。

そして『未知』の代表とは、『英雄』。

自分が探す伴侶《オーズ》とは、ならば『英雄』そのものなのかもしれない、と彼女はその時から思い始めた。

『貴方が私の英雄《オーズ》なのかしら？』

『バカ言ってんじゃないよ。アホ女神』

期待する彼女の視線に、ドワーフは全くと言っていいほど取り合わなかった。

彼女ががっかりするほどドワーフの女は生粋の料理人で、顔を煤《すす》で汚し、誰かの腹を満たす、満たす煤者《アンドフリームニル》だった。

そのドワーフは、目の前に現れた彼女を決して崇《あが》めなかった。

大神《たいしん》を始め多くの神々が手に入れようと躍起になっていた彼女の価値を、田舎者《いなか》のドワーフは全くわかっていなかったのだ。知ろうともしなかった。出会いが出会いだったせいか、あるいは怖いもの知らずなのか。きっと、どちらもだろう。

だから幾らでもぞんざいに扱うし、何だったらちょうどいい位置にある美神の、この世の宝のような臀部《でんぶ》を容赦なく殴りつけていた。

屈強な眷族達《ファミリア》にいくら睨《にら》まれようが態度をあらためない。自分より遥《はる》かに強い戦士達を前にしても満たす者の誇りを貫く。街の者達が例外なく彼女に見惚《みほ》れ、委縮する横で、ずっと料理を作り続ける。『恩恵』を授《さず》かっていないにもかかわらず、彼女は神威《しんい》に屈しない強い魂《したたかさ》を持っていた。

そのドワーフは、本当に変わっていたのだ。

そして彼女はそのドワーフと出会い、少し救われたように見えた。

『ミア、貴方の街、私が勝手に救っちゃったわ』

『……』

『まともな職も与えたし、この街はもう廃《すた》れない。貴方がご飯を作る必要もないわよね？』

『……』

『ところで、ここにずっとお腹を空かせている女神がいるのだけれど？』

『……コンのボケ女神めっ』

彼女はドワーフを気に入って、少し無理矢理、眷族に迎え入れた。

ドワーフも、故郷を解放した彼女に借りを作るのが嫌だったのか、文句交じりに『恩恵』を受け入れた。ただし条件も付けた。『彼女のもとで働くのは借りを返し終わるまで』『故郷のように腹を空かせた者達が現れたら自分はそちらへ行く』『そして、ずっと念願だった本物の酒場を開かせてもらう』。そんな交換条件。

彼女はそこが妥協点だと了承した。

その上で、こうも言った。

『ねぇ、ミア。私は伴侶《オーズ》を探しているの』

『何べんも聞いたよ。アタシはそんなモノにはならないし、協力もしないからね』

『ええ、そう言うと思った。だから、契約してほしいの』

『契約……？』

『貴方のことだから、もし私が気に食わない真似《まね》をしたら、まだ拳骨《げんこつ》をするでしょう？』

『……』

『私は伴侶《オーズ》のためなら、きっと品行方正の聖女にも、醜悪な魔女にもなる』

『……』

『だから、ミア。私がいい女になっても、悪い女になっても、邪魔しないで？』

『お願いよ、ミア』

『…………わかったよ』

彼女の願いを邪魔するとしたら、それは目の前のドワーフ。

彼女には予感があった。だからドワーフの条件を受け入れる上で、契りを持ちかけた。

意外にも、ドワーフはすんなりと頷《うなず》いた。

何故《なぜ》だろうと彼女は思った。

そしてすぐに、あぁそうか、と納得した。

ドワーフには、惨めな娘《むすめ》のように泣くところを、もう見られているから――。

ドワーフを伴って、彼女は伴侶《オーズ》探しの旅を続けた。

広く、天界より狭い下界を回る中、彼女はドワーフを大切にした。

ドワーフだけは『魅了』で惑わすまいと心に決めていた。

ドワーフの女は高潔だった。妖精《ようせい》のような誇りなど持ち合わせておらず、乱暴で荒々しいのに、誰よりも芯《しん》が通っていた。彼女は唯一歯向かってくるドワーフを重宝し、そして自分より遥かに幼いにもかかわらず、胸の内で姉のように慕っていた。

そして、そんな気丈なドワーフも、彼女がその気になれば『美』に狂ってしまうことがわかっていた。ドワーフが『愛』を求めてきたら、彼女はもう、立ち直れなかった。


旅は続く。

伴侶《オーズ》は見つからず、何度も肩を落とし、彼女を崇める眷族《ファミリア》だけが大きくなっていく。

ある日、『最低最凶の女神』に敗北し、迷宮都市に囚われた。

世界の中心に居を構えながら、しかしそれでも彼女は伴侶《オーズ》を探した。

その過程で、猪人《ボアズ》の子を迎えた。

白と黒が殺し合う醜悪な妖精の島から、二人の王を解放した。

工業都市で自身の体を売って、四つ子の小人族《パルゥム》を貰《もら》い受けた。

廃棄世界で、二人きりの子猫を拾った。

私《ヘルン》も、あの冬の貧民街《スラム》から救われた。

彼女に忠誠を誓う、力ある勇士は増えていった。

しかしそれでも、彼女の伴侶《オーズ》は見つからない。

ドワーフも、都市の暗黒の時代を前に、彼女のもとから離れることを申し出た。

伴侶《オーズ》への諦念と、退屈の毒に蝕《むしば》まれていた彼女は、その日から役割演技《ロール・プレイング》を始めた。


そして、友ができた。

別の居場所ができた。

女神の心を殺す達観と諦観、退屈の毒は中和されていった。

彼女は『娘』の日々にのめり込んでいった。

彼女は気付いていたのだろうか。

遊戯《ゲーム》に過ぎずとも、『娘』の日々は彼女が流す黄金《おうごん》に代わり、彼女を潤していたことを。

『娘』こそが彼女の『望み』に近付かせていたことを。

だけど……嗚呼《ああ》。

彼女はまた辿《たど》り着いてしまった。

この幻想《ユメ》の世界で、美しくて孤独な花畑に。

見つからない、見つからない、と今もそう嘆いている。

あの日から、ずっと、泣いている。

『泣きましょう。泣きましょう。

そこに貴方がいないから。

花の園《その》、赤い涙、咲き誇る黄金。
どうかまだ見ぬ光が私と貴方を導きますよう。
笑いましょう。笑いましょう。
いつか貴方に会えると信じて』

どこから響く、涙の詩《うた》。
やっと彼女の英雄《オーズ》は現れてくれた筈なのに、今もずっと泣いている。
私《ヘルン》は、それを外から見ることしかできない。
誰か助けて。
彼女を助けてあげて。
私《ヘルン》は願った。
けれど彼女を、助けてくれる者はいない。
他ならない彼女が切り捨てた。
私《ヘルン》も彼女を止められず、それに協力した。
私《わたし》は、この涙に気付くのが遅過ぎた。

ごめんね、アーニャ。

ごめんね、クロエ。

ごめんね、ルノア。

ごめんね、リュー。

ごめんなさい……ミア。

彼女は泣きながら謝っていた。
私も一緒に謝った。
それでも彼女の涙は止まらない。
黄金が流れ続け、代わりに彼女の体が見る見るうちに溶けていく。
私は、彼女を抱き、彼女が決して言えない言葉を、口にしていた。

わたしを、とめて――。
たすけて――。

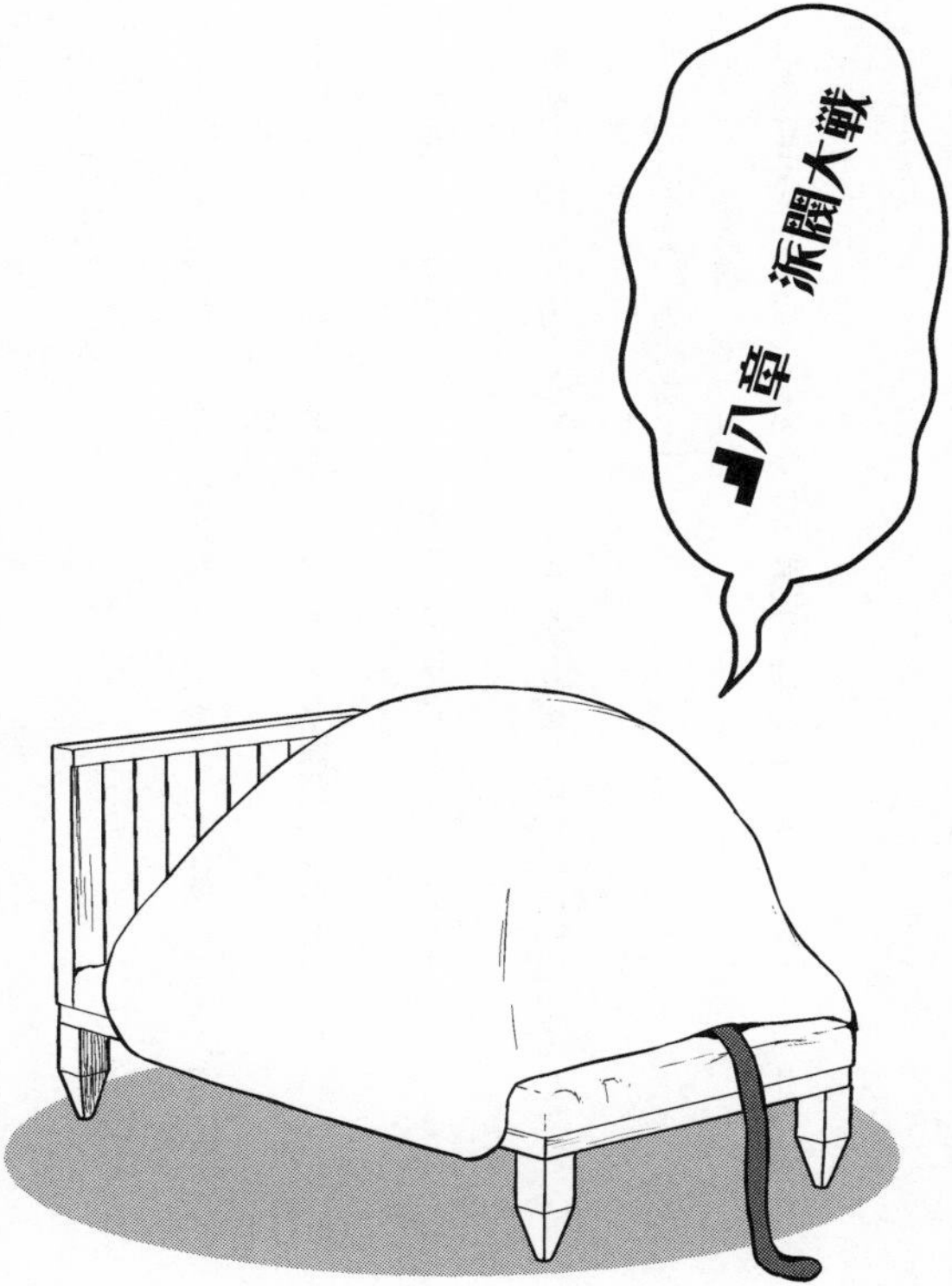
八章　派閥大戦

「アーニャ」

「……」

「いつまでそうしてんのさ」

「……」

「──いつまで寝台《ベッド》の上で塞《ふさ》ぎ込《こ》んでんだって、そう聞いてんだよ！」

「……ルノア、落ち着くニャ」

「止めんな、クロエ！　アーニャ、フレイヤ様がシルなんだろ⁉」

「……」

「じゃあ、ブッ飛ばしてでも話《はなし》聞きに行くしかないじゃん！」

「……」

「冒険者君達の味方をして！　シルを取り戻しに行けばいいだろ⁉」

「……」

「何とか言えよ、馬鹿《ば》猫《か》！」

「ルノア、落ち着いて」

「早く立てぇ‼　立たないなら、無理矢理にでも起こしてっ──‼」

「ルノア！」

「っ…………」

「……」

「…………」

「……」

「……私達は、行くから」

「……」

「そうやって塞ぎ込んで、一生腐ってろ！」

勢いよく、扉が開け放たれる。

少女の悲憤を表すように部屋全体が鳴り、残される気配は二人となる。

「アーニャ。ミャー達は今日の戦争遊戯《ウォーゲーム》に行くニャ」

「……」

「ニョルズ様やデメテル様に頭を下げて、他の店員《メイ》達も改宗《コンバージョン》してもらった」

「……」

「リューは知らないニャ。……でも、ミャー達は戦いに行く」

「……」

「アーニャは、前みたいな酒場に戻ってほしくない？」

「……っ」

「私は戻ってほしい。……だから、先に行ってる」

そして残る気配は一つになった。

扉が閉められ、寝台《ベッド》の上で蹲《うずくま》っていたアーニャは、ぎゅっと膝《ひざ》を抱えた。

ルノアは強い。クロエも強い。
アーニャには戦うことなんて、無理だ。
兄《アレン》が怖い。
女神《フレイヤ》が怖い。
自分を救ってくれた娘《シル》とはなんだったのか、わからない。
それを知る勇気さえ、湧《わ》いてこない。
ルノアの言う通り。アーニャは腐り続け、独りでは何もできない、迷子の仔猫のまま。
アーニャは自身への失意とともに、項垂《うなだ》れた。
その時だった。
「──おい」
乱暴に扉が開けられ、乱暴に誰《だれ》かが寝台《ベッド》へ歩み寄ってくる。
自分がよく知る人物と、とてもそっくりで、よく似ている、乱暴な口振り。
膝に顔を埋めていたアーニャは、肩を揺らした。
「────……………兄さま？」
迷子の仔猫は、恐る恐る顔を上げた。

東の方角にそびえる巨大市壁が、うっすらと、白く燃える。

闇《やみ》を退《しりぞ》けて白み始めようとする空の気配を前に、僕は、大粒の汗を頰《ほお》から散らした。

「えいさーッ！」

一瞬後、その汗もろとも髪の数本が、目を疑うような大双刃によって消し飛ばされる。

眼球を見開いては息を詰まらせるのを他所に、四肢は躍動を止めない。

体を大きく横に傾けた体勢から、踊るように大地を二度蹴《け》りつけ、回転の勢いそのまま右手に握る《白幻《はくげん》》を繰り出した。

「ふッッ!!」

『力』と『敏捷』の能力値《アビリティ》が織りなす数値の暴力。

一見でたらめで、今までの僕では絶対に不可能だった動き。

それをLv.5という能力《ステイタス》が実現させ、回避と攻撃を渾然《こんぜん》一体にする。

「【ステイタス】に振り回されない方がいいよーっ！」

しかし、そんな僕の暴力を、目の前の相手はそれ以上の『理不尽』をもって叩《たた》き潰《つぶ》した。

驚異的な動体視力と胆力、そしてまさに女戦士《アマゾネス》の腕っぷしをもって、なんと攻撃を放った僕の右手首を摑《つか》み、そのまま背後へ放り投げたのだ。

「ぐうううううっ⁉」

宙に弧を描くどころか、球《ボール》のごとく地を跳弾《バウンド》する。

ほぼほぼ地面に叩きつけられたも同然の中、植え込まれた芝を片腕で打撃。衝撃で体勢を無理矢理整えると同時に、迫っていた壁を蹴りつけ、横に跳ぶ。

なぜなら既に、長い黒髪をなびかせ、もう一人の女戦士《アマゾネス》が斬《き》りかかってきていたからだ。

「ぶら下げられた隙《エサ》に飛び付き過ぎよ！」

「……！　っっあああ！」

連続で閃《ひらめ》く二刀の湾短刀《ククリナイフ》、そして跳躍して頭上から降ってくる大双刃。

双子の姉妹《しまい》の連撃を、僕は腹の底から叫喚を上げ、迎え撃つ。

夜明け前の【ヘスティア・ファミリア】本拠《ホーム》。

その中庭で繰り広げられるティオナさん、ティオネさんとの鍛練も、もう何度目だろうか。

【竈火《かまど》の館】に突撃されたのは先日のこと。「アルゴノゥト君の力になりたい！」という申し出に神様ともども面食らっていた僕は、リリへの『教師役』を申し出ていたフィンさんに「調整に付き合ってもらえばいい」と助言を受け、今日までずっと本拠《ホーム》で戦い続けていた。

鍛練をするならアイズさんと行っていたように巨大市壁の上か、あるいはダンジョン内でやるのがいいんだろうけど、「休息場所《やど》と往復する時間も、鍛練の準備をする手間ももったいない」とティオネさんに指摘され、急遽この本拠《ホーム》のド真ん中で決行するに至ったのである。

「いっくよぉぉぉぉーーーーッ!!」

第一級冒険者達が暴《あば》れるには、決して相応《ふさわ》しい広さとは言えない中庭は芝が抉《えぐ》れ、植栽もボロボロ、魔石灯が備わった柱までへし折れた。あとで修繕費諸々によってリリの雷が落ちることが確定しているが、気にかける余裕もない。意識の脱線なんて許されない。

鍛錬とはいえ、『第一級冒険者との戦闘』とは詰まるところ、そういうことだ。

「体が先！　思考《あたま》は後！　じゃなきゃ第一級冒険者同士の戦いには付いていけないわ！」

「【フレイヤ・ファミリア】の攻撃はもっと激しいよ！」

生傷が絶えない手足が軋《きし》む。骨の髄まで震えては痺《しび》れる。

湾短刀《ククリナイフ》の鋭い連撃が、大双刃の重い一撃が、防戦一方の僕を度々揺るがした。

怒涛《どとう》としか形容できない攻撃の渦は、僕のことを何度だって追い込み続ける。迎撃は九割がた潰され、みっともない回避だけが命綱。自分のことながら大砲のごとき蹴りを放つも、それを肘であっさり弾かれた時なんて悪夢としか思えなかった。

第一級冒険者として、ティオナさん達の方が遥《はる》かに経験も技量もある。

だから、この結果は当たり前。ベル・クラネルが毎日ズタボロになるのは当然の結果。

「アイズとの鍛練、思い出して！」

「手足に叩き込まれた『技と駆け引き』があるでしょう！　それを引きずり出しなさい！」

だけど、投げかけられるティオナさんとティオネさんの言葉が、何度も心と体を刺激する。

――【ステイタス】に振り回されたらダメ。

――隙に飛び付いたらいけない。

そうだ、これは全部あの憧憬《あのひと》に言われたことだ。

Lv.5になった今だからこそ、もう一度、初心に返るべきなんだ。

数値《アビリティ》と『技』を直結させ、武器と『駆け引き』を組み合わせ、『器』と『心』を共鳴させせろ！

「【大きくなぁれ】――――【ウチデノコヅチ】！」

その時、『援護』の声が傷だらけの背を叩く。

中庭の片隅で、それまで膝をついていた春姫《ハルヒメ》さんが立ち上がり、詠唱を終えた。

僕と負けず劣らずの大粒の汗を垂れ流しながら、精神力《マインド》を絞り出し、階位昇華《レベル・ブースト》を付与する。

「――――ッッッ!!」

激上した【ステイタス】の手綱を握り締め、反撃に打って出る。

全身に纏《まと》う美しい光粒とともに加速し、両手に持った輝白と漆黒のナイフを閃かせた。

得物の側面を叩いて軌道を逸らす『技』を駆使し、ティオネさんの斬撃を全《すべ》て弾《はじ》き返《かえ》す。

そして、あえて隙を晒《さら》して攻撃を誘発し――『駆け引き』をもってティオナさんから一瞬の虚を盗み、左逆手に持った《神様のナイフ》を、振り抜いた。

「はぁあああああああああッ!!」

捨て身の大振り《スイング》。文字通り、ありったけの一撃。

それを真っ向から受け止めたティオナさんは目を開いた笑みを浮かべ、次には大双刃とともに後方へ吹き飛んだ。

大双刃の超硬金属《アダマンタイト》をびりびりと震わせる衝撃。

この鍛錬が始まってから聞いたことのない、気持ちいいくらいの快音。

甲高い音叉《おんさ》のような音が、本拠《ホーム》の中庭に響き渡る。

「よっと！　……アルゴノゥト君、どーお？」

「……はい。多分、もう大丈夫です」

空中でくるっと回り、難なく着地したティオナさんが、離れた場所から尋ねてくる。

息も絶え絶えの僕は、二振りのナイフを鞘《さや》に収め、何度か両手を開いては拳《こぶし》を作った。

「感覚の『ズレ』……なくなってます」

僕達は昇華《ランクアップ》する度、往々にして『肉体と精神のズレ』が発生する。

いわゆる豹変《ひょうへん》した身体能力に心が追いつかない状況だ。冒険者になってまだ日が浅い僕は未熟のせいか、この『ズレ』を埋めるのに時間がかかってしまう。二ヶ月前の『遠征』で、下層《イグアス》最速と交戦してようやく解消したように。

だから今回の鍛錬の目的は、時間ぎりぎりまで強くなるための修行ではなく、フィンさんの言う通り、心身の『ズレ』を失くす『調整』にあった。

「最後の最後でものになった、って感じね。危なっかしさが消えたわ。……あんたもよく付いてきたじゃない。話は何回か聞いてたけど、すごい妖術ね」

「あ、ありがとう、ございますぅ〜〜〜」

微笑むティオネさんの称賛は、今にも目を回して倒れそうな春姫《ハルヒメ》さんにも向けられた。

派閥《ファミリア》の中で僕以外に昇華《ランクアップ》した春姫《ハルヒメ》さんも、数日前からこの『調整』に付き合わされていた。

彼女の場合は肉体の動きというより、階位昇華《レベル・ブースト》の試運転という側面が強い。

Ｌｖ．２になったことで、十五分だった持続時間は二十分に伸び、次の『魔法』を発動するための要間隔《インターバル》は十分から九分に短縮した。勿論《もちろん》、『尻尾《しっぽ》』の最大数も五本から六本に増えている。

春姫《ハルヒメ》さんの力は間違いなく戦争遊戯《ウォーゲーム》の鍵《かぎ》を握る。リリも徹夜漬けの血走った目で「実験しまくってください」と言ってきたし、これでぶっつけ本番、という憂慮もなくなった。

（僕も、擬似的なLv．6の動きを試させてもらったのは大きい……）

Lv．5になったばかりの『ズレ』に加え、階位昇華《レベル・ブースト》の効果まで上乗せされたら、冗談抜きで暴れ牛になっていた可能性がある。

事実――変な喩《たと》えだけど――自分が竜《ドラゴン》と化したかのような出力には散々手を焼かされた。

それもティオナさん達のおかげで、制御することができるようになった。

対《たい》第一級冒険者の仮想戦闘も含め、こんな『調整』、それこそLv．6のティオナさん達相手じゃなければできなかっただろう。彼女達には感謝してもしきれない。

「アイズも、アルゴノゥト君達と特訓できたら良かったんだけど……ごめんね？」

「いえ、事情があるって聞きましたし、アイズさんもきっと応援してくれていると思います」

ここにはいないアイズさんに触れられ、僕は顔を横に振る。

何があったのか詳しいことはわからないけど……あの人の教えはちゃんと僕に根付いてる。

今の鍛練も、あの『原野の戦い』の中だって、彼女は僕を助けてくれた。

だから、彼女の教えとともに、今日の戦争に臨む。

「……日の出が……」

春姫《ハルヒメ》さんが頭上を見上げ、呟《つぶや》く。

四方を館で囲まれている中庭からでも、朝日が顔を出したことがわかった。

だって、空が紅《あか》い。

まるで黄昏《たそがれ》と勘違いしてしまいそうなくらい。

今日が鍛練三日目。そして、戦争遊戯《ウォーゲーム》の当日。

ついに迎えた運命の日に、僕の鼓動が静かに、そして途端に暴れ出《だ》す。

「……アルゴノゥト君」

昂揚《こうよう》はなく、ただ不安と緊張を実感して、空を見上げていると。

歩み寄ったティオナさんとティオネさんが、僕と春姫《ハルヒメ》さんに微笑みかけてくれた。

「頑張ってね！」

「【フレイヤ・ファミリア】の連中、ブッ飛ばしてやりなさい！」

太陽のような笑顔と、乱暴で痛快な言葉に、顔を見合わせる僕と春姫《ハルヒメ》さんは、この時、確かに救われた。

頷《うなず》きを返して、神様やリリ達の分まで笑い返す。

「「はい！」」


それは歴史という巨人が残した足跡だった。

何本も立ち並ぶ、崩れかけの巨大な石柱。

無数に敷き詰められた色褪《いろあ》せた石畳。

破損したアーチは傾いていながら、長い年月を経てなおたたずんでいる。

墳墓や、神官の住居と思われる数々の遺構は、剝《む》き出しの地面や隆起した大岩、点在する植物《みどり》に侵食されており、今や自然の一部と化しつつあった。その光景は雄大であり、同時にもの寂《さび》しさも同居している。

特筆すべきは、それら遺跡群が全て湖上にあること。

峻厳《しゅんげん》な外輪山《がいりんざん》に囲まれた巨大窪地《カルデラ》——美しい緑玉明色《エメラルドグリーン》の水の上に浮かぶ島である。

『オルザの都市遺跡』。

オラリオから見て北西、『ベオル山地』西部に存在する窪地湖《カルデラ》に築かれた広大な遺跡であり、今回の戦争遊戯《ウォーゲーム》の舞台となる戦場の名だ。

その起源は遡《さかのぼ》ること二千年以上も前。

『大穴』から溢《あふ》れた魔物《モンスター》としのぎを削っていた要塞都市である。

立地上水源《すいげん》に困らないことはもとより、窪地湖《カルデラ》が天然の水堀として機能しモンスターの侵攻を阻《はば》んでいたとされる。半妖精《ハーフ・エルフ》や半土霊《ハーフ・ドワーフ》の使役によって島内は自給自足が可能な都市として栄え、強大なモンスターが飛来するその日まで存続していたという。

荒廃した遺跡と化した今、歪《いびつ》な楕円《だえん》を描く島全体の外縁部には、防壁と塔の残骸《ざんがい》が並んでいる。起伏が激しい土地の中にはいくつもの斜面と完全に崩壊した建物の数々が散見し、長い年月を経ても城下町を彷彿《ほうふつ》させた。

中でも島の西端に建つ、一際《ひときわ》大規模な遺構は『神殿』。

神々が降臨する以前の『古代』、魔物《モンスター》の猛威に晒《さら》されていた人々は架空の神々を崇《あが》め、救いを求めた。『精霊』とも縁深かった土地とされているオルザは、そんな神殿のことを『神の家』と呼び、複数の神々の彫像を祀《まつ》っていたのだ。

そしてその信仰の対象には、美を司《つかさど》る女神もいたとされている。

『──風は冷たく、雲もちらほら、しかし抜けるような空はご覧の通り快晴！　天気が変わりやすい山中の戦場も、絶好の戦争日和でしょう！　みなさん、おはようございますこんにちは！　今回も戦争遊戯《ウォーゲーム》実況を務めます【ガネーシャ・ファミリア】所属、喋《しゃべ》る火炎魔法ことイブリ・アチャーでございます！　二つ名は【火炎爆炎火炎《ファイアー・インフェルノ・フレイム》】以下略!!』

『俺《おれ》がガネーシャだあああああああああ！』

『解説役もガネーシャ様の続投でーす！』

遠く離れたオラリオの地では、そんなオルザの遺跡群が『鏡』に映し出されていた。

遠見の役割を持つ『神の鏡』が既に展開され、都市の憲兵《ガネーシャ・ファミリア》主導で実況が行われている。

しかし、五ヶ月前に開かれた【アポロン・ファミリア】との戦争遊戯《ウォーゲーム》とは異なり、都市は熱狂を忘れて静まり返っていた。酒場に居座る冒険者達も、大通りに出て『鏡』を仰《あお》ぐ人々も、摩天楼《バベル》施設に集まる神々でさえ、戦いが始まる前から張り詰めた面差しを浮かべている。

『さてさてー！　今回はオラリオでも異例の《派閥大戦》！　都市最強とも謳《うた》われる【フレイヤ・ファミリア】と、【ヘスティア・ファミリア】率いる連合軍が衝突いたします！　そして今回のお題、もとい種目は――　神　探　し《ハイドッ・アンドッッ・シィィィク》　!!』

ひたすらうるさいのは実況と解説の当人達だけ。

ギルド本部の前庭で、実況のイブリが魔石製品の拡声器を片手に叫びまくる。

『詳しい規則《ルール》はハショりますがぁ！　勝敗は神様を先に見つけた方が勝ち！　各【ファミリア】はオルザの都市遺跡内に主神を隠し、眷族《けんぞく》達はそれを探し出す！　まさに文字通りの隠れんぼとなりまーす！』

『それは……ガネーシャなのか⁉』

『ガネーシャ様がおっしゃる通り、無論ただの隠れんぼではございません！　敵の眷族と遭遇すれば妨害あり、戦闘ありの大乱戦方式《バトル・ロイヤル》！　主神を守るため、あるいは見つけ出すため、数えきれない血の河と武器の墓が築かれることになるでしょう！』

それは決して比喩ではない。

総勢四十七の【ファミリア】が参加し、八百以上もの眷族が争うこの『大戦』は、たとえどんな規則《ルール》であろうが血を血で洗う争いが待っている。

イブリの説明に、民衆は例外なく息を呑《の》んだ。

『ただーし！　【フレイヤ・ファミリア】が敵対する全ての主神を見つけ出さないといけないのに対し、連合軍の勝利条件は神フレイヤの発見のみ！　さすがにこれは連合軍有利というか、不平等のような気もしますがぁ！　そこのところいかがでしょうか、ガネーシャ様⁉』

『ぶっちゃけこれでもハンデは足りないと思っている』

『ガネーシャ様が本気回答《マジレス》したぁぁぁぁぁぁ⁉』

都市の空気と果てしなく温度差のある実況解説の声が轟《とどろ》く中、オラリオに残った者達は、それぞれの場所でそれぞれの表情を浮かべる。

「ベル君……」

「エイナ……」

『鏡』が天井《てんじょう》近くに浮かぶギルド本部では、無事を祈ることしかできないエイナが歯痒《はがゆ》さに苛《さいな》まれ、そんな彼女に同僚のミィシャがそっと寄り添う。

「この規則《ルール》なら、空を飛んで神の居場所を探り当てるどころか、奇襲して戦争《ゲーム》を終わらせてしまう万能者《わたし》は出場禁止せざるをえない……そういうことですか？」

「正確には飛翔靴《タラリア》が、だけどな。空を飛ぶ魔道具《マジックアイテム》を知る連中は今までもいたが、フレイヤ様の本拠《ホーム》にヘスティアと一緒に突っ込んだ一件《アレ》のせいで、周知の事実となった。……やっぱり納得いかないか？」

「……今更騒ぎ立てても仕方ありません。禁止された飛翔靴《タラリア》以外の魔道具《マジックアイテム》は、もうリリルカ・アーデ達に提供している。……彼と、彼女達を信じるしかない」

『バベル』三十階では他の神々に紛《まぎ》れ、アスフィが顔をしかめ、ヘルメスが肩を竦《すく》める。

「アイズ、つらいかもしれないけど……一緒に見よう？」

「…………うん」

【ロキ・ファミリア】の本拠《ホーム》では、ティオナに手を握られるアイズが、ずっとうつむいていた顔を上げ、応接間の中に足を踏み入れる。

長椅子《ソファー》に腰掛けるティオネが、岩のように太い両腕を組むガレスが、片目を瞑《つむ》るリヴェリアが、そして指の腹を舐《な》めるフィンが、主神《ロキ》が置いていった『鏡』を見つめる。

開戦の刻限は、もう間もなく。


「広い……」

上級冒険者の視力をもってしても細部まで見通せない遺跡群を前に、僕は呟いた。

「東側が僕達『連合軍』の陣地……西側が【フレイヤ・ファミリア】、でしたっけ?」

「そうだよ……。あの一番大きい遺跡が中央で、あそこを境にしてるんだって……」

つい先程到着したばかりの僕に、長弓《ロングボウ》を持ったナァーザさんが説明してくれる。

場所は『オルザの都市遺跡』を一望できる、外輪山の一角。

崖の上から見渡せる窪地湖《カルデラ》は絶景だった。

それこそこんな状況ではなく、観光で来ていたなら、天空の鏡と化して青々と光る湖に感嘆の息を禁じえなかっただろう。

僕が『ベオル山地』に来たのはこれで二度目。このいわゆる『ベオル窪地《カルデラ》』は、王国軍《ラキア》侵攻時に神様やアイズさんと一緒に迷い込んだ『エダスの村』とは真逆、海が近い西側に位置する。

春姫《ハルヒメ》さんを背負って僕も数時間で来れる距離――上級冒険者なら大して苦にならない場所に、こんな壮大な眺めがあったなんて思いもよらなかった。

「もう、今朝《けさ》から【フレイヤ・ファミリア】は遺跡に入ってるって……。あの西側のどこかに、女神様を隠してるんだろうね……」

崖の上に立つナァーザさんの指が示す先を追えば、確かに戦場を二分する位置にちょうど、半壊した巨大な神殿跡がある。

それぞれの主神を隠す地帯《エリア》は連合軍が東側、【フレイヤ・ファミリア】が西側と定められていて、区域内なら神様をどこにひそませてもいい。外縁部すれすれの塔の中でも、見晴らしのいい中央帯《ちゅうおうたい》であってもだ。迷宮都市《オラリオ》の一区画が優に収まりそうなあの都市遺跡から、一柱の神《ひと》様を探し出すのは相当に骨が折れるだろうと、戦場視察に来ている僕は今から覚悟した。

「しかし、これほど広大な遺跡で戦争遊戯《ウォーゲーム》を行うとはな……」

「五十近い【ファミリア】が参加するなら、妥当と言えば妥当だけどね……」

僕と一緒に下見に訪れていた桜花《オウカ》さんが言うと、ナァーザさんは風に悪戯《いたずら》される髪を辟易《へきえき》するように押さえる。

桜花《オウカ》さんの言葉を借りるわけじゃないけど、巨大な湖に浮かぶ『都市遺跡』は、それだけで完成された一つの世界のようにも見える。

かつての要塞都市を戦場に変え、僕達は今日、最も強大な敵と雌雄を決するのだ。

「……ありがとうございます。もう大丈夫です。戻りましょう」

緊張を律しながら、僕は桜花《オウカ》さん、ナァーザさんと一緒に踵《きびす》を返した。

長く険しい斜面を下りきって、『野営地』に戻る。

窪地湖《カルデラ》の南寄りに位置する『オルザの都市遺跡』には南端にのみ橋がかかっていて、その橋の岸側に派閥連合の『野営地』はあった。

ギルドと【ガネーシャ・ファミリア】の手で設置された天幕の群れには、直前の直前まで鍛練をしていた僕や春姫《ハルヒメ》さんを除けば、多くの冒険者達が前日入りしていたらしい――ちなみに【フレイヤ・ファミリア】は窪地湖《カルデラ》の北から筏《いかだ》で都市遺跡に渡ったそうだ。

この『野営地』は戦争遊戯《ウォーゲーム》開戦後、脱落した怪我《けが》人を治療する『救急拠点』になるらしく、【ディアンケヒト・ファミリア】の団員もちらほらと見えた。

「道具《アイテム》が足りねえ気がする……。おい、誰か予備はねえか！」

「【ミアハ・ファミリア】が用意してる！　男神様《おがみ》に頼んで、とっとと頂いてこい！」

「『クロッゾの魔剣』や、ヘファイストスのところからも武器を分けてもらえるなんて夢みてえだが……それでも落ち着かねえぜ」

『野営地』は喧騒《けんそう》に包まれていた。

興奮と緊張を混ぜ合わせたような声々がひっきりなしに飛び交っている。

得物を入念に点検する獣人、仲間の手を借りて重装を身に着けるドワーフ。否《いや》が応でも戦いが間近に迫っている光景を、黙って眺めていると――声を投げかけられた。

「「ベル・クラネル！」」

「あ……ルヴィスさん、ドルムルさん！」

振り返ると、見覚えのある一団が駆け寄ってくるところだった。

【モージ・ファミリア】のルヴィスさんと、【マグニ・ファミリア】のドルムルさん。

下層域の『遠征』の際、強化種《モス・ヒュージ》相手に共闘したエルフとドワーフ達だ。

「一緒に、戦ってくれるんですか……？」

「無論だ。右腕とともに奪われていた筈のこの命は、お前達に救われたもの。この大恩、今《いま》返さずして一体いつ返すというのだ」

矢筒と弓を携えるルヴィスさんは、そっと『右腕』に触れた。

戦闘衣《バトル・クロス》と手袋に包まれているそれは、きっとナァーザさんと同じ銀の義手。

一度は片腕を失ったルヴィスさんは、潔癖な妖精の笑みを宿した。

「誓いを果たす時だ。ともに戦おう、エルフの盟友《とも》」

──ルヴィス・リーリックスの名に誓っていつかこの大恩に報いよう。

強化種《モス・ヒュージ》を倒した後、『リヴィラの街』で告げられたルヴィスさんの言葉を思い出す。彼の背後では、義足でしっかりと地面を踏みしめるラーナさん達も同じ笑みを浮かべていた。

「な～にがエルフの盟友《とも》じゃ！　だったらオラ達と戦友《ヘスティア・ファミリア》はドワーフの兄弟じゃ！」

大声で口を挟むのはドルムルさん。

ルヴィスさんの非難がましい眼差《まなざ》しなんて何のその、その分厚い胸を拳で叩く。

「オラ達もあの時のことを忘れたことはなかった。とんでもねえ相手だが……おめぇ達のために、最後まで戦い抜くぞ、兄弟」

仲間のドワーフ達と一緒に人懐《ひとなつ》こく笑うドルムルさんを前に、声を詰まらせた。

エイナさんを巡って変わった出会いをして、ダンジョンでは助け合い、今はこうして肩を並べて共闘しようとしている。奇妙な縁だと言うのは簡単だ。でも僕は、こうして巡り巡って助けに来てくれたルヴィスさん達との出会いに胸を熱くし、心から感謝した。

「はい！　ありがとうございまっ――」

「おい！　俺達も来てやってるのを忘れるなよぉ、【白兎の脚《ラビット・フット》】！」

「――ぐえぇ⁉」

そこで、僕の首に回される太い腕。

ルヴィスさん達やナァーザさん達が驚く横でせき込み、慌てて視線を向けると、目の前にあったのは、先輩冒険者のあくどい笑みだった。

「モ、モルドさん⁉　皆さんも来てくれたんですか⁉」

「おうよ！　これに勝ちさえすれば、【フレイヤ・ファミリア】が溜《た》め込んでる金銀財宝が手に入るからな！　大賭博場《カジノ》で遊び倒せるってもんよ！」

首に腕を回されながら、こんな時でもいつも通りのモルドさんに苦笑を浮かべる。

一歩離れた場所では「やれやれ」なんてガイルさんとスコットさんが首を振ってるけど……どういうことなんだろう？

「……お前も準備万端みてえだな」

腕を離したモルドさんが、僕の体を見下ろす。

防具はヴェルフが作った六代目の兎鎧《よろい》に、新調して無臭状態にした戦闘衣《バトル・クロス》。

武器は使い慣れた《神様のナイフ》と《白幻《はくげん》》。そして首に《ゴライアスのマフラー》。

強化脚嚢《レッグホルスター》には二重回復薬《デュアル・ポーション》が三本、そしてナァーザさんが開発した虎《とら》の子《こ》の万能薬《エリクサー》が一本。

戦場に下見へ行く前、既に纏っていた武装をあらためて一瞥《いちべつ》し、僕は頷きを返した。

「勝とうぜ、【白兎の脚《ラビット・フット》】」

「……はい！」

ならず者なんかじゃない、モルドさんの冒険者の笑みに、僕は笑い返していた。

「神々と眷族達《こどもたち》は集まってくれ！　最後の情報共有《ブリーフィング》だ！」

所属派閥がバラバラな僕達が意志を一つにしていると、野営地の奥からヘスティア様の声が響く。ナァーザさんや桜花《オウカ》さん、ルヴィスさん達やモルドさんと頷き合い、足を向けた。

時間は既に開戦二時間前。

審判《ガネーシャ・ファミリア》の指示が下るのを待つ、戦争戦場《ステージ》に入る直前の最後の幕間《インターミッション》だ。

野営地中央の天幕前で、ヘスティア様がみんなの注目を浴びる中、前列に神様達と僕達団長が、あとはヴェルフやアイシャさん達、沢山の冒険者や鍛冶師、戦闘娼婦《バーベラ》が半円を作る。

「まず、神々はここに並べた『花』を持っていってくれ。必ず胸に差して、隠さないように！【ガネーシャ・ファミリア】のお達しだ！」

ヘスティア様に言われるがまま、神様達は机の上に並べられた花々を一輪ずつ取っていく。

タケミカヅチ様は紫の菊《マム》を。

ミアハ様は金襴紫蘇《コレウス》の葉と花を。

ヘファイストス様は薄紅色の虹菖蒲《レインボーフラワー》を。

オワッターと泣きながら空笑いをする男神様、美の神を目の敵《かたき》にする女神様達など、それぞれの表情を浮かべながら胸に花を差していった。

「詳しい規則《ルール》は神会《デナトゥス》で決めたし、神々はもうわかってると思うけど……この『花』を相手の眷族《こどもたち》に奪われるか、無くした場合！　その神は脱落扱いになるから気を付けてくれ！」

「神連中がもし発見されたとしても、即脱落じゃなく、花を手放さない限りは遊戯《ゲーム》は続けられる……そういうことですかい？」

「ああ、モルド君！　眷族《こどもたち》は神々に対して、あくまで花を狙《ねら》うことになってる！　ただし、主神が花を奪われたら、その【ファミリア】は一斉に退場するから、神々は最後の最後まで逃げるなり抵抗してくれ！」

モルドさんの質問に答えながら、ヘスティア様は赤の香雪蘭《フレーゼ》をご自身の胸に差す。

前提として、下界の住人は神様達への負傷や殺生に禁忌を覚える。この『花の奪取』はそのために用意された規則《ルール》だと聞いた。神様達に直接攻撃するのは禁じられ、もし『魔法』の砲撃に巻き込みでもしたら——誤って神様を送還でもしたら——その【ファミリア】は即失格となる。戦闘開始と同時に遺跡全体を爆撃して炙《あぶ》り出す、なんて荒業も冒せないということだ。

【フレイヤ・ファミリア】はヘスティア様達の花々を。

そして僕達は……あの人が持つ花を奪取することが、最終目標となる。

「神会《デナトゥス》で確認しきれなかったが、抵抗の範囲は？　俺は迎え撃ってもいいのか？」

「神威《しんい》の解放はナシ、フレイヤの権能……『魅了』も当然禁止されてるけど……」

「……武神《タケ》の場合はどうなるんだ？」

タケミカヅチ様の問いに、ヘファイストス様がすごく微妙そうな顔を作り、ヘスティア様も後頭部に大粒の汗を溜める。

神様達が司る事物……タケミカヅチ様にとっての『武』は、確かに抵抗の延長《ライン》というか、どこまで禁止すればいいのか判然としないというか……とにかく微妙な境界の気はするけど。

「……ちなみに、フレイヤの子供たち相手だと、どこまで戦えそうなんだい？」

「第二級冒険者までなら二十人、第一級なら一人は投げられる」

「「もうお前、前線行《い》って戦ってこいよ」」

ヘスティア様の問いにタケミカヅチ様は平然と答え、男神《モージ》様達は理解できないキモチワルイものを見るように吐き捨てた。

僕達が顔を引きつらせる中、桜花《オウカ》さんや命《ミコト》さん達だけは誇らしげに胸を張る。

「ま、まぁ、反則と咎《とが》められない程度に抵抗はしてもらうということにして……。一番重要な『布陣』……神々がどこに隠れるか、だけど」

気を取り直したヘスティア様は、そこで、ご自身の背後を振り返った。

そこには木箱に上り、大机に広げた羊皮紙を見下ろし続ける『総指揮官』の姿があった。

──『派閥連合』の旗頭となるのは【ヘスティア・ファミリア】。

ならば当然、頭目や指揮を預かる存在は、ヘスティア様の眷族でなければならない。

Lv.5になった団長《ぼく》はともかく、彼女が指揮官につくことに当初は少なからず反発の声が上がった。けれど今、異を唱える者はとうとういなくなった。

まるで彼《か》の『一族の勇者』のごとく、凪《な》いだ湖面のような静謐《せいひつ》な横顔で、彼女は広げられた遺跡の地図を凝視し続けている。

僕がこの野営地に辿り着く前からずっと、リリは戦場を俯瞰《ふかん》し続け、策を練り続けていた。

「…………『布陣』は、神様達にお任せします」

ようやく考えがまとまったのか、あるいは時間切れ《タイムアップ》に屈したのか。

リリは迷いを断ち切るように顔を上げ、自分を見つめる数多《あまた》の視線を受け止めた。

「リリが一人で配置を行えば、陣形からこちらの癖を見抜かれる。どこに神様達が隠れているか、必ず看破されます。だから、神様達の潜伏場所はリリの意図と切り離して行いたい」

「……ああ、わかったよ。サポーター君」

早速務めを放り投げた、と思う者は誰もいなかった。

リリは彼我の能力を冷静に見極《みきわ》め、全知の神様達さえ利用しようとしていた。

頷くヘスティア様の隣に並んだ小人族《パルゥム》の少女に、ひゅう、と。

名も知らない一柱の男神様《おがみ》が、愉快そうに口笛を吹いた。

「皆さん、先に言っておきます。敵の指揮官は、切れる。リリよりも遥かに切れる。こちらが十の策を用意すれば九の策を潰し尽くし、残る一つも最後まで利用し罠《わな》に嵌《は》めようとしてくるでしょう」

冒険者達を見回しながら連ねられるリリの言葉は、決して誇張なんかじゃない。

敵の総指揮官は十中八九【白妖の魔杖《ヒルドスレイヴ》】。

僕を鍛え続けた白妖精《ホワイト・エルフ》にして師匠《マスター》、ヘディン・セルランド。

あの人がどれほど理知的で、どれくらい合理的で、そしていかなるほど残酷なのか、僕は痛いほど知っている。

「強靭な勇士《エインヘリヤル》は言わずもがなです。これほどの面子《メンツ》が揃《そろ》っておきながら、正面からぶつかればまず負ける。それがリリ達の敵で、【フレイヤ・ファミリア】という存在です」

「リリルカ……」

「はっきり言ってしまえば、こんな状況でなかったら、リリは逃げ出してしまいたい」

自分の見立てでも、本音も、そして弱さも曝《さら》け出すリリに、ダフネさんが心配そうに呟いた。

儚《はかな》さを纏うリリの顔が一瞬、うつむく。

「でも――リリは勝ちたい」

けれど。

再び顔を上げ、蘇《よみがえ》った双眸《そうぼう》には、息を呑むほど強い光が宿っていた。

「許されないことをしたフレイヤ様をボコボコにしたいし……何より、ベル様と離れ離れになりたくない！　リリ達の大切な人を、絶対に渡さない!!」

一気に熱が投じられた声音《こわね》に、命《ミコト》さんと春姫《ハルヒメ》さんが瞠目《どうもく》し、ヴェルフが唇をつり上げた。桜花《オウカ》さんと千草《チグサ》さん達が頷き、ナァーザさんやルヴィスさん、ドルムルさんが目を細める。

ダフネさんとカサンドラさんが驚き、アイシャさんやモルドさん達が猛々《たけだけ》しく笑って、

そして、

「力を貸せ、冒険者!!　リリがお前達を勝たせてやる!!」

言った。

その言葉を。

後にはもう退けず、勝利を摑《つか》み取るしかない誓いを。

次の瞬間、冒険者達が爆ぜる。

『うおおお!!』

それぞれの武器を頭上に掲げ、雄叫《おたけ》びを重ねる。

一人の女の子に当てられ、空をどこまでも震わせる大音声に、リリの隣にいたヘスティア様が危うく倒れそうになるくらい仰け反った。

「よっしゃあ！　やってやろうぜぇ！」

「小人族《パルゥム》のガキにここまで言われちゃあなぁ！」

「アマゾネスの名が廃るってもんだよ！」

緊張と不安、恐怖と戦っていた冒険者達の士気が、獰猛《どうもう》な戦意に上塗りされた。

「う～ん、リリちゃんってばいい女ぁ！　ちんちくりんとか笑っててゴメンネ！」

「次の命名式、二つ名は【俺達の愛天使《マイ・リトル・ラヴァー》】にしようぜ！」

「リリたそにオレもいいところ見せよ～！」

眷族だけじゃなく、気分屋で知られる神様達も俄然《がぜん》やる気を出し始めた。

一挙に熱に包まれた野営地に驚愕《きょうがく》を覚えずにいられない。……でも、それも僅《わず》かな間だけ。

呆けた顔を浮かべていた僕は気が付けば、頬を染めて、破顔していた。

「号令の出番、奪われちゃったね……総大将さん」

「あはは……。でも、これでいいんだと思います」

悪戯《いたずら》な笑みを浮かべて、そっと耳打ちしてくるナァーザさんに、僕は苦笑を返した。

今から似合わない叱咤《しった》激励なんて余計な真似《まね》だし、団長の面目は丸潰《まるつぶ》れに違いないけど……

僕は嬉《うれ》しかった。言葉では言い表せないくらい、とても嬉しかったんだ。

初めてパーティを組んだ『パートナー』が、冒険者があんなに嫌いだったサポーターの女の子が、こうして沢山の人を揺り動かし、歓声を浴びるようになったことに。

——本当に『勇者』みたいだ。

僕はそう思った。

そんな偉そうな身分じゃないっていうのに、とても誇らしい気分になった。

「あ、ベル様……」

熱に浮かされる冒険者達が続々と天幕前から離れ、最後の準備へと駆け出していく中、リリと神様のもとへ歩み寄る。『発破』という最初の仕事を終え、息を吐きかけていたリリは、僕を見るなり照れくさそうに笑った。

「リリ、すごかったよ。本当に……フィンさんを見ているみたいだった」

「全部、そのフィン様の入れ知恵です。『僕にはない可愛らしい外見を使って、しおらしくした後、乱暴な言葉で一気に焚《た》きつけろ』……そっちの方がきっと冒険者好みだから、って」

やっぱり恥ずかしそうに種明かしをするリリは、「本当に『勇者』なんて言葉が似合わないくらい悪知恵が働く方です」なんて、フィンさんのことを評する。

僕はそれがおかしくて笑った。それと同時に、今のリリが、とても大きく見えた。

（……今のリリなら、話していい気がする）

僕がずっと思っていたことを。

違和感とも異なる、ただの荒唐無稽な話かもしれない、僕が感じ続けていた『もし』を。

「ねえ、リリ……聞いてくれない？」

青空の海を、白い雲が風の音とともに東へと渡っていく。

野営地中央から、他の冒険者や神様達が完全に去った後。

僕やヴェルフ達、アイシャさんなど、かつて『遠征』をともにした顔ぶれだけが残る中、話を聞いたリリは難しい顔を浮かべていた。

「ベル様のお話ですし、疑いたいわけではないのですが……やはり、鵜呑《うの》みにはできません。『そのようなこと』が起きる可能性は限りなく低いかと」

「うん、それでいいよ。僕もリリの言う通りだと思う」

ただ、少しだけ心の隅に留めておいてほしい。

僕がそう頼むと、リリは微笑と一緒に「わかりました」と頷いてくれた。

変なことを言って、戦いの全責任を負う指揮官を煩《わずら》わせるべきではなかったかもしれない。

実際、先程まではそう思って、打ち明けようとは思わなかった。

でも、僕なんかよりずっと成長してるリリを、僕は信じることにした。

「あ、あのぅ……私も、ちょっとだけお話しても、いいでしょうか……？」

と、そこで、長杖《ロッド》を抱きしめるカサンドラさんがおずおずと口を開いた。

「何よ、カサンドラ。また『夢』がどうとか言うんじゃないでしょうね？」

「ううぅ……ダフネちゃん、『下層』では信じてくれたのに……やっぱり予知夢《ゆめ》の内容を受け入れてもらえないい～」

目を尖《とが》らせるダフネさんに、カサンドラさんが涙を堪《たた》えながら体をもじもじと揺らす。

リリ達の視線が集まって、緊張し始めてしまう彼女に、僕は助け船を出すように尋ねた。

「えっと、また夢を見たんですか？」

「は、はい……」

「それは、どんな夢だったんです？」

「い、言いたくないというか……そもそも逃げ道もなくて、避けられないみたいで……黄昏色《たそがれ》の大地にあんなことやこんなことが起きて……妖精と小人がっ……猪《いのしし》と戦車がっっ……」

ぎゃ、逆に気になる……。

青ざめながら必死に言葉を濁す姿に、僕が汗を流していると、視線を左右にさまよわせていたカサンドラさんは、意を決したように告げた。

「でも、風が吹きます」

真っ直《まっす》ぐな目で告げられたその言葉を、僕は怪訝《けげん》に思うのではなく、驚いてしまった。

「風、でございますか……？」

「風が吹いて、どうなるっていうんだ？」

「わ、わからないんですけど……それでも、風が吹きます」

春姫《ハルヒメ》さんが小首をかしげ、アイシャさんが胡散臭《うさんくさ》いものを見るように尋ねても、カサンドラさんは同じことを繰り返すだけだった。

ダフネさん達が溜息《ためいき》交じりに辟易《へきえき》する中、僕は頭上を仰ぐ。

「風、か……」

輝く太陽の下、雲を引き連れるのは、一陣の軟風。

「これより橋を解放する！　派閥連合は定められた区域に布陣しろ！」

開戦一時間前。

【ガネーシャ・ファミリア】団長、シャクティの号令によって、『オルザの都市遺跡』にかかる橋からギルド職員や団員達が退く。

それを見て、野営地前で今か今かと焦《じ》れていた連合の冒険者達は、一斉に駆け出した。

戦鎚《せんつい》を背負うドワーフが、杖《つえ》を持つエルフの魔導士が、『魔剣』を抱える鍛冶師達が、姉貴分《アイシャ》の呼びかけに応じた戦闘娼婦《バーベラ》達が、指揮官に指示された地点《ポイント》へと我先にと向かっていく。

「それにしても、意外だったなぁ、ボールス。お主までこの戦いに加わるとは」

「うるせえ、【単眼の巨師《キュクロプス》】！　俺様だってやる時はやるんだよ！　………いや嘘《うそ》だ。本当は死んでも来たくなかった……！」

魔剣を担《かつ》ぐ椿《ツバキ》が声を投げると、同じく大斧《おおおの》を担いだボールスは威勢よく言い返したかと思うと、今にも鼻水を垂らしそうな表情で青ざめた。

「俺様は迷宮の宿場街《リヴィラ》に引きこもるつもりだったんだ！　だがウチのバカ女神が美神《フレイヤ》をギャフンと言わせるとか抜かして、参戦しやがって……！　無理矢理引っ張り出されたんだ！」

「ほう。本当に、それだけか？」

「……いいや、違《ちげ》え。【白兎の脚《ラビット・フット》】と、【疾風】がいなけりゃ、俺様はとっくにくたばってた。借りは面倒臭くならねえうちに返す。それが迷宮の宿場街《リヴィラ》流だ」

大股《おおまた》で走る何人もの冒険者の足音によって、幅広の石橋が震える中、少年達《ベル》とともに厄災《ジャガーノート》に巻き込まれた迷宮の宿場街《リヴィラ》の大頭は、言い訳を口にするように言葉を並べた。

「はっはっはっ！　そうかそうか、ならば漢《おとこ》を見せなくてはなぁ！」

「あったり前だろうが！　こうなったら絶対に勝って、金も名声も手に入れてやるぜ！　戦いに来なかった腰抜け共に威張り散らすためにもなぁ！」

最後は破れかぶれに叫ぶボールスに、椿《ツバキ》は笑い声を上げ、橋を渡り切ると同時に別方向へと進路を取った。他の冒険者も彼女達に倣《なら》って散っていく。

別れの言葉はない。どんなに飾ったお涙頂戴《ちょうだい》の言葉を投げても、今から待ち受ける敵にはそんな気休めは通用しないことを、彼等は知っているからだ。

「林の中に遺跡の奥、おまけに地下室。隠れる場所が多すぎて、むしろ見つけてもらえるか不安になるレベルだ。隠れんぼで見つけてもらえないって、夕日が目にしみるくらい虚《むな》しいよね……」

神々もまた橋を渡り、定められた東側の領域の中から身をひそめる地点《ポイント》を探っていた。

「バカなこと言ってないで、早く隠れる場所を決めなさい、ヘスティア。眷族《こども》達より先に主神が捕まって足を引っ張るなんて、洒落《しゃれ》になってないわよ」

「わ、わかってるとも！　ボクは天界ではレアキャラ扱いされるほど、隠れんぼの達人だったからね！」

「初耳だぞ……」

「神殿に引きこもっていて見つからなかったの間違いでは？」

注意するヘファイストスに向かってヘスティアが胸を張ると、タケミカヅチが胡乱《うろん》な視線を送り、ミアハが限りなく真実に近い推理を口にする。僅かな護衛とともに移動する派閥連合の神々は、神同士の互いの動きを考慮し、潜伏場所を定めていった。

「冒険者並びに、神々も橋を渡りきりました！」

「よし、橋を封鎖する！　イルタ達は予定通り、岸辺周辺を見張れ！」

神々が橋を通過し終えた後、【ガネーシャ・ファミリア】が再び橋を封鎖する。

『オルザの都市遺跡』──巨大な島が存在するのは窪地湖《カルデラ》の南寄り。南端にかかるこの橋を経由しなければ遺跡に立ち入ることはできず、湖を泳いで渡ろうとも、四方の岸に等間隔で配置された憲兵達がそれを許さない。つまり介入者、あるいはモンスターや第三勢力が現れたとしても、【ガネーシャ・ファミリア】が誇るＬｖ．４の第二級、及《およ》びＬｖ．５の第一級冒険者を突破しなければ遺跡に侵入することは不可能ということだ。

シャクティ達による鉄壁の包囲網は──多くの【ファミリア】を巻き込んだ『大戦』そのものは、どちらかの神々の『花』が手折れるまで、決して終わることはない。


「フレイヤ様」

都市遺跡西部、【フレイヤ・ファミリア】陣内。

石の玉座に腰かけていたフレイヤに、装備を纏ったオッタルが近付く。

「なに、オッタル？」

「ギルドより、ようやく『花』が届きました。胸をお飾りください」

それは小振りな花弁の集まり。

戦争遊戯《ウォーゲーム》の勝敗を巡る旗にして鍵。

差し出されるそれは、紫丁香花《ライラック》の花。

美しい紫の花を見て、フレイヤは自嘲《じちょう》にも似た笑みを浮かべた。

「……とんだ皮肉ね」

「……？　なにか？」

「いいえ、なんでもないわ」

フレイヤはその花を受け取り、胸に差す。

彼女が纏っているのは、普段の黒い炎を模したドレスではない。

まるで花嫁を彷彿させるような、瀟洒《しょうしゃ》で、貞淑な、白のドレスだった。

白装束《しろしょうぞく》に身を包む女神は、全ての未練を断ち切るように、猪の従者へ告げた。

「勝ちなさい、オッタル」

「はっ」

「必ずベルを手に入れる。方法はもう、これだけ」

「……はっ」

武人はただ頷く。何度だろうと頷く。

ひとえに主《あるじ》の神意を叶《かな》えるために。

「………………」

その方角を、赤みがかった珊瑚朱色《さんごしゅ》の双眸《そうぼう》が、眺めていた。

金の長髪を風に揺らされながら、ヘディンは表情を崩さず、女神だけを見つめ続けていた。

「何をぼさっと突っ立ってやがる、羽虫」

「……黙れ、愚猫《ぐびょう》。ただ我が忠義を定めていただけだ」

左肩に銀の肩当てと片マントを纏うアレンに、ヘディンは一瞥もくれず振り向いた。

主に背を向け、片手で眼鏡《めがね》の位置を直し、眼下に向かって告げる。

「この忠義をあの方に捧《ささ》げる。——手足のごとく私の声に従え、気高き女神の眷族ども」

『おおおおおおおおおおおおおおおおおおおおおおおおおおおおおおおおおおおおおっっ!!』

巨大な遺構の上に建つ指揮官の声に、強靭な勇士達《エインヘリヤル》が吠《ほ》える。

緑玉明色《エメラルドグリーン》の湖を震わす雄叫《おたけ》びは、まさに戦争の訪れを告げる角笛のごとく轟いた。

「ク、クク……来るか、終末の戦い《ラグナロク》…………は、始まっちゃうなぁ……」

黒妖精《ダーク・エルフ》は漆黒の長剣を鞘ごと抱えながら、気弱な声を漏《も》らした。

「時間か」

「時間だ」

「来るか」

「来るぞ」

小人族《パルゥム》の四兄弟は同じ声を揃え、砂色の兜《かぶと》を装着する。

「さっさとしろ。やることなんざ変わらねえ。——轢《ひ》き殺す」

猫人《キャットピープル》は銀の長槍《ちょうそう》を携え、静粛な殺気を纏う。

「戦いが始まった後、私の補佐をお願いします、ロナ、イルデ。女神を害する蛮族どもが現れたなら、私はきっと融通が利かなくなりますので」

「「はい！　ヘイズ様！」」

満たす煤者達《アンドフリームニル》と呼ばれる治療師《ヒーラー》や薬師《ハーバリスト》達は、瓦礫《がれき》の上に腰かけ瞑目する少女に恐れをなすように、一糸乱れず姿勢を正す。

「……来い、女神の寵愛《ちょうあい》」

猪人《ボアズ》の武人は女神のもとを離れ、たった一人の少年にしか興味を持たず、呟いた。

「始まるぜ、ベル」

「うん……！」

そして。

西の方角より響き渡る勇士達の喚声に、赤毛の青年ともども白髪の少年は拳を握り締めた。

『それではぁ！　戦争遊戯《ウォーゲーム》っ、開始ぃいいいいいいいいいいいいいいいい‼』

時計の二つの針が天を仰ぎ、重なる。

山々を隔てた迷宮都市より、大鐘の音《ね》ともに開戦の合図が打ち上がった。

VS．【フレイヤ・ファミリア】。戦闘形式《カテゴリー》——神探し《ハイド・アンド・シーク》。

勝利条件は、『神の花』の奪取。

かつてない史上最大規模の戦争遊戯《ウォーゲーム》が今、幕を開けた。


『オルザの都市遺跡』の名に偽りはない。

窪地湖《カルデラ》に築かれた巨大遺跡の総面積は、オラリオの一区画をまるまる覆《おお》えるほど。

つまり五十近い派閥が入り乱れようが、おつりが来るほどには広い。

この遺跡を戦場の候補地に挙げたのは――ギルドに意見を求められたのは――【ヘルメス・ファミリア】。主神の趣味で遺跡巡りを行う中立派閥は、『古代』の情報や秘宝を集める巡検《フィールドワーク》もこなす。既に太古の史料をあらかた回収されている都市遺跡は、『抜け殻』という意味でも『派閥大戦』の戦場に推された。

日の光を浴び、影を生む、半壊した石柱や壁面。

顔の一部や腕を失い、黙して語らない架空の神々の像。

屋根どころか壁さえ消えた大浴場跡は、長い年月の間に雨水を溜め込み、今は広大かつ清冽《せいれつ》な泉と化している。

遺跡の随所に散見するのは、槍《やり》を持った神や巨大な狼《おおかみ》が刻まれた白と灰のルーン石碑群。文化的価値を持つ宝の石は、モンスターに打ち壊され碌《ろく》な解読もできない。墳墓に収められていた副葬品など宝の類も盗賊達に奪われている。

滅亡と衰退の象徴。

歴史の荘厳さと、時代に忘れ去られた寂寥感《せきりょうかん》が天秤《てんびん》の上で揺れている。

冒険者達はそれらの光景を一瞥し、すぐに視線を断ち切った。

在りし日に栄え、滅びを迎えた都《みやこ》は今日《きょう》、再び激戦の地に変貌する。

「敵影は？」

「ない。東と西の境界にはまだ近付いていないようだ」

「なら本陣に報告！　移動するぞ！」

派閥連合に属する冒険者達が、続々と移動を重ねる。

【モージ・ファミリア】のルヴィスが率いるエルフ達や、獣人のパーティを始め、大量の『斥候部隊』が都市遺跡には放たれていた。

『南東側に敵は見えません、リリ殿。東の領内に相手は到達していないものかと』

「わかりました、命《ミコト》様。あとは守備隊に任せて西進してください。そのまま前方に建つ遺跡の調査を。リリだったらまず、あそこを押さえて兵を置く」

『心得ました！』

命《ミコト》の声が響く水晶に、リリは指示を送る。

派閥連合の領内である遺跡東側、そのほぼ中央。

いくつもの柱の基部が並ぶ市場跡《マーケット》に、リリは形だけの本陣を構えていた。

切り株ほどの大きさの基部には複数の水晶、『眼晶《オクルス》』が置かれている。

その光景は奇《く》しくも迷宮街《ダイダロス》攻防戦の折、ヘスティアが塔の屋上で築いた『指揮所』に似ていた。遺跡の地図を広げ、眼晶《オクルス》を通して各部隊の報告を受け取り、淀《よど》みなく指示を出していく。

「リ、リリさん……さっきから引っきりなしに連絡が来てますけど、大丈夫なんですか？」

「他の方々は【フレイヤ・ファミリア】という怪物と交戦するんです。碌に戦えないリリが、こんなことで音《ね》を上げるわけにはいきません！」

何度も光っては冒険者の声を発信する複数の眼晶《オクルス》に、護衛の千草《チグサ》が目眩《めまい》を堪《こら》えるように声をかけるが、リリは一瞥も返さず覚書《メモ》の記入に専念する。

『本陣』と言いながら、この市場跡《マーケット》にいるのはリリと千草《チグサ》の二人のみ。

隠れる神々も守らなければいけない中、リリの護衛に人員を割くわけにはいかなかった。

リリが倒れた後のことはアイシャやダフネ、椿《ツバキ》に託してある。

派閥連合にとって総指揮官《リリ》を失うことは最悪の事態ではない。

最も回避すべきなのは、保身に走って敵の戦略を見抜けないことだ。

最優先目標を履《は》き違《ちが》えてはならないと、リリは千草《チグサ》に向かって言外に力説する。

だが、

『おい、小人族《パルゥム》！　中央に敵はいねえぞ！　これからどうすんだ！』

『リリスケ、北の大外から敵は来ていない。今のところ回り込まれる心配はなさそうだ』

『境界から先、西の敵陣に侵入するぞ！　いいな!?』

『指揮官、どうした！　指示をくれ！』

（あ・あ・あ・あ・あ・あ・あ・あ……!!　どんなに強がっても、情報が捌《さば》ける許容量を超えてますぅ!!）

やらなければならない使命と、実際の本音はまるで違った。

ボールスの胴間声だったりヴェルフだったりアマゾネスだったりエルフだったり、とにかくピカピカ光り散らす眼晶《オクルス》を、金切り声を上げてブン投げたくなってしまう。

こんな多面指揮を平然と「やるんだ。君ならできる」とにっこり笑いながら命じた【勇者《ブレイバー》】に恨みを覚えてしまうほどだ。

（ですがっ、やらなくては……！　こんなことくらいしか、弱いリリはベル様達のお役に立てない！　ダフネ様の力だって借りられない！）

下層域の『遠征』を経てLv．3に至ったダフネは、派閥連合の中でも貴重な上位戦力だ。リリの補佐などさせるわけにはいかない。

指揮を務めると決めた時点で、甘えなんてものは許されない。

目を血走らせながら額に汗を溜めるリリは、千草《チグサ》も怯《おび》えるほどの形相で冒険者達に片っ端から指示を与えた。更に耳で聞いた情報を、地図とは別の羊皮紙に書き殴っていく。

「繰り返しますが、斥候は『敵部隊』及び『フレイヤ様』の発見を第一にしてください！　戦闘はできる限り回避！　情報の収集を最優先です！」

手に取った拳大の眼晶《オクルス》に向かって、器用に小声で叫びかける。

リリは今回の『神探し《ハイド・アンド・シーク》』という戦いにおいて、『攻め』を重視していた。

証拠に、敵情を探る斥候と、敵の侵攻を阻む守備隊の割合は七対三。

極端な話、【フレイヤ・ファミリア】の攻撃は防ぐことができない。

第一級冒険者《オッタルたち》と強靭な勇士《エインヘリヤル》の突撃《ラッシュ》とは、都市最大派閥《ロキ・ファミリア》のフィンをして「必ず回避する」と言わしめるもの。いくら冒険者が束になっても粉砕される、終末の行進そのものだ。

防戦は敗北を意味する。

それを悟っているリリは攻撃こそ最大の防御――敵陣が『受け』に回る状況を欲し、自陣が後手に回ることを徹底的に拒んでいた。

(とにかく情報！　敵の出方！　配置！　数！　たとえフレイヤ様の潜伏場所が巧妙に隠されていたとしても、相手の布陣から逆算して位置を辿っていくしかない！　その過程で、どれだけの罠が張り巡らされていたとしても！)

口には出さないが、リリは斥候部隊に関してはやられてもいいと考えている。

言い方を変えることが許されるなら、犠牲は避けられないと、そう覚悟している。

それほどまでに『接敵』は『壊滅』と同義だ。

同じLv同士だったとしても、派閥連合と美神の眷族《フレイヤ・ファミリア》では地力が違い過ぎる。

存在を気取られれば、間違いなく斥候部隊は全滅するだろう。

「ええっ⁉　それじゃありリさんは、斥候の人達をみんな捨て石にしてるってこと……？」

「どんなに手を打っても、そうなっちゃうって話。ウチが指揮を執っても同じことをする」

市場《マーケット》跡から離れた遺跡中央帯。守備隊の一つを受け持つダフネは、うるさそうに耳を片手で塞ぎながら、カサンドラに説明する。

「この『神探し《ハイド・アンド・シーク》』っていう勝負に勝つには、どうしても斥候や偵察に数を割かないといけない。こんな広い戦場から、相手の主神を見つけ出さないといけないんだから」

化物軍団《フレイヤ・ファミリア》なら時間さえかければ『派閥連合の眷族を全滅させる』という勝利条件も存在する、とは言わないでおく。

「主神の居場所さえわかれば、相手がどんなに激しい攻撃を仕掛けてきても、反撃ができる。攻めに兵を割く分、主神の守りは減らさざるを得ないからね」

「ええと……【フレイヤ・ファミリア】は連合の神様達、全員の居場所を摑んで攻めないといけないから、戦力は絶対に散らばる……それがリリさんの突きたい『穴』ってこと？」

「そういうこと」

腰にぶらさげた眼晶《オクルス》を一瞥しつつ、今のリリの心情を慮《おもんぱか》るダフネは、言葉を選んで告げた。

「味方の被害を抑えようとしたら、この勝負は絶対に勝てない」

「つまり、肉を切らせて骨を断つということか？」

「ええ。リリ殿はそうおっしゃっていました。正確には我々《われわれ》斥候部隊だけでなく、タケミカヅチ様達、神々も『囮《おとり》』にするとも……」

斥候部隊の一つで、桜花《オウカ》と命《ミコト》は森を駆けながら会話を交わす。

――肉を削り落とされる間に、相手の心臓を貫くしかありません。

――そこに、どんな苦痛と悲鳴が生じようとも。

戦争遊戯《ウォーゲーム》の戦闘形式《カテゴリー》が決まった直後、リリは【ヘスティア・ファミリア】の前でそう語っていた。

フィンに言われるまでもなく、あの小さな指揮官は戦局の流れを悟ったのだ。

神妙な顔を浮かべる桜花《オウカ》の隣で、命《ミコト》は前を見据えながら告げる。

「こちらの最後の神が倒れる前に、フレイヤ様を討《う》つ――刺し違えてでも。それが自分達に求められていることです」

「――なんて言っても、部隊の優先度はちゃんと決めているようだけどね」

「その辺りはフィンと似て、あくどいな。いや、したたかと言うべきか」

アマゾネスのアイシャの言葉に、ハーフ・ドワーフの椿《ツバキ》が小さく笑う。

眼晶《オクルス》には限りがある。アイシャ達を含め、ダフネ達や命《ミコト》達など、リリが貴重な『通信器』を渡す相手を厳選しているのは明らかだった。

『連合』と名がつくほどの、これだけの大部隊だ。指揮官《リリ》の言うことを聞かない冒険者は故意にしろ無意識にしろ、必ず出てくる。私怨で女王《フレイヤ》の首を狙う『女神同盟』が最たる例だった。

それらを全て計算に入れ、リリは眼晶《オクルス》を信用できる者達に――特に『切り札』や『懐刀《ふところがたな》』となりうるアイシャ達に――託したのだ。

「目が届く範囲で私達が部隊を指揮……いや監視して、チビスケに戦況を伝える。ま、百人隊長ってところか」

「手前は指揮が苦手だ。先陣を切ってやるから、しち面倒なことは頼んだぞ、【麗傑《アンティアネイラ》】！」

「こっちに二人しかいないLv.5なんだから、少しくらい仕事しなよ、【単眼の巨師《キュクロプス》】……」

無責任の極《きわ》みの椿《ツバキ》に「あんた【ファミリア】の団長だろ」とアイシャは呆《あき》れ果てる。

嘆息を挟み、自分達の背後に控える鍛冶師達――大量の『魔剣』を携えた『砲撃部隊』を確認した後、アイシャは手の中の眼晶《オクルス》に声をかけた。

「戦場の中央にも動きはないよ、チビスケ。……不気味なくらい、静か過ぎる」

(敵の目立った動きを、どの部隊からも確認できない……？)

本陣の市場跡《マーケット》。

アイシャ達の報告を受け取るリリは、千草《チグサ》に見守られながら長考の姿勢に移った。

(こちらの出方を窺《うかが》う気ですか？　……しかし、それがわかっていても、リリ達は探りを入れるしかない！)

釈然としないものを感じつつ、リリは敵領内に進むよう斥候部隊に続々と指示を出した。

(フェルズ様から無理矢理かっぱらった眼晶《オクルス》がある分、情報の伝達速度はこちらが断然有利！

対して【フレイヤ・ファミリア】は敵指揮官《ヘディンさま》のもとから遠ざかるほど、意思疎通の遅滞《ロス》が生まれる！　それは第一級冒険者であっても同じ！)

そこに必ず付け入る隙が生まれる。リリはそう信じていた。というより、祈っていた。

たとえ魔石製品の信号器を用いて光で通信したとしても、具体的な意思疎通はできず、地形によってはそもそも通信できない。この『神 探 し《ハイド・アンド・シーク》』という形式の中で、時間と距離の壁を超える『眼晶《オクルス》』は反則と言っていいほどの価値がある。

（究極、この島の『隠れんぼ』は情報戦！　局地戦でどれだけ敗北を重ねようと、『本命』の戦場で勝てさえすればいい！）

【フレイヤ・ファミリア】の団員がヘディンから遠ざかり、各々の判断で動いたとしても、派閥連合は数だけは多い。犠牲となる部隊が時間を稼いでいる間に、足並みを揃えてフレイヤの潜伏場所を攻め込めれば、勝機はある。

（敵の陣形を確認次第、『クロッゾの魔剣』を持たせた砲撃部隊と最強支援《ハルヒメさま》、そして切札《ベルさま》を切る。出し惜しみはなしです！　時間はリリ達にとって敵！　こちらの神様達、四十六柱を失う前に、フレイヤ様の『花』を奪う……！）

今は待機を命じている春姫《ハルヒメ》達を思いながら、気持ち悪い手汗を握《にぎ》り潰す。

ダフネ達も周知している通り、リリの戦略には多大な犠牲が生じる。

しかし、それでもリリは『正確な盤面』が知りたい。

どの地帯《マス》にどれほどの兵士《ポーン》が配置され、女神《クイーン》はどこにひそんでいるのか。

全てを突破してくる戦車《ルーク》は？

遠方より砲撃を仕掛けてくる白と黒の妖精《ビショップ》は？

独自の動きと連携で攪乱《かくらん》する小人《ナイト》達は？

最強の猛者《キング》は、女神《クイーン》の護衛？

それらの情報を一刻も早く摑み、何としても俯瞰したい。斥候部隊がやられても情報さえ残してくれれば、それは千金の山に相当する。戦局の行方《ゆくえ》を決める鍵になりうるだろう。

だから、リリは冷酷な指揮官の仮面を被り、罪悪感を圧殺する。

指揮官の非情さ、という一点は、どんなに成長してもフィンに敵《かな》う気が全くしなかった。

『北、異常なし』

『南、敵の侵攻はない』

『先に進むぞ！』

リリの内心の焦燥とは別に、戦場は静かだった。

少なくとも、派閥連合側は静かにならざるをえなかった。

いち早くフレイヤを見つけ出すため、あるいはこちらの神々を狙う敵部隊を捕捉するため、大量の斥候部隊が息を殺して移動、もしくは各地点で待ち伏せを実行する。

いつ、この静寂が破られるのか。

総軍の指揮を執るリリの胸が、時間が経過する度に高鳴っていく。

だからリリは、心して待った。

味方が情報を入手する瞬間を。

彼等《ら》彼女等《ら》が悲鳴を上げて犠牲となる瞬間を。

待って、待って、待ち続け、そして——。

「…………………っ？」

その『異常』に気が付いた。

静か過ぎる。

あまりにも。

『リ、リリルカ・アーデ……敵領内の半分まで、侵入してしまったぞ』

リリの予感を肯定するように、エルフのルヴィスが戸惑った声で報告する。

敵領内の半分。

すなわち、島内の四分の三を、派閥連合が網羅してしまったという事実。

にもかかわらず会敵はおろか、敵影の一つも確認できないという状況。

おかしい。変だ。気味が悪いほどに。

敵は本当に島内へ兵を繰り出しているのか？

敵指揮官《ヘディン》は本当に、『神探し《ハイド・アンド・シーク》』の趣旨を理解しているのか？

『リリ殿……て、敵が全く見つけられません……』

『おいリリスケ、どうなってるんだ！　まだ戦いの一つも起こってないぞ！』

『身をひそめてる可能性はありえないよ。万能者《アスフィ》の魔道具《マジックアイテム》も使って網を張ってるんだ。透明になろうが臭いを消そうが、絶対にこっちの警戒はすり抜けられない』

リリの思考が疑問と不安に揺さぶられる中、点滅《てんめつ》する複数の眼晶《オクルス》も困惑の重奏を奏《かな》でる。

敵がいない？　馬鹿を言うな。そんなことはありえない。

しかし、ありえない筈なのに、状況がリリの予測を破壊する。

こちらの目を盗んで隠密を徹底してるという可能性も、アイシャの報告によって消滅した。

この違和感はなんだ。この薄ら寒さは何なのか。

私《リリ》はもう、敵の術中にはまってしまっているのか？

無数の煩慮《はんりょ》が脳裏《のうり》を過《よぎ》り、鼓動を蝕《むしば》むが、リリはそれを何とか鉄の意志で抑え込んだ。

（島の西側……敵領内にリリ達を誘い込む気？　でも、そんなことをして、どうなるというのですか？　こちらの陣形を縦長に伸ばし、潜伏しているヘスティア様達と距離を離させるのが目的？　それとも、派閥連合《コイネー》を全滅させる罠が用意されている……？）

震える手で、羊皮紙に共通語を書き込み、情報を更新して、盤面を読み取ろうとする。

脳内で何度も可能性を勘案し、考えうる要素を精査し、迷いが生じる精神を焼き焦《こ》がす。

このまま西進を続けていいのか？　一度部隊の動きを停止させるべきでないか？

しかし状況を停滞させてどうなる？

情報を得られなければ、先制攻撃も応戦もしようがない。

不可解な状況にリリの思考が停滞し、身動きが取れなくなっていた——その時。

『は、発見！　敵を発見した!!』

「!!」

並べられていた眼晶《オクルス》の一つが、輝きを放った。

声の主はルヴィス。

斥候部隊の中でも最も先行している、四人一組《フォーマンセル》の【モージ・ファミリア】だ。

大きく肩を揺らしたリリは、次には飛びつくように水晶の通信器を手に取っていた。

「位置は⁉」

『に、西っ！　島の最西端！』

──西端⁉

『戦場の隅』という信じられない報告に、リリは耳を疑う。

「数は⁉　規模は⁉」

どういうことだと聞き返しそうになる衝動を押し殺すも、敵に見つからないよう隠密しているルヴィス達の事情を忘れ、声を上げて叫びかけていた。

だが、いつまで経《た》っても返答はなかった。

代わりに、息を呑む気配だけが水晶越しに伝わってくる。

リリの表情に困惑が宿る頃、ルヴィスは、口を開いた。

『……全軍』

「……はっ？」

時を止める小人族《パルゥム》に、エルフは声を震わせる。

『【フレイヤ・ファミリア】、全軍だ』

「なんじゃ、ありゃあ……」

モルドは、視界の先に広がる光景に立ちつくした。

「おいおい……」

「ど、どういうつもりなんじゃ……？」

『魔剣』を携えるヴェルフと、盾を持つドルムルは、呆然《ぼうぜん》とした声を重ねた。

「……正気かよ、連中は……」

眼帯をしていない右眼をあらん限りに開き、ボールスは冷や汗を湛えた。

「島の西端に全軍を布陣させた⁉　冗談でしょう⁉」

そして、敵の出方を何十通りも予測していた筈の副指揮官《ダフネ》は、声をブチまけていた。

険しい断崖と、窪地湖《カルデラ》の水面を背にした都市遺跡の最西端。

そこに、【フレイヤ・ファミリア】の『本陣』は築かれていた。

無数の神殿跡が並ぶ区域に配備された、百五十もの兵士達。派閥の制服でもある《栄光のファミリア・クロス》の上にそれぞれの武装を纏い、鉄檻《おり》のような囲いを敷いている。

動く気配はなく、呪文《じゅもん》を唱える兆候もなく、身じろぎさえすることもなく。

まさに万軍が守る『女神の城』を、敵は都市遺跡の西端に築き上げていたのだ。

「フレイヤ様は⁉　敵の陣地内に、本当にいるのですか⁉」

東の市場跡《マーケット》で、眼晶《オクルス》に叫ぶリリは表情を目まぐるしく変えていた。

動揺と衝撃、混乱と焦燥、そして『まさか』という危惧。

罠の可能性や空《から》の玉座という可能性を願い、何度だって確認する。

「ま、待て！　…………いやっ、いる！　女神フレイヤも陣地内にいる！　湖を背にした最奥《さいおう》の神殿、その中だ！」

遺跡南西、島の中で最も高い塔跡へと上ったルヴィスも、平静を保てず叫び返す。

妖精の射手たる眼を眇《すが》める彼の視線の先、天井の大部分が抜けた大神殿──『神の家』の中に、女神はいた。

用意された玉座に腰かけ、何をするわけでもなく、頬杖《ほおづえ》をついている。

不意に顔を上げ、間違いなくこちらを見返してくる銀の瞳《ひとみ》に、妖精《ルヴィス》は今度こそ青ざめた。

「別働隊は⁉　でかい砦《とりで》を囮にして、第一級冒険者達《バケモノ》で背を突こうって腹じゃないのか⁉」

「……いや、全員固まっておる。少なくとも、主力は全てあの陣内だ。【女神の戦車《ヴァナ・フレイア》】に【炎金の四戦士《ブリンガル》】、【黒妖の魔剣《ダインスレイヴ》】に【白妖の魔杖《ヒルドスレイヴ》】……そして、オッタルも」

都市遺跡西域、その中央の巨大墳墓。

墳墓の屋根の上まで移動したアイシャも動揺をあらわにする中、【フレイヤ・ファミリア】の様子を仔細《しさい》に眺める椿《ツバキ》が、苦虫を噛《か》み潰したような顔を浮かべた。

「敵の影を捉《とら》えられぬわけだ……」

相手は開戦から今まで、あの『本陣』より一歩も動いていなかったのだ。

椿《ツバキ》とアイシャ達以外にも、斥候隊から伝令を受けた冒険者が続々と西の領内に侵入し、その側から絶句していった。

「あ、穴熊《あなぐま》……？」

命《ミコト》は呆然と呟いた。

敵の陣形を目にした彼女が思い出すのは、極東の盤上遊戯《ボードゲーム》で行われる戦術の一つ。

王を囲い、兵と将で守り抜く『城塞』の布陣。

「いや、文字通り『背水の陣』……！」

タケミカヅチは呻《うめ》いた。

命《ミコト》達から遥か離れた島の東側で、女神《ヘスティア》が持つ眼晶《オクルス》が映し出す光景を見て、全てを察する。

敵は退路など断ち、小細工も廃して、真正面から派閥連合を迎え撃とうとしている。

「え？　えっ⁉　どういうこと⁉」

「試合規則《ルール》を無視した……！」

迷宮都市《オラリオ》内。

状況の理解が追いつかないティオナの隣で、アイズが息を呑む。

「やはり、そっちを取るか」

同じ本拠《ホーム》の応接間で、フィンはその碧眼《へきがん》を鋭く細める。

「ヘルメス様、これは……！」

「試合規則《ルール》の違反を犯しているわけじゃない。ただ、取るべき『常道《セオリー》』を捨てただけだ」

都市中がにわかに騒然となる中、『バベル』でアスフィが動揺し、ヘルメスがその『戦術』

も見越していたように淡々と告げる。

「派閥連合《ボクたち》じゃ真似できない、【フレイヤ・ファミリア】にしか取れない作戦……！」

　再び島内。

　右手で眼晶《オクルス》を握りしめながら、ヘスティアが顔面を引きつらせる。

「っ……！　師匠《マスター》……！」

　最後に、敵軍からも自軍からも捕捉されないよう、ただ一人単独行動をしているベルは確信とともに、全てを企てたであろう人物を脳裏に思い浮かべた。


「くだらない試合規則《ルール》に付き合うものか」


　戦場も、山々の先の迷宮都市も、衝撃に包まれる最中《さなか》。

　【フレイヤ・ファミリア】陣中の一角で、ヘディンは傲慢に告げた。

　自軍の兵を見晴らすことのできる神殿の上にたたずみながら、右手で眼鏡の位置を直す。

「私の声が届く範囲で、手足のごとく勇士どもが動く。この方法が最も効率がいい。この陣形が、最も強い」

　美しい金の長髪を風に梳《す》かれながら、断言する。

　黙して語らない第二級以下の強靭な勇士《エインヘリヤル》は勿論《もちろん》、不満や舌打ちなどそれぞれの表情を浮かべる第一級冒険者達でさえも、無言の肯定を纏う。

「早く応じろ。貴様等が取れる選択は二つに一つだ」

ヘディンが取った作戦は極めて単純《シンプル》。

戦力の一点集中――すなわち『神探し《ハイド・アンド・シーク》』の放棄。

それは奇しくも女神《ヘスティア》が悟った通り、【フレイヤ・ファミリア】だからこそできる戦術。

派閥連合が同じ作戦を取れば轢き潰されるだけの、圧倒的強者による特権。

武神《タケミカヅチ》の言う『横綱相撲《よこずなずもう》』ができるからこそ、『神探し《ハイド・アンド・シーク》』を『ただの総力決戦』に変えるという暴挙を採用したのだ。

そしてその暴挙こそが、派閥連合が欲していた敵陣形の正体である。


(悪魔だ――)


リリは青ざめた。

護衛の千草《チグサ》とともに東の市場《マーケット》跡を発ち、アイシャ達が待つ巨大墳墓に駆け付け、その陣形を視認した瞬間、肺腑《はいふ》が凍り付いた。

甘かった。

フィンからあれほど情報を聞いていたというのに、認識が足りていなかった。

敵指揮官《ヘディン・セルランド》が、どれほど非効率を嫌い、どれほど残酷な妖精であるのか。

どれだけ自分と指揮官としての『格』が違うのか、思い知らされる。

（リリと対話をする気がっ、駒《こま》を指し合う気がない！　手番《ターン》も規則《ルール》も無視して、『剣を抜け』と、そう言ってる!!）

それは啞然《あぜん》とする指手《リリ》の目の前で、盤上《ボード》に刃物を突き刺し『それを抜いてかかってこい』と言っているに等しい。

普通なら『神探し《ハイド・アンド・シーク》』という種目に真っ先に食いつく。

どこを偵察するのか。

どこに神を隠すのか。

どこに伏兵を置くのか。

そんな膨大な選択肢を考え抜き、戦術を練る。

だがヘディンは『神探し《ハイド・アンド・シーク》』という煩わしい戦闘形式《カテゴリー》そのものを『自分に都合のいい戦場《フィールド》』に変えたのだ。

敵が戦力を分散させず、固まっている以上、リリが目論んでいた『肉を切らせて骨を断つ』作戦はもう意味がない。『神の探し合い』なんてものが、発生しない。

『要塞』を築かれた時点で、派閥連合が取れる選択肢は二つに一つ。

いいいいいいいいいいいい

特攻か、特攻しないか、だ。

（あの妖精《エルフ》は……悪魔だっ……!!）

同じ言葉を何度も心中で吐き捨てながら、リリは思考が空転する音を聞く。

最悪の『二者択一』。

この二択以外の選択肢はない。少なくとも今のリリには思いつかない。

敵にとって都合のいい二択を選ばされていると自覚しながら、決断を迫られる。

『おいっ、どうすんだよ、指揮官！』

眼晶《オクルス》から鳴り響き、急《せ》き立《た》てるのは、モルドやボールス達の焦りの声。

長期戦の選択肢は、ない。

【フレイヤ・ファミリア】は総力を一箇所に集めている。そもそも地力が異なる相手だ、散発的な攻撃をしても迎撃され、こちらの被害が悪戯に増えるだけ。睨《にら》み合《あ》いを続け、集中力が切れたところに奇襲されても痛手を負う。

力の劣るリリ達は大前提として『守り』に回ってはいけないのだ。兵糧と呼べるものを比べても、冒険者の数が圧倒的に多い派閥連合の方が先に食料を枯らすのは目に見えている。

長期戦なんて、意味がない。意味がないのだ！

敵の要求通り、ここで『決戦』に臨むしか道はない!!

「リ、リリさん……」

「リリ様っ……」

護衛として側にいる千草《チグサ》が、遅れて巨大墳墓に駆け付けた春姫《ハルヒメ》達が、リリの横顔を埋めつくす膨大な汗に気付き、狼狽《ろうばい》する。

いけない、動揺しては駄目だ、指揮に関《かか》わる、そう思いはすれど発汗と動悸《どうき》は治まらない。

指揮官の到着を待っていたアイシャと椿《ツバキ》、ダフネも口を噤《つぐ》んで見守る中、出口などない葛藤の迷宮の中で立ちつくす。

【フレイヤ・ファミリア】と『真っ向勝負』なんて絶望に、挑むしかないのか？

そんな決断、指揮官として失格だ。他に道はないのか。ここにフィンがいたら何と言う？

本当に、あの死地へ、仲間を送り出すしかないのか――。

リリが指揮者の責任と重圧に潰されそうになった、その時。

『リリ』

腰に吊《つ》るしていた白の眼晶《オクルス》が、光った。

『い、行こう』

震える声で、自身も恐怖と戦いながら、少年は言った。

一緒に立ち向かおう。そう言って、立ち竦むリリの背中に、手を回してくる。

それだけで、出口なんてなかった迷宮《クリア》に、光の道が切り開かれた。

あれほど渦をなしていた思考が鮮明となり、暴れ狂っていた鼓動の音が、決意の向こう側へと収束する。

少女の手が、ぎゅっと拳を作った。

「――散らばっていた戦力を、集めてください」

頬に滴《したた》る汗はそのまま、睨みつけるように敵陣を見据えながら、リリは口を開いた。

「速やかに部隊を再編します。ルヴィス様達、斥候は全て遊撃隊に」

「わ、わかった！」

「春姫《ハルヒメ》様、墳墓の中で透明布《リバース・ヴェール》を被ってください。敵と都市の目に、決して存在を気取られないように。アイシャ様達のすぐ後ろで、いつでも階位昇華《レベル・ブースト》を使える準備を」

「は、はいっ！」

顔付きも、声音《こわね》も変わったリリに驚きながら、ダフネがカサンドラ達に指示を出し始め、春姫《ハルヒメ》と護衛の戦闘娼婦《バーベラ》達が一度巨大墳墓の中へと降りていく。

「千草《チグサ》様、リリの護衛はもういいです。桜花《オウカ》様達と合流して、力になってあげてください」

「リリさん……はい！」

「アイシャ様、椿《ツバキ》様、敵の治療師《ヒーラー》の位置はわかりますか？」

「……いや、ここからじゃ見えないね」

「奴等《やつら》も隠しているのだろう。こればっかりは戦いが始まらなければわからん」

「では、開戦した後は満たす煤者《アンドフリームニル》達の索敵を徹底させてください。リリの方でも可能な限り探りますが、敵生命線の撃破を最優先します。……魔道具《マジックアイテム》もルヴィス様達に」

千草《チグサ》も力強く頷き、アイシャも、椿《ツバキ》も唇に笑みを宿しながら応《こた》える。

淀みない指揮の声と、凛然《りんぜん》と勇気を秘める小人族《パルゥム》の姿に、派閥連合は動揺の時間を脱した。

眼晶《オクルス》を通して見聞きしていたモルド達も、周囲にいた冒険者達も、次々に下される指示に『おお！』『任せろ！』と勢いづく。

「遊撃隊を除き、部隊を三つに分けます。中央は椿《ツバキ》様、左翼はアイシャ様が、右翼はダフネ様とボールス様が指揮を。各部隊に行き渡るように『魔剣』を配備してください！」

乱れていた士気が速やかに立て直されていく中、リリは矢継ぎ早に命令を下す。

リリが眼晶《オクルス》をもって得ようとしていた活路——指示の伝達速度という優位性《アドバンテージ》はほぼ消えたと言っていい。

ヘディンの目と耳が届く範囲である以上、彼の指揮の声は全ての兵に行き渡る。たとえ遅滞《ロス》が生じようと、それはもはや誤差に過ぎない。完全統率された万軍は、必ず眼晶《オクルス》の情報速度を埋め合わせてくるだろう。

よって、こちらに残っている明確な優位性《アドバンテージ》は、大量の『クロッゾの魔剣』。

【ヘファイストス・ファミリア】が用意したものも含め、ヴェルフが不眠不休で生み出した強大な魔剣火力で、あの『最強の布陣』を切り崩すしかない。

（震えるな、怯《おび》えるな！　ベル様のためにリリは今、ここに立ってる！）

破ってやる。

いや、破らなければならない。

あの悲しみと怒りを思い出せ！

リリ達を『魅了』して、ベルを傷付けたフレイヤとその眷族へ雪辱を晴らすためにも、今からあの敵陣をメタクソにするのだ！

（リリはこの派閥連合《パーティ》の指揮官です!!）

無理やり自分を奮い立たせるリリは、盤上《ボード》に突き立てられていた剣を引き抜き、悪魔じみた妖精に切っ先を向けた。

「やってやる……！」

「及第点だ」

派閥連合の部隊再編による動きを自陣から認め、ヘディンはリリの『勇断』をそう評した。

【フレイヤ・ファミリア】だからといって尻《しり》込むようなら、あるいは無駄な策を弄するようなら、ヘディンは一瞬のうちに派閥連合を半壊させようと考えていた。

「私は無能を唾棄する。だが、能を有《ゆう》そうとあがく弱者は、評価する」

普通の指揮官ならば彼我の力の差に臆し、盤上《ボード》の剣を引き抜くこともしなかっただろう。その点、フィンが入れ知恵したという小人族《パルゥム》の少女は、少年《ベル》と同様に合格点だった。

「貴様となら、予定通り斬り合えるな」

人知れず一人の少女を認めたヘディンは、指示を出した。

「突撃の準備をさせておけ。守りはしない、攻め尽くす」

「はっ！」

団員の一人が駆け出していくのを他所に、白妖精《ホワイト・エルフ》は派閥連合の動きを凝視する。

「夢みてえだ。あの【フレイヤ・ファミリア】と、正面からことを構えるなんて……」

「わかってるよ……悪夢の方でしょ」

本陣の指示を受け、大人数の冒険者達が肩を並べながら動き回る。

顔色を失った別派閥《オグマ・ファミリア》のガイルの呟きに、ナァーザは唇の端をほんの少し曲げた。

「モンスター相手じゃないから、私も戦えると思って加わったけど……これは怖いね。すごく、怖い」

自身の右腕、手袋《グローブ》に包まれた『銀の腕《アガートラム》』がカタカタと震える。

敵対する相手はいっそ階層主がマシと思えるほどの難敵で、考えうる限りで『最強の敵』だ。いつも澄ました顔を浮かべているナァーザとて、恐怖とは無縁ではいられない。

「……だけど、逃げるのはナシ。私はもうベルを傷付けるんじゃなくて、助けたいんだ」

それでも、後悔という言葉は使わない。

ナァーザもまた、リリ達とともにベルのために戦うと決めた冒険者だからだ。

彼女が浮かべる微笑に、目を奪われていたガイルは「……俺達もだよ」と腹を括《くく》ったように笑い返した。

次には別れの言葉を交わすことなく、互いの配置先へと足を向ける。

斧《おの》を担ぐガイルは遊撃隊へ、弓矢を携えるナァーザは左翼へと。

「中央の部隊は前衛壁役《ウォール》の冒険者を集めた防御重視、両翼は獣人やエルフなど機動重視で編成します。ドワーフのみの【マグニ・ファミリア】は中央へ」

自分以外出払った巨大墳墓の上で、リリが手もとの眼晶《オクルス》へ立て続けに命令を下す。

能力《ステイタス》で冒険者は振り分けない。同じ派閥の団員が固まっていた方が息を合わせやすいのは道理だ。ナァーザ達など勝手知ったる者を除いて、部隊の配置は派閥単位《ファミリア》で行う。

中央の部隊には椿《ツバキ》、ヴェルフ、ドルムル達【マグニ・ファミリア】、他【ヘファイストス・ファミリア】の上級鍛冶師《ハイ・スミス》が多数。

右翼にはダフネ、治療師《ヒーラー》のカサンドラ、桜花《オウカ》や千草《チグサ》、そしてボールスが率いる迷宮の宿場街《リヴィラ》の無法者達。

左翼にはアイシャと元【イシュタル・ファミリア】のアマゾネス達が。他二つの部隊と比べて『魔剣』の数が少ないため、『重力魔法』の威力と規模を見込んで命《ミコト》も配置した。

三部隊のすぐ後ろには魔導士や、春姫《ハルヒメ》を隠した予備隊。

最後に遊撃隊は遮蔽物《しゃへいぶつ》を利用させながら、『伏兵』の位置へと滑り込ませていく。

「ボ、ボク達《わたしたち》も配置とか変えた方がいいかなっ？」

「やめなさい。神々がそんなことをやっても無駄よ。後はもう、息をひそめて見守るだけ」

とある遺跡内、リリと繋《つな》がる眼晶《オクルス》を忙《せわ》しなく覗《のぞ》き込むヘスティアを他所に、ともに行動しているヘファイストスは両腕を組み、壁に寄りかかりながら瞑目する。

連合の神々が潜伏する島の東域は、護衛以外の冒険者を除き、眷族が姿を消していた。

戦場は、南北に引かれた島中央の境界線より西側。

西域中央の巨大墳墓に本陣を据える派閥連合と、西端の『神の家』を守護せんと展開する【フレイヤ・ファミリア】が、睨み合う。

『……こんな静かな戦争遊戯《ウォーゲーム》、初めて見た』

遠く離れた都市で、普段はやかましいイブリの小さな呟きを、魔石製品の拡声器が拾った。

彼の言葉通り、静かだった。

響くのは派閥連合による部隊再編の動きのみ。

それ以外は、剣戟《けんげき》も雄叫びも上がらない。

島内の神々や都市の住人が、固唾《かたず》を呑んで見守る時間が続く。

しかし、やがて。

その静寂が破られる時が訪れる。

「……始めます。前進してください……」

準備が整った派閥連合に、リリが片手に持った水晶に向かって、命令を落とす。

両陣営、視界に広がるのは、崩れた遺構が石の海と成り果てた大戦場。

かつて建物が乱立していただろう区画は今や歴史の更地と化し、遮《さえぎ》るものは何もない。

視界の奥に見える【フレイヤ・ファミリア】のもとへ、三つの大部隊《ブロック》に分かれた横隊が、緊張感を孕《はら》み、息をするのも忘れながら、進軍を開始する。

「動くな」

対する【フレイヤ・ファミリア】は、不動。

ヘディンの冷徹な一言のもと、それぞれの配置を維持し、微動だにしない。

ある者は門番のごとく槍の柄頭《つかがしら》を地面に根差し、ある者は剣を鞘に納めたまま睨《ね》めつける。

「止まらず、前進……」

こちらを睥睨《へいげい》する数多の瞳に、思わず歩みを止めそうになる横隊へ、リリは再度命じた。

欲するのは有効射程。

『魔剣』が火を噴き、敵陣を焼き払うことのできる砲撃距離。

部隊が一歩進むごとに命が削り取られる錯覚を抱きながら、鋼の精神で進軍させる。

「前進……」

派閥連合が進む。

「動くな」

強靭な勇士《エインヘリヤル》は動かない。

「前進っ……」

小人族《パルゥム》の少女の横顔に汗が伝う。

「動くな」

妖精《エルフ》の軍師の相貌は揺るがない。

「前進っっ……」

少女の顎《あご》から、滴がこぼれ落ちる。

「動くな」

軍師の目は、決して『間合い』を違《たが》えない。

「前進ッ――」

次の瞬間。

「殺《や》れ」

『オオッ!!』

開戦の咆哮《ほうこう》が打ち上がった。

「来たぁ!?」

不動の態勢から一挙、鯨波《げいは》のごとく押し寄せる強靭な勇士《エインヘリヤル》に、ボールスが叫喚を上げる。

「『魔剣』、構えろぉぉぉっ！」

中央より発せられる椿《ツバキ》の雄叫びに、怯《ひる》みかけていた冒険者達が一斉に『魔剣』を構えた。

「まだだっ！　まだ撃つんじゃないよ！」

左翼よりアイシャが砲撃の時機を窺う。

「敵が『魔法』を撃ってこない！　射程は足りてないから、落ち着いて！」

右翼にてダフネが分析の結果を呼びかける。

神時代《しんじだい》の横隊戦闘では開戦と同時、矢の代わりに『魔法』が飛んでくるのが常だ。しかし今はそれがない。つまり、敵は『クロッゾの魔剣』を警戒するあまり痺《しび》れを切らした。

ダフネ達の目にはそう映った。

「ううっっ……⁉」

だが、迫りくる脅威は本物である。

殺気が満ちる武器、獣のごとき喊声《かんせい》、何より凶悪な能力《ステイタス》からなる加速力。

連携などまるで意図してしないバラバラの突撃は、まさに怒涛だった。日々『戦いの野《フォールクヴァング》』にて個の力を突き詰める【フレイヤ・ファミリア】の眷族達は仲間を顧みない。ただ己《おのれ》の武器で敵を貫かんと、各々が先陣を切って派閥連合を蹴散らさんとする。

歪《いびつ》な剣山を連想させる突撃に、『魔剣』を握りしめる桜花《オウカ》と千草《チグサ》が、思わず気圧《けお》された。

「ま、まだだっ！　まだだぞ⁉　早まるんじゃねぇ！」

心胆を寒からしめる光景に自らも声を震わせながら、ボールスは必死に堪《こら》える。

迫りくる。押し寄せる。殺到する。

距離を失えば瞬く間に自分達を蹂躙《じゅうりん》する最強の勇士達を前に、舌が干上がるほどの重圧を感じながら、それでも無限に等しい刹那《せつな》を耐え抜く。

「まだだっ、まだだっっ────今だぁぁっ‼」

そして。

ボールスは大粒の唾《つば》を散らしながら、血管が浮き出るほどの号令を放った。

「撃てえええええええええええええええええええっ‼」

重なり合う椿《ツバキ》の開砲合図《かいほう》。

直後。

「煌月《かづき》ぃいいいいいいいいいいいいいいいいいいいいいいいいいいいい‼」

数えきれない『魔剣』が火を噴いた。

爆焔《ばくえん》が、吹雪《ふぶき》が、轟雷が、嵐《あらし》が、突き進んでいた軍勢に炸裂《さくれつ》する。

『――――――――――――――――――――――――ツッッ⁉』

系統がバラバラの七色の砲閃は絡《から》み合い、凄《すさ》まじき魔力の奔流と化して、直撃を被った【フレイヤ・ファミリア】の悲鳴をかき消した。

轟音《ごうおん》と衝撃。敷き詰められた石畳が割れ、都市遺跡全体をも揺らす。

爆撃に次ぐ爆撃。大部隊による一斉射撃が連鎖を呼び、瞬く間に破壊の洪水を生んだ。

「ぎイっっ⁉」

「ぐげぇ！」

「があぁぁぁぁぁぁぁぁ⁉」

緩《ゆる》まない砲火は先頭をひた走っていた獣人を薙《な》ぎ払《はら》い、次にヒューマンを、次にハーフエルフを爆炎の中に消した。

『砲撃の速射砲』という矛盾した圧倒的理不尽を前に、【フレイヤ・ファミリア】とて被弾を免れない。名だたる第二級冒険者達が魔剣の餌食《えじき》となり、閃光《せんこう》の渦に呑み込まれていく。

『クロッゾの魔剣』全てが、上級魔導士による長文詠唱魔法を遥かに上回る威力。

そこに【ヘファイストス・ファミリア】製の『魔剣』まで加わり、火力は過剰過ぎるほど肥大化している。それはダンジョン深層の制圧もかくやといった純粋な熱量である。

広域に及ぶ撃滅の光景に、『クロッゾの魔剣』を用いた冒険者達でさえ打ち震えた。

だが、その驚愕は、直ちに『怖気《おぞけ》』へと塗り替えられる。

「――おおおおおおおおおおおおおおおおおおおおおおおおおおおおおおおお!!」

倒れない。

肌が燃えようが、武器を失おうが。

隻腕《せきわん》になろうが、片足を吹き飛ばされようが。

美神の眷族達は止まらない。

「ひっっ⁉」

自身が治療師《ヒーラー》であることも忘れ、杖を抱きしめるカサンドラは悲鳴を上げていた。

無惨《むざん》に焼け焦げた人型がなおも突撃してくる。

体に氷柱を生やしたドワーフが、風刃に切り落とされた片腕を握りしめるアマゾネスが、どれだけ吹き飛ばされようが倒れた側から起き上がり、あるいは味方さえ踏みつけて、派閥連合へと突き進んでくる。

「『強靭な勇士《エインヘリヤル》』!!」

ダフネは堪《たま》らず叫んでいた。

地獄絵図の中でなお進撃してくる軍勢は、まさに狂戦士《バーサーカー》である。

【フレイヤ・ファミリア】は死を恐れない。戦いの野《フォールクヴァング》で日夜戦い臨死を繰り返す彼等《ら》彼女等《ら》は、文字通り死んで蘇る。そこには恐怖もある。苦痛もある。だが屈強な女神の眷族はそれを曇りなき忠誠と、剝き出しの闘争本能をもってねじ伏せる。

だから彼等は止まらない。

彼女達は『魔剣《インヘリャル》』の猛火の中でなおひた走り、戦わんとする。

故に、死せる戦士達《エインヘリャル》。

【フレイヤ・ファミリア】だからこそできる芸当に――『最強派閥』と呼ばれる所以《ゆえん》の一つに、冒険者達の顔が蒼白となり、その体が竦《あ》み上がった。

「ひ、怯むんじゃねえええ!!　ブッ潰すんだ！　撃って撃って撃ちまくれえええええ!!」

恐怖心から喚き散らすボールスの怒声は、しかし効果があった。

乱暴かつ単純な命令であったが故に、冒険者達は条件反射で従うことができた。

撃つ。撃つ。撃ち放つ。

振り下ろしては振り上げ、死を恐れぬ戦士の破滅を願い、必死となって砲火を繰り出す。

剣身に亀裂が走り、砕ければ後列に控えていた冒険者が前に出て、新たな魔剣を轟かせる。

『神の鏡』など介さずとも、峻厳な山々を隔てたオラリオのもとへ火山の鳴動のごとき砲声を届け、多くの民衆の肩を上下させた。

「うわぁ……えっぐ」

「マジでただの戦争じゃん」

「でも、ヘスティア達が勝つにはこれしかない」

「戦神《アレス》の馬鹿が魔剣鍛冶師《クロッゾ》に執着するわけだな……」

震え上がる民衆を他所に、『バベル』では神々が思い思いの言葉を口にした。

絶えず鳴り響く砲撃音、『ベオル山地』全体にも伝わる震動。

山肌が揺れ、棲息《せいそく》するモンスターさえ怯え、巨大窪地湖《カルデラ》から遠ざかっていく。

そして、砕けていく『クロッゾの魔剣』の総数が、半数を切ろうという頃。

膨大な土煙と火の粉、冷気、電流《スパーク》を帯びるそよ風と複数色《ふくすうしょく》の光粒《こうりゅう》、それらが静かに霧散していくと――石畳まで破壊し尽くされた戦場には、数えきれない強靭な勇士《エインヘリャル》が倒れ伏していた。

「…………は、ははははははははははっ!!　やったぜっ！　ざまぁみやがれ、【フレイヤ・ファミリア】の野郎ども!!」

たっぷり数十秒かけて、敵が立ち上がらないことを確認した瞬間、ボールスは何度も上擦りながら哄笑《こうしょう》を上げた。

「なにが強靭な勇士《エインヘリャル》だ！　こっちには『クロッゾの魔剣』があんだよぉ！」

彼の笑い声が伝播《でんぱ》し、肩で息をしていた他の冒険者達も、次第に歓声を上げ始める。

強靭な勇士《エインヘリャル》は死を恐れずとも、死から逃れた存在ではない。彼等は超越存在《デウスデア》ではないのだ。故に限界は来る。今回は勇士達の不屈を『クロッゾの魔剣』の火力が上回った、ただそれだけのことだった。

――おおおおおおおおおおお!!　と派閥連合は沸きに沸いた。

敵の第一級冒険者は含まれていないとはいえ、戦力の大多数を削《そ》ぎ落したのだ。眼前の戦果は前哨戦《ぜんしょうせん》の完勝と言っていい。剣身が砕けた柄を掲げながら、各派閥の団員が騒ぎ散らす。

顔をしかめているのは、一部の者だけ。

これしか方法がなかったとはいえ、戦術とすら言えない火力のゴリ押しに複雑な感情を覚えるダフネやアイシャ達がそうだ。

「王国《ラキア》の『不敗神話』……くそっ！」

中でも、『クロッゾの魔剣』を量産したヴェルフの眉間は苦渋に染まっていた。

ヴェルフの故郷『ラキア王国』は無数の『クロッゾの魔剣』をもって多くの国々と戦争をし、あらゆる地形を焦土へと変えた。多くの妖精《エルフ》からは恨みを買い、精霊には呪われるほどの破壊をもたらした。視界に広がる光景は、まさに『不敗神話』を築き上げた王国《ラキア》の所業と何ら変わるものではない。少なくともヴェルフの目にはそう映った。

「結局、俺もあの国と同じことをしちまうのか……！」

あれほど唾棄《だき》していた王国《ラキア》と同じ道をたどり、ヴェルフは猛烈な自己嫌悪に襲われる。

だが。

ヴェルフの嫌悪には誤解がある。

ヴェルフの解釈には不一致がある。

ヴェルフの認識は、甘すぎる。

「ははははははははっ――――……は？」

響き渡っていたボールスの高笑いが、途切れた。

彼の右眼に映るのは、砕けては抉れた石畳、倒れ伏す【フレイヤ・ファミリア】の面々。

そして、黄昏《たそがれ》の色にも似た、いくつもの黄金の光粒。

「――【我が名は黄金《おうごん》。不朽《ふきゅう》を誓いし女神《かみ》の片腕《うで》】」

次いで冒険者達の耳に届くのは、玲瓏《れいろう》なる歌声。

「【焼かれること三度《みたび》、貫かれること永久《とわ》に。炎槍《えんそう》の獄《ごく》、しかして光輝《こうき》は生まれ死を殺す】」

音の源は敵の陣中。

派閥連合から見て遥か前方、徐々に晴れていく砂塵《さじん》の奥に、『彼女達』は現れていた。

「満たす煤者達《アンドフリームニル》!?」

彼女達の存在にいち早く気付いたのはリリ。

その栗色の瞳が捉えるのは、祈り子にも似た画一的な白ローブを纏う一団。

『魔剣』による猛砲撃によって、戦場を遮るほどの砂煙《カーテン》が発生し、捕捉が遅れてしまった指揮官は悲鳴じみた叫喚を上げる。

「【祝《くる》え、祝《くる》え、祝《くる》え。我が身は黄金《おうごん》。蘇る光《ピアフォナ》のもと、果てなき争乱《そうらん》をここに】」

二つに結わえられた薄紅色の長い髪、白の上衣と赤の看護衣《ナース・ワンピース》の上に申し訳程度の防具を纏った戦闘装束《しょうぞく》。他の治療師《ヒーラー》や薬師《ハーバリスト》と装いが唯一異なる少女、ヘイズ・ベルベットは、金の装飾が施された長杖《ロッド》を持って朗々と呪文を紡《つむ》ぐ。

死屍累々《ししるいるい》の光景を広げる戦場、その中央に展開されるのは、巨大な金の魔法円《マジック・サークル》。

目を疑うような規模に冒険者達が時を止める中、その魔法名は告げられる。

「【ゼオ・グルヴェイグ】」

超広域回復魔法。

『戦いの野《フォールクヴァング》』の『洗礼』をたった一人で支えた経験を持つ少女の異能が発動し——倒れ伏していた強靭な勇士《エインヘリャル》達が、文字通り『復活』する。

「なぁッ⁉」

地面から放たれる黄金の魔力光を浴び、炭化していたヒューマンの全身が、氷結した獣人の凍傷が、全てなかったことになる。

切断された腕や足を傷の断面に押し付け、魔力のこもった蒸気を上げながら、ドワーフやアマゾネスが手足を取り戻す。

まさに不死者のごとく、ゆらり、ゆらりと。

続々と立ち上がっていく戦士達に、ボールス達は驚倒とともに絶句した。

「フレイヤ様から許しは得ました。今よりここは、もう一つの『戦いの野《フォールクヴァング》』」

時を停止させる冒険者達を他所に。

この光景を生み出した張本人、ヘイズは風に言葉を乗せる。

「歓迎します、勇敢なる蛮族達」

言葉とは裏腹に。

冷酷な瞳で、戦士ではなく虫を見る目付きをもって。

治療師《ヒーラー》などとは程遠い、少年《ベル》も知らない『残忍な敵対者』の眼差しをもって。

女神のごとき容姿を持つ美しい少女は、死刑宣告《それ》を告げた。

「貴方がたに闘争の祝福を」

復活を果たした強靭な勇士《エインヘリヤル》達の眼光が、猛然と輝く。

「ま、魔剣を⁉」

小人《リリ》が叫ぶ。

「遅い」

妖精《ヘディン》が断じる。

「行きなさい、強靭な勇士《エインヘリヤル》」

魔女《ヘイズ》が、女神に代わり神託を命じる。

『オオオオオオオオオオオオオオオオオオオオオオオオオオオオオオオオオオオッ‼』


二度目の突進。

死を恐れぬ軍勢の突撃《チャージ》が、今度こそ派閥連合に喰《く》らいついた。

「う、嘘だろぉおおおおおおおおおおおおおおおおおおおおおおおおお⁉」

ボールスの叫び声が、凄まじき戦 哮《ウォークライ》の中に呑み込まれる。

一度目の突撃で半分を切っていた間合い、それを一気に走破し、強靭な勇士《エインヘリヤル》達は剣を、槍を、斧を、鎚を、その勢いのまま一斉に繰り出した。

咄嗟《とっさ》に大盾を構えた派閥連合の前衛壁役《ウォール》と、激突する。

「ぐおおおおおおおおおおおおあああああああああっ⁉」

敵の突撃を受け止めた瞬間、ドルムルは絶叫を上げた。

大盾の表面がひしゃげ、装備を含め超重量のドワーフの巨体が後退する。

「うっ、受け止められん⁉」

拮抗《きっこう》など一瞬だった。

ドルムル達【マグニ・ファミリア】の守りが引き千切られ、吹き飛ばされる。

「ひっっ────うあああああああああああああああ⁉」

前衛壁役《ウォール》を突破された先で、冒険者達の悲鳴が爆散するのは、必定だった。

襲いかかってくる強靭な勇士《エインヘリヤル》を前に、防具が砕かれ、武器さえ叩き折られ、あっという間に鮮血が舞い狂う。そこからはもう見慣れた光景だ。Ｌｖと能力値《アビリティ》という残酷な数字が、下位の冒険者に蹂躙という蹂躙を働く。

ヒューマンが斬り捨てられた。獣人が刺し貫かれた。エルフが投剣の餌食《えじき》になり、アマゾネス達がまとめて薙ぎ払われた。突破され大地に転がったドルムル達ドワーフは下敷きとなり、いくつもの鉄靴《サバトン》に全身を踏み潰され、血をブチまけた。

混乱と恐慌が派閥連合を支配し、部隊が一気に瓦解していく。

「くそったれめぇ！」

一方的な乱戦の様相に、大朴刀《だいぼくとう》を振り回すアイシャの怒声が響く。

右翼も、左翼も、中央も、たった一度の衝突で半壊状態。前衛壁役《ウォール》を含め前線はめちゃくちゃに食い荒らされ、後方の魔導士達や春姫《ハルヒメ》が身を隠す予備隊にもその牙《きば》が届きかねない。

味方を巻き込むのも構わず『クロッゾの魔剣』を放つ冒険者もいたが、無駄だった。一角が吹き飛ぼうとも【フレイヤ・ファミリア】は止まらず、やはり倒れた仲間のことなど捨て置いて魔剣ごと敵を切り裂く。悪夢なのは、たとえ派閥連合の冒険者が三人がかりで迎え撃ったとしても、強靭な勇士《エインヘリヤル》はたった一人でそれを返り討ちにすることだ。

神時代《しんじだい》が掲げる『量』より『質』の法則。

百の雑兵より一《レベル・ランカー》の強者が戦場を制する。

『技』と『駆け引き』さえ上回る相手に、派閥連合の冒険者はなす術などない。

「強すぎる……!?　末端の兵士に至るまで、全て!!」

回避に専念することしかできない命《ミコト》も、四方から放たれる刃を凌《しの》ぎながら叫んだ。

もはや正面から斬り合う『侍《サムライ》』や『剣客《ケンカク》』ではなく、『忍《シノビ》』の技で延命を図ることしか許されない。煙玉《とりのこ》、手榴弾《ほうろくひや》、更に苦無《くない》《赤夜《しゃくや》》を始めとした投具。事前に用意していた武器と道具《アイテム》を枯渇する勢いで使用する。

ようやく一人切り伏せて、一矢報いるも、その斬った手応えが告げるのはLｖ．1の下級冒険者であること。無慈悲な事実に愕然《がくぜん》と立ちつくした直後、危うく首を裂かれかけ、衝撃と焦りを抱えながら戦闘続行を余儀なくされた。

『最強の派閥』。

重々承知していた筈の字面が、認識以上の脅威となって命達《ミコト》に戦慄《せんりつ》を与える。

「春姫《ハルヒメ》様、階位昇華《レベル・ブースト》を！　アイシャ様、命《ミコト》様、ダフネ様、ボールス様、ヴェルフ様に！」

『は、はいっ！』

派閥連合が食い荒らされていく最中《さなか》、手をこまねいているリリではない。

投入する『尾』の数は五。昇華《ランクアップ》を果たした春姫《ハルヒメ》の【ココノエ】の上限は六に増え、精神力《マインド》そのものも増えた。『下層』の遠征時には五本使用した時点で精神疲弊《マインドダウン》に陥《おちい》ったが、その心配もない。何とか戦線を維持するために、惜しみなく『反則技』を使用する。

《──魔導士達も砲撃開始!!　【セルケト・ファミリア】から【ラートリー・ファミリア】まで、中央に火力を集めてください!!》

更に、【指揮想呼《コマンド・コール》】。

昇華《ランクアップ》とともに発現した新『スキル』の効果は、一定以上の叫喚時における伝播《でんぱ》機能拡張。つまり大声で叫ぶほど、激しい戦場であっても指揮官の声を届けることが可能になる。眼晶《オクルス》を渡していない者への指示もこれで補完《カバー》できる算段だ。

戦場を見渡せる部隊の最後方、巨大墳墓の屋上から眼晶《オクルス》と『スキル』を併用して、リリ《リリ》は指示を飛ばし続けた。

だが、その顔から焦りを払拭できる筈もなく。

「『魔剣』を誘発された……！　いや、無駄撃ちさせられた！」

開戦と同時に行われた強靭な勇士達《エインヘリヤル》の突撃。

無謀にも見えたあれは、『クロッゾの魔剣』を使わせるための罠だったのだ。

ヘディンとてヴェルフや【ヘファイストス・ファミリア】が作り上げる『魔剣』の脅威を侮らず、警戒していたのだろう。使用限界がある『魔剣』を消費させた上で、満たす煤者達《アンドフリームニル》によって兵の損害をなかったことにしたのだ。強烈な反撃《カウンター》というおまけまで付けて。

(満たす煤者達《アンドフリームニル》……フィン様から聞いていた通り、厄介過ぎます!!)

完勝していた筈の前哨戦は彼女達——正確には一人の少女によって——覆された。

死を恐れぬ軍勢と、都市の一、二を争う治癒能力。この二つがなければ実行できない、やはり【フレイヤ・ファミリア】のみしか許されない戦術である。

「でも、居場所はわかった……!」

敵の第一級冒険者と並んで、満たす煤者達《アンドフリームニル》の撃破は最優先目標。

既に目を覆いたくなる盤面と引き換えに、何が何でもヘイズ達を討つと、リリはそれまで沈黙していた眼晶《オクルス》に手を伸ばした。

「ルヴィス様、それにモルド様! お願いします!」

間もなく、仕込まれていた『伏兵』が雄叫びを上げる。

「よっしゃあ!」

「出るぞ、お前達!」

敵味方が入り乱れる本陣前から大きく離れた北西、布陣した満たす煤者達《アンドフリームニル》のちょうど側面で、モルド達が勢いよくローブを脱ぎ捨て、『透明状態《インビジビリティ》』を解除する。

フェルズの魔道具《マジックアイテム》『リバース・ヴェール』。

リリは再編した遊撃隊にこれを渡し、隠密させていたのだ。両軍が睨み合っていた主戦場の外側を回り込むように、満たす煤者達《アンドフリームニル》を討つためだけの『伏兵』として。

「てめえ等が現れるのを待ってたんだよぉ！」

敵に気取られぬよう息を殺し、慎重に接近していたモルド達は、この機を逃さず疾走した。

派閥連合の横隊を食い破るため、ほとんどの敵が前線につぎ込まれている。

距離が離れた後衛、満たす煤者達《アンドフリームニル》のもとに護衛はいない。

孤立した治療部隊に舌舐めずりするモルドは、携えていた『魔剣』を抜き放つ。

「喰らいやがれえええええええ！」

モルド、そしてガイルとスコットの放った三条の爆炎が、満たす煤者達《アンドフリームニル》を呑み込んだ。

「まだまだぁぁぁぁぁぁぁ‼」

見目麗《うるわ》しい少女達を撃滅せんと、強面《こわもて》の荒くれ者が『クロッゾの魔剣』を連射する。

『鏡』が映像を中継する都市では神々の大野次《ブーイング》が上がっていることも露知らず、モルド達は間断なき砲撃を浴びせていく。

「お、おいっ！　やり過ぎではないか⁉」

「【フレイヤ・ファミリア】相手にやり過ぎもクソもねえだろう‼　お前等がこの『魔剣』を使えねえって言うから、俺達がやってやってんだ！　大人しく見てろ！」

あまりの容赦のなさにエルフのルヴィスが声を上げるが、モルドは聞く耳を持たない。

モルドは燃えていた。

義勇心などではなく、ただ一人の少年を『助けてやれる』と熱意を秘めていた。

今までの借りを返すとばかりに、無法者は猛《たけ》る。

「俺達がベル・クラネルを助けるんだよぉ！」

『クロッゾの魔剣』が与える全能感にも押される形で、爆炎は量産された。

炎の轟声が紅蓮《ぐれん》の海へと変わり果て、満たす煤者達《アンドフリームニル》を燃やしつくす。

完璧《かんぺき》な不意打ちにより回避など間に合わなかった。この火力の前では防御も無意味だ。

ピシッと剣身に罅《ひび》が走り、『魔剣』の使用限界が迫る頃、肩で息をするモルド達は、ようやく砲撃を止めた。

「はぁ、はぁ……いくら回復できるっつっても、自分達《てめえら》が集中砲火《こうげき》されちまえば『魔法』も使えねえだろう！　そのままくたばっちまえ!!」

得意げな笑みを浮かべ、モルドは魔剣を肩に担いだ。

炎の海の中に、立っている者は誰一人としていない。

燃焼の雄叫びが囂々《ごうごう》と戦場に鳴った。

前線で戦い続ける強靭な勇士達《エインヘリヤル》は関知しない。当然のように。

陣中にいるヘディンでさえも傍観する。必要などないように。

やがて肉が焼ける不快な香りに、うっ、とルヴィス達ともども顔をしかめるモルドが「さすがにやり過ぎたか……？」と太い腕で鼻もとを覆っていると――

「いるでしょうね、我々を狙う『伏兵』程度は」

炎の奥から聞こえてきた声に、動きを止めた。

「ですが、それが何か？」

ゆっくりと、高熱の大地から体を剝《は》がし、一人の少女が立ち上がる。

「なっ⁉」

モルドとルヴィスは、目を疑った。

少女は燃えていた。

防具は全損し、衣服も焼け落ち、雪のように白かった肌が赤熱の色に染まっている。

燃え盛る炎の海の中で、業火に苛まれ、今も全身が醜悪な火傷《やけど》に埋めつくされていく。

そして、その側から再生していく。

「【アース・グルヴェイグ】――残念ですが、既に私の『魔法』は発動しています」

猛火を退けるのは黄金の光。

魔法円《マジック・サークル》を凝縮したかのような光の文様が、少女の肌の表面に浮かび上がる。

「モ、モルド！　あいつ、まるで……⁉」

「18階層の時の⁉」

蒼白となるガイルやスコットの脳裏に蘇るのは、ベル達とともに戦った『黒いゴライアス』。

魔導士の総攻撃を被ってなお『自己再生』によって体を修復させていた階層主と、目の前の

『悪夢』はあまりにも酷似していた。

『自動治癒《オート・ヒール》』。

一定時間、持続的に損傷《ダメージ》を癒《いや》し続ける再生効果《リジェネレーション》。

ヘイズはその『魔法』をモルド達が襲いかかる前、それこそ戦場に足を運ぶ直前に、自分を含めた満たす煤者達《アンドフリームニル》へ施していたのだ。

少女に続くように、一度は倒れていた治療師《ヒーラー》や薬師《ハーバリスト》が一人、また一人と立ち上がる。

「ば、馬鹿な……⁉」

炎の海の中にあって復活する光景は不死鳥か、あるいは火葬から蘇った生ける屍《リビングデッド》か。

焼け爛《ただ》れていた皮膚が、黄金の光粒とともに瑞々《みずみず》しさを取り戻す。

二つに結わえていた髪留めが焼け落ち、炎が燃え移る長髪さえ、すぐに修復されていく。

勢いの弱まりつつある炎では『魔法』の回復量を上回ることができず、今や火傷一つ負わせられない。呻く焔《ほむら》にできることは、もはや衣《ころも》を焼き剥《は》いで少女を辱《はずかし》めることだけ。

かろうじて残る戦闘装束はその被覆面積をごっそりとなくし、肩や臍《へそ》、しなやかな腰と大腿部《だいたいぶ》、形のいい乳房の下部まで露出させていた。

だが、それでも欲情することなどできない。

杖を片手に、業火の中を一人進むヘイズは、あまりにも神々しかった。

「こっ、この化物どもがぁぁぁ‼」

「モルドぉ⁉　よせぇ！」

【フレイヤ・ファミリア】の団員のみしか知らない派閥情報、『稀少魔法《レアマジック》』の存在を目の当《まあ》たりにしたモルドは、破れかぶれに逆上した。

ガイル達の制止の声も聞かず、炎の中から歩み出てくるヘイズへと斬りかかる。

「魔剣《こいつ》を直接叩きこんじまえばぁ――!!」

背に振りかぶった『クロッゾの魔剣』を、至近距離から撃ち込もうとした。

「醜い」

が、少女の手に握りしめられた長杖《ロッド》が、豪速をもって一閃される。

「――ぐべえっ⁉」

大上段より縦一線に振り抜かれた長杖《ロッド》が、あたかも戦鎚のごとく男を地面に叩き伏せた。

粉砕される石畳と顔面が接吻《せっぷん》を交わし、白目を剝くモルドの意識が刈り取られる。

「汚らわしい。見苦しい。あまりにも不愉快が過ぎる」

轟然と陥没した地面に、ガイルやスコット、ルヴィス達が絶句する中、少女は転がった魔剣を片足で踏み砕く。

「貴方達程度の塵芥《ちりあくた》が何故《なぜ》、偉大なる女神に歯向かうのか理解できない。何故あの方の威光を穢《けが》そうとするのか……正気を疑う！」

うつむいていた顔を上げ、前髪という暗幕《カーテン》を取り払えば、その鮮やかな紅の双眼に宿ってい るのは瞋恚《しんい》の炎だった。

「恥を知れ、奸賊《かんぞく》どもッッ!!　女神の神意に反する不浄の手先!!」

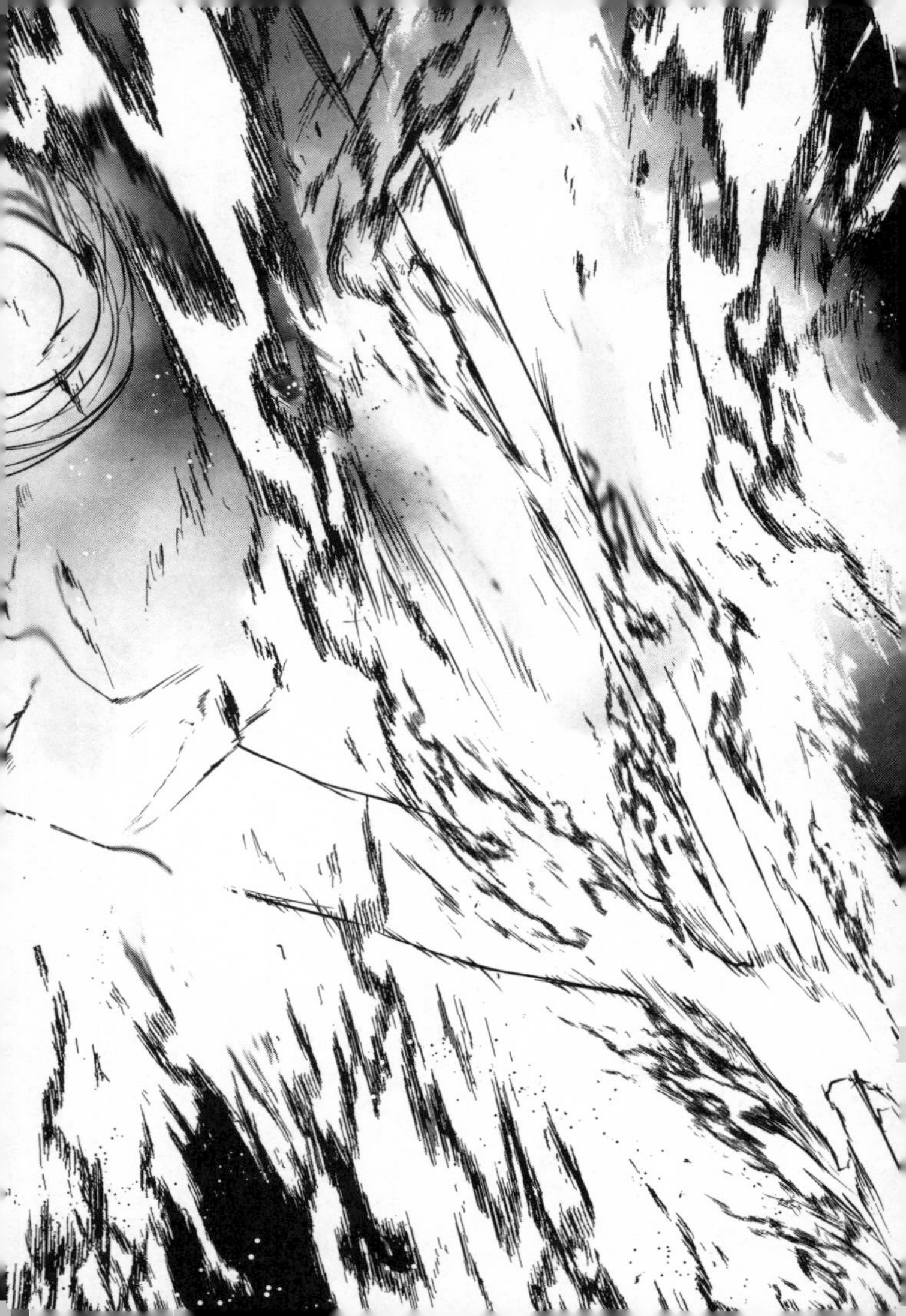

「お前達の下卑た眼差し、汚臭、そして唾液一滴たりともあの方のもとに届かせはしない‼」

普段の温厚さなど欠片《かけら》も存在しない激しい口調、憤怒の形相。

ベルがここにいたなら腰を抜かしていただろう人格の豹変は、何てことはない、他の団員達と同様《どうよう》少女もまた『美神の崇拝者』というだけの話。

女神に救われ、女神に忠誠を捧げたヘイズの崇敬《それ》は、『狂神者《ヘルン》』に勝るとも劣らない。

「全てはフレイヤ様のために──消えろ、冒険者‼」

激昂《げきこう》とともに、少女は殺意と戦意を剝き出しにした。

始まるのは、ただの『殲滅《せんめつ》』だった。

「「ぐあああああああああああああああ⁉」」

「がぁぁっ──⁉」

『魔剣』を使わせないままガイルとスコットを長杖《ロッド》で薙ぎ払う。早撃ちされたルヴィスの矢は少女の肩を射貫くも、ただそれだけ。引き抜かれた後には傷など一つもなく、ルヴィスが顔を引きつらせた次には、振り抜かれた杖に意識を遮断される。

残った妖精達《モージ・ファミリア》も、ヘイズは治療師《ヒーラー》にあるまじき力と動きで、地面へと沈めていった。


一介の治療師《ヒーラー》がLv.3を始めとした上級冒険者を蹂躙する。

そんな非常識の光景を映し出す『鏡』に、特に言葉を失うのは民衆でも冒険者でもない。

冷や汗を湛える、同じ治療師達《ヒーラー》である。

「ヘイズ・ベルベット……」

戦争遊戯《ウォーゲーム》の参加を回避した【ディアンケヒト・ファミリア】の中で、【戦場の聖女《デア・セイント》】アミッド・テアサナーレは畏《おそ》れるかのように瞳を細めた。

都市最高の癒し手と名高いアミッドと、ヘイズ。

彼女達はしばし、オラリオが誇る『二大治療師《ヒーラー》』という名目で『銀の聖女』、『黄金の魔女』とたとえられることがある。

実質治療師《ヒーラー》の序列において一位と二位に君臨する彼女達の違いとは、まず『回復範囲』。

アミッドも広範囲回復魔法を行使できるが、『戦いの野《フォールクヴァング》』で鍛えられたヘイズは桁《けた》が違う。

治癒の効果や出力では勝《まさ》っても、恐らく持続力という点でもヘイズに軍配が上がるだろう。

そして、もう一つの決定的な差異が——純然たる戦闘能力。

あくまで白兵戦の腕前はいち治療師《ヒーラー》の域を出ないアミッドに対して、ヘイズは単身で第二級冒険者を撲殺してのける。

「彼女の治療師《ヒーラー》としての来歴は、あまりにも異質過ぎる……」

それは聖女が耳にした風の噂《うわさ》であり、紛うことなき事実。

もとは強靭な勇士《エインヘリヤル》として『戦いの野《フォールクヴァング》』の洗礼を受け続けていた少女は——とある『捨て猫』と同じように——戦士としての己の限界を知り、絶望した。しかし、それでもなお美神への忠誠をもって治療師《ヒーラー》へと転身し、秘めていた黄金の才能を開花させたのである。

現在の【ステイタス】はLv.4。

与えられた二つ名は――【女神の黄金《ヴァナ・マルデル》】。

その魔力光の輝きと、決して死することのない意志と生命力にちなんで神々が讃《たた》えた、正真正銘の生と死を司る戦乙女《ヴァルキュリア》である。

「【フレイヤ・ファミリア】という過酷な環境が生み出した異色の眷族……。第一級冒険者達と同じく、彼女を何とかしなければ派閥連合に勝ち目はない……」

周囲では自派閥の治療師《ヒーラー》達が戦々恐々としている中、聖女は絶対の確信とともに呟いた。


「まずい！　このままじゃあ……！」

その認識を、ダフネも十分承知していた。

「リリルカ、他の遊撃は回せないの⁉」

『もうやっています‼　ですが、【女神の黄金《ヴァナ・マルデル》】の回復量が異常過ぎる！　どうしても落とせない！』

押し寄せる強靭な勇士《エインヘリャル》達の隙間《すきま》、かろうじて見える視界の奥では全滅したモルド達とは別の遊撃隊が攻撃を仕掛けているが、満たす煤者《アンドフリームニル》達は倒れない。他の治療師《ヒーラー》や薬師《ハーバリスト》の働きも尋常ではなく、撃破に手こずっているうちに敵本陣に残る魔導士達の手で蜂の巣にされた。

腰に吊るされている眼晶《オクルス》から、リリの焦りが痛いほど伝わってくる。

「満たす煤者《アンドフリームニル》達を止めないと、どんなに戦っても全てなかったことにされる……！」

今、せっかく斬り倒した敵団員も、ヘイズ達が動き出せば復活してしまう。階位昇華《レベル・ブースト》の恩恵を得て、ようやく一人目《これ》だというのに何度だって蘇るなど悪夢でしかない。

奇襲を失敗に終わらせたリリを無能者と責める、そんなことはできなかった。『自動治癒《オート・ヒール》』なんて隠し玉があった時点で『治癒魔法を行使する前に潰す』という唯一の有効策もご破算となった。ダフネがリリの立場なら、今頃《いまごろ》遊戯盤《ボード》を引っくり返して暴れ回っているところだ。

『右翼から満たす煤者《アンドフリームニル》達を狙うことはできませんか⁉』

「無茶言わないでよ……！　戦線を維持することで精一杯！」

乱戦の最中にある右翼部隊で指揮を執りつつ、槍の一撃を短剣《フェンサー・ローリイット》で弾く。全身に付与されている階位昇華《レベル・ブースト》の光粒が呻吟《しんぎん》を漏らすように輝き、何とか敵を押し返した。息をつく暇がないとはこのことだ。

「【ソールライト】！」

それでも、ダフネ達はまだいい。

治療師《カサンドラ》を中心に据えて桜花《オウカ》や千草《チグサ》、ボールスが死に物狂いで奮闘している。

ダフネと同じく、『下層』の『遠征』を経てＬｖ．３となった少女の回復魔法は、その効果を遺憾なく発揮し、崩れかける冒険者達を何度だって立て直していた。

奇しくも敵の治療師《ヒーラー》に苦しめられ、味方の治療師《ヒーラー》に救われている戦況。

そして残酷なことに、治療師《ヒーラー》対決では派閥連合に勝ち目はない。

「敵の本陣がっ、魔導士達が上がってきたらまずい！　『魔法』の射程圏に捉えられたら終わる！　その前に満たす煤者《アンドフリームニル》達をっ――」

汗を拭《ぬぐ》う暇もなく戦い続けるダフネが、眼晶《オクルス》に訴えた時だった。

『ッ』

水晶の先で首を絞められたように、リリの呼吸が途絶えたのは。

その意味を、ダフネは一瞬後には理解する。

「──────」

時を止める彼女の視界の奥。

遥か先の敵陣の奥で、数えきれない『雷弾』の矛が、ダフネ達を照準していた。

「何か思い違いをしているようだが……そこはとうに私の『射程圏内』だ」

ダフネは青ざめる。

聞こえる筈のない白妖精《ホワイト・エルフ》の呟きを幻聴した彼女は、自分の過ちを悟ってしまう。

開戦の際、敵は『魔剣』を警戒するあまり痺れを切らした。『間合い』を見誤った。

ダフネ達の目にはそう映っていた。

違ったのだ。

敵は、敵指揮官《ヘディン》は、『クロッゾの魔剣』を吐き出させるために攻撃を加えなかっただけ。

『戦いの野《フォールクヴァング》』と化したこの主戦場一帯は──最初からあの第一級冒険者の射程範囲内!!

「詰めだ──【カウルス・ヒルド】」

発射される。

立ちつくす冒険者達の顔を照らす数多の雷弾が、宙に弧を描き、戦場へと降りそそぐ。

「ぎゃぁぁあああああああああああああああああああああああああ!?」

頭上より飛来する無数の雷が、爆撃のごとく冒険者達を襲う。

戦場を混沌に陥れる雷弾は凶悪な兵団そのものだった。逃げ惑うヒューマンを容赦なく射抜き、大地ごと獣人を吹き飛ばし、仲間を庇《かば》ったアマゾネスを感電させる。

【フレイヤ・ファミリア】には掠《かす》りもしない『超精密射撃』。

射手《しゃしゅ》たる妖精の眼は戦場の細部を的確に捉え、敵兵のみを射貫き、そして残存している『魔剣』をことごとく破壊していった。

「っっ――カサンドラを守って!!」

「うおおおおおおおおおおおおおおお!?」

砲雷の雨に晒されながら、ダフネはあらん限りに叫んだ。

戦線の維持を諦《あきら》めて小隊《パーティ》の生命線を優先させる断腸の決断に、大盾を持った桜花《オウカ》とボールス、そして宿場街《リヴィラ》の住人が決死の覚悟で従う。千草《チグサ》に地面へ押し倒されるカサンドラの視線の先で、数えきれない雷弾が何枚もの盾と衝突し、猛《たけ》り狂った。

柱や瓦礫が砕け散り、石の破片を巻き上げ、戦場が悲惨なまでに分断される。

「馬鹿げた『魔剣』の数は削った。頃合《ころあ》いだ」

バチバチと魔力の電流を伴った大量の煙が戦場を支配する中、一人でこの惨状を生み出した白妖精《ホワイト・エルフ》は冷酷なまでに告げる。

秒読みに入るのは、『真の蹂躙』。

「出番だ、獣《ケモノ》ども。行け」


「あの威力の砲撃が、あの距離から届くの？　相変わらず、馬鹿げてるわね……！」

『鏡』が映し出す戦場に、双子の姉のティオネは忌々しそうに吐き捨てる。

射程は五〇〇M《メドル》を優に超え、規模は二百以上の敵軍を蹴散らすほど。

視界の大部分を砂塵で覆い隠す雷の弾幕は、最大派閥《ロキ・ファミリア》をして寒慄《かんりつ》に値するものだった。

「【白妖の魔杖《ヒルドスレイヴ》】ヘディン・セルランド……有効射程という点では、オラリオの中でも奴《やつ》の魔法が随一だろう」

「え～⁉　でもでも、リヴェリアの方が強いでしょう⁉　『都市最強魔導士』って言われてるんだから！」

「何をもってして語るかで、その認識は変わる。極論、超遠距離からの撃ち合いや、あるいは白兵戦に持ち込まれれば、私はヘディンに敗北するだろう」

リヴェリアの冷静な分析にティオナが負けじと反論するが、翡翠《ひすい》の髪を揺らす王族《ハイエルフ》は淡々と事実を述べた。

【九魔姫《ナイン・ヘル》】リヴェリア・リヨス・アールヴが優れるのは魔法の出力、そして攻撃・防御・支援と多岐にわたる属性魔法の多さ。一般的に言われる『後衛魔導士』としての能力《ちから》は他《た》に追随を許さないほど抜きんでている。

だが、ヘディンは近接戦闘をも極めた『魔法剣士』。

そもそもの比較する土台からして異なる。

白兵戦技術と超短文詠唱によって速射性を極めた彼は、上級中衛職《ハイ・バランサー》の理想と言っていい。

その上、現在の戦争遊戯《ウォーゲーム》でも披露されている通り、射程や威力そのものも馬鹿げている。

『魔法を行使しているだけで、万の軍勢を壊滅させた』。

嘘か真《まこと》か、そのような逸話が砂の海から囁《ささや》かれるほどである。

彼を正しく表現する単語があるとすれば、それは『魔砲《まほう》剣士』に違いない。

「何よりも、精神力《マインド》の総量……ヘディンの魔法持続力は私を確実に上回っている」

魔法を使用するための精神力《マインド》量は、都市最強魔導士《リヴェリア》が明確に敗北を認めるほど。

大部隊の隅々にまで及ぶ弾幕、そして今も汗一つかいていない涼しい顔が、その裏付けだ。

アマゾネスの姉妹があるだけの不服をあらわにする中、リヴェリアは瞳を細めた。

「もう一人の妖精《エルフ》と合わせ、付けられた異名は『白黒《はっこく》の騎士』……」

来るぞ、と。

翡翠の瞳が険しく見つめる『鏡』の奥、立ち込めていた砂塵が晴れようとしていた。

「はぁあああああああ！」

「ぐぁあ⁉」

鋭い斬撃が【フレイヤ・ファミリア】を切り裂く。

派閥連合に属する冒険者の多くが押されていく中、血と埃《ほこり》で汚れた顔を荒々しく拭いながら、椿《ツバキ》・コルブランドは獅子奮迅の活躍を見せていた。

「臆するなぁ!!　三人がかりで駄目なら五人でかかれ！　五人でも太刀打《たちう》ちできぬなら十人だ！　お主等が時を稼げば、その隙に手前が全て掻《か》っ捌《さば》いてやる！」

Ｌｖ．５の最上級鍛冶師《マスター・スミス》の叱咤に、周囲の冒険者達は「お、おおおおおっ！」と沸いた。

場所は中央部隊。まともな指揮など執れない代わりに、椿《ツバキ》は敵を斬り続ける武者となっていた。屈強な強靭な勇士《エインヘリヤル》といえど、第一級冒険者級の力を持つ彼女の前には膝をついていく。

既に斬り倒した敵は数知れず、辺りには武装に身を包む勇士達が幾人も転がっていた。

（しかし、やはり不味《まず》いな！　敵の勢いがちっとも衰えん！　手前が仲間を何人も斬ってやっているというのに、彼奴等は委細構わずこちらに刃を突き立ててくる！）

そんな椿《ツバキ》の頬にも伝う汗。

口の中で転がすのは、戦餓鬼《いくさがき》が、という悪態。

（しかも治療師《ヒーラー》どもがいる限り、地面で寝ているこやつ等も蘇ると来ている……！　ええい、深層《ダンジョン》より死地だぞ、ここは！）

だから【フレイヤ・ファミリア】はやりにくい、と苦渋の念を漏らす。

同じ上級鍛冶師達《ヘファイストス・ファミリア》の『魔剣』の援護も交え、何とか奮闘しているが、先程のヘディンの砲撃で大部分が削られてしまった。砂煙で視界が遮られた今、流石《さすが》に連射はしてこないようだが、再びあれが見舞われたなら今度こそ味方の士気が総崩れとなる。椿《ツバキ》も次はないかもしれない。

こうなれば砂塵が晴れきる前に、玉砕覚悟で満たす煤者達《アンドフリームニル》だけでも斬りにいくしかないか。

椿《ツバキ》が伸るか反るかの決断をしようとした、その時。

「ぐぁああああああ⁉」

『音』が迸《ほとばし》った。

斬られた者の悲鳴などではなく、身の毛のよだつような『斬撃音』が。

「────」

椿《ツバキ》は聞き違えなかった。

凄まじき『使い手』しか奏でることのできない、その武器の一閃を。

「──ヘグニ‼」

弾かれたように振り向いた西の方角。

薄れていく砂塵の奥に、その黒妖精《ダーク・エルフ》は立っていた。

「へ、ヘグニ・ラグナール⁉」

「第一級冒険者‼」

「き、来ちまいやがったぁ……！」

椿《ツバキ》の叫びを呼び水に、冒険者達の悲鳴が飛び交う。

薄紫にも見える銀の髪と、黒妖精《ダーク・エルフ》を示す褐色の肌。

携えている漆黒の剣《つるぎ》は血に濡《ぬ》れ、鋭い瞳がぎょろぎょろと蠢《うごめ》き、今も獲物を追い求めているようだった。浮かんでいる冷笑は果たして血の宴《うたげ》を望んでいるのか。

第一級冒険者との対峙《たいじ》。冒険者ならば誰もが絶望する共通認識に派閥連合が浮足立つ。

そんな中、当のヘグニは、

（あぁぁぁぁ……知らない連中が俺のこと見てるぅぅぅぅ……!!）


パニクっていた。

全力で。

ぎょろぎょろ蠢く危ない眼差しは他人と目を合わせられないためで、浮かぶ冷笑はただ頬が痙攣《けいれん》して口角が上がっているだけ。人見知りの極致かつ対人意思疎通能力《コミュニケーション》がゼロに等しいクソ雑魚《ざこ》エルフは、心臓をかき鳴らし挙動不審の怪物と化していた。

（だ、ダメだ、ちゃ、ちゃんとしなきゃ……！　俺はフレイヤ様の眷族で、オラリオでも一応すごい第一級冒険者……！　俺が馬鹿にされるってことは【ファミリア】やフレイヤ様が侮辱されるってこと……！）

痙攣していた頬ごと、無理やり唇をつり上げる。

ヘグニは強張りに強張った邪笑《じゃしょう》を浮かべた。

「………ク、ククク、ここで我が深淵《しんえん》と相まみえたのが終焉《しゅうえん》の定め……古《いにしえ》の残骸は物言わず、紅《くれない》が歌う……我が剣《つるぎ》は生贄《いけにえ》を欲している。つまり………しししし、死ね」

自分を取り囲む数多の瞳にびくびくとしながら、意訳すると『私がこの部隊の担当なので駆逐します。既に切り込んで前哨戦は終わりました。覚悟してください』と発言するヘグニ。

それに対する派閥連合の反応は、惨劇だった。

「うわぁ、なんだコイツ！」

「いきなり喋ったと思ったらヤベェ奴だった！」

「おいおい理解に苦しむよ何なんだよコイツ！」

「エルフのくせに悪鬼《オウガ》みたいな邪笑《かお》しやがって！」

「謝れ！　エルフに謝れ!!」

「「「何でこんなヤツが第一級冒険者なんだきめぇ!!」」」

(あ、だめ、死にたい)

黒妖精《ダーク・エルフ》の目もとにキラリと光る滴が浮かぶ。

(ヤメテよしてソンナ目で見ないでくれぇぇぇぇぇぇ。無理無理無理ムリだって。そもそも何でやっぱりどうしてオレが第一級冒険者なんだ、注目なんて要らないんだ闇に紛れて戦いたい、むしろいっそ俺が闇になりたい闇の化身でありたい。不可だよ駄目だよキツイよ森に引き

こもりたい嗚呼もぅ嫌だフレイヤ様に膝枕《ひざまくら》されたい――いやオレがフレイヤ様に膝枕したい)

ヘグニは頑張った。

視線の圧にも己の被害妄想にも耐えて、必死に頑張った。

しかしこのダダ滑りの痴態が『鏡』によってオラリオにも中継されていることを思い出した瞬間、彼の精神の均衡は木っ端微塵《こぱみじん》となって破局を迎えた。羞恥《しゅうち》という羞恥が精神を焼き焦がし、情けない逃避を決行させる。

(もぅ無理……やっぱり、使おう)

すなわち、『魔法』の行使。

「【抜き放て、魔剣の王輝《おう》】」

騎士のごとく、あるいは顔を隠すように、両手に持った剣《つるぎ》の切っ先を天へと向ける。

同時に足もとで花開くのは、黒の魔法円《マジック・サークル》。

「っっ――!? 詠唱を止めろォォッ!!」

その光景になり振り構わず叫んだのは、椿《ツバキ》。

滑稽な演劇に呆けていたのも束の間、その呪文を耳にするなり、最大級の警鐘を放つ。

ヘグニの『二つ名』の謂《いわ》れを正しく知る彼女は、焦燥とともに、腰に差していた短剣型の『魔剣』を引き抜いた。

「【代償の理性、供物の鮮血。宴《うたげ》終わるその時まで――殺戮《さつりく》せよ】」

奏でられるは短文詠唱。今から斬りかかっても間に合わない。

そう判断した椿《ツバキ》の行動に、他の冒険者や鍛冶師達も目の色を変えて倣《なら》った。

何振りもの『魔剣』が、数えきれない矢と投剣が、瞑目するヘグニのもとへ放たれる。


「【ダインスレイヴ】」


魔法名と爆撃が重なり合うのは、同時。

展開されていた魔法円《マジック・サークル》が光り輝いたかと思うと、砲撃の嵐に呑み込まれる。

黒妖精《ダーク・エルフ》の姿もかき消し、そのまま爆光の華を咲かせた。

第一級冒険者とて無事では済まない火力に、椿《ツバキ》達が顔を腕で覆い、固唾《かたず》を呑んで見守っていると——舞い上がっていた爆煙《ばくえん》が、揺らいだ。

そして。

「ぎゃあああああああああああああああ!?」

椿《ツバキ》の耳が戦《おのの》くほどの、加減や慈悲を一切《いっさい》排除した、壮絶な『蹂躙音』が。

『音』が迸った。

「————」

言葉を失う椿《ツバキ》の視線の先、部隊の一角で血飛沫《しぶき》が舞う。

崩れ落ちるのは三名の上級冒険者。

その傍《かたわ》らにたたずむのは、破った爆煙《ばくえん》を鎧《よろい》のように纏う、一人の黒妖精《ダーク・エルフ》。

「――女神の神意に背《そむ》く逆賊ども。懺悔《ざんげ》を聞いてやる。見返りは貴様等の生き血だ」

がらりと変じた語気。

先刻までの気弱さなど欠片も介在しない、酷薄な眼差し。

椿《ツバキ》は起動させてはならない『魔法』が発動《セット》されてしまったことを悟る。

「【ダインスレイヴ】……！」

それは他者の顔色に怯える黒妖精《ダーク・エルフ》が、『戦士』になるための儀式にして鍵だ。

通常の攻撃魔法や付与魔法《エンチャント》とも異なり、術者の内面に作用する【ダインスレイヴ】は稀少魔法《レアマジック》に数えられる。効果は文字通り、性格も言動も別人へと改変させるのだ。『女神祭』でベルがヘグニに襲撃された際、同一人物かと疑った理由も全てこの『魔法』にある。

ヘグニが持つ『人格改変』の魔法!!

だが、一方で能力《ステイタス》を上昇させるなどの効果は一切ない。

あくまで人格のみに作用し、華々しい『魔法』の中では地味とも言える。

「黒妖の剣のヘグニに切り替わった……！」

黒妖の剣《もうひとり》、
けれども、精神作用に特化した魔法は自己暗示を超えた『自己改造』。

つまり引き起こされる事象とは、『理想の具現』と同義である。

自分自身を唾棄するあまり発現した、最強たる己《ヘグニ》を召喚する『魔法』だ。

「戦慄の貌《かお》はもう見飽きた。慈悲は与える。剣を執《と》れ。せめて戦士のまま終わらせてやる」

――椿《ツバキ》の頬に汗が滴る。

かつてオラリオの『暗黒期』の中、ヘグニはあの『魔法』を用いて、一つの戦場で千を超える悪の使徒を斬殺してのけた。あの『魔法』の威力を、椿《ツバキ》は痛いほど知っている。

砕け散った魔法円《マジック・サークル》の光を吸収し、今やうっすらと薄紫の色に妖《あや》しく輝く双眼を細めながら、ヘグニは、その宣告を告げた。

「死ね有象無象。女神の愛を阻む害虫に、生きる価値なし」

刹那、黒妖精《ダーク・エルフ》の体が浅く沈む。

瞬間移動と見紛《みまご》うほどの、疾駆。

闇の影が走ったかと思われた瞬間、一、、、個小、、隊が、、斬、、断されて、い、い、いた。

「ひっ――ひぃいいいいいいいいいいい!?」

『一振り』である。

握られる呪剣が『斬撃範囲』を拡張し、一閃のもとに冒険者達を斬り伏せる。

絶望と斬撃の輪舞《ロンド》が開宴した。

躊躇《ちゅうちょ》はなく、容赦もない。彼の全力を邪魔する気弱は魔法によって完全に取り払われ、宿敵《ヘディン》をして『同胞《エルフ》の中でも白兵戦最強の糞妖精』とまで言わしめる斬撃の権化と化す。まさに一度抜けば数多の死をもたらさなければ鞘に戻らない魔剣のごとく、血の嵐が吹き荒れた。

冒険者達は切り裂かれた。鍛冶師達も『魔剣』ごと破壊された。

その斬撃に貴賤《きせん》はない。男も女も種族も差別せず、老いも若きも区別せず、神のように平等に、ただ暴君のごとく終焉の勅令を言い渡す。

「非道を名乗るのは俺の仕事ではない。全て、弱者に甘んずる貴様等が悪い」

ヘグニの二つ名【黒妖の魔剣《ダインスレイヴ》】は、まさに彼の魔法名をそのまま引用したものである。『闇の騎士（笑）』から本当の『闇の戦王』に変貌する彼を讃える、狂信的かつ熱烈な神々《ファン》から贈られた最大の讃辞。

十人、更にまた十人と、加速度的に冒険者達が屠《ほふ》られていく。無慈悲で冷酷、殺戮と蹂躙の『戦王』となった黒妖精《ダーク・エルフ》に、一歩離れた位置に立つ椿《ツバキ》は、声を震わせた。

「……リリスケ、階位昇華《レベル・ブースト》とやらを寄こせ」

『えっ？』

「早くしろっ、急げ！」

『は、はいっ！』

元後輩《ヴェルフ》の呼称を借りて、水晶の先にいる小人族《パルゥム》の少女へ呼びかける。

慌ただしい気配が聞こえていたかと思うと、椿《ツバキ》の遥か後方から強い魔力が立ち昇り、頭上に鎚と見紛う金光の柱が出現した。

「【ウチデノコヅチ】！」

妖術師《ハルヒメ》から贈られる階位昇華《レベル・ブースト》をその身に宿し、能力《ステイタス》がＬｖ．５からＬｖ．６へと至る。

しかし、それでも椿《ツバキ》の汗は干上がることを知らない。

周囲では、己以外の全ての冒険者が倒れ、真っ赤な血に染まる闘技場《リング》が出来上っていた。

「俺と死合《しあ》う資格を有するのは、貴様か、【単眼の巨師《キュクロプス》】」

「おうとも、妖《あやかし》の剣《つるぎ》め。貴様の魔剣、手前がへし折ってやろう」

剣先のように鋭いヘグニの双眼が椿《ツバキ》を見据える。

妖精《エルフ》ではなく、悪鬼の類だ。

軽口の中にそんな笑みを含ませ、すぐにそれを消し、愛刀《紅時雨《べにしぐれ》》を構えた。

風が流れ、黒妖精《ダーク・エルフ》の外套《がいとう》が音を立てて揺れる。

壊滅間近の中央部隊の中で、戦王と鍛冶師がただ二人、対峙する。

「定めは揺るがない。——この剣《つるぎ》が貴様等の墓標だ」

瞬時、二人の姿がかき消え、激烈な剣撃が放たれた。


「椿《ツバキ》！」

背後より届いた刀剣の激音に、ヴェルフは声を荒らげた。

Lv.2のヴェルフではまともに視認できないほどの剣舞。漆黒の剣と長刀が衝突しては滑り合い、舞い散る火花が軌跡となってそこに斬撃があったことを知らせる。

残像を生むLv.6同士の戦闘にヴェルフは息を呑み、その次には拳を握りしめた。

（一騎打ちだろうと、援護するしかねえ！　リリスケには【黒妖の魔剣《ダインスレイヴ》】の『魔法』について聞いた！　俺の魔法《ウィル・オ・ウィスプ》なら刺さる……！）

フィンが知る限りの【フレイヤ・ファミリア】の情報はリリ経由で共有されている。その中には当然、ヘグニの『魔法』も含まれていた。

人格改変魔法《ダインスレイヴ》は『最強の戦王《もうひとりのヘグニ》』を維持するにあたって、常に精神力《マインド》を消費し、その体に魔力を帯びる。瞳に灯《とも》る妖しき光や、体から漏れる陽炎《かげろう》にも似た紫紺の輝きがそうだ。

そしてそこに『魔力』があるならば、ヴェルフの対魔力魔法《アンチ・マジック・ファイア》は種火に変えて燃え上がる。

付与魔法《エンチャント》と同じく常に発動を強《し》いられる人格改変魔法《ダインスレイヴ》は、ヴェルフにとって格好の的だ。

「【燃えつきろ、外法《げほう》の業《わざ》!】」

『魔剣』を持つ左手とは逆、右手を突き出す。

精神力《マインド》をつぎ込んで範囲は最大。

これならばいかに速く、正確に視認できなかろうが、ヘグニの移動範囲を網羅《カバー》できる。

今も椿《ツバキ》と切り結ぶ闘技場《リング》全体を照準し、超短文詠唱を一気に叫んだ。

「【ウィル・オ・ウィスッ――――】」

だが。

トンッ、と。

杖で軽く車輪を叩くように。

身軽な『猫』が地を蹴り、駆けるように。

対魔力魔法《アンチ・マジック・ファイア》の発動寸前、『瞬脚』の音が鳴った。

転瞬。

ヴェルフの右肩が、肉を飛ばしていた。

「────────────」

　超速の斜線が視界を過り、肩の一部をごっそり攫《さら》っていく。

　時の流れを凝縮させるヴェルフが、『強襲された』と認識した瞬間、抉り取られた断面から鮮血が吹き出し、その喉《のど》から絶叫が迸った。

「──ぐあああああああああああああああああああっ⁉」

　眼球を血走らせ、顔面中からどっと汗を噴出させるヴェルフを他所に、右腕が壊れた人形のようにぶらりと宙吊りになる。

「妙な真似をするんじゃねえ、三下」

　声が投げかけられる右方。

　ヴェルフが振り向けば、彼はいた。

「おまえ、は……！」

【女神の戦車《ヴァナ・フレイア》】、アレン・フローメル。

　いともたやすくヴェルフの魔法を遮断した冒険者は、銀槍《ぎんそう》を手に悠然とたたずんでいた。

　左肩に装着された銀の肩鎧に、そこから伸びる緑柱色《エメラルド》の片外套《ペリース》。防具はその肩鎧と膝から下を覆う銀の脚甲のみ。被弾を想定していない装備は『都市最速』たる故である。

　脂汗と焼けるような痛苦に顔を歪《ゆが》めるヴェルフは、知らない。

【女神の戦車《ヴァナ・フレイア》】が片外套《ペリース》を装着するその時とは、全力をもって闘争に臨む時だと。

「前と同じように、一撃で仕留めるつもりだったがな」

「っ……⁉」

「直前に身を引きやがったか。俺に轢き倒されるのは懲りたか？」

その通りだった。

『女神祭』でもアレンに襲撃されたヴェルフの体は、寒気を喚起させる『瞬脚』の音を捉えた瞬間、無意識のうちに動いていたのだ。その僅か一瞬の防衛本能が彼の瞬殺を防いでいた。

「だが、意味もねえ。時間の無駄だ。さっさと消えろ」

「っっ――ふざけんなァ‼」

敵ですらない、進むのに邪魔な『段差』を見るがごとき眼差しに、激昂する。

しかし、焼けるような激痛を振り払ってヴェルフが吠えたのも束の間、アレンは一瞬で眼前に急迫した。

「がっ、ぎっっ、ぐぁぁぁぁぁぁ……⁉」

始まるのは、凄まじい銀槍《ぎんそう》の乱突。

打ち上げた怒声はただの威勢にしかならない。未《いま》だくっついているのが不思議な右腕をぶら下げるヴェルフにできることは、構えを半身にし、左手が持つ魔剣《始高《しこう》・煌月《かづき》》を盾代わりにすることだけだった。それはともすれば、木の幹にひそんで身が隠しきれていない滑稽な子供のような体勢。長剣型の魔剣で体を覆い、剣山のごとき穂先の連撃を耐え忍ぶ。

だが削がれる。着流しが、肌が、全身が。

失われていく。血が、握力が、反撃の意志が。

魔剣を握る左手が、剣腹に押し付ける肩が、防御を飛び越えて貫通する衝撃によって悲鳴を上げ続ける。肉が潰れ、骨さえ亀裂が走っては砕け、全身を破壊されていく。怒涛としか形容しようのない槍の刺突がヴェルフをあっという間に追い込んだ。

（……折れねえ）

一方で、アレンは怪訝な顔を浮かべた。

何度も突いては揺るがしているにもかかわらず、『ヴェルフの魔剣』は砕けない。通常の『魔剣』は本来消耗品、しかしそれを凌駕《りょうが》するがごとく作り手の『不屈』を代弁する。

戦車《アレン》の鋭い眼差しが、『段差』から明確な『障害物』を見るものに変わる。

「その『魔剣』はなんだ？」

「……おれが、作ったたっ……ただの『魔剣』だ……！」

アレンの問いに、ヴェルフは誇らない。

鍛冶師の矜持《きょうじ》をもって、迷宮《ダンジョン》で鍛え上げた会心の作品を、ただの『高みの通過点』であると言い張る。

「ただの『魔剣』も砕けねえなら、お前も大したことねえなぁ……!!」

そして、そんな虚勢を張り続ける。

止まらぬ血を流し、ずたぼろの体で、無理矢理の笑みを浮かべながら。

その挑発に——第一級冒険者を鼻で笑う不遜な鍛冶師の姿に、しかしアレンは気分を害すことなく、顔色を変えなかった。

「てめえの鍛冶の腕だけは、見直してやる」

むしろ泰然としながら、初めてヴェルフを認めた。

「だが、それだけだ」

「────」

そして、ヴェルフを貫く殺気を帯びる。

足もとの石畳を蹴り上げる高速の加速。

一介の鍛冶師に反応できる道理はない。

半身を『魔剣』で覆い『亀』となっていたヴェルフの側面、そこへ一瞬で躍り出て、蹴りを繰り出す。

「がぁぁ⁉」

それだけでヴェルフは終わった。

すくい上げるかのような右足の蹴撃に脇腹《わきばら》を捉えられ、靴裏が地面から離れる。

刹那の浮遊感に包まれる青年の体に、すかさず左足の回し蹴りが叩き込まれた。

肋骨《ろっこつ》が亀裂で覆われ、吹き飛び、石畳の上を転がって、無残に倒れる。

意地でも手放さなかった『魔剣』が、流れ出た血を浴びて、赤く染まる。

「前にも言ったぞ、三下。工房に引っ込んで、鉄遊びでもしてろ」

それは【イシュタル・ファミリア】を攻め滅ぼした日のこと。

初めてヴェルフと出会った時と同じように、アレンは唾棄した。

「何を勘違いしてやがる。鍛冶師《てめえら》が戦場で役に立つ筈がねえだろうが、負け犬が」

ヴェルフができたのは、一分にも満たない足止め。

地に倒れ伏し、沈黙する鍛冶師を捨て置き、アレンは己の使命を開始した。

「ひっっ⁉　う、うわあああああああああああああ⁉」

「あ……当たらねえ……当たらねええええええええええ⁉」

指揮官《ヘディン》の指示に従い、戦王《ヘグニ》と同じく参戦を果たした『戦車』に、連合の冒険者達が絶望をかき鳴らす。墳墓の上で戦場を俯瞰するリリが青ざめるほど陣形は引き裂かれ、意味をなさないものへ変わり果てた。


「アイシャ殿ぉ！　中央の部隊がっっ！」

「くそったれめ……！　あの第一級冒険者《バケモノ》どもが‼」

左翼。

立ち込めていた砂塵が晴れるや否や、もはやヘグニとアレンの手で破壊し尽くされている中央部隊を認め、命《ミコト》とアイシャは苦渋の叫びを等しくした。

派閥連合の横隊の中で、中央部隊が教科書通り最も厚い。Ｌｖ．５の椿《ツバキ》を配置し、冒険者や鍛冶師を始め最も多くの戦力を動員した。しかし、それがもう全滅間際《まぎわ》。

潰走も許されず討《と》ち取られていく冒険者達の光景は、まともな戦争になっていない。

「どうしますか⁉　リリ殿も中央と右翼の指揮で手一杯です！　このままでは……！」

「っっ……中央に向かうよ！　【単眼の巨師《キュクロプス》】がやられたら本当に終わりだ！　隠れてる春姫《ハルヒメ》達も回収して、あのドワーフの援護をっ──」

アイシャのそれは、苦悩の末の決断だった。

左翼も大乱戦に陥っている現状、誰かを殿《しんがり》に据え、犠牲にしなければ中央への横断もかなわない。アイシャは罪悪感を振り切り、周囲で奮闘する戦闘娼婦《バーベラ》達に『ここで死んでくれ』と、そう告げようと口を開きかけた。

「うがあッ⁉」

「きゃあああああああああああ⁉」

だが、その決断も意味のないものへと変わる。

「……⁉　シャレイ、イライザ！」

死角にいた戦闘娼婦《バーベラ》の一員が、『四人』同時に倒される。

驚愕する命《ミコト》とともに振り返ったアイシャの瞳に映るのは、四つの影。

「無駄な策だ」

「できるわけがない」

「当然だろう?」

「我々がここにいる」

砂色の兜に、同色の鎧。

長槍、大鎚、大斧、大剣、四振りの武装を持つ四つ子が、左翼部隊の前に姿を現していた。

「ガリバー四兄弟……！【炎金の四戦士《ブリンガル》】!!」

命《ミコト》の戦慄を前に、唇を嘲笑《ちょうしょう》に歪めるのは三人の弟達。

「【絶†影】に【麗傑《アンティアネイラ》】」

「女神祭の焼き直しだな」

「また我々に討ち取られるか」

最後に同情を告げるのは、長男のアルフリッグ。

「フレイヤ様のために、ここで倒れてくれ」

「ッッ――!! 舐めるんじゃあないよ！」

激怒するアイシャを皮切りに、血まみれのアマゾネス達が雄叫びを上げる。

『魔剣』の炎が、階位昇華《レベル・ブースト》の光が、重力の波動がそそぎ込まれ、四つ子率いる強靭な勇士《エインヘリヤル》に徹底抗戦する。

劣勢に継ぐ劣勢。

メインストリート上空に浮かぶ『鏡』が映し出す、その戦争の様を呆然と見上げながら、民衆か、冒険者か、もしくは神か、誰かが言った。あるいは、誰もが呟いた。

ただの蹂躙《ワンサイド・ゲーム》だと。

「同胞《エルフ》の中でも白兵戦最強の馬鹿《ヘグニ》は中央、機動力に優れた愚猫《ねこ》で魔剣部隊《しゃげき》を潰し、被害の少ない左翼を小人どもの連携で封じ込める……教科書通りで何の面白《おもしろ》みもない」

自陣の神殿屋上より戦況を眺めながら、ヘディンはつまらなそうに言った。

第一級冒険者達を出し惜しみせず、開戦から投入していても、これとほぼ同じ光景が広がったことだろう。

だが、ヘディンは万全を期した。

軍師を務める彼は『第一級冒険者の陥落』という言葉の意味がどれほど致命的かを知っている。ヘグニやアレン達が倒れた場合、死を恐れない強靭な勇士達《エインヘリヤル》と言えど動揺を来たし、これ以上ない士気の低下に繋がる。敵指揮官《リリ》も必ずそれを狙っているだろう。

故に、『クロッゾの魔剣《カード》』という唯一の不安要素を十分に排除したこの状態で、第一級冒険者という最大の武器を切ったのだ。リリやダフネからすれば絶望するほどの冷酷さで。

「派閥連合の主要戦力は軒並み駆り出されている……が、『兎』が一匹、いないな」

妖精の眼は敵陣の細部をも見逃さない。

この大規模な乱戦の中にあって、己が調教を施した白髪の少年が姿を現していないことを、見抜いていた。

「蓄力《チャージ》した砲撃を爆弾代わりに主戦場へ投下したところで、ヘイズ達がいる限り分が悪い」

今更Lv．5をたった一枚投入したところで、起死回生の一手にはなりえない。

『戦いの野《フォールクヴァング》』で散々殺された、あの愚兎《ぐさぎ》自身がそれを身に染《し》みて理解しているだろうと、へディンは呟く。

「何より……今回の戦争遊戯《ウォーゲーム》の勝利条件《ルール》からして、それもできまい」

むしろ、この主戦場を『囮』にして女王《クイーン》を狙うしか、派閥連合に勝機は存在しない。

悪魔的なまでに連合の思考を先読みする白妖精《ホワイト・エルフ》は顔を上げた。

彼が瞳を細める先は、主戦場から遠く離れた島の両端。

「南西か……あるいは、北西か」


北西を走る。

誰にも見つからないように、慎重を期しながら、それでも最大の速度で。

たった一人、【フレイヤ・ファミリア】の本陣に向かって。

「リリッ、やっぱり僕もみんなと戦った方が……！」

『駄目です！　ベル様は今のうちにフレイヤ様のもとへ向かってください！』

左肩、そして背中を頼りに殴る戦場の雄叫びに——確かめずともわかる味方の夥《おびただ》しい悲鳴に——引き返そうとするも、眼晶《オクルス》から上がるリリの声がそれを許してくれない。

『クロッゾの魔剣』が火を噴いた開戦と同時、僕は派閥連合と【フレイヤ・ファミリア】がぶつかり合う『主戦場』を大きく迂回する形で、島の北西部に回り込んでいた。

リリの指示だ。軍規模の戦闘を囮にして、敵の本陣へと肉薄するようにと。

『敵陣にはまだ【白妖の魔杖《ヒルドスレイヴ》】、そして【猛者《おうじゃ》】がいる！』

「っ……！」

『都市最強の冒険者を倒さない限り、勝利はありえません！』

リリの言っていることは正しい。『頂天《ちょうてん》』とは、それほどまでの存在だ。

女神祭でたった一撃、あの剛腕にねじ伏せられた僕こそ、それを痛感してしまっている。

あの【猛者《おうじゃ》】が玉座の前に立ち、主《あるじ》を守り続けている限り、派閥連合は敗北するだろう。

都市最強のＬｖ．7をどうにかしなければ、僕達に未来はない！

『そして【猛者《おうじゃ》】を倒せるとすれば、ベル様の【英雄願望《スキル》】しかないんです！』

迷宮街攻防戦《ダイダロス》の時のように左腕の手甲に取り付けられた眼晶《オクルス》を一瞥した僕は、次には右手を見た。鐘《チャイム》の音を鳴らし、既に開始されている蓄力《チャージ》の光を。

『魅了』によって捻じ曲げられた『箱庭』の中で、一度は【フレイヤ・ファミリア】に身を置いていた僕の情報《ステイタス》は師匠《マスター》達に筒抜けになっている。敵影を視認してから【英雄願望《スキル》】を発動しては間に合わない。そんなことを強靭な勇士達《エインヘリヤル》が許す筈がない。

よって、今からだ。最大威力の攻撃を仕掛けるには、会敵前から蓄力《チャージ》を始めるしかない。

僕に課せられた使命とは『強襲』。

潜伏と移動を繰り返し、敵の最大戦力——つまりオッタルさんに最大蓄力《フル・チャージ》の一撃を見舞う。

『クロッゾの魔剣』の波状攻撃が空振りに終わった場合、この方法しか【猛者《おうじゃ》】を打ち倒す術はないと、リリはそう結論していた。

『自分以外の全員を犠牲にして、たった一人だけでもフレイヤ様のもとに辿り着く！　そうしなければこの戦争には勝てない！』

ヘグニさんに斬り倒されても、アレンさんに轢き殺されても、アルフリッグさん達に破壊されても、師匠《マスター》に撃ち抜かれても、ヘイズさん達を放置してでも、オッタルさんを討ち、フレイヤ様――いや、あの人のもとへ手を伸ばさなければならない。

指揮官の声で訴えるリリに、僕は奥歯を噛んだ。

そうしなければならないと、響く鐘《チャイム》の音ですら悟っていた。

身を切り裂かれるような思いを振り払い、敵陣への接近を続行する。

（慎重に、素早く！　気付かれちゃいけない！）

『主戦場』から遠く離れた島の北西部も、広大な遺跡の畑が広がっていた。

崩れかけの建物、大理石の大通り、天井のない巨大な柱廊。都市遺跡の名に相応しい景観を利用し、身を隠しながら、敵の気配や視線がないことを確認して次の地点《ポイント》へと疾走する。

今の僕は『透明状態《インビジビリティ》』。

フェルズさんの『リバース・ヴェール』を被って不可視の存在になっている。

それでも、大胆な接近なんてものは避ける。

相手は師匠達《マスター》【フレイヤ・ファミリア】。些細《ささい》な違和感一つでも察知されたら終わりだ。消臭の匂い袋《アイテム》まで使って獣人の鼻にも捕捉されないよう徹底しても、絶対に安心なんてできない。

何より、

(蓄力《チャージ》の音……！　相手の陣地には届かないだろうけど、近付かれたら絶対にバレる！)

白い光粒《こうりゅう》とともに収束を繰り返す鐘《チャイム》の音に、冷や汗が止まらない。

いくら完璧に気配を絶つ斥候《スカウト》がいたとしても、自ら音を鳴らしていては、敵に位置を知らせる間抜けに成り下がる。そして僕は、そんな間抜けな隠密となって強襲を仕掛けなければならない。敵を倒すため火力を蓄えないといけないとはいえ、隠密性との間に発生する矛盾に、否が応でも心臓の音が高まってしまう。

(限界解除《リミット・オフ》……大鐘楼《グランド・ベル》の音《おと》は絶対に鳴らせない……！)

巨大な鐘の音《ね》を轟かせれば、それこそ距離が離れていようが即刻感付かれる。

敵陣に侵入するより先に強靭な勇士《エインヘリヤル》に迎撃されれば、一度きりの好機《チャンス》は失われてしまう。

通常の蓄力《チャージ》で限界まで接近するしかなかった。

(でも……本当に師匠《マスター》の眼をかいくぐることなんて、できる？)

まだ遠く離れた先、敵陣で目を光らせているだろう師匠《マスター》の横顔が脳裏に何度も過る。

あの人は強い。そして誰よりも頭が切れる。

僕達の目論見《もくろみ》なんて、お見通しなんじゃないのか？

そんな恐ろしい疑念と戦いながら、震える息を押し殺して、僕は今できる最高速度で進んでいく。

「……ここは……」

そして、一際巨大な遺構に辿り着いた。

かつての『円形劇場』。

外壁の一部が崩れ、見通せる内部には、すり鉢状の観客席と舞台《アリーナ》が広がっている。舞台《アリーナ》の直径は一五〇M《メドル》ほど、外壁含めた観客席の高さは三〇M《メドル》はあるだろうか。太古の時代、娯楽に乏しかっただろう島の中で、多くの人々がこの野外劇場に足を運んでは観劇していただろうことは想像に難くない。

崩れては横たわる、色褪《いろあ》せた柱がどこか哀愁を誘う中、僕はすぐに視線を断ち切る。

今は感慨に浸る暇もない。劇場を迂回して通過しようとする。

その時だった。

「はあああああああああ！」

「!?」

地面に影が走り、頭上から殺気が降ってきたのは。

放たれる雄叫びと刃が叩き込まれる寸前も寸前、咄嗟《とっさ》にナイフを掲げる。

「ぐっ!?」

襲撃者の双刃と《神様のナイフ》がぶつかり合う。

完全に防ぎきれない。

直接の損傷《ダメージ》は何とか防ぐも、纏っていた『リバース・ヴェール』を裂かれ、強制的に『透明状態《インビジビリティ》』を解除される。更に衝撃に泳ぐ体へ追い打ちの蹴り。蓄力《チャージ》のため右手を自由に扱えないことも手伝って、僕はあえなく蹴り飛ばされた。

自らも後ろに飛んで威力を半減させるも、『円形劇場《アリーナ》』へと飛び込む形。

大きく崩れた外壁の間を転がって、逃げ場のない舞台《アリーナ》へと追い込まれてしまう。

「そんな鐘《チャイム》の音を漏らして、バレずに済むと思っていたのか！　ベル！」

「……！　ヴァンさん！」

僕を追って、広大な舞台《アリーナ》の中央に着地を決める半小人族《ハーフ・パルゥム》の強靭な勇士《エインヘリヤル》――ヴァンさんが、いつかと同じように喝破してきた。

(発見された……！)

強襲が潰された。作戦の失敗。一巻の終わり。

敵はヴァンさんだけ？　他の団員は？　状況は立て直せる？　次に取るべき一手は⁉

隠密行動を見抜かれ一気に焦燥に支配される中、僕の顔色を察してか、ヴァンさんは吐き捨てるように叫んだ。

「俺一人だ！　ヘディン様の指示など関係ない！　『戦いの野《フォールクヴァング》』で散々戦ったお前なら、こちらへ来るだろうと踏んでいた！」

「な……⁉」

「そして、そんなお前に引導を渡すのは、この俺だと決めていた！」

僕の行動が読まれていた――いや、この北西部に一人潜伏して、待ち受けていた⁉

唖然とする僕を、ヴァンさんはまるで裏切った仲間を見るように睨みつけてくる。

「フレイヤ様に祝福されておきながら、神意を拒んだ背神者《はいしんしゃ》め！　オッタル様達に何と言われようと、お前だけは俺の手で仕留める！」

それは疑いようのない怒りで、執着で、『けじめ』だった。

「それが、お前の面倒を見た俺の義務だ！」

捻じ曲げられた世界での出来事とはいえ、同じ本拠《ホーム》で暮らし、同じ釜の飯を食べた。

『洗礼』の中で何度も殺し合い、時には助言をもらい、不思議な絆《きずな》を感じていた。

まやかしに過ぎずとも、僕は確かにあの約二十日間、彼等と同じ仲　間《フレイヤ・ファミリア》だった。

僕を見据える半小人族《ハーフ・パルゥム》の目が、歪む。僕の瞳もまた、歪む。

間もなく、ヴァンさんは些細な情緒を振り払うように、斬りかかってきた。

「ぐっ──!?」

「来い、ベル！　戦え!!」

ヴァンさんの得物、銀の双剣が何度も僕を脅かす。

こちらの手を取らないのなら、葬る。その覚悟を二振りの剣が雄弁に物語っていた。

胸もとに吸い込まれようとする双剣を、《神様のナイフ》で弾く。

拒否権はない。『円形劇場』の中で、かつての『洗礼』を再現するように、僕はヴァンさんと斬り結ぶ。

ぶつかり合うナイフと双剣。

舞い散る火花。

痛切な悲鳴のごとき、甲高い金属音。

攻撃がぶれる。

葛藤《まよい》が何度も判断の失敗を招く。

自分が思っていた以上に、僕はヴァンさんに──【フレイヤ・ファミリア】に、情を抱いてしまっている。

「片手を使わず、ふざけているのか!? いつからお前は俺を見下すほど偉くなった!?」

「っ……!」

「その蓄力《チャージ》を使え！ 俺に!! 今のお前の敵は──この俺だぞ!!」

紅く染まる激声《げきせい》が何度も頬を殴る。

この期に及んでなお蓄力《チャージ》を温存する僕に激怒し、ヴァンさんは本気で殺しにかかった。

その迫力に気圧される僕が抱いたものは、恐怖でもなく、焦りでもなく──息が止まるほどの『虚しさ』と、叫び出したいほどの『悲しみ』だった。

昇華《ランクアップ》は、本当に残酷だった。

数えきれない『洗礼』の中で、何度も戦い、時には勝って、時には敗北した、あのＬｖ．４のヴァンさんの動きが、遅い。

その攻撃が、手に取るように視《み》えてしまう。

迷いを抱えているにもかかわらず、ヴァンさんの双撃を捌けてしまう。

昇華《ランクアップ》後の肉体と精神の『ズレ』を埋めるため、第一級冒険者達《ティオナさん》と散々打ち合った。

負ける道理が、ない。

「ッッ──!!」

歯をあらん限りに食い縛った僕は、踏み込んだ。

それで終わりだった。

目を見開くヴァンさんの懐《ふところ》に飛び込み、ナイフを鞘にしまった左拳で、殴りつける。

「がぁっっ⁉」

哀れみや感傷なんてものを燃やしつくすように、僕は叫んでいた。

【ファイアボルト】！」

腹部に決まった左拳から放たれる砲声。

轟いた炎雷がヴァンさんの体を燃やし、吹き飛ばして、緩やかな放物線を描きながら、観客席の一角に突っ込ませる。

「…………ベッ、ルゥウ…………！」

叩きつけられた半小人族《ハーフ・パルゥム》の背中が、石の段差から剝《は》がれ、前へと倒れた。

口を血で汚すヴァンさんは、震える右手をこちらに伸ばした後、がくりと意識を失う。

「っっ……」

僕は息を切らすこともなかった。

その戦いは、一分とかからなかった。

Ｌｖ．５とＬｖ．４。その数字が全て。

上り詰めた『第一級冒険者』という高みを、よりにもよってこんな苦い形で、実感する。

けれど。

「ここにいたか」

「――――」

その一分にも満たない時は、『最強』をこの場所へ呼ぶのに十分な時間だった。

「独断か、ヴァン。だが、探す暇が省けた」

何かがアリーナに降り立つ音。

誰かの重々しい声。

呼吸を停止する僕は、ゆっくりと、振り返った。

錆色《さびいろ》の髪と瞳、そして巌《いわお》のような圧倒的巨軀《きょく》。

両の手には二振りの大剣、背中には更に巨大な黒塊と言うべき剣《つるぎ》。

冒険者の『頂天』に君臨するその猪人《ボアズ》を前に、掠れた声が唇からこぼれ落ちる。

「…………オッタルさん」

主戦場に参戦していなかった『都市最強』は……最初から僕を探していた？

最大蓄力《フル・チャージ》にはまだ遠い。そもそも見つかった今、不意を打つ強襲は成り立たない。

氷像のように硬直する体から体温が失われていく。水晶の奥で凍りつくリリの息遣いが伝わってくる。

今度こそ計画の失敗、作戦の破綻、唯一の勝機の喪失――。

僕達の脳裏を埋めつくすのは、『絶体絶命』の四文字だった。

「……」

円形劇場の中央で立ちつくすそんな僕を、オッタルさんは無言のまま、視線でなぞる。

右手に収斂《しゅうれん》される光粒を見たかと思うと、すっと瞳を僅かに細めた。

そして、放る。

右手に持っていた一振りの大剣を、僕の目の前へと。

「っ……？」

ドンッ、と音を立てて、大剣が手を伸ばせば届く距離に突き立つ。

思わず、まじまじと見つめてしまう。

素材は精製金属《ミスリル》。秘める切れ味と強度は本物で、紛れもない第一等級武装。

攻撃じゃない。威嚇《いかく》ですらない。

まるで『武器を投げ与えた』かのような奇妙な行為に、僕が戸惑いを重ね、動けないでいると、オッタルさんは口を開いた。

「執《と》れ」

「……えっ？」

「執《と》れと言っている」

その大剣を、と。

短く告げられる言葉に、僕は、目を見開いた。

「全力だ」

猛者《おうじゃ》は言った。

「全力で来い」

まさに王者の貫禄で、その沙汰を言い渡した。

「一撃のみ、甘んじてやる」

僕を試すように。

あるいは見極めるように。

「己の全てを賭《と》して、かかってこい」

『ベル・クラネルの全力を迎え撃つ』と、そう言っていた。

「っっ……⁉」

絶句する。

本気だ。本気で言っている。

視線の先の猪人《ボアズ》は、僕達の目論見を察した上でなお『来い』と、そう言っている‼

(罠の可能性は、ない……！　罠を張る必要がそもそもない‼)

相手の正体とは『最強』。真正面から襲いかかるだけで、僕を大地に沈めることができる。

瞬きの間に屠れる格下の冒険者相手へ、策を弄する意味など存在しない。

だから、これは、【猛者《おうじゃ》】の風格。

美神《かみ》の最強の眷族として、僕を試そうとしている。

——『武人』。

そのたった一つの単語が、頭の中を支配した。

『べ、ベル様っ……』

眼晶《オクルス》から震える声が響く。

リリも動揺している。その上で、訴えている。

これ以上ない、千載一遇の好機。

逃すわけにはいかない。敵から与えられた飴《あめ》とはいえ、飛びつかないわけにはいかない。

この機会を逃せば、僕はあえなく潰される。

逆に、ここでオッタルさんを倒すことができれば、勝ち筋が一気に広がる。

「……っっ!!」

僕は執《と》っていた。

自分の右手で、眼前に突き立った銀の大剣を。

「【ファイアボルト】！」

そのまま左手から炎雷を放ち、精製金属《ミスリル》製の剣身に叩き込む。

すかさず、右手のみに蓄力《チャージ》していた白の光粒《こうりゅう》を、大剣へと伝播させていく。

拡散する筈だった炎を銀塊に縫い止め、貪欲《どんよく》なまでに力を増幅させる。

二重集束《デュアル・チャージ》。

そして蓄力《チャージ》範囲の変更及び拡張。

あらかじめ蓄力《チャージ》していた右手から大剣に範囲を広げる分、体力と精神力《マインド》がたちまち圧迫されるものの、背に腹は代えられない。

音色《ねいろ》は鐘《チャイム》から大鐘楼《グランド・ベル》に変えられず。

今更限界解除《リミット・オフ》の敢行は不可能だ。

一度発動していた蓄力《チャージ》を中止《キャンセル》し、再度力を溜めなければならず、おまけに中止《キャンセル》分の体力と精神力《マインド》はしっかり失う。オッタルさんを倒した後に控える強靭な勇士《エインヘリヤル》達との戦闘を考えれば、これ以上の消耗は許されない。

柄を両手で持ち、残り一分を切っている最大蓄力《フル・チャージ》まで駆け抜ける。

（………本当に、ぶつけるのか？　普通じゃ勝てってこない相手とはいえ、最大蓄力《フル・チャージ》した【英雄願望《アルゴノウト》】を……！）

【英雄願望《アルゴノウト》】の破壊力は当然、自分自身が一番よく知っている。

短時間の蓄力《チャージ》ならいざ知らず、力を極限まで高めた斬撃は、どんな敵も跡形もなく消滅させた。ベル・クラネルは、この『スキル』で何度もＬｖ．の差を覆してきた。

神様は言った。これは逆転の力で、『英雄の一撃』だと。

そんな『極大の一撃』を、生身の冒険者に叩き込む……？

僕は前方にたたずむ猪人《ボアズ》を見た。

纏っている防具は、なんと軽装。

左胸や手の甲、額など、重厚と見紛う分厚さに反して限られた部位しか守っていない。あんな守りでは容易《たやす》く最大蓄力《フル・チャージ》の斬撃を防ぎきれず、命を奪ってしまうのではないか？

敵は都市最強の冒険者。

油断も加減も、愚かな憶測でさえ許される相手じゃない。

だけど、それでも──。

胸中で生じる逡巡《しゅんじゅん》が、全力の一撃への躊躇を喚起する。

けれど、そんな僕の懸念《けねん》を払拭するように。

オッタルさんは──詠唱を開始した、、、、、、。

「【銀《ぎん》月の慈悲、黄金《こがね》の原野。この身は戦《いくさ》の猛猪《おう》を拝命せし】」

響き渡る詠唱に、目があらん限りに見開かれる。

「【駆け抜けよ、女神の神意を乗せて──】」

短文詠唱。

僅かな時間を経て完成する呪文とは裏腹に、凄まじい魔力が解放される。

「【ヒルディス・ヴィーニ】」

僕の瞳を焼いたのは、黄金《こがね》の光。

黄昏の色にも似た輝きが、【猛者《おうじゃ》】の剣《つるぎ》に集束された。

「なっつ……⁉」

その輝きに咄嗟に目を眇め、次には息を呑む。

武器が光を帯び、『黄金《こがね》の剣』と化している。

大剣の表面を覆う激しい魔力光は、いっそ終末の炎のようだった。それは刃が肥大化したと錯覚するほどの光量で、武器が黄金の巨猪《いのしし》の毛皮を被ったかのようですらある。

この尋常じゃない魔力の高まり……まさか、【英雄願望《アルゴノゥト》】と同じ？

いや——純然たる『超強化』⁉

『あれが、フィン様が言っていたオッタル様の魔法……？　同じLv．7の冒険者を破ったと言われる、黄金の輝き……‼』

目も眩《くら》むような金の輝きに、リリが水晶の奥で戦慄の呟きを落とす。

蓄力《チャージ》を介さない『力の増幅』。

不確かとはいえリリから事前に聞いていた情報と組み合わせ、僕はそう当たりをつけた。

単純な力の上乗せ。

そして単純だからこそ、尋常ならざる『力』を持つオッタルさんと組み合わされば、それはきっと想像を絶する『必殺』となる。

肌を伝う冷や汗を感じながら、僕はその時、完全に躊躇を捨てた。

そう決断させるほど、あの『黄金《こがね》の剣』が秘める力は規格外だった。

「…………」

「…………」

蓄力《チャージ》が進むにつれ、弦《つる》を引き絞られていく弩砲《どほう》のごとく、ゆっくりと構えを取る。

両手で大剣の柄を握りしめ、腰を落とし、半身。

まるで鏡のようにオッタルさんも同じ構えを取った。

与えられたのは双剣の片割れ、番《つがい》の大剣。

武器の条件は互角。優劣はない。

勝敗を分けるのは、膂力《りょりょく》と魔力をかけ合わせた、純粋な破壊力。

白光《はっこう》と金光《きんこう》。

唸《うな》る炎と猛る輝き。

剣から漏れ出し、氾濫《はんらん》する力の波動が、円形劇場を埋め尽くす。

リリが固唾を呑んで見ている。

『鏡』を通して、都市にいる憧憬達《アイズさん》も、きっと。

戦場で戦っていない、全ての者の視線が自分達のもとに集まっていることを肌で感じる僕は、
剣の太い柄を握りしめる。

そして、『その時』はやって来た。

五分。

Ｌｖ．５に到達して拡張した蓄力《チャージ》時間を経て、鳴り続けていた鐘《かね》の音《ね》が、臨界に至る。

「――ああああああああああああああああああああ‼」

発走する。

渾身《こんしん》の力をもって。

聖火を宿す大剣を、右肩に振りかぶり、立ちはだかる『最強』へ驀進する。

オッタルさんは動かない。恐ろしいまでに微動だにしない。

まさに巌《いわお》となって、こちらの突撃を正面から見据える。

動揺、恐怖、戦慄。

それら全てを振り払い、炎の咆哮を吐きながら、僕はその『聖火の一撃』を解き放った。

「聖火の英斬《アルゴ・ウェスタ》!!」


全身全霊。

Lv.5に上り詰めたベル・クラネルが放つ、間違いなく最強の一撃。

その必殺を前に、大剣を構える猪人《ボアズ》は——吠えた。

「ウオオオオオオオオオオオオオオオオオオオオオオオオオオオオオオオオオオッ!!」

声のみで僕を押し返さんばかりの雄叫びで、慮外の『怪力』を解き放つ。

振り被《かぶ》られた『黄金の一撃』が、『聖火の一撃』と衝突した。

そして。

「————————ッッッ!?」

途方もない衝撃、閃光、そして轟音。

拮抗は僅か数瞬。

燃え盛る聖火を黄金の毛皮《ひかり》が抑え込んだかと思うと、ほぼ同時に互いの大剣が限界を迎え、柄の上から全てが粉砕し、僕と、オッタルさんは、真後ろへと吹き飛んだ。

「がっっっ⁉」

決河の勢いで巨大舞台《アリーナ》を横断し、背中から大理石の壁に突っ込む。

強打した背中をもって石壁を砕き、肺から空気を引きずり出される中、比喩ではなく大劇場が揺さぶられ、悲鳴を上げた。壁や客席に亀裂が走り抜け、石版が砂塵を生む。

勘違いでないのなら、都市遺跡全体《しま》から、全ての音が消えた。

まるで僕達の一撃の衝突に、冒険者と強靭な勇士達《エインヘリヤル》が動きを止め、息を呑んだかのように。

「げほっ、がはっっ……っっあああ……⁉」

柄だけとなった大剣を手の平からこぼし、全身を襲う必殺の反動に悶《もだ》え苦しむ。

衝撃のせいで両手の痙攣が止まらない中、顔を上げる。

砂塵の奥。

晴れていく煙の先。

呼吸を震わせながら、半ば祈るように見つめていると……『影』がその姿を現す。

「……相打ちか」

低く、短い声。

その人は立っていた。

太すぎる両の足で、石畳が敷き詰められた舞台に二本の線を抉り引きながら、背後の壁にぶち当たった体勢で。

崩れた石壁から巨大な背中を引き剝がし、ゆっくりとオッタルさんは、こちらを見た。

「いや……Ｌｖを顧みれば、お前の一撃が、俺を上回ったか」

純粋な称賛。

敵の魔法《ヒルディス・ヴィーニ》を相殺した聖火の英斬《アルゴ・ウェスタ》を、細まった錆色の瞳が称《たた》える。

その賞賛とは裏腹に、僕の顔は青白く染まっていた。

相打ち？　相殺？　【英雄願望《アルゴノウト》】が？

あの破壊者《ジャガーノート》の破爪《はそう》にも打ち勝った、『聖火の英斬《アルゴ・ウェスタ》』が⁉

「いい一撃だった……だが」

僕の全力は、最初で最後の好機を逃し、【猛者《おうじゃ》】を討ち倒すには至らなかった。

聖火に炙《あぶ》られた体から煙を吐きながら、しかし悠然と、損傷《ダメージ》など感じさせず、猪人《ボアズ》の武人は歩み進んでくる。

「交わした約定は、一撃まで」

無残な残骸と化した大剣の柄《つか》を放り捨て、背から、目を疑うような『黒大剣《こくだいけん》』を抜き放つ。

手甲に取り付けられた水晶が、何かを叫んでいた。

きっと、逃げてくれ、早く、とそう言っていた。

けれど、戦慄に抱き竦《だ》められる僕は、もう理解していた。

背中を向ければ、殺される。

逃亡は許されない。

ここで、あの『最強』と死ぬまで戦うしかない。

「ここからは――ただの闘争だ」

円形劇場が、慈悲のない猪の狩場と化したことを、僕は悟った。


斬撃が瞬く。

銀の刀閃と漆黒の剣光が、熾烈な応酬を交わす。

「ガあああああああああああああああああああああああああああああああッ!!」

獣のごとき雄叫びを上げるのは、椿《ツバキ》。

衣という衣を斬られ、既に上半身はさらし一枚となりながら、ハーフドワーフの女はなおも吠えた。両手に持つ長刀を操《あやつ》り、凄まじい剣撃を何度も弾いては反撃を見舞う。

修羅と化した単眼の鍛冶師と対峙するのは、ヘグニ。

纏う外套をずたずたにされた黒妖精《ダーク・エルフ》の眼光には、恐れも侮りもない。昇華の金光を全身に帯びながら、己を斬り捨てんとする女を難敵と認め、自らも戦王の威風をもって真っ向からの斬り合いに臨む。

銀と漆黒、金と紫紺。得物と魔法の残光が交錯し、軌跡を描く。

戦場の中でも、強靭な勇士《エインヘリヤル》や冒険者達が絶句するほどの別次元の交戦を演じながら、二者《にしゃ》の闘争は激化を重ねた。そして、

「せぁあああああああああああああああああああ!!」

「はああッ!!」

決着の一撃が放たれた。

片や鞘を放り捨てて繰り出された、渾身の右袈裟《けさ》斬り。

片や交差するがごとく見舞われた、超速の振り上げ。

刀と剣を振り抜いた椿《ツバキ》とヘグニが、互いの位置を入れ替え、数瞬の残心に身を置く。

「っっ――!!」

肩から鮮血を噴出させたのは、ヘグニ。

切り裂かれた左肩に目を眇め、戦場の風に外套をなびかせる。

「――――ぐ、ぁ」

敗北を悟ったのは、椿《ツバキ》。

斜め一閃に斬り上げられた胴体から血を吐き出し、さらしも断たれながら、体が地に傾く。

一つに束《たば》ねていた黒の長髪まで解け、扇のように広がるのと同時、制限時間《リミット》を告げるように階位昇華《レベル・ブースト》の光が散った。

「……誇るがいい、【単眼の巨師《キュクロプス》】。貴様の一撃はこの命《いのち》を脅かした」

剣を右手に提《さ》げたまま振り返るヘグニは、言う。

横向けの体勢で倒れた椿《ツバキ》も、眼帯をしていない右眼の動きだけで、彼を見返した。

「だが、この《ヴィクティム・アビス》は『前衛殺し』……貴様が辿る結末も、他の剣士どもと同じく、魔の剣の餌食」

ヘグニの愛剣にして第一等級武装《ヴィクティム・アビス》。

とある呪術師が製作に関わった呪武具《カースウェポン》でもあり、代償《ペナルティ》と引き換えに発現する能力《ちから》とは――

『斬撃範囲の拡張』。

対人戦では視力が優れる剣士ほど間合いを狂わされ、対軍戦においては大勢の敵を一度で切り裂くことを可能とする生粋の殺戮属性《ソード・マーダー》。第一級冒険者の中でも最上級《トップクラス》の白兵戦能力を持つヘグニが振るうことで、個の戦いも組織の戦いも全て制圧してのける魔の剣帝《けんてい》と化す。

「おの、れ……」

数々の武器を手がけてきた椿《ツバキ》でなお見切れなかった漆黒の呪剣《ヴィクティム・アビス》の剣筋は、その褐色の肌を何度も裂き、幾筋もの傷を負わせていた。

反則技《レベル・ブースト》で激上した能力《ステイタス》をもってしても、ヘグニの剣を超えられなかった。

「これ、だから…………お主らの相手は、御免なのだ…………」

すまぬ、主神様――ヴェル吉。

瞼《まぶた》を閉じる直前、主《あるじ》と、既に倒れている青年に謝罪を囁く。

派閥連合の最強戦力、Lv.5の最上級鍛冶師《マスター・スミス》が倒れたことで、一気に形勢は揺らいだ。

「【単眼の巨師《キュクロプス》】……！」

敗れた椿《ツバキ》の姿に、血の気を失ったのはダフネだった。

ただでさえ大劣勢にあった派閥連合の士気が、これ以上なく低下する。

中央部隊に据えた椿《ツバキ》──第一級冒険者級戦力の陥落は、それだけの意味を持つ。

「おいっ、どうすんだよぉ⁉」

「『魔剣』ももう残っていない！」

「【女神の戦車《ヴァナ・フレイア》】が、鍛冶師達を……！」

小隊《パーティ》として固まるボールスが、桜花《オウカ》が、千草《チグサ》が悲鳴を繋げる。

彼等の言葉通り、アレンが縦横無尽に駆け抜け、『クロッゾの魔剣』を持つ者達を優先的に狩っていた。右翼、中央、左翼、配置など関係ない。その高速の脚をもって距離を無視し、残っている【ヘファイストス・ファミリア】の鍛冶師や宿場街《リヴィラ》の冒険者を地に沈めていく。

副指揮官を務めるダフネでさえ、打開策どころか方針さえ打ち出せない。

思考停止寸前まで追い込まれた状況で──その『戦王』は容赦なく彼女達の前に現れた。

「次の供物は貴様等か」

「つ……⁉　【黒妖の魔剣《ダインスレイヴ》】！」

椿《ツバキ》を斬ったヘグニが次に定めた標的は、ダフネ達。

小隊《パーティ》の体裁をぎりぎり保っている彼女達が現状での最大脅威──それでも蟻程度に過ぎない不安要素──と見なし、ヘグニはいっそ真面目《まじめ》に、献身的なまでに、この右翼の戦場まで足を運んでいた。

「ダ、ダフネちゃんっ……⁉」

パーティの中央に立つカサンドラが、死期を悟った病者のごとく顔面蒼白となる。

治療師《ヒーラー》である彼女を反射的に背で庇うも、もはやそんなこと無意味であると、ダフネは他人事のように思い出した。

重く粘ついた、血の交じる汗が、少女の頰に伝う。

「おいっ、おいっっ⁉　どうすんだぁ、【月桂の遁走者《ラウルス・フーガ》】ァ⁉　どうすりゃいいんだっ！　さっさと何とか言えぇぇ！」

戦場で第一級冒険者と対峙するという『絶望』を、この場で誰よりも理解しているボールスが恐慌《パニック》に陥りかけながら喚き散らす。彼が一も二もなく逃げ出さないのは、ダフネと同じく無意味であることを知っているから。

「ダフネさんっ……！」

「【月桂の遁走者《ラウルス・フーガ》】！」

弓矢を構える千草《チグサ》が、パーティの誰よりも前に出て戦斧《皇剛《こうごう》》を握りしめる桜花《オウカ》が、指揮官の決断を仰ぐ。

（やめてよ。ウチはそんな立派な指揮官《にんげん》じゃないんだから――）

ダフネの意識が、鼓動の音に埋めつくされる。

（勇者《ブレイバー》みたいに、起死回生の一手なんて思いつかないんだから――‼）

ダフネの心が、あらゆる責務を放棄したい衝動に支配される。

(――――でも、リリルカは)

そして、ダフネの意志は。

最後の最後に、とある少女の横顔を思い出し、踏みとどまった。

(どんなに最悪な状況になっても、逃げ出さなかったんだよね……)

蘇る光景は『遠征』の数々。強化種《モス・ヒュージ》、階層主《アンフィス・バエナ》、降りそそぎ続ける過酷。

それら絶望の中でリリは小さい体を震わせながら、ずっと戦っていた。

ダフネが『師匠』なんて真似事《まねごと》をして、育てた少女は、絶対に逃げなかった。

(……じゃあ、やるしかないじゃん)

もう、やになっちゃう。

そんな言葉を心の底から吐き出しながら、ダフネの双眼は力を取り戻した。

それは少女にとって永遠で、世界にとっては僅か数瞬の葛藤だった。

けれどその僅か数瞬で、自分が見込んだ通り『脅威』の香りを纏い直したダフネに、ヘグニは双眸を鋭く細める。

「あがくか。それもいい。ならば俺は今より、貴様等を『敵』と認める。丹念に、丁重に、抜かりなく……狩り尽くす」

戦王に油断はない。

どれだけ格下だろうと、漆黒の魔剣は鏖殺《おうさつ》を成す。

付け入る隙も晒してくれない黒妖精《ダーク・エルフ》を、ダフネは睨むように見つめた。

構えられた漆黒の剣、揺れる黒の外套《マント》、完全に発動《セット》された『自己改変魔法』――。

敵の全てという全てを観察し、あらゆる情報を取り込む指揮官《ダフネ》が、最後に見据えたのは……

今も自分達に向けられた、剣《つるぎ》の切っ先だった。

「……」

目を瞑る。

腰に吊るされた青の水晶を、全てを託すように、そっと握る。

「みんな、お願い」

やがて、瞼を開けたダフネが告げたのは、暴君のごとき『最悪の命令』だった。

「斬られて」

◆

「くッッ――!?」

「アイシャ殿!!」

凄まじい剣戟音の後、悍婦《アマゾネス》の呻吟と少女《ヒューマン》の悲鳴が重なり合う。

「『終わりだ』」

アイシャの視界を押し潰すように迫りくるのは、大槌と大斧。

ガリバー四兄弟の次男と三男、ドヴァリンとベーリングによる必殺の連携だ。

防御も回避も許されない退路封殺。左右斜め前より、一糸乱れぬ動きで繰り出され、容赦なくアイシャを破壊しようとする。

「「――が、また阻まれるか」」

その直前、長男アルフリッグと四男グレールから辟易した声が生まれる。

まるで四つの視界が共有《リンク》しているがごとく、アイシャを仕留める筈だったドヴァリンとベーリングは飛び退いた。

一瞬後、四兄弟がいた場所に炸裂《さくれつ》するのは、凄まじい『雷撃』だった。

「ナァーザ殿……！　かたじけない！」

「ちッ、あいつがいなかったら何度くたばってるんだ！」

射出され、形成された窪地《クレーター》の中央に突き立つのは、細剣型《サーベル》の『クロッゾの魔剣』。

歓呼する命《ミコト》は、瞬時に突き立った細剣型《サーベル》の『魔剣』に飛びつき、ガリバー四兄弟目掛けて薙ぎ払う。

「再び仕留め損なった」

「これで何度目だ」

「十と一度目」

「他の冒険者はゴリゴリ削っているが、【麗傑《アンティアネイラ》】と【絶《ぜつ》†影《えい》】が粘る」

四兄弟は愚痴に似た発言を口々にしつつ、自分達を唯一沈めうる豪雷――甚大な魔剣火力を、余裕をもって大きく回避した。

都市遺跡西部、『主戦場』南東。

派閥連合の左翼部隊は、未だ全滅を免れていた。

都市で観戦する神々が掛け値なしに健闘を称えるほど、【炎金の四戦士《ブリンガル》】率いる強靭な勇士《エインヘリヤル》の猛攻を凌いでいる。

その理由は、用心深く、誰よりも臆病《おくびょう》な『弓兵《アーチャー》』がいたからだった。

「速過ぎる……！　私の腕じゃ当てられっこない！」

アイシャ達の後方、階段状に並ぶ約一〇M《メドル》ほどの柱廊天辺に陣取るナァーザは、悲鳴にも似た声を上げながら、背の矢筒から新たな矢──『魔剣』を長弓《ロングボウ》に番《つが》えた。

『クロッゾの魔剣』を用いた長距離射撃。

第一級冒険者をも牽制《けんせい》する狙撃《そげき》がアイシャ達、左翼部隊を延命させていたのである。

「相手を狙いつつ、味方《じぶんたち》のもとにも『魔剣』を補給する……！　こんな戦術があったとは！」

「偶然もいいところだろうけどね！　だが、あの小人族《パルゥム》もそろそろ慣れてくる頃だ！　『魔剣』を奪われないよう注意しな！」

ナァーザが放つのは矢にも似た細剣《サーベル》型の『魔剣』。

目標に命中ないし地面に突き刺さることで爆撃が生じた後、狙われた敵が退《しりぞ》いたところでアイシャ達はこの『魔剣』を引き抜いては手もとに『補給』していた。

援護と同時に行われる武装補充。

これにより左翼部隊はぎりぎりのぎりぎりのところで、戦線を保っているのである。あの援護がなければあっさりやられていたと、アイシャにも自覚があった。

ナァーザから補給された『魔剣』を手に、命《ミコト》達は果敢にアルフリッグ達へ砲撃を行う。

「犬人《シアンスロープ》っ！　意地でもアイシャを守りなぁ！」

「強靭な勇士《コイツラ》は戦闘娼婦《アタシ》達が止める！　おらぁぁぁぁぁぁぁ！」

ナァーザが集中するのはアイシャと命《ミコト》の援護。つまり対ガリバー四兄弟。

他の敵勢──面倒な弓兵《アーチャー》を消そうとする強靭な勇士《エインヘリヤル》は、アイシャを慕う戦闘娼婦《バーベラ》達が死ぬ覚悟で相手取っている。彼女達のおかげでナァーザは、不安定極まる天秤の上ながら援護に専念できていた。

自身も何度も柱廊を移動し、積極的に狙撃地点を変えている。

「いい狙撃手《スナイパー》がいるな」

「しかも用心深い」

「ヘディンの計画が一部狂った。ざまぁ」

「絶賛足止めされてるのだから愉悦に浸るな」

余裕を窺わせながらも、ガリバー四兄弟もまたナァーザを素直に称賛した。

【フレイヤ・ファミリア】の作戦は、『クロッゾの魔剣』を十分消耗させた上での殲滅戦。

それがナァーザの機転により、僅かな齟齬《そご》が生じていた。

予備隊を除く全ての部隊が景気よく──ヘディンの誘い通りに──魔剣を乱射する中、

ナァーザだけは『魔剣』を切らなかった。リリに命じられていた『魔剣』の精密射撃という手札を、独断で放棄した上で、保身に走ったのである。

「この『魔剣』が命綱なんでしょう……？　そう易々手放せないかな、私はっ……！　前に軽はずみな行動をして、片腕《うで》を持っていかれたから……！」

六年前、冒険者を引退したナァーザ・エリスイスは、常に『保険』を心がける戦いをする。ダンジョン探索中に失敗を犯し、モンスターに片腕を食い千切られた心傷《トラウマ》は、彼女からモンスターと戦う勇気を奪った。

それと同時に彼女を賢く、強《したた》かにもした。

（大丈夫、身のほどは弁《わきま》えてる。私は命達《ミコト》を手助けするだけ。だから、冷静になれ……！）

汗を垂れ流すナァーザは矢筒に押し込んだ『魔剣』の残弾を常に計算しながら、決して欲を見せず、支援という支援に徹した。

彼女は自分が第一級冒険者を倒せるなどと微塵《みじん》も思っていない。

自分が英雄になれるなどとは露ほども考えない。

そんなナァーザだからこそ、左翼の部隊を生き長らえさせることができていた。

過去の忸怩《じくじ》たる経験が今、結果的に、仲間の危機を救っているのだ。

「でも、こんなのジリ貧っ……結果は見えてる！」

そして、これがただの悪あがきにしかならないことを、ナァーザは正《ただ》しく理解している。

全ての『魔剣』を撃ち尽くした後、ガリバー四兄弟は容易《たやす》く反撃に乗り出し、アイシャも命《ミコト》も、そしてナァーザも赤子の首をひねるように仕留めるだろう。彼等は無理を侵さず、均衡が崩れるのをゆるりと待っているだけだ。

ナァーザの横顔に、苦渋と諦観の色が過った。


八対二。

現在の戦争遊戯《ウォーゲーム》の形勢を視覚化した数字。

それも派閥連合におまけにおまけを重ねた上での対比。

都市にいる神々が黙り込みながら静観する中、民衆は今も続くただの蹂躙《ワンサイド・ゲーム》に青ざめていた。一方的な戦いは声援の意志すら挫《くじ》く。善戦とは呼べない抵抗が局所的に発生しているとはいえ、隔絶した力の差に都市民の大半は、続々と目を背けていった。

実際に戦う渦中の冒険者達は、民衆のそれとは比べ物にならない絶望を味わいながら、それでも抗《あらが》った。もはや意地であった。あまりにも敵はでたらめ過ぎて、馬鹿馬鹿《ばかばか》しいほどに敵《かな》わないから、せめて一矢報いようと躍起になった。掠り傷でもいいから嫌がらせをして、相手の顔を歪めてやろうと思った。一周回って冒険者達の癇《かん》に障るほど【フレイヤ・ファミリア】は強大で、戦う前あれほど怯えていたのがどうでもよくなるくらい、彼等彼女等は強靭な勇士《エインヘリヤル》だったのだ。

そして何より、目の前のいけ好かない連中に、吠え面《づら》をかかせてほしかった。

だってまだ、派閥連合の『切り札』は死んでない。

自分達は『囮』だと、聡い冒険者達は気付いている。

指揮官《リリ》が自分達を利用し、隠れ蓑《みの》にして、あの『白兎』を女神《フレイヤ》のもとへ送り出したのだと。

だから、蜘蛛《くも》の糸より遥かに細い勝機だとしても、まだ希望は残されている。

残されている筈なのだと、そう言い聞かせていた。

だから冒険者達は戦って戦って、戦った。

未完の英雄《リトル・ルーキー》をよく知る者達は気炎を吐いた。

まだ動けるアイシャが、命《ミコト》が、ナァーザが、ダフネが、カサンドラが抵抗を続け、春姫《ハルヒメ》が迸る大量の汗を無視して歌い続けた。

そして戦って戦って戦い続けた、その末に。


希望を打ち砕く『轟音』が生まれた。


「「「――――――」」」

戦場に、空白が生まれた。

あらゆる心臓を鷲掴《わしづか》み、いかなる雄叫びも塗《ぬ》り潰すほどの、『粉砕音』が轟いた。

島にいる戦う者達、全員が戦闘を中断した。

敵味方関係なく。

誰もが、その『方角』を見たのである。

強靭な勇士《エインヘリヤル》は息を呑みながら。

冒険者達は蒼白になりながら。

第一級冒険者達は表情を変えず、ただ瞳を細めながら。

派閥連合の面々がずっと聞こえないい振りをしていた、戦音轟《とどろ》いていた『北西部』を。

「もうやめてっ‼」

最初に涙を流したのは、エイナだった。

「お願いっ……もう、やめてっ……！」

「エ、エイナ……」

その『光景』を映し出す『神の鏡』の前で、椅子を飛ばして立ち上がる。

あらん限りの叫び声を響かせた後、双眸から大粒の滴《しずく》を流し、同僚《ミィシャ》の声も届かず、顔を両手で覆った。

「っっっ……‼」

血が流れ出るほど拳を握りしめたのは、アイズだった。

あの『戦場』に立っていない自分自身を罵倒し、呪いながら、相貌に絶望を宿す。

他の第一級冒険者達が口を閉ざす中、隣で蒼白となるティオナだけが彼女の理解者だった。

「ベル様ぁ⁉」

最後に叫んだのは、リリだった。

その『終焉』に、とうとう取り乱し、指揮官の仮面に罅《ひび》が走り抜ける。

震える栗色の瞳が見つめるのは、眼晶《オクルス》の奥、『円形劇場』に立つ巨大な影。

一人の武人が、少年の頭を鷲掴《わしづか》み、つるし上げていた。


「…………が…………、…………あ…………、…………!?」


声の破片をこぼすのは、今もミシミシと頭蓋から音を奏でる少年。

その体は襤褸《ぼろ》と化し、防具はとうに失われ、砕けていた。

地面から離れた足は行き場を失い、壊れた時計の振り子のようにみっともない。

ベル・クラネルは、『完全なる敗北』を喫《きっ》していた。


「……」


無言を貫くのは猪人《ボアズ》の武人。

左手に黒大剣を、右手で少年の頭を掴み上げ、表情一つ変《へん》じない。

錆色の瞳は今もなお、襤褸屑《くず》と化した少年を見定めている。

「壊してはダメよ、オッタル」

遠方。

古く朽ち果てた『神の家』にて轟音を聞き、ことの顛末《てんまつ》を悟った美神は、頬杖をつき、目を瞑りながら告げる。

その顔に笑みはなく、喜びもなく、ただ『当然の帰結』を受け入れている。

「立て」

「ぎっっッ⁉」

軽く右腕が振るわれる。

その何てことのない一つの挙動で、ベルの体は崩れた瓦礫の山に突っ込んだ。

激しい戦闘の跡を物語る『円形劇場』は様変わりしている。

炎雷《えんらい》を浴び、攻撃の余波を受け、壁や観客席は崩れ、石版は何か所も抉れていた。

未完の英雄《ベル・クラネル》が全力で抗った証左だった。

そして、そんな激戦を物語る戦場の中で、オッタルは不気味なほど『無傷』だった。

ありえないほどに、武人は少年にとっての『絶望』だった。

「あ、づ、がぁぁぁ………⁉　ぐ、っ、ぅぅ～～～～～～～～～………‼」

ベルは喉から再起の声を引きずり出した。

傷口から零《こぼ》れ落ちる血潮とともに、なけなしの力を絞り出して、立ち上がる。

深紅の瞳《ルベライト》を血走らせ、更に紅く染めながら、ガクガクと震える左手を、前に突き出す。

「──ファイアッ、ボルトォォッ‼」

駆け抜ける炎雷。

速攻の魔法。

己に向かってくる緋色《ひぃろ》の稲妻の穂先を、オッタルは、避けない。

いぃ、
ぱんっ、と。

黒大剣さえ用いず、虫を払うように、右手を払う。

それだけだった。

それだけで、少年の『魔法』は霧散する。

「────────」

跳躍。

血塗《ちまみ》れのベルの絶句を待たず、その巨軀が頭上に躍り出る。

少年は地を蹴った。

重傷でなお、第一級冒険者のみが行える、最適な回避運動を行った。

それでも駄目だった。

太く重い剛脚《ごうきゃく》が瓦礫の山を更地に変えた直後、繰り出された一掌《いっしょう》が逃れた筈のベルの片足を捕え、そのまま、頭上に弧を描いて石畳へと叩きつける。

「あガァ⁉」

背中から墜ち、ベル自身が地面を粉砕する鎚《つち》へと変わった。

途方もない衝撃。

もはや痛覚が意味をなさない背骨への荒雷《スパーク》。

まともな発声ですらない損傷《ダメージ》への直訴が痛哭《つうこく》の体裁をとり、その瞳が映す青空が青空でなくなる。

今度こそベルの意識が断絶しようとした時、容赦のない靴裏が、腹部へと叩き込まれた。

「────────ぎ」

覚醒《かくせい》。

起動。

地獄《ヘイズ》。

少女の治癒が今は涙が出るほど恋しい、痛みと衝撃による強制的な『蘇生』。

「立て」

終わらない。

傷だらけのベルの体に絶望以外なにも残らない中、武人の『洗礼』は決して終わらない。

血と涙でぐちゃぐちゃになった少年の顔を無感動の瞳で見下ろしながら、男は告げる。

「覚えておけ。それが『泥』の味だ」

やめテ、と落ちた少年のか細い声など聞く筈もなく、伸ばした右手で胸《むな》ぐらを摑み、再び豪速をもって投げつける。

轟音と粉砕。兎の亡骸のように跳ねる細い体と白い髪。

バラバラに崩れた石壁の残骸の目の前、糸の切れた人形のごとく倒れたベルが地面に口付けを交わし、静かに血溜まりを広げる。

その光景を目にしたエイナは、とうとう下半身から力を失い、床へと泣き崩れた。

「…………」

妖精の眼をもってその光景を視認するヘディンは、無表情だった。

「ベル、くん…………」

リリの眼晶《オクルス》を経由して惨状を理解してしまうヘスティアは、体の隅々まで凍《い》てつかせた。

「――ッッ!!」

「……どこへ行くんだ、アスフィ」

「尋ねずともわかっているでしょう!!　無駄だなんて、絶対に言わせない!!」

勢いよく立ち上がるアスフィは、無表情の神《ヘルメス》に背を向け、輝く魔道具《マジックアイテム》を握り駆け出した。

「ベル、クラネルが………」

「あのガキ………Lv.5になったんだろう?」

「世界最速兎《レコードホルダー》でも、敵わねえのかよ……」

都市のさる酒場で、戦争に参加しなかった賢い冒険者達が、茫然自失《ぼうぜんじしつ》となる。

『鏡』の映像を見上げ、誰もが恐怖に抱き締められる中、一人の冒険者が言った。

「馬鹿野郎。あいつを、誰だと思ってやがる」

彼は熟練《ベテラン》の冒険者。

七年前の争乱から生き残る獣人は、畏怖《いふ》と戦慄とともに、吐き捨てた。

「あいつは、オッタルだぞ」

それが答え。

証明など要らない絶対の解。

都市最強。

Ｌｖ.７。

『頂天』。

静かに痙攣するベルの体が、横に倒れ、深紅の視界に、たった一人の王者《おうじゃ》の姿を映す。

「あの御方の寵愛を受けるというのなら、超えてみせろ」

終わりなき『洗礼』に、血の涙を流す少年は、己の『終わり』を悟った。

九章　花言葉を君に

ごめんね……アーニャ。

ごめんね……クロエ。

ごめんね……ルノア。

ごめんね……リュー。

ごめんなさい……ミア。

「…………」

石の玉座に腰かけていたフレイヤは、目を固く閉じながら、眉《まゆ》をひそめていた。

片手を額に添え、頭に直接響く文字の羅列と声の連なりに、不愉快の感情を滲《にじ》ませる。

(また、『夢』を見ているの?)

側にいる男女二名の護衛が、心配そうに窺《うかが》っているが、今は応じるのも億劫《おっくう》だった。

死んだ娘《シル》が――いやもう一人の娘《ヘルン》が『夢』を見ている。

『変神魔法《へんしんまほう》』唯一の秘法《ヴァナ・セイズ》によって、フレイヤとヘルンは五感を共有する。ヘルンは今も魔法を発動したまま仮死状態となっているため、こうして彼女が時折見る『夢』をフレイヤも知覚してしまうのだ。

視覚は暗いまま。ただ聴覚に彼女の『謝罪』が響いてくる。

ヘルン側は女神の情動の如何《いかん》次第で『感情の逆流』が発生するが、フレイヤ側にその逆は起こりえない。フレイヤはあくまでヘルンの思考や想《おも》いは知れず、ただ『情報』のみを受信する。

そして今は、それが堪《たま》らなく不快な『雑音《ノイズ》』だった。

女神の感情を辿《たど》り、己《おのれ》の夢の中でこの『謝罪』を口にしているというのなら、まさにヘルンはフレイヤの鏡だ。

フレイヤが殺した筈の娘《シル》の残留思念さえ引き揚げ《サルベージ》して、暴《あば》き出《だ》す。

(本当に、何て醜悪な鏡……)

眠りの淵《ふち》に見る『夢』さえも記憶と感情の束というのなら、フレイヤがヘルンの夢を窺《うかが》い知ることはできない。視界は暗く閉ざされていて、少女はまだ眠っていることがわかる。頰《ほお》に伝わる滴の感触はその瞳《ひとみ》が流す涙か。

もはや趨勢《すうせい》が決まった戦争遊戯《ウォーゲーム》には関心を払わず、頭痛を堪《こら》えるように己の内側に響く声を抑え込んでいた――その時。

「‼」

フレイヤは、勢いよく立ち上がっていた。

弾かれるように、いっそ女王らしさなど欠片《かけら》もない所作で。

護衛が一驚する中、その銀の瞳を見開く。

「……フ、フレイヤ様？」

「どうなされたのですか――」

「ヘディンに早く終わらせるよう言って」

女神の声が、二人の問いかけを遮《さえぎ》る。

動きを止める眷族《けんぞく》達に、鋭い眼差《まなざ》しを向けて、命じた。

「すぐにこの戦争遊戯《ウォーゲーム》の決着をつけろと、そう伝えなさい！」

「は、はいっ‼」

滅多《めった》に聞くことのない主神の一喝に、男女の護衛は息を呑《の》むほど体を震わせた。

一糸乱れず『神の家』から飛び出し、指揮官のもとへ向かう。

誰《だれ》もいなくなった神殿で、再び玉座に腰かけた女神は、初めて苛立《いらだ》ちの表情を覗《のぞ》かせた。


「早々に決着だと？」

ヘディンは振り返り、尋ね返した。

「え、ええっ。フレイヤ様が、ヘディン様にそう命じろと」

「派閥連合の息の根を止めるよう、突然……！」

主神のもとから伝令へやって来た護衛二人の顔を、ヘディンは見つめた。

フレイヤの豹変《ひょうへん》を目の当《ま》たりにし、彼等自身うろたえていることが透けて見える。

つまりこれは、紛《まご》うことなき『女神の神意』だ。

神の厳命を与えなければならないほどの心境の変化が、『彼女』の中で起こったのだ。

ヘディンは静かに、眼鏡《めがね》の奥で瞳を細めた。

「……わかった。総軍には私自ら号令を打つ。あの愚猫《ぐびょう》を始め幹部どもには、ラスクとレミリア、お前達が直接伝令しろ。私が急な方向転換を命じれば、あの馬鹿《ばか》どもは訝《いぶか》しみ、言うことなど聞くまい」

「しょ、承知しました！」

指揮者として速やかに、第一級冒険者達への個別な指示をまとめ、二人に託す。

フレイヤのもとから馳《は》せ参じた男女の団員は、更に駆り出されることを厭《いと》うことなく、今も派閥連合が抵抗を続ける『主戦場』へ走り出した。

その背中を黙って見送った後、ヘディンは顔を振り上げる。

「全軍、攻勢に移る！　本陣の位置も上げろ！　速やかに従え、女神の御下知《ごげち》だ‼」

「『攻め上がれ』だと？」

また一人、高速の槍術をもって鍛冶師を刺し倒したアレンは、眉をつり上げた。

『クロッゾの魔剣』が石畳の上に転がる中、息を切らしてやって来た女性団員が頷《うなず》く。

「は、はいっ……全軍の意向です！」

「ここで敵の戦力を根こそぎ叩き潰《つぶ》す手筈だっただろうが。今更方針を変えて、あの羽虫はどういうつもりだ？」

「ヘディン様ではなく、フレイヤ様のご指示です！　速やかに勝負を決するようにと！」

予想通り反感を示すアレンに、女性団員は用意していた答えを直ちに叩《たた》きつけた。

これには剣呑《けんのん》な表情を浮かべていたアレンも、眉を怪訝《けげん》の形に曲げる。

「なんだと……？　確かか？」

「ええ、私とラスクが自ら聞きました。語気を強めたフレイヤ様の……ご命令を」

言葉を選ぶ団員の顔を、アレンは奇《く》しくもヘディンと同じように、じっと見つめた。

ラスクとレミリアは兼ねてから『神の家』を守る護衛に抜擢《ばってき》されていた。彼女達が言うならフレイヤの神意であることは間違いない。もとより主神が据わる最終本陣から彼女達が出張るということ自体、異常事態《イレギュラー》と言える。ヘディンの指示ならば――自分にとって気に食わないことならば――拒絶していたであろうアレンも、フレイヤが望んでいるとなれば話は別だった。

舌打ちを堪《こら》えつつ、鋭い猫の瞳で素早く周囲を見渡す。

戦況はもはや決定的。

既に勝敗は決まっており、どう転ぼうと派閥連合に勝ちの目はない。

ならば、女神の神意通り、時計の針を早めても何ら問題はない。

『都市最速』の第一級冒険者は眉をひそめつつ、本陣の決定を受け入れた。

「……あの羽虫の作戦通り、敵の右翼から抜く。手の空いている連中を集めてこい！」

「わかりました！」

遠ざかっていく女性団員を他所に、アレンは敵魔剣部隊の殲滅《せんめつ》を切り上げる。

縦横無尽、神出鬼没のアレンの襲撃によって【ヘファイストス・ファミリア】の鍛冶師や『クロッゾの魔剣』を所持していた冒険者達はほぼ全滅の憂き目に遭っている。もはや『魔剣』は脅威たり得ない。倒れた鍛冶師の手から離れ、目の前に転がる長剣型の『魔剣』を踏み砕きながら、アレンは連合右翼の方角へつま先を向ける。

「………フーッ、フーーッッ!!　ぐぅぅおおおおおおおッ!!」

「どけ、デカブツ」

地面に両手を付き、アレンの目の前で立ち上がるのは、血塗れのドルムルだった。

強靭な勇士達《エインヘリヤル》の突撃によって突破され、踏み倒され、更にヘディンの砲撃でここまで吹き飛ばされた前衛壁役《ウォール》のドワーフは、連合に止めを刺そうとする第一級冒険者をせめて食い止めようと、得物を振りかぶる。

「行かせんっっ!!　オオオオオオオオオオオオオ!!」

罅だらけの鎧を体から脱落させ、血を撒《ま》き散らしながら、猫人《キャットピープル》に戦鎚を振り下ろす。

眉一つ動かさないアレンは、鎚はおろか舞い散る血の一滴すら浴びなかった。

無音の移動でドルムルの真横を一過し、武器も、ドワーフの鋼の体も、八つ裂きにする。

集結した軍勢を認め、戦車は慈悲なき『進撃』を開始した。

「続け、鈍間《ノロマ》ども」

車輪を回すよう命じられた今の『戦車』に、一介の冒険者への関心など存在しない。

大地に轟然と沈むドワーフを、顧みることもしない。

「がアぁぁ――!?」


『あ…………あァァーーーーーーーーーーっと!! 【フレイヤ・ファミリア】侵、侵攻ッ!! 【フレイヤ・ファミリア】侵攻ぉぉぉぉぉぉぉぉおおおおおおおお!!』

この日、イブリは初めて実況らしい実況を行った。

彼が騒いでいたのは最初の最初、『魔剣』による砲撃開幕時のみ。

そこからは終始続く【フレイヤ・ファミリア】側の蹂躙《じゅうりん》に黙然《もくぜん》としていた。実況も解説も何の意味をなさない凄惨《せいさん》な戦況に、観衆とともに黙りこくるしかなかったのである。

それが、ようやく叫ぶことを許された。

それはすなわち、【フレイヤ・ファミリア】が勝負の終結に乗り出したことと同義だった。

『【女神の戦車《ヴァナ・フレイア》】率いる部隊が派閥連合の右翼を抜け、瞬く間に東進《とうしん》!! 目指すのは勿論《もちろん》っ、ガラ空きとなった連合本陣っ、遺跡東域《とういき》ぃぃぃーーーーーーーーーーっっ!!』

実況の大声と、戦況の大きな変化に、オラリオにいる民衆がどよめきを膨らませる。

フレイヤ及《およ》びヘディンの指示を受け、強靭な勇士達《エインヘリヤル》が集ったのは『主戦場』北側。

アレンを先頭に、常人の目から見ても規格外と知れる進撃速度で、一列の隊列が島内の北側を驀進《ばくしん》していく。

「ううっ……⁉」

視界の真横を続々と抜けていく敵影に、何もできないのはリリである。

島の西域中央に鎮座する巨大墳墓を迂回する形で、壊滅状態にある右翼部隊を突破される。『透明状態《インビジビリティ》』の春姫《ハルヒメ》を始めとした予備隊を、まだ持ちこたえているアイシャ達《たち》左翼部隊の支援へ回したのが仇《あだ》となった。アレン、いや敵指揮官《ヘディン》は的確にリリが組んだ陣形を把握し、薄くなり脆《もろ》くなった右翼を一気呵成《いっきかせい》に撃ち抜いてきたのだ。

これ以上切る手札も、動かす軍勢もないリリは、墳墓の屋上より敵の進軍を眺めることしかできず、アレン達もまた指揮官である彼女を無視して勝負を決めに行く。

瞬く間に、そして旋風のごとく。

戦車率いる侵攻部隊は易々と中央境界線を抜け、都市遺跡の東部へと侵入する。

「敵部隊が、自陣につ……⁉　――ヘスティア様ぁ、逃げてくださいっ‼」

それが意味するところはつまり、主神達《オクルス》の撲滅。

リリの絶叫が、主要の神々に配られた眼晶から飛び散る。

ヘスティア達の瞳が、驚愕《きょうがく》に見開かれた。

「待ってっ、待ってぇぇぇぇ‼　降参しまーーーーーすっ‼」

「オレたち美神様《フレイヤ》の味方‼　眷族達《ガキども》に巻き込まれただけぇ！　ドゥユーアンダスターン⁉」

「うるせぇ」

「「ギャアアアアアアアアアアアアアアアア⁉」」

まず瞬殺されたのが、マグニとモージの両神。

うらぶれた遺跡の中に潜伏していた男神達は両手を上げて降伏を訴えるも、先頭を駆け抜けてきたアレンの一閃によって──疾走の風圧によって──地面に転がる。

銀槍《ぎんそう》の穂先が神々の胸に差さる『花』だけを切り裂き、赤と橙《だいだい》の花弁を散らした。

『マグニ、モージ、両ファミリア！　脱落‼』

遊戯初めての脱落神《だつらくしゃ》に、オラリオにいるイブリがすかさず再起不能確認《コール》。

『花』を失った主神の脱落は、眷族も退場となるのが今回の戦争条件《ルール》。

モージとマグニの【ファミリア】、つまりルヴィス達エルフとドルムル達ドワーフは、戦闘の権利を失い、速やかな島内からの離脱を義務付けられる。

しかし、そんな眷族の島内離脱より、神々の撃破速度の方が、速い。

「散れ！　辺りの遺跡に複数いる！」

「了解！」

「発見‼」

「──うぎゃああ⁉」

アレンの指示に、一斉に散開した団員達が次々に連合側の神を捕捉する。

アレンを始め、五感に優れた獣人の強靭な勇士達《エインヘリヤル》は、神々の潜伏場所を的確に洗い出していった。疾駆の勢いを緩《ゆる》めず遺跡中を荒らし回る様は嵐《あらし》であり、まさに電光石火である。

『神の鏡』によって戦場を多角的に俯瞰している都市民の目でも、その進撃を追いきれない。

「ぐああああああああっ⁉」

『【オグマ・ファミリア】、脱落‼』

上級冒険者の動体視力をもって何とか追いかけるイブリの実況だけが、脱落していく神々と派閥《ファミリア》の名を読み上げていく。

「きゃああああああああああ！」

『【セルケト・ファミリア】、脱落‼』

「……やはり、無理か」

『【ソーマ・ファミリア】、脱落‼』

神々の『花』はことごとく散っていった。

遺跡内部、柱の影、壺《つぼ》の中。時には奇想天外の場所に身をひそめる男神の居場所が暴かれ、懸命に逃げ惑う女神の胸もとが容赦なく切られる。護衛として残る眷族達の抵抗も歯牙にもかけない。すまない、リリルカ・アーデ、と元眷族を案ずる呟《つぶや》きさえ、かき消される。

「シャクティ団長っ、美神の眷族《フレイヤ・ファミリア》が速過ぎます！　連合の冒険者を回収しきれません⁉」

「できる範囲で構わん！　戦闘に干渉しないよう、重傷者から引っ張り出せ！」

神々が続々と退場していく中、眷族の離脱は遅々として進まない。

今も二本の足で立って——意識を有して——戦っている冒険者は数えるほどしかおらず、ほとんどが気を失い大地に沈んでいる。

審判として島内の各外縁に待機している【ガネーシャ・ファミリア】が、神の脱落を目視した範囲で、そして可能な限りで、自力で離脱できない冒険者達を何とか運び出していく。その中には、意識を失ったルヴィスやモルド、ドルムル達の姿もあった。

「ヘスティア！　ここから逃げなさい！」

「に、逃げるって……どこへ⁉」

「島の東はもう駄目！　前線へ向かいなさい、い、い、いなさい！」

【フレイヤ・ファミリア】の魔の手が迫った遺跡東部で、神々の反応は二つに分かれた。

引き続き潜伏《かくれんぼ》か、一か八かの逃走《おにごっこ》か。

中でもヘスティアとともに遺跡の一つに隠れていたヘファイストスが選んだのは、極東の盤上遊戯で言うところの『入玉』。

「全力で走って！　西側にいる子供達の場所まで！　貴方だけでも合流するのよ！」

「き、君はどうするんだよ、ヘファイストス⁉」

「別の場所へ行く！　二手に別れないと共倒れするわ！」

「っ……⁉」

「Lv.5の眷族を持つ私と貴方、どちらかが残らなくちゃダメ‼　両方退場になれば、この戦争遊戯《ウォーゲーム》、本当に勝ち目がなくなる‼」

ヘファイストスはヘスティアの反論を封じる独裁者と化す。

彼女とて察している。水晶より響く指揮官《リリ》の反応から椿《ツバキ》は既に倒れたと。自分の眷族達は既に壊滅状態だと。だから、彼女はヘスティアのために『囮《おとり》』になろうとしている。

もはや神々すら匙《さじ》を投げるほどの状況で、それでも勝ちの目をゼロにさせないために。

「タケミカヅチが何とかしているうちに行きなさい！　早く!!」

「ッツ……ごめんっっ!!」

ヘファイストスの喝破に背を押され、ヘスティアは隠れていた遺跡から飛び出した。

「──はぁあああああああっっ！」

「ぐぁぁ!?」

「か、かかれぇぇぇっ！　全員でかかれぇぇぇぇぇぇ!?」

美神の眷族《フレイヤ・ファミリア》の進攻相手に、抵抗できるのはほんの僅《わず》か。

正確には、たった一柱。

胸の『花』を狙《ねら》うよう『駆け引き』をもって誘導し、『技』をもって腕を絡《から》め取り、『武の神』が一本背負いを決める。

自らの身体能力《ステイタス》の速度《いきおい》を利用され、投げ飛ばされた強靭な勇士《エインヘリヤル》の一人が、地面に叩きつけられた甚だしい衝撃に失神する。隊長格の獣人の号令が放たれる中、全身から汗を噴出させるタケミカヅチへ、強靭な勇士《エインヘリヤル》達は一斉に飛びかかった。

「うおおおおおおおおおおおっ!?」

「ぐっっ──!?」

そして捨て身のかけ声が、隊長格の獣人の伸ばされた腕が、武神の奮闘虚しく胸もとから紫の菊《マム》を奪い取った。

「……すまない、ヘスティア、ヘファイストス……」

大粒の汗を石畳に幾粒も落としながら、眉間を歪《ゆが》めたタケミカヅチが空を仰《あお》ぐ。

『花』を奪った獣人の男が力尽き、倒れ伏す周囲、同じように倒れているのは二十と一人の強靭な勇士《エインヘリヤル》。その更に外で意識を失っているのは、桜花《オウカ》と千草《チグサ》を除いた武神の護衛達《ファミリア》。

一矢報いる武神の手で、最強派閥《フレイヤ・ファミリア》はこの日、一部隊損失という最大の被害を迎えた。

「ハトホル！　ここは我等に任せて逃げるのじゃ！」

「盟主《そなた》が生き残りさえすれば女神同盟は不滅じゃ！　妾《わらわ》達の犠牲は気にするでない!!」

「うんそうするー」

島内東端、軍用の城塞遺跡を占拠していた女神同盟達にも動きがあった。

迫りくる恐ろしい強靭な勇士《エインヘリヤル》達を前に——神殺《らんぼうなまね》しはできないことをいいことに——女神達が肉の壁となる中、ハトホルはすたこらさっさーと一柱《ひとりとりで》柴から逃げ出した。

しかし派閥連合の抵抗も、それまで。

『【タケミカヅチ・ファミリア】、脱落!!』

その進撃は、あまりにも速過ぎた。

『【デリング・ファミリア】、脱落!!』

なす術なく倒れていく派閥の読み上げは、一向に止まらなかった。

「【ラートリー・ファミリア】……脱落……!!」

イブリの語気も次第に勢いを失い、顔色と一緒に、凍りついていく。

『【ヘファイストス・ファミリア】……脱、落……っ……』

そして。
無感動なアレンの槍に『花』を裂かれた鍛冶神が、無念を殺すように左眼を閉じる。
派閥連合、最大勢力の脱落《リタイア》。
それは連合の士気も、都市の観衆達の気力も奈落の底へと突き落とした。
派閥連合、残存勢力、四派閥。
四十六も存在した連合派閥のうち、四十二もの【ファミリア】が脱落。
アレン達の行軍が、遺跡東部を無惨《むざん》に荒らし回り、その侵攻が東端にまで及ぶ。

「に、兄ちゃんっ……ヘスティア様ぁ……！」

迷宮街《ダイダロスどおり》の孤児院。

ヒューマンの少年ライが声を詰まらせる。

「ベルお兄ちゃんっ、が、がんばっ……うぅぅぅぅ……!!」

「ルゥ……っ。泣かないでっ……！」

応援の途中で泣き出すハーフエルフのルゥに、獣人のフィナまで泣き出してしまう。そんな子供達を、母親《マリア》は自らも言葉を失いながら、抱きしめてあげることしかできなかった。

子供達の反応は素直だった。

大人達より正直で、裏表がなく、これ以上なく派閥連合の絶望を物語る。

——終わりだ。

誰もが諦《あきら》めた。

この戦争の勝利を。

【フレイヤ・ファミリア】の圧倒的勝利を、誰もが疑わなくなった。

それは予定調和でもある。

やはりこうなった、と都市に残った冒険者達は肩を落とした。

こうなるしかないだろう、と神々は寂《さび》しげに呟いた。

戦場も、都市も、諦念が支配する。

そんな中で、『諦念以外』の感情を抱くのは——

（――嗚呼《ああ》、想定通りです）

リリだった。

誰よりも戦況を理解している筈の指揮官は、未《いま》だに心の均衡を保っていた。

（そう、この状況は最初から想定済み……だって、彼我《ひが》の戦力差を考えればこうならない方がおかしい……だから、まだ……まだ取り乱すところじゃない……!!）

戦線は既に瓦解、駒《こま》はほぼ全滅、終局間近《チェックメイト》。

指揮官として、これ以上なく『無能』の誹《そし》りを受ける盤面で、それでもリリは頬を伝う幾筋もの汗と引き換えに、一人冷静になってしまっていた。

先程まではベルの蹂躙に胸が張り裂けそうなくらい、取り乱していた。

自らも瞳に涙を溜《た》め、泣き叫びそうだった。

だが皮肉にも「きょえー!!」やら「ちょわらばー!?」とか気の抜けた神々の悲鳴を眼晶《オクルス》伝いに聞いてしまい、額に青筋を立ててしまった。あと「ふんぬッッーーーー!!」とかいうヘスティアの全力疾走の雄叫《おたけ》びにとうとうブチ切れ、怒り任せに自分の頬を殴った。

そして口内を切った血の味が、麻薬のようにリリの感情を麻痺させた。

『ぐうぅっうゥ…………ぁぁぁぁぁぁ…………!』

何より。

今も水晶の奥で、あの『少年』は戦っている――。

「ああああああアアアァ…………!!」

ブチブチと、体の内側から鳴る筋繊維の音を錯覚だと言い聞かせながら、地面に手をつく。肉が血をブチまけている。骨が損傷に呻《うめ》いている。心が悲鳴を上げている。

無理だ。勝てない。絶対に。逃げよう。もう嫌だ。

肉体と精神が揃《そろ》って上げる慟哭《どうこく》の強訴《ごうそ》を──神の刃《ヘスティア・ナイフ》を握りしめる意志をもって、断固として退《しりぞ》けた。

(もう、いやだ…………もう、やめて…………………なんて、いい、なんて)

そんな泣き言を吐いたのは、いつ振りだろう。

異端児《ウィーネ》達と出会ってから、好敵手《アステリオス》に負けたあの日から、ベルは弱音とは無縁になった。

『深層』に落ちた時もそう。美神の『箱庭』に閉じ込められた時だってそう。

どんなに絶望し、たとえ諦念が脳裏《のうり》にちらついても、ベルは自分に嘘《うそ》をついてでも『諦めるもんか』と強がった。子供の我儘《わがまま》のように逆らって、最後には踏みとどまった。絶対に弱音を声に変えなかった。

きっと『異端児《ゼノス》』と出会ったあの日から、ベル・クラネルはどこかが壊れている。

頭か、心か、あるいは魂に『異常』を来《きた》している。

しかしそんな『異常性』こそが、『英雄』なんてものになるための条件で、資格なのだと、無意識にせよ理解しつつある。

そして、そんなベル・クラネルを、目の前の武人は『正常』に戻した。

その膂力《りょりょく》と、一撃の重さのみで、猛牛《ミノタウロス》に心傷《トラウマ》を抱えていた『情けない駆け出し《ルーキー》』時代へと、ベルを逆行させたのだ。

怪物だ。

化物だ。

まさに『最強』だ。

何者よりも強い力は、『英雄候補』なんてものすら、ただの稚児へと変えてしまう。

（つよい…………こわい…………かてないっっ…………!!）

あれから何度吹き飛ばされた？　あれからどれほど虐げられた？　わからない。理解したくもない。辺りに広がる紅の泉が誰の血なんかなんて、考えたくもない。

お前は『美神の眷族《フレイヤ・ファミリア》のベル・クラネル』だと世界に囁《ささや》かれ、あの『戦いの野《フォールクヴァング》』で味わっていた『洗礼』の日々より、目の前の『洗礼』は上。

痛みが、苦しみが、地獄の桁《けた》が違う。

人は青ざめるほど高い頂きに上れたとしても、空を駆ける雷《いかずち》には決して手が届かない。たとえ届いたとしても焼き尽くされ、滅ぼされる運命。今もこちらを見下ろしている武人は、まさに雷霆《らいてい》の代行者だ。未だちんけな炎と稲妻しか操《あやつ》れないベルでは、呑み込《こ》まれるが定めだ。

【猛者《おうじゃ》】オッタルに、【白兎の脚《ラビット・フット》】ベル・クラネルは絶対に勝てない。

（…………それでもッ…………!!）

がくがくと手が震える。

生まれた小鹿のように膝《ひざ》が言うことをきかない。

それでも血反吐《ちへど》を吐いて、視界に閃光《せんこう》を散らしながら、地面から体を引き剝《は》がす。

『鏡』の先でエイナが、アイズが、ティオナが、フィンが、ライが、フィナが、ルゥが、都市中の冒険者達と民衆、そしてヘルメス達神々《たち》が、目をあらん限りに見開く中——罅割れた石版に爪《つめ》を埋め、握りしめるナイフと一緒に、立ち上がる。

「そうだ。立て」

ただ一人、オッタルは顔色を変えない。

歓迎もしない。

ただ『肯定』をする。

猪人《ボアズ》の武人は、戦う勇士だけを是とする。

「あなたを……たおさないと……フレイヤさまのもとには、いけない……？」

「そうだ」

まともな意識も定かではない、朦朧《もうろう》とした頭で尋ねる。

「シルさんと……あえない……？」

「そうだ」

血に塗《まみ》れ、死体も同然のボロボロの体で、問いかける。

「あのひとを…………たすけられない…………？」

「俺《おれ》が許さん」

なら、簡単だ。

ベルがやらなくてはならないことは、たった一つだ。

「じゃあ…………倒す…………」

この終わりなき『洗礼』の中で、自身の『終わり』を悟った己を殺し、恐怖を刈り、絶望を越え、自分が戦わなければならない理由を取り戻す。

真性の馬鹿野郎《ベル・クラネル》が、あの日から、一体誰を泣かせているのかを、思い出す。

「あなたをっ……倒す……!!」

光を取り戻した双眼で、揺らぐことのない口調をもって、宣言する。

今も思考が飛んでいる。

視界を明滅させる光とともに何度も断線し、意識が地続きとなっていない。

けれど確然たる戦意と、覚悟だけは魂《ココ》にある。

かつての自分が『終わり』を悟ったというのなら、一秒前の自分より強くなればいい。

この『最強の洗礼』を越え、ベルは、『彼女』に会いに行く。

「そうだ。来るがいい」

武人に笑みはない。

女神の最強たる従者は、剣を構えるのみ。

「猛《たけ》ろ」

牙《きば》を剝き、血を吐いて、咆哮《ほうこう》を上げる兎《うさぎ》に、猛猪《もうちょ》は正面から迎え撃った。


「ベルさまっ……！」

吹き飛ばされ、血をまき散らす少年の姿を、リリの手に握りしめられた水晶が映し出す。

恐怖に溺《おぼ》れてもなお、ベルは立ち上がっている。

一度絶望に殺されてもなお、あの『最強』に立ち向かっている。

なら、リリもこの『最強の軍勢』に抗《あらが》わなければ嘘だ。

少年の『サポーター』として、彼を支えなければ、どうしてここにいるかわからない！

（だから、諦めない！　他の誰もが諦めても、リリだけは諦めない!!）

戦場を俯瞰《ふかん》できる位置で、栗色の眼球を忙《せわ》しなく動かし、絶望的な戦況情報を更新する。

（一人！　一人一人一人一人一人一人一人ッ!!　たった一人、第一級冒険者を倒すことができれば流れは変わる!!）

その戦果は必ず敗戦の流れを断ち切り、逆転の『潮《しお》』を生み出す。

その『一人』があまりにも遠いことなど重々承知している。この状況ではただの夢想で絵空事に過ぎず噴飯ものの机上の空論であることを、誰に言われるまでもなく理解している。

(『形』はもうできてる！　『仕込み』は済んでる！　狙う『第一級冒険者《てき》』はもう決まってる!!　だからあと一手っ、あと一手さえひねり出せれば――!!)

それでもリリは模索し続けた。

脳内全域を過熱させ、視界が薄っすらと赤く染まろうとも、思考を回転させ続ける。

墳墓の上、ただ一人、それは指揮官の孤独の戦いだ。

ヴェルフ達は敗れ、ベルもズタボロになった。本能と感情はとっくに取り乱して喚き散らしているが、理性だけは鉄の仮面を纏《まと》い、踏みとどまる。

リリは考えることをやめなかった。

この状況の中で、自分だけは、冷静であろうとした。

(思い出せ、思い出せ!!　リリはこの状況で――ヘディン様を『利用』しないといけない！)

他ならない、一族の『勇者』にそう教わったのだ。


「この戦いで指揮官を務めるというのなら、君は最初から『絶望』していなければならない」

それは戦争遊戯《ウォーゲーム》が始まる五日前のこと。

不眠不休で教示を受けていたリリは、フィンにそんなことを言われた。

「『絶望』、ですか……？」

「ああ。今の君が用意できる戦術、手札は？」

「……ヴェルフ様の『魔剣』の量産、春姫《ハルヒメ》様の階位昇華《レベル・ブースト》、命《ミコト》様の重力魔法、そしてベル様の

【英雄願望《スキル》】……あとはギリのギリで、リリの変身《まほう》が斥候や撹乱《かくらん》として刺さるかどうか……」

「そうか。まったく足りないな」

ちっとも嫌味に聞こえない声音《こわね》でそう述べるフィンに——彼の人格を信用して春姫《ハルヒメ》という最強の手札を教えたというのに——リリは思わず、彼を凝視してしまった。

「……はっきりそう言われると、傷付くんですけど」

「事実だよ。そして君は今、目の前に横たわっている『現実』を直視しないといけない。理不尽や不条理といった類《たぐい》——覆しようのない『戦力差』というものを」

「！」

机を挟んで、椅子に腰掛けているフィンがその時説《と》いたのは、必勝の策ではない。

それ以上に重要な、『指揮官の心構え』だった。

「リリルカ・アーデ。指揮官を担うというのなら、君はいかなる状況でも、誰よりも冷静である必要がある。後衛の魔導士より、遥《はる》かにね」

「……残酷になる必要も？」

「時には。でもそれは、君の求めるものではないんだろう？」

胸中を見透かされている感覚を覚えながら、リリはぎこちなく頷《うなず》いた。

ベルの傍《そば》に立とうとするリリの想いを知るフィンは、一瞬のみ、唇を笑みの形にした。

「僕は何でも使う。鼓舞も、事象も、仲間の犠牲すらも」

「……！」

「だから、犠牲を良しとしない君は、僕よりもっと使い尽くせ。手札がもうない、じゃない。辺りに落ちている石すら手札に変えろ。考え続け、勝機を探るんだ」

僕《フィン》は当日、戦場には立てない。

君《リリ》がその瞳で、探すしかない。

絶望の中で、針の孔《あな》よりも小さい一縷《いちる》の光を探せ。でなければ派閥連合は勝てない。

君の判断と号令が勝利に導かないといけない。

フィンは命題を課した上で、そう断言した。

「リリルカ・アーデ、別の質問をしよう。君の敵は誰だと思う？」

「……【フレイヤ・ファミリア】という総軍」

「間違ってはいない。だが、正解でもない」

これまでも様々な戦略を授《さず》けてきた勇者は、更にもう一歩、踏み込んだ。

「君が今、見据えるべきは、自分と同じ指揮官だ」

「!!」

リリの見開かれた瞳に、衝撃が走り抜ける。

「それは、つまり――」

「ああ、君の敵はヘディン・セルランド。美神の派閥《フレイヤ・ファミリア》の軍師であり、冷酷な頭脳だ」

フィンが与えた指針は、見据えるべき『敵』の限定化。

他の第一級冒険者を始めとした難敵は極論、仲間に任せ、リリはヘディンにのみ集中するべきだと、そう説いたのだ。

「もし僕がヘディンと戦略で争ったなら、十回やれば四回は負ける」

「っっ……⁉」

「僕が勝ち越しできるのは『指の疼《うず》き』なんていうズルのおかげだからね」

肩を竦《すく》めるフィンはその後、すぐに結論を口にした。

それはとても単純で、リリにとってはダンジョン深層を踏破するより難題であった。

「君が指揮官として連合を勝利に導くには、ヘディンを利用するしかない」

「り、利用……⁉　指揮官として、読み合いで打ち勝つのではなく⁉」

「それは不可能だ」

軍師として年季が違う。閃《ひらめ》きが、頭脳の作りが違う。

たかだか数ヶ月前から指揮官を始めた小人族《パルゥム》では、長い時を生きたエルフの賢人には決して勝てないと、フィンは断言したのである。

「ヘディンの戦術を、戦略を、そして彼の思考を利用する。彼の目的を逆算した上で、罠《わな》を仕掛けるのではなく、同じ方向に舵《かじ》を取るんだ。身に余る力が、自らの体を破壊するように」

呆然《ぼうぜん》とするリリに対し、フィンは最後に笑った。

「完璧《かんぺき》な作戦は存在しない。必勝の策も、無敵の陣形もない。全《すべ》ては不完全なんだ。その穴を
――ヘディンが巧妙に隠している『真意』を、摑《つか》み取れ」

（フィン様は、最初からリリに答えを教えてくれていた……！）

追憶も半ば、今になってようやくフィンの言っていたことが『実感《う》』とともに理解できた。

完璧な作戦は存在しない。その通りだ。神々を次々と討たれ、一見終局《チェックメイト》間近のこの絶望的な盤面でさえ、リリには『一つの血路』が見えている。

必勝の策も、無敵の陣形もないのだ。

あるのは、指揮者が思い描く目的地への『真意』だけ。

だから、今はソレを――

（――探せ、探せ、探せ!!　戦場の機微、残存する戦力、何でもいい！　ヘディン様が辿り着こうとしている目的地の手がかりを、この一秒の間で探し尽くせ!!）

体感時間を極限まで圧縮するリリは、鼻の奥で血の味が生まれるのを感じながら、なおも思考を加熱させた。

（ヘディン様の狙いを、思考を掠《かす》め取る！　そして、利用する!!　敵の狙いを暴走させて、刺し違えることができれば――!!）

そして、リリの栗色の瞳が戦場を、ヘディンがいる本陣を見据えた時だった。

少女はたった一瞬、時を止めた。

（あれは――）

それは些細《ささい》な、本当に些細な『戦場の機微』だった。

対峙《たいじ》する指揮官《リリ》にしか気付けない、『戦場の真意』だった。

「敵の後衛と、ヘディン様の距離が近い……？」


抵抗を続ける冒険者達の叫び声の中に、男神と女神の悲鳴が混ざっている。

神々の終末だ。迫る終戦を告げる音色《ねいろ》だ。

輝かしい太陽はとうに中天を越えているとはいえ、まだ黄昏《たそがれ》には遠い。晴れ渡る蒼穹《そうきゅう》に顎《あご》を向けていたヘグニは、ゆっくりと視線を前に戻す。

「アレン達が勝負を決める……」

島の東端に向けて耳を済ませていた黒妖精《ダーク・エルフ》の周囲に転がるのは、斬り刻まれた冒険者達。

桜花《オウカ》、千草《チグサ》、ボールス、そして迷宮の宿場街《リヴィラ》の住人。

ことごとく裂傷を負い、武具を破壊された処刑現場。倒れた者達の中には主神が脱落した者がほとんどで、よしんばここから立ち上がっても戦うことは許されない。

開くことのない桜花《オウカ》達の瞼《まぶた》を一瞥《いちべつ》したヘグニは、紫紺に輝く眼差しを、正面に向ける。

「にもかかわらず、貴様はまだ折れないか」

物言わぬ冒険者達が折り重なる、そんな『処刑場』で立っているのは——たった二人のみ。

「ダ、ダフネちゃあんっ……！」

「はぁ……はぁ……っ!!　カサンドラっ、回復!!」

背後にいる涙目のカサンドラに向かって、鮮血の衣《ドレス》を纏《まと》ったダフネが叫ぶ。

治療師《ヒーラー》に回復を訴える間も、漆黒の剣を持つ戦王からは決して目を離さない。今も繋《つな》がっているのが不思議なほどズタボロの指で、短剣を握り、構え、徹底抗戦の意を示す。

桜花《オウカ》達にも、そしてダフネにも守られ続けていたカサンドラは、とうとう瞳から涙をこぼしながら、震える詠唱をもって「【ソールライト】っ！」と回復呪文《じゅもん》を唱えた。

陽光にも似た魔力光がたちまちダフネを包み込むが、全ての傷が塞《ふさ》がりきらない。

ヘグニが持つ呪武具《カースウェポン》《ヴィクティム・アビス》の副次効果。

殺戮《ソード・マーダー》属性を謳《うた》う漆黒の長剣は傷の治癒さえ阻《はば》み、回復を遅延させる。

「もう一度聞く。まだあがくか？」

「第一級っ、冒険者が、変なこと聞くねっ……！　ウチはまだ、倒れてないけど……⁉」

既に二十二。

ヘグニがダフネを斬った回数。

一撃必殺たる第一級冒険者の斬撃を受け、昇華《ランクアップ》したとはいえ第二級冒険者のダフネが未だ立っているのは驚嘆を通り越して『不可解』であった。証拠に、桜花《オウカ》達は抵抗虚しく一撃ないし二撃で大地に沈んでいる。

ヘグニが慈悲を与え、殺さぬよう加減しているのは理由として多分にあるだろう。

しかし何よりは——ダフネの耐久力。

ヘグニは『魔法』が発動《セット》されている瞳をすっと細め、勢いよく踏み込んだ。

「ぐうッ!?」

回避余地のない斬光を、ダフネは剣で防ぐこともできず、左腕で防御《ガード》。

不可思議な現象が起こるのは、そこからだった。

斬り飛ばされる筈の左腕が《ヴィクティム・アビス》を弾いたのだ。

上がるのは甲高い金属音ではなく、巨大な大樹に刃を受け止められたかのような鈍重音。

衝撃を殺せるわけもなく無様に大地を転がったダフネは、呼吸を乱しながら、防御した左腕をだらりと垂らし、それでも立ち上がる。

斬られた左腕の表面を、まるで歪《いびつ》な木の外皮――『木膚《きはだ》』に変貌させながら。

「先程から、俺の斬撃を防ぐ貴様の異能……それは『魔法』か?」

「……『スキル』だよ。アポロン様に追いかけられたせいで、発現しちゃった………ウチは、『呪《のろ》い』だと思ってるけどねっ……」

辟易《へきえき》した口調で、苦笑しようとして失敗した、笑みにならない笑みを少女は浮かべた。

ダフネ《ダフネ》が持つ稀少能力《レアスキル》【月桂輪廻《ラウルス・リース》】。

効果は術者の消耗時及び瀕死時における、能力値《アビリティ》『耐久』の激上。

能力《スキル》そのものの効果領域は任意であり、一度《ひとたび》行使すれば体皮が変異するのだ。葉のごとき緑光の文様が入り混じった『木膚』――まさしくたった今、豹変した左腕のように。

あたかも身を守るため月桂樹に変貌する精霊のごとく、ダフネはこの稀少能力《レアスキル》の力でヘグニの斬撃を耐えているのである。

「これを、発動しちゃうと……しばらく、肌が荒れるからっ……本当は、使いたくなかったんだけどね……！」

「女の悩みなど、俺には月の神秘のごとく知れん」

減らず口を叩くダフネの戦闘衣《バトル・クロス》の下、全身のほとんどは『木膚』に変異していた。

虐げられた体では、もはや【月桂輪廻《ラウルス・リース》】の制御も困難なのか、ギチギチッと不快な音を立てて『木膚』の侵食が首に達し、左の頬にも届いている。

「ダフネちゃんっ、もうやめてっ！　それ以上『スキル』を使ったら……!!」

カサンドラの涙の訴えが無視される中、ヘグニは一度剣を下ろし、告げる。

「そのままでは、本当に物言わぬ人面樹に成り下がるぞ。何故《なぜ》そうまでして地獄に身を委《ゆだ》ね、我が斬撃に耐え続ける？」

【月桂輪廻《ラウルス・リース》】は、ヘグニの斬撃を完全に防げているわけではない。

先程受け止めた左腕も『木膚』の一部が削《そ》がれ、赤と琥珀《こはく》の色が混ざる木蜜にも似た血液がどろりと垂れていた。斜めに裂かれた足も、横に断たれた肩も、一閃が駆け抜けた胴体もそうだ。月桂樹の加護を喚《よ》び出してもダフネは決して無傷などではない。『スキル』を解除した瞬間、凄《すさ》まじい痛苦が少女を襲うのは想像に難くないだろう。

瞳を苦しげに歪めていたダフネは、愚問だとばかりに、口端をかすかに上げた。

「簡単、だよ……第一級冒険者をっ、すこしでも縫い止めてっ……時間を稼ぐっ……！　リリルカ達のためにっ…………この戦争に、勝つためにっっ！」

それが自分が、そして桜花達《オウカ》が逃げずに『斬られた』理由だと、ダフネは言いきった。

彼女の最後の叫びを聞き届けたヘグニは、目を瞑《つむ》り、次に開けた時は眉を逆立てた。

「そうか。ならば終わりだ。貴様等の浅はかな目論見《もくろみ》に踊らされるのは、これで！」

自らの勝利を捨てた、戦士たり得ない者への侮蔑《ぶべつ》。

そして仲間に捧《ささ》げる命がけの献身に対する、一筋の敬意。

それらを剣に乗せ、ダフネの眼前に躍り出たヘグニは、壮烈な斬撃を一思いに振り抜いた。

「ダフネちゃぁぁあんっ⁉」

カサンドラの悲鳴が散る。

目を呆然と見開いたダフネの肉体が、月桂樹の加護がとうとう破られ、夥《おびただ》しい血飛沫《しぶき》が舞い散った。

後方によろめき、背中から地面へ倒れ込む少女を、駆け寄るカサンドラが抱き止めた。自身の腕に伝わる木蜜の血液の熱さにぞっとし、そのまま石畳の上へへたり込んでしまう。

「カサン、ドラっ……かい、ふくを……！」

「喋《しゃべ》らないで、ダフネちゃんっ！　今すぐぐっ――」

「――動くな」

呪文を唱えようとしたカサンドラだったが、その首筋に冷たい剣先を添えられた。

呆然と見上げれば、そこには冷酷な戦王の顔をした黒妖精《ダーク・エルフ》が、たたずんでいた。

「魔法を行使すれば抗戦の意志ありと見なし、引き続き斬り刻む」

「っ……⁉」

「友の命を救いたければ、武器を捨て降伏しろ。その場合に限り治療を見逃す」

それは最後通牒《さいごつうちょう》。

その気になればカサンドラなど瞬きの間に斬り捨てられる黒き妖精騎士の、最後の容赦。

息を呑み、青ざめるカサンドラの腕を……ボロボロに朽ちた指が掴む。

「むし、してっ……はやくっ、かいふくをっ……！」

「ダ、ダフネちゃんっ……」

意識も定かではない、譫言《うわごと》のようにダフネが告げる。

冷酷なまでに、ヘグニは待ちはしない。

「三秒待つ。三、二、一──」

そしてカサンドラは、ごめんなさい、と。

ダフネと、ベル達に謝りながら、手にしていた長杖《ロッド》を捨てた。

「降伏っ、します……！　もう、戦いません……！　だから、ダフネちゃんを……！」

誰よりも傷付いた体を両腕でぎゅっと抱きしめ、瞑った瞼から滂沱《ぼうだ》の涙を溢《あふ》れさせる。

ヘグニは無言で、剣を引いた。

「ばか……！」

「ごめんね、ごめんねっ、ダフネちゃん……！」

友の愚行を叱責しながら、ダフネはそこで力尽きたように、がくりと力を失った。

涙ながら何度も謝るカサンドラは、己の精神力《マインド》を全てそそいで、回復魔法を発動させる。

「この地に敵は在らず……存外に時間をかけてしまったか」

自分以外、立つ者がいない戦場から興味を失ったように、ヘグニは背を向けた。

カサンドラは回復魔法をダフネに施す傍ら、依然涙《なみだ》が引かない瞳で黒妖精《ダーク・エルフ》の後ろ姿を見る。

(私達、連合軍の右翼はこれで全滅っ……！　副指揮官《ダフネちゃん》もいなくなった今、リリさん一人じゃあ、この戦況を覆せない！)

都市遺跡西部、『主戦場』北側に位置する連合軍の右翼は完全に沈黙。

視界に映る範囲でも、残るは中央の残存勢力と合流したアイシャ達《たち》左翼部隊のみ。しかしそれも風前の灯火《ともしび》だ。少女の淡い期待など砕いて、ガリバー四兄弟が間もなく殲滅《せんめつ》するだろう。

(敵の本陣も、満たす煤者達《アンドフリームニル》も無傷！　島の東へ攻め込まなかった沢山の強靭な勇士《エインヘリヤル》だって、まだ中央に残ってる！　ベルさんがもし生き残っていたとしても……どうにもできない！　どうしようもない!!)

友《ダフネ》の命を救うため、自ら戦闘の権利を放棄してしまったカサンドラは、再び泣いた。

最後まで戦わなくてごめんなさい。そんな空っぽの謝罪は何の意味もなさない。

最後の神の『花』が散るのが先か。

最後の眷族が倒れるのが先か。

どちらにせよ、この戦争遊戯《ウォーゲーム》は【フレイヤ・ファミリア】の勝利で幕を閉じる。

私《カサンドラ》が不甲斐《ふがい》ないばかりに。

何が『予知夢』、何が『予言者』。

前夜に見た、黄昏と終末の悪夢《ユメ》の通り、悲劇の予言者《カサンドラ》は何も運命を変えられなかった——

「——えっ？」

その時だった。

風が吹いた。

何てことはない風が、ダフネを抱きしめるカサンドラの長い髪を揺らした。

それは今までも『オルザの都市遺跡』、窪地湖《カルデラ》へ頻《しき》りに吹き寄せていた風だった。

今更なにも思うことなどない、変哲もない気流の流れ。

冒険者達も強靭な勇士達《エインヘリヤル》も、歯牙にかけるわけがない。

だからソレは、予言者《カサンドラ》だけがわかる、予言の、節目。

「かぜ…………風…………風が、ここに？」

思い出す。

ベル達の前で言った『お告げ』を。

凄惨な悪夢《ユメ》の中で見た、終末の黄昏を駆け抜ける一陣の『希望』を。

「風が、吹く……」

カサンドラは、導かれるように顔を上げた。

青い空。

眩《まぶ》しい日の光。

そして、遥か上空、翼を広げる鳥のごとき影。

そこから、ゆっくりと、『風』が舞い降りる――


「疾風《かぜ》が、吹いた――」


トンッ、と。

静かな足音を響かせ、疾風《かぜ》が、戦場に降り立つ。

「――――」

振り向いたのは、ヘグニ。

姿を現した『最大の脅威』に即刻気付いたのは、黒妖精《ダーク・エルフ》。

その瞳を見張った戦王は、鞘《さや》に収めていた漆黒の剣を即座に抜き放った。

「誰だ、貴様は！」

連合軍右翼との交戦地帯を後にしようとしていたヘグニは、漆黒の外套を鳴らし、弾かれるように回転して、再び戦場に向き直った。

視界の正面に立つのは、深緑色のロングケープ。

フードを被り、顔を隠し、妖精の耳だけを覗かせる一人のエルフ。

暗がりの奥で輝く瞳の色は、空色。

「何者だ、貴様は!!」

誰何《すいか》の問いに、その疾風《かぜ》は答えない。

「今より参戦する。準備はできているか、同胞」

ただ、腰から『深緑の木剣』を抜き放ち、戦意を突きつける。

「準備？　如何《いか》ような備えだ！」

だから、疾風《かぜ》の答えは一つ。


「私に斬られる準備だ」


「——抜かせッッ!!」

衝突する。

両者ともに神速の風となり、驚愕する少女《カサンドラ》の視線の先で、深緑の木剣と漆黒の長剣がぶつかり合った。


「「「っっっ⁉」」」

瞬く間に響き渡る凄まじき剣撃の音に、リリ達派閥連合の生き残りが、ヘディン達強靭な勇士《エインヘリヤル》が、ヘイズ達満たす煤者達《アンドフリームニル》が、一斉に瞠目《どうもく》の眼差しを向ける。

始まるのは熾烈《しれつ》な剣闘だった。深緑色のロングケープが、漆黒の外套が、まさに旋風のごとく踊り狂い、互いの軌跡に緑と黒の斜線を残す。衝突と相殺、閃光と残響。青白い魔力宿す木剣と黒鉄《くろがね》の呪詛《じゅそ》帯びる戦剣が幾度となく交差し、美しくも禍々《まがまが》しい火花を散らす。

「ぜあァッ!!」

「!!」

ヘグニの一閃が妖精の視界を掠《かす》め、そのフードを取り払う。

溢れるようにこぼれ広がるのは――美しい金色の長髪。

うなじを越える長さまで伸びた『地毛』を、一つに結わえた妖精――リューは、反撃とばかりに裂帛《れっぱく》の叫喚を放った。

「はあああぁッ!!」

「ぐっっ――!?」

深緑の木剣が漆黒の呪剣を弾《はじ》き返《かえ》し、外套の一部を切り裂く。

一進一退の攻防は止まらない。突如として始まった妖精達の決闘に冒険者と強靭な勇士達《エインヘリヤル》が言葉を失う中――雄叫びを上げたのは『都市側』だった。

『だっっ、誰だアレはァァァァァァァァァァァァァァァァ――――――――――――!?』

イブリの大音声《だいおんじょう》を皮切りに、津波に似たどよめきがオラリオで巻き起こる。

それまで悄然《しょうぜん》としていた民衆が、ならず者達が、揃って身を乗り出し、『鏡』に映る美しい妖精の姿に釘付《くぎづ》けとなった。

「おいおいおい、何だ何だ何だぁ!?」

「連合の助っ人!?」

「覆面の冒険者……一体何リオンなんだ!」

「そのネタはもういい！」『もう隠す気ねぇーだろアレ!!』

「お～い、【疾風】はもう死んだんじゃなかったのかよ～！」

「大嘘公式情報製造機ギルド君なにやってんだぁ！」

「ていうかオレ達の【黒妖の魔剣《ダインスレイヴ》】とやり合ってるぞ！」

特に阿鼻叫喚――もとい悲喜こもごもの声を上げるのは、神々。

『バベル』三十階。派閥連合の肩を持つ女神も、フレイヤの共鳴者《シンパ》である男神も、一斉に立ち上がっては頭を両手で抱える者達が続出する。

高速で駆け回る妖精の横顔には覆面が存在しない。

あの妖精は『疾風』を纏って、正体を偽らず、一人のエルフとしてあの戦場に立っている。

先程までの葬儀めいた静寂から一転、爆発《ばくはつ》する混乱の悲鳴の中に交ざるのは驚愕、そして一波乱を予感する神特有の愉悦《えみ》だった。

（――俺の剣技に付いてくる!?）

一方、戦場で誰よりも驚倒に見舞われるのは、今も斬り結ぶヘグニ本人。

空色の瞳。鋭い剣筋。

覚えている。忘れるわけがない。

美神《フレイヤ》のお気に入り――豊穣の酒場のエルフ【疾風】！

女神祭で交戦し、相手に何もさせせぬまま圧勝した時とは違う。

そう、付いてくる。

ヘグニの速度に、ヘグニの力に、相手は渡り合ってくる。

あの不可思議な金光を纏い、能力を擬似昇華《じょうしょう》させているわけでもない。

これは、目の前の妖精の歴《れっき》とした【ステイタス】。

双眸《そうぼう》を驚愕に揺らすヘグニは顔を歪め、一閃。

間合いから弾き飛ばしたリューに向かって、大声で吠《ほ》える。

「貴様──Lv.6!!」

立ちつくしていた強靭な勇士達《エインヘリヤル》が耳を疑う中、その問いを戦場に響かせた。

「Lv.4から、二度【ランクアップ】したというのか⁉」


「あり得る!!　大いに!!　あり得るッッ!!」

再び、神塔《バベル》三十階。

周囲で熱狂《テンション》を爆上《ばくじょう》させる神々と負けず劣らず、ヘルメスは雄叫びのごとき歓声を放つ。

「リューちゃんは戦ってきた！　暗黒期を終わらせた、あの日から！　主神《アストレア》のもとから離れた後も、ずっと!!　それはアイズちゃん達、第一級冒険者に負けない闘争の歴史であり、『偉業』の連続だ!!」

──たった一人で成した闇派閥《イヴィルス》主戦力の殲滅。

──18階層の『漆黒のゴライアス』撃破。

──【アポロン・ファミリア】との戦争遊戯《ウォーゲーム》。

──異端児《ゼノス》を巡る数々の戦闘。

──ベルと落ちた『深層』決死行。

──そして最大の因縁たる破壊者《ジャガーノート》の超克。

ヘルメスが知るだけでも、これだけの死闘をリューはくぐり抜けてきた。

それらは男神達でさえ認める『偉業』の階段であり、女神達でさえ哀れんでは愛おしむほどの『試練』の雪崩《なだれ》だ。

もとより失踪《しっそう》した五年前の時点で、【疾風】はLv．4の最上位。

当時すでに【ランクアップ】間近と囁かれていたほどである。

【剣姫】が成し遂げたLv．4からLv．6の到達所要間を鑑《かんが》みれば、リューにとって『五年』という数字は、決してその『偉業』を達成するに不可能な歳月ではない。

神時代《しんじだい》が始まり、『史上初』と言っていい『連続昇華《ランクアップ》』。

それは世界最速兎《レコードホルダー》でさえ成しえていない偉業である。

本拠《ホーム》で観戦している【ロキ・ファミリア】、そしてアイズさえも、その瞳を大きく見開く。

「彼女は今日まで迷い続け、それでもかつて自分が信じた『正義』に殉じ、ベル君達や多くの子を救ってきたんだ！　なら、連続の昇華《ランクアップ》もありえない話じゃないさ‼」

なまじLv．4という『縛り』の中で戦い続けていたのだから質《タチ》が悪い。

第一級冒険者になっていれば、まだ和らいだ『試練』も『最大の過酷』となってリューに降りそそいだのである。『偉業』の数と質──上位の【経験値《エクセリア》】さえ獲得し続けていれば──下界が引っくり返るほどの『未知』さえ誕生するのも道理だ。

全ては、妖精が『希望』という己の正義の答えに辿り着いたからこそ。

「間に合ったのか、リューちゃん……アストレア！」

戦争遊戯《ウォーゲーム》前、リューが主神《アストレア》のもとへ向かうため協力していたヘルメスは、待望の『援軍』に会心の笑みを浮かべた。


「私は貴方にも、そして【猛者《おうじゃ》】にも何もできず、無様に敗北した」

少年達《ベル》がよく知る深緑の長外套《ロングケープ》、その下には大樹の色のショートパンツとロングブーツ。上半身に純白の戦闘衣《バトル・クロス》を纏うリューは、斬撃を交わしながら告げる。

「ならばもう、今の私のままでいるわけにはいかなかった」

だから一人でオラリオを発ち、主神《アストレア》のもとへ旅立った。

時を止めていた【ステイタス】を更新するために。強くなるために。

ヘルメスやアスフィの協力や情報を得て、辿り着いた場所は剣製都市『ゾーリンゲン』。

五年前から正義の女神が身を寄せていた場所であり、いつかリューの力になることを信じて居を構えていた世界きっての『刀剣製造都市』である。

故に、今リューが手にしている新たな武器は偶然であり、必然の産物だった。

破壊者《ジャガーノート》との戦いの中で破壊された木刀《アルヴス・ルミナ》、それを素材にして生まれ変わった星屑《ほしくず》の剣《つるぎ》《アルヴス・ユースティティア》。

アストレアが異名、『正義の星乙女』の名を冠する妖精の新たな剣《つるぎ》。

「今度は勝たせてもらう――【黒妖の魔剣《ダインスレイヴ》】」

静かなる決意は文字通り、疾風を呼んだ。

驚愕抜けきらず対峙するヘグニに向かって、リューが攻勢に出る。

結わえられた金の長髪を翻《ひるがえ》して放たれる連撃。斬撃範囲《リーチ》はヘグニの長剣にも匹敵《ひってき》する木剣は使い手の『魔力』を帯び、リュー自身の【精神装塡《スキル》】と相乗して後衛特化種族《エルフ》に似つかわしくない威力を発揮する。

純粋な『力』の能力値《アビリティ》では上を行く筈のヘグニの斬撃が、ことごとく弾かれ、その褐色の手にびりびりと衝撃をもたらした。

「――そのエルフを包囲しなさい、強靭な勇士《エインヘリヤル》！」

「!!」

その時、後衛位置に控えていた治療師《ヒーラー》達の中から指示が飛んだ。

ヘイズである。

ヘグニと現状渡り合うリューを速やかに不穏分子と見なし、独断で強靭な勇士《エインヘリヤル》に命ずる。

「ヘイズ、貴様!!　俺達の決闘を邪魔するか!?」

「生憎《あいにく》ですが、貴方の矜持《きょうじ》など関知しません、ヘグニ様！　何より優先されるはフレイヤ様の栄光にして勝利！　違いますか!?」

「っ……！」

「供物《ベル》をあの方へ捧げるため、些細な不安要素も直ちに取り除くのが私達の使命です！」

リューから距離を取り、すかさず激昂《げきこう》するヘグニだったが、尊崇する主神を引き合いに出され、嚙《か》みしめる八重歯を鳴らす。

一治療師《ヒーラー》でありながらヘイズは有能だった。本陣にいる司令塔に代わり的確な指揮を執り、反撃の狼煙《のろし》など上げさせないよう徹底する。連合軍の右翼、及び中央部隊はとうに全滅、ならばＬｖ．６のリューに戦力を集中せんと、『主戦場』中央帯にいた強靭な勇士《エインヘリヤル》は素早く応じた。

追い詰められていた左翼《アイシャ》達への圧は緩和されるが、あっという間に四十以上もの第二級冒険者がリューを取り囲む。

「…………」

勇士達の牢獄《ろうごく》を、リューはゆっくり見回した。

包囲網の中心にたたずむ彼女を、矢が、杖が、そして構えられた剣と槍が狙っている。

「……一騎打ちさえ許されぬ騎士の墓場。この時と場所、そして我等が定めを呪うがいい」

合図が放たれたが最後、数多の武器が妖精の翅《はね》をもぐだろう。

一分後に広がる結末を悟り、ヘグニは遺憾の念を滲ませながら構えを解いた。

「そんなっ……！　リュー様！」

「狼煙を上げる火種さえ、派閥連合《あなたがた》には与えません」

それは残存勢力の差。

片や動かす駒のないリリは眺めることしかできず、片や最強の軍勢が健在であるヘイズは冷徹な眼差しで『妖精の処刑場』を見据えた。

モルドに燃やされた衣服の残骸《ざんがい》を縄状にし、露出している胸の位置で結んだ治療師《ヒーラー》の少女は片腕を伸ばし、号令をかけた。

「終わらせなさい、強靭な勇士《エインヘリヤル》──」

正確には、号令をかけようとした。

だが、彼女の指示が下る前に、リューが呟いた。

「使います、アストレア様」

ええ、と。

まるで空より星の欠片が降りたように、妖精の細長い耳だけに響く声があった。

それは『女神の微笑』。

それは『星々の祝福』。

星屑の剣《アルヴス・ユースティティア》を両手に持ち、切っ先を天に向け、まさに騎士のごとく──あるいは星の戦乙女のように、正面に構えた。

目を瞑り、その新たな魔法名《ちから》の名を告げる。

「【アストレア・レコード】」

瞬間、『星々の輝き』が発現する。

「なっ⁉」

「魔法円《マジックサークル》⁉」

い、い、否である。

妖精の足もとに花開いたのは魔導士が誇る砲門ではなく、夥しい『光の文字群』。

彼女の背に刻まれた恩恵《ステイタス》と同じ、『星の剣と翼』を象る神聖文字《ヒエログリフ》そのものである。

「【使命は果たされ、天秤《てんびん》は正される】」

妖精の唇から紡《つむ》がれ始めるのは、聖句のごとき正義の詩《うた》。

「詠唱……⁉」

「魔法だ！　行使させるなぁ！」

響き渡る呪文に、強靭な勇士達《エインヘリヤル》は瞠目し、すぐさま行動に移った。

番《つが》えられた矢と『魔剣』の火砲が四方より放たれるが――『星々の輝き』がそれを阻む。

「なにっっ――⁉」

驚倒が強靭な勇士達《エインヘリヤル》を、そしてヘグニとヘイズを襲った。

リューを中心に半径五M《メドル》、展開された光の領域が矢の雨と魔の砲撃を防いだのである。

虚空《こくう》に浮かぶ光の結晶、無数の神聖文字《ヒエログリフ》がまさに星屑のごとくリューを覆《おお》い、彼女を護《まも》る障壁となる。

「結界⁉　いや――『星の正域《せいいき》』⁉」

そう形容するより他にない。

ヘグニが目を見張る間にも、妖精の詠唱は加速する。

「【秩序の砦、清廉の王冠、破邪の灯火】」

あらゆる攻撃を弾き返す正域《せいいき》と響き渡る星詠《ほしよ》みの歌に、焦燥に焼かれる強靭な勇士《エインヘリヤル》は堪らず地を蹴《け》った。

直接斬りかかり、剣、槍、斧を光の文字群へと振り下ろしては突き出す。

しかし、それも無意味だった。

愕然《がくぜん》とする彼等彼女等の眼前で、斬撃や刺突までもが障壁を突き抜けることができず、逆に後方へと押し返される。

「【女神の名のもとに、天空を駆けるが如《ごと》く、この大地に星の足跡《あしあと》を綴《つづ》る】――」

「っっ……おおおおおおぉぉッ!!」

最後に、漆黒の矢となったのはヘグニ。

先程までの諦念や哀れみなど打ち捨て、星の加護を破ろうと漆黒剣を振り下ろす。

巻き起こる凄まじい閃光《スパーク》、初めて揺らぐ正域《せいいき》。

何とか押し返そうとする光の瞬きに、ヘグニは眦《まなじり》を引き裂き、吠えた。

「はあああああああッッ!!」

瞬間、硝子《ガラス》が砕けたかのような甲高い破砕音とともに、突破する。

Lv.6渾身《こんしん》の斬撃に打ち負けた星の護りを越え、ヘグニはそのまま踏み込み、中央にたたずむリューへと剣を薙《な》ぎ払《はら》った。

「――【正義は巡る】！」

だが。

リューの方が、早かった。

詠唱完成。

勢いよく開かれる眼《まなこ》。

空色の瞳があらわになる中、瞠目するヘグニは、見た。

砕けた筈の星の欠片が。

光り輝く神聖文字《ヒエログリフ》の結晶が。

全てリューのもとへ集束し、吸収されていく光景を。

交わされる『星の契り』。

辿り着いた『正義の答え』を胸に、リューは彼女の名を呼んだ。

「【アガリス・アルヴェシンス】！」

紅炎。

「ツッツ!?」

紅蓮《ぐれん》の輝きを纏う星屑の剣に、ヘグニは吹き飛ばされた。

放った剣撃とともに後方へと弾き返され、地を両足と左手で激しく削りながら、静止する。

強靭な勇士《エインヘリヤル》、冒険者、神々とともに、その赤々とした輝きを目にして、言葉を失った。

「炎の付与魔法《エンチャント》……⁉　馬鹿な！」

ヘグニの叫喚を皮切りに、どよめく。

知らぬ者を置き去りにして、『その魔法』を知る者達だけが驚愕に撃ち抜かれ、混乱の渦《どよめき》を巻き起こす。

「…………アリ、、、ーゼ？」

島の外。

戦場から遥か遠く、その光景を目にした第一級冒険者《シャクティ》は、呆然と呟いていた。

彼女の瞳が潤み、滴《しずく》が生まれる前に、ヘグニの絶叫が轟《とどろ》く。

「【紅の正花《スカーレット・ハーネル》】‼　アリーゼ・ローヴェルの魔法‼」

それは五年前に散った、正義の使徒の名前。

その『魔法』は、『悪』と戦う少女が操り、多くの者の記憶に焼き付いている炎の花弁。

ヘグニも知っている。覚えている。

あの暗黒期を駆け抜けた少女達《アストレア・ファミリア》の輝きを。

その中でも一際《ひときわ》鮮烈に、華々しく燃えていた【紅の正花《スカーレット・ハーネル》】の姿を。

自分にはない眩しい輝きを放っていた少女の炎を、ヘグニ・ラグナールは人知れず尊敬し、決して忘れたことなどなかった。

「何故貴様がその『魔法』を使える⁉　【疾風】‼」

激するヘグニの感情に、リューは気高き炎を纏いながら、たった一言、答えた。

「旅を終えた」

それは長い旅だ。

自分以外の仲間が倒れ、復讐《ふくしゅう》の炎を宿し、一度は灰となって、停滞の中を生きてきた妖精が辿り着いた旅路の末。

深層《ダンジョン》がもたらす千の闇を越え、少年という白き鐘に導かれ、光の彼岸まで赴いて見つけた、『希望』というリュー・リオンの『正義の答え』。

「そしてアストレア様と再び巡り合い、アリーゼ達の意志を受け継いだ。それだけだ」

それが主《あるじ》たる女神と再会したことで、結実し、発現したのだ。

リューの背中《ステイタス》に刻まれた新たな『魔法』として。

両手両足、そして剣《つるぎ》に付与された炎が、妖精の『正義』に呼応するように荒ぶる。

「もう一度、言おう。私達の全てをぶつけ――今度こそ勝たせてもらう！」

地を蹴る。

石畳に炸裂《さくれつ》する、焔《ほむら》を帯びる靴裏。

次の瞬間、爆砕の華を咲かせ、リューは紅蓮《ぐれん》の弾丸となった。

「っっ⁉」

第二級冒険者の知覚速度を振り切り、驚愕する強靭な勇士《エインヘリヤル》の目の前へと肉薄し、その斬撃を繰り出した。

「があああああああ⁉」

爆《は》ぜる紅の炎。そして、一、い、い、一撃必殺。

強力な炎の付与魔法《エンチャント》を纏った星剣が、たった一振りのもとに、Ｌｖ．４のヒューマンを再起不能に陥《おとし》いれる。

「タンムズ⁉」

「馬鹿なっ――⁉」

「一撃⁉」

紅の軌跡は止まらない。

両の足に付与された炎はまさに推進剤であり、『発火剤』。

【紅の正花《スカーレット・ハーネル》】が得意とした猛烈な爆炎加速を自身に投影し、うろたえる【フレイヤ・ファミリア】へと斬りかかった。

一閃、二閃、更に三を飛んで五閃。

颪を彷彿《ほうふつ》とさせる高速の剣筋でありながら、伴うは爆砕。

一見矛盾している出鱈目《でたらめ》な必殺に、強靭な勇士《エインヘリヤル》達が五人まとめて沈んだ。

純然たる威力に秀でた炎属性魔法の本懐とでも言うべき『火力』を発揮し、剣だろうが盾だろうが、武装ごと敵を燃やし壊す。

「お、おのれえええええええええええええ⁉」

あっという間に六人の仲間を失った強靭な勇士《エインヘリヤル》達は怒号を上げた。

包囲網の一角を切り崩して脱出すると思いきや、そのまま自分達のもとへ突き進むリューの姿に激昂する。

大剣を振り上げ、矢を照準し、槍を繰り出そうとするが——無駄に終わった。

紅蓮帯びる妖精の飛翔《ひしょう》に、全ての迎撃と防御を打ち破られる。

「ふッッ——‼」

風の疾走と炎の咆哮が連鎖する。

強靭な勇士《エインヘリヤル》達はことごとくリューに蹴散らされた。

なす術がない。

観戦する神々も人々も驚愕するほど、次々に撃破されていく。

あえて無理矢理『失策』を挙げるのならば、咄嗟《とっさ》に連携が取れなかったのが仇《あだ》となった。

ヘディンの指揮がすぐ側にあれば、あるいは『組織』の力を重視する【ロキ・ファミリア】ならば、被害は広がろうがまだ対応できた。しかし彼等は『強靭な勇士《エインヘリヤル》』。熾烈な派閥内闘争によって『個』の力を突き詰めすぎたが故に、味方と同時に飛びかかることはできても、妖精の動きを阻害して追い詰める高度な戦術を取れない。

そして今のリューは、何度だろうと『一対一』を繰り返す限り、絶対に敗北しない。

ヘグニはそう確信した。

なぜなら、ヘグニは『それ』が見えてしまった。

「────」

高速で斬りかかるリューの背後に見える、『紅の髪の少女の面影』。

笑みを浮かべ、【疾風】とともに戦う【紅の正花《スカーレット・ハーネル》】の幻想が、重なって見えてしまったのだ。

妖精は一人ではない。

『紅の炎』と『疾風』が踊る。

ずっと共にいたように、少女達は猛《たけ》る。


「あれって……アリーゼちゃんの魔法⁉」

神塔《バベル》が再び衝撃に包まれる。

五年前に壊滅した【アストレア・ファミリア】を知らない神など、この場にはいない。

強力な炎の付与魔法《エンチャント》を行使するリューに、神々は座ることも忘れて叫びまくる。

「他人の魔法、使っちゃってんじゃん！」

「まさか……『召喚』⁉」

「【千の妖精《サウザンド・エルフ》】と同じ⁉」

この下界でたった一人の眷族にしか確認されていない、他者の魔法を行使する『召喚魔法《チート》』かと神々は収まらない熱気とともに憶測を交わし、喧々囂々《けんけんごうごう》と騒ぎ散らした。

「いや、『召喚』じゃない」

だが、ただ一柱《ひとり》、ヘルメスは否定する。

「あれは──『継承』だ」

眩しいものを見るように、笑みを浮かべ、断言する。

少女達の『正義』は巡ったのだ。

夜空に宿る無数の輝きのごとく、散っていき、星屑の光となった【アストレア・ファミリア】の意志は、リューの中で今も生き続けている。

【星々の記憶《アストレア・レコード》】。

リューがLv.6の昇華《ランクアップ》とともに発現させた『魔法』。

その能力は、神《ヘルメス》の言う通り『正義継承』。

自身の背中に刻まれた正義の女神《アストレア》の神血《イコル》と同じ『神の恩恵《ファルナ》』を宿した十の眷族達の『魔法』を受け継ぎ、行使できる、リュー・リオンだけの『奇跡《まほう》』。

甚だしい異常事態《イレギュラー》であり、下界の可能性であり、とっておきの『未知』。

そして、果たされた正義の剣《つるぎ》と翼の誓いだ。

ヘルメスは今日一番の興奮を手にすると同時に、微笑をこぼし、祝福の拍手を送った。

「……【アストレア・ファミリア】」

「【アストレア・ファミリア】だっ……」

塔の下、中央広場《セントラルパーク》。

頭上の『神の鏡』に映る正義の焔《ほむら》を目にし、とある行商の男は、涙を流した。

暗黒期、正義の眷族達に救われた夫婦は、一人の愛娘を抱きしめ、嗚咽《おえつ》を漏《も》らした。

それは『正義の成果』だ。

正義を掲げる少女達の高潔と行いが途絶えていない、何よりの証左だ。

なぜ彼女があの戦場に立っているかはわからない。

だが、彼や彼女がやることは一つだ。

民衆の涙は、やがて怒涛のごとき声援へと変わっていった。


「【──今は遠き森の空。無窮《むきゅう》の夜天に鏤《ちりば》む無限の星々《ほしぼし》】」

そして。

「【愚かな我が声に応じ、今一度星火《せいか》の加護を。汝を見捨てし者に光の慈悲を】」

少女達《アリーゼ》の『正義』を継承してもなお、リュー本来の『魔法』は決して衰えることはない。

「『並行詠唱』……!?」

「と、止めろおおおおおおおお!?」

響き渡る歌声と魔力の高まりに、強靭な勇士《エインヘリヤル》は冷静さをかなぐり捨ててリューに群がった。

だが、捕らえられない。どころか、詠唱を食い止めようと不用意な接近を試みた者から爆斬を施され、返り討ちにされていく。

「ちぃぃッ!?」

それまで呆然と立ちつくしていたヘグニも目の色を変え、リューへと斬りかかった。

他の戦士達と異なる第一級冒険者に、さしものリューも容易《たやす》く往《い》なすことはできない。

「【来《きた》れ、さすらう風、流浪《るろう》の旅人《ともがら》。空を渡り荒野を駆け、何物《なにもの》よりも疾《と》く走れ】！」

が、斬撃を一合、二合と切り払い、詠唱を確実に進めていく。

高速戦闘下における高速詠唱。『魔法剣士』顔負けの技術と、何より敵の攻撃にも怯《ひる》まない胆力を披露するリューに、ヘグニの顔が苦渋に歪む。

この同胞は誰よりも歌い慣れていると。

（しかも、魔法円《マジック・サークル》まで……!!）

彼女の足もとに展開されるのは、森を象った文様にも似た深緑色の輝き。

それは『魔法』の威力を底上げする上級魔導士の証《あかし》だ。

生死不明となった五年前まで、【疾風】は魔導士の性質を持ち合わせていなかった。新たな魔導《アビリティ》まで発現させたことを悟るヘグニは、今から始まる『砲撃』が戦況を混沌に陥れる代物であることを悟ってしまう。

ヘグニならば、Ｌｖ．６であろうと、詠唱に意識を割く相手など斬り伏せることができた。

だが、『炎の花弁』が阻む。

あと一歩でリューの体勢を崩せるというところで、リューの剣に付与された炎が爆《は》ぜ、逆にヘグニの体勢と間合いを狂わせるのだ。

止められない、と彼を打ち据える衝撃は、外から観測する者達さえ共有した。

（速過ぎる――!?）

自身の目でも追えない妖精の姿に、ヘイズが愕然とする。

（強い――）

高らかに響く歌劇に、ヘディンは自分達と肩を並べうる同胞だと認める。

（何ですかアレぇぇっ――――!?）

強靭な勇士《エインヘリヤル》を圧倒する無茶苦茶な光景に、リリはもはや何が何だかわからず目を回した。

「【星屑の光を宿し敵を討て】！」

そして。

Lv.6の妖精が誇る、その『砲撃』が放たれた。

「【ルミノス・ウィンド】!!」

緑風を纏う大光玉の砲群が、『主戦場』を呑み込む。

『ぐがぁああ!?』

跳躍し、頭上より放たれた広域攻撃魔法。

一発一発が凄まじい破壊力を持つ星屑の輝きに、効果範囲内にいた強靭な勇士《エインヘリヤル》は例外なく吹き飛ばされ、叩きつけられ、光と風に呑み込まれて撃破されていった。

前衛だけでなくヘイズ達後衛も狙った砲撃は、満たす煤者達《アンドフリームニル》まで衝撃の渦に突き落とす。

「「「「なんだと!?」」」」

「あの魔法……まさか！」

「リュー殿⁉」

壊滅した筈の連合軍右翼の方角から巻き起こる光と風の乱流に、ガリバー四兄弟が一驚し、アイシャと命《ミコト》も目を見張る。

「…………リュー」

遥か視界の奥、『神の家』から閃光の連鎖を目にした瞬間、それまで戦場の詳細を知る術のなかったフレイヤもまた【疾風】が現れたことを知った。慌てふためく男女の護衛がようやく戻ってくる中、誰にも胸の内を悟らせない仮面《ひょうじょう》を浮かべ、その銀の瞳を細める。

その震動は、オッタルに打ちのめされるベルにも届いた。

その轟音《ごうおん》は、神々を狩るアレンの耳にも飛び込んだ。

その衝撃は、必死に逃げるヘスティアさえも驚かせた。

たった一人のエルフの介入により、『オルザの都市遺跡』が混乱に陥る。

「やってくれる……！」

暴力的な光の嵐から逃れることができたのは、ヘグニただ一人だけだった。

自らの超短文詠唱の『魔法』も用いて大光玉を相殺しながら、周囲とは隔絶した動きで危機を退《しりぞ》けた黒妖精《ダーク・エルフ》は、周囲に素早く視線を走らせる。

味方の被害は甚だしい。『主戦場《アンドフリームニル》』北に集った強靭な勇士《エインヘリヤル》はほぼ全滅、砲撃によって一部の治療師《ヒーラー》が倒れたヘイズ達満たす煤者達も直ちに回復を図るものの、まともな戦線の把握がまま星屑の魔法《ルミノス・ウィンド》が舞い上げた大量の砂塵《さじん》のせいだ。砲撃の残響が未だ耳を聾《ろう》する中、最後方にいたヘディンの位置も見失ってしまう。

ぼろぼろとなった外套以外に傷一つ負っておらず、第一級冒険者としての貫禄を見せつけるヘグニは、しかし眉間を歪め、敵の『真意』を正確に理解していた。

（俺一人を狙った集中砲火ではなく、射程を限界まで広げた殲滅射撃！　他の者を蹴散らし、余計な『障害』を取り払った！　つまり──!!）

つまり、今、この北の戦場に立っているのは二人だけ。

よってここに、『一騎打ち』の条件は整った。

「──勝負だ」

「ツッツ!!」

立ち込める膨大な砂塵を破り、紅の炎を従えて、頭上よりリュー《リュー》が迫りくる。

顔を振り仰ぎ、眦を引き裂いたヘグニはまさに戦王の形相を浮かべ、星剣を迎え撃った。

「舐《な》めるなぁぁぁ!!」

漆黒の呪剣と紅炎の星剣が再び相まみえる。

未だ周囲を灰黄《かいこう》の幕《カーテン》に閉じ込められた砂塵の戦場。

介入はなく、干渉はなく。一騎打ちさえ許されない騎士の墓場など既に消えた。

よって白《ホワイト》と黒《ダーク》の妖精は正真正銘、全身全霊をもって眼前の敵を打ち倒しにかかる。

「はぁぁアアア!!」

「っ……！」

「遅い！　甘い！　――温《ぬる》い!!」

あくまでも自分を打倒しにかかる生意気な同胞に、ヘグニは己の剣《つるぎ》への矜持を叩きつけた。

リューの炎の斬撃を交わし、返す剣で、咄嗟に構えられた相手の手甲を破壊する。

無数の火の粉を浴びながら、それでもヘグニは爆斬の直撃だけは決して頂戴《ちょうだい》しなかった。

馬鹿げた出力の付与魔法《エンチャント》は確かに脅威だ。

だが、その炎の効果範囲も、威力も、『並行詠唱』中の交戦で既に把握した。

リューの今の戦闘型《バトルスタイル》には『穴』があることを、的確に見極《みきわ》める。

「いくら友の炎を纏《まと》おうとも、我が戦士殺しの剣、決して焼き尽くせるものか！」

強大な火力は至近距離で迂闊《うかつ》に炸裂させようものなら、術者を自爆へと追いやる危険性を常に孕《はら》んでいる。リューは【紅の正花《スカーレット・ハーネル》】ほど火力の強弱及《およ》び作用の調整を制御できていない。

ならばヘグニが向かうべき場所とは、前だ。

焔《ほむら》に焼かれる覚悟をもって踏み込めば、そこには強靭な勇士達《エインヘリヤル》では越えられなかった活路がある。【フレイヤ・ファミリア】の中で一、二の白兵戦能力を持つヘグニだけが飛び込める『穴』が、確かに存在する。

「裂け、我が愛剣《ヴィクティム・アビス》！」

「ぐっっ⁉」

加えて、ヘグニの呪剣《ヴィクティム・アビス》の力も健在。

長い剣身の更に先、拡張する斬撃範囲が『炎の花弁』を越えて、間一髪身を退《ひ》いたリューの肩を浅く裂く。真空の剣《つるぎ》のごとき不可視の刃は爆ぜる炎でも阻めない。

『前衛殺し《ソード・マーダー》』を掲げる殺戮属性は伊達《だて》ではない。ヘグニの卓越した剣技も組み合わさって、見切ることなど不可能な斬舞と化す。

「二度の昇華《しょうか》を経た程度で、つけ上がるなよ！　小娘、お前はまだ俺の下だ!!」

前代未聞の偉業《ランクアップ》をなしておきながら、敵は正確に自分の『器』を御《ぎょ》している。激上した能力《ステイタス》に振り回されていない。ここに来るまで何をしていたか知らないが、それは称賛に値しよう。

しかしそれでも、ヘグニの戦闘技術と戦闘経験はその程度では覆せない。

他派閥の第一級冒険者と【フレイヤ・ファミリア】の第一級冒険者は、違う。

研ぎ澄まされた『技と駆け引き』が、死を恐れぬ覚悟が、そして女神への忠誠が、まさに英傑と言うに相応《ふさわ》しい勇士へと変える。『洗礼』を乗り越え、派閥内闘争に打ち勝ち、強靭な勇士《エインヘリヤル》の頂きに上り詰めるということは、そういうことだ。

いくら正義の使徒《アリーゼ》達がリューに力を貸そうが、自己改造魔法《ダインスレイヴ》をもって最強の自分を召喚しているヘグニに負ける道理はなかった。

──その筈だった。

「……っ？」

果敢に踏み込み、攻め続ける。

敵の頬や腕に、傷を強いる。
しかしヘグニは——押されていた。
「ふッッ！」
漆黒の剣を打ち据えるリューの斬撃が。
鮮やかに猛り狂う炎の花弁が。
次第に、確実に、ヘグニを脅かしていく。
(なんだと……⁉)
敵の動きが速くなって——違う。ヘグニの反応速度が落ちている。
頭が思い描く動きに、肉体が付いてこれなくなっている。
「——これは『戦争遊戯《ウォーゲーム》』だ」
空色の瞳が告げる。
体の異変に動じるヘグニを見て、リューは踏み込み返しながら、言った。
「同胞。私と戦う前に、その『剣《つるぎ》』でどれほどの冒険者を斬った？」
その言葉を耳にした瞬間。
ヘグニの全身に、途轍《とてつ》もない衝撃が駆け抜けた。
(まさか——っっ⁉)
『呪いの剣』を握る五指が、痙攣《けいれん》のごとく震える。
徐々に砂塵が薄れていく。

灰黄《かいこう》の幕《カーテン》が晴れていく。

ヘグニはリューの猛攻を凌《しの》ぎながら、周囲に視線を走らせた。

倒れる強靭な勇士達《エインヘリヤル》。違う。

味方の回復に当たる治療師達《ヘイズ》。違う。

少女に抱きしめられ、今も眠る傷だらけの策士《ダフネ》。──あいつだ！

あいつの『作戦』が、俺《ヘグニ》を──!!

「『呪武具《カース・ウェポン》』は強力な恩恵を与える代わりに、『代償』が発生する！」

「っっ⁉」

「主たる例は能力《ステイタス》の低下、あるいは──体力の消耗！」

リューの言う通り、ヘグニの武装《ヴィクティム・アビス》は『呪武具《カース・ウェポン》』。

斬撃範囲の拡張という殺戮属性《ソード・マーダー》を発揮する代わりに、使い手の体力を奪っていく。

それは呪いの傷跡と同じく、回復薬《ポーション》や魔法でもすぐに全快しない『呪詛《カース》』そのもの。

ヘグニは無意識のうちに、『呪武具《カース・ウェポン》』を使役し過ぎてしまったのだ。

派閥連合という、かつてない『上級冒険者の大軍』相手に。

ダフネ達という、無謀にも彼に挑みかかった『有象無象』どもに！

「私よりも前に戦っていた者達が、貴方の力を削いだ！」

痛撃とともに放たれるリューの宣告に、ヘグニの目が今度こそ戦慄《せんりつ》に揺れる。

──斬られて。

そう命じられた桜花《オウカ》が、千草《チグサ》が、ボールスが、迷宮の宿場街《リヴィラ》の住人達が。

そう命じたダフネ本人が、一度でも多く、ヘグニから一撃を引きずり出した。

『狩られるだけの獲物』を装っていた冒険者達が、ヘグニの『斬撃回数』を消費させたのだ。

「ダフネちゃんっ……！」

地面に腰を下ろしたまま、リュー達の激闘を眺めるカサンドラが涙を流し、ボロボロのダフネの体を抱きしめる。

暴君のごとき『最悪の命令』はこのためだった。

第一級冒険者という戦力を縫い止めて時間を稼ぐのではなく、ヘグニの力を少しでも削り、味方に託すため、ダフネ達は自ら地獄に落ちて斬られ続けたのだ。

（馬鹿な――!?）

常のヘグニならば、『呪武具《カース・ウェポン》』の乱用などという愚《ぐ》は侵さなかった。

だが椿との激戦から始まり、【フレイヤ・ファミリア】の中で誰よりも派閥連合の主戦力と戦っていた彼は、無自覚のうちに逸ってしまったのだ。

脅威でしかない『クロッゾの魔剣』、Ｌｖ.５の鍛冶師をＬｖ.６へと押し上げる反則の『階位昇華《ひかり》』、そして往生際が悪過ぎるダフネ達右翼パーティ。

何か間違いが起きれば『傷を負う』と派閥連合の底力を肌で感じてしまったからこそ、ヘグニは自分でも気付かないほど前のめりになり、殲滅を急いでしまったのである。

繋がっている。

全て、繋がっている。

総指揮官《リリ》の戦略を汲み取り、副指揮官《ダフネ》が策を広げ、椿《ツバキ》達が最後まで奮闘し、惨めにあがき続けた眷族達の『勝利の意志』は——全てこの瞬間に繋がっている。

「これが純粋な一対一だったなら、勝負はわからなかっただろう」

振り抜かれる高速の斬閃。

握力を失った手の中から、とうとう剣を弾き飛ばされたヘグニが、時を止める。

「だが、今は私達が勝たせてもらう!!」

雄叫《おたけ》ぶとともに——トンッ、と。

剣先がヘグニの胸部に押し当てられる。

右腕、そして星剣に付与した紅炎の最大展開。

リューは莫大な魔力とともに、その『必殺』を叫んだ。


「炎華《アルヴェリア》!!」


炸裂。

「がァああああああああああああああああああああ!?」

零距離《ゼロ》から放たれた紅蓮の爆砕に、ヘグニの体は翔《と》んだ。

焼かれ、砕かれ、舞い、重力に摑まれ、瓦礫と化した遺構に背中から叩きつけられる。

煙を上げる四肢。
焼け落ちた戦闘衣《バトル・クロス》。
意識を断たれた双眸《そうぼう》が、前髪に隠れる。
戦場に空白が刻まれた。
第一級冒険者の打倒。
Ｌｖ．６の落星。
決してあり得る筈のなかった、最強の牙城に生じた『罅』。
誰もが立ちつくし、声を失い、動きを止める。
次の瞬間。

『撃破ァァァァァァァア!!　【黒妖の魔剣《ダインスレイヴ》】撃破ァァァアアアアアアアアアアアア!!』

山を越えた迷宮都市《オラリオ》が、灼熱《しゃくねつ》の壺と化した。
『撃破ッ、撃破ァ⁉　は、ちょ、えええええええっ⁉　Ｌｖ．６を撃破ァァァ⁉　なんだソレ意味がわかんねえええええええええ⁉　すげえええ!!』

絶叫を上げながら混乱に陥るイブリは、とにかく叫びまくった。

喉《のど》が嗄《か》れようが知ったことかと言わんばかりに実況席から身を乗り出し、叫喚を撒き散らす彼の姿に、民衆が続く。冒険者が続く。神々が、吠えまくる。

『────────────────────────ツッッ!!』

都市が震えた。

空を驚天させ大地を動かす。

燃え盛る叫喚がありとあらゆる者に火をつけ、『世界の中心』が爆発したと、飛び上がる周辺諸国に錯覚をもたらす。

「討《と》っったぁ!! 討《と》っっったぁぁぁぁぁぁぁ!?」

『鏡』に目を縫い付けたまま、少女《アイズ》の両肩を摑んで、ガクン！　ガクンッ!!　と。

前後に揺らしまくるティオナが、暴走する金の長髪に構わず熱狂する。

「【黒妖の魔剣《ダインスレイヴ》】をブチ抜いたぁ!!」

その隣で、飛ぶように立ち上がった姉のティオネが興奮の奴隷と化す。

「【フレイヤ・ファミリア】の幹部を……！」

成し遂げられた第一級冒険者の打倒に、リヴェリアとガレスがあらん限りに目を見開く。

「──それでいい」

そしてフィンは。

かすかに過ぎずとも繋がった勝機に、この『采配《さいはい》』をもたらした少女へ微笑を送る。

『『『うぁあああっ!?』』』

都市中央にそびえたつ神塔《バベル》は語彙力《ごいりょく》を失った。

男神も女神も、美神《フレイヤ》を応援する者もそうでない者も、とにかく立ち上がって飛び上がり、隣にいる神とかじりつくように抱き締め合いながら、震動に包まれる『鏡』を凝視する。

都市が、激震する。

誰がどう見ても敗北必至の盤面、そこに降った『正義の流星』に、オラリオ全土が燃えつきることを知らない紅蓮の大渦と化す。

「よっしゃッこらぁああああああああああああァーーーーーッッッ!!」

その中で天へ突き上げる両拳《ガッツポーズ》を決めるのは、リリ。

勇者《フィン》に言い渡されていた勝利するための『必要最低条件』──『第一級冒険者の撃破』を満たした小人族《パルゥム》の少女は、状況も忘れて猛りに猛った。

強靭な勇士《エインヘリヤル》でもなく、満たす煤者達《アンドフリームニル》でもなく。

第一級冒険者の陥落。

それこそが戦術的にも戦略的にも必須の、絶対の要素《ファクター》。

そう、求めていた『一人』。指揮官《リリ》が狙い続けていた『第一級冒険者《ヘグニ・ラグナール》』。

椿《ツバキ》達とダフネ達の奮闘が布石となった『形』にして『仕込み』。

そして最後の一手を、駆け付けたリューが担ってくれた。

決して偶然の産物《ラッキー・パンチ》などではない。絶望に殺されていたリリ達があがきにあがき抜き、全員で手繰り寄せた『希望』だ。

「流れが変わる……！　これで、流れが変わる‼」

たかが一勝。

だが派閥連合にとって何よりも大きく、【フレイヤ・ファミリア】にとって何よりも重い一敗。兵ではなく、無二の『将』の打破は必ず波乱を呼び込む。

都市とは打って変わって静まり返る『主戦場』では、ガリバー兄弟を始め、連合の左翼を相手取る強靭な勇士達《エインヘリヤル》が呆然と立ちつくしていた。

「ヘグニさまが……………やられた？　────馬鹿なっっ⁉」

士気が乱れる。その衝撃はたとえ軍師《ヘディン》がいたとて食い止められるものではない。

『主戦場』南東にいる彼等以外、リューの砲撃によって強靭な勇士達《エインヘリヤル》は壊滅している。動揺はたちまち広がり、女神が据わる本陣にも伝わるほどだった。

「へ、ヘイズ様っ⁉」

「ヘグニ様が⁉　いったい、どうすれば────⁉」

満たす煤者達《アンドフリームニル》も同じである。

女性のみで構成された治療師《ヒーラー》と薬師《ハーバリスト》の部隊から、惑乱の声が溢れ出していると、

「────黙りなさい‼」

「「‼」」

ヘイズの一喝が、その混乱を速やかに抑え込んだ。

「我々は満たす煤者達《アンドフリームニル》！　死する勇士を満たし、癒《いや》す者！　際限なく、何度でも!!　いくら勇士達が倒れようが傷を埋め、叩き起こし、戦場に送り出せばいいだけの話！」

普段の温厚な少女ではなく、女神を崇《あが》める苛烈《かれつ》な魔女の顔となって、戦場を呑み込もうとする動揺を封殺する。

「ヘグニ様は私が癒します！　彼はすぐに立ち上がる！　副官達《ロナ》は他の強靭な勇士《エインヘリヤル》を！　我々の勝利は盤石、うろたえる必要などありません！」

「「は、はい！」」

ヘイズの叱咤《しった》を受け、癒し手の少女達は何とか平静を取り戻した。

魔法や道具《アイテム》、治療師《ヒーラー》と薬師《ハーバリスト》が協力し、治療の準備を急ぐ。

（派閥連合、それに【疾風】!!　やってくれる！　ですがそれでも、ヘグニ様がやら、やられた、だけ！　たとえ士気に影響が出ようとも、戦況は疑いようもなく、未だ我々の圧倒的優勢!!）

心中で苦虫を嚙み潰したような顔を浮かべながら、それでもヘイズは切り替えた。

リューの砲撃に巻き込まれた仲間の治療は終わっている。ここから満たす煤者達《アンドフリームニル》の全能力《フルメンバー》で戦線を立て直せばいい。長年『戦いの野《フォールクヴァング》』を支え続けてきた彼女達にはそれができる。

そしてそれは、リリが呻くほどの痛恨の極《きわ》みである。

序盤でヘイズ達を一掃できなかった痛手が重く響き、大火《たいか》に至る前の波乱を鎮めんとする。

「流れなど決して変えさせない！　貴方達に『希望』など与えるものか！」

女神への忠誠を胸に、少女は倒れたヘグニのもとへ向かおうとした。
その時だった。
「きゃあああああああああああああああああ⁉」
『轟音』が満たす煤者達《アンドフリームニル》を襲ったのは。
ヘイズもそれに巻き込まれた。
「──うあっ⁉　…………えっ？」
砲撃された。
魔法の雨が着弾し、肌を焼かれ、損傷《ダメージ》を負う。
満たす煤者達《アンドフリームニル》ごと、ヘイズは狙撃《そげき》されたのだ。
それはいい。
よくはないが、そこまではいい。
問題は、砲撃の方角が自分達の後方ということ。
自分達を襲ったのは、雷の弾丸だったということ。
（…………は？）
敵なんていない、警戒なんて払う筈がない、自分達の後方を。
『本陣』の方角を、ヘイズはゆっくりと、ぎこちなく、振り返った。
そこに立っているのは、一人の白妖精《ホワイト・エルフ》。
当然のようにそこにいる、長刀《ロンパイア》を持ち、片腕を突き出した軍師。

ヘディン・セルランド。

遠すぎず、近すぎず、最大効果を発揮する『射程距離内』にヘイズ達を置いて、彼自身が、砲撃していた。

（……………………………………………………は？）

ヘイズは頭が真っ白になった。

その情報を永遠に処理できない少女に向かって、ヘディンが告げるのは、ただ一つ。

「【永争《えいそう》せよ、不滅の雷兵】」

仮借なき『掃滅宣言』である。

「【カウルス・ヒルド】」


『えええええええええええええええええええええええええええええええええええっ⁉

エエエエエエエエエエエエエエエエエエエエエエエエエエエエエエエエッ⁉』

イブリの絶叫が止まらない。

都市全ての者の心の声を代弁する彼は、魔石製品である拡声器《マイク》を取り落としそうになった。

『待って待ってっ、ほんと待ってぇぇぇえええ‼　頭《あたま》整理できないマジでなに起きてんのホントお願いだから待ってぇぇぇぇぇぇぇぇぇぇ⁉』

満たす煤者達《アンドフリームニル》に降りそそぐ雷の猛弾幕を視認し、都市が再三爆ぜる。

【黒妖の魔剣《ダインスレイヴ》】の撃破だけでも熱狂の極致だったというのに、立て続けに起こった【白妖の魔杖《ヒルドスレイヴ》】の『理解不能な行動』が頭の処理上限を超過した。

破裂《パンク》しようかという情報量に誰もが状況を判断できない。

民衆はまず『神の鏡』の故障を疑った。神々はそんなわけあるかと叫んだ。

冒険者達はつまりこれは現実であると理解して、結局、『大混乱』が巻き起こる。

『誤射⁉　【白妖の魔杖《ヒルドスレイヴ》】の失策⁉　敵と味方を撃ち間違えた⁉　いや、でもっ、今もバンバン撃ってっ……あぁぁぁぁもぅわかんねぇええええええええっっ…………‼　助けてくださいっガネーシャ様‼　アレはいったい何が起こってるんですかぁ⁉』

『アレはガネーシャですかああ⁉』

『もうどうすんだよコレえええええええええええええ⁉』

収拾がつかない。

実況《イブリ》も解説《ガネーシャ》も役に立たず、戦場の光景に翻弄されるだけの騒音発生器と化す。

神々も含め、オラリオで呆然と観戦する者達の脳裏には、『一つの言葉』が過ってはいた。

だが、信じられる筈もなかった。

主神に忠誠を誓う美神の派閥《フレイヤ・ファミリア》にだけは、その事態は絶対に起こる訳がないからである。

「……裏切り……？」

中央広場の群衆の中で、誰かがその単語を呟いた。

その一言は次第にざわめきへと変貌し、やがては凄まじい荒波となる。

「【白妖の魔杖《ヒルドスレイヴ》】が裏切った⁉」

「そ、造反⁉」

「嘘だ！」

「馬鹿を言え‼」

「ありえる筈がない！　だって、彼は――忠誠の鑑《ヘディン・セルランド》だぞ⁉」

悲鳴の中心はエルフ達。

冷酷であり苛烈であり、そして誰よりも忠義に厚い白妖精《ホワイト・エルフ》の謀反《むほん》など、現実を目の当たりにしても信じられない者が続出する。

「【アポロン・ファミリア】の時と同じ⁉」

強い既視感とともに、民衆は思わずその言葉を叫んでいた。

（――違う）

一方で、リリは否定する。

信じられない光景を目にし、何度も目を疑いながら、それでも少女は『否《いな》』と断言する。

【アポロン・ファミリア】との戦争遊戯《ウォーゲーム》でもあった『裏切り』がまた起こった――オラリオにいる民衆や、派閥連合の冒険者達の脳裏にはその言葉がちらついているかもしれない。

だが違う。それは断じて違う。

あれはリリが『変身魔法《シンダー・エラ》』を用いた戦略だった。小人族《パルゥム》のルアンは裏切ってなどいない。

だから、この光景はかつての戦争遊戯《ウォーゲーム》の焼き直しではない。

だから、これは、本当の──『乱心』である。

「ベル様のおっしゃっていたことが、本当に……？」

唖然と呟きをこぼすリリの意識は、数時間前へと飛んだ。


「ねぇ、リリ……聞いてくれない？」

戦争遊戯《ウォーゲーム》開戦前。

派閥連合を鼓舞し終えたリリに向かって、白髪の少年は意を決したように切り出した。

「師匠《マスター》は……ヘディンさんは、僕達に力を貸してくれる……ような気がする」

リリはおろか、周りにいたヘスティア達も驚く中、彼は自分の感じていたことを語った。

「『魅了』で世界が変わって、追い込まれていた時……師匠《マスター》は僕をボロクソにしながら、助けてくれていた気がするんだ」

「ボロクソにはされてたんですね……」

「まぁ、うん………え、えっと、とにかく！　あの人は『美神の派閥《フレイヤ・ファミリア》のベル・クラネル』じゃなくて、『本当の僕』に向けて語りかけてくれていたっていうか……！」

──お前が異端でいようがいまいが、関係ない。

──進め。立ち止まることは許されない。

自分自身を見失いかけていた少年《ベル》にかけられたという言葉。

そして黄昏の『戦いの野《フォールクヴァング》』で、残照を背に浮かべたという幻のような小さな笑み。

酷烈な『洗礼』を与え続けていたヘディンは、あるいは不出来な弟子へそうするようにどこ、かへ導こうとしていたような気がした、とベルは曖昧《あいまい》な言葉でそう表した。

「師匠《マスター》は、ヴァンさんやアレンさん達とは何かが違ってたような気がして……いやそれでも僕達の味方になるのは違うっていうか、ありえないとは思うんだけど……」

荒唐無稽な『想定』に対し、うつむいて、散々言いあぐねた後、ベルは顔を上げた。

「……もしかしたら、シルさんとデートをする前から……師匠《マスター》は、『あの人』のためだけに行動してたんじゃないかって……今は、そう思ってる」

だから師匠《マスター》は僕達を利用して、力を貸してくれるかもしれない――。

師の胸中を推し量れない弟子が、それでも信じるように、ベルはそう言ったのだ。

それは決して当てにしてはいけない『もし』だったため、リリは総指揮官として鵜呑《うの》みにするわけにはいかなかった。だから「『そのようなこと』が起きる可能性は限りなく低い」と告げたのだ。ベルも納得していて、少しだけ心の隅に留めておいてほしい、とだけ笑っていた。

「そんなベル様の予感が、当たった……？」

記憶の海から意識を引き上げたリリは、愕然と前方を眺める。

満たす煤者達《アンドフリームニル》を狙って今も飛び交う雷弾の雨。距離がかけ離れた墳墓からでも確認できるそれは、ベルの『もし』が現実となった証明不要の光景。

ヘディンの思惑などわからない。真意も真偽も闇の中のまま。

だが、厳然たる事実だけ切り取るならば、第一級冒険者ヘディン・セルランドは――

「――派閥連合に寝返った⁉」


「ぁぁぁぁぁぁァアアアアアアアアアアアアアアアアアアアアアアッ‼」

悲鳴とも怒号とも知れない絶叫を、ヘイズは空に打ち上げた。

降りそそぎ続ける雷弾の一斉射。感電しては吹き飛ばされる治療師《ヒーラー》と薬師《ハーバリスト》が次々と大地へ崩れ落ちる中、彼女だけは全身を震わせ、感情という感情を激した。

「一体、何をッッ‼　何をしているのですか、ヘディン様ぁ‼」

焼け焦《こ》げた自身の体に『高速回復』を執行し、一条の雷弾を長杖《ロッド》で薙《な》ぎ払いながら、視線の先の人物を睨《にら》みつける。

「味方である我々を狙って、正気なのですか⁉」

少女の怒りを示すように、髪留めを失った長い薄紅色の髪が波打つ中、召喚した七十八の雷兵《まほうだん》を一度撃ち切ったヘディンは、平然と答えた。

「正気だとも。この私が誤射などするわけがあるまい」

「ッ……⁉」

「私は自らの決断で、貴様等の殲滅を決めた」

彼の意志を物語るように、足もとで展開されている魔法円《マジック・サークル》から新たな魔力が立ち昇る。

眼鏡の奥の珊瑚朱《さんごしゅ》色の瞳に狂乱の色は見られない。ヘイズもよく知る賢者のごとき理知の眼差しをもって、ヘディンは正常に『蛮行』に及んでいる。

次は百に及ぶ白雷が宙に浮かび、再びこちらを照準する中、少女は拳を震わせた。

「フレイヤ様を、裏切るというのですか⁉　忠臣である貴方が⁉　たとえ世界が敵に回っても、団長と貴方だけはあの方を守り続けると、そう信じていたのに！」

「貴様の勝手な定規で私を計るな、阿呆。反吐《へど》が出る」

叫び散らすヘイズに、ヘディンは心底くだらなそうに物言う。

「それに私は、フレイヤ様を奸計《かんけい》に嵌《は》めるつもりなど毛頭《もうとう》ない」

「なっ……⁉」

「私は『忠義』のために罪を犯す。そう言っているのだ」

そして、今のヘイズでもわかるように、単純《シンプル》に言い換えた。

「あの女……神々の娘《ヘルン》と同じように」

「――――」

それはヘイズの同僚の名。

本人がどう思っているかは知らない。けれどヘイズは不器用な子だと辟易し、時には面倒を見て、時には共感し、少ない『友』だと思っていた『裏切り者』の名前。

「……貴方もっ……貴方までっっ!!」

友《ヘルン》が女神を裏切ったと知った、当時の感情が蘇《よみがえ》る。

ヘルンと同様の所業を働く背神者《はいしんしゃ》。

そう認識した瞬間、ヘイズは迷いなど捨て、烈火の怒りを抱いた。

「恥を知れ、逆賊!! フレイヤ様の神意こそ絶対!! それに背《そむ》いておきながら、どの口が忠義を語る!?」

「狂神者《きさまら》との会話は疲れる。そして時間の無駄だ。──寝てろ」

にべもなく再開される雷の乱射。

もはや立つものはヘイズしかいないにもかかわらず、凄まじい雷撃が降りそそぐ。

連続の被弾を重ね、全身が焼かれては抉《えぐ》られ、時には四肢が千切れかけるも、肌の表面に浮かぶ光の文様が、たちまちヘイズの損傷《ダメージ》をなかったことにしていく。

「そんなもの!!」

「【アース・グルヴェイグ】! 第一級冒険者といえど、私を殺しきることなどできない！私はヘイズ・ベルベット──フレイヤ様から黄金《おうごん》を賜《たまわ》りし魔女!!」

まさしく黄金の魔力光を放ちながら、底無しの再生効果《リジェネレーション》がヘイズを癒やし続ける。

『クロッゾの魔剣』をしても打ち破れなかった『自動治癒《オート・ヒール》』。Ｌｖ．４の魔法でありながらヘディンの猛射《カウルス・ヒルド》を耐え凌ぐ効果は脅威の一言で、まさに規格外と言えた。

「私がいる限り、強靭な勇士《エインヘリヤル》も満たす煤者達《アンドフリームニル》も死なない！　フレイヤ様は、私が守る!!」

怒りで頭を沸騰《ふっとう》させながら、ヘイズは猛った。

何度も雷弾を浴び、体をよろめかせ、しかし足を踏み出し、前進を試みる。

「騒ぐな、豚《ぶた》」

「なっ――」

だが。

つくづくくだらなそうに、ヘディンは口を開いた。

「殺しきれない？　馬鹿め、貴様の『魔法』は永遠などではなく、有限だ」

説《と》くのも面倒臭い。

表情にそうありありと浮かべ、砲射を継続しながら、言葉を続ける。

「魔法の行使には精神力《マインド》が必須。誰でも知っている事柄だ」

ヘイズの精神力《マインド》保有量は、同じＬｖ帯の治療師《ヒーラー》や魔導士とは一線を画している。

聖女《アミッド》にも勝る超持続的な回復量こそが、派閥連合を苦しめた原因の一つでもある。

しかし。

「私の精神力《マインド》と貴様の精神力《マインド》、どちらが上だと思っている？」

「――――」

ヘディン・セルランド。

都市最強魔導士《リヴェリア・リヨス・アールヴ》が認めるほどの、都市最大の精神力《マインド》総量を誇る魔砲剣士。

灼熱の怒りに燃えていた頭へ、冷水を浴びせかけられたヘイズの時が、凍結する。

「どちらが先に力尽きるかなど、語るまでもないだろうに」

加速する一斉射撃。

ヘイズの回復量を上回る怒涛の砲撃群。

癒やし、回復し、復元し、それでも雷の矛先に貫かれ、稲妻に焼かれ続ける。

ヘイズの黄金《まほう》が軋み、呻いて、前進が止まり、とうとう膝が大地につく。

電撃の飛沫に間断なく襲われるヘイズは、衝撃に翻弄される中、見た。

視界の奥、容姿端麗のエルフが浮かべる、侮蔑の表情を。

「貴様の『黄金』は女神の成り損ない――神々の娘《ヘルン》にも劣る」

心奥に抱いている神々の娘《ヘルン》への嫉妬《しっと》を暴き、痛烈に皮肉るエルフに、少女は目をあらん限りに見開いて、絶叫を上げた。

「うああああああああああああああああああああああああああああああ!!」

雷光。

粉砕。

酷烈な砲撃が止んだ後、大地に横たわるのは、永遠ではなくなった『黄金の残骸』だった。

「ヘディン・セルランド……！」

リューは驚愕をあらわにしていた。

一瞬だった。

黒妖精《ヘグニ》を撃破した直後、速攻のごとく稲光が展開し、満たす煤者達《アンドフリームニル》を全滅させた。

まさかの事態に数瞬の間、動きを止めていると、

「【疾風】！　貴様はここより北西に向かえ！」

魔女《ヘイズ》を下したヘディンから、何と指示の声が飛んできた。

「この先の円形劇場で愚兎《ぐさぎ》……【白兎の脚《ラビット・フット》】がオッタルと戦《や》り合っている！」

「！」

「あれ一匹ではどうにもならん！　お前が何とかしろ！」

比較的近い位置にいるリューへ、同胞の軍師は淀《よど》みなく指図《さしず》する。

一驚も束の間、リューは言い返していた。

「敵対派閥《フレイヤ・ファミリア》の言うことを聞けというのか！　貴方が離反したことを信じろと？」

「貴様等にとって厄介な治療師《ヒーラー》どもは片付けた。これ以上、まだ証《あかし》が必要か？」

そう言うなり、肩先に浮かんでいた一発の雷弾──『待機状態』にあった魔法を放つ。

狙ったのはリュー、その背後。忍び寄っていたボロボロの獣人が「ぐぁ⁉」と言って倒れ伏す。味方を盾にして、広域砲撃《ルミノス・ウィンド》から何とか生き残っていた強靭な勇士《エインヘリヤル》である。

自分を守った無駄のない早撃ちに、リューは今度こそ瞠目した。

「……現実を受け止めかねている。動揺していると言っていい」

「私からすれば貴様の方が十分異常事態《イレギュラー》だ。おかげで『計画』を前倒しする羽目になった」

大きく跳躍し、一定の間合いを残してヘディンと対峙する。

言葉とは裏腹に、二人の白妖精《ホワイト・エルフ》は冷静に胸の内を明かした。

「が、前倒しするだけの価値と意味ができた」

「……」

「利用してやる。貴様も私を利用しろ」

「……一つだけ聞かせてください。何故、このような真似《まね》を？」

ヘディンが告げる答えは、ただ一つ。

「決まっている──『主《あるじ》』のためだ」

空色の瞳と珊瑚朱色の瞳が、視線を交わす。

同じ金の長髪が、砂埃《すなぼこり》を含んだ戦場の風に揺れた。

間もなく、リューはその同胞の瞳を信じることにした。

「ベルのもとへ行きます。これから貴方は？」

「貴様の風より、私の雷《いかずち》の方が殲滅効率に長ける。一通り掃除をしてから後を追う。行け」

背を向けて、ヘディンは魔法円《マジック・サークル》を展開する。

もうリューのことなど見ず、内に秘める決意を漏らした。

「愚かな行いを犯したのは私。女神の足もとを汚《よご》し、罪を重ねるのも、この罪人《わたし》だ」

誰にも譲らない。

そう言外に告げて、ヘディンは【フレイヤ・ファミリア】本陣に向けて砲撃を開始する。

「がぁぁぁぁ⁉」

「へ、ヘディン様っ、一体何をっ――⁉」

「うあああああああああ⁉」

待機していた強靭な勇士《エインヘリヤル》達が閃光の雨に射貫かれていく。

島の最西端『神の家』が存在する神殿区域に主神《フレイヤ》を残し、本陣を移動させているとはいえ、躊躇など捨てた掃射。派閥連合と同じく残されていた【フレイヤ・ファミリア】の予備戦力は、日の目を浴びる機会もないまま一掃されていった。

石畳が爆砕し、電撃の嵐が周囲一帯を襲う。

「フ、フレイヤ様ぁ⁉」

「ヘディン様が、本陣に攻撃を！」

その異変は直ちにフレイヤのもとに伝わった。

駆け込んできた護衛達の報《しら》せに、女神は愕然とした表情を浮かべる。

「っ……？　ヘディン……？」

それはフレイヤにとっても予想外の出来事だった。

フレイヤでさえ、ヘディンの『忠義』を疑っていなかったからだ。

戦争遊戯《ウォーゲーム》前、神の眼を前にしても、ヘディンの忠義に『嘘』なんてなかったのだから。

「許しは請いません、フレイヤ様」

今、女神が浮かべているだろう顔を思い浮かべ、ヘディンは呟いた。

僅かに細めた双眸に愚かな感傷を隠しながら、誰よりも気高く戦場を見据える。

「これは私のエゴ。罪人の烙印《らくいん》と引き換えに――貫かせてもらう」

ヘディンの『覚悟』とともに、砲撃は激化した。

敵味方関係なく、目を剝くほどの雷襲。

【フレイヤ・ファミリア】本陣、そして左翼。

『主戦場』を全て射程圏内に収めた『掃討《そうとう》』が、戦況なんてものを無茶苦茶にした。

「「「何をしている、ヘディン!!」」」

押し寄せる魔法弾を全て回避し、得物で打ち落としながら、ガリバー四兄弟は激昂した。

「ぐぁぁぁぁぁぁぁぁぁぁ……!?」

間断ない脅威になす術なく、強靭な勇士《エインヘリヤル》はばたばたと倒れていった。

【フレイヤ・ファミリア】のみを射抜く超精密射撃、そして凄まじい破壊力の前に、Lv．3以上の冒険者だろうと再起不能に陥っていく。彼等を蘇らせる満たす煤者《アンドフリームニル》達はもういない。復活の加護を失った彼等彼女等は既に一介の冒険者へと成り下がっている。

あれほど派閥連合を苦しめた『最強の陣形』が、見る見るうちに溶けていった。

風に乗って伝わる悲鳴と怒号に対し、ヘディンは答える代わりに、独白する。

「私は、これが最強の布陣だと確かに言った」

——私の声が届く範囲で、手足のごとく眷族どもが動く。

——この方法が最も効率がいい。この陣形が、最も強い。

それはヘディン自ら口にした言葉。

『個』の能力が突出した強靭《エインヘリヤル》な勇士を、絶対的な頭脳《ブレーン》が手足のごとく動かす。それは確かに、『組織』の力に秀でた【ロキ・ファミリア】でさえ凌駕《りょうが》するほどの破壊力を秘めている。

しかし。

「だが、指揮官《わたし》が倒れる、あるいは裏切った場合――『最弱の布陣』に成り下がる」

裏を返せば、この【フレイヤ・ファミリア】の陣形は、【ロキ・ファミリア】における勇者《フィン》以上に、ヘディンに依存し過ぎている。

つまり頭脳《ブレーン》に何らかの『支障』が発生した場合、瞬く間に瓦解するのだ。

指揮系統は既にないも同然。戦闘に特化し過ぎた強靭《エインヘリヤル》な勇士は右往左往し、そこへ盤面を正確に把握しているエルフの狙撃が、冷酷なまでにそそぎ込まれる。

「この光景に、何ら不可思議な点はない。当然の帰結だ」

この戦争遊戯《ウォーゲーム》で最大の『魔法火力』を持つのは誰か？

ヘディンだ。

この戦場において『最長の射程』を有するのは誰か？

ヘディンだ。

この戦いで、何者よりも敵味方の配置を網羅し、戦況を掌握しているのは、一体誰か？

全て、ヘディンだ。

『ヘディン・セルランドの離反』だけが、この戦場を取り返しのつかない混沌に陥れる、唯一の『戦略』である。

「精神力《マインド》は温存してある。安心しろ、一人残らず殲滅してやろう」

『第一級冒険者の陥落』は万軍の士気を挫く。

ならば『第一級冒険者の裏切り』は？

簡単だ。

絶望である。


「傾いた！」

フィンは目を見開いた。

「傾いた⁉」

ヘルメスは度肝を抜かれた。

『傾いたぁぁぁぁぁぁぁぁぁぁ‼』

イブリはやはり、大音声を放った。

『天秤《てんびん》が！　【フレイヤ・ファミリア】圧倒的優勢だった戦況が‼　一人の鬼畜エルフによっ

て、間違いなく傾《かたむ》きましたあああああああああああああああああ!!』

火蓋《ひぶた》を切った壮烈な砲火。

もはや『主戦場』を覆いつくす勢いの爆撃に次ぐ爆撃。不断の砲撃《カウルス・ヒルド》が生み出す圧倒的な蹂躙を観測し、迷宮都市は三度の震撼《しんかん》に包まれる。

それは素人目《しろうとめ》に見ても、あの最強の派閥《フレイヤ・ファミリア》が痛手を被ったと知れるほどの光景だった。

この局面は勇者《フィン》でさえ想定外、神《ヘルメス》も読めなかった。

当然だ。主神であるフレイヤもまた、こんな事態、疑いすらしなかったのだから。

しかし、どうであれ戦況は確然と動いたのだ。

「残ってる戦力は五分《ごぶ》、とは言うまい！『白黒《はっこく》の騎士《アンドフリームニル》』を除いた第一級冒険者達、主要戦力は健在だ！　だが、強靭な勇士《エインヘリヤル》と満たす猛者達の撃破は、フレイヤ様に後がなくなったことも意味する……！」

歓声と罵声が飛び交う『バベル』で、ヘルメスは『鏡』に向かって思わず前のめりになった。

派閥連合も多くの主神が脱落し、残っているのは【ヘスティア・ファミリア】、【ミアハ・ファミリア】、【ハトホル・ファミリア】、【プルートス・ファミリア】の僅か四派閥のみ。戦闘続行可能な眷族も三十を切っている。既に連合軍とは名ばかりで、壊滅間近と言っていい。

だが【フレイヤ・ファミリア】もまた、アレンに率いられる東の部隊、そして『神の家』の護衛部隊を除けば強靭な勇士《エインヘリヤル》がほぼほぼ全滅。ガリバー四兄弟の麾下《きか》にいる団員が、今も砲撃から逃げ惑っている。

極論、残る部隊《パーティ》が第一級冒険者《オッタルたち》を足止めし、『神の家』に攻め込む戦力を捻出《ねんしゅつ》できれば、派閥連合は守りが手薄となった女王《クイーン》に迫ることができるだろう。

「先程までとは違う！　紛れもない勝ち筋が存在する!!」

『鏡』に映る白妖精《ホワイト・エルフ》の横顔を見つめ、神は喝采《かっさい》を叫ぶ。

一方、【ロキ・ファミリア】本拠《ホーム》でフィンもまた同様の感想を抱いていた。

「オッタルとアレンが離れているのが大きい……！」

長椅子《ソファー》の上で、言葉の端々に興奮を滲ませる。

【フレイヤ・ファミリア】の団長《ナンバーワン》と副団長《ナンバーツー》。この二人が連携すれば、たとえヘディンが離反したとしても鎮圧されていただろう。都市最強と都市最速、彼等がかけ合わせる『力』と『速度』はそれほどまでのものだ。

だが、他ならぬヘディンの指示で、アレンは今、島の東端にいる。

隊列に置き換えるならば、これ以上なく縦長に伸びている。ましてや都市遺跡北西で戦うオッタルとの距離は、都市最速をして瞬時に埋め合わせられるものではない。

「アレンに神々を狙わせることで、距離と時間を稼いだ！　『肉を切らせて骨を断つ』……不発に終わった筈のリリルカ・アーデの作戦を、乗っ取った!!」

その『略奪』は外から盤面を俯瞰するフィンをして唸《うな》らせる。

そして『ふざけんな』と憤慨するのが、作戦をまんまと略奪された当事者である。

「なんなんですか、もーッ!!　全部いいとこどりしてぇーーーー!!」

墳墓の上で、リリはキーキーと喚いていた。

当然である。緊張と重圧に殺されかけながら、熱が出るほど考え抜いた作戦が、あっさりと取り込まれたのだ。自分ができなかったことを難なくやってのけられたことも含め、敗北感と劣等感が小さな体の中で負の螺旋《デス・スパイラル》を描き大爆発《ボンバー》する。

「何が潔癖で高潔なエルフですか！　超腹黒鬼畜エルフじゃないですかー!!」

止まらない地団駄《じだんだ》。振り回される手足。

そんなふうにリリが涙目で叫び散らしていると、

「――などと抜かしてるのだろうが、勘違いするな」

小人族《パルゥム》の少女が泣き喚いていることを見越し、ヘディンは呟いていた。

「全て貴様の手柄だ。貴様の采配《さいはい》が優れていた。誇れ、私が流用するのに十分だった」

配置、指揮、戦術が巧みだったからこそ、ヘディンはリリの作戦を乗っ取ることができた。

厳密に言うならば、乗っ取る価値があると判断した。

リリがいたからこそ、現在の形勢に繋がったのだ。

「も～～～～～っ!!　春姫《ハルヒメ》様、アイシャ様！　戦闘娼婦《バーベラ》と一緒にもっと下がってください！

敵なんて無視無視無視っ、無視です！　砲撃の盾として利用されます！」

『は、はいっ、リリ様！』

『わかってるよ！　こんな馬鹿げた魔法に巻き込まれてたまるか！』

その証拠に、リリは魔道具《マジックアイテム》による通信で的確な指示を出している。

ヘディンの離反が表面化する前からだ。

現に、強靭な勇士《エインヘリヤル》達は連合の冒険者を捕まえて『盾』にすることすらできていない。

アイシャ達はいつの間にか左翼から離脱しており、春姫《ハルヒメ》達予備隊と完全に合流、なんと墳墓正面に再集結しようとしていた。もとは全滅した椿《ツバキ》達、中央部隊がいた地点《ポイント》である。

そしてそこは、ヘディンの『射線』を妨げない位置。

「手際がいいな。だが、それでいい」

敵指揮官《リリ》はいち早く状況を先読みし、ヘディンの離反に備えていたのだ。

正確には、他ならぬヘディンがそうなるよう仕向けた。

あらかじめ合図《サイン》は出していた。

【フレイヤ・ファミリア】本陣の位置を必要以上に上げ、満たす煤者達《アンドフリームニル》に近付き、現場にいる指揮官同士にしかわからない『離反の可能性』を暗号のごとく、ほのめかしていたのだ。

まともな面識などない敵指揮官《リリ》の能力を見込んで、ではない。

彼女の背後にいる『腐れ勇者《フィン》』の影を信用したが故である。

「あの勇者《ゆうしゃ》に入れ知恵されたのなら、気付くだろう」

ヘディンはここでも利用したのだ。

喫茶店《ウィーシェ》でフィンがリリを教導するという情報を。

決してフィンと示し合わせたわけではない。ヘディンの独断だ。そもそも敵も味方も騙《だま》さなくては成功しなかった『離反計画』を共有するわけがない。鼻の鋭いアレン達はヘディンとリリが水面下で繋がっていたのなら、必ず見破っていただろう。

だから『鏡』の向こうで、小人族《パルゥム》の勇者は全てを察し、一人笑みを浮かべていた。

（リリルカ・アーデ……恐らくは私が精神力《マインド》を温存していた理由を起点に、『離反』の可能性に勘付いた）

ダフネやリリの驚愕を奪った最初の一射以外、ヘディンは故意に砲撃を控えていた。

その後の蹂躙はヘグニ達に任せ、この時のために精神力《マインド》を溜めていたのだ。

リリは何時《いつ》また放たれるやもしれない砲撃に怯えながら、しかし一向に再開しない様子に、違和感を覚えたのだろう。彼女は全ての要素を組み合わせ、こちらの『目的地』を察した。

絶大な重圧と戦いながら、それでもヘディンを利用するために、、、、、確証のない推測に備えていたのである——ヘディンは与り知らないことだが、リリが決断に至れたのは少年の『助言《ベル》』という最後の決め手があったが故でもある——。

「合格だ。認めてやる。小人族《パルゥム》、お前は能《のう》を有している。あの愚兎《ぐさぎ》よりよっぽど要領がいい」

少年が聞けば泣き崩れるだろうヘディン最大の賛辞を送りながら、眼鏡の位置を直す。

リリだけでなく、急遽方向転換《きゅうきょ》を命じた主《フレイヤ》の神意も、無礼と思いながらも利用した。

あれのおかげで都市最速《アレン》を『主戦場』から遠ざけられたようなものだ。ヘディンの指示では反感を招き、あるいは最悪、造反を疑われていたかもしれない。

【疾風】の援軍も含め、雪崩《なだ》れ込んできた『機』の全てを、ヘディンは見逃さなかった。

膨大な選択肢を取捨選択し、現在の戦況をものにしてみせた。

「この瞬間のためだけに、派閥連合の大半を贄《にえ》にした。被害を計算しても状況は未だ不利」

相応の賭《か》けだ。

ヘディンとて一世一代の賭けに挑む王のように、『博打《ばくち》』に臨まなければならなかった。

それほどまでに【フレイヤ・ファミリア】は強い。

「だが、能を有する者は残っている」

【ヘスティア・ファミリア】を始め、勝負に出られる手札《カード》は手もとにある。

ならば、まだ勝機は残されている。

「私の望みを叶《かな》えるため────そしてあの方の『望み』を気付かせるため、力を貸してやる。死に物狂いで働け、冒険者ども」


「「「ヘディン！　貴様!!」」」

アルフリッグ達は激怒した。

よりにもよって最も裏切ってはならない────いけ好かなく思っていてもその忠誠だけは疑わなかった────臣下が逆賊に成り下がったのだ。四つ子の怒りは、容易く限界など振り切った。

「あのクソボケ眼鏡が!!」

「どこまで血迷えば気が済む!!」

「粛清だ‼」

「息の根を止めてやる‼」

今もこちらを脅かす稲光の連続。何より派閥の生命線である満たす煤者達《アンドフリームニル》の全滅。天秤は傾いてしまった。ヘディンが犯した大罪は計り知れない。敵味方竦み上がるほどの怒号を上げ、四兄弟は派閥連合を無視し、憎き白妖精《ホワイト・エルフ》のもとへ突撃しようとした。

だが、

「おらぁあああああああああああああああああああああああああああああ‼」


そこに剛拳の音が轟いた。

「がぁあああああああああああああ⁉」

大地を叩き割る強烈な一撃に、雷弾から逃げ惑っていた強靭な勇士達《エインヘリヤル》が吹き飛ぶ。

後方より発生した衝撃に、ガリバー四兄弟は踏みとどまらなければならなかった。

「「「「今度はなんだ⁉」」」」

勢いよく振り返る彼等の苛立ちに答えるのは、いくつもの影。

「ミャー達ぃ？　モチのロン正義の味方ニャア！　正義の眷族《リュー》に全力で便乗《びんじょう》していくぅ！」

「お前みたいな正義の味方がいるか。腹黒猫」

巻き上がった砂塵の奥、くるくるとナイフを弄《もてあそ》ぶ獣人の影が揺らめく。

地面を大陥没させた拳を引き抜き、ヒューマンの影が立ち上がる。

巨大窪地《カルデラ》に流れ込んだ風が砂煙を吹き飛ばし、現れた一団の姿をあらわにした。

「借りを返しにきたぞぉ、チビ兄弟どもぉ!!」

『ニャーーーーーーーーーーーーーーーーーーーーーーーーッ!!』

右拳を左の手の平に勢いよく叩きつけ、ルノア・ファウストは吠えた。

彼女の『宣戦布告』を追って、クロエを始めとした猫人《キャットピープル》達のかけ声が響き渡る。

「あれは……！　ルノア様、クロエ様!?」

「あいつ等……酒場の!?」

今も透明化している春姫《ハルヒメ》の後に、アイシャの驚愕が続く。

「「「「豊穣《ほうじょう》の女主人!!」」」」

ガリバー四兄弟は忌々しそうに吐き捨てた。

勢揃いしている酒場『豊穣の女主人』の店員達。その身が纏うのは若葉色の制服ではなく、それぞれの戦闘装束《しょうぞく》。ルノアは臍《へそ》を出した短衣にマフラー、クロエはフード付きのショートケープ。他の店員含め、明らかに堅気《かたぎ》ではない武装を手に戦意に満ち満ちていた。

「援軍……？　リュー様に続いて！」

『主戦場』南東部に出現した『豊穣の女主人』の面々を、リリもまた認めていた。

Ｌｖ．４のルノア達はもとより、他の店員も上級冒険者と同等以上の空気を漂わせている。

やって来たのだ。迷宮都市《オラリオ》で『最も強い酒場』の住人達が。

「うおー、敵も味方もやられまくってるニャ～。これでも大急ぎで来たのにニャ～」

「遅刻も遅刻だよ。ぜ～んぶ、どっかのアホ猫のせい」

辺りを見回し呑気《のんき》に尻尾《しっぽ》を振るクロエに対し、ルノアは唇を上げた。

間を置かず集団の後方から、一人の猫人《キャットピープル》が歩み出てくる。

「――帰ってきたニャ。私の昔の家《フレイヤ・ファミリア》」

太陽の光を反射する金の肩当てに、金の意匠が施された長槍《ちょうそう》。

その見覚えのある姿に、残り僅かとなっている強靭な勇士《エインヘリヤル》達がどよめく。

「【戦車の片割れ《ヴァナ・アルフィ》】……」

「アーニャ・フローメル！」

驚倒の声が元団員《アーニャ》のもとに集まる。

そしてその混乱は、『主戦場』より遠くかけ離れた島の東部にも届いた。

「アレン様ぁ！　先程から続く雷撃の光っ、やはりアレはヘディン様が味方を――!!」

「あの羽虫ッ……！　何を考えてやがる!!」

神々を狩っていたアレンと強靭な勇士《エインヘリヤル》が本陣の異変を察知する。島の中央帯まで赴き、急いで引き返してきた偵察の情報に激怒するアレンだったが、続く報せに更に顔色を変えた。

「そ、それと……『豊穣の女主人』の援軍も確認！　そこに、【戦車の片割れ《ヴァナ・アルフィ》】の姿が――」

「――なにッ!?」

憤激を通り越した憎悪の形相に、「ひっっ!?」と偵察の男が言葉を失う。息を呑む強靭な勇士達《エインヘリヤル》を他所に、銀の長槍《ちょうそう》を折れんばかりに握りしめ、西の方角を睨みつけた。

「あの、愚図がッ!!」


かつての地獄の象徴だった勇士達の双眼が、アーニャの体を串刺しにする。

この島のどこかにいる兄もきっと気付いていて、烈火のごとく唾棄しているだろう。

自身の心傷《トラウマ》に取り囲まれるアーニャは――しかし真《ま》っ直《す》ぐ前を見て、怯まなかった。

「捨て猫風情《ふぜい》がっ！　また性懲りもなく！」

「アレンとフレイヤ様――いいや、シル様に、心を折られたのではなかったのか！」

それは『魅了』によって都市が『箱庭』に変わった時のこと。

肉親の追い打ちがあった。女神による最悪の暴露があった。

事実それに崩れ落ち、部屋に引きこもって、ずっと腐り続けていた。

四兄弟のうちドヴァリンとアルフリッグの侮蔑と指摘に、アーニャは律儀に、頷いた。

「心、折られたニャ。ううん、ズタズタにされて、滅茶苦茶《めちゃくちゃ》になって……何もわからなくなったニャ」

静かで、どこか寂しげな声に、ルノアやクロエ達が口を噤む。

「でも、もう迷わない」

けれど、次には一転し、力強く前を見る。

ガリバー四兄弟の、更にその先を。

一人の『娘』がいるだろう島の最西端、『神の家』の方角を。

「ミャーはシルを助けに来たニャ！」

全てを吹っ切った顔で、アーニャは己の決意を戦場に轟かせた。

◆

時は遡《さかのぼ》る。


「何でここにいるんだい、ボンクラ女神」

「ええや〜ん、ここは酒場なんやから〜」

戦争遊戯《ウォーゲーム》開始前。

『Closed』の看板が下げられた酒場『豊穣の女主人』に、一柱の神が長台《カウンター》に頬をつけて酒を浴びていた。言わずと知れたロキだ。

店内にいるのは彼女を除けば唯《ただ》一人、店主であり女将のミアのみ。

「なぁ、ミア母ちゃ〜ん……戦争遊戯《ウォーゲーム》行かへん？」

酒を出さない彼女に代わり自ら持参してまでくだを巻いている女神は、下から覗き込んだ。

しかし、その朱色の眼に見上げられても、ミアの態度は揺るがなかった。

「帰んな。何度来たって無駄だよ」

ミアの言葉通り、ロキは連日『豊穣の女主人』を訪れていた。

正確には、戦争遊戯《ウォーゲーム》の勝負方式《ルール》が決まる前から、こうして『口説き落《くどお》とし』を試していた。

「参戦はできんけど、戦場以外でウロチョロすんなとはギルドも言っとらんし～。ドチビに花を持たすのは嫌やけど、今度ばかりはフレイヤ負かすために暗躍するって決めたんや～」

「知らないよ、そんなこと」

「眷族《ベート》達もムシャクシャしとるしな～。フィンなんてもう入れ知恵しまくりや～」

勝手に語り出すロキに、もう何度も聞いたとミアは呆《あき》れた顔を浮かべた。

酔客の相手などやってられぬとばかりに、杯を拭く。

「なぁ、ミア母ちゃん。今回の戦争遊戯《ウォーゲーム》でも開かれとる神々の裏賭博《とばく》、賭け率知っとるか？」

「知るわけないだろ」

「一、〇〇対〇。全員、あの色ボケに全賭けや」

「……」

「賭けにならんから、胴元はもう投げとる。そんくらい、今日の戦争は出来レースや。ギルドのアホのせいで、ただの公開処刑になっとるわ」

ロキは悪態を隠さなかった。

何が三大冒険者依頼《クエスト》じゃ、ばーか、ばーか。とブチブチと文句を垂れる。

「けど……『条件』付きで九十九対一になるパターンもある」

そこで、女神はおちゃらけた雰囲気を消し、顔を上げた。

「ミア母ちゃん、自分が派閥連合に加わる場合や」

「……」

「【フレイヤ・ファミリア】元団長、ミア・グランド。Lv.6……【小巨人《デミ・ユミル》】。自分が寝返ればワンチャン、というのが大方の予想や」

それは、あのオッタルが団長になる前のことだ。

『暗黒期』に【フレイヤ・ファミリア】を半脱退している彼女は、それこそ鼻を鳴らしながら過酷な『洗礼』をくぐり抜けている。フレイヤ達のことを知りつくし、今もその背に美神の『恩恵』を刻んでいる彼女が派閥連合につけば、即戦力どころか『切り札』になりうる。

しかし、ミアは沈黙を貫いたままだった。

『箱庭』を作り上げられた時とは状況が違う。ベルのために全てを切り捨てる覚悟があったフレイヤを前に、迂闊《うかつ》に動けなかったのは——『魅了』を打ち破るため奔走したヘスティアやヘルメス達の苦労からもわかる通り——百歩譲って納得できる。

だが、今は違う。フレイヤはもう『魅了』を使えない。

消極的になる理由がない。

「少年の背を押したくせに、力は貸さんのか?」

ミアは杯を拭く。

杯を拭いて、ばかりだった。

らしくもないほどに。

全てを見抜く神の眼と、そして自身の間抜け加減にほとほと辟易しながら、嘆息する。

「……アタシは、あの女神と『契約』を結んでる」

「『契約』？」

「伴侶《オーズ》に巡り合った時、アタシが邪魔をしないっていう契りさ」

ミアは詳細を省きながら、昔話をした。

まだ小さかった一人のドワーフと一柱の女神が出会った、花畑のことを。

「伴侶《オーズ》……あの色ボケの運命の相手っちゅうのが、少年やっちゅうのか？」

「そういうことなんだろう」

「あほくさ……自分もそんな契約を律儀に守っとるのか？　あのミア・グランドが？」

ロキの反応を、ミアは別段咎《とが》めなかった。

ミアだって今回の美神のやり方が気に食わなかったから『反抗』し、『反逆』した。追い詰められておきながらあがき続けていたベルに感じるものがあり、その背を押した。

だが、こうも思っている。

自分があの時、何もしなければ、美神は伴侶《オーズ》を手に入れられた筈だと。

それがたとえ醜く歪んでいようが、彼女の『望み』の一部は叶っていただろう。

「アタシが初めて会った時、あの女神は何をしていたと思う？」

「……？　今みたいに高飛車で『私の眷族になりなさぁ～い』とか言っとったんちゃうんか？」

「泣いていたよ。花畑に座り込んで、手で顔を覆いながら」

「!!」

耳を疑い、瞠目するロキに、ミアは眼差しを遠ざけた。

「アタシとアイツの始まりは女神じゃない。『娘《むすめ》』の方さ。……アタシは、あの女神の本質があっちだと知っちまってる」

あの黄昏の花畑で、一人啜《すす》り泣いていた『娘』の姿が、今も瞳に焼き付いて離れない。

当時フレイヤはヘルンと契りを交わしておらず、無論『娘』の貌《かお》など持っていなかった。

しかしミアの瞳には映ってしまったのだ。花畑の中で泣く女神が、ただの孤独の『娘』に。

「クロエやルノア、それにアーニャ……うちのバカ娘《むすめ》どもに手を出されて、アタシは頭に来た。だから坊主の背中を押した」

「……」

「だが、アンタの言う色ボケも、アタシにとっちゃバカ娘の一人さ」

「……」

「今度こそ本当に、アタシまで裏切って、この拳骨を落としたら……あのバカは、壊れちまうんじゃないか……そう思っちまってる」

拭いていた杯を置き、ミアは力なく頭《かぶり》を横に振った。

眷族の中で誰よりも『娘』に接していた彼女にしかわからない、迷いと逡巡《しゅんじゅん》。

かつて女神を思いきり殴り、今は振り上げることのできない拳を見つめ、瞼を閉じた。

押し黙るロキは、そんなドワーフを眺める。

「自分が『フレイヤ』も、『シルちゃん』も見捨てられんのはわかったわ」

「……」

「けどなぁ、ミア。うちは自分より、あの色ボケと付き合い長いで？」

そこで、天界時代のことを持ち出して、ロキはあくどく笑う。

「あれは大の負けず嫌いで、いけ好かん女王やからなぁ。ぶっちゃけ、もう自分でも収拾つけられんし、破れかぶれで突っ走るしかないとも思っとるで、きっと～」

「……何が言いたいんだい？」

「もし、フレイヤ自身が落としどころを探しとるなら、止めるのを手伝えるか？」

神の話術などに引っかからぬように、ミアは自分の意志を曲げなかった。

「あのバカ娘が自分から助けろとでも言わない限り、アタシは行かないよ」

その瞬間。

まさに獲物を罠にかけた道化のように、ロキは唇を吊り上《つ》《あ》げた。

「言ったな？」

「……なんだって？」

「言質、とったで」

神は立ち上がり、告げた。

「来てもらうで、ミア」

迷宮都市では、戦争遊戯《ウォーゲーム》前日から多くの【ファミリア】が本拠《ホーム》を空にしている。

言うまでもなく『オルザの都市遺跡』に移動するためだ。【ヘスティア・ファミリア】を始め、ほとんどの派閥がギルド及び都市の憲兵《ガネーシャ・ファミリア》に申請し、本拠《ホーム》を警備してもらっている。中には参戦しない懇意の派閥に留守を頼む、あるいは僅かばかりの団員を残す【ファミリア】もあった。

そして【フレイヤ・ファミリア】は、後者だった。

ギルドも含め、都市を捻じ曲げた彼女達に表立って味方する者はいない。そもフレイヤがこの状況にあって力を借りることを良しとしない。よって広大な『戦いの野《フォールクヴァング》』には二十名ほどの上級冒険者と下級冒険者が残されていた。

都市最大派閥《フレイヤ・ファミリア》が溜め込む資産は計り知れない。守りが確実に薄れている『戦いの野《フォールクヴァング》』はまさに宝の山。しかし、それでも、立ち入ろうとする愚か者はいなかった。

都市の大部分、とりわけ派閥《ファミリア》を運営する全ての神々が、戦争の勝者はフレイヤだと疑っていない。賊の真似をして金銀財宝を奪っても、凱旋《がいせん》した強靭な勇士達《エインヘリヤル》に必ずや滅ぼされる。

故に本拠《ホーム》に侵入する、ましてや攻め込もうとする命知らずなど、誰一人としていなかった。

『彼等』を除いて。

「は～～な～～～す～～～ニャ～～～～～!!」

アーニャの大声が響き渡る。

じたばたと両足を振る彼女を肩に担《かつ》ぐのは――一人の『狼人《ウェアウルフ》』だった。

「放すニャア、【凶狼《ヴァナルガンド》】！　人攫《ひとさら》いっ、いや猫攫《さら》いニャ～～～！　兄様の声真似をしてミャーを誘拐するなんて、外道《ゲドー》なのニャア～～～!!」

「誰があのクソ猫の真似なんざするか！　ふざけんな、アホ猫!!」

ルノア達が出ていった後、アーニャの部屋に現れたのは、このベートだったのである。

乱暴な態度に乱暴な仕草、そして乱暴な口調。その狼人《ウェアウルフ》と猫人《キャットピープル》の兄は共通の特徴を持っていた。すわ兄が訪れたのかと勘違いしたアーニャは顔を上げるなり目を丸くし、そのまま無理矢理連行されたのだ。他でもない、この『戦いの野《フォールクヴァング》』に。

「寝てろォ!!」

「ぐあぁぁぁ!?」

ギャーギャー騒ぐ彼等のもとに【フレイヤ・ファミリア】の団員が慌てて駆けつけるが、ベートの蹴り技によってたちまち沈黙させられていく。アーニャを右肩に担いで片腕が使えずとも、最低限の警備兵ではLv．6の不法侵入を食い止められない。

「フォ、『戦いの野《フォールクヴァング》』に殴り込みするニャんて……!?」

青ざめっ放しなのはアーニャである。【フレイヤ・ファミリア】本拠《ホーム》に攻め込む命知らずな真似、元団員の彼女でさえ震え上がる。いや、元団員だからこそ血の気が引いた。

「兄様より凶悪で、最悪ニャ……」

「いちいちあのクソ猫と比べるんじゃねえ!!　俺だってこんな面倒、したかねえっての！」

肩の上ですっかり萎縮《いしゅく》するアーニャに、ベートは苛立たしげに怒鳴り散らした。

「あのクソ女神……後で覚えてやがれ！」

戦争遊戯《ウォーゲーム》に参加できないことに怒り狂い、ガレスに鉄拳行使で黙らされ、ものに当たり散らしていた数日前。彼の主神はツツツと忍び寄り、囁いたのだ。

『フレイヤんとこに吠え面《づら》かかせる方法があるで〜。一口、乗らん？』と。

あまりにムシャクシャしていたとはいえ、あの時の自分はどうかしていたとベートは唸る。

こんな風に利用されるなんて、わかりきっていたことだったのに！

「さっきからどこへ向かってるニャ!? 本拠《ホーム》のこんな奥、ミャーも来たことがないニャア！」

宮殿じみた屋敷内はすっかり静まり返っていた。警備の団員達が既に全滅したことを物語るように、広く、長く、白い廊下はベートの走る足音だけを響かせていく。

「知るかっての！『匂《にお》い』を辿ってるだけだ！」

「……『匂い』？」

獣人の優れた鼻を揺らすベートが長い階段を駆け上がり、屋敷の五階に辿り着く。

アーニャの疑問が氷解するより先に、西側に位置する広大な部屋へと辿り着いた。

教会めいた神聖な空気を宿す、白の部屋。

天井《てんじょう》は高く、部屋に存在するのは中央の寝台《ベッド》のみ。

そして、そこに寝かされている、薄鈍色の髪の少女。

「あ――」

床に下ろされたアーニャは、言葉を失った。

魂がさまよう天と地の狭間《はざま》を連想させる大広間で、死者のように眠る娘《むすめ》に動きを止める。

やがて、反射的に彼女のもとへ駆け寄ろうとした。

「シルッ——むぐっ⁉」

「騒ぐな」

それを、伸ばされたベートの手が止める。

彼の主神《ロキ》は、以前から女神《フレイヤ》と従者《ヘルン》の関係性を知っていた。

だから話を聞いたベートも、視線の先の『娘』の正体を知っている。

主神から『娘』の品を渡され、ここまで匂いを辿った狼人《ウェアウルフ》は物音を立てるなと視線で訴えた。口を塞がれるアーニャは、こくこく、とかろうじて頷きを返す。

「……これは、シルなのニャ？　シルは……フレイヤ様じゃなかったのニャ？」

「……『鏡《ヴァナ・セイズ》』みてえなもんだ。こいつの言うことは、あの酒場の女の本音と何も変わらねえ」

唯一の秘法の発動中、従者《ヘルン》と女神《フレイヤ》は五感を共有している。

とっくに戦争遊戯《ウォーゲーム》が開始されている時間帯とはいえ、女神《フレイヤ》に現状を悟らせないため自然と声をひそめる格好となる中、複雑な説明を嫌ったベートは事実だけを伝えた。

信じられない思いで『シル』と瓜二《うりふた》つ——いや『シル』そのものをアーニャは見下ろす。

寝台《ベッド》は箱型の棺《ひつぎ》にも見える。

静かに瞼を閉じている娘は永遠の眠りについているようだ。

切なくなって、胸が締め付けられて、崩れ落ちそうになる。

乱暴な狼人《ウェアウルフ》がここまで連れてきた理由を、アーニャは正《ただ》しく理解した。

『聞け』と、そう言っているのだ。

何が真実で、何が嘘なのか。

アーニャを破滅に追いやった彼女の真意は、どこにあるのか。

けれどアーニャは聞けなかった。

今も恐ろしくてしょうがなかった。

また女神《フレイヤ》にあざ笑われることが。

娘《シル》に裏切られることが。

もしそこに、変わらぬ残酷な真実が横たわっていたなら、アーニャはもう立ち上がれない。

口から漏れ出そうになる嗚咽を手で必死に抑え、しゃくり上げかける肺を何とか堪えながら、アーニャは棺《ベッド》の前に立った。

ちっとも真実など問えず、震えるばかりで立ちつくしていると、

「ごめんね……アーニャ」


「────────」

娘《シル》の唇からこぼれ落ちた言葉に、時を止めた。

「アーニャが【凶狼《ヴァナルガンド》】に拉致《らち》られたって本当ニャ、ロシィ⁉」

「う、うんっ！　メイが見たって……！」

「もう何だってのよ！　こんな時に！」

外の廊下が騒がしくなる。

現れるのは、アーニャの行方《ゆくえ》を追ってきたクロエとルノア、そして酒場の店員達。

大広間に辿り着き、声を上げようとしたクロエ達は、しかしその光景を目にして、やはり時を停止させた。

「ごめんね……クロエ……ごめんね……ルノア」

嘘を許さない神聖な白い空間で、彼女達もそれを聞く。

「ごめんね……リュー」

目を見開き、息を止め、ここにはいない妖精の分まで、胸を揺らす。

「ごめんなさい……ミア」

たった今、ロキとともにこの場へ駆けつけたミアも、瞠目する。

「…………シ、ル…………」

アーニャの瞳は、もう言うことを聞いてくれなかった。

一筋の涙を流し、舌だってもつれさせてしまう。

「わたしを……とめて……」

そして、そんな彼女と想いを分け合うように。

娘《シル》もまた、閉じた瞼から涙を溢れさせた。

「……たすけて……」


こぼれたアーニャの滴を、娘の頬が受け止める。

アーニャは震える手を、そっと頬に添えて、混ざり合う自分達の涙を拭《ぬぐ》った。

ベートは、それを止めなかった。

ロキも、このことが女神に伝わると理解しておきながら、止めなかった。

声を失うクロエ達に見守られながら、アーニャはゆっくりと、振り返った。

娘《シル》に背を向けて、歩き、うつむきながら、ミア達の前で立ち止まる。

「クロエ、ルノア……みんな……それに、母ちゃん」

足もとに水滴が幾つも落ちる。

透明の滴が、大理石の床をはねて、きらめく。

「ミャーは……兄様が、怖いニャ……。フレイヤ様は、もっと怖いニャ……」

声はずっと震えていた。

猫の嗚咽は枯れはしない。

ルノアが涙ぐみ、クロエが前髪で瞳を隠し、ミアが見つめる中、アーニャは顔を上げた。

「でもっ……シルは助けて、って……そう言ってる」

両の瞳から涙がこぼれ落ちていく。

顔をくしゃくしゃにしながら、一度捨てられた猫は、それでも鳴き声を上げた。

「ミャーは、馬鹿《ぬ》ニャ。何が本当で、何が嘘なのか……何もわかんない！　それでも‼」

切なさに濡れた鳴き声を決意に変え、それを叫んだ。

「私《わたし》は、家族を助けたい！」

嘘を許さない広間に、たったそれだけの願いが響き渡る。

ルノアも、クロエも、他の店員達も、一言も発さなかった。

もう言葉は要らなかった。

「……さ、どうする？　ミア？」

最後に、神が問いかける。

アーニャの涙を見つめていたドワーフは、ぐっと瞼を閉じた。

娘《アーニャ》の決意に押されるように。

娘《シル》の願いを聞き届けたように。

静かに拳を握りしめ、次には、力強く目を開く。

「――行くよ」

そして時は舞い戻る。

「シル、聞こえてるニャ？　聞こえなくてもいいニャ。そんなの関係ないくらい、ミャーは叫ぶから！」

右手で槍を持ち、左手を胸に押し当て、アーニャは『神の家』に向かって喉を震わせた。

「今から助けに行くニャ！　フレイヤ様が来るなって言っても、絶対に行く!!」

涙を振り払った猫は、とうに決心を終えている。

迷いを断ち切った瞳は、雄叫《ことば》びを上げた。

「もうミャー達は、シルの本当を聞いたから!!」

そして金槍《きんそう》の穂先を、立ちはだかる【炎金の四戦士《ブリンガル》】達、強靭な勇士《エインヘリヤル》へと向ける。

「こいつ等みーんな倒して！　戦いに勝って！　シルを止めるニャア!!」

それに対する勇士達の答えは決まりきっている。

「「「「させるかぁぁぁぁぁぁぁぁぁぁぁ!!」」」」

小人族《パルゥム》の四兄弟も、残り僅かとなっている強靭な勇士《エインヘリヤル》も、怒号に満ちた。

武具とともに飛びかかる最強の軍団に、ルノアが拳を鳴らし、クロエが唇を舐め、アーニャが旋風のごとく槍を頭上で回す。

『豊穣の女主人』は、猛った。

「邪魔ニャアアアアアアアアアアアアアアアアアア!!」

衝突する。

終末に向けた最後の戦いを始めるように、勇士と豊穣は激突した。

どちらも女神が司《つかさど》る象徴でありながら、たった一柱《ひとり》の『彼女』を巡って、死闘を求める。

金の槍がまとめて敵を薙《な》ぎ払った。砕くことしか知らない拳が鎧を粉砕した。意地の悪い毒刃《ナイフ》が勇士に血を吐かせた。

四つ子の猛襲を凌ぎながら、アーニャ達は意志を轟かせる。

「シル、待ってるニャアアアアアア！」


――ドンッ!!　と。

振り下ろされた女神の細腕が、肘掛けに叩きつけられた。

「……どこまですれば、気が済むの？」

石の玉座は、宝珠のような彼女の肌を容易く裂き、血を滲ませた。

しかし、そんなもの意に介さず、フレイヤは柳眉を逆立てた。

初めてだった。

初めて女王《フレイヤ》が、ものに当たったった。

あらわとなる女神の激情に地が震え、天すら怯え、『神の家』から音が消失する。

唖然とする護衛達の視線を浴びながら、フレイヤは『怒り』に燃える。

「どこまで私を邪魔すれば気が済むの⁉　──娘《シル》‼」

それはかつて『シル』と名乗っていた少女《ヘルン》への罵倒か。

あるいは、葬った筈の『もう一人の自分』に対しての呪詛か。

自分は助けなど求めていない。アーニャ達が聞いたものは全て『夢』と少女《ヘルン》の感情が混線した結果。助けるなど、見当違いも甚だしい。女神はそう主張する。断言する。

そんなものなんてありえないと、絶対に認めない。

制御も境界も失った感情を持てあまし、フレイヤは激昂した。

「ヘルン、ヘディン、それに貴方達……！　一体何だというの⁉　どうしてそこまで娘《シル》を求めるというの⁉」

一時的に止んだ雷光に代わり、アーニャ達の咆哮が木霊《こだま》のごとく神殿の外から響いてくる。

フレイヤが危惧したのはこれだった。

離反した軍師《ヘディン》に利用されてしまったとはいえ、派閥連合の全滅を急ぐよう命じた神意は極めて正しい。この最悪の状況──『豊穣の女主人』という第三勢力《ジョーカー》参戦を危ぶんでの対策だ。

全て少女《ヘルン》、いや娘《シル》がフレイヤを騙《かた》ったのだ。

五感を共有し、先刻まで脳裏に響いていた『アーニャ達への謝罪』を、当初フレイヤは『夢』の内容だと錯覚していた。今も眠っている娘《シル》が夢の続きを、譫言《うわごと》で呟いているのだと。

だが、違った。

あれは娘《シル》のもとに訪れたアーニャ達への発信《メッセージ》だったのだ。

もしかしなくとも道化《ロキ》の差し金だろう。女神《フレイヤ》と娘《シル》の関係性を正確に把握しているのは、神々の中でも腐れ縁の彼女のみ。あの愉快犯が意趣返しのために画策したのだ。

そして今、フレイヤが危惧した通り、戦況はもはや予断を許さない領域に足を踏み入れてしまっている。

来てしまったのだ。

アーニャ達が。

そして、あの『女主人』が。

「っ……ミア！」

「ベル！」

アーニャ達が戦場に現れたのと同時刻、リューが円形劇場へと辿り着く。

「りゅ、…………さ、ん…………？」

「やはり来たか、【疾風《か》】」

膝をつき、もはや真っ赤な塊と化している少年と、悠然とたたずんでいる猪人《ボアズ》。

あまりにも対照的な二人を目にし、リューは眉をつり上げ、直ちに風となった。

阻む素振りも見せないオッタルの前からベルを抱え、運び、離れた場所で治療を行う。

「ごめ……な、さ…………」

「喋らなくていい。じっとしていてください」

「き、て……くれた、んですね……」

「当り前だ。むしろ遅れてしまい、すみません」

貴方をここまで追い込んでしまった、と肩を抱きながら、深い後悔に暮れる。

治療魔法《ノア・ヒール》を行使し続けるものの、ちっともベルの体は全快しない。

まるで砲撃戦さながら荒れ果てた劇場には、粉々となった試験管や容器《ボトル》がいくつも散乱していた。回復薬《ポーション》、更にはナァーザが完成させた万能薬《エリクサー》を使いきった上での重傷状態。眉目を歪めるリューは回復の光をベルに押し当てながら、前を見る。

【猛者《おうじゃ》】オッタル。あまりにも強大過ぎる相手。

Lv.6に至ったリューでさえ勝つ未来図《ビジョン》が見えない。

心胆寒からしめる『最強』をリューが睨み返していた、その時。


「邪魔するよ」


大地を震動させる巨人の足音――そんな錯覚をもたらしながら、一人のドワーフが現れる。

「……!! ミア母さん！」

「ミア……」

二人目の闖入者《ちんにゅうしゃ》に、リューは驚き、オッタルは僅かに瞳を細めるにとどめた。

ミアは、いつも通りだった。

防具はおろか戦闘衣《バトル・クロス》も纏わず、真っ白なエプロンをつけた、見慣れた店主の出で立ち。

唯一違うのは、スコップ。

斧と見紛《みまご》うほど巨大な、『鋼鉄の得物《スコップ》』。

それを軽々と片手で握り、肩に担いでいる。

ミア・グランドは、久方ぶりの戦場にたった一本の得物《スコップ》を持って、参上した。

「驚かないね、猪坊主」

「お前も、来ると思っていた」

Ｌｖ.７への『猪坊主』呼ばわりにリューとベルが耳を疑っていると、猪人《ボアズ》は淡々と述べる。

「しかし……フレイヤ様のもとではなく、こちらを選んだか」

「バカ言ってんじゃないよ。あっちへ行っても、どうせアンタが飛んでくるだろうが」

ミアの指摘は当たっている。

女神に近付く者が現れればオッタルはベルへの『洗礼』を切り上げ、立ちはだかっていた。

猛者《ここ》こそがベルと派閥連合、そしてリューやミア達《たち》『豊穣の女主人』にとって突破しなければならない『最後の関門』である。

「リュー！　坊主をさっさと回復して、力を貸しな！　この猪をとっととどかすよ！　アンタもシルに言いたいことがあるんだろ！」

「……！」

「ついでにあの馬鹿娘の頰、引っぱたいてやんな‼」

「――はい‼」

豪快なミアの大声に、戦意や覚悟とは違う、熱い何かがリューの胸を焦がす。

「坊主‼　アンタもいつまでへばってるんだ！　アタシが言ったこと、もう忘れたのかい！」

「ッッ――‼」

「最後まで二本の足で立ってたヤツが一番なのさ！」

ベルも同じだった。

妖精に抱かれながら座り込んでいた少年は、大きく目を開き、胸の奥を燃焼させる。

「……は、い……‼」

リューの手を借り、片膝立ちながら再起したベルに、ミアは笑みを見せた。

「来い、ミア」

巨大な黒大剣《こくだいけん》が振り鳴らされる。

ベルと対峙している際にはなかった『構え』を取り、あのオッタルが臨戦態勢を敷いた。

「上から生《ナマ》言ってんじゃないよぉおおおおおおおおおおおおお‼」

石版を蹴り砕き、凄まじき砲弾となって、ドワーフは猪人《ボアズ》へと殴りかかった。


「「『ミア母ちゃんキタァァアアアアアアアアアアアアアアアアアアアアアアアア‼』」」

まさかの【小巨人《デミ・ユミル》】参戦に、オラリオが何度目とも知れない熱狂の下僕《げぼく》と化す。

反応は二極化する。比較的若い冒険者や近年オラリオに移住した民衆は困惑し、彼女の正体を知る数少ない者達は悲鳴にも似た歓声を上げた。神塔《バベル》をぐらぐらと揺らす神々は言わずもがな、『暗黒期』初期のオラリオを知る者と知らない者で、声援の種類が真っ二つに分かれた。

だが、共通してわかることがある。

今も【猛者《おうじゃ》】と渡り合っているあのドワーフは信じられないほど強く、援軍に駆けつけた猫人《キャットピープル》達も驚くほど強い。

だから、もうわからない。

勝負の行方が一体どちらに転ぶのか、もはや予測できず、冒険者と民衆は騒ぎ散らした。

酒場で『鏡』にかじりつく冒険者達は鼻息荒く『ブッ殺せ!!』なる暴言を重ね、メインストリートで『鏡』を仰ぐ民衆の多くは無意識のうちに両手を組んで祈った。神々の中では裏賭博を今更再開しようとする胴元が現れ、美神《フレイヤ》の『共鳴者《シンパ》』達がそれを締め上げては、もはや『鏡』から一瞬たりとも目を離せなくなる。

応援と呼ぶには激し過ぎる声々の高まりが、迷宮都市を支配した。

「シャ、シャクティ団長!? いいんですかぁ、これぇ!?」

一方で、興奮に身を委ねることを許されない者達もいた。

【ガネーシャ・ファミリア】である。

巨大窪地湖《カルデラこ》周囲に布陣し、都市遺跡を見張っていた憲兵達は混乱の最中にあった。

【フレイヤ・ファミリア】に蹂躙され、脱落した冒険者達をできる限り回収していたところに、この『援軍騒ぎ』。防ぎようがない遥か上空から降ってきたリューは流石《さすが》に不可抗力だが、恥ずべきは窪地湖《カルデラこ》包囲網の一角を破られてしまったことだ。

島の東西を分ける中央境界線、その真南にかかる唯一の橋を、『豊穣の女主人』の面々によって強行突破されてしまったのである。これでは都市の憲兵も形なしだ。

とは言え、あの【小巨人《デミ・ユミル》】に先頭で突っ込んでこられたら、いくら【ガネーシャ・ファミリア】とて蹴散らされるのも仕方のないことではあったが。

「【小巨人《デミ・ユミル》】と【戦車の片割れ《ヴァナ・アルフィ》】は神フレイヤの眷族《ファミリア》なので、まだ目を瞑るとしても……他の者は全員、連合側の眷族じゃないですよね？　これって規則《ルール》違反じゃないんですか、団長⁉」

島の外、橋の前で、今もLv．5の第一級冒険者達が目を回して倒れ伏している中、よろよろと起き上がった青年団員モダーカは島内を指差した。

別の地点を監視し、たった今《いま》駆けつけたシャクティは、極めて難しい顔を作る。

「ごちゃごちゃ言うな、モルサガ！　これでようやくフレイヤの連中に吠え面をかかせられるんだ！　少しくらい目を瞑れ！」

「一応俺たち審判ですらかね、イルタさん⁉　あと、自分の名前はモダーカです！」

女戦士《アマゾネス》のイルタとモダーカが言い争うのを他所に、シャクティは今回の規則《ルール》を振り返る。

参加資格は『島内にいる神々の眷族のみ』。それで言えば疾風《リュー》の参戦は歴《れっき》とした反則行為だ。

イルタのように【フレイヤ・ファミリア】を許せず、このまま見過ごすという団員は少なからずいるだろう。しかしそれでも、シャクティ達は憲兵であり、秩序の番人なのだ。

私情で言えば、『暗黒期』をともに戦った正義の眷族《リュー》の肩を持ちたいとはいえ、【ガネーシャ・ファミリア】としての務めを果たさなくてはならない。たとえ頭が固いと罵《ののし》られようとも。

「……モダーシャの言う通り、疾風《リオン》達の参戦は神会《デナトゥス》が定めた規則《ルール》に抵触する。戦いに加わる眷族は、例外なく主神が島内にいなければならない。違反行為として、派閥連合に罰則《ペナルティ》を──」

この状況で罰則《ペナルティ》など派閥連合の即敗北に繋がると理解しながら、顔を歪めるシャクティは厳格な判断を下そうとした。

「なら、眷族達《こども》の主神《おや》が島にいさえいればいい。そうね、シャクティ？」

その直前。

シャクティ達の背後より、美しい『女神の声』が響く。

「──‼　貴方は──」

シャクティは、弾かれたように振り返った。

その聞き覚えのある声に『まさか』と思うより先に、視界に飛び込んできた女神の名を、反射的に叫んでいた。

「──アストレア様！」

背に流れる胡桃《くるみ》色の長髪、穢れを知らない純白の衣《ころも》。

その双眸はリューの空色のそれよりなお澄んでおり、星海のごとき深い藍色を帯びていた。

見間違える筈もない『正義の女神』――アストレアに、シャクティは呆然とする。

「なぜ、貴方がここに……」

「リューが答えを得て、私のもとへ訪れた。それなら、私はあの子の力になる。それだけよ」

復讐《ふくしゅう》を決意する眷族《リュー》に懇願され、五年前にオラリオを去った正義の女神は、今もその瞳に清廉の光を宿しながら、旧知の人物へそうするように笑みを送った。

アストレアの背後には、新たな眷族と思《おぼ》しき少女達が数名いた。

更にその中には、

「案内ありがとう、アスフィ。貴方のおかげで何とか間に合うことができたわ」

「いいえ、アストレア様。私もリオンとの約束を守っただけのことです」

水色《アクアブルー》の髪を揺らすアスフィの姿があった。

途中までヘルメスとともに『バベル』で戦争遊戯《ウォーゲーム》を観戦していた彼女は、迎えに行っていたのである。オラリオから遥か離れた剣製都市《ゾーリンゲン》より戻ろうとしていたリューとアストレア達を。

全て事前に打ち合わせていた通りだった。

戦争遊戯《ウォーゲーム》の詳しい勝負形式《ルール》や日程が決まり次第、剣製都市《ゾーリンゲン》に一報を入れ、リュー達の到着が間に合わない場合は――都市を発つ前にリューへ渡しておいた番《つがい》の魔道具《マジックアイテム》が発光して『合図』を送った場合は――アスフィが自ら送迎する。

『飛翔靴《タラリア》』で飛行できる彼女はまず、迷宮都市が目視できるところまで来ていた女神達の中からリューのみを運んで『オルザの都市遺跡』上空から投下、そこからすぐに舞い戻り、新生

【アストレア・ファミリア】をこの巨大窪地《カルデラ》のもとまで導いたのだ。

「私達もいるからね、シャクティ」

「クロエ達、ちっとも来ねえから、どうなることかと思ったぜ」

「デメテル様……それに、神ニョルズ……」

アストレア達の他に姿を現すのは、女神と男神だった。

オラリオの第一次産業を担うデメテルと、港街メレンで漁業を営むニョルズである。

「『豊穣の女主人』の子供達、もう全員改宗《コンバージョン》をしたわ」

「……！」

「あいつ等はもう、俺達の眷族だ。なら、俺達も戦いに参加すれば規則《ルール》上問題ないだろ？」

二柱《ふたはしら》の神の言葉に、シャクティは一驚した。

ルノアとクロエに頭を下げられ、デメテル達は戦争遊戯《ウォーゲーム》の前日より『豊穣の女主人』の改宗《コンバージョン》を済ませている。彼女達が島に足を踏み入れさえすれば、規則《ルール》に抵触する一切《いっさい》がなくなる。

「リューから話は聞いた。フレイヤとあの子が、こんな関係になるなんて夢にも思わなかった。でも……フレイヤの神意すら乗り越え、リューは『戦う』と私に言ったわ。アリーゼ達を失い、死ぬ筈だった自分を救った『彼女』を、問いただしに行くと……」

眼差しを遠ざけるアストレアは感慨を隠さなかった。

それでいて子供の成長を見守る親のように、自らも決意を語る。

「今のあの子の『正義』は『知己《とも》を止めること』。ならば私は、あの子の翼が無事羽ばたけるよう、星明かりをもって行く末を照らしたい。……私達は今から、派閥連合に加わります」

「アストレア様……」

「その橋を渡ってもいいかしら？　シャクティ？」

胡桃色の髪を揺らし、アストレアが微笑みかける。

シャクティは女神を見返し、次に眷族達を見た。

彼女達が身に着ける【ファミリア】の徽章《エンブレム》──天秤を模した正義の剣と翼を。

かつてシャクティ達が模範とし、今も意志を受け継いでいる『正《ただ》しさ』の証を。

神々と、固唾《かたず》を呑む団員達に見守られるシャクティは、目を瞑っていた。

ややあって、神々の前から退き、道を譲る。

「お通りを。貴方がたには、この橋を渡る権利がある」

「──ありがとう、シャクティ」

その決定に、モダーカは啞然とし、イルタ達《たち》はたちまち沸いた。

団長に命じられるまでもなく、団員達は『花』を用意し、神々に手渡す。整列して道を開ける【ガネーシャ・ファミリア】と、居残るアスフィとシャクティに見守られながら、【アストレア・ファミリア】とデメテル、ニョルズは『オルザの都市遺跡』に入島を果たす。

「挨拶《あいさつ》が遅れちゃったけど、久しぶり、アストレア。元気にしていた？」

「ええ、デメテル。貴方も、ニョルズも壮健そうで良かった」

「本当なら、同窓会《パーティー》でも開きたいところだが……そうも言ってられねぇよなぁ」

『暗黒期』以前より交流がある三神は笑みを分かち合うものの、橋を渡りきった遺跡南端で足を止めた。島に入った途端、響いていた戦いの音が、より激しいものへと変わったのだ。

決してオラリオの冒険者以外が踏み入ることのできない、死闘の音に。

「剣製都市《ゾーリンゲン》からここまで、付き合わせてごめんなさいね、セシル、みんな」

「いいえ！　私達はアストレア様の眷族、必ずお守りします！　――それに、『先輩』の一大事ですから！」

五年前、オラリオを離れた後、眷族となった少女達は快活《かいかつ》に笑った。

リューの後輩に当たる少女達に、アストレアはくすりと笑みを漏らし、視線を前に戻す。

今も闘争の雄叫びを上げる、遺跡西部の方角へ。

「私達に見守る権利はあっても、戦う資格はない。だから、ここより眺めましょう」

リュー達の行く末を。

そう言って、女神は藍色の双眸を細めた。


「都市外《そと》の【ファミリア】参加禁止、規則《ルール》に盛り込むの忘れてたぁぁぁぁぁぁ!!」

「ごめんなさぁい、フレイヤ様ぁぁぁぁぁ⁉」

アストレア達を観測した神々の中で、フレイヤ側の男神達が痛恨の悲鳴をまき散らす。

あの【フレイヤ・ファミリア】相手の戦争遊戯《ウォーゲーム》に援軍などありえないと――むしろいてくれ

た方が盛り上がるとまで──考えていた『共鳴者《シンパ》』達の後悔は後の祭りだった。設定した規則《ルール》に抜け穴がある以上、全知零能《ぜんちれいのう》の神として、アストレア達の途中参戦もシャクティの判断も咎めるわけにはいかない。

阿鼻叫喚の叫び声が鳴りやまない、そんな神の塔《バベル》三十階を、一柱の女神が暢気《のんき》に横切る。

「これでようやく、勝負になるなぁ」

どっこいせ、と親父臭い声とともに、ロキは空いていた席に腰掛けた。

その斜め後ろには、無理矢理連《つ》れてこられたベート。

「うるせぇ神《かみ》連中と観戦なんて冗談だろ……」とげんなりしている彼を他所に、女神は胡座《あぐら》をかき、頭上に展開する巨大の『鏡』を見上げる。

そんな彼女の隣に、別の神が腰を下ろした。

「やぁ、道化師《トリックスター》。ミアを送り出すなんて、どんな魔法を使ったんだい？」

「よく言うわ、優男。自分も散々手ぇ回して、アストレアを放り込んだやないか」

片手を上げるヘルメスに、ロキは鼻を鳴らした。

二柱の神の正体とは、『陰の支援者』だった。

派閥連合の勝利は絶望的と理解しながらも、少年《ベル》を守るため、女王《フレイヤ》が気に食わないため、それぞれの理由で最後まで対策を講じ続けた『陰の功労者達』。

彼女達以外にも、フィンを始めとした戦えない者達の援護を受け、派閥連合は今、ようやくこの『分水嶺』まで漕《こ》ぎ着《つ》けることができた。

「他に隠し玉は？」

「ない。正真正銘、こっからは小細工なしの決戦《ガチンコ》や」

弾丸はもう撃ち尽くした。

ここから勝利を摑むのか、敗北に至るのか、あるいは別の結末を辿るのか。

それを決めるのは戦場に立つ冒険者達、そして神々次第。

「あのジャガ丸おっぱいの肩を持つのも、本当は気に食わんのやけど……今のフレイヤよりマシや。数倍マシや」

だから、と続けて。

朱色の髪の女神は『鏡』の先の光景を睨んだ。

「ここまでお膳立《ぜんだ》てしたんや……勝てよ、ドチビ」


「うおおおおお……!?　気が付いたら何だかすごいことになっていたッ……!!」

ロキに睨まれていることなど露知らず、ヘスティアは無能の権化も同然の感想を呟いた。

見える範囲だけでも、稲妻《サンダー》やら豊穣《ニャーニャー》が荒れ狂い、敗戦必至の空気は様変わりしている。

ヘファイストス達の犠牲を無駄にしないため逃げ惑うことしばらく。自称《じしょう》隠れんぼの達人は追手《アレンたち》の魔の手から逃れることに成功していた。正確には、彼等の知覚網から逃れるだけの時間を鍛冶神《ヘファイストス》と武神《タケミカヅチ》が稼いだと言った方が正しい。

「ミアハがくれた消臭玉《アイテム》……！　獣人の追跡を振り切れた！」

あとは、ミアハとナァーザが調合した道具《アイテム》。

敵部隊の多くが『嗅覚《きゅうかく》』に頼りがちな獣人だと気付くなり、ヘスティアはこれを頭から被ったのだ。鍛冶神《ヘファイストス》と別れた後、神々がバタバタと脱落していく渦中で使用したのも功を奏した。

幼女神《ヘスティア》を追っていた獣人達は突如消えた香りに戸惑い、致し方なく標的《ターゲット》を変更したのである。

顔隠して胸隠さず、もとい遺跡の物陰から豊満な双丘がはみ出ていることに気付いていない幼女神は、こそこそ周囲を窺ったが――繰り広げられていた『神探し《ハイド・アンド・シーク》』は、終わりを迎えようとしていた。

「……敵が、西側に戻っていく……？」

遺構の遥か奥、凄まじい砂塵と、あとは馬蹄《ばてい》とも異なる激しい疾走音が宙に舞っていた。

本陣――主神《フレイヤ》の危機を受け、アレン達が神狩りを切り上げたのだ。

東端から西の方角へ、ものすごい勢いで都市遺跡を横断していく強靭な勇士達《エインヘリヤル》に、ヘスティアはひとまず胸を撫《な》で下ろす。

「とはいえ、これからどうする……？　ここにまだ隠れるのか、それとも移動するのか……。何だか南の方から援軍が来たっぽいし、あっちに行った方が安全なのか……？」

知識はあっても戦場の肌感《い》など全くわからないヘスティアは、悩んだ。

リリに意見を仰ぎたいところだが、恐らく彼女は今、女神も白眼を剝くほど瞳を血走らせ死にもの狂いで指揮を行っているだろう。眼晶《オクルス》を作動させたが最後、小人族《パルゥム》の大音声が轟き渡り、敵に居場所を知られてしまうかもしれない。

もう自分《ボク》以外の神はほぼ残っていまい、と誰にも頼れない状況に頭を抱えていると、

「ヘスティア！」

「ぬアァ⁉　──って、ミアハ！　良かった、無事だったんだね！」

かけられた声に腰を抜かしかけるも、紺色の長髪を揺らして駆け寄ってくる神友《しんゆう》の姿を認め、喜びの声を上げた。

「ああ、そなたも！　ナァーザの消臭玉《アイテム》に救われたな」

ヘスティアが消臭玉《アイテム》を使用して逃れたなら、同じ消臭玉《アイテム》を持つミアハも如才なく立ち回れるのは道理だ。お互い胸に差してある『花』を確認し、無事を称《たた》え合った。

「ミアハ、これからどうしよう？　フレイヤの子供達は西に戻ったみたいなんだけど、ボク達は西以外のどこでコソコソすれば──」

「西だ！」

「へっ？」

「西へ向かうぞ、ヘスティア！」

「えええええっ⁉」

除外した選択肢を一も二もなく支持するミアハに、ヘスティアが仰天していると、

「この戦い、もはや『隠れんぼ』に意味はない！　ナァーザやベル達が倒れれば、取り残された神々《われわれ》は狩られるだけだ！」

「……！」

「高台から戦場を見た！　西側で行われているのは両陣営、総力を上げた決戦！　これを制さなければならない！　そして、無能である神々《われわれ》にできることがあるとすれば――」

「――【ステイタス】の更新？」

ミアハの神意を理解したヘスティアは、言葉を継いでいた。

「この戦争遊戯《ウォーゲーム》で手に入った【経験値《エクセリア》】を見込んで、眷族達《ベルくん》の能力値《アビリティ》を少しでも上げる。そういうことかい？」

「ああ。無論、我々は絶対に脱落してはならないが……」

主神が脱落すれば眷族の継戦権も失われる。

『花』を奪われる危険性《リスク》と隣り合わせであると、顔を強張らせるミアハだったが、

「いや、行こう。このままボク達だけのうのうと、安全地帯にいることなんてできない！」

「ヘスティア……」

「ベル君や、ナァーザ君達の力になろう！　勝利の女神になってやろうぜ、ミアハ！」

「ああ！　私は男神だがな！」

笑い合い、決断を交わして、神々は走り出した。

眷族達が集う西の『主戦場』へと。

度が過ぎるほど、重く、強い武器の一撃は、連なれば雷霆《らいてい》をも凌ぐ調べとなる。

その事実を、冒険者達は初めて知った。

「う、ぁ……」

衝突を繰り広げる黒の大剣と鋼鉄の円匙《スコップ》。

轟然と鳴り響く破壊音に、観客席で倒れ伏している半小人族《ハーフ・パルゥム》、ヴァンは青ざめる。

先程まで気絶していた彼が目を覚まし、絶句するほどの激戦が、そこには広がっていた。

「うるああああああああああっ!!」

「ぬんっ!!」

言葉を失うのはベルとリューも同様である。

石像にならざるをえない彼等を他所に、ミアが再び仕掛けた。

繰り出される大上段からの一撃を、オッタルの黒大剣が真っ向から受け止める。

防御した当の本人は無傷、しかし舞台の方が耐えかねた。丸太のように太い二脚が石畳を砕き、陥没して、『円形劇場』が悲鳴を上げる。切り払われた黒大剣がミアを弾き返すと、ドワーフの巨体は転がっていた大理石の柱を爆砕しながら着地。舞う砂煙が刹那《せつな》の静寂を生んだかと思うと、直後には再びオッタルへと殴りかかっていた。

破壊と破砕がぶつかり合う。途方もない衝撃に辺り一帯が埋め尽くされる。

凄烈《せいれつ》極まる戦いは、まず目の前の相手ではなく、周囲から破壊していった。

「ちっ！」

黒大剣の防御を崩せないミアが腹いせとばかりに、円匙《スコップ》ではなく剛拳を唸らせる。

得物を持つ逆の手から放たれた昇拳《アッパー》。オッタルも抜かりなく片腕で防ぎ、後方へ飛ぶ。

訪れた僅かの休演に、既に半壊の様相を呈する円形劇場が安堵《あんど》の息をつき、外縁部の柱が一本崩れ落ちた。

「見ない間に、少しはやるようになったじゃないか」

「そうか……」

派閥《ファミリア》を離れて久しいミアの言葉に、オッタルは何の感慨もなく大剣を肩に担いだ。

武人の顔から滲むのは、当然の帰結に対する納得と、それに紐《ひも》づく『失望』だった。

「ミア、お前は弱くなった」

「っ……!!」

「お前は停滞して、俺は前に進んだ。ただ、それだけなのだろう。しかし、それでも……今は俺が上で、お前が下だ」

Lv．7とLv．6。

単純な数字を見てもオッタルの方が格上であることは明らかだ。むしろ絶対の階位《レベル》の差を無視して、接戦《せっせん》に持ち込んでいるミアの方がおかしい。

だが、それを差し引いてもなお、オッタルは『弱くなった』とそう告げる。

自分より強い存在がいてほしかったと、かつての『壁』にそんな未練を滲ませる。

「お前が『戦いの野《フォールクヴァング》』から去る前、俺は一度も勝てなかった。俺は、お前に勝ちたかった……

だが、それももういい。もう、拘《こだわ》るまい」

彼にしては珍しく多い言葉数で、拘泥《こうでい》を捨て去る。

対するミアの反応は、わかりやすかった。

憤怒である。

「調子づいてんじゃあないよ、猪《いのしし》坊主ぅううっ!!」

再開される戦いの二幕に、劇場の悲鳴が蘇る。

間違いなく都市最上級《トップ》に君臨する怪物同士の戦いに、ベルとリューは呼吸を震わせた。

「ミアさん、すごいと思ってたけど………あんなに、強かったなんて……！」

「けれど、それでもなお……【猛者《おうじゃ》】が圧倒的過ぎる！」

女主人の実力に驚嘆する一方で、ベル達はこの戦いの行方を悟ってしまった。

オッタルの『防御』が崩せない。圧倒的な『技と駆け引き』に風穴を開けられない。

彼が攻めに転じるのが先か、あるいはミアが疲弊するのが先か。どちらにせよ、あの絶対的な『防御』を越えられなければ【猛者《おうじゃ》】の不敗は揺るがない。

第一級冒険者と名乗る資格を得た雛鳥《ひなどり》達は、それを見抜くだけの眼識を有していた。

「リューさん、僕達も行きましょう！　もうっ、動けます！」

「──まだだ。まだいけない」

片膝立ちの姿勢から飛び出そうとするベルを、両の膝で立っているリューは押さえた。

木漏《こも》れ日《び》にも似た緑光を、抱き寄せるように右肩に回した左手から、左腰に回した右手から生んで、傷付いた体を今も癒し続ける。

「全快してからでなければ、撫でられるだけで終わる。ミア母さんの足を引っ張るだけだ」

「っっ……！」

「堪《こら》えなさい、ベル。もう直に済む」

リューの回復魔法《ノア・ヒール》は体力の回復と並行して傷さえ塞ぐが、回復薬《ポーション》や万能薬《エリクサー》のような即効性がない。効果が高い反面、全快まで時間がかかってしまうのが欠点だった。Ｌｖ．７に与えられた深過ぎる損傷《ダメージ》も相まって完全回復を遠のかせている。

ベルは反抗できなかった。できる訳がなかった。

リュー達が来るまで絶対的な実力差を叩きつけられたのは、他ならないベル自身だ。祈るように、あの恐ろしい『最強』とぶつかり合うミアの姿を見守る。

「……ベル。戦いへ向かう前に、一つだけ聞かせてほしい」

食い入るように戦いを見つめていると、耳もとで囁くようにリューが言った。

そこでベルは初めて二人の距離に気付いた。先程まで死人も同然で気にする余裕もなかったが、互いの体から隙間《すきま》が消えている。一瞬『深層』の出来事を思い出したが、ベルも、リューも、この激戦を前に羞恥など抱く隙間《しゅうち》はない。感覚も麻痺している。

傷付いた姫君《プリンセス》を護る騎士《ナイト》のように、あるいは今にも飛び出していきそうな兎《けもの》を押さえ込むように体を密着させているリューは、ミア達に視線を固定しながら問うた。

「貴方は、シルをどうするつもりですか？」

「……どう、する？」

「私は彼女を連れ戻し、その頬に張り手を叩きつけるつもりだ」

「ひぇっ」

いつになく物騒な発言をするリューに、ベルは状況も忘れて怯えた。

恩人《シル》相手にリューがそんな真似をしようとすること自体、今まで考えられなかったものだ。

傍若無人の振る舞いをした女神を――『彼女』を、リューは決して許していない。

「アーニャ達も私と同じ思いでしょう。だから、必ず私達の前に引きずり出す。……そして、彼女にとって私達は何なのか、真意を問いただす」

「……！」

「では貴方は？　この戦いの先で……貴方は、シルに何をするのですか？」

ヘスティア達神々や、冒険者はこの戦争遊戯《ウォーゲーム》に勝つために戦っている。

ベルを守るため、あるいはフレイヤに仕返しをするために参戦している。

しかし、ベルとリュー達は違う。

ベル達は、その先に待つ『彼女』だけを見ている。

だからリューは『彼女』の真意を問う前に、ベルの心の内を尋ねてきた。

「ヘルンさんに……シルさん自身に、言われたんです」

一度、小さく息を吸ったベルは、静かに口を開いた。

「『愛』に狂いたくない……助けて、って」

「！」

「だから、助けます。そして、きっと……傷付けます」

自らの傷口をこじ開けるように、歯を食い縛って、既に決意を終えた答えを口にした。

「あの人を追い詰めたのは、僕のせいだから」

もうわかりきっていることなのだ。

『彼女』が全ての発端で、ベルが全ての切っかけだったということは。

娘《シル》も、女神《フレイヤ》も、少年《ベル》も。

自分の『エゴ』で、血が流れていないところなど見つからないほど、傷付いている。

「僕のせいで、あの人は今も苦しんでいるから」

『彼女』がベルのせいで苦しんでいなかったら、ベルもこんなエゴを貫いたりしなかった。

娘《シル》が誰か別の人を好きになっていたら、あるいは自分のことを嫌いになってくれていたら、ベルは気まずく、そしてちょっぴりの安堵《あんど》を覚えて、出しゃばることなんてしなかった筈だ。

僕達、私達、友人に戻りましょう。

そう言って別れることができなかったのは、女神《フレイヤ》が強情で、ベルがもう立ち上がってしまったからだ。

「だから一緒に、二人でずっと傷付いて…………あの人が前みたいに笑ってくれるまで、助け続けます」

ベルに非はない。あるわけがない。

彼はヴェルフに諭され、苦悩して、最後には憧憬《しょうけい》を選んだのだ。

悪いのは、こんなことをした女神《フレイヤ》だ。

なのに『彼女』の罪を背負おうとするベルは、優しい。

「……ベル。貴方は酷い」

だが、そんな少年の優しさこそを咎めるように、リューは非難した。

「貴方は、酷い『偽善者』だ」

眼前で、何か間違えば唇が触れ合ってしまう距離で。

空色の瞳が鋭く睨んでくる。

それにベルは、罪人のように一度目を伏せて——笑った。

「はい、僕は『偽善者』です」

ぼろぼろに傷付いた笑みで、リューを見返した。

「だから、この『偽善《エゴ》』だけは貫きます」

二人で散々語らい合った、あの蒼《あお》い月夜の神室《しんしつ》で、もう答えなんて出ているのだ。

投げられた賽《さい》はとうに砕け散っていて、二人はエゴとエゴをぶつけて傷つけ合い、血と涙を流すしかない。もうベル達は引き返せないところにいる。

だから。

「あの人をまた傷付けることになっても……僕が止める」

深紅《ルベライト》と空色の瞳が見つめ合う。

視線を絡め合い、互いの想いをぶつけて、交ざり合う。

やがて。

リューは静かに、微笑んでいた。

「……回復が終わった。行きましょう」

緑光が消え、ベルの傷口も癒えきる。

先に立ち上がったリューの手を借り、ベルはまだふらつく体を起こした。

二人並んで、猪人《ボアズ》とドワーフが激突する正面を見る。

あそこに向かえば、もう戦い続けるだけ。

決着がつくまで、『彼女』のもとへ辿り着くまで、死闘以外のことは許されない。

「ベル。先に伝えておかなければならないことがある」

「はい」

「私は貴方が好きだ」

「はい。…………………えっ？」

前へ足を踏み出そうとしていたベルの体が、つんのめる。

何とか踏みとどまった少年は、動転しながら背後を振り返った。

「一人の男性として……私は、貴方のことが好きです」

たたずむリューは、少女のように顔を綻《ほころ》ばせていた。

赤く染まらず、ただ白く、穏やかに。

幻聴でも勘違いでもないことを知ったベルの方が、じわじわと赤面し、間抜けな顔を晒《さら》す。

「これで公平だ。これで、シルの頬を叩ける」

最後は悪戯《いたずら》っ子のように、ほんの少しだけ目を細め、彼女は駆け出した。

置いていかれるベルは最終決戦前にとんでもない爆弾を抱えさせられた兵士のように呆然として、動揺に混乱を重ねたが、すぐにブンッブンッと頭《かぶり》を左右に振った。

──今だけは、目の前の戦いを。

──今だけは、あの人のことを。

言い聞かせ、切り替え、決戦に臨む冒険者の顔を纏う。

『偽善《エゴ》』を貫く『偽善者』となる。

体を沈め、走り出し、前を行くリューの背に追従して、その激闘の中に身を投じた。

「はぁあああああああああああああ‼」

◆

遥か離れた『円形劇場』の方角から、遠雷と錯覚するような轟音が打ち上がる。

激しさを増す劇場の演奏に、しかし強靭な勇士達《エインヘリヤル》も怯むことなく、壮烈な伴奏を添えた。

「あの愚図がッ────‼」

風も恐れる疾駆を生む。

この戦場で、比喩抜きで何者よりも速く移動するアレンは怒気に満ちていた。

悪あがきを続け女神を脅かす冒険者達と、造反した羽虫、そして戦場にのこのこと現れた『妹』へ憎悪にも近い炎を抱き、それを驀進の燃料に変える。

「は、速くしろぉ!! 急げぇ!」

「アレン様に置いていかれるな!」

遠ざかるアレンの背に、獣人の強靭な勇士達《エインヘリヤル》が必死に続く。

俊足の精鋭は、アルフリッグ達と『豊穣の女主人』がぶつかり合う『主戦場』を目指した。

「――クロエ、ルノア! 兄様が来るニャ!」

そんな『戦車』に率いられる戦団の到来を、真っ先に感じ取ったのはアーニャ。

鋭く耳を上げ、野良猫《のらねこ》のごとく察知し、東の方角を見据えながら訴える。

「いいからさっさと――『準備』っ、しろぉ!」

「ごぁぁ!?」

「コイツ等だけでもミャー達は精一杯っ、ニャア!」

「かはっっ!?」

怒鳴りながら放たれたルノアの鉄拳がドワーフの胸骨を砕き、汗を散らすクロエのナイフが毒をもってエルフを吐血《とけつ》させる。

『アイシャ様! このままルノア様達とともに挟撃を!』

「言われなくても、わかってるよぉぉぉぉ!!」

「う、後ろからっ――ぐァ⁉」

更に加わる派閥連合からの背撃。

全ての予備隊と合流し、元左翼部隊《アイシャたち》が戦力を再集結させたのは『主戦場』東部中央。島にかかる橋を渡ってきたアーニャ達は南の方角からやって来ており、ちょうどその間にガリバー四兄弟率いる敵部隊が収まっている形だ。ここにきて前後からの攻撃に晒される【フレイヤ・ファミリア】は堪《たま》ったものではない。

「ヘイ、極東ガール！　コレをおミャーのお仲間に渡すニャ！」

「はっ？　これは……『耳飾り』？　クロエ殿、これはなんなのですか⁉」

「正義の派閥《リューたち》が前に【万能者《ペルセウス》】に作らせた、魔道具《マジックアイテム》！　ありったけ持ってきた！　ここは私達だけで何とかするから、早く配って！」

「よ、よくわかりませんが……わかりました、ルノア殿！」

やがて『主戦場』に立っていた最後の強靭な勇士《エインヘリヤル》――幹部以外の上級冒険者が全て倒れた。ヘディンの砲撃、あとは『豊穣の女主人』も加えた数の利。それがLv．3、Lv．4で構築される屈強な一団を狩りきる。これで残すは【炎金の四戦士《ブリンガル》】のみ。

だが。

「「「「死ね‼」」」」

「「「「にゃアアアアアア⁉」」」」

四つ子の攻撃が、同時に四名の猫人《キャットピープル》を屠《ほふ》る。

一気にやられた同僚達の姿に、ルノアとクロエは顔を苦渋一色に染めた。

落とせない。最後に残ったアルフリッグ達だけは、妖精の砲撃でも、豊穣の全勢力をもってしても攻略できない。

返り血を浴びた砂色の兜と鎧、そして四つの得物。

小鬼などという表現は生温く、まさに一人一人が極限まで圧縮された暴風だ。

ありえない『連携』を披露する四兄弟に、豊穣の店員達が見る見るうちに削られていく。

「うああああああああ⁉」

「リーシャ⁉」

戦闘娼婦《バーベラ》も同じ。

咄嗟に迎え撃とうとしたアマゾネス達が一挙に斬り伏せられ、連合側の戦力は予備隊——透明化状態の春姫《ハルヒメ》の護衛——を除いて、アイシャと命《ミコト》、ナァーザのみとなる。

相手を追い込んでおきながら、自分達も追い詰められている矛盾した状況。

残存勢力が【炎金の四戦士《ブリンガル》】のみとなり、強力な砲撃支援がもはや機能していないのが痛い。

いくらいがみ合っていても、アルフリッグ達もヘディンも互いの手の内を知りつくしている。

四兄弟は殲滅魔法《カウルス・ヒルド》の性質を理解した上で、ルノア達やアイシャ達を『盾』代わりにし、射線を断ち切っているのだ。そもそもヘディンの精密射撃とて、数百M《メドル》もの距離があっては第一級冒険者相手に命中させるのは至難である。

「……そういうことか」

アルフリッグ達から離れた『主戦場』北側。

ヘディンは瞳を細め、呟いた。

もう効果がないと悟ってか、それまでの直接射撃を止め『嫌がらせ』に切り替える。

雷弾を高く打ち上げ、大きな放物線を描き、頭上からアルフリッグ達を狙った。

無論、そんな杜撰《ずさん》な爆撃に当たるアルフリッグ達ではない。『盾』扱いされていたアイシャ達にも命中しない代わりに、精々爆煙と轟音が発生するのみとなる。

ヘディンの砲撃ももう期待できないと、顔を歪める指揮官《リリ》は判断するしかなかった。

ここに来て、第一級冒険者という絶対的な『地の力』が立ちはだかる。

「この『金色の光』がなかったら、結構ヤバヤバのヤバだったニャ……！」

「姿は見えないけど、元娼婦ちゃんの仕業《しわざ》かな……！　気を抜けば上がった能力《ステイタス》に振り回されそうだけどね！」

怒り狂う四兄弟の猛攻を凌ぎ、瞬殺を免れている理由は、ひとえに階位昇華《レベル・ブースト》の力である。

リリの的確な指示により春姫《ハルヒメ》が動き、アイシャやルノア、クロエ達に金光を付与すれば、擬似的なLv．5に至る。数字だけ見ればアルフリッグ達と同じ能力だ。相手の『連携』をまともに相手しないよう一撃離脱《ヒットアンドアウェイ》を徹底し、何とか膠着《こうちゃく》状態に持ち込んでいた。

だが、その膠着は決して『拮抗《きっこう》』にはならない。

なぜならば、『戦車』が既に島の中央帯を越え、この『主戦場』へと迫っているからだ。

（【女神の戦車《ヴァナ・フレイア》】と合流されたら、終わる……！）

眼下の光景を見渡すリリは、鼓動の音を乱した。

自分がいる墳墓の目と鼻の先で繰り広げられる、熾烈な攻防。

ここにアレンとその配下が参戦すれば、容易く戦線は崩壊するだろう。

顔を振り上げ、砂塵とともに迫りつつある一団を視認し、リリの額に汗が伝う。

(今すぐ【炎金の四戦士《ブリンガル》】を倒さないといけない！　じゃないと、このまま勝機を逃す！)

リリはあらゆる情報を遮断して、アルフリッグ達だけを見据えた。

四つ子の激烈な攻撃を、動きを、『連携』そのものを、隅々まで。

癖《くせ》、弱点、呼吸、何でもいい。

フィンから提供された情報も合わせて、【炎金の四戦士《ブリンガル》】を徹底的に分析する。

極限の集中力がリリの思考を加速させ、閃きの向こうへと到達させた。

そして、リリが下した結論は、

(『穴』は――ない!!)

残酷な現実そのものだった。

『無限の連携』。そう謳われる四兄弟に隙《すき》など存在しない。

四人同士がお互いを補完し合い、決して『穴』など晒さない。

三男のベーリングが店員を返り討ちにし、長男のアルフリッグがナァーザの狙撃を弾き返し、
次男と四男のドヴァリンとグレールがアイシャとルノアの挟撃を吹き飛ばす。

『四人揃えばいかなる第一級冒険者にも勝る』という文句は、決して誇張などではない。

(あの四人が揃っている限り、『穴』なんてない!!)

絶望がリリを襲った。

そして無情にも、刻限《タイムリミット》が訪れる。

「轢き潰してやる」

獰猛《どうもう》な眼光を宿す『戦車』が、はっきりと目視できる距離まで迫る。

派閥連合とルノア達を、何ならアルフリッグ達ごとまとめて蹴散らそうと、アレンがさらなる加速を断行しようとした。


「【灰の空、消えた家、降るは黒、廃墟の雨】――」


その時だった。

『歌声』が響いたのは。

「――――」

聴覚が捉《とら》えたそれに、アレンの思考は数瞬、停止してしまった。

「【首なき瞳、尋ねし銅像《コリィ》。なりや、なりや? 貴様は仔猫、迷子の車輪。私は涙、嗚咽の僕《しもべ》】」

砂塵が晴れる。

姿を現すのは一人の猫人《キャットピープル》。

槍を石畳に突き刺し、両手を胸に当て、目を瞑り、声を紡ぐ一匹の捨て猫。

「【家《いえ》を問う。答えはなく。鴉《とり》に問う。定かでなく。だから私は泣くのです。たった一人、家族《あなた》の背で唄うのです】」

爆音が薄れる。

先程から紡がれていいいいた完成間近の『詠唱』が、四兄弟にもはっきりと聞こえるようになる。

驚倒に撃ち抜かれ、アルフリッグ達は攻撃の手を止めてしまった。

「アーニャ様が、詠唱……⁉　まさか……ヘディン様の魔法が『隠れ蓑《みの》』になった⁉」

一人墳墓の上から戦況を俯瞰していたリリだけが、何が起こっているのか正確に把握した。

天高く雷弾を放ち、いたずらに砂塵を巻き上げ、爆音をかき鳴らしていたヘディンの『嫌がらせ』が、詠唱に集中していたアーニャを隠蔽《いんぺい》していたのだ。

アレンも、アルフリッグ達も、無論ヘディンも知る元団員《アーニャ》の『詠唱』。

そして猫人《キャットピープル》と小人族《パルゥム》達が焦燥を孕むほどの『魔法』。

もう止められない。

普段の姿からは想像できないほど、聖女のように歌う猫《アーニャ》の姿に、リリは思わず見惚《みほ》れる。

「早く『耳栓』つけろぉぉぉーーー‼」

「災害音痴が来るニャアアアアア！」

「えっ、えっ⁉」

一方、ルノアとクロエが血相を変えて耳を塞ぎ、命《ミコト》達が混乱する。

次の瞬間。

「【どうか私を置いていかないで】――――【レミスト・フェリス】」

告げられる魔法名。

そして。


「【ニャアアアアアアアアアアアアアアアアアアアアアアアアアアアアアアアアアアアアンッ】‼」


凄まじい『怪音波』が放たれた。

「ぎえええええええええええええええええええええええええええ⁉」

命《ミコト》から耳栓《マジックアイテム》を受け取れる筈もなかったリリが、黒猫曰《クロエいわ》く『音痴の災害』を浴び、両の耳を塞ぎながら引っくり返る。決して聖女なんかじゃなかった超騒音破壊兵器に走馬灯を見ながら、ごろごろと転がり悶《もだ》え苦しんだ。

耳を咄嗟に塞いだアレンも、後方に続く強靭な勇士《エインヘリヤル》達も、その歌声を浴びた。

アルフリッグも、ドヴァリンも、ベーリングも、グレールも、なす術なく被害を被った。

ヘスティアとミアハさえ、その騒音に飛び上がった。

超広域。

誰をも巻き込む、類を見ないほどの効果範囲。

余波を被《かぶ》らぬよう、しっかり両耳へ人差し指を差し込んでいたヘディンはもとより、『鏡』を通じたオラリオの群衆まで腰を抜かしかける中、その魔法の『威力』が表れ始める。

真っ先に異変に気付いたのは、震える手で何とか上体を起こしたリリだった。

「っ……？　力が、入らない……？」

倦怠感とも異なる脱力感。重石《おもし》を背負ったとも違う、まるで自分の体が薄くなったような。

よく見れば、赤らんだ魔力光が、うっすらと全身に宿っていた。

「いや、これは………もしかして、『異常魔法《アンチ・ステイタス》』？」

栗色の瞳を見張って、リリは答えに辿り着く。

「能力《ステイタス》を弱体化させた⁉」

アーニャの魔法【レミスト・フェリス】。

リリが察知した通り、その効果は『異常魔法《アンチ・ステイタス》』。

春姫《ハルヒメ》の階位昇華《レベル・ブースト》とは真逆、下降付与《デバフ》の象徴と言うべき能力値《アビリティ》の大幅な低下をもたらす。

極大音痴災害のアーニャの歌声を被災した者――魔法効果範囲内にいる者――全てに、敵味方問わず強力な『能力低下《ステイタス・ダウン》』を与えるのだ。

専用の魔道具《マジックアイテム》でもなければ遮断できない魔法効果を身をもって実感したリリは、勢いよく顔を振り上げた。眼下の戦場、獣人の強靭な勇士達《エインヘリヤル》も、【炎金の四戦士《ブリンガル》】も、【女神の戦車《ヴァナ・フレイア》】さえも、その赤い魔力光に囚《とら》われている。

「愚図っっ、てめえッッ⁉」

今も鼓膜に反響し、己を苛む【迷子の小猫《レミスト・フェリス》】に、アレンは憤激の叫喚を吐いた。

「けほっ、けほっ………これで、兄様達は、めちゃくちゃ弱くなったニャ……！」

戦闘の中で一度切りしか――半日以上の回復間隔《インターバル》を挟まなければ――発動できない特大の『異常魔法《アンチ・ステイタス》』を発動したアーニャは、消耗する喉をさする。

Ｌｖを一段階下げるとまでは言わないが、【レミスト・フェリス】は数ある下降付与《デバフ》の中でも高出力。能力値《アビリティ》を大幅に下げ、その上『スキル』や『魔法』の効果まで阻害する。

前者以上に後者の効力が厄介であることを知る実兄《アレン》は、仇《かたき》のごとく実妹《アーニャ》を睨みつけた。

「兄様……ミャーは、兄様が怖かったニャ。捨てられた後も、また家族に戻りたくて、兄様を怒らせないよう……ずっとびくびくしてた」

その鋭い眼光を前に、アーニャは臆さなかった。

【フレイヤ・ファミリア】に入団し、捨てられないようにずっと窺い続けていた兄の顔色を、今は真っ直《ま》ぐ《す》見つめる。

「今も本当は、兄様と家族に戻りたい。――でも！　ミャーにはもう一人、家族がいるから！リューやクロエ、ルノア！　ミア母ちゃん達の他に、ミャーを助けてくれた『たった一人の家族』がいるから！」

馬鹿なアーニャは、何故『彼女』が助けてくれたのかはわからない。

あの雨の日、アレンと他ならない女神《フレイヤ》自身が捨てたのに、娘《シル》はアーニャを救ってくれた。

『豊穣の女主人』という居場所をくれた。

『彼女』が告げた通り、それはただの神の気紛れなのかもしれない。ボロボロになったアーニャを可愛《かわい》がり、後でもう一度壊そうとした、神の酷い娯楽だったのかもしれない。

――たすけて。

でも、アーニャはもう娘《シル》の本心を聞いたから。

娘《シル》も何かに苦しんでいることを知ってしまったから。

「だから、ミャーはシルを迎えに行く！」

アーニャは馬鹿だ。そして寂しがり屋の『捨て猫』だ。

彼女は一人の寂しさを知っているから、家族を求める。家族を何よりも大切にする。

だから、家族を助けるためなら――血の繋がった家族《あに》とも戦う。

「そのために必要なら、兄様を倒す！　今だけは！　私は兄様の敵《てき》になる‼」

「――馬鹿がッッ‼」

アーニャの『宣戦布告』に、アレンはあらん限りの怒号を上げた。

被った異常魔法《アンチ・ステイタス》など関係なく、銀の槍をもって実妹を串刺しにせんと疾駆する。

アーニャもまた金の槍を構え、疾走し、彼我の距離を瞬く間にゼロにする。

二匹の猫が生まれて初めて行う兄妹喧嘩《けんか》が、幕を開けた。

「私達も行くよッ！」

「おらおら、覚悟するニャ‼　災音猫の毒奏会《アーニャ・リサイタル》の被害者ども‼」

一方、ルノアとクロエが装着していた耳飾り《アクセサリ》を取り外し、ここぞと攻めかかる。

その耳飾り《アクセサリ》の本来の名は『サイレンス・リラ』。

本来は『セイレーン』や『マーメイド』の歌声を防ぐために【万能者《ペルセウス》】が開発した耳飾り《アクセサリ》を

改造した——暗黒期の中で『音』の攻撃を用いる強敵相手にアスフィ自身が強化改良を加えた——魔道具《マジックアイテム》である。仲間の遺品を含めてリューが所持していたソレを、一度災音猫の毒奏会《アーニャ・リサイタル》を被って全滅しかけたルノア達が、酒場の店員総出で頼み込み、アスフィに大量生産させた経緯を持つ曰《いわ》く付きの品だ。

「「「おのれ!!」」」

強力な下降付与《デバフ》の影響を回避したルノア達が、ふらつく四兄弟へと一斉に飛びかかった。

「こ、これは……！」

アーニャの『魔法』を契機に、戦況が一変した。

階位昇華《レベル・ブースト》で強化されたルノア達、そしてアイシャ達の攻撃に、あの終始圧倒的だったガリバー四兄弟が初めて守勢の素振りを見せた。獣人の強靭な勇士《エインヘリヤル》達はアレンとアーニャの高速戦闘に一歩も近付くことができず、慌てて【炎金の四戦士《ブリンガル》】の支援に回っていた。

（その強靭な勇士《エインヘリヤル》も異常魔法《アンチ・ステイタス》で弱体化してる！　戦闘娼婦《バーベラ》や酒場の店員ももう数えるほどしかいませんが、それを差し引いても……！）

形勢は五分。少なくとも、疑似Ｌｖ.５のアーニャがアレンを押さえ込む限り、対【炎金の四戦士《ブリンガル》】戦の『猶予』が生まれた。

「それなら、あとは【炎金の四戦士《ブリンガル》】の『連携』さえ何とかすれば——!!」

墳墓屋上から戦場を見渡すリリは、残されている力を、全て頭蓋の中身へと回した。

一秒さえ無駄にしてはならない。実行可能かつ成功率が最も高い作戦を速攻で練り出す。

仲間に犠牲を負わせ続けた指揮官の少女は、この数秒に命を賭ける。

そして、

『──アイシャ様、命《ミコト》様、ナァーザ様！　作戦を伝えます！』

ナァーザの道具《アイテム》で回復を図っていた、派閥連合『最後の主戦力』へ通信を飛ばす。

互いの力を認め合っている者達に詳しい説明など要らず、伝達は簡潔で、即座だった。

「なっ……⁉　ま、待ってください、リリ殿！　そんな作戦、貴方の身が……⁉」

『今まで散々冒険者や神様達を犠牲にしたんです！　リリも、命を賭けます！』

「っ……‼」

伝えられた内容に命《ミコト》が異議を唱えていると、神妙な顔で聞いていた犬人《ナァーザ》が口を開く。

「……いいよ。乗った」

「ナァーザ殿⁉」

「こっちもさ……もう、矢がないんだよね」

「！」

「ここからは碌に戦えない……だから私も『囮』、やるよ」

後方支援でありながら、戦闘衣《バトル・クロス》や防具を傷だらけにしたナァーザは、微笑んだ。

「命《ミコト》……上手《うま》く使ってね。第一級冒険者に……一泡吹かせてやろう」

「…………はい‼」

リリの、そしてナァーザの覚悟を前に、命《ミコト》はもう口出ししなかった。

決然と頷き合う少女達を黙って見ていたアイシャが、口端を上げる。

「酒場の連中には私が伝えといてやる。トチるんじゃないよ、チビスケ！」

『はい！』

アマゾネスの眼晶《オクルス》が光を放ち、最後の指示を放った。

『階位昇華《レベル・ブースト》の効果が間もなく切れます！　次の春姫《ハルヒメ》様の魔法が、作戦開始の合図です！』

「――ノーガァ！　敵の予備隊を狙えぇっ!!」

なり振り構わないアルフリッグの声が、戦場の中を飛ぶ。

「反則じみた強化魔法《じゅつ》を使う魔導士、それか妖術師がいる!!　そいつを仕留めろぉぉ!!」

「っ……!!　承知しました！」

第一級冒険者の指示に、狼人《ウェアウルフ》の団員は即座に従った。

残っている強靭な勇士《エインヘリヤル》を従え、墳墓前に固まる戦闘娼婦《バーベラ》達のもとへ進撃する。顔色を変えるアイシャや命《ミコト》達がそれを止めようとするが、四つ子の小人族《パルゥム》の連携がそれを阻んだ。

アルフリッグの判断は的確だった。追い詰められてなお、彼は知性と直感に優れた第一級冒険者の存在感を見せつけた。そして同時にそれは、先程まで最短かつ力ずくで敵を薙ぎ払おうとしていたガリバー兄弟が、『戦術』に手を出したことを意味する。

第一級冒険者が追い詰められている、何よりの証左。

「撃てぇぇぇぇぇぇ！」

「うぁ────⁉」

瞬く間に予備隊へ接近する強靭な勇士達《エインヘリヤル》が、挨拶《あいさつ》代わりの『魔剣』斉射を放った。

たった一人の少女を守る護衛達《アマゾネス》が身を挺《てい》して盾となるが、炎や雷を帯びた風圧が、予備隊の中心にいた春姫《ハルヒメ》のもとまで届く。

「春姫《ハルヒメ》ぇ！　平気っ……じゃないよ⁉　姿、、、、見えちゃってる！」

「……！　フェルズ様の、魔道具《マント》が……」

慌てて走り寄るアマゾネスの少女、レナの言葉に、春姫《ハルヒメ》は愕然とした。

装備していた《ゴライアス・ローブ》が春姫《ハルヒメ》自身は守ったものの、その上に被っていた透明布《リバース・ヴェール》が吹き飛ばされ、まさに襤褸《ぼろ》のように朽ち果てていた。元賢者《フェルズ》から借り受けた魔道具《マジックアイテム》とは言え、これでは再び『透明状態《インビジビリティ》』になることなどできない。

「レナ、どうした⁉」

「サミラ、春姫《ハルヒメ》がもう透明になれない！　この状態じゃあ魔法、使えないよ！」

前方では強靭な勇士《エインヘリヤル》と戦闘娼婦《バーベラ》がとうとう衝突する最中《さなか》、予備隊の指揮を預かる灰髪のアマゾネス、サミラが駆け付ける。

「この戦い、都市中に中継されてるんでしょ⁉　春姫《ハルヒメ》の『秘密』がバレちゃう！」

「っ……！」

「どうしよう、アイシャの言い付け通り逃げたらいいの⁉　でも私達以外の味方なんて、もういないみたいだし……！　主神様《ハトホル》は、まだ生き残ってるみたいだけどっ………」

どんどん尻《しり》すぼみとなっていくレナの言葉に、サミラも咄嗟に指示を出せない。

階位昇華《レベル・ブースト》は秘儀の中の秘儀。あの美神《イシュタル》をも歓喜させたほどの反則技であり、存在があかるみになれば必ず我が物にしようという輩《やから》が現れる。それこそ、術者である春姫《ハルヒメ》は延々と付け狙われ、二度と安寧の日々は訪れないだろう。

戦争遊戯《ウォーゲーム》前、アイシャにも厳命されていた。

階位昇華《レベル・ブースト》が露見するようなら、もう妖術は使わず逃げろ、と。

(だけどよっ、ここで春姫《ハルヒメ》を連れてトンズラしたら、アイシャ達が……！)

レナの言う通り、この場にはサミラも含め、もうハトホルの眷族しか残っていない。

アレン達の『神狩り』によって大部分の主神が脱落し、予備隊の中からも多くのアマゾネス達が離脱した後だ。何より、こんな状況で春姫《ハルヒメ》の階位昇華《レベル・ブースト》が失われれば、間違いなくアイシャ達やルノア達の均衡《きんこう》は崩れる。

姉貴分《アイシャ》の指示か、戦線の維持か。汗を帯びるサミラが葛藤していると――。

「詠唱をっ、始めます……！」

彼女達の判断を待たず、春姫《ハルヒメ》が立ち上がった。

「もう、魔法の効果が切れてしまうっ……次の階位昇華《レベル・ブースト》を、かけ直さなくては……！」

「ちょ、ちょっ、ダメだって、春姫《ハルヒメ》ぇ⁉　私達がアイシャに怒られるし、バレたら春姫《ハルヒメ》も大変なことになるんだよ⁉」

透明化を解除された春姫《ハルヒメ》の横顔は、止まらない汗で埋めつくされていた。

精神疲弊《マインドダウン》の兆候だ。開戦前、あれほど大量にあった精神力回復薬《マジックポーション》もとうに尽きている。

詠唱連結《ココノエ》と階位昇華《レベル・ブースト》の組合《コンボ》の消耗が甚だしいのはもとより、春姫《ハルヒメ》は前線の冒険者達を支えるため、それこそ間断なく魔法を行使していた。

春姫《ハルヒメ》がいなければリリの戦略も、現在の戦況も決して成立しなかった。

彼女こそ今回の戦争における『陰の殊勲者』だ。

「それでもっ……歌います……！」

直接戦えず、指揮も執れず、何もできないからこそ、少女は歌い続けようとする。

元【イシュタル・ファミリア】のアマゾネス達が息を呑むほど。

「春姫《ハルヒメ》……お前……」

サミラは、まじまじと狐人《ルナール》の少女を見た。

「……レナの言う通り、階位昇華《レベル・ブースト》がバレたら、取り返しのつかないことになるぞ。きっとまた、『殺生石』みたいな騒動が起こる。……いや、絶対に」

気が付けば、戦いのことも忘れて尋ねていた。

「イシュタル様の時より酷い状況が待っているかもしれない……それでも、いいのか⁉」

無意識のうちにサミラが語気を強めた、次の瞬間。

「関係ない‼」

「‼」

「関係ないのです、サミラ様！　レナ様‼　この身の安全なんて！」

　春姫《ハルヒメ》は決まりきっているように、叫び返していた。

「守られるだけの私《わたくし》にどれほどの価値がありましょう⁉　仲間を顧みず、愛しい殿方まで見捨てる卑《いや》しき女に、どうして春の日差《ひざ》しを浴びる資格がありましょうか⁉」

「春姫《ハルヒメ》……」

「ベル様が奪われてしまう！　家族《ヘスティアさまたち》が悲しんでしまう！　そんなの嫌！　絶対に嫌‼　守られて、救われるだけの春姫《ハルヒメ》は死にました！」

　そこに、サミラ達が知っている少女はいなかった。

「私《わたし》はもう『破滅の象徴』なんかじゃない！　泣いているだけの娼婦なんかじゃない！　私《わたし》は──【ヘスティア・ファミリア】の春姫《ハルヒメ》です！」

　かつて破滅を嘆いていた娼婦はもういない。

　一人の『妖術師』がそこにいた。

「…………春姫《ハルヒメ》。オレ、お前のことが嫌いだった」

　レナが立ちつくす隣で、サミラは言った。

　事実だった。美神《イシュタル》の『魅了』で逆らえなかったアイシャ、脅されていたレナ達と異なり、祭具担当のサミラは『殺生石』の儀式に積極的に携わった。

　どうでもよかったのだ。うじうじ泣いて、自分では何もできない弱い女のことなんて。

　気に食わない少女の命なんて利用して、強い雄達《フレイヤ・ファミリア》との戦いを楽しもうと、そう思っていた。

だが、今は。

「けど、今のお前は……いいな」

「サミラ様……」

翠《みどり》の双眸を見張る少女に、サミラは笑みを浮かべていた。

自分が好きな『強い女』を前に、彼女は手の平に拳を叩きつけていた。

「よし、歌え歌え！　歌っちまえ、春姫《ハルヒメ》!!　オレ達が守ってやる!!」

「ええっ、サミラ⁉　いいの⁉」

「いいさ！　コイツが汚《きたね》え連中に狙われるようなら、オレ達が守ってやりゃあいい！」

「よくないよ～!!　それって一生、春姫《ハルヒメ》のお守りってことじゃ～～～ん⁉」

背を向け、強靭な勇士《エインヘリヤル》に圧《お》される戦闘娼婦《バーベラ》達のもとへサミラが駆け出す。

グズるレナも追いかける中、呆然とする春姫《ハルヒメ》に、灰髪の女戦士《アマゾネス》は顔を振り向かせ、言った。

「やれぇ、春姫《ハルヒメ》!!」

春姫《ハルヒメ》は、笑みと、頷きを返していた。

「【ココノエ】――」

収束を始める異質な魔力。

これまで透明の加護に守られていた妖術が、初めて日の下に晒される。

「【愛しき雪《ゆき》。愛しき深紅《あか》。愛しき白光《ひかり》】」

戦場の光景をいくつも映し出す『鏡』の中で、その金光はすぐに民衆の目にとまった。

いつの間にか姿を現した狐人《ルナール》に、都市にいる冒険者が、神々が意識を引き寄せられた。

「【どうか側にいさせてほしい――二千夜《よる》の末に見つけし其《そ》の恋願《おもい》】」

詩歌管弦《しいかかんげん》、光焔万丈《こうえんばんじょう》。

淀みなく紡がれる詩句に、戦場中の瞳も視線を奪われた。

「【我が名は狐妖《こよう》、かつての破滅。我が名は古謡《こよう》、かつての想望。鳥のごとく羽ばたく御身《おんみ》のために、この身、九妖《くよう》を宿す】」

強靭な勇士達《エインヘリヤル》は目標を見つけた。

あれこそが自分達を殺しうる『妖狐』だと気付いた。

何としてもあの女狐を討ち殺すため、恐るべき気炎を吐いた。

「【響け金歌《こうか》、玉藻の召詩《うた》。白面金毛《はくめんこんもう》、九尾の王】」

戦闘娼婦《バーベラ》達は咆哮した。

かつての妹分に手を出させはしないと息を巻いた。

あの狐《ヘッポコ》が吠えたのだから、自分達はより雄叫《おたけ》ばなければ嘘だと、そう叫んだ。

「【全てを喰《く》らい、全てを叶えし、瑞獣《ずいじゅう》の尾】――」

サミラは殴った。

誰よりも敵を殴り、蹴り砕き、己の四肢を壊しながら、なおも激闘した。

レナとともに大地に引いた一線を、勇士達に越えさせなかった。

「――【大きくなれ】」

詠唱連結。

特級の付与魔法《エンチャント》を紡ぎ終え、サミラ達が何度も耳にした歌声へと切り替わる。

「【其の力に其の器。数多の財に数多の願い。鐘の音が告げるその時まで、どうか栄華と幻想を——大きくなれ】」

加速する。

幾度となく歌い慣れた歌は『高速詠唱』の鎧を纏い、時の中を駆け抜ける。

「【神饌《かみ》を食らいしこの体。神に賜いしこの金光《こんこう》。槌へと至り土へと還り、どうか貴方へ祝福を】」

強靭な勇士達《エインヘリヤル》は総力を上げた。

あれだけは止めろとがなり立てた。

戦闘娼婦《バーベラ》は渾身を尽くした。

近寄らせるなと一度倒れた者すら起き上がり、勇士達の足を摑み、引きずり倒した。

進めない。進ませない。

届かない。届かせない。

怒り狂った獣人の一閃が迸《ほとばし》る。

自身より遥か格上の一槍《いっそう》に、肩を貫かれたサミラは、笑った。

血を吐きながら笑い、その胸《むな》ぐらを摑んで、獣人《ノーガ》の男に渾身の頭突《ヘッドバット》を見舞った。

兜ごと額を砕かれ、ぐるんっと白眼を剝く男と一緒に崩れ落ちながら、女戦士は呟いた。

いけ、と。

春姫《ハルヒメ》は応《こた》えた。

自分を守る姉達の姿を瞳に刻みつけながら、涙など燃やし、その『切り札』を唱えた。

「【ウチデノコヅチ】――【舞い踊れ】!!」

「【――大きくなぁれ】!」


投下されるのは最上級の『奇跡』。

アーニャ、クロエ、ルノア、命《ミコト》、ナァーザ、そしてアイシャ。

昇華《ランクアップ》して増えた六尾を全てつぎ込んだ、自軍への最大強化。

開戦当初より派閥連合に絶大な上昇付与《バフ》をもたらしていた『絡繰《からく》り』を、勘のいい冒険者と全知の神々は瞬時に悟った。

もう後戻りはできない。

だから、水晶を片手に春姫《ハルヒメ》の覚悟を聞いていたリリは――叫んでいた。

「仕掛けます!!」

号令はそれだけ。

輝かしい金光とともに上がった合図は、まず一投を呼んだ。

リリのもとから放たれ、ルノア達と交戦する四兄弟のもとに落下する、黒塗りの玉。

冒険者達の間隙を縫って、石畳に着弾し、勢いよく爆ぜる。

「煙幕⁉」

「煙玉か！」

正確には魔道具《マジックアイテム》。

異端児《ゼノス》救出の際、【ロキ・ファミリア】すら出し抜いたフェルズ謹製の黒霧《ブラックミスト》。

生き物のように蠢《うごめ》き、四肢に絡みついてくる異様な黒煙に、アルフリッグ達はルノア達は愚か、兄弟《おたがい》の姿さえ見失った。

「小癪《こしゃく》‼」

「我々の連携を阻むか！」

粘性すら帯びる漆黒の霧はあらゆる情報を遮断する。

視覚はおろか、嗅覚さえ機能不全。まともに生きているのは聴覚のみ。一心同体、以心伝心を掲げる四兄弟さえ、この瞬間、一人一人が孤立した。

「――【フツノミタマ】‼」

直後、襲いかかる強力な重力。

頭上から流れ込む凄まじい加圧に、四兄弟の体が沈み込む。

「「「「ぐうううううう⁉」」」」

階位昇華《レベル・ブースト》の裏で仕込まれていた命《ミコト》の魔法。疑似Ｌｖ．３が繰り出した渾身の必殺に、異常魔法《アンチ・ステイタス》によって弱体化したＬｖ．５達は行動の遅延を余儀なくされる。重力の作用によって魔力性の黒煙が圧縮されるという奇怪な状況が生まれる中、一層お互いの意思疎通が困難となる。

降り積もる損傷《ダメージ》。だが、まだ脱出できる。この程度の檻《おり》では【炎金の四戦士《ブリンガル》】は倒れない。

問題は脱出する方角。

十中八九、敵はこの漆黒と重力の檻からアルフリッグ達が飛び出すのを待ち構えている。

バラバラに飛び出せば、各個撃破に繋がりかねない。四人揃って脱出しなければならない。

凄まじい重力に刻一刻と体力を蝕《むしば》まれ、アルフリッグ達に焦燥の種が芽生えた瞬間。

「二時!!　北東に敵影なし!!」

――ベーリングの声!!

兄弟の中でも索敵能力に優れた三男の指示に、アルフリッグ、ドヴァリン、グレールは一糸乱れず従った。黒檻に閉じ込められる前より自分達の立ち位置、及び方位を正確に把握していた第一級冒険者達は、恐るべき脚力をもって脱出を図る。

重力の戒めを振りほどき、最初にドヴァリンが、次にグレールが、アルフリッグが、最後にベーリングが檻から飛び出す。

「こっちに出た!　たたみかけな!!」

そこへ、すかさず冒険者達が飛びかかる。

アイシャの声に従い、ルノアが、クロエが三方より強襲。

当然の帰結。三男《ベーリング》の声は相手にも届いている。待ち伏せだけはなかったものの即刻対応され、状況確認をする暇もない。

だが、些事だ。【炎金の四戦士《ブリンガル》】にとってそれは些末《さまつ》だ。

互いを視界に入れたのなら、そこでもう残りの兄弟が何をするのかわかる。

自分が何をすべきかもわかる。刹那の情報統一こそ『無限の連携』の極意。

槍を持つ長男《アルフリッグ》がアマゾネスの大朴刀《だいぼくとう》を迎撃。

次男《ドヴァリン》の大槌で猫人《キャットピープル》のナイフを粉砕。

三男《ベーリング》の大斧でヒューマンごと拳具《ラッシュ》を斬断。

そして浮いた四男《グレール》の大剣をもって回転斬りを放ち、三人まとめて薙ぎ払う。

瞬時に同一の光景を脳裏へ共有し、【炎金の四戦士《ブリンガル》】は実行した。

「はあああああ！」

「無駄！」

長男《アルフリッグ》の槍がアイシャの大朴刀を打ち払う。

「ニャア！」

「無駄!!」

次男《ドヴァリン》の大槌が猫人《キャットピープル》のナイフを弾き飛ばし、粉々にする。

「らぁあああああッ！」

「無駄だと言っている!!」

そして四男《グレール》に殴りかかろうとするルノアを、三男《ベーリング》の大斧が切り払う。

それで終わりだった。

その筈だった。

「オラァアアアアアアアアアアア‼」

「がっっ⁉ ————えっ」

ルノアの鉄拳が、攻撃の予備動作に移っていた四男《グレール》の脇腹《わきばら》に、めり込んでいた。

時が停止する。

兄弟の脳裏に致命的な雑音《ノイズ》が生じる。

その時、『無限の連携』が、確かに乱れた。

「何をやっている、ベーリング⁉」

自身の背後、隊列の最後方に向かって、アルフリッグが怒声とともに振り返る。

瞬間、アルフリッグは見た。

全く見当違いな方向へ動いている三男《ベーリング》を。

砂色の兜と鎧を纏い、けれど徒手空拳の『弟』の姿を。

アルフリッグの意識に、刹那の空白が生まれる。

「————、————っ、————ツッ⁉」

黒霧《ブラック・ミスト》が揺らぐ。

その奥に、見えた。

重力の中心に捕まり、声も上げられないほど、今も地面に縫い付けられている三男《ベーリング》の姿が。

「————」

長男《アルフリッグ》が生じさせた刹那の空白を、そして情報の断片を、次男《ドヴァリン》と四男《グレール》も共有してしまう。

わ、わ、わざとだ。

アルフリッグ、ドヴァリン、グレールを檻から脱出させたのは、わざと。

この漆黒の重力結界は、端から四人全員ではなく、最初から『たった一人』を狙って、閉じ込めるためだけの『檻』。

『偽物《にせもの》』を『本物』と入れ替えるためだけの魔法箱《マジック・ボックス》!!

衝撃とともに事態把握に要した時間、僅か半秒。

未だ世界が遅延し、急激圧縮された体感時間の中で、アルフリッグは怒号を上げていた。

「――誰だっ、貴様は⁉」

即座に薙がれる長槍《ちょうそう》。

側面から迫るその一撃を、『弟の姿をした存在』は顔の横に左腕を構え、防御《ガード》。

直後、許容量以上の損傷《ダメージ》に『魔法』が解除される。

無数の粒子が霧散し、灰色の魔光の下から現れるのは、同胞の少女。

(リリルカ・アーデ――⁉)

変身魔法『シンダー・エラ』。

リリだけに許された子供騙《こどもだま》し。

しかし、その灰被りの子供騙しが、『逆転の一手』を手繰り寄せんとする。

(――ないっ――)

絶句するアルフリッグを他所に、歪められたリリの双眸が、血走った。

地面から浮いた足、真横に泳ぎつつある体、一瞬後には豪速で吹き飛ぶ自身の矮小《わいしょう》な体。

肉は裂け、骨なんて簡単に砕けた左腕が灼熱の激痛を宿す中――リリは泣かなかった。

(泣かないっ――!!)

目の前の同胞《アルフリッグ》に腕を折られた女神祭《あのとき》、みっともなく上げた悲鳴も、流した涙も、噛み千切った唇の奥へと呑み干し、とうとう掠め取った『勝機』へと手を伸ばす。

(リリは指揮官ッ――!!)

冒険者を犠牲にし、神を餌に用いた。

なら、最後に使うのは自分自身。挺《てい》するのは役立たずのこの肉体《からだ》。

弱音は許されない。迷いも涙も捨てるもの。自分さえも勝負の手札《カード》として利用する。

勇者の教えを心身に刻んだ指揮官は、『勝利』に向かって咆哮を上げる。

(この四人が揃っている限り、『穴』なんてない――)

先刻辿り着いたリリの見解。

四戦士の連携に対する絶望的な絶対解。

(――なら、一人でも欠ければ『穴』は生まれる!!)

そしてそれが、絶望的な結論の先で辿り着いた簡単な答え。

四から一さえ引いてしまえば、『無限の連携』は『有限』に成り下がる。

小人族《パルゥム》達の世界が、終わる。

小人のみが共有していた高速思考が、加速していた体感時間が、終わりを告げる。
既に腰袋《ポーチ》に回されていたリリの右腕が『それ』を掴み取る。
アルフリッグが、ドヴァリンが、グレールが、危機的状況を悟り再集結しようとする。
だが、閃いたリリの右手の方が、早かった。
アイシャ達を無視し、集おうとした三兄弟の中心に投げ込まれる、一つの小瓶《こびん》。
万能者《アスフィ》からもらい受けた——『爆炸薬《バースト・オイル》』。

「「「がっっ⁉」」」

三方に飛ぶ。
咲いた爆炎の華が、東に、南に、西に、小人の勇士達をそれぞれの方向に飛ばす。
リリもまた決河の勢いで大地を転がる中、【炎金の四戦士《ブリンガル》】が完全に分断される。

それが絶好の機にして、逆襲の時。

「——今までよくもやってくれたなぁ」
「っっ⁉」

東。
大剣を杖に見立て起き上がるグレールの前に、一人の女が立つ。
風に梳《す》かれる羊毛色《ベージュ》の短髪、血濡れの拳具に包まれた握拳《フィスト》。

今日まで四戦士に負け続けた再戦者《リベンジャー》、ルノアは、眉を逆立てて憎き仇敵《きゅうてき》を睨みつけた。

「今日までの借り、全部返してやる!!」

「な、舐めるなぁああああああああああああ!?」

真正面から向かってくるルノアに、グレールもまた突っ込んだ。

女神祭の時と同じように斬り伏せようと振り抜かれる大剣。

それに対し、ルノアは急停止。

「――――」

兄弟と分断され、動じ、勝負を急いだグレールの焦りを見逃さず、大剣を空振りさせる。

抜群の『駆け引き』を発揮する拳士《けんし》が放つのは無論、待ちに待った、渾身の拳砲。

左拳の腹撃《ボディブロー》。

「づああぁ!?」

すくい上げるかのように地面すれすれから放たれたそれが、グレールの腹部から爆薬を彷彿させる痛打音《スマッシュ》をかき鳴らした。

そして、腹に突き刺さった拳を起点に極限まで折れ曲がる小人《グレール》の体へ、連拳《ラッシュ》は敢行される。

「連携さえなけりゃあ、お前等なんてなぁああああああああああああああああああああああああああああああああああッッ!!」

幕を開ける拳《こぶし》の爆乱。

正打《ストレート》、側撃《フック》、昇拳《アッパー》、肘鉄《エルボー》、裏拳《バックフィスト》、あらゆる角度からグレールの全身という全身を抉り、手から滑り落ちた大剣を破壊し、兜を破砕し、鎧をも砕きながら滅多打ちにする。小人族《パルゥム》の体は地面に帰してもらえず、宙に浮遊しながら爆撃のごとき乱打を被弾し続けた。

「がぁあああああああああああああああああああああああああああっっ⁉」

――オラリオが混沌に包まれていた時代、一人の『賞金稼ぎ』がいた。

都市の外からやって来た『彼女』は己が拳のみで成り上がり、多くの上級冒険者を仕留め、【炎金の四戦士《ブリンガル》】と出会うまで無敗を誇っていた。

真っ向勝負にこだわり、標的の返り血をもって赤黒く染まる拳具。

それを由来に名付けられた、二つ名とも異なる彼女の通り名は――『黒拳《こっけん》』。

魔法など用いず突出した『力《アビリティ》』のみで敵を打倒してきた、生粋の超接近戦主義者《インファイター》である。

「くたばれぇぇえええええええええええええええええええええええ‼」

止めの振り下ろしがグレールの胸部に叩き込まれ、そのまま、石畳を爆砕する。

「がっっ、ア――――」

陥没した大地に埋もれた小人族《パルゥム》は、血を吐いた。

兜とともに目庇《バイザー》を失った瞳から意識が遠のき、がくりと、頭部から力を失って沈黙する。

「しゃあっ‼　見たかぁ‼」

かつて大剣に斬られた傷跡をなぞり、拳を打ち鳴らす。

誰よりも喧嘩っ早い女は、勝ち気な笑みを浮かべた。

「グレール⁉」

西。

速攻の強襲とともに沈んだ弟の姿を目視し、ドヴァリンが叫喚を上げる。

「兄弟の心配してていいニャア～？」

「ッッ⁉」

そんな彼の背後に投げかけられる、猫の鳴き声。

嘲笑《ちょうしょう》にも冷笑にも見える笑みを浮かべ、クロエは飛びかかった。

「その程度でえええ！」

爆炸薬《バースト・オイル》が生んだ、砂を孕む爆風。そこから一挙に飛び出した後方からの奇襲に、しかしドヴァリンは反応してのけた。大鉄球と言うべき大鎚で、迂闊な猫を粉砕する。

そう、文字通りクロエの全身が『木端微塵《こっぱみじん》』に砕け散った。

「⁉」

「【フェレス・クルス】」

眼前で四散した猫人《キャットピープル》に驚倒するのも束の間、グレールの耳に飛び込んだのは魔法名。

既に唱え終えられていた超短文詠唱魔法の正体は、

（『幻影魔法《まぼろし》』⁉）

魔力の残滓となって消えた猫に驚愕するドヴァリンへ、今度こそ真の奇襲が迫る。

「う、ぉおおおおおおおおおおおおおおお！」

が、それすらも第一級冒険者《ドヴァリン》は反応し、頭上から襲いかかってきたクロエを粉砕した。

粉砕、してしまった。

「ざ～んねん。幻影は三体まで」

「――ぐァ⁉」

二体の幻影で攪乱した本物《クロエ》は、一体目が飛び出した煙の中から悠々と躍り出た。

無理を押して二撃目を放ち、不安定な体勢となったドヴァリンの背を切り裂く。

斬りつけた得物は、先程砕かれたナイフとは異なる、不気味な黒紫の色を宿したダガー。

「この子、《バイオレッタ》って言うニャ～。下層深層《ダンジョン》のモンスターの劇毒・猛毒を吸わせた、ミャーの特別《スペシャル》～」

外道の武装であると自慢する猫に、何とか持ちこたえた小人族《パルゥム》は罵ろうとした。

猛毒程度《そんなもの》で第一級冒険者が倒れるものか――そう吠えようとした。

「――――がッッ？」

だが、無理だった。

ドヴァリンは、口から真っ赤な血を吐いていた。

「第一級冒険者ご自慢の、ドチャクソ鍛えられたつよつよ『耐異常《アビリティ》』に『毒』なんて効かない
なんて言いたかった？　――――む～～～～り～～～～～～っ」

対するクロエは、ニヤァ～～～、と。

残酷で、陰湿で、嗜虐的《しぎゃくてき》な、飛びきりの邪笑《じゃしょう》を浮かべる。

「アーニャの災害音痴《まほう》は耐異常《アビリティ》の効力まで下げる」

「────────」

致命的なまでに抜け落ちていた元団員《アーニャ》の情報に、ドヴァリンが凍結する。

小人の口内からドス黒い色の夥しい吐血が始まる中、猫の唇は、三日月を描いた。

「一度でもそうなっちゃえば──ミャーでもボコボコにできるニャア♪」

「ぎっっ、ぁあああああああああああああああああああああああ⁉」

猛毒のナイフが踊る。

鎧の隙間を狙って放たれる斬撃の糸。八つ裂きにされるドヴァリンの四肢。

更なる毒素をもって犯し、穴という穴から血を噴出させ、小人の体がとうとう崩れ落ちる。

「がはっ、ごほっ、ぐぁぁぁぁぁぁぁ……⁉　──ぅグっ⁉」

そして、罅だらけの石畳に横たわったドヴァリンの頬に、猫の踵《ヒール》が落とされた。

「ねぇねぇ、今どんな気持ち～？」

「がぁぁぁ……⁉」

「雑魚《ざこ》だと思った相手に雑魚扱いされてぇ、今どんな気持ちぃ～～～～？」

──『黒拳《こっけん》』と同時期に活動していた『暗殺者《アサシン》』がいた。

徹底して素性を隠していたその女は、真っ当な戦術など取らず、搦《から》め手の限りを尽くし、都市の暗殺業《アサシネイション》に大いに貢献した。

舞う毒の刃は猫の尻尾。ニャアンという鳴き声を聞いたなら、それは哀しき死の予兆。

真っ向勝負を好む『黒拳《こっけん》』と比べられるように名付けられた異名は、『黒猫』。

グリグリと第一級冒険者の横顔を踏みつけながら、ゾクゾクと背筋を震わせる。

火照《ほて》った頬に片手を添えながら愉悦に満ちるその姿は、控えめに言っても邪悪だった。

「私は今、最っ高に気持ちいいわ」


「う、ぉ、ぉぉおおぉぉおおおお────!!」

「ぐううう!?」

結界内。

全身の力をかき集め、ベーリングがとうとう、極限圧縮されていた命《ミコト》の重圧魔法《フツノミタマ》を破る。

重力の檻の粉砕とともに爆ぜる魔力、伴って晴れてゆく黒霧《ブラックミスト》。

周囲、散り散りとなった三兄弟《アルフリッグたち》の姿を目にしたベーリングは衝撃に襲われた。

直ちに『連携』を復活させなくては──

「【影が行《ゆ》く。闇が降る。腕亡《な》き我が身は凋落《ちょうらく》の冠《かんむり》】」

「!!」

だが、そこで。

兄弟の救援へ向かおうとしたベーリングの足を、命《ミコト》とは異なる詠唱が引き止める。

（犬人《シアンスロープ》──あの狙撃手《スナイパー》!!）

矢の狙撃に徹していたナァーザが初めて行使する、正体不明の『魔法』。

焦燥が燃え上がる。また何か仕掛ける気かと、ベーリングは急遽進路を転じた。

「【悪《あ》しき蟲《むし》、巣食われる肉、凌辱《おか》されし心。銀《ぎん》を苛む、蠢動《しゅんどう》の羽音《はおと》】——!!」

「このっ、塵芥《ちりあくた》どもぉぉぉぉぉぉぉぉ!!」

即座に埋まる間合い。決して手放さなかった大斧を、ナァーザ目掛けて振り下ろす。

詠唱は完成した。だが魔法よりこちらの一撃の方が速い。もう余計な真似はさせない!!

ベーリングの決然たる一撃に——『囮《ナァーザ》』は全て見越していたように、右腕を突き出した。

「っっ⁉」

能力は下がっているとはいえ、右腕ごと相手を斬り飛ばして然《しか》るべき第一級冒険者の斬撃。

それが、硬質な手応えとともに止められる。

「なっ——銀の義手⁉」

裂かれた袖《そで》と手袋《グローブ》の中から現れるのは金属の輝き。生身ではない人工の腕。

『銀の腕《アガートラム》』。

取るに足らない『塵芥』の情報など調べていなかったベーリングは、衝撃に射抜かれる。

半分まで断たれ、衝撃によって幾つもの関節を増やした『銀の腕《アガートラム》』はしかし、まるで銀の蛇のように大斧に絡みついた。

「いいよ、あげる」

義手を犠牲にたった一撃のみ回避したナァーザは、飛び散る破片に目を眇めた。

代金代わりだ、と。

巨額の借金《ローン》が残る義手を未練なく差し出した犬人《シアンスロープ》は、唯一の『魔法』を発動した。

「【ダルヴ・ダオル】‼」

放出される、夥しい『漆黒の粒子』。

壊れた銀の腕から吹き出し、まるで昆虫の大群を彷彿させる、おぞましい光粒群《こうりゅうぐん》。

超至近距離からの放射に回避行動など間に合わず、小人族《パルゥム》は呑み込まれ、そして絶句した。

損傷《ダメージ》はない。代わりに、凄まじい『倦怠感』が発生する。

(まさかっ——異常魔法《アンチ・ステイタス》⁉)

ナァーザの魔法【ダルヴ・ダオル】。

彼女の『魔法』もまたアーニャと同じ『異常魔法《アンチ・ステイタス》』。本来の右腕を失い、心身ともに衰弱していた少女のもとに発現した代物。皮肉にも自派閥《ファミリア》を追い詰め、主神《ミアハ》も苦しめたという負い目が引鉄《ひきがね》となった『衰退』の象徴である。

「こいつ等、揃いも揃ってえええ⁉」

異常魔法《アンチ・ステイタス》の重ねがけにより更に下がった己の能力《ステイタス》に、ベーリングは怒り狂った。

斧に絡みついた『銀の腕《アガートラム》』を振り払い、今度こそナァーザを屠ろうとした。

だがそれよりも、

「恩に着ます、ナァーザ殿——」

「⁉」

頭上。

宙を舞う命《ミコト》が、鞘に収めた長刀に手を添える。

ナァーザは『囮』だ。ベーリングをアルフリッグ達と合流させないために――『連携』を復活させないために、彼女はわざと呪文を高らかに唱え、意識《ヘイト》を自分に向けたのである。

ナァーザに『詰め』を託された命《ミコト》は、全力をもって、応えた。

「絶華《ぜっか》!!」

「がぁあああああ――――⁉」

迸った斬閃がベーリングに走り抜ける。

武神直伝の『居合の技』は、極限まで能力《ステイタス》が下がった第一級冒険者に致命傷を与えた。

小人が倒れ伏す音。義手を失い、魔法の反動でナァーザも倒れ込む音。

ただ一人立つ少女は、残心の後、刀を鞘に収めた。


「グレール、ドヴァリン、ベーリング⁉」

最後に、南。

弟達の各個撃破を認めたアルフリッグを、驚倒が支配する。

（最初から、計算しつくされている――!!）

兄弟の中でも優れた三男《ベーリング》の索敵能力を始め、【炎金の四戦士《ブリンガル》】の各情報及び癖《くせ》を、リリは勇者《なにものか》から確実に摑んでいる。更にあの同胞の少女は、この戦争遊戯《ウォーゲーム》の間できる限り自分達を観察していたのだろう。でなければ、姿形を真似たとて自分達《アルフリッグ》が兄弟の変装など看破している。

（間近で目にした、あの女神祭の襲撃さえ変装の材料に変えて……僕達を欺いた⁉）

唯一の武器である『変身魔法』をもって、リリはアルフリッグ達を『引っかける瞬間』を、ずっと待っていたのだ。

視界の隅で力尽き、横たわっている少女の姿に、アルフリッグは今度こそ言葉を失った。

「【来れ、蛮勇の覇者】‼」

「っっ⁉」

そんな動揺抜けきらないアルフリッグの体を、大朴刀と熾烈な『並行詠唱』が襲う。

油断も慢心も捨て、リリ達が作り上げた『勝機』だけをものにせんと、アイシャが全身全霊をもって打倒しにかかった。

既に三人の弟は陥落。残るは孤立状態のアルフリッグのみ。

リリルカ・アーデが目論んだ『各個撃破』が、『無限の連携』に風穴を開ける。

あの女神祭の日、アルフリッグが認めた少女が、【炎金の四戦士《ブリンガル》】にとうとう土をつける。

「――【飢《う》える我が刃《な》はヒッポリュテー】！」

間もなく、槍の抵抗を浴び全身を裂傷まみれにしたアイシャの詠唱が、一気に駆け抜ける。

「【ヘル・カイオス】‼」

「っっっ⁉」

大上段より振り下ろされた縦断の一撃。

間髪入れず長槍を水平に構えた防御体勢。

十字となって交差する槍が大朴刀を受け止める。

だが、そこまでだった。

槍の柄《え》が受け止めた大朴刀から、紅の斬撃波が見舞われる。

「づっ、ぁあああああああああああああああああああ⁉」

身の丈を優に越す巨大な魔刃を直接叩き込まれ、アルフリッグの命運は決した。

真っ二つにされた槍とともに、墳墓の壁に突っ込み、叩きつけられる。

「――殺《と》ったぞぉ、チビスケえぇぇぇ！」

とうとう下した【炎金の四戦士《ブリンガル》】に、アイシャが勝利の咆哮を上げる。

ルノアが、クロエが、命《ミコト》とナァーザがその雄叫びに続き、地面に座り込む春姫《ハルヒメ》もまた汗まみれの笑みを浮かべた。

「ありがとうございますっ、みなさんっ……！」

粉砕骨折の激痛で意識が飛びかけていたリリは、勝利の歌に正気を取り戻した。

うつ伏せになっていた地面から顔を剝がし、周囲を、戦況を確認する。

春姫《ハルヒメ》を除いて予備隊は全滅。だが戦闘娼婦《バーベラ》達も獣人の強靭な勇士《エインヘリヤル》達と相打ちに持ち込んだ。

アルフリッグ達が倒れた今、残っているのは今もアーニャと交戦するアレンのみ。

「っっ……誰かっ！」

最後に残った第一級冒険者。この場は自分達で何とかできる。何とかしてみせる。

だからリリはまだ動く右腕をもがくように動かし、口もとに眼晶《オクルス》を運んだ。

血と埃《ほこり》にまみれた体から、あらん限りの声を引きずり出し、『全軍』へ訴えた。

「誰かっ、まだ動ける方はいますか⁉」


『敵の主要戦力はほぼ壊滅！　残りは【猛者《おうじゃ》】と、【女神の戦車《ヴァナ・フレイア》】だけ！』

都市遺跡に少女の声が響き渡る。

【猛者《おうじゃ》】はベル様達が、【女神の戦車《ヴァナ・フレイア》】はリリ達が押さえます！』

指揮官は戦場に散らばった眼晶《オクルス》に向かって、友軍に呼びかける。

『まだ動ける方は、西へ！　ベル様の援護に、フレイヤ様のもとに向かってください！　これが最初で最後の好機なんです！　女神の『花』を！　勝利を！　お願いしますっ……誰か‼』

そのリリの声を、砕け散った武具が、意識を断った冒険者達が無言で聞いていた。

未だ【ガネーシャ・ファミリア】の手で回収しきれない冒険者、強靭な勇士《エインヘリヤル》は身じろぎ一つしない。屍《しかばね》のように何人たりとも動かない。昔日に滅んだ遺跡の静寂だけが全てだった。

終末を前に力尽きた戦士達は、少女の懇願に応えられない。

『誰かっ……だれかっ……！』

「リリさんっ……！」

水晶から響き渡る通信を唯一聞くカサンドラは、瞳から涙をこぼした。

自分はもう戦う権利を失った。ダフネを救うためにヘグニと誓ってしまった。友が言ったように最後まで戦おうとしなかった自分を呪い、後悔しながら、今も胸の中で眠るダフネの体をかき抱く。

勝利へと必死に手を伸ばす少女の声が、遺跡を覆う蒼穹に、虚しく吸い込まれていく。

「…………………………………っ」

その中で、『彼』はゆっくりと、瞼を震わせた。

闇に溺れていたい衝動を蹴りつけ、頭を無理矢理覚醒《かくせい》させる。

少女の声に答える気力はない。だが、その願いに応えることはできる筈だ。

だから体を動かした。けれど上手く動かない。周囲で力尽きた冒険者達と負けず劣らず半死半生。目覚められたのが不思議なくらい。意識が何度も断線して時間が細切れに千切れ飛ぶ。

だから道具《アイテム》に頼った。犬人《シアンスロープ》が完成させたという万能薬《エリクサー》を、腰袋から緩慢な動きで引っ張り出した。それでも、うつ伏せの体勢から顔を横に向けるのが精一杯。しょうがないから頬が沈む石畳の上に中身をぶちまけた。

水に飢えて泥水を啜《すす》る遭難者のように、万能薬《エリクサー》の水溜《みずたま》りへ惨めな口付けを交わす。

やがて活力は戻った。全快でなくても戻った。

ならば動ける。立てずとも、地を這《は》って進める。

手もとに転がった武具を手に、匍匐《ほふく》しながら、みっともなく、けれど確かに女神のいるもとへ『彼』は進み出した。

「……」

その光景を、ヘディンは黙って眺めていた。

口出ししない。手も貸さない。その代わり、邪魔もしない。

意志ある者が文字通り、這ってでも進むというのなら、いかに見苦しくとも彼は止めはしない。それはまさに『能《のう》を有そうとあがく者』の証だから。

同じ理由で、リリとアイシャ達の激戦にも介入しなかった。

最初は余計な手出しをしようとした。だが彼女達はヘディンが思っていたより遥かに有能だった。その能《のう》をもって、アルフリッグ達を下した。残るはもう『戦車』がただ一台。

ならば自分が行くべき場所は決まっている。

そう思い、踵《きびす》を返そうとした瞬間。

「ヘディン、ン………！」

「………」

ぼろぼろの体の、黒妖精《ダーク・エルフ》に呼び止められた。

焔《ほむら》の華を浴び、上半身の戦闘衣《バトル・クロス》、その右半分が焼失している。細身でありながら鍛えられた胸部と腹筋を剝き出しにした、まさに敗者の格好。褐色の肌も無惨に焼け焦げている。

そんな怪我《けが》を押し、苦痛に喘《あえ》ぎながら、ヘグニは射殺すような眼差しで、ヘディンを睨む。

「なんの、つもりなんだっ……！　どうしてっ、フレイヤ様を裏切る真似を……！」

「……その問答はもう、ヘイズ相手に済ませた」

「今っ!!　俺がっ、聞いているんだ!!」

傷付いた全身を使って、憤激の声を放った。

既に自己改造魔法《ダインスレイヴ》は解除されていた。戦場を蹂躙する戦王ではなく、ヘグニ・ラグナール本人ありのままの言葉を、表情を消す白妖精《ホワイト・エルフ》へとぶつける。

「ふざけるなよ、ヘディン……！　あの呪われた島でっ、忌まわしき故郷《ヒャズニング》で戦い続けていた俺達を、救ってくれたのは……フレイヤ様だったじゃないか……！」

「……」

「王の呪縛《じゅばく》から、俺達を解き放ってくれたのは、あの方だっただろう!?」

昔日の記憶を、女神に忠誠を誓った日の光景を、目の前の同胞にぶつける。

目を覚まし、ヘディンが裏切ったと理解した時、きっと誰よりも衝撃を受けたのはヘグニに違いない。黒妖精《ダーク・エルフ》は怒りを剝き出しにし、泣き虫な瞳に涙を溜め、震える拳を振りかぶった。

「それなのに、お前はぁぁ――!!」

乾いた音が鳴った。

第一級冒険者なら優に躱《かわ》せる、傷付いた拳を、ヘディンの頰は甘んじていた。

自身と起源を同じくする黒妖精《ダーク・エルフ》の拳にだけは、殴る権利があると。

男の顔から飛び、地面に転がった眼鏡が、静かにそう呟いた。

「俺達だけはっ、あの方を裏切っちゃいけなかったのにぃぃぃっ――!!」

「図に乗るな阿呆」

「──ぐふぇ⁉」

だがそれも一度までだった。

殴る権利は二度もないと言い渡す鬼畜エルフが冷酷な瞳で逆に殴り返す。

とっくに死にかけのヘグニはいい鉄拳《パンチ》を頬に頂戴し、昏倒寸前《グロッキー》に陥った。

「同胞の小娘に無様にやられておきながら、何をほざいている。そも今の貴様が私に敵《かな》うわけないだろうに」

「ちょ、ぐえっ、あぶぶっ⁉　や、やめろ、やめてっ⁉　お前ほんとうにそういうところだぞヘディンッ！　あっ痛い痛い待ってぇ⁉」

挙げ句、足を払って地に転がしたヘグニへ、ゲシッ！　ゲシッ‼　と靴裏の雨を落とす。

超合理主義者過《す》ぎて血も涙もない白妖精《ホワイト・エルフ》に、黒妖精《ダーク・エルフ》は泣き叫んだ。

「私が何故罪《つみ》を犯したかだと？　そんなもの、必要だったからだ」

「っ……？」

「今のままでは、フレイヤ様は失う。二度と手に入れることのできない『望み』を」

蹴るのを止めたヘディンの言葉に、戸惑うヘグニは顔を上げた。

「あの愚兎《ぐさぎ》でなければ、フレイヤ様は救われない。私はそう結論した」

「‼」

「故に今日までアレを鍛え上げた。『箱庭』に呑み込まれぬよう、調整し続けた。いかなる結末だろうと、『愛』の先に未来はない。『女神の愛』では──あの方の『望み』は叶わない」

だからヘディンはベルに『過酷』を与えた。

強固な『箱庭』が作り上げられた際、表面上はアレン達と同じ残酷な勇士を装い、ベルの心身をぎりぎりまで鍛え上げ続けた。『箱庭』が壊れようが壊れまいが、必要になると悟ったからだ。このような派閥大戦など予期していなくとも、ヘディン・セルランドが望む未来図では、ベル・クラネルは女神の『愛』を拒まなくてはならなかったのだ。

少年の背中を蹴り飛ばして地獄に突き落としたのも、心が折れぬよう限界まで見極めていたのも、派閥《ファミリア》の監視を解いてミアとのやり取りを見過ごしたのも、全て意図的だ。

心を鬼にする必要などなかった。

なぜなら、もとより、そのつもりでヘディンはベルに近付いたから。

女神祭の改造から始まった彼の旅は、全て女神のもとに集約される。

だからこそ、フレイヤはヘディンの忠誠を疑えなかった。

彼が今も続けている『離反』は、全て主のための行動であり、『嘘』も何もないからだ。

「救う……？　『望み』……？　何を言っているんだ、ヘディン⁉」

「愚者を装うのはもうやめろ、間抜け」

「っ⁉」

「貴様も、薄々は勘付いていただろうに」

自分《ヘディン》と同じく『王』の真似事《まねごと》をしていた貴様《ヘグニ》なら、理解できなくとも直感している筈だと。

珊瑚朱色の双眸が、絶句するヘグニを穿《うが》つ。

「あの愚兎《ぐさぎ》でなければ、あの方は解き放てない。なぜならば、『彼女』があの男を選んだからだ」

「ッ……‼」

「本当に救えるかなど、知らん。あの愚図は既に何度も『彼女』を傷付けた。だが、それでも……私達にはできない。だから、託すしかない」

諦観さえ感じさせるヘディンの無機質な言葉に、ヘグニはぶるぶると手を震わせ、立ち上がっていた。

「なんだよ、それ……何を言ってるんだよ、ヘディン⁉」

「ただの事実だ」

「ふざけるなよ！　俺達が守ればいいだろう⁉　今までそうしていたように！　俺達があの方の力になって、手足になれば――‼」

「――いい加減認めろ‼」

「！」

全て遮るように、ヘディンが、ヘグニのぼろぼろの胸ぐらを摑んで、引き寄せる。

「わかっているんだろう、貴様も！　私達では女神を守れても、救済などできはしないと‼」

ヘグニの両の瞳が、あらん限りに見開かれる。

「取り繕ってないでさっさと本音を吐け‼　愛する女神を他の奴に渡したくないと！」

「っ――⁉　ど、どうしてっ……」

「わかるに決まっている！　俺も同じだ！」

激した口調が、ありのままのヘディンの本心が、ヘグニの退路を奪う。

「何であいつなんだ！　どうして俺じゃないんだ！　俺が、あの方の特別でありたかった!!」

最初に娘《シル》と少年《ベル》を見た時。

一つの笑顔を目にして、ヘディンは激しく動揺した。

まるで女神なんて忘れた、あどけなく、喜びに染まった、かけがえのない笑み。

その笑みこそが『本当の彼女』なのだと、衝撃とともに理解してしまった。

そしてすぐに嫉妬した。他ならないベル・クラネルに。

どうしてあんな小僧に、と。

だが——気付いてしまった。

女神フレイヤはヘディン達に『愛』を与えてくれる。

人では叶わない愛の海を、どこまでも広く、深く、望む者へそそいでくれる。

だが——その『　』は。

たった一人にしか向けられない。

だって彼女は『愛の女神』だから。

彼女は『愛』を司る故に『　』を知らない、不器用で、哀れな娘《むすめ》だったから。

「だが、ダメなんだ！　女神を崇拝してしまった俺達では！　女神に救われ、女神を求めてしまった俺達では、『彼女』を解き放ってやることはできない!!」

女神に焦がれ、愛され愛するために戦う。

それは『彼女』を『本当』から遠ざける。『望み』から遠ざけてしまう。

女神であればあろうとするほど、フレイヤの『望み』は叶わない。

自分の真の望みに気付くことさえ、できないのだ。

「主《あるじ》の望みを汲《く》めずして、何が臣下だ！　何が忠義だ‼　『彼女』の笑顔を守れずして、何が愛だ！」

目と鼻の先にある眼差しが、偽りのない決意を叩きつける。

ヘグニの手が、痙攣するように震えた。

「ヘグニ、力を貸せ！　お前が今、俺の戯言《たわごと》に騙されてくれるのなら、お前の力を寄越せ‼」

「っ────‼」

「俺が救いたかった彼女を──『女神の軛《くびき》』から解き放つために‼」

眼鏡を失った妖精の相貌は、理性の仮面など捨て去っていた。

偽りなんてない想いを叩きつけられたヘグニは──だらり、と。

両の腕から力を失い、垂れ下げた。

「…………騙されてやるよ、ヘディン」

間もなく。

ヘグニは、笑っていた。

「俺は、馬鹿だから。何が正しくて、何が間違っているのかもわからない。流されてばかりの、不毛の『王』だったから」

——哀れな王がいた。

白と黒に分かれ殺し合う妖精の孤島で、彼等は担ぎ上げられ、求められるがまま殺戮した。

他者に怯える黒の彼は同胞達に逆らえず、意志薄弱な自分を呪いながら、与えられた役目を全うした。無能を唾棄する白の彼は矜持の言いなりとなり、誇り故に責務を投げ出すことができず、小さき世界の傀儡《かいらい》となった。

王という記号に囚われる彼等は、せめて相手の陣営に立つ、自分とは正反対の『王』だけは討ち、この身が生まれてきた意味を残したいと思っていた。黒の彼は白の王を、白の彼は黒の王を。それだけが望みだった。

『ごめんなさいね。貴方達の国、滅ぼしてしまったわ』

しかしそれを、女神が救った。

醜い妖精の島を滅ぼし、神は二人の王を解放した。

どれだけ他者がその所業を咎め、『魔女』と罵っても、二人のエルフだけは彼女を崇めた。

『王』という呪縛を解き放つため、たった二人のためだけに彼女は『魔女』となったのだ。

『王』で在る必要のなくなったヘグニとヘディンは、女神に跪《ひざまず》き、忠誠を誓った。

その日から『王』は死に——白黒《はっこく》の騎士が生まれたのだ。

「そうさ、俺は運命を人に委ねるばかりの屑《くず》だ。——でも！」

胸ぐらを掴むヘディンの手を、自分の右手で覆い、握りしめ、眼前の瞳へ叫びかける。

「それでも、シルさんが！　『彼女』があんな風に笑うことを、俺は知らなかったから！」

ヘディンと同じように、少年の前で笑う娘の顔を思い出しながら、その決意を伝える。

「あんな風に笑えるなら、俺はあの神《ひと》にずっと笑っていてほしいから!!　──だからヘディン！　俺はお前に、騙されてやる!!」

見据え返し、張り合うように叫ぶ黒妖精《ダーク・エルフ》に、白妖精《ホワイト・エルフ》は唇の端を歪めた。

ヘグニだけにわかる、彼が滅多に浮かべることのない、本物の笑みだった。

「貴様は南に迎え。アレンを何とかしろ。奴等《やつら》だけでは荷が重い」

「わかった。……お前はどうするんだ、ヘディン？」

「決まっている」

懐《ふところ》から万能薬《エリクサー》を取り出し、押し付け、地に転がった眼鏡を拾い上げる。

お互いに背を向ける中、ヘディンは『北西』の方角を見据えた。

「最大の障壁を取り払う」


「クロエ、アーニャの援護!!　急いで！」

「わかってるニャア！」

『主戦場』東部。

強靭な勇士《エインヘリヤル》、戦闘娼婦《バーベラ》、そしてガリバー四兄弟が倒れた墳墓前で、ルノア達の声が響く。

敵はもう【女神の戦車《ヴァナ・フレイア》】のみ。アーニャが今も粘り抜いているが、徐々に押されている。いくら敵の能力が落ちていても、Ｌｖ．６相手にここまで持ちこたえているのは奇跡と言っていい。

そんなアーニャのもとヘルノア達が向かおうとした時——槍の穂先が投擲《とうてき》された。

「うわっ！」

「何ニャア⁉」

一秒前まで自分達がいた場所を爆砕する一投に、飛び退いたルノア達が驚愕する。

突き刺さっているのは柄《え》の半分を断ち切られた長槍《ちょうそう》。

投じたのは、一人の小人族《パルゥム》。

「行か、せるかっっ……」

何故動けるのか理解できないほどの体で、アルフリッグは立ち上がっていた。

アイシャの斬撃波《ヘル・カイオス》によって槍の柄《え》ごと断たれた鎧には、右胸から縦一線の深い傷跡が刻まれており、紅の裂傷が戦闘衣《バトル・クロス》を汚している。兜も一部が脱落し、垂れ落ちる血液に眇《すが》められた左眼が覗いていた。小さな体も相まって、今にも壊れそうな鈬力《ブリキ》の玩具の兵隊のようだ。

しかし、【炎金の四戦士《ブリンガル》】の最後の一人は、そこに立っていた。

「お前……！　まだくたばってなかったのかい⁉」

不死身かと、アイシャが舌を巻くことも弾くこともできずにいると、ルノア達が動く。

「邪魔すんな！　寝てろぉ！」

「ふんッ、死に損ないめ！　ミャーが引導を渡してやるのニャ！」

死にかけだろうと第一級冒険者に背を晒すことなどできないとルノアが殴りかかり、丸きりの悪党の台詞《せりふ》を吐くクロエもそれに続く。

無手のアルフリッグは、墓標のごとく大地に突き立っていた弟達の得物に、手を伸ばした。

そして右手の大剣と、左手の大斧を、雷鳴のごとく振り抜く。

「っっ⁉」

己を殺しかねない一撃にルノアは瞠目し、クロエの余裕も瞬時に消失する。

戛然《かつぜん》たる音が高らかに鳴り渡り、拳具とナイフで防いだ二人の体は弾き飛ばされていた。

「二人とも⁉」

「こいつっ――‼」

ナァーザが言うが早いか、アイシャが斬りかかる。命《ミコト》も長刀《春霰《しゅんさん》》を抜刀する。

目の色を変えたルノアとクロエもまた、すぐさま立ち上がり、走った。

油断など廃棄して、もう一度敗北を叩きつけんと、冒険者達が小人族《パルゥム》に群がる。

「行かせんっ……」

だが、倒れない。

「行かせん……！」

どころか、大剣で二人の只人《ヒューマン》を切り払い、大斧をもって女戦士《アマゾネス》と猫人《キャットピープル》を押し返す。

「――行かせない‼」

背を斬られようとも、肩を刺されようとも、小人族《パルゥム》は決して倒れない。

「僕達がいる限り、フレイヤ様のもとには、決して行かせない‼」

誓いにも似た咆哮を放ちながら、アルフリッグは血塗れの修羅と化した。

視線は虚《うつ》ろ。真っ当な意識が確立しているのかも定かではない。まるで幽鬼のようだ。

しかし、ここにきてアイシャ達が絶句するほどの驚異的な底力を発揮する。

(『四つ子』の執念――)

その異様な光景を前に、倒れ伏しているリリは、見てしまった。

アルフリッグの背に、崩折れた筈の弟達――ドヴァリン、ベーリング、グレールの幻影を。

兄弟の得物を握り、戦い続ける彼等は依然【炎金の四戦士《ブリンガル》】。

異常魔法《アンチ・ステイタス》を浴び、無限の連携を失ってもなお、自分達の前に立ちはだかる第一級冒険者の壁に、蒼白となってしまう。

「っっ……いい加減するニャア!」

「私達は、シルのところに行かないといけないんだよ!」

襲い続けてくる小人族《パルゥム》に業を煮やし、クロエとルノアが思わず叫んだ。

直後、その『名前』が呼び水だったように、アルフリッグの怒りが爆火する。

「ふざけるな!! 何が『シル』だ!! 何が『娘《むすめ》』だ!! ――あの方は、女神様《フレイヤ》だ!!」

眦を裂いて憤怒の形相を纏うアルフリッグに、ルノア達は気圧《けお》される。

「あの方は、永遠に女神のまま!! ただの街娘などに成り下がりはしない!!」

「お、眷族《おまえ》が勝手に決めつけんなっ! シルは今までずっと、私達と一緒にいたんだ!」

「女神の気紛れだろうと、それはシル自身が望んでたことニャ! おミャーの言ってることは、全部『エゴ』ニャ！」

拳とナイフとともにぶつけられるルノアとクロエの反論に、しかしその意志は揺るがない。

「そうだったとしても！『娘《むすめ》』のままじゃあ、傷付くじゃないか！」

「「！」」

「あの方は今も、悲しんでいる、じゃ、ないか!!」

飛び出したアルフリッグの言葉に。

主《あるじ》の心中を察している『臣下』の言葉に、ルノアとクロエは思わず声を失った。

「『女神』であれば、あの方は傷付かない！　どれだけ残酷な真似をしようと、どれほど非道を重ねようと、あの方は絶対の女王だから！『女神』は涙を流さない!!」

アイシャも命《ミコト》もナァーザも動きを止め、呆然となって聞く。

「だけど『娘』になれば、容易に傷付く！　だって、それが女だ！　それが下界だ!!　女神でなければ、あの方は簡単に壊れてしまう!!」

身を守る防具も、理性の鎧も失ったアルフリッグは、胸に秘める想いを吐露する。

「ベルはっ……あいつは！　必ずあの方を傷付ける!!　お前達だって！　絶対にあの方を惑わし、最後には悲しみを与える!!　それなら、僕達はっ！　あの方に『女神』を望む!!」

それがアルフリッグと三人の弟の剝き出しの本心。

荒ぶる激情が、胸の内の留具《とめぐ》を砕いた。

その瞳が、現在と過去の境界を失い、後悔を映す。

「僕達が、あの方を穢《けが》したんだ……！」

周囲、倒れ伏す弟達の兜の奥から、一筋の滴が同時にこぼれた。

「僕達のせいでっ、あの方は穢《けが》れたんだ‼」

──四人の小人族《パルゥム》がいた。

とある工業都市に生まれた兄弟は、才能を持った細工職人だった。

よくある話だった。強欲な者が無知の才を囲い『搾取』する。仕事を斡旋《あっせん》する親方《ドワーフ》に使役される兄弟は無欲で、自分達を閉じ込める洞窟《どうくつ》以上のものをほぼ知らなかった。酷使されていることに気付きもせず、報酬は対価にすらなっていない。そんな彼等の前に、女神は現れた。

『貴方達の首飾りが欲しいの。どうか私に作ってくれない？』

無欲だった彼等は女神の誉れに応えられるだけで満足で、四日後、最高の首飾りを作って差し上げると約束した。

そして四日後、女神は現れなかった。代わりに親方《ドワーフ》が現れ、彼等を解放すると言い出した。

首を傾げる兄弟は尋ねた。一体どういうことかと。

下卑た笑みを見せる親方《ドワーフ》は答えた。お前等を解放する代わりに女神と四晩寝たのだ、と。

何てことはない。女神は悪辣な環境から兄弟を解放しようとして、親方《ドワーフ》と交渉し、女神自身を要求されたのだ。彼女が嫌う『魅了』を使って無理矢理奪う真似はしなかった。なぜなら兄弟に相応しい『対価』を払わなければ、彼女は親方《ドワーフ》と同じ存在に成り果ててしまう。女神はそれほどまでに、兄弟の魂《かがやき》が価値あるものだと知っていた。

全てを知った兄弟は、親方《ドワーフ》を惨殺した。洞穴に引きずり込み、怒りに取り憑《つ》かれ、鎚や工具で殴り続けた。返り血で真っ赤になった彼等は、後から現れた女神に慟哭とともに謝罪した。

『貴方達を手に入れるためなら、つまらない男と一夜をともにするくらい、安かったのに』

悲しそうな顔をした女神は、やがて微笑んだ。

私が欲しがった首飾り《ブリンガル》は貴方達自身、と。

女神の『愛』は四人等しく、穢れさえ厭わなかった。故に兄弟は忠誠を捧げた。

そしてその救済は、兄弟が一生背負い続ける『罪』となった。

女神が気にする必要などないと言っても、彼等は一生、自分達を呪い続ける。そして女神に仇なすもの、穢し、傷を与えるもの、全てを排除すると誓った。

それこそ女神は望んでいようがいなかろうが。

女神にたとえ罰されようが、ガリバー四兄弟は『彼女』の身と心を守り抜く。

全ては女神のための献身であり、『贖罪《しょくざい》』。

「もう穢させるものか‼　傷付けさせるものか‼」

純然たる強迫観念。揺るがぬ忠誠の表裏。それがアルフリッグ達を突き動かす動機。

彼等はずっと自分達を憎んでいる。そしてそれ以上に、女神の無事を祈り続けている。

左眼から一筋の紅の滴を流すアルフリッグは、大声で叫んだ。

「生娘みたいな真似をして――傷付く必要なんてないだろう⁉」

それは後悔を知る者の叫びだ。それは懺悔を請う者の痛哭だ。

それは、娘《シル》を想う少女達に劣らないほどの、女神《フレイヤ》への想いだ。

下せない。

立ちはだかる小人族《パルゥム》を、ルノア達は倒すことができない。

『四人の小人族《パルゥム》』に阻まれ、冒険者達は『執念と誓い』の相手を余儀なくされた。


「何のつもりだ、愚図が!!」

「ニャ、アア……!」

ルノア達が援軍に向かえない、たった二匹だけの戦場。

二振りの槍が幾度となく交差し、加速を続け、銀槍《ぎんそう》の前に金槍《きんそう》が一方的に呻く。

「邪魔をするなと俺は言ったぞ！　なのに、何故ここにいやがる⁉」

「うぎっ……ニャガ……⁉」

「言葉もわからねえのか⁉　どこまで俺を苛立たせれば気が済む!!」

戦闘の最中《さなか》、頻りに飛ぶ罵詈雑言《ばりぞうごん》がアーニャを滅多打ちにする。

苛立ちに憤激を重ね、荒れ回る槍。そのおかげで、アーニャは生き繋いでいた。

少しでもアレンが冷静なら、異常魔法《アンチ・ステイタス》の影響下であろうとアーニャ一人など瞬殺されていただろう。つまりそれほどまでに、兄は怒り狂っている。

アーニャは歯を食い縛り、突き出す槍に己の言葉を乗せた。

「もうっ、言ったニャっ……兄様！　ミャーは、シルを助けたい!!　小っちゃい頃、ミャーをずっと助けてくれた——兄様みたいに！」

「ッッッ‼」

アレンが勢いよく眦を裂く。

次に繰り出された槍撃は、アーニャの防御を許さないものだった。

「忌々しい汚点《もの》を思い出させるんじゃやねえ‼」

過去の記憶を塗《ぬ》り潰すように、必殺がアーニャの眼前に迫る。

どうあがいても右肩を穿つ一撃に、彼女の顔が苦渋に歪んだ瞬間、

「邪魔させてくれ」

「！」

漆黒の影が割って入り、迫る銀の槍を黒の斬撃で弾いた。

鮮やかな火花を操り、黒妖精《ダーク・エルフ》がアーニャの体を抱えて離脱する。

「ヘグニ……⁉　何のつもりだ⁉」

「そうだよなぁ、怒るよなぁ……ごめんよぉ、アレン」

怒髪天を衝《つ》く勢いのアレンに、颯爽《さっそう》と現れた筈のヘグニは、半分泣きそうな顔で謝った。

目を白黒させるのは、今も抱えられているアーニャだ。

「ヘグニ……さま？　どうして、ミャーを……？」

【ファミリア】在籍時代、兄の絆《きずな》だけを追い求めていたアーニャは他団員との交流が極端に少ない。当時、既に幹部候補とされていたヘグニなど、それこそ接点の欠片もない存在だった。

傷で痛む体に顔をしかめるヘグニは、アーニャをゆっくりと下ろした。

「君と同じだよ」

「えっ……？」

「俺も、あの方を……『シルさん』を救いたくなったんだ」

同時に目を見張る兄妹の中で、アレンはその双眼を業火に変貌させた。

「ヘグニ、てめぇ‼」

「ごめんよ、アレン。屑《クズ》でごめん。ヘディンに騙されて、ごめんっ！」

アレンと視線を交わすヘグニは反論せず、謝った。

「でも、俺も！　シルさんの笑みが、尊いと思ったから！　あの方には、あんな風に笑っていてほしいと思ったから‼」

消極否定悲観《ネガティブ》の塊であるエルフは、しかしそれでも叫び返した。

「だから、ごめんよ！　俺は……お前の妹も、ベルも助けるよ。ヘディンと一緒に、こいつ等に賭ける。あの方を解き放てるように！」

自己改造魔法《ダインスレイヴ》を発動せず、ありのままの自分の言葉で仲間に告げるのは、ヘグニなりの覚悟だった。罪を犯し、恥を晒す妖精の、みっともない礼儀だった。

その『裏切り』に、とうに振り切れていたアレンの怒りは過熱の一途を辿る。

「何を血迷ってやがる‼　あの羽虫も、てめぇも！　何が『シル』だ、何が『娘《むすめ》』だ‼　全てはあの方の気紛《ごっこあそび》れだろうに‼」

「っ……違うニャ!!　兄様、シルはっ……！」

「黙りやがれ!!　今までくだらねえ茶番に付き合っていたのは、てめえ等みてえな間抜けを拝むためじゃねえ！　こうなるくらいなら、やはり檻にでも閉じ込めておくべきだったぜ！」

アレンはずっと『娘《シル》』の護衛を務めていた。しかし彼はずっと不満を隠さなかった。

女神の役割演技《ロール・プレイング》を茶番と言ってはばからず、過激な言動を繰り返していた。

「俺とそこの愚図は、『女神』に救われたんだ！」

「アレン……」

「俺が主《あるじ》と仰いだのは『女神』だ！　『娘』なんかじゃねえ!!」

——二匹の猫がいた。

兄に依存する妹。そんな妹に苛立ち、今も憎んでいる兄。

彼と彼女は二人ぼっちで、そんな二人だけの世界に女神は現れた。

女神は救済と、闘争の日々をもたらした。兄は自らその闘争の渦中に身を投げた。

妹は怯え、恐怖しながら、必死にその背中を追いかけた。

やがて捨てられた妹は、兄を奪われたと悲しんだ。

そして、妹を捨てた兄は——。

「『力』を与えると約束したから、俺は女神に従った！　俺があの方に望んだのは、俺を強くする、絶対的な女神であり続けることだ!!」

「！」

「それが、女神でなくなるだと？　ふざけるな、許すかよ。小娘なんざ認めねえ！」

女神を娘に堕落させる目の前の存在を許さぬように、アレンは跳んだ。

身構えるヘグニとアーニャへ、その激情を叩きつけた。

「俺の心を奪ったのは、傲慢で、冷酷で、誰よりも強い『女神』だ‼」


——一人の男がいた。

男は捨て子だった。

最古の記憶は、肌を焼くほどの凍《い》てついた寒さと、無慈悲で凶悪な夜の闇。

自身が孤独であることに幼かった彼は気付けず、寂れた路地裏で命を終わらせようとした。

『貴方、独り？』

そこに現れたのは女神。

暴悪な闇が取り払われ、後光がさすがごとく銀の光が君臨した。

碌《ろく》な自我も確立していなかった幼子の意識は、その時、銀の光とともに芽生えたのだ。

『名前は？』と尋ねられても答えられない。

『じゃあ、私が貴方に名前をあげる』と微笑まれても頷けない。

己の素性は愚か、自己さえ認識していなかった彼にとって、世界とは、自分を抱き上げてくれた女神だった。

彼女こそが、彼にとって全てだった。

『貴方はオッタルよ』
そしてその日から、男は猛者《オッタル》を始めた──。
「りゃあああああああああああああああああっ‼」
迫りくるドワーフの剛撃に黒大剣を衝突させる。
「はあああああああ！」
「【ファイアボルト】！」
妖精が繰り出す星剣を、兎が放つ炎雷を、片腕を払って叩き伏せる。
代わる代わる襲いかかるミア達を、オッタルは全て受け止めて、はね返した。
男は語るべき言葉を持たない。
男は戦うことしか知らない。
オッタルにとって、己の起源たる過去も、眼前に広がる現在も、境《さかい》はない。
──自分《おまえ》は何故戦うのか。
誰かに問いかけられたことも、自問したこともなかった。
疑問を差し込む余地はなかった。
だって簡単だ。オッタルにはそれしかできないからだ。
無愛想で朴訥《ぼくとつ》な彼では、全てを与えてくれた『彼女』を喜ばせることはできない。
だから力だった。
強さでしか女神に報いることができない。

オッタルは戦うことでしか、己を証明することができない。
戦うことでしか——正邪も正否も是非さえも、問えないからだ。
故に。
「ぬんッ!!」
「「っっ!?」」
オッタルは試す。
オッタルは問う。
オッタルは確かめる。
彼の全てである女神のために、お前達は何ができるのかと。
救うなどという綺麗事《きれいごと》をまかり通せるのかと。
振り下ろされた黒大剣が石畳ごと大地を割り、ミア、リュー、ベルを吹き飛ばす。
女神が見初めた三つの魂に、己の一撃をもって問いただす。
(そして、俺に勝てぬのなら——)
ここで死んでいけ。
この身を超えられぬ者に『女神』を救う資格などなし。
ましてや『娘』を救うなどと。
「オオオオオオオオオオオオオオオオオオオオオオオオオオオオオオッ!!」
オッタルを納得させるに足るもの。

それは絵空事でもなく夢想でも詭弁《きべん》でもない。

『力』だ。

それを示せないのなら、女神の勝利は揺るがない。

戦場に残った最強の勇士達が、己の意志を叫び、誓う。

誰も、何も間違っていない。

ただ女神を想い、あるいは己《エゴ》を貫いて、各々の信念に従う。

『彼女』を救うため、守るため、縛るため、そして報いるため、美神の眷族達は猛り狂う。


「サポーターくぅーーんっ！　ボクもとい勝利の女神が来てやったぞー!!　これで君達をパワーアップってウワアアアアアアアアアアア⁉　めちゃボコにやられてズタボロ鼠《ネズミ》みたいになってるぅぅぅぅぅぅぅぅぅぅぅ⁉」

うるせぇ。

ドタバタと駆け寄りながら最初から最後までやかましい幼女神の声に、今も地面に倒れているリリは額に青筋を走らせた。

「い、生きてるのかい、サポーター君⁉　ち、治療は⁉　道具《アイテム》はもうないのかい⁉」

「道具《アイテム》なんて、必要ありませんっ……碌に戦えないリリより、命《ミコト》様達の方が優先です……！」

ヘスティアの手を借りて、ようやく上体を起こしたリリは額に脂汗を滲ませる。

破壊された無残な左腕を中心に、傷だらけとなっているリリにヘスティアは息を呑んだ。何かを言おうと口を開きかけるが、その指揮官の眼差しに見つめられ、ぐっと言葉を呑み込む。

せめて自分ができる範囲で応急処置を行った後、その豊かな胸を拳で叩く。

「さっきも言ったけど、パワーアップのために駆け付けてきたぜ！　さぁ早く背中を出すんだ！　命《ミコト》君達と合わせて、【ステイタス】の更新を――」

「い、い、要りません!!　何でこんな場所へ来たんですか!!」

「――ちょおっ!?　ここまで来たボクの頑張りを否定するなよ!?」

唾《つば》を飛ばされながら速攻で不要と断言され、ヘスティアは目をかっ開く。

視界の端では「ナァーザ！」とミアハが眷族を抱擁《ほうよう》し、「ミアハ様！」とナァーザもまた潤んだ瞳で男神を抱きしめ返しているというのに、この格差は何なのか。『鏡』に眷族の素肌を辱《はずかし》められないよう物陰で【ステイタス】更新を開始する【ミアハ・ファミリア】を他所に、【ヘスティア・ファミリア】のデコボコ幼女組はギャーギャーと醜く叫び散らした。

「リリさま！　ヘスティアさまっ！」

そこへ、直接戦えない春姫《ハルヒメ》が、おぼつかない足取りで駆け寄ってくる。

その姿を認め、手間が省けたとばかりにリリは取り出そうとしていた眼晶《オクルス》をしまった。

「ヘスティア様、春姫《ハルヒメ》様！　ベル様のもとに向かってください！」

驚く二人に、痛苦を堪えながら説明する。

「ここはもう、リリ達が何とかします！　ヘスティア様達は北西のベル様達のもとへ！　最後の最後、結局【猛者《おうじゃ》】を何とかしない限り、この戦争遊戯《ウォーゲーム》に勝つことはできません！」

こちらの『主戦場』も戦力が足りているとは言わない。未だ倒れないアルフリッグや【女神の戦車《ヴァナ・フレイア》】相手に予断は許されない状況だ。だが、まさかの【黒妖の魔剣《ダインスレイヴ》】参戦によって膠着の色は濃くなった。恐らくは敵指揮官《ヘディン》の差し金。彼とリリは『同じ景色』を共有できている。

オッタルが生き残っていては、全てが破算するのだ。

たとえリリ達がアレン達を下し、女王《フレイヤ》のもとへ乗り込もうとしても、必ずオッタルはベル達を薙ぎ払って介入してくる。『頂天』が玉座を守護する限り、派閥連合に勝利はない。

ならば、もはや限りに限られた戦力《リソース》をそそぎ込むべきは、対【猛者《おうじゃ》】戦以外ありえない。

「春姫《ハルヒメ》様、【ココノエ】はまだ使えますか⁉　三名っ、いえ四名の同時強化は⁉」

「――‼　…………できます。やってみせます！」

「でしたら、リュー様達に階位昇華《レベル・ブースト》を！　ヘスティア様はベル様の能力《ステイタス》を更新してください！」

「……サポーター君。まさか最初から、そのつもりで……？」

「だから、そう言ってるじゃないですか！　力を底上げするというのなら、一番の効果を発揮するのはベル様です！　リリ達を放っておいて……行ってください‼」

『鏡』で中継されている都市側に気取られないよう、【憧憬一途《リアリス・フレーゼ》】の存在をほのめかす。

合計しても恐らく100にも満たないLv.2のリリ、命《ミコト》、春姫《ハルヒメ》の能力値《アビリティ》を加算するよりも、Lv.5のベルを超強化する方が戦局に意味をもたらす。

息を切らし、血を流しながら説くリリと見つめ合い、やがてヘスティアは意を決した。

「……行こう、春姫《ハルヒメ》君！」

「はい！」

重傷のリリも、今も戦う命《ミコト》達にも、断腸の思いで背を向ける。

この場の指揮はリリとミアハに任せ、島の北西端、『円形劇場』へと激走を開始した。

「はっ、はっ、はぁぁぁぁ……!? くそぉ、今日はずっと走りっ放しだぁ～～～～!!」

が、遅い。遅々として進まない。

都市遺跡東域から、島西端付近の『主戦場』までの道程自体、身体能力が常人以下の神にとっては大移動だ。ヘスティアの鈍足を差し引いても、多大な疲労感がのしかかっている。

それに加えて、

「…………っ」

「春姫《ハルヒメ》君!?」

眷族の膝が、唐突に折れた。

地面に両手をついた春姫《ハルヒメ》に慌てて立ち止まり、引き返すと、翠《みどり》の瞳は見開かれ、全身で呼吸を繰り返していた。不自然なまでに発汗し、瑞々《みずみず》しい肌から滴《したた》り落ちる大量の汗が、遺跡の石畳にいくつもの染《し》みを作り上げている。

「春姫《ハルヒメ》君っ、やっぱり君ももう、心身《からだ》が……！」

明らかに精神疲弊《マインドダウン》の前兆。

リリに答えた言葉はただの空元気、いや仲間のために身を粉にしようとする覚悟だろう。

春姫《ハルヒメ》に詠唱連結《ココノエ》を使う余力は残されていない。ベル達のもとへ辿り着けるかも疑わしい。

少女の背中に手を添えて、どうすることもできず、ヘスティアが苦悩していると、

「……いいえっ、いいえっ！　春姫《ハルヒメ》はまだ立てます!!」

「は、春姫《ハルヒメ》君――って、どわぁ!?」

「こうして、ヘスティア様を抱えて走ることだって！」

何とヘスティアを無理やり横抱きにし、春姫《ハルヒメ》が立ち上がった。

きらめく金の髪を揺らし、玉の汗を散らしながら、ど根性とばかりに走り出す。

「は、春姫《ハルヒメ》くんっ、大丈夫なのかい!?　お、重くないかな、ボク!?」

「私《わたくし》だって、もうLｖ．２!!　ヘスティア様の重《お》み《も》ごとき、何するものぞ!!」

「誰が重苦《お》しい脂肪《っぱい》の塊《い》の化身だコラァァァァァァァァァァァァ!?」

春姫《ハルヒメ》の眼下で目障《めざわ》りなほど跳ねては可変する双丘と一緒に、抗議の声を上げる幼女神。

碌な思考も働かず重量《おっぱい》＝女神《ヘスティア》と変換されている春姫《ハルヒメ》は、走った。

命《ミコト》やサミラ達のように、自らも限界を超えなければならないと、島の北西へと。

「だりゃあッ!!」

ドワーフ渾身の一撃を、黒大剣の一振りで迎撃。

「ふっッッ!!」

ヒューマンが放つ二刀の連続斬撃を、片腕の手甲で全て弾き、無効化。

「【ルミノス・ウィンド】!!」

そして、それらを囮にして発動したエルフの砲撃、統べ七十二射の大光玉。

「温い」

それすらも大斬撃の結界で打ち落とし、最後の一弾を右手で掴み取って、握《にぎ》り潰した。

「「「っっ――――!?」」」

防御する。

防御する。

防御し続ける。

怒涛の攻撃ではなく、怒涛の『防御』。

ミア、ベル、リューの三人がかりでなお貫通できない守護。黒大剣と強靭《きょうじん》な四肢を総動員した大堅守の権化。三者に驚倒を叩きつけておきながらオッタルは顔色一つ変えず、ありとあらゆる攻撃を無力化する。

『絶対防御』。

全てを粉砕する攻撃にこそ焦点が当てられがちな武人《オッタル》だが、その真骨頂は『防御』にある。

小揺ぎもしない大樹のごとき足腰、いかなる攻撃にも対応するm《ミリン》単位の『技』、相手の『駆け引き』を未来予知のごとく見切る眼。尋常ではない『耐久』の能力値《アビリティ》も加わって、まさに神器の盾のように攻撃のことごとくを凌駕する。

『魔法』による強化《ブースト》も『スキル』による上昇補正《バフ》も必要ない。

用いられているのは、純然たる『年月そのもの』。

ただただ鍛えられ続けてきた肉体。

ひたすらに磨き上げられた『技』と『駆け引き』の結晶。

【猛者《おうじゃ》】が辿り着いた一つの景色である。

(打ち崩せない……⁉)

(存在しない！　死角の一つさえ‼)

証拠に、オッタルは円形劇場の中央から全くと言っていいほど動いていない。

女神祭で一撃のもとに昏倒《こんとう》させられたベルとリューは悟ってしまう。

これまでオッタルは、自分達相手に『戦い』にすら臨んでいなかったのだと。

(この腐れ坊主……！　あれからどれだけ鍛え続けてたんだ‼)

唯一【猛者《おうじゃ》】と真正面から交戦する資格を持つミアも、悪態交じりに察してしまう。

彼女が脱退してから、オッタルの鍛練は強度も時間も増していたという事実。

従者として女神《フレイヤ》の側に付き従う傍ら、彼は一度も研鑽《けんさん》を怠ることはなかった。

役割演技《ロール・プレイング》——娘《シル》が早朝から酒場に出かけた後は、全て自己修練に費やしていた。

オッタルはもう戦いの野《フォールクヴァング》に降りない。

彼に敵う者はいないから。戦闘を禁じられているアレン達でさえ脅威足りえないから。

オッタルはダンジョンから足が遠のいて久しい。

ただの探索ではもう能力値《アビリティ》が僅かも上がらず、今の『器』はもう限界だと知っているから。

オッタルは『最強』だ。

彼を強くしてくれる他者とは、もう迷宮都市《オラリオ》に存在しないのだ。

故にオッタルは自己の内へ内へと埋没した。

ただ一人、剣を振り、過去の強敵を脳裏に思い描いて、『技』と『駆け引き』を培うことだけに明け暮れた。主神から許可が下り、命を賭した『試練』に挑めるその日まで、愚直なまでに『武人』としての己を突き詰めたのだ。

迷宮でひたすら怪物を打ち倒す殺戮者《モンスター・スレイヤー》、【剣姫】との相違はそこにある。

「絶対防御《アレ》……私達も抜けなかったわね」

「うんっ……！　みんなで戦っても、無理だった！」

本拠《ホーム》『黄昏の館』で、『鏡』を睨みつける姉《ティオネ》に、妹《ティオナ》は鼻息荒く頷いた。

敵対派閥の団長と【ロキ・ファミリア】は何度も交戦している。そんな彼女達をして突破できなかった猛者《オッタル》【猛者《おうじゃ》】の守り。アイズもまたティオナ達の助けを借りてようやく、立ち塞《た》がる彼の追撃を躱《かわ》した過去がある。

長椅子《ソファー》に腰かけている金髪金眼の少女は膝の上の拳を握ると同時、あの『絶対防御』をたった三人で攻略しなければならないベル達の『過酷』に、瞳を揺らした。

「あれはもう、行くな」

「……フィン」

「ああ、ガレス、リヴェリア。わかってるよ」

固唾《かたず》を呑むアイズ達を他所に、ガレスが呟き、リヴェリアが瞳を細め、フィンが頷く。

(やはり、オッタルはもうLv.8間近──)

勇者の双眸が、ベル達にとっていっそ絶望的なまでの事実を冷酷に見抜く。

Lv.8に限りなく近いLv.7。

かつての最強、男神《ゼウス》と女神《ヘラ》の頂《いただき》にとうとう手をかけた登頂者。

勇者は認めた。

神々は断じた。

【猛者《おうじゃ》】に並び立つ者はいない。

やはり彼こそが、冒険者の『頂天』だ。

「ぐうううううううッ!?」

故に、悪戦苦戦苦闘苦境劣勢は必定。

攻撃しては弾かれ、返す剣で反撃を被るミアの損傷《ダメージ》が加速度的に増えていく。

ベル達が何とか渡り合えているのは──戦いの体《てい》をなしているのは、ミアのおかげだった。

オッタルと正面から打ち合える絶対的な前衛、前衛壁役《ウォール》のミアが倒れてしまえば直ちに敗北が決定する。リューとベルのどちらも『敏捷』重視の戦闘型《バトルスタイル》。高速戦闘を得意とする彼女達では力《パワー》及び守備《ディフェンス》特化のオッタルに太刀《たち》打《う》ちできない。どれだけ一撃離脱《ヒットアンドアウェイ》を駆使しても、どんなに攪乱しようとも、敵の『防御』によって攻撃を通せない以上、勝ちの目が存在しない。

ミアを支え、落とさせまいとリューとベルが汗を噴出させながら駆け巡る。

屈強なドワーフを起点にして何とか食らいつかんと、冒険者達が死力を尽くす。

そして、そんな彼等の力闘を認めるように、猪人《ボアズ》の武人は『それ』を口にした。

「【銀月《ぎん》の慈悲、黄金《こがね》の原野】――――」

響き渡る詠唱。

耳朶《じだ》にもたらされる武骨な音色に、誰よりも早くリューが驚愕した。

「『並行詠唱』⁉」

正確には違う。

オッタルにはヘディン、ヘグニなど第一級の妖精《エルフ》達ほどの詠唱の心得はない。

リューのように攻撃、移動、回避、詠唱の四種を実戦段階《レベル》で同時展開する術はない。

前回戦争遊戯《アポロン・ファミリアせん》の命《ミコト》がそうだったように、詠唱を含めた行動《アクション》を『二種類』に限定しているだけだ。短文詠唱であれば制御時間が短い分、非魔法職のオッタルであっても力技で何とかなる。

命《ミコト》と唯一異なるのは、詠唱を含めた『二種類』の内の行動《アクション》を移動ではなく――――『防御』を選択したこと。

軸足に定めた左足を地面に縫い付け、『絶対防御』と詠唱を組み合わせる。

「あの魔法は……!?」

黄金猪の毛皮《ヒルディス・ヴィーニ》。

純粋な強化魔法にして、ベル最大蓄力《フル・チャージ》の一撃をも相殺した『絶撃』。

少年が戦慄する。ドワーフが顔を歪める。

焦燥に駆られるエルフともども、三方向から飛びかかる。

「止めなぁ、お前達ィ!!」

止まらない。

理《ことわり》を超越した障壁のごとく、斬撃も痛打も炎雷も全て弾き返す。

「【この身は戦《いくさ》の猛猪《おう》を拝命せし】」

オッタルは出し惜しみなどしない。

己唯一の魔法を『必殺』や『切り札』などと誇って温存する愚《ぐ》など犯さない。

精神力消費《マインド》──燃費が極めて悪い魔法を使わずとも、大抵はその腕力で敵をねじ伏せることができるため、普段は用いないいだけだ。

だから、使う時は使う。

(攻撃どころか──詠唱も止められない!!)

オッタルが『魔法』を使う相手とはつまり、その怪力と『絶対防御』では下せない存在。

よって【猛者《おうじゃ》】に『魔法』を切らせたという状況は、それだけで十分な栄誉。

だから、ベルは誇っていい。

オッタルに二度も『魔法』を使用させたのだから。

そして、少年は絶望していい。

それは間違いなく、絶対の死刑宣告である。

「くっ——!?」

ミアは行くしかなかった。

その完成間近の詠唱が目の前に吊るされる『餌』だとわかっていても、呪文を止めなくては『魔法』という名の爆弾が炸裂する。

敵の誘いに、『駆け引き』に飛び込むことを承知した上で、特攻じみた攻撃を仕掛ける。

「——弱い」

防御ごと破壊しようとするミア渾身の一撃に対し、オッタルはある事実を提示した。

【猛者《おうじゃ》】の『防御』とは——『攻撃』と同義である。

振り抜かれた黒大剣が円匙《スコップ》と衝突し、鍔迫《つばぜ》り合いに持ち込ませず、力任せに切り裂いた。

「がっ——」

「ミアさん!?」

「ミア母さん!!」

円匙《スコップ》を押し込んだ斬閃が、ミアの体に斜め一線の斬閃を刻む。

鮮血を飛ばす彼女へ、オッタルは容赦のない前蹴り。

何とか防ぐも、よろめくミアに向けて、柄《つか》を握りしめる片手ごと右肩に黒大剣を溜める。

鉄鋼のごとき三角筋と僧帽筋の膨張。

次の瞬間、砲撃のごとき刺突が繰り出された。

「ッッ――――!!」

ミアを串刺しにする一撃に、ベルは時の流れに逆らうほどの速度で、跳んだ。

【英雄願望《スキル》】の発動。僅か半秒の蓄力《チャージ》。

右足に光粒を集め、地を爆蹴《ばくしゅう》し、ミアとオッタルの間へ割って入る。

うねりを上げながら突き進む黒大剣に対し、構えられるのは《ヘスティア・ナイフ》。

左手は柄《つか》を、右手は刃の腹を。

両手が支えるナイフの腹が、正確に剣突を防ぐ。

神の刃は砕けない。だが、代わりに悲鳴を上げた。

「つがァアアアアアア!?」

押し込まれたナイフごと剣突が腹にめり込み、ベルが馬鹿みたいな量の血を吐く。

「ぐっっ――――!!」

少年が緩衝材となり、それでも凄まじい衝撃に打ち据えられ、少年の体を受け止めたミアが後方へと吹き飛ばされる。

「【駆け抜けよ、女神の神意を乗せて】」

無論、続くのは慈悲なき追い打ち。

唱えられる最後の詠唱文。

本命の『魔法』をもって、オッタルは敵を打ち砕く。

「【ヒルディス・ヴィーニ】」

生じる光輝。

ベルの記憶と寸分狂いのない黄金《こがね》の毛皮を、黒大剣が身に纏う。

劇場北側の壁に激突したミア達《たち》目がけて、オッタルは、その黄金《こがね》の一撃を振り抜いた。

「潰《つい》えるのなら——それまでだ」

【ヒルディス・ヴィーニ】は単なる『強化魔法』。

付与魔法《エンチャント》ですらないソレは、本来間合いが離れた敵に攻撃を届ける手段はない。

が、『威力』の単純強化という属性が、化物じみた膂力と組み合わさった場合、どうなるか？

答えは——繰り出される斬撃《ソレ》は距離を殺す。

「————」

女戦士《アイシャ》の斬撃波《ヘル・カイオス》を上回るほどの、黄金《こがね》の斬光。

純然たる空間の断絶。

血みどろのベルとミアの視界が、黄昏《たそがれ》の色にも似た輝きに染まる。

「くうううううううううっ!?」

飛び込んだのはリュー。

疾風の名に偽りのない速度をもって駆け抜け、ベルとミアを抱えて、全力の離脱を図る。

折り重なった影が射程外に逃れた一瞬後、斬壊の音が轟いた。

『〜〜〜〜〜〜〜〜〜〜〜〜〜〜〜〜〜〜〜〜っっっ⁉』

凄まじい衝撃と音の津波が押し寄せる。

それらに殴り飛ばされ、リュー達は地に何度も体をぶつけ、幾度となく転がった。

円形劇場を揺るがす震動に動けぬヴァンもまた声にならない絶叫を上げる。

音は、すぐに去った。

余波も残らない。

単純なる破壊の一撃は高位魔法ほどの二次破壊はもたらさず、ただ、そこにあったものを全て吹き飛ばしていた。

「なっ…………………」

顔を上げたベルが、身を起こしたミアとリューが、絶句する。

壁面も、円柱も、丘のように高い観客席も、北側の一角ごっそり丸ごと、消失していた。

劇場そのものを破壊した斬撃は外の都市遺跡、更にその奥の外縁部まで貫通し、島の外まで届いていた。美しい緑玉明色《エメラルドグリーン》の湖面――巨大窪地湖《カルデラ》の景色が、望めるようになってしまう。

「……レオンのように上手くはいかないか」

武人の口唇から落ちた呟きが、波にも似た音の中に消えていく。

斬撃の軌跡に沿ってくり抜かれた湖面が音を立てて復元していく。

ベル達は、戦慄に抱きすくめられた。

南側の観客席で倒れ伏し、被害を免れていたヴァンも蒼白となった。

『鏡』を通じてそれを見た都市の住人も、一様に凍りついた。

進路上の全てのものを破壊し尽くした光景に、世界が時を停止させる。

「次だ」

そして、『黄金の毛皮』はまだ消えていない。

「「っっっっ⁉」」

二撃目。

未だ黄金《こがね》の光を纏う黒大剣が、容赦なく振り下ろされる。

まるで先程の光景を巻き戻すように放たれる、特大の斬光。

──終わった。

ベルも、リューも、ミアさえも、迫りくる終焉に心を一つにした。

「【永伐《えいばつ》せよ、不滅の雷将《らいしょう》】」

その終わりを断ち切ったのは、玲瓏《れいろう》たる呪文。

「【ヴァリアン・ヒルド】」

極大の雷光が放たれる。

数多の弾幕ではなく、一点集中の『大砲撃』。

『階層主』さえ呑み込もうかという雷《スパーク》の巨閃《いかずち》が東側より迫り、斬光の側面にぶち当たる。

ベル達の眼前で光滅の飛沫が巻き起こり、直後には黄金《こがね》の進路が北東から北西へと転じた。

再び消し飛ばされる北西側の構造物。

一方で、九死に一生を得たベル達は、弾かれたように振り返った。

「進路をずらすためだけに、どれだけの精神力《マインド》を持っていくつもりだ。不条理の塊め」

砲撃地点、東の観客席を平然と下ってくるのは、一人の白妖精《ホワイト・エルフ》。

長刀《ロンパイア》を片手に、ずれた眼鏡の位置を煩《わずら》わしそうに直す、ヘディン・セルランド。

「…………師匠《マスター》？　どうして⁉　いや、もしかして…………本当に？」

「不快な馬鹿面《ばかづら》を見せるな、愚兎《ぐさぎ》。貴様等を救ってやった時点で察しろ、阿呆が」

オッタルの『洗礼』を浴び続けていたため、ヘディンの『離反』を知らなかったベルは一瞬目を疑うも、開戦前に自らリリに伝えた『予感』を思い出し、顔を驚きに染めた。

汚物を見る目で見下され、顔を引きつらせるも……遅れてやって来た喜びとともに、下手くそな笑みを浮かべる。

今の彼は『【フレイヤ・ファミリア】のベル・クラネル』を虐げていた『冷酷な別人《ヘディン・セルランド》』ではなく、『箱庭』前に散々自分に改造を施した『師匠《マスター》』であると、はっきりと理解する。

状況が状況であれば涙の一つでも流しそうな少年の笑みに、ヘディンはやはり、不愉快そうに鼻を鳴らした。

「貴様がいながら何てザマだ、ミア」

「……うるさいねぇ。こっちには空白期間《ブランク》があるんだよ」

「ならば速やかに埋めろ。呑気《のんき》に眠っているようなら、私も貴様等も叩き潰されるだけだ」

ミアにも等しく悪態を投じるヘディンは、観客席を下りきり、小瓶を二つ投げつけた。

所持している最後の道具《アイテム》。ミアは自分に使って胴体の傷を塞いだ後、半分残った上級回復薬《ハイ・ポーション》と上級精神力回復薬《ハイ・マジックポーション》をベルとリューの頭から直接かける。驚きつつ、異議を申し立てるのも無駄だと悟ったのか、回復したベル達はよろめきながら立ち上がった。

「ヘディン……」

「貴様にも説明は要るまい、オッタル」

「ああ」

一撃を阻まれた挙句、軍師《ヘディン》が敵側についたというのに、オッタルは動揺の欠片も見せない。

魔法の効力を失った黒大剣を肩に担ぎ、エルフと視線を交わす。

「一つ、聞かせろ」

「なんだ？」

「貴様はどこまでわかっていた？」

立ち上がったベル達を背にして、オッタルと対峙するヘディンは、淡々と尋ねた。

「私はこの愚兎《ぐさぎ》を調教するために、手を打った。ヘグニ達を唆《そそのか》し、死ぬ直前まで徹底的に痛めつけた。少しでも使いものになるように」

えっ？　と先程までの感動を忘れてベルが石像になる中、問いを重ねる。

「だが、貴様だけは私の指示を拒んだ」

女神《フレイヤ》の『箱庭』に罅が入り始め、意図的に『洗礼』を激化させた後のことだ。

ヘディンはベルを即刻追い詰めるべきと論破し、全幹部を『洗礼』に加えようとした。

──『オッタル、貴様もだ。あの愚兎《ぐさぎ》にお前の剛剣《けん》を叩き込め』。

──『俺まで加わる必要はあるまい。ヘディン、お前に任す』。

だがオッタルだけはそう言って、固辞したのである。

「貴様はあの時、私が離反し、『こうなること』を予測していたのか？」

ヘディンは水面下で暗躍し続けていた。それは女神《フレイヤ》にさえ気取られていなかった。

しかし目の前の武人だけは、まるで悟ったように距離を取ったのである。

ヘディンの問いに、オッタルは表情を変えず、答えた。

「……俺に、お前ほどの頭はない。何が起きるかなど、知りえなかった」

そこで、錆色《さびいろ》の瞳がヘディンと、その斜め後ろに立つベルを見据える。

「だが、あの時、『絵』が見えた。……俺の前に立つ、お前達二人の『絵』が」

目の前の光景のように、とそう締めくくる。

ヘディンは顔を歪めた。

「感覚一つで謀略を超越するな、戦馬鹿《いくさ》め」

『武人の直感』とでも言うべき猪人《ボアズ》の本能に、つくづく忌々しそうに舌を弾く。

理詰めで動く自分とは対極の存在を睨みつけ、やがては戦意に満ちる。

「話は終わりか？」

「ああ。今より速やかに貴様を滅する。でなければ、やかましい愚猫《ぐびょう》が追ってくるからな」

問答の時間を断ち切るように精神力《マインド》を練り上げ、ヘディンは臨戦態勢に移った。

それに慌てて待ったをかけるのはベルだ。

「マ、師匠《マスター》っ？　一緒に戦ってくれるんですか⁉」

「この状況でそれ以外の選択肢がどこにある、屑が。もう喋るな」

「……私達は手も足も出なかった。あの【猛者《おうじゃ》】相手に、何か作戦があるのですか？」

「むしろ何故用意していない。真性の怪物に正面から戦ってどうする？　策を練れ。絡め手を尽くせ。貴様等は階層主相手に真っ向勝負を仕掛けるのか？」

へこむベルをぞんざいに扱い、続くリューの問いにも侮蔑を投げる。

彼女達に一瞥もくれないヘディンは、これは対『迷宮の孤王《モンスター・レックス》』戦と同義だと言外に告げた。

「ミア、私が『後衛』につく。そこの愚兎《ぐさぎ》どもを従えて、もう一度立ち回れ」

「……アンタの指揮にすぐ合わせせられるほど、まともな連携なんて取れやしないよ？」

「そんなもの端《はな》から期待していない」

智将の瞳は、悠然とたたずむ武人だけを見据え、注文《オーダー》を言い渡す。

「十秒でいい。稼げ」

直後、戦闘の再開を宣言する魔力が解き放たれる。

「【永争《えいそう》せよ、不滅の雷兵《らいへい》】」

妖精の歌声を契機に、ベル達が一斉に飛び出す。リューは『並行詠唱』とともに。

そしてオッタルもまた『受けの構え』ではなく、初めて『攻めの姿勢』を見せた。

一直線の驀進である。

「うぁ⁉」

「くっっ⁉」

「舐めんじゃないよぉ‼」

後衛《ヘディン》の砲撃を甘受する道理もないと言うような突進。

錆色の猪突《ちょとつ》にベルとリューは容易く横合いに弾き飛ばされるが、ミアだけは抗う。

力の種族《ドワーフ》という名を体で表すがごとく猪人《ボアズ》の体当たりを受け止め、靴裏でボロボロに壊れ果てた石畳を抉った。

噛《か》み合う黒大剣と円匙《スコップ》、拮抗は一秒。だが、その一秒で妖精は既に動いている。

ミアをまんまと『盾』に用いたヘディンは、移動を開始していた。

「……！」

劇場の舞台、その外周に沿って円の動きで走り、あるいは跳躍していく。

高速の移動に合わせて生み落とされていくのは、幾つもの雷弾。

ジジジと音を上げる雷《いかずち》の鏃《やじり》は即座に標的《オッタル》に撃ち出されず、東、北東、北と、虚空に待機し、、、て、固定《セット》されていく。

その光景に、オッタルは戦闘が開始されて以来、初めて目を見張った。

敵の意図を速やかに理解し、ミアを剛力で振り払って、ヘディンを叩き潰そうとする。

「【ファイアボルト】！」

「【アガリス・アルヴェシンス】！」

が、二つの炎がそれを阻んだ。

ベルが炎雷の速射砲を放ち、リューが焔《ほむら》の花弁を纏い直す。

前者は足止めもできないと踏んでの嫌がらせ、後者は強力な火力を生かした強襲。

碌な狙いもつけず片っ端から連射される炎雷が爆風と爆炎で視界を妨げ、側面から肉薄した爆斬がオッタルに迎撃を強いる。『絶対防御』は抜けないものの、焔の炸裂に猪人《ボアズ》は足を止めなければならなかった。ベルの連射を無視し、リューを吹き飛ばしても、その頃《ころ》にはミアが復活して再び襲いかかってくる。

ミア達が執拗《しつよう》に喰らいついている間に、雷弾が北西、西、南西と次々と固定《セット》される。

そして。

「約束の十秒。貴様等の働きに、私も報いてやる」

最後の南東側の固定《セット》を終え、ヘディンは足を止めた。

「これは……！」

「雷《いかずち》の『包囲網』！」

辺りを見回すベルとリューの驚愕が示す通り、今や劇場の舞台は、虚空に浮かぶ無数の雷弾に取り囲まれていた。

魔法の『待機状態《ステイタス》』を利用した『爆雷』の設置。

Ｌｖ．６の能力、ひいては卓越した魔力制御をもって、ヘディンは移動地点に雷弾を維持し、配置していったのだ。同じ能力《ステイタス》に至ったリューですらこのような芸当はできない。

円蓋状《ドーム》に設置された魔法弾は凶悪な星空をも彷彿させる。

同時にそれは、獰猛《どうもう》な猪を閉じ込める『檻』でもあった。

固定《セット》された雷の総数、九百七十八。

全弾例外なく、己を照準する鏃《やじり》に、四顧《しこ》するオッタルは両眼を細める。

「勝手に暴れろ、前衛ども。──後はこちらが合わせてやる」

ヘディンの『指示内容』を、直感と本能で理解する冒険者達は、注文《オーダー》通りに暴れた。

「はぁあああああああ！」

ベルが先陣を切って側面からナイフで斬りかかる。

オッタルが『絶対防御』の構えを敷き、玉砕の結果を与えようとする。

ここまでは先程までの攻防通り。異なるのは、ここから。

「三の兵《ソリア》」

東に設置された雷弾が、ベルの接敵に合わせて射出される。

「っっ⁉」

オッタルに一驚が生まれる。

ベルの突撃とは異なる方角、真後ろより三射の魔法弾が迫ったのだ。

少年を迎撃する予定だった両腕及び上体、体勢を速やかに修正して往《い》なしてのけるも、満を持して《ヘスティア・ナイフ》が牙を剝いた。

激しい金属音。

逆手持ちの斬撃は、間髪入れず掲げられた猪人《ボアズ》の左腕、それが纏う手甲に防がれていた。

しかし。

(防がれた！　でも——入った、い、入った!!)

ベル自身目《め》を見張りながら、今日初めての手応えに背筋を震わせる。

一撃離脱《ヒットアンドアウェイ》に従い、オッタルの反撃を頂戴する前に素早く後退。そして彼と入れ替わるように真逆の方向からリューが急迫。限りなく体を前に倒し、身の丈が二M《メドル》を超えるオッタルの視界に入らない下段より、疾《はや》く、鋭く、炎剣を振り上げる。

その巧妙な一閃にもオッタルは人外の速度で即応してのけるが、

「七の兵《サジャウ》」

今度も背を向けた南西より、新たな雷弾が放たれた。

同じ手法は二度も被らないとばかりに、血管が浮き出た剛腕が黒大剣を素早く二閃し、リューも雷も切り払ってみせるが——そこへ、ミア。

「うらぁあああああああああ！」

「ぬううっ!?」

迎撃直後の刹那の間隙。

そこへ絶好の踏み込みとともに繰り出された円匙《スコップ》が、防御ごと猪人《ボアズ》の巨軀を殴り飛ばした。

「入ったぁぁぁぁ!?」

「スゲエエエエエ⁉」

攻防の一部始終を『鏡』で目撃していた神々が、『バベル』の三十階で堪らず沸く。

あの【猛者《おうじゃ》】を劇場中央からとうとう退けた戦果に、敵味方の陣営関係なく盛り上がる。

「ありゃエグい！　ふつーは必殺の『魔法』を、前衛の攻撃に時機《タイミング》ドンピシャで重ねとる！」

「しかもベル君達に被害を与えないよう、数と出力を調整した上で！」

その場で観戦するロキとヘルメスも称賛した。

全知の神の目はヘディンが目論んだ『策』をすぐに看破する。

「『一方的な連携』の確立！　臨時のパーティでは優れた呼吸など望めない！　精々間に合わせが精一杯！　それを、後衛が脳内だけで全て補完して、支援《サポート》している！」

前衛との『同時攻撃』。それがヘディンの策だった。

ベル、リュー、ミアの動きを最後衛から見通した上で、全方位に展開した雷矢を手足のごとく操り、ベル達との攻撃に合わせているのだ。

千に届こうかという魔法弾を全弾射出する愚行は侵さない。たとえ手傷を負ったとしても、オッタルの『完全防御』は全方位の一斉射すら耐え凌ぐだろう。故に『同時攻撃』。優れた前衛の攻撃と組み合わせることで、オッタルの『防御』の選択肢を増やす。

損傷《ダメージ》を与えずとも構わない。

ずれた時機《タイミング》が、集中の阻害が、攻防の不合致が、積もりに積もった暁に『完全防御』の崩壊をもたらす。

強制的な『二者択一』の拡大。あるいはその連続。

オッタルとベル達との『駆け引き』の間に、強制的な雷音《ノイズ》をそそぎ込む。

「一発の魔法弾をとっても第二級冒険者を昏倒させる威力がある。第一級冒険者《ミア》達の攻撃は言わずもがな、だ。

【猛者《おうじゃ》】は両者の対応をせざるをえない！」

「防御重視の戦術を逆手にとったなー。女の子みたいに綺麗《きれい》な顔しとるのに、やっぱり生粋のドSや、あの白妖精《ホワイト・エルフ》！　もち、いい動きをする少年達がいてこそやけど……あのオッタルを傷物にするなんて、ようやるわ！　なぁ、ベート！」

「ちッ……あんな後衛がいりゃあ、誰だって土くらい付けられんだろうが」

騒ぐヘルメスとロキの隣で、ベートがしかめっ面を浮かべる。

意地でも兎野郎《ベル》を認めようとしない発言だったが、それもヘディンの評価にしか繋がらず、狼人《ウェアウルフ》は益々不機嫌となった。

「オッタル、貴様を焼き殺すために考案していた【陣】だ。私一人で前後衛《ぜんこうえい》の動きを実現できない故、廃棄したが……ここで再利用するにはちょうどいいだろう」

劇場東の位置から動かず、魔法を操るヘディンが泰然《たいぜん》と呟く。

繰り返すが、【フレイヤ・ファミリア】の構成員は非常に仲が悪い。

団員同士が争う酷烈な派閥内競争は第一級冒険者達も例外ではないのだ。オッタルを打ち倒すため数年前より着手していた雷陣を、ヘディンはこの場で切ったのである。

「ぐっっ――――!?」

仮想オッタルの戦術は抜群の効果を発揮した。

ベル達との『同時攻撃』を行う雷弾はもはや一つ一つに意志があるかのようだった。言うならば王《ヘディン》が統べる『雷兵』との波状攻撃であり、さしものオッタルも無数の雷剣と雷槍に意識を割かざるを得ない。

ヘディンは巧みだった。

頭上を含めた全方位に展開する雷兵を時には出し惜しみし、時には大胆に投入する。

オッタルの死角を突く背後一辺倒の狙撃ばかりしていたかと思えば、露骨に視界内の左右前方から発射し、本命の一撃を悟らせないよう調整、その巨体へ直撃《クリーン・ヒット》させる。ベル達の攻撃を囮にし、あるいは三十にも及ぶ雷弾を陽動とし、撃ち出す角度も、弾速や順番も緻密《ちみつ》に計算し、オッタルの防御は崩せずとも思考に過負荷を与え続ける。おまけに、雷弾は黒大剣や手甲で防いだところで感電現象を引き起こし、獣人の肉体に確実に損傷《ダメージ》を蓄積していく。

前衛の突撃に合わせ、最後衛位置から魔法を操るヘディンはまさに『指揮者』だった。

指揮棒の代わりに握るのは長刀《ロンバイア》、第一等級武装《ディザリア》。

大聖樹の枝から作られた長柄武器であり、リューの《アルヴス・ユースティティア》同様、エルフの魔力を増幅させる『杖』としての側面を持つ。

石突きの位置に据えられた魔宝石《まほうせき》が輝きを放ち、雷兵に雄叫びを上げさせた。

「リュー、坊主！　合わせな‼」

次第にベル、リュー、ミアも雷の援護に順応し、もはや入れ替わりではなく、ほぼ三人同時に攻撃するようになる。

そして、オッタルの『完全防御』が揺らいだ瞬間、冒険者達は仕掛けた。

「そらぁぁア!!」

ミアによる正面からの突撃。

それに呼応するように、ヘディンの号令。

「十二の兵《トルフ》！　連隊《レギオス》！」

北に位置する雷弾を全て投入し、オッタルの背へ雨のごとく降らせる。

「っっっ!!」

前後の挟撃に対し、オッタルは強情なまでに『回避』を選択しない。

『絶対防御』を捨てる選択こそヘディンの思う壺であり、猟犬に追われるがごとく追い詰められることを確信する【猛者《おうじゃ》】は、巨体の上半身をひねって『嵐』を生んだ。

猛烈な回転斬り。

オッタルの総身にも届こうかという黒大剣の剣身を活《い》かし、ミアも、無数の雷弾も、近付くもの全てを薙ぎ飛ばしては、かき消していく。

かろうじて円匙《スコップ》を盾にして後退するミアは、しかし唇を笑みの形に歪めた。

ミアと大量につぎ込まれた雷弾は『囮』。

「【——天空を駆けるが如く、この大地に星の足跡を綴る】！」

流れる『並行詠唱』。

焔の花弁を解除したリューが突貫とともに、継承魔法《アストレア・レコード》を唱える。

全身を使った迎撃の直後。回転を止めた後ということもあって、隙が生まれぬわけがない。

自分の懐を掠め取ろうとする疾風の影に、瞠目するオッタルは――それでも対応してのけた。

「ぬううううんっ!!」

慣性も反動も全て無視し、筋骨に悲鳴を上げさせながら、繰り出されようとする断撃。

超越的な反射速度。巨人をも上回る怪力の源泉。

リューの空色の瞳が、今まさに振り下ろされようとする漆黒の断頭刃《ギロチン》を映した瞬間、

「いけぇええええ!!」

「⁉」

同じ漆黒の色の『襟巻き《マフラー》』が飛んだ。

首もとから解き、ベルが投擲した《ゴライアス・マフラー》。

直線的な射撃とは異なる、蛇のごとくうねる変則的な『間接攻撃』。

それをオッタルの黒大剣に巻き付け、絡め取り、断頭刃《ギロチン》の一撃を封じる。

Lv.7とLv.5。本来なら『綱引き』では絶対に勝《たた》てない。

だが回転斬りからの無茶な体勢の連続が祟り、猪人《ボアズ》は確かに一瞬、構えがぶれてしまった。

そして、その一瞬で十分だった。

「【正義は巡る】!」

疾風の名のもとに詠唱も肉薄も終え、リューが魔法を発動する。

構えは半身、星剣を腰に添えた『居合の構え』。

添える左手を存在しない鞘に見立て、『技』と『魔法』を融合させる。

――輝夜《カグヤ》、力を貸せ！

放たれるのは宿敵にして戦友、ゴジョウノ・輝夜《カグヤ》が用いていた極東秘伝の奥義。

「【ゴコウ】‼」

居合と同じ要領で星剣が走った刹那、『五つの斬撃』が生まれた。

「っっ⁉」

前後左右頭上、不規則に入り乱れる五種の斬剣。頭上からの振り下ろし、左右から切り上げ、背後からの袈裟斬り、そして正面から放たれる横一閃。まさに居合の剣が五つに分裂し、五方向から繰り出されるがごとく、オッタルに吸い込まれる。

「ぐぅううう⁉」

ゴジョウノ・輝夜《カグヤ》の魔法【ゴコウ】。

任意の位置に『魔力の斬撃』を生み出すだけの魔法は、彼女の『居合の技』と組み合わせることで防御及び回避不可能の必殺剣と化す。

不意を掠め取っても必ず防がれる。知己《アリーゼ》の炎華《アルヴェリア》も凌がれる。

そう確信していたからこそ、リューはこの五光《ごこう》の斬撃を見舞った。

予測通り正面の横一閃を手甲で防いでのけた『最強』は、残る四つの光に捕まる。

分裂した魔法刃《まほうじん》が胸当てを、手甲を、額当てを、【猛者《おうじゃ》】の数少ない防具を破壊してのける。

血を噴出させる武人の視界に、まるで彼岸花の花吹雪《はなふぶき》のように、真紅の魔素が踊り狂った。

「こんのォおおおおお！」

ベルがすかさず、漆黒の襟巻《ゴライアス・マフラー》を引き、絡め捕った黒大剣を釣り上げる。

硬直するオッタルの手から剣の柄が引き剝がされる。巨大な剣が宙を舞う。

武器と防具の喪失。決定的な『防御力』の半減。

ヘディンは瞳を双剣のようにつり上げ、大声を放った。

「撃てっ、愚兎《ぐさぎ》!!」

「ッツ――――!!」

襟巻《マフラー》から手を放し、左掌に猛炎を生み、雷《いかずち》操る師《し》とともに『魔法』を解き放った。

「ファイアボルトォオオオオオオオオ!!」

「全兵斉射《カウルス・ヒルド》!!」

炎雷の豪射、そして円蓋《ドーム》状に設置されていた雷弾の全投入。

数えきれない魔法の嵐がオッタルを呑み込んだ。

「おおおおおおおおおおおおおおおおおおおおぉぉぉぉぉぉぉぉぉっ!!」

リューが退避すると同時に着弾した炎と雷の砲撃群。

五百以上残る雷弾の一斉射に加え、乱射される速攻魔法《ファイアボルト》が火力を爆発させる。砲火の中心にいる猪人《ボアズ》を逃がすまいと雷炎《らいえん》の渦の中に閉じ込める。

雷条は轟き続けた。少年は叫び、撃ち続けた。

ここで決めきろうと、オッタルの全てを削りにかかる。

宙に舞った黒大剣が轟然と落下し、墓標のごとく地面に突き立っても、ベルとヘディンは砲撃の手を緩めなかった。

「【永伐《えいばつ》せよ、不滅の雷将】――――【ヴァリアン・ヒルド】!!」

兵の鏃を撃ちきった瞬間、ヘディンは即座に詠唱を編んで、大いなる将光を呼んだ。

止《とど》めと言わんばかりの雷衝。

特大の砲閃が、円形劇場中央に炸裂する。

「~~~~~~~~~~~~~~~~~~~~~~~~~~~~っ!!」

凄まじい衝撃と爆風がリューとミアのもとへ押し寄せる。

電流と大量の火の粉が舞い散る。

肩で息をするベルは突き出していた左腕をようやく下げ、しかし直ちにナイフを構えた。

第一級冒険者ですら消滅は免れない砲撃の嵐。だが敵は規格外。油断も慢心も殺し尽くす。

長刀《ロンパイア》の《ディザリア》を構えるヘディンとともに、徐々に晴れていく煙の奥を見据える。

「……!」

煙の向こう、砲撃の中心地に、大柄な影が浮かび上がる。

オッタルは、生きていた。

巨木のような両腕を交差させ、二本の脚で立っていた。

その鋼の肉体は、ベル達と同じように血を噴き、焦げ付き、深い損傷《ダメージ》を負っていた。

（傷付いている――）

（瀕死も同然――）

（倒せる――!!）

ベルの思考に希望の光が立て続けに降りそそぐ。

今のオッタルなら倒せると、そう確信して、一歩踏み出した、その時。

交差させた両腕から顔を上げ、瞳孔が牙の如く歪んだ『獣』の双眼と、目が合った。

「――――――」

心臓が、本能が、鷲掴《わしづか》みにされた。

脳裏にそそいだ希望の光が、『最大級の警鐘』にとって代わる。

リューもミアも息を呑む中、顔色を変えたヘディンがなり振り構わず、叫んだ。

「止《とど》めをっっ――!!」

しかし、それを遮断するほどの音塊が、轟いた。

『ウオオオオオオオオオオオオオオオオオオオオオオオオオオオオ!!』

天に打ち上がる怒号。

いや、『獣』の雄叫び。

直接浴びたベル達が仰け反るほどの、『鏡』を経由した民衆が一斉に崩れ落ちるほどの、弩級の喚声。冒険者達でさえ腰を抜かし、椅子から転げ落ち、神々も両目を剝く。

怪物《モンスター》の『咆哮《ハウル》』、それも同然の猛猪《もうちょ》の恐嚇《うた》。

原始的恐怖で心身を縛り上げる強制停止《リストレイト》を、その雄《おす》は人の身でありながら執行した。

それが意味するところは一つ。

『武人』は『獣』に堕《お》ちた。

たった一度の咆哮で、第一級冒険者《ベル》達ですら体から数瞬の自由が奪われる。

そんな中、天を仰いでいた『獣』の双眼が、前を向いた。

『獲物』を睨《ね》めつける。

ベル達の心と体が絶叫をぶちまけた直後、『本物の蹂躙』を開始した。

「オオオオオオオオオオオオオオオオオオオオオオオオッ!!」

猪突。

そして猛進。

踏みしめた石畳を崩壊させるほどの爆駆、次いで暴圧と同義の肉薄。

回避も迎撃も抵抗も許さず、凶器じみた巨大な肩が一匹の妖精《エルフ》を捉えた。

「────がぁぁぁぁぁっ⁉」

気品の欠片もない声を引きずり出され、ヘディンが飛ぶ。

ベル達が反応できず棒立ちとなる中、劇場の壁面に激突する。

舞い散る石の破片、白と黒の明滅がもたらされる意識、一瞬完全に断線した呼吸。

戦術も戦略も関係ない、馬鹿げた激砕《タックル》。

魔法の砲撃をも上回る威力に血を吐くヘディンが次に見たものは、掌《てのひら》だった。

「ヌゥアアアアアアアッ‼」

「ッツぎッッッ⁉」

顔面に叩きつけられる掌底。

視界と相貌を覆いつくす猛猪の五指《きば》。

かけていた眼鏡は当然のように砕かれ、硝子と金属《フレーム》の破片が肌に突き刺さり、白皙《はくせき》の美貌を荒らし回る。が、そんなものは些事だ。笑ってしまうほどの小事だ。

頭皮にめり込む五指《きば》に頭蓋が悲鳴を上げた瞬間、脳髄ごとヘディンの視界が震動する。

視点が目まぐるしく移り変わる。天地が、逆転する。

体が回転するほど、ふざけた速度で投げられたと、聡明な頭脳が馬鹿みたいな結論を出した。

直後、砲弾のごとく地を爆砕する。

「づ、ぁ————————」

「師匠《マスター》ぁぁ⁉」

「くっっ⁉」

劇場の端から中央へと投擲されたヘディンが爆塵《ばくじん》を舞い上げ、停止していた時を打ち砕く。

事態の理解に至った冒険者達の動きは速かった。

本能の塊となって獲物に襲いかかろうとする『獣』の前に立ちはだかり、ベルが、リューが、ミアが後衛《ヘディン》を守護せんとする。

だが、前衛《かべ》など打ち砕かれた。

「「「――――――――――ッッッ⁉」」」

無造作に振り下ろした拳という名の鉄槌がミアを撃砕。

手刀の体裁も取っていない小指《つめ》がリューを斬断。

斜め一閃に走った五指《きば》が戦闘衣《バトル・クロス》ごと、ベルの肉を抉り落とす。

大地と抱擁を交わしたドワーフは血を吐いた。

回避して撫でられただけにもかかわらずエルフは血をまき散らした。

歪《いびつ》な五条の爪痕《つめあと》を刻み込まれたヒューマンは血の装束《ドレス》を纏う、赤い人形となった。

剣術も武術も、『技』も『駆け引き』も忘れた本能の暴走。

ひたすらに押し付けられる加虐は回避も防御も認めなかった。

『絶対攻撃』。

絶対の防御が反転し、敵を屠るためだけの爪牙と成り果てる。

もはや冒険者の戦いではなくなった弱肉強食の光景に、観戦する者達は一様に蒼白となった。

「あれは……」

聖女《アミッド》が血の気を失う。

「まさかっ……」

万能者《アスフィ》が唇を痙攣させる。

「『獣化』……!!」

勇者《フィン》が双眸を歪める。

「【猛者《おうじゃ》】の真の切り札!!」

「『凶暴になって強くなる』ゆうても、限度があるやろ⁉ ほんまにつくづく規格外や!!」

同じ光景を『バベル』で見守るヘルメスとロキも、声を荒らげずにはいられなかった。

『獣化』。

獣人の中でも限られた種族にしか確認されていない現象であり、闘争本能そのもの。ロキの言う通り、その身に秘める獣性と力を解放することによって、身体能力を上昇させるのだ。

代表的なのは狼人《ウェアウルフ》。狼の獣人達は月の光を浴びることで『獣化』し、『月下の狼人《ウェアウルフ》に敵う種族はいない』とまで言わしめるほどの力を得る。

「……あのデカブツの『獣化』は、狼人《おれたち》と違って時間も、場所も選ばねえ……」

ロキの斜め後ろにたたずみながら、ベートは忌々しそうに吐き捨てた。

『神の恩恵《ファルナ》』を授かった時点で、獣人種族の起源たる『獣化』は『スキル』と密接に結びつく。獣化状態に移行するには必ず何らかの発動条件、あるいは危険性《リスク》を伴うのだ。

だが、恐らくオッタルの『スキル』の発動条件は――『獣化』の引鉄《トリガー》は、任意。

月夜の下でしか『獣化』できない狼人《ウェアウルフ》と異なって、日中でも、それこそ迷宮《ダンジョン》の中でも『獣』

に堕ちることができる。

【猛者《おうじゃ》】の戦い振りを知るベートは、それをはっきりと見抜いていた。

「効果もそこらへんの雑魚とは比べ物《モン》にならねえ。あの猪の『獣化』は、強化じゃねえ……化物そのものだ」

己の『獣化』に勝るとも劣らない出力を認める狼人《ウェアウルフ》は、左頬の刺青《いれずみ》を歪めた。

『鏡』が映す『獣』は先程までの武人と明らかに一線を画している。

まるでそれは、奇しくも、春姫《ハルヒメ》の階位昇華《レベル・ブースト》がもたらす光景とも酷似している。

多くの民衆が倒れ都市が騒乱状態も同然になる中、酒場で顔色を失う冒険者達が、呟いた。

「じゃあ、今の【猛者《おうじゃ》】は……」

「…………Lv.8？」

誰も肯定しなかった。

肯定してしまったら、もう、この戦いを見守る意味などなくなってしまうから。

「っっ、ぁぁぁぁぁっ…………!!【永伐《えいばつ》っ、せよっ……不滅のっ、雷将】……!!」

千切っては投げられていくベル達を他所に、震える身を起こすヘディンが片腕を突き出す。

血に濡れた相貌から一切の余裕を失いながら、最大出力の『魔法』を呼んだ。

「【ヴァリアン・ヒルっ────】」

だが、遅かった。

招雷の気配をまさに獣のごとく察知した猪人《ボアズ》が、岩石のごとき大拳を、天上へと掲げる。

まともに立てないベルが、リューが、ミアが、そしてヘディンが絶望を見る。

筋肉の隆起した剛腕が歪な『牙』となり、次の瞬間、大地へと突き立てられる。

「オオオオオオオオオオオオオオオオオオオオオオオオオオオオオオオオオオオッッ!!」

振り下ろされる。

全てを吹き飛ばす極大の暴拳が。

「――が、ぁ」

その千切れ飛んだ声の破片はヘディンか、あるいはベルのものか。

円形劇場中心地で炸裂した、迅烈《じんれつ》たる破壊。

亀裂を生み、地盤を狂わせ、大地を絶叫させる猛猪の一撃。

四方に放出される衝撃の津波が冒険者達を例外なく呑み込み、翻弄し、突き飛ばし、瓦礫の奥へと埋葬する。

劇場の外壁が崩落し、自身の原型を忘れていく。

湖と接する断崖まで崩れ落ち、島の地形まで変容していく。

今日一番の鳴動が『オルザの都市遺跡』を包み込んだ。

もはや敷き詰められた石版ですらない、石の欠片の集合の中から、その拳が引き抜かれる。

立ち込める粉塵が晴れる頃、そこに立っているのは、『獣』一匹だけだった。

ぴくりとも動かない冒険者達が倒れ伏す戦場を、雲のない空が哀れみとともに見下ろす。

儚《はかな》さを宿す日の光は、いつの間にか黄昏の色を帯びようとしていた。


日が傾き、大地が唸る。

凄まじい震動に遺跡全体がわななき、身をひそめている男神《ブルートス》と女神《ハトホル》が飛び上がる中、それでも眷族達は戦わなければならなかった。

目の前の相手を、打倒しなければならなかった。

「いい加減にしやがれ‼」

「っ……‼　いい加減に、するニャ！　ミャーはっ、兄様に負けない！」

薙ぎ払おうとする銀の槍に、金の槍が執拗に喰らいつく。

何度傷を負おうが、何度罵倒されようが、怯むことなく向かってくるアーニャに、アレンは苛立ちを隠す術を失っていた。

あまりにしつこく無様な妹の姿に殺意を覚え、今度こそ叩きのめそうとするも、

「だから無視しないでくれよ、アレン」

「っっ――‼　ヘグニッ！」

横合いから伸びてくる漆黒の斬撃に、再び阻害される。

『異常魔法《アンチ・ステイタス》』の影響外とはいえ、傷が回復しきってない身でなお斬りかかってくる黒妖精《ダーク・エルフ》に、アレンは感情を一層かき乱される。

「邪魔をするなと言ってるだろうが!!　失せやがれ、羽虫がっ！」

「邪魔は、するさ。倒したいとも思ってる。それに……怒鳴ってばかりじゃなくて、いつもみたいに飛び越えていけばいいじゃないか？」

呪剣《カースウェポン》の反動により体力が回復しきらず、お互いに決め手に欠ける中、疲労を隠せないへグニは、珍しく微笑を浮かべた。

友に向けるものではなく、家族に向けるそれですらない。

好敵手《ヘディン》とは異なり、謀《はかりごと》が苦手な彼が浮かべる、不器用な笑み。

「疲れているのか、アレン？　違うよな。そうじゃないよな」

とある『核心』をもとに、『揺さぶり』を仕掛けた。

「さっきから、妹に向ける槍が鈍ってるだけじゃないか」

「!!」

「…………えっ？」

その言葉の効果が最も現れたのは、アレンではなく、アーニャだった。

目を見張る兄を他所に、妹は中途半端《ちゅうとはんぱ》な格好で動きを止めてしまった。

「……くだらねえことをほざくなッ!!」

一瞬浮かんだ表情を憤激で上塗りするアレンが、二度と口を利《き》けぬようにと飛びかかる。

迫りくる槍を前に、ヘグニの頬は、やはり微笑の形のままだった。

「【永久《とわ》に滅ぼせ、魔《ま》の剣威《けんい》をもって】」

そして、事前に口ずさんでいた超短文詠唱を終了させる。

アレンの顔が驚愕に染まる。

既にぼろぼろとなった漆黒の外套、その立襟が黒妖精《ダーク・エルフ》の口もとを見事に隠していた。

唇の動きを視認できていなかった猫人《キャットピープル》の反応が、致命的なまでに遅れる。

「【バーン・ダイン】！」

「があっ⁉」

槍が届くか届かないかの間合い、至近距離から爆炎を頂戴する。

射程は超短距離《ショートレンジ》、その代わり効果範囲内にいる複数の敵を根こそぎ吹き飛ばす威力特化の魔法をまともに浴びて、アレンの軽い体は容易く斜め後方に吹き飛んだ。

咄嗟に地面を蹴って回避運動を取ったものの、傷一つ負っていなかった戦車が黒煙を吐く。

「ほら、図星じゃないか。こんな挑発に引っかかるなんて」

普段のお前なら絶対に回避できた筈だ、と。

ヘグニは淡々と指摘する。

今の状況――あの血も涙もないアレンが演じた失態こそが、アーニャに『まさか』と思わせる後押しとなってしまう。

「兄様……本当に……？」

「間抜け面を見せるんじゃねえ！　どうしてそうなる⁉」

兄の怒声を聞く度に体が竦み上がり、尻尾だって縮み上がる。

記憶のものと何ら変わらないアレンの怒りにアーニャは怯みかけながら、それでもぎゅっと、自身の胸に手を添えた。

散々ためらって、何度も言いあぐねた後、口を開く。

「ここに、来る前……【凶狼《ヴァナルガンド》】に言われたニャ」

「……何を言ってやがる……！」

怒気と怪訝《けげん》を混然とする兄を見つつ、アーニャは数時間前の記憶を振り返った。

部屋から無理矢理ベートに連れ出され、『戦いの野《フォールクヴァング》』を進んでいた時のことだ。

『もう放すニャアー！　ミャーはシルにも、兄様にも捨てられたのニャ！　ミャーのことなんて兄様達はどうでもいいのニャア！』

情緒不安定で自暴自棄。アーニャはとにかくグズって暴れ回っていた。

そんな彼女にほとほとうんざりしたように、灰髪の狼人《ウェアウルフ》は口を滑らせたのだ。

『あの糞猫は……俺と似てやがる。心底認めたくねぇが』

『えっ？』

『要らねえなら、とっととブッ殺してる。目障りで、耳障りだからな』

『う、うわぁ……』

剣呑な発言をするベートにドン引いていると、彼は次の言葉を告げたのだ。

『ただ、残してるってのは……そういうことだろう』

アーニャは目を見開いていた。

ただ前を見て走り続ける狼人は——焼きが回ったぜ、と。

静かにそう吐き捨てて、アーニャの疑問に答えることはもうなかった。

「兄様は……ミャーが嫌いニャ？」

「当たり前だろうが!!」

「兄様は、ミャーが憎くて……だから捨てたのニャ？」

「今更何を言ってやがる!! 何もわかってねぇのか、てめぇは!!」

「じゃあ、何でぶっ殺さないのニャ？」

「!!」

決して頭が良くないアーニャは、何度も瞳を揺らしながら、稚拙な表現で、必死に自分の『どうして？』を言葉に変えた。

「いつも、ぶっ殺す、ぶっ殺す、って言ってるのに……なんで、ミャーを殺さないの？」

「っ……!!」

「どうしてっ……？」

涙を帯びるアーニャの瞳に、アレンの怒声が止まる。

停滞する兄妹の姿に、それまで黙って見守っていたヘグニが、ゆっくりと口を挟んだ。

「……そうだよな、アレン」

ヘグニ自身が辿り着いてしまった『核心』を、告げてやった。

「愛していたら、捨てられないもんな」

「――――――――――」

「憎むしか、なかったんだよな」

刹那、一匹の猫の心が丸裸にされる。

見開かれた二匹の猫の瞳が、交差する。

アレンは、唇を痙攣させた。

罵詈雑言は出てこなかった。

ありとあらゆる感情に相貌を埋めつくされ、もはや怒りの一言では言い表せない形相を浮かべながら、戯言を抜かした妖精へと一歩、踏み出す。

「アレン……悪いけど……」

その口が怒号を発する前に。その足が飛びかかる前に。

ヘグニは目を伏せて、その『事実』を口にした。

「女神様《フレイヤ》のもとで力を求めるって言ってたけど…………お前は、弱くなったよ」

「‼」

まさかの指摘に、アレンが今度こそ絶句する。

彼と同じ第一級冒険者であるエルフは、同等の力を持つ者の視線で、言葉を続ける。

「ヘディンも、俺と同じことを言ってた。……覚えてるか？　新しい副団長を決める時、ヘディンが降りて、お前に譲ったことを」

何年も前の話だ。

そしてそれは、まだアーニャが『戦いの野《フォールクヴァング》』にいた頃の話だ。

副団長に推挙されていたヘディンは固辞し、アレンに押し付けたのである。

「ヘディンはあの時、お前の方が自分より強いってわかってたから……だから譲ったんだ。弱いヤツが【ファミリア】の上に立つなんて、あいつの矜持が許さなかったから」

「……！」

「だけど……妹がいなくなって、弱くなった。守るべき存在がいなくなって…………アレン、お前は弱くなっちゃったんだよ」

能力《ステイタス》の話ではない。階位《レベル》の話でもない。

そんなものなら、アレンは過去の自分をとっくのとうに超えている。

ヘグニが語るのは、脅威、気概、気魄《きはく》、意志。

それが妹を捨てた前後では、決定的に異なってしまったと、そう告げていた。

「だからヘディンも、お前のことを『腑《ふ》抜けた』って……そう言ってた。副団長を譲るんじゃなかったって……怒ってたんだ」

自分さえ知りえなかった、いや気付ける筈などない『事実』に、アレンは愕然とした。

ずっと沈黙を守っていた妖精の告白に、アーニャは呆然とした。

女神に口止めされていた――あの子自身が気付くまで言わないであげて、と懇願されていたヘグニは、うつむいた。

「………ふざけるな………ふざ、けるなっ…………ふざ、けっっ………！」

「無理だよ、アレン……もう、否定できない」

非常に申し訳なさそうに、自罰感と戦いながら、けれど猫《かれ》を少しでも想う良心を片手に、ヘグニは止めを刺した。

「戦いでしか語ることのできない強靭な勇士《おれたち》が、否定させて、やれない……！」

アレンは今度こそ、時を止めた。

それは激昂しようが罵ろうが、アレン自身では決して否定できない証だった。

強靭な勇士《エインヘリヤル》は決して『力』に対して妥協しない。『強さ』に関して欺瞞《ぎまん》を用いない。

彼と肩を並べる『勇士』が述べた、忌憚《きたん》なき強さへの評価。

「にい、さま……」

アーニャも、わかってしまった。

アーニャはこの戦闘で、ぎりぎり致命傷を回避していたのではない。

アレンに、回避させられていたのだ。

ヘグニが介入する前、彼女を再起不能に陥れんと放たれた必殺も、向かった先は『右肩』。

金の肩鎧が装備されており、殺傷能力は著しく下がる、アレンらしからぬ一撃だった。

アレンが踏みとどまっていたからこそ、兄妹の戦いはここまでもつれ込んでいたのだ。

「俺は屑《クズ》で、ダメダメな王で、家族なんて一人もいやしなかったけど………」

自己評価なんてものを冥府《めいふ》の底に置いてきた黒妖精《ダーク・エルフ》は、卑下しながら、顔を上げた。

恐る恐る、けれど風が凪《な》いだ海のような瞳で、それを言ってやった。

「アレン、今のお前達の姿は…………間違っていると思うよ」

風が吹いた。

途絶えてしまった武器の音の代わりに、二匹と一人の間に湿った風が駆け抜けていった。

戦場から切り離された静寂の音が互いの髪を揺らす中、黒い前髪が、猫の瞳を覆い隠す。

——一匹の猫がいた。

彼の肉親への愛情とは、常に憎悪と表裏だった。

小さく弱かった頃、廃墟の世界に埋もれながら、たった一人しかいない妹に、何度手を上げようかと思ったかわからない。何度突き放し、見捨てようと心が揺らいだか覚えていない。

だが猫は、泣き虫で、救いようのない馬鹿で、壊滅的に歌が下手糞で、何度だって自分を苛立たせる妹を守り続けた。

妹は下手糞な、迷子だけど一人じゃない歌を、ずっと歌い続けていたから。

彼はそれに背を向けて、ばれないように、笑みを浮かべていたから。

『俺があの愚図の分まで戦い続けます。だから、あいつを捨ててください』

それから猫は女神に救われ、『洗礼』の日々をくぐり抜け、やがて岐路に立たされた。

自分とともに死にかけた妹を目にして、猫はまず己の弱さを呪った。

より強くならなければならないと決意し、それと同時に愛を捨てる覚悟を決めた。

『弱いやつなんて生き残れない戦場から、俺の世界から、あいつを切り離してください』

猫はわかっていたから。神に救われた代償を支払うため、戦いに身を投じる限り、自分から離れようとしない愚図で鈍間《ノロマ》な妹は、いつか絶対に死ぬということを。

猫は理解していたから。暗黒期は彼の弱さも、甘さも許さないことを。

たとえ混沌の時代が終わっても、戦い続ける自分の側に妹の幸せはないことを。

『俺もあの愚図と、縁を切ります。俺には女神《あなた》だけでいい。そう約束します。だから――』

女神の神性に惹《ひ》かれておきながら、彼が『彼女』に望んだ関係は――『共犯者』だった。

妹を捨て、『彼女』が酒場に連れていき、別の家族を、居場所を作らせる。

猫は忠誠を誓った。

妹を護るために、己の全てを捧げた。

自分を『戦車』に変えたのだ。

妹をどんなに傷付けようが、死と不幸をもたらす自分から遠ざけるため、たった一人で『女神の戦車』で在り続けることを決めた。

彼の憎悪と表裏の『最愛』は、今も、昔も、ずっと変わっていないのだ。

アレン・フローメルは、『最愛』を『最憎』にすることでしか、妹の幸福を祈る術を持ち合わせていなかったのだ。

「……」

アレンは頭上を見上げた。

泣きたくなるくらい美しい蒼穹を。

西の空から迫りつつある茜色《あかねいろ》の光を。

「にいさまは……ずっと、ミャーのことを……？」

兄の真意に触れたアーニャの瞳から、涙がこぼれ落ちる。

失われていなかった絆《きずな》に、『家族』の存在に、胸が言うことを聞かなくなる。

「兄様……！　ミャーはやっぱり、兄様と家族に戻りたい！　シル達と一緒に、兄様もっ――」

だからアーニャは身を乗り出した。

だからアレンは、左腕を突き出し、手の平を向けた。

「もういい」

「！」

「喋るな」

それは怒声ではなかった。

静かで、真摯《しんし》に、訴える声音だった。

妹を想う、『兄』の声音だった。

「女神は失わせねえ」

「っ……！　兄様、どうしてっ⁉」

「あの方への忠誠が、俺を強くする。俺を強くするというのが、あの方との契約だ」

揺らがない兄の意志に、アーニャは涙ながらに訴えるが、

「故郷を滅ぼした黒竜《りゅう》を殺すまで、俺の戦いは終わらない」

「!!」

「あの黒竜《りゅう》がいる限り、お前の幸せはまた吹き飛ぶ。そして……終末に向かって走る俺を、お前は絶対に追いかけてくる」

アレンの『真の目的』を聞き、アーニャも、ヘグニも瞠目する。

そしてアレンは、怒りも憎しみも消えた眼《まなこ》で、妹の姿を見た。

アーニャの装備、金の肩鎧は右。

対するアレンの銀の肩鎧は左。

互いの槍は言うまでもなく、金銀の番《つがい》。まるで鏡合わせだ。

女神を乗せた戦車を引く、左右の車輪《フローメル》。

アレンがどんなに望んでも千切れない鉄鎖《てっさ》の絆にして、アーニャの身を戦いに投じさせる金と銀の呪い。


「妹《おまえ》を守るために——————車輪《おまえ》を殺してやる」


女神への望みが一つ増えた。

『魅了』を。絶対の『美の権能』を。

この馬鹿で愚図な妹に施し、『箱庭』の娘《シル》がそうであったように、兄《アレン》の忘却を。

今日まで妹への『魅了』を避けていた、自分のどうしようもない『エゴ』を断ち切ろう。

全てが終わった後で、叶うなら、また下手糞な歌をいつか聞くことを願っていた『願望《エゴ》』を葬ろう。

全てを知ってしまった車輪《アーニャ》を、戦車《アレン》は『最愛』をもって轢き殺す。

故に、『女神』は絶対に終わらせない。

「【金の車輪、銀の首輪《くびわ》】——」

故に、アレンは戦車の歌を口ずさんだ。

「詠唱っ⁉」

「兄様が、魔法を⁉」

ヘグニの驚倒。そしてアーニャの動揺。

妹は知らない。兄が『魔法』を持っていたことを。

その『魔法』はアーニャと決別した後に発現した——わけではない。

アレンは決して、彼女の前で詠唱しなかったのだ。

「【憎悪の愛、骸《むくろ》の幻想、宿命はここに。消えろ金輪《こうりん》、轍《わだち》がお前を殺すその前に】」

怒りと憎悪では隠せない、自身の心奥を映し出す、その醜悪な呪文を。

妹を想う『真実』そのものを。

「くっ……！　止めろぉぉぉぉぉ！」

「っっ――!!」

斬りかかるヘグニの大声に、アーニャもまた逡巡《しゅんじゅん》を捨て、地を蹴った。

このままでは娘《シル》を失う。兄《アレン》も失う。高まっていく恐ろしい魔力を前にそう直感して、兄を失わないために兄を傷付ける矛盾をねじ伏せる。

「【栄光の鞭《むち》、寵愛《ちょうあい》の唇《くちびる》、代償はここに。回れ銀輪《ぎんりん》、この首《くび》落ちるその日まで】」

だが、ヘグニの剣は当たらない。アーニャの槍は止められない。

詠唱と移動。並行行動は二種。ただ地を蹴って、大きく後退するだけ。それの繰り返し。それだけでアレンの体は突風に飛ばされる羽毛のように何一〇M《メドル》も後方へと飛んだ。

攻撃は要らない。防御も要らない。

呪文が完成するまで滑稽なまでに逃げ回っているだけでいい。

この歌が終わった後、戦場には『轍《わだち》』しか残らないから。

「【天の彼方《かなた》、車輪の歌《ユメ》を聞くその死後《とき》まで――駆け抜けよ、女神の神意を乗せて】」

最後の三小節。

ことごとく攻撃が空を切り、詠唱を終了させてしまったアーニャ達の顔が凍てつく。

次の瞬間、『最速の戦車』は起動した。

「【グラリネーゼ・フローメル】」

発走したアレンの体が、蒼銀《そうぎん》の閃光を纏う。

「くっ――――がぁああああああああああああああああああああぁ⁉」

斬撃でも魔法でも食い止められない光の奔流はまずヘグニを蹴散らし、宙に舞い上げた。

超速。更に上がる。走れば走るほど加速する。回転する車輪がごとく、戦場を駆け巡る戦車がごとく、文字通り縦横無尽となって『女神の戦車』がひた走る。

「兄さまぁぁぁぁぁぁぁぁぁぁぁぁぁぁ⁉」

アーニャさえ吹き飛ばし、傷付け、それでもなお驀進は止まらない。

一撃で襤褸屑と化したヘグニが地面に激突すると同時、別の戦場へと転進する。

「なにっ⁉」

「あれは⁉」

「うニャアー⁉　早く逃げっ――――‼」

アルフリッグと交戦していたアイシャ達のもとに、閃光は駆け抜けた。

戦車《アレン》自身でさえ速度を持てあまし、光り輝く竜の長軀《ちょうく》のごとく蛇行する軌跡――『轍』は、一瞬だった。回避はおろか逃走も許さない戦車の光走は、冒険者達を無慈悲に呑み込む。

アイシャは大朴刀を砕かれ墳墓に激突し、命《ミコト》とナァーザはヘグニと同じように天高く舞い上がり、ルノアとクロエは決河の勢いで吹き飛ばされる。

「アレンッ、お前っ――――⁉」

アルフリッグさえ巻き込まれ、意識を断った三人の弟ごと、光の轍の中で攪拌された。

【グラリネーゼ・フローメル】。
アレン唯一の『魔法』は『敏捷《アビリティ》』の超高強化、及び『速度の威力変換』。
つまりアレンが加速すれば加速するほど破壊力を増強する。
上限はない。理論上、アレンの速度が上がるほど無尽蔵に突撃《ラッシュ》の威力は高まる。
閃光という名の装甲を纏い、アレンはこれで全て蹴散らすことができる。
階層主さえ轢き殺すほどの、戦車の蹂輪《じゅうりん》。
「ぐうううううっ——!?」
「うぁぁぁぁぁぁぁぁぁぁぁぁぁぁぁ!?」
戦車が駆け抜けた余波だけでミアハの『花』が散り、リリもまた吹き飛ばされる。
少女の手の中から眼晶《オクルス》が離れ、衝撃によって罅割れた。
視認すらまともにできず、障害物全てを引き潰す進撃。
アレンが駆け抜けた後に残るのは、遺跡も瓦礫も全てかき消えた『轍』だけだった。

夕暮れの気配が西から漂いつつある。
今はまだ青みを残す頭上の空も、遠からず黄昏《たそがれ》の色に染まるだろう。
終焉の色だ。

『戦いの野《フォールクヴァング》』で戦い続けてきた勇士達にとって、戦いの終わりを告げる、終末の色だ。

足もとに転がる黒大剣を拾い上げたオッタルは、おもむろに西を一瞥した。

朱く染まりつつある、『神の家』がそびえる丘の方角を。

「………、………」

「っ……ぁ……」

壊れ果てた円形劇場の中で、立つ者はオッタルのみ。

瓦礫に埋もれたドワーフも、エルフも、思い出したように身じろぎするのみで、虫の息。

ならば終わりか。

猪人《ボアズ》が何の感慨もなく、そう思った時。

「……がっ……ぁ……っっ……！」

獣のような唸り声を上げながら、立ち上がる者がいた。

埃《ほこり》にまみれた金の長髪。血と傷で化粧をし、美しさの欠片もなくなった相貌。

ただその珊瑚朱色の瞳だけが、今にも消えてしまいそうな光を手放していない。

「ヘディン……」

自分と同じ強靭な勇士《エインヘリヤル》に、オッタルはやはり何の感情も窺わせず、ただ見つめた。

立ち上がるのもやっとなエルフは、何度も崩折れかけては、踏みとどまり、顔を上げた先にいる猪人《ボアズ》を睨み返す。

「これが、お前のやりたかったことか？」

まるで挑発するように告げる。

ヘディンは唇を歪め、かろうじて見える笑みを作った。

「さぁ、な…………きさま、には…………どう見える？」

「少なくとも、お前らしくはない」

依然、瞳孔を歪めたまま、『獣化』状態のオッタルは理性を残す声音で、それでも武骨な言葉で返答する。

「効率を重視するお前なら、もっと上手くことを運び、この戦いに勝つことができた筈だ」

「はッ……！　勝利、など……！」

ヘディンはそれを、唇から血を滴らせながら、鼻で笑った。

「こんなっ、くだらない戦争《ゲーム》っ……！　私が貴様等を裏切った時点で、詰みだ……！　私が、あの方の『花』を手折ればよかっただけの話……！」

事実だった。

本陣を壊滅させた時点で、ヘディンが『神の家』に乗り込み、フレイヤから『花』を奪う。それで『派閥大戦』と大仰な名を付けられた戦争は、あっけなく終結していた。

「だがっ……それでは、意味がない……！　そんなものにっ、意味はない！」

「……」

「私がやりたかったことは、そんなことではないっ!!」

言葉に熱が宿り始め、精神が傷付いた肉体の限界を蹴り飛ばし、凌駕する。

「私はあの方の手で、『王』の責務から解放された！　ならば次は、この私が！　あの方を女王《おう》の座から引き剝がさなければなるまい!!」

オッタルは、その独白を無言で聞いた。

「女神の『軛《くびき》』なんてものから、解き放たなくては!!」

ヘディンは女神の心中を推し量ることはできても、神々の娘《ヘルン》のように理解することはできない。それでも『王』を識《し》る彼の心は、女神の不幸に気が付いている。

『娘』の浮かべた笑みを見て、何が彼女の『本当の望み』なのか、もうわかっている。

その雄叫びは、玉座に座す女神には届かない。

しかし未だ立ち上がれぬ者達に、その意志は届いた。

「貴様等は知っているか！　『愛』を求めておきながら『愛』に苦しめられる女神の横顔を！」

それはいつかの神室《しんしつ》。

精霊を模した髪飾りを見つめ、『愛』に迷う女神の仮面。

ガリッ、とドワーフの指が瓦礫を引っかく。

「貴様等はわかっているのか！　『愛』以外を切り捨てておきながら、それでも娘《むすめ》のように苦悩する彼女の未練を！」

それは少年の前での会話。

少年の心だけを求めておきながら、豊穣の絆を引きずる娘《むすめ》の感傷。

ぐぐっ、とエルフの手が木剣を摑み取る。

「貴様は、気付いていているのか!! 『彼女』の頬が、今も涙で濡れていることを!!」

それは、最後の発破。

少年の拳が、炎のように震える。

「気付いているならば、どうして負けられる!? この戦いに負けてしまえば、あの涙は一生止まらない!! 孤独の勝利は『愛』を手に入れ、あの方は永劫《えいごう》女神のまま!!」

声高に轟く言葉が、彼等の心を何度だって殴りつける。

今も立ち上がろうとする足々を、突き動かす。

「ならば!! 泥を塗らなければなるまい! 崇高たる女神に、引導を渡す!!」

「……その所業を、フレイヤ様が許さなかったとしてもか?」

「我が身可愛さで主《あるじ》に尽くせずして、何が臣下だ!! 憎まれる覚悟なくして、何が眷族だ!!」

そして、それを言った。


「これが『彼女』に捧げる、俺の『忠義』だ!!」


妖精《ヘディン》が忠義の騎士《ヘディン・セルランド》たる所以。

罪人の烙印《らくいん》を背負ってでも女神に剣を向ける、愚かな意志。

全ては『彼女』のために。

「だから――」

とても身勝手で、独りよがりで、崇高な罪に感化されるように。

エルフが立ち上がる。

ドワーフが地面から体を引き剝がす。

三対の瞳は、立ち塞がる『壁』を見据えた。

「貴様は失せろ」

「貴方は失せろ」

「アンタは失せな」

ヘディンの信念が、リューの意志が、ミアの闘志がオッタルを穿つ。

「……貴方を、倒す……！」

最後に、少年が立ち上がる。

「シルさんのところに、行く……！」

対峙する者達。

戦い続ける者達。

女神が見初めた魂達に、オッタルは、双眸を細めた。

「女神の寵愛を賜っておきながら、拒み、抗うか……」

少年だけでなく、女神が愛した者達を、眺める。

「――いいだろう、来い」

そして黒大剣を構え、『獣』の目をもって睥睨《へいげい》した。

「これが最後だ」

終末の戦いをここに宣言する。

勝機はない。活路はない。

それでもあがき抜き、光を摑み取ろうとする諦めの悪い者達こそが『冒険者』。

だから、立ち上がった彼等に『金光《ひかり》』がもたらされるのは、必然だった。

「【ウチデノコヅチ】──────【舞い踊れ】‼」

凝縮された光玉と化した『狐の尾』が宙より降り立ち、ヘディン、リュー、ミアを包み込む。

驚愕する彼等の瞳は、すぐに闖入者の姿を映し出した。

「ベルくんっ、エルフくーんっ‼」

「神様⁉」

ヘスティアが破壊された外壁の渓谷《すきま》から、汗だくとなって駆け寄ってくる。

彼女の背後、南西側の瓦礫の上に立ち、魔法を行使しているのは春姫《ハルヒメ》。

リリの指示に従い、彼女達もあがきにあがき抜き、ベル達のもとへ辿り着いていた。

「ベル君、背中を出すんだ‼」

「えっ……⁉」

「最後の【ステイタス】更新だ！　手に入れた【経験値《エクセリア》】を、君の力に変える！」

面食らうベルに、ヘスティアは抱きつくようにして叫んだ。

「聞いてたよ！　倒すんだろ、あの【猛者《おうじゃ》】君を！」

「！」

「行くんだろ！　フレイヤのところに――あの娘《こ》のところに!!」

目を見張るベルは、次には力強く頷いていた。

振り返ると、リューとミアは横顔を向け、笑みを投げかけた。

「待っています、ベル」

「一足先に暴れてるよ！」

ヘディンは、一瞥さえしなかった。

ただ後ろ姿だけを晒しながら、言った。

「さっさと済ませて、来い。愚兎《ぐさぎ》」

「……はい!!」

ベルはヘディン達を信じ、その場で片膝をついた。

鎧を失い、戦闘衣《バトル・クロス》も裂かれ、その背中すら生傷で埋まっている少年の体にヘスティアは一瞬青ざめつつ、すぐに神血《イコル》を落とし、【ステイタス】の更新に移る。

少年を置いて、冒険者と『獣』は、壊し尽くされた劇場を『戦いの野《フォールクヴァング》』へと変えた。

「ウオオオオオオオオオオオオオオオオオオオ!!」

開戦の初撃は、オッタル。

天高くから振り下ろされる黒大剣を、リュー達は三方へ散開することで回避。

（今なら攻撃に対応できる!!　しかし――）

(この階位昇華《ひかり》、とんだじゃじゃ馬だ！　気を抜けば能力《ステイタス》に振り回されちまう！)

(それでも、御せなければ勝利はない！)

異端児《ゼノス》を巡る戦いで経験のあるリューはともかく、ミアとヘディンは階位昇華《レベル・ブースト》はこれが初。Lv.7という激上した出力に驚愕と戦慄を少し。後は持ち前の精神力をもって手綱をかけた。

三者三様の戦術をもって、【猛者《おうじゃ》】へと攻めかかる。

「【使命は果たされ、天秤《てんびん》は正される】！」

リューが選択したのは、何と空中戦。

翼なき身では自由を制限される頭上に臆さず躍り出て、オッタルの視界を荒らす。

リューは制空権が欲しい。『地上との挟撃』を試みたい。まさに翅《はね》を輝かせ飛び交う妖精のように、オッタルの意識を上空にも割かせ、果敢に星の剣を降らす。

鋭い流星の斬撃をオッタルは嫌った。

難なく防いでは避け、煩わしそうに黒大剣を一閃するも、リューは《小太刀・双葉》をも駆使して敵の一撃の上を滑る。大量の火花を巻き散らし、体がバラバラになりそうな衝撃に襲われながら、疑似Lv.7に至った能力《ステイタス》でこれを完全に往なした。

「どこ見てるんだい、アホンダラァ!!」

ミアは無論、リューと対極の地上戦。

仕留めきれなかったエルフへの追撃を許さず、懐へ痛烈な円匙《スコップ》を見舞う。

オッタルはこれも防御。真っ向からミアをねじ伏せようとしたが、すぐさま復活した頭上からの星剣がそれを妨げる。

敵の意識を天地それぞれに割くことで、対処速度を鈍らせる。蹂躙を防ぐ。

リューの意図を理解しているミアは力強く前衛を演じ、『獣』の膂力と打ち合った。

豊穣の連携が『獣化』したLv.7をも煩わせる中、正義の詠唱は瞬く間に駆け抜ける。

「【正義は巡る】！──【レア・ヴィンデミア】！」

リューが継承し、発動したのは【アストレア・ファミリア】唯一の治療師《ヒーラー》、マリューが得意とした『全体回復魔法《ノア・ヒール》』。

自身の回復魔法の対象は一人のみ。効力は高いものの即効性がない。故に、いつも自分達を癒してくれた彼女の力を頼った。今も【ステイタス】更新をしているベルのもとにも紫の星粒を飛ばし、表面上の傷を癒す。

「気が利くじゃないか、リュー！」

苦痛が和らぎ、活力を得たミアは更なる剛撃を叩き込む。

そんな彼女のすぐ後ろで、盤面を正確に俯瞰しているのはヘディン。

「だが、傷は回復できても我々の精神力《マインド》はもう尽きる！　長期戦の選択肢はない！」

彼がこなすのは圧倒的な中衛。

後衛の専念にもはや意味はない。頭数を揃えなければ、力が増幅《ブースト》された現状でも『獣化』している猛猪に押し切られる。ヘディンは一級の前衛と何ら遜色《そんしょく》ない長刀《ロンパイア》の一撃を繰り出し、オッタルに斬りかかった。

距離を選ばず魔法射撃をも敢行し、リューとミアの間に生じる穴を積極的に埋める。元来の『魔法剣士』の役割、上級中衛職《ハイ・バランサー》としての面目躍如だ。眼鏡を失い、怜悧《れいり》な魔導士ではなく、荒々しい戦士の顔を見せ、ミア達と並んでオッタルと斬り結んだ。

「ヌゥゥゥゥアアッ‼」

対して、オッタルは『絶対防御』ではなく『絶対攻撃』――打ち合いを所望した。

獣性の発露に身を任せ、それでいて武人の理性を保ちながら、死闘の中に身を置く。

狩りと抜かして楽しむことなどしない。

闘争本能を燃やし、弱者の咆哮を上げる冒険者達を迎え撃つ。

回避も防御も通用しない『絶対攻撃』を、第一級冒険者達は技と知恵、そして一瞬の閃きで凌いでいった。一撃が必殺だというのならそもそも撃たせない。魔法をブチ当て『絶対』の鎧を剝《は》ぐ。三方向からの攻撃によって間合いをずらし照準を狂わせ、空振りに終わらせる。

たった一度の敗戦を糧に、冒険者達はより賢く、より適応し、より強くなっていた。

全体階位昇華《レベル・ブースト》という反則技も追い風にして、戦闘の拮抗を生み出す。

「……すごい」

その光景に、ベルは呟いていた。

遥か先の高みにいる冒険者達の姿に、Ｌｖ.５になったばかりの少年は見惚《みほ》れてしまう。

「すごくなんかないさ！　君もすぐ、あそこに行くんだろ！」

「神様……」

「あんなすごい冒険者達と、君は肩を並べるんだろ!!　だから──」

片膝をつく少年の背後で、ヘスティアが【神聖文字《ヒエログリフ》】を刻んでいく。

一切の遅れが許されない状況で大粒の汗を流しながら、的確に、淀みなく、漆黒の文字群を躍らせ──これから始まる物語への旅立ちを記す。

ベル・クラネル
Lv.5
力：I41→G222　耐久：I39→F340　器用：I49→G245　敏捷：I77→F311　魔力：I4→98
幸運：F　耐異常：G　逃走：G　連攻：I

全能力値《アビリティ》熟練度、上昇値トータル999オーバー。たった一戦で凄まじい成長力。

だが足りない。全く足りない。

これほどの成長をもってしても、絶望的なまでに、あの『最強』の頂《いただき》には届かない。

「だからっ──負けるな、ベル君!!」

それでも女神は自らと少年の心を震わせ、叫んだ。

「勝つんだ、ベル君!!」

「はい!!」

ベルは勢いよく立ち上がった。

握りしめられた神の刃が使い手の成長を受け、自らも強域の発光を灯《とも》す。

「ベル様、どうか――勝利を」

そして金毛の妖狐が微笑み、少年のために残していた最後の尾を捧げる。

【ウチデノコヅチ】。能力《ステイタス》の激上。二十分のみ許された強制昇華。

春姫《ハルヒメ》が眠っても金光の奇跡は途絶えない。だから力を出しつくした少女はゆっくりと崩れ落ち、幾多の光粒《こうりゅう》に包まれる背中を瞳に焼き付け、意識を断った。

少年の武運と勝利を願って。

「行きます!!」

少女を抱きとめる女神に見守られながら、少年は地を蹴った。

決して耳には届かない、都市のあらゆる者の声を浴びながら、その戦場に身を投じる。

『いけぇえええええええええええええええええええええええええええええええ!!』


真の終末が幕を開ける。

戦う資格を持つ全ての者を加えた『戦いの野《フォールクヴァング》』が、最後の咆哮を上げた。

山々を越えたオラリオさえ残された力を声援に変え、冒険者が『頂天』へと挑みかかる。

生まれるのは壮烈たる攻防。

迸る炎雷、輝白と漆黒の斬閃。正義の詩を詠《よ》み上げる星の剣《つるぎ》、焔《ほむら》の花弁が唸り、緑風を纏う星屑が降りそそげば、号令とともに幾多の雷兵が突撃を仕掛け、戦列に加わった土の民の一撃が黒の大剣に罅を入れる。雷《いかずち》を統べる王のもと四つの連携が噛み合い、絡み合い、力と速度の奔流が縦横無尽に駆け抜けた。

その上で、対峙する猛猪は揺るがない。

どれだけ兎が牙を剝こうと、妖精達の歌が響こうと、土の民が剛力を尽くしたところで、その【猛者《おうじゃ》】は頂《いただき》の上に君臨する。大地を睥睨するがごとく黒剣の一撃を振り下ろし、鋼の肉体を盾へと変え、滾《たぎ》る血潮の先で『最強』の意味を叩きつける。

「Lv．6が一枚……！　Lv．7が、三枚!!」

普段の平静などとうに失い、『鏡』を見上げるアスフィが叫ぶ。

破格の戦力。迷宮の『深層』をも易々と突破できるほどの反則編成《オーバーパワード》。

打ち破れぬものなど本来ならば存在しない。

「それでもっ……！」

『倒せねえええええええええええええええ!!』

ギルド本部のエイナ、前庭のイブリの悲鳴が重なり合う。

疑似Lv．6の投入。敏捷に狂った白兎を加えた最後の一押し。

それをもってしても【猛者《おうじゃ》】の牙城は崩れない。

「も～～～っ!!　アレどうしたら勝てるのぉ！」

「知るかァ!!」

堪らず叫び散らす妹《ティオナ》に黙れとばかりに姉《ティオネ》が怒鳴り返す。

「穴はある！」

「オッタルの『獣化』は無敵ではない！」

終末の光景に視線をそそぎながら、唯一の突破口を叫ぶのはガレスとリヴェリア。

「智将《ヘディン》なら理解している!!　攻め続けろ!!」

首領の仮面を脱ぎ捨て、勇猛の先の答えを求めるのはフィン。

「超《こ》えてっ……」

震える胸を両手で握りしめるのは、アイズ。

「勝ってっ！」

『鏡』に映る傷だらけの少年に、金髪金眼の少女はただそれだけを願う。

「負けるなァ！」

短い髪を揺らし、エルフの少女が叫んだ。

ヒューマンが、ドワーフが、アマゾネスが、次々と声を上げ、巨大な鯨波を生み出した。

声を嗄《か》らし、声援を振り絞り、握った拳を振り上げる。

「オオオッ!!」

そして、それらの懇願をはねのける王猪の雄叫び。

淡い希望など許さない絶対者の声。

言葉を失い、民衆は青ざめてしまう。

男を応援する者はいないだろう。いたとしても、その声は小さく、僅かしかないだろう。

そんな孤高の戦場でなお、【猛者《おうじゃ》】は一瞬、幻のように笑った。

「……!!」

轟き続ける雄叫びを聞いて、フレイヤは初めて玉座から立ち上がる。

『鏡』も眼晶《オクルス》も使用できない美神に、戦場の詳細を速やかに把握する術はない。

だが今も響く『獣』の雄叫びを聞いて、眷族が『獣化』を維持し続けていることを悟る。

「……やめなさい、オッタル」

オッタルが保有する『スキル』の一つ、【戦猪招来《ヴァナ・アルガンチュール》】。

『獣化』にまつわるそれは狼人《ベート》が見抜く通り任意発動《アクティブトリガー》。基本、発展、全て含めた『アビリティ』能力の強力な補正をもたらし、昇華《ランクアップ》と見紛うほどの力を与える。

しかし欠点《デメリット》も存在する。それが『スキル』の発動毎《ごと》に大幅に減少する体力及び精神力《マインド》。

『獣化』状態を保つほど、発現する自動治癒《アビリティ》でも回復しきれない消耗が肉体に蓄積されてしまう。月下条件さえ達成すれば危険性皆無《ノーリスク》で『獣化』できる狼人《ベート》達との違いはそこだった。

「止まりなさい、オッタル！」

このまま戦闘を続けては、いずれ力尽きる。

そうなる前に一度自分のもとへ戻り、体勢を立て直すべき。

長い年月の前に壁は崩れ、列柱の先に見える北西の方角、円形劇場に向かって、フレイヤは届かぬとわかっていても呼びかけた。

「フーッ、フーーッ……！　ウオオオオオオオオオオオオオオオオ！」

戦い続けるオッタルは、申し訳ありません、と心の中で女神に頭《こうべ》を垂れた。

自分を案じているだろう神意に、今だけは従うことはできない。

己を打倒しにかかる、この者達の意志に背くことはできないと、武人の男は『獣』の眼《まなこ》のまま咆哮を上げた。

「ぐうううううッッ⁉」

ここに来て更に増す猛威に、ベル達の顔が戦慄に歪む。

自分達と同様、目の前の武人は傷付いている。『獣化』前に与えた深い損傷《ダメージ》は健在、今も疑似Ｌｖ．７のミア達を相手取って無傷とはいかない。その鋼の肉体は確実に追い込まれている。

それでも、倒れない。

悪夢のように、男は全てを薙ぎ払う一撃を放ち続ける。

気圧《けお》される少年は、畏《おそ》れた。それでも、負けるものかと気炎を吐いた。

渾身の一撃を叩き込む。

今なら巨人さえ打ち破る必殺を、敵はまるで指揮棒を振るうように、あっさりと弾いた。

化物だ。

目の前の男は、正真正銘の『武人』だ。

男神《ゼウス》と女神《ヘラ》の時代を生き抜き、誰よりも『屈辱の泥』を浴びてきた男は、不屈の先に手に入れた力をもって粉砕しようとしてくる。その五指《きば》でさえ掠っただけで、喉笛《のどぶえ》を容易く喰い千切るだろう。彼こそが敗者にして勝者だ。

死力を尽くしてもなお、男を倒すには至らない。

限界を超えてもなお、勝ちきることは叶わない。

咆哮を上げ、雄叫びを返し、血泡の交ざった涎《よだれ》を垂らしながら自分達を喰らおうとするその形相を前に、少年はまだ短い生涯の中で、最も深い恐怖を覚えた。

(――それでもッ!!)

技は使い果たした。

駆け引きはもとより通用しない。

能力は全て劣っている。

敗北の条件が全て揃っている中で、ベルに残されている武器は――意志だ。

(シルさんを!!)

もう死んでしまったという一人の少女を。

いつも自分を助けて、支えてくれた彼女を、この手で傷付けて、救うと決めた。

そんな醜いエゴを果てのない戦意へと昇華させ、決死の一撃へと変貌させる。

《白幻《はくげん》》を閃かせる。炎雷をけしかける。

恐怖なんてものを全て追い出すように、覚悟と決意で全身を燃やしつくす。

「あの人を助けるって、約束したんだ!!」

呼応するように紫紺の斬撃を解き放つ《ヘスティア・ナイフ》が、黒大剣の上からオッタルを打ち据えた。

「……!!」

その光景を、息を切らすヘディンは見た。

不快を極めた発汗が止まらない。もう何十年も味わっていない精神疲弊《マインドダウン》が目前に迫っている。

ヘイズ達満たす煤者《アンドフリームニル》達の殲滅から始まり、誰よりも『魔法』を行使している反動が、都市最大の総量を誇るヘディンの精神力《マインド》さえ枯れさせようとしている。

間もなく自分が使いものにならなくなることを自覚するヘディンは、だから見た。

鼻につくほど青臭くて、見苦しいほど愚かで、それでも戦い続ける少年の姿を。

女神の瞳を持っていないヘディンには魂の色なんてわからない。輝きなんてわからない。

だけど、あの純白の咆哮の源《みなもと》が、きっと透いているだろうことはわかってしまった。

「不愉快だぞ……私まで、毒するか……!」

この中で誰よりも弱いくせに、誰よりも【猛者《おうじゃ》】と渡り合う意志を轟かせる。

その姿にリューもミアも続く。ぼろぼろに傷付いた横顔が、背中が、冒険者達を牽引《けんいん》する。

その光景はいっそ雄大な海を行《ゆ》く一隻の船のようで、何よりも雄々しい。

(あの馬鹿はきっと……『伴侶《オーズ》』を選ぶまい)

いや選べない。

選んでいたなら、初めからこんなややこしいことになっていない。

選んでいないからこそ、彼女に『　』を気付かせることが唯一できる。

憎たらしいにも程がある。

だけど、きっと、それでも。

あの馬鹿な少年は、ヘディンが見込んだ通り、『彼女』を救う『英雄《オーズ》』にはなれる筈だから。

「いいだろう…………認めてやる」

ヘディンは笑った。

民衆も、冒険者も、神々も、誰も気付かない場所で、小さく笑った。

「――!!　ヘディン、避《よ》けなぁ！」

ミアの呼びかけに、はっと反応する。

眼前に迫りくるのは他でもない、一匹の『獣』。

限界を迎えつつあるヘディンを真っ先に潰そうと、前衛を突破してきたオッタル。

「っっ――【永伐《えいばつ》せよ、不滅の雷将】！」

だが、想定内。

使いものにならなくなった自分をオッタルが見逃さないだろうことを読みきっていたヘディンは、速攻で超短文詠唱を組み上げた。

「【ヴァリアン・ヒルド】！」

至近距離から放たれる雷砲。

自身を餌に見立てた最後の釣り針をもって、躱しようのない雷衝を喰らわせる。

リューの観測の声に、喜びの声を上げたベルの笑みが、罅割れた。

「やったっ────っっ⁉」

「直撃！」

「────」

ヘディンの時も停止した。

雷の濁流《だくりゅう》を浴び、一度は呑み込まれ、かき分けながら、『猪突』が眼前に迫りくる。

「オオオオオオオオオオオオオオオオオッ！」

砲撃を突き破って現れたオッタルの、凄まじい袈裟斬り。

神懸かりな速度で《ディザリア》を水平に構えたヘディンは、長刀《ロンパイア》ごと、斬断された。

「が、ぁっ────」

致命傷。

土の民《ミア》が耐えられても妖精《ヘディン》では耐えられない斜め一線の裂傷。

自分のものとは思えない熱い鮮血が迸る中、背中が地面に吸い込まれるヘディンの瞳が見たのは、二撃目の斬閃を叩き込まんとする『獣』の姿だった。

「──師匠《マスター》ぁぁ‼」

光となったのはベル。

全力の急加速で、下策にも程がある脱落者の救出へと手を伸ばす。

ヘディンの肩に先に触れたのは、振り下ろされた剣撃ではなく、少年の指先だった。

「～～～～～～～～～～～～～～～～～～～～っっっ⁉」

妖精を捕えられなかった剣撃が大地を割ったのは、直後。

爆撃じみた衝撃が鼓膜を揺るがす。

ヘディンを突き飛ばす格好で、ベルもまた殴り飛ばされる。

「ベル⁉」

「ヘディン！」

「ベル君っ‼」

リューとミア、そしてヘスティアの声が、発生した爆塵の奥に消えた。

破壊しつくされた舞台《アリーナ》の上を何度も転がり、ヘディンの居場所はおろか前後左右をもわからなくなったベルは、耳鳴りが生じる頭を押さえながら立ち上がる。

「つぅ……師匠《マスター》ぁ！　師匠《マスター》ぁぁ‼」

迷子の子供のように取り乱しながら、何度も体の向きを変え、でたらめに周囲を見回していると、先に砂塵の方が晴れ出した。

視界の奥、中央に見えるのは、悠然とたたずむ猪人《ボアズ》。

その左右両端にはリューとミア、その更に奥にヘスティアと春姫《ハルヒメ》。

彼女達が何か言っている。でも何も聞こえない。

こちらを見据える『獣』の眼《まなこ》を無視できず、それでもヘディンの安否を確認しようと、辺りを探ろうとした、その時。

「前をっ……見ろっっっ……」

「────」

何も聞こえない世界の中で、その言葉だけは、はっきりと聞こえた。

「彼女をっ、救えっっ……！」

震える片手が、もう折檻《せっかん》する余力もないように、ベルの背中に触れる。

今にも崩れ落ちそうな声音が、その『詠唱』を紡ぐ。

「【永奏《えいそう》、せよ……不滅の、聖女】……！」

その『魔法名』を告げる。

「【ラウルス、ヒルド】……!!」

衝撃。

雷光。

い、覚醒。

「!!」

自分《ベル》を雷《いかずち》で焼いた──とは違う。

『付与魔法《エンチャント》』。

全身を包み込むのは雷装の祝福。

聖女の雷賛《ラウルス・ヒルド》。
ヘディン三つ目の、最後の『魔法』。
発動時、聖女の癒し手のごとく対象者の傷を癒し、迅雷の加護を与える稀少魔法《レアマジック》。
最大の特徴は、術者自身《ヘディン》には使えず、誇り高き妖精《ヘディン》が認めた者にしか付与できない。
全ての精神力《マインド》と引き換えに委ねられた力に、ベルの瞳が、あらん限りに見開かれる。

「行けっ…………馬鹿弟子《ばかでし》っ…………」

「────────────────ツッツ!!」

白熱する。
全身を護る雷《いかずち》とともに、胸と頭に詰まったあらゆる感情が振り切れる。
涙など流さない。倒れていく『師』を振り返るなどしてはならない。
最後まで背に添えられ、前へ送り出そうとする手の平に、押し出されるように。
少年は、一条の『雷霆《らいてい》』となった。
「ああああああああああああああああああああああああッッ!!」
突貫する。

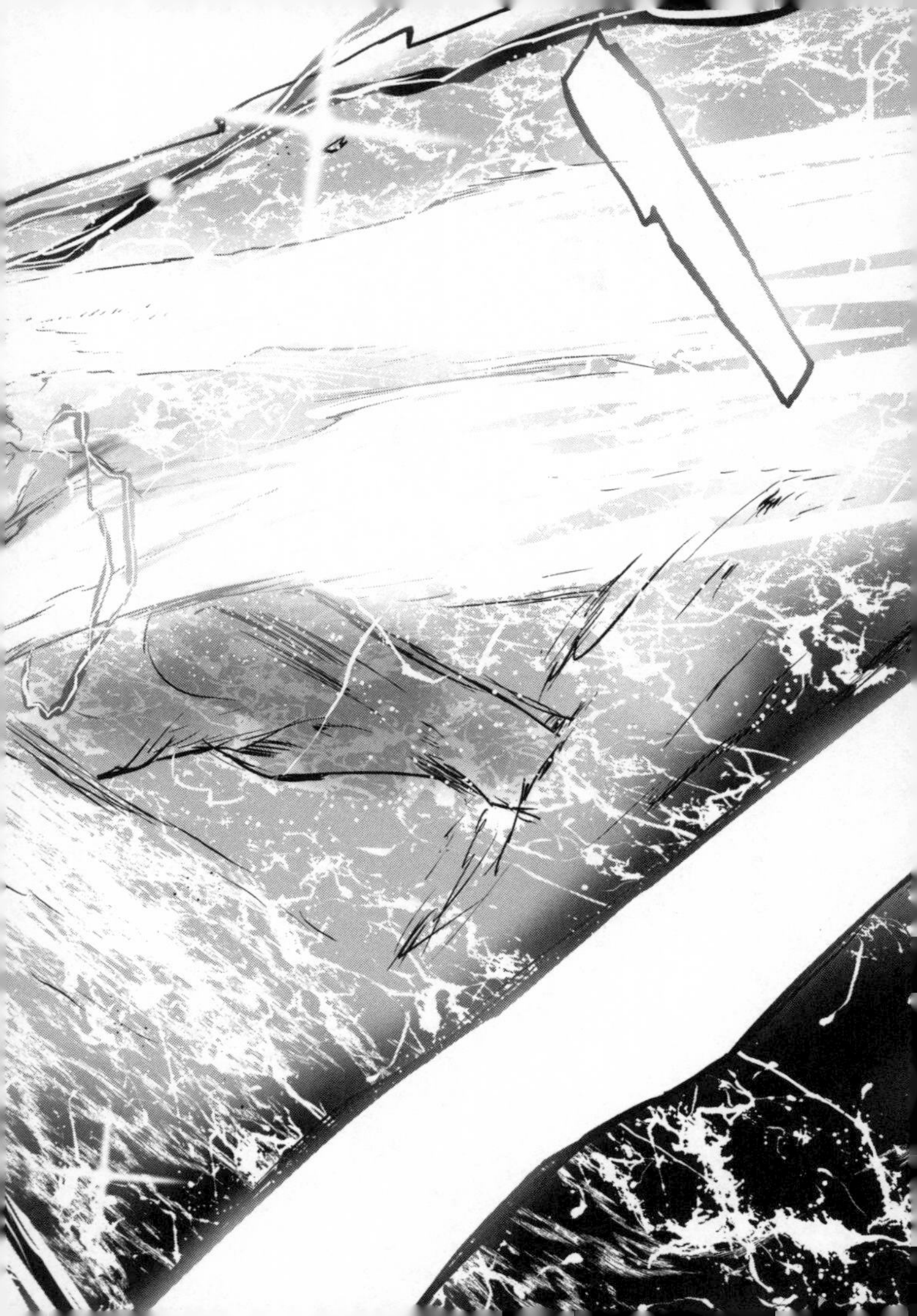

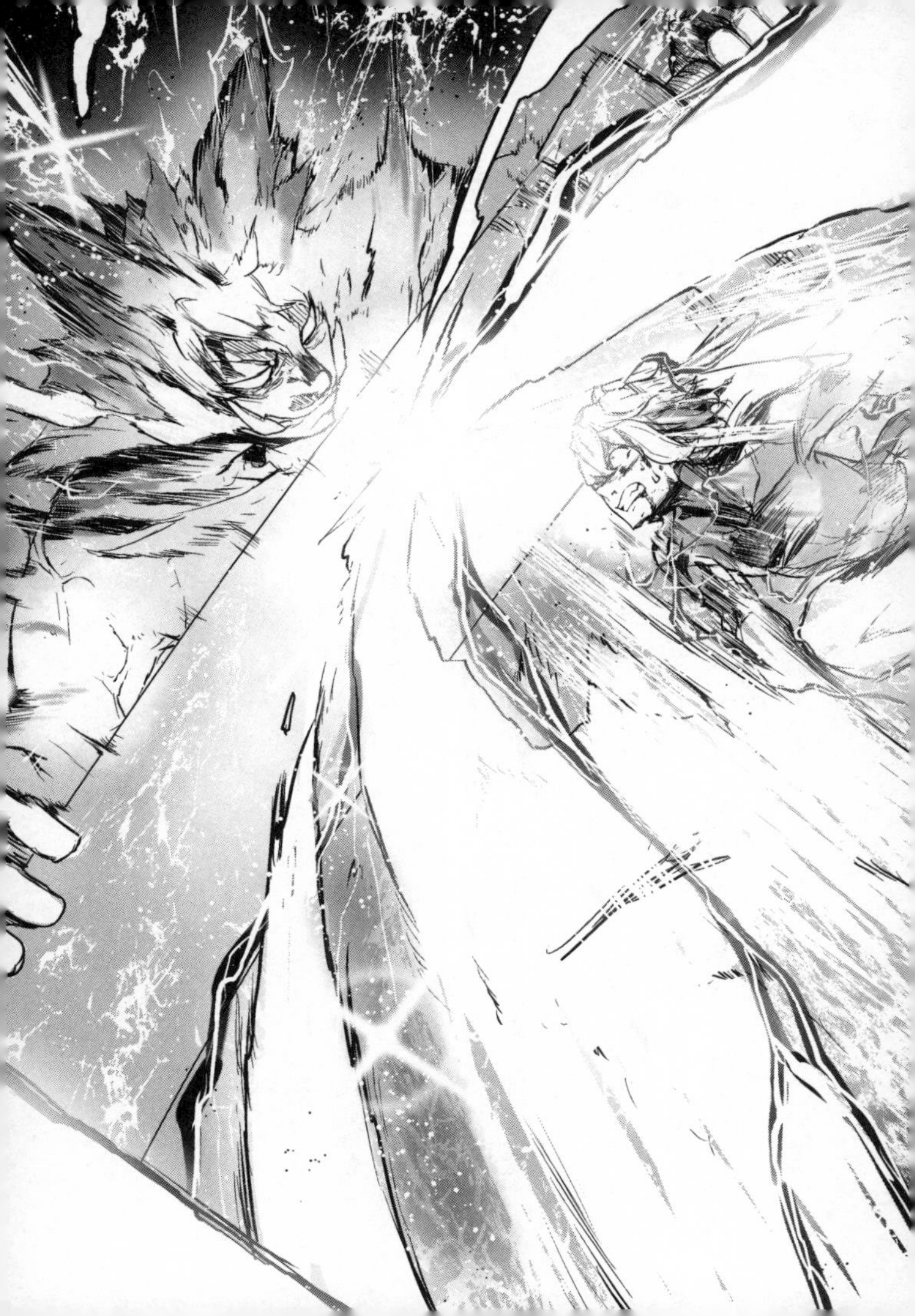

視界前方にいた【猛者《おうじゃ》】との距離を一、瞬、で、か、き消し、雷の双剣を閃かせる。

「ッッ⁉」

「ふうッッ‼」

急迫とともに繰り出された雷斬の海に、オッタルは黒大剣を咄嗟に盾として利用した。

生まれるのは甚だしい稲光と雷鳴。

そして尋常ではない『速度』。

放電現象《スパーク》を絶えずまき散らすベルはまさに雷の化身となって、疑似Lv．7のリューをも上回るほどの速さを発揮し、オッタルに襲いかかった。

白兎の猛攻《ラビット・ラッシュ》──雷華《ヒルド》。

輝白と紫紺の輝きを塗り潰す雷の軌跡。怒涛の連続斬撃。左右の手から霞《かす》む速度で放たれる連撃は一瞬で四十四もの斬撃を生む。それすらも全て防ぐ【猛者《おうじゃ》】は──『絶対防御』を選択した己の判断が誤っていたことを悟った。

「ぐっ、ぉォオオオオ……⁉」

い、い、
感電する。

防御した側から、斬撃に宿った雷が黒大剣を通じて、オッタルの巨軀を貫き続ける。

主神以外、自派閥《フレイヤ・ファミリア》の勇士達の誰にも知られていなかった妖精《ヘディン》最後の『魔法』の特異性は、その速度もさることながら、規格外の『威力』と『貫通力』にある。

自身に残っている全精神力《マインド》を引き換えに発動する本人曰く『最悪の条件』により、通常の付与魔法《エンチャント》とは一線を画する出力を誇り、対象者に多大な加護を与えるのだ。

攻撃と速度を特化させる雷光の鎧は、あのアイズの風の鎧《エアリエル》にも勝るとも劣らない。

何より攻撃を防ぐ度、確実に損傷《ダメージ》が重なっていくことから、オッタルの『絶対防御』との相性《あいしょう》は最悪だった。

「べ、ベル君が攻撃するたびにビカーッって光って……何も見えない!!」

必死に目を凝らそうとするも、顔の前で腕を覆ってしまう幼女神《ヘスティア》を他所に、第一級冒険者の図抜けた視覚能力を持つミアとリューは、正確に見抜いた。

雷を纏ったナイフの斬撃、一発一発が雷兵の鏃《カウルス・ヒルド》の一弾と同等。

回避を試みても、ベル自体の『敏捷』と合わさり、退路を遮断する雷《いかずち》の鎌《かま》と化している。

（上がってる!!　足の速さも、攻撃の速度も！　『反応速度』だって！　オッタルさんの動きが、はっきり見える！）

単純な動作速度はもとより、知覚機能の上昇にまで影響を及ぼす師の魔法《ラウルス・ヒルド》の力を実感するベルは、階位昇華《レベル・ブースト》とも異なる全能感に包まれた。

体は既に全快。

迸る雷《いかずち》が、聖女の礼賛《らいさん》が、世界から色と音を取り戻している。

電撃の飛沫《しぶき》に包まれる視界の光景はひたすら眩しくて、鮮やかだった。加速を続けるベルの精神が雷《いかずち》の先を越え、ヘディンの気配が感じられる気がする。

なら、どこへでも行ける。

どんな敵も倒せる。——倒さないといけない。

激する雷条を引き連れ、ベルは叫喚を上げた。

「はぁああああああああああああああああああああああ!!」

雷斬の怒涛、勇烈たる軌跡。

雷の刃を帯び、刀身《リーチ》を片手剣ほどにまで伸ばした《白幻《はくげん》》と《ヘスティア・ナイフ》。

まるで英雄譚に登場する『雷剣の騎士』のような御姿《みすがた》を見て、都市の熱《ボルテージ》が頂点に達した。

「行《い》けるっ!」

覚醒したベルの姿にアイズが叫んだ。

「行《い》ってっ!!」

勝利にひた走る少年の勇姿にエイナが願った。

「「「ベル兄ちゃぁぁああああああああああああああああんっ!!」」」

立ち向かい、立ち上がり続けた背中に『英雄』の幻想を見て、孤児達《ライ》が応援する。


「ウオオオオオオオオオオオオオオオオオオオオオオオオオオッッッ!!」

だが、『頂天《オッタル》』。

「っっっ!?」

「アアアアアアアアアアアアアア!!」

全身を焼かれてなお、雷《いかずち》の進撃を押し返す。

『絶対防御』を捨てて損傷《ダメージ》を顧みず、防御無視《ノーガード》の究極戦《ブル・ファイト》を要求した。

大剣の一撃に反応し、回避できるにもかかわらず、純粋たる怪力がベルの体を脅かす。この状況に追い込まれてなお『技』と『駆け引き』を駆使し、冒険者として劣る少年を逆に追い詰め返していく。

『獣』の眼《まなこ》と暴力、そして『武人』としての器と精神力。

一気に被弾を重ねるベルの双眸が揺れる。

完全回復した体が瞬く間に傷付いていく。

階位昇華《レベル・ブースト》と聖女の雷賛《ラウルス・ヒルド》、特上の奇跡を重ねてもなお目の前の『最強』は倒れない。

【猛者《おうじゃ》】の猛威に、金光と雷光が削り取られていく。

だから、ここからは、全身全霊を賭した『決戦』だ。

「――――――――――――――――アッッッッ!!」

師の雷《いかずち》を纏う少年が勝利に飢える雷哮《らいこう》を発する。

女神を護り続けてきた番人が絶対の守護を誓う。

雷刃が、大剣が、炎雷が、大拳が、突破と破壊の唸りを上げる。

ベルは猛った。

オッタルは更に猛った。

今だけは立場も宿命も生命の燃料へと変え、敵の打倒に全てをそそぎ込む。

雷電にすぐさま焼かれる血を互いに飛ばし合いながら、衝突を重ね続ける。

(──知ってる。──知ってる!! ──この感覚!!)

猛牛《ミノタウロス》。

そして好敵手《アステリオス》。

冒険者《ベル・クラネル》を生んだ起源《ルーツ》が、目の前の武人にある。

己の『雄』が始まった場所はここだったのだと、理由も理屈も説明も仮定も全てすっ飛ばして直感するベルは、更なる気魄《きはく》を魂から引きずり出した。

負けられない。負けたくない。この相手には!!

どんなに傷付こうが、追い込まれようが、この武人を一人で超えなくてはならないと、あの市壁の上で『強くなる』ことを誓った意志が叫んだ。

だけれど──『好敵手』との戦いの再現は、今だけは許されない。

「リュー!!」

「わかっています!」

ミアとリューが同時に殴り、斬りかかる。

ベルとともに【猛者《おうじゃ》】を打ち倒さんと勝利への意志を同じくする。

これはベルの『私闘』ではない。思い違えてはいけない。これは『彼女』を止め、助け出すための『大戦』。雄《ベル》の私情など踏み潰して偽善者《ベル》の誓いを思い出さなくてはならない。

だから。だから。だから。

ベルは歯を食い縛り、錆色の双眼を見返した。

弱くてごめんなさい。

一人では勝負にもならなくてごめんなさい。

みんなで貴方を倒します——だから、ごめんなさい。

眼差しにありったけの謝罪と、譲れない決意を乗せ、武人の瞳を見据え直した。

そして。

そんなことはないのに、オッタルが、鼻で笑ったような気がした。

——十五年早い、と。

「どきなぁあああああああああああああああああああ!!」

どれだけ傷付いてなお、その男は倒れない。ベル達に決して道を譲らない。

まるで『城壁』だ。

言葉でも想いでもなく、力でなければ、決してこじ開けられない鉄壁の門扉。

その城壁の奥にいるのは薄鈍色の髪の姫君。

いや、違う。そんな可愛い存在じゃない。

この先に待つのは『魔女』。

意地悪で、奔放で、我が儘で、気紛れな悪い魔女。

ベルを閉じ込め、リューを翻弄し、世界を捻じ曲げ、それでもどうして自分が泣いているのかもわからない、一人の『娘《むすめ》』。

だから──。

「!!」

並行蓄力《チャージ》。

雷の力を借りて超速の移動を続けながら、ナイフを握る右手に純白の光粒を集束させる。

響き渡る音色は鐘《チャイム》ではなく、大鐘楼《グランド・ベル》。──限界解除《リミット・オフ》。

【英雄願望《アルゴノウト》】を発動するベルに対し、オッタルは瞬時に理解した。

最初の戦闘で『英雄の一撃』の味は知っている。あれが今、傷付き果てた自分を殺しうる一手だと気付いている。

よって猛猪は標的を変え、身を翻した。

「ぐうぅっ⁉」

「くそっっ！」

立ちはだかったリューとミアの壁も、何度か剛撃に耐えるも、やがては突破される。

だが、蓄力《チャージ》の時間は稼いだ。

「ミアさん！　リューさん！　いきます！」

「「！」」

こちらに突き進んでくるオッタルの姿に、呼びかけるベルも覚悟を決めた。

足を止め、腰を落とし、《ヘスティア・ナイフ》を構える。

二十秒分の蓄力《チャージ》。

片手で黒大剣を携えるオッタルと眼差しを絡め、次には、疾駆する。

「おおおおおおおおおおおおおおおおおおおおっ‼」

「オオオオオオオオオオオオオオオオオオオオオオオオッ‼」

ぐんぐんと迫る距離、溶けてなくなっていく間合い。

右手に集まる白光、血管が剛腕に浮き出るほど握りしめられる大剣の柄《つか》。

そして互いの一撃が衝突する刹那、

「っっ‼」

リューが肩を揺らした。

(右腕が浮いた――‼)

『深層』決死行の際にも言及した、焦ると表面化するベルの『悪癖』。

この勝負所において、予備動作の露見は致命的となる。

そして、それを見逃すオッタルではない。

右からの刺突。完全に攻撃の軌道を読みきる。

ベルの一撃に被せてまとめて斬り伏せようと、猪人《ボアズ》から強力な一閃が放たれる。

「ヌァアアアアア‼」

「ベルっ⁉」

オッタルの一閃とリューの悲鳴が重なった、その瞬間。

(――かかった‼)

ベルは右腕の『癖』を放置し、攻撃を切り替えた。

「!?」

オッタルとリューが重ねた次の反応は、驚愕だった。

右手からの刺突だった筈の攻撃体勢が予定調和のごとく、滑走蹴り《スライディング》に切り替わる。

猪人《ボアズ》から放たれた横薙ぎの一閃は、逃げ遅れた《ヘスティア・ナイフ》のみ捉え、少年の右手から弾き飛ばした。

だが、その間にも、ベルの左足はオッタルの右脚へと。

無警戒だった右膝に、雷光を帯びた滑走蹴り《スライディング》が吸い込まれる。

「ふッッ!!」

「ヅッッ!?」

痛打《クリーンヒット》。

階位昇華《レベル・ブースト》と聖女の雷賛《ラウルス・ヒルド》の力によって相乗した強撃が、オッタルから体勢を奪う。

(あれは――――)

その光景を見て。

南の観客席に倒れ伏す半小人族《ハーフ・パルゥム》のヴァンは、一人時を止めた。

『……ベル。お前、右腕が浮く癖があるな?』

『えっ……? あ、はい、焦ると浮いちゃうみたいで……な、直ってませんでしたか?』

『逆だ。意識して矯正しているあまり、攻撃の際、右の予備動作が読まれやすい』

それはかつての記憶。

美神が作り上げた『箱庭』で、偽りの眷族《なかま》だった少年に、ヴァンが送った助言。

『あえて癖を放置しろ。攻防の中に織り交ぜて、『囮』に使え』

『そう何度も使える手ではないが、第一級冒険者には全てをつぎ込まなければ勝てない』

実行したのだ。ベルは。

右手が浮く『癖』を放置し、『囮』に使い、第一級冒険者《オッタル》の攻撃を誘った。

偽りの眷族《なかま》だったヴァンの助言さえ成長の糧に変え――この大一番で仕掛けたのだ！

「あの野郎っっ‼」

右拳を叩きつけるヴァンは、心底憎たらしい表情を浮かべた。

そして怒りに歪んだその唇は、あるいは笑っているようにも見えた。

半小人族《ハーフ・パルゥム》の策が第一級冒険者の虚を突き、一矢報いて、致命的な隙を生み出す。

決して揺らぐことのなかった【猛者《おうじゃ》】の下半身がぶれ、決定的な瞬間をもたらす。

「でかしたぁ、坊主っ‼」

突撃前ベルに声をかけられ、一人意図に気付いていたミアは、既に走っていた。

両眼を見張り、『絶対防御』も敷けないオッタルに向けて、渾身の一撃を繰り出す。

「ううりゃああああああああああああッ‼」

「があああっ⁉」

右脇腹に炸裂する鋼鉄の円匙《スコップ》。

地から離れ、宙に浮く猪人《ボアズ》の巨体。

口から血を吐き、『獣』の眼《まなこ》が揺らぐ。

ほぼ同時、鋼の肉体にめりこんだ円匙《スコップ》が根元から折れる。ミアは瞬時に手放す。

これまでの借りを全て返すように、凄まじき『拳骨』が、猛雨を降らせた。

「まだまだァあああああああああああああああああああァアッ!!」

「〜〜〜〜〜〜〜〜〜〜〜〜〜〜〜〜〜〜〜〜〜〜〜〜〜〜〜〜〜〜〜〜〜〜〜〜〜〜っっっ⁉」

握り拳の砲雨がオッタルの額を、頬を、胸を、肩を、腹を、滅多打ちにする。

この都市遺跡で唯一、生身の素手でオッタルに損傷《ダメージ》を与えることのできるドワーフは、怒涛かつ一方的な肉弾戦を開始した。

「――【空を渡り荒野を駆け、何物《なにもの》よりも疾《と》く走れ！　星屑の光を宿し敵を討て】！」

驚愕を経たリューもまた、流れるように砲撃態勢に移る。

展開される深緑の魔法円《マジック・サークル》、つぎ込まれる全精神力《マインド》。

もう二度と訪れない好機を前に、最大の魔力をもって、その星屑の魔法を呼ぶ。

「【ルミノス・ウィンド】!!」

殴り飛ばして後退するミアと入れ替わり、緑風の大光玉がオッタルを呑み込む。

全弾命中。一発たりとて外さない。【疾風】の一斉射撃は猪人《ボアズ》のもとから黒大剣を奪い、遠く離れた観客席の一角へと突っ込ませた。

「ぐ…………あ…………⁉」

大量の魔素を孕んだ旋風の中から、傷付き果てたオッタルが姿を現す。
そこへ。
ゴォーン、ゴォーーン、と。

「────────」

最後に、ベル。
大鐘楼《グランド・ベル》の音を轟かせ、ナイフを失った右手に収斂《しゅうれん》し続けていた白光を解放する。
六十秒分の蓄力《チャージ》。
凍結するオッタルに向かって踏み込み、その右拳を炸裂させる。
「ああああああああああああああああああああああッッ‼」
雷兎の爪《ヴォーパル・ファング》。
胸部に直撃し、オッタルの目があらん限りに見開かれる。
そして。

「ファイアボルトオオオオオオオオオオオオオオオオオオオオオッ‼」

大砲声。

「────────────────────────ッッッ⁉」

蓄力《チャージ》の効果を纏う巨大な炎雷。

零距離砲撃に、今度こそオッタルの巨軀が吹き飛ぶ。

進路上の全ての存在を呑み込む白炎の驀進は、円形劇場の西部に直撃し、観客席もろとも壁面に大穴を開けた。

島が揺れる。

遺跡が震える。

黄昏の色に染まりきった空が、勝敗の行方を求める。

「はぁ、はぁっ………はぁぁぁッ………‼」

だらりと右腕を垂れ下げ、全身で呼吸を乱すベルは、オッタルが消えた方角を凝視した。

渾身をぶつけた右手から激痛が引かない。

鼓動の衝撃によって視界が震え、心臓も、眼球も飛び出してしまいそうだった。

(これで、もし、まだ倒せていなかったら……！)

もうベルに戦う気力はない。かろうじて立っているリューも、ミアも満身創痍《まんしんそうい》。

念じるように、煙が立ち込める方角を見据える。

気絶した春姫《ハルヒメ》を抱きしめながら、固唾を呑んで見守るヘスティアとともに、運命の時を待っていると………影が揺らいだ。

「───」

煙が怯えるように左右に割れ、全壊といった表現が相応しい鋼の巨軀が現れる。

それでも【猛者《おうじゃ》】は、二本の足で大地を踏みしめ、劇場の中へと戻ってきた。

「…………………あ…………………」

心が折れかけ、歯を食い縛ることで食い止めた。顎に力が入ったこと自体、奇跡だった。

その悪夢を前にリューが止まらぬ汗を流し、ミアが眉間にありったけの皺《しわ》を集める。

ヘスティアは脱力し、蒼白となった。

ゆっくりと歩み寄ってくる『最強』の姿に、オラリオもまた絶望の沈黙に支配された。

「…………、…………、…………っ」

しかし。

深い切り込みを刻まれ、ゆっくりと倒れていく大樹のように。

オッタルの体は傾き、地響きを立てて、片膝を地についた。

ベルが息を呑む。

リューが、ミアが、ヘスティアが、驚愕をあらわにする。

血を流し、肩で息をする猪人《ボアズ》からは、絶大な覇気が失われていた。

『げっ――撃破ああああああああああああっっ!! 【猛者《おうじゃ》】沈黙ぅぅぅぅぅぅう!!』

巨大窪地湖《カルデラ》に届くほどのイブリの絶叫が、空へと打ち上がる。

一足早くオラリオがもの凄まじい大歓声に包まれる中、円形劇場と呼ばれていた廃墟は、不自然なまでに静まり返っていた。

あのオッタルならば。

たとえここからでも、戦えるのではないか。

ベル達がそんな懸念《けねん》を抱いて、警戒し、息をひそめ、無意味の時間を過ごしていると、

「オッタル、アタシ達の勝ちでいいね？」

肝《きも》っ玉《たま》の据わった声で、ミアが問いただした。

ベルとリューが同時に振り向き、ヘスティアがびくびくと成り行きを見守っていると、うつむいていたオッタルは、おもむろに顔を上げた。

血で塞がった右目の代わりに、左目が見つめるのは、今も立ちつくしている一人の少年。

「……あの方を、解き放つことができるか？」

「えっ……？」

錆色と深紅《ルベライト》の瞳が、視線を交える。

「お前は、あの方を救えるか？」

そしてベルの瞳だけが、大きく見張られる。

「…………はいっ！」

返すのは頷き一つのみ。

ぼろぼろに傷付いた少年の顔をしばし見据え、オッタルは、ゆっくりと両目を瞑った。

「五分」

「……？」

「五分、待つ」

その発言に、ミアを除いて、ベル達は驚きを見せた。

「体が回復した暁には、俺はお前を止めに行く。その間に──答えを見せてみろ」

驚きは、やがて理解の感情に変わっていった。

彼の言葉に嘘はないだろう。体が動くようになれば、オッタルは再びベル達に襲いかかる。

その回復に本当に五分も要するのか、問いただすのは野暮《やぼ》でしかない。

ベル達はオッタルに、力を示したのだ。

『魔女』を守り続けていた城壁は、門を開放したのである。

「か、勝ったのかい⁉　勝ったんだよね⁉　もーこんな戦い見守るのはゴメンだぞボクはぁ！」

空気が読めないヘスティアが、拾い上げた神の刃《ナイフ》を片手に、春姫《ハルヒメ》をズルズルと引きずって合流してくる。両脇《りょうわき》を掴まれ、臀部《でんぶ》と尻尾で地面を削る少女がうーうーと魘《うな》される中、ベルのもとに集まったリューが、そして妖精《ヘディン》を抱えるミアが、笑みと頷きを返した。

「あの猪坊主は口にしたことは破らないさ。……それより、坊主。走れるかい？」

「えっ？」

「情けないですが……私達はもう、まともに動けません。恐らくはシルの元に辿り着けない」

立っているのもやっとの様子のミアとリューの言わんとしていることを察し、ベルははっとした。ヘディンの聖女の雷賛《ラウルス・ヒルド》によって回復したベルだけに、余力が残されている。

蓄力《チャージ》を敢行した右手は使いものにならないだろうが、『神の家』へ急ぐことはできる。

「ベル君っ、今すぐ行くんだ！　ミアハとサポーター君達の方はもう……全滅してる」

「っ……！」

「【女神の戦車《ヴァナ・フレイア》】の仕業ですか……」

眼晶《オクルス》を通じて『主戦場』の戦況を把握しているヘスティアは、青ざめながら促した。

動揺するベルの横で、リューは危惧に満ちる。

『都市最速』の足を待つアレンに追いつかれたら、終わり。今のベルでは交戦すれば必ず敗北する。彼に背を貫かれる前に、女神のもとへ辿り着かなくてはならない。

「急ぎな、坊主。この女神はアタシ達が守る。『花』を奪われる間抜けにはしないよ！」

「行ってください、ベル」

「……わかりました！」

物言わぬオッタル、そして必死に立ち上がろうとしているヴァンを一瞥するミア達に言われ、すぐに準備を済ます。漆黒の襟巻《ゴライアス・マフラー》を始め、走行を邪魔する防具は全て脱装した。

身軽となったベルに、最後にヘスティアが漆黒のナイフを差し出す。

「ごめん、ベル君。君だけに押しつけて。……頼んだよ！」

「はい！」

ヘスティアと、リューと。ミアと、オッタルと。

意識を断った春姫《ハルヒメ》と、今も眠る師《ヘディン》を見て。
身に宿る階位昇華《レベル・ブースト》、そして雷の光とともに、ベルは走り出した。

「……オッタル？」
『主戦場』東部で、アレンは空を振り仰いだ。
先程まで響いていた、あの凄まじい『獣』の雄叫びが姿を消している。
普段ならオッタルの勝利を疑わなかっただろう。
だが、アレンが静寂の直前に耳にしたのは、聞き覚えのある大鐘楼《グランド・ベル》の音色だった。
島の外、湖の外周、審　判《ガネーシャ・ファミリア》の空気もどこか浮ついているように感じられる。
「あの野郎……まさか、しくじったのか！」
怒気を纏い直すアレンは北西の方角に向き直った。
彼が背を向ける『轍』《エインヘリヤル》には、全滅した冒険者と酒場の店員が倒れ伏していた。
生き残った強靭な勇士はアレンのみ。
彼一人だけが女神のためではなく――実情がどうであれ――妹のために戦っていた。
それが明暗を分けた。その結果が今だった。
妹のために女神を望む彼の信念だけは毒されず、迷いを生まず、揺るがなかったのだ。

「……にい、さ、ま……」

邪魔な障害を全て蹴散らしたアレンは、瞼を震わせる妹を、一度だけ見やった。

伏せるように瞳を細め、間もなく走り出す。力を失ったアーニャの声はもう届かない。

『戦車』は本来の務めを果たす。

驀進である。


「オッタルを倒したぁぁーーーーーーーーーーーーーーーーーー!!　…………けど」

両の拳を天井に突き上げ、一頻り喜んだティオナは、真顔となった。

「今ってどういう状況なの⁉　アルゴノゥト君の味方は⁉　敵はあと何人⁉」

「動けるのはもうベルだけ！　敵は【女神の戦車《ヴァナ・フレイア》】と、あとは……！」

「『神の家』……いや神フレイヤの護衛が四人」

騒ぐティオナに、『鏡』を見つめ続けるアイズが珍しく声を上げ、リヴェリアが補足する。

ここまでの善戦――いや現時点で既に快挙と言っていい大番狂わせ《ジャイアント・キリング》に、幹部を除く他団員も館中でどよめきを発していた。

「まだ敵が五人も……？　それじゃあ、【白兎の脚《ラビット・フット》】は……」

「いや、護衛の方は上の者でもＬｖ．４。あの妙な妖術とヘディンの雷《いかずち》が残っとる限り、今の若造なら無理矢理突破することもできよう。アレンに追いつかれなければ、まだ何とかなる」

「……もし追いつかれたら？」

言葉に詰まるティオネに、ガレスが冷静な分析を伝える。

恐る恐る尋ねるティオナに答えたのは、碧眼を細めるフィンだった。

「追いつかれたら、終わる。捕捉されても……ほぼ間違いなく、詰む」

最後の勝負は原始的な『追いかけっこ』だ、と。

小人族《パルゥム》の勇者は断言した。

「おいっ、どうなんだよコレ………どうなっちまうんだよコレェ⁉」

「……べ、ベル君がんばれぇぇぇぇ！」

「あ、てめぇ⁉」

「フレイヤ様親衛隊のくせに！」

「逃げてぇ、フレイヤ様ぁぁぁぁぁ！」

『バベル』でも予想外の展開に神々は浮足立っていた。

ここまでもつれ込むとは思っていなかった者、澄まし顔を浮かべようとしてやっぱりそわそわする者、眷族の『未知』に魅せられ思わず美神から鞍替《くらが》えしてしまう者など、とにかくざわついて、『鏡』の画面《チャンネル》を各自勝手に切り替えては盤面を必死に整理する。

普段は飄々《ひょうひょう》としている神々のこんな姿、珍しいを通り越して初めてと言っていい。『女王《フレイヤ》が追い詰められる』という状況は、神にとってもそれほどまでに衝撃的であった。

「で？　自分は何しとるんや、優男？」

「……ロキ、子供達の間には神頼みってものがあるだろ？　じゃあオレ達《たち》神々が祈りを捧げるとすれば、それは何だと思う？」

「……大神《たいしん》のアホどもか、それか自分好みの神でも拝んどきゃええんとちゃう？」

「好々爺《ゼウス》はダメだ。絶対ダメだ。ゲラゲラ笑って楽しむだけだ。よしっ、アストレア、アルテミス、あとはぎりのぎりでアテナでもいい……！　ベル君を逃がしてやってくれぇ……！」

「善神っちゃあ善神やけど、自分の好み、ホント委員長属性に偏《かたよ》っとんなぁ……」

眷族《アスフィ》が見ればドン引いたほど両手を組んで祈りを捧げるヘルメスに、ロキが呆れ顔を浮かべていると——ちッ、と。

斜め後ろでたたずみながら、『鏡』を眺めていたベートが、舌打ちをした。

「……残念やったな、ヘルメス」

眷族を一瞥し、『鏡』に視線を戻したロキは、顔を強張らせるヘルメスに告げた。

「もう、生殺しの『追いかけっこ』に賭けるしかなさそうやで」

視線の先、島を鳥瞰した全景には、ありえない速度で標的に近付く戦車の姿が映っていた。


「速く、速くっ、速くッ！」

ベルはひたすら南下と西進を繰り返していた。

視界の奥、島の最西端の崖に目的地である『神の家』が鎮座している。しかし未だに存在している距離。今のベルならば三分とかけずして辿り着ける距離だが、この状況においてその三分弱はあまりにも長い。

既に足を踏み入れている神殿区画。現在地は多くの遺構が倒壊しており、視界を遮る遮蔽物がほとんどない。見晴らしのいい廃墟と言うべき一帯《フィールド》に、ベルは自分の鼓動と戦った。

（終わる！『あの人』に見つかったら、そこでもう！）

ベルは知っている。

あの『箱庭』の中で、ヘディン達と同様『戦いの野《フォールクヴァング》』で『洗礼』を与えた彼の凶悪さを。

何も見えず、ただ貫かれ、決して逃れられない『最速の足』の威力を、既に知りえている。

周囲を見回すことが怖い。隠密は自殺行為。獣人の鼻の前では容易く捕捉される。

故にベルに許されることは、先へ先へ急ぐことと、神に祈ることだけだった。

しかし。

都市の者達がいち早く絶望したように、ベルもすぐに、その絶望に穿たれた。

「――」

索敵の必要はなかった。

皮肉にも美神の手で視線に敏感になった少年は、即座に、後悔するほどに、その『射殺《いころ》すような眼差し』を察知してしまった。

「――」

喉が乾く。

舌が干上がる。

なのに、汗が一斉に噴き出す。

ベルは重圧に屈し、見てしまった。

「――――ぁ」

脅威が近付いてくる。

車輪の音が響いてくる。

最速の『戦車』が、迫ってくる――

「見つけたぜ」

少年の両足が議論の余地なく、最大の加速に移った。

「ベル君っ、逃げろぉおおおおおおおおおおおおおおおおおおおおおっ!!」

円形劇場を後にして遺跡屋上に上り詰めたリュー達の中で、ヘスティアが目にしてしまった景色に向かって大声で叫ぶ。

「逃げてっ!!」

「早く!!」

アイズとティオナが意味などないことを知りながら、張り裂けそうな声を鏡にぶつける。

『うわあああ!?』

絶叫の大会《レース》が始まった。

都市遺跡も、迷宮都市も、もはや見守ることしかできない者達の悲鳴が爆散する。

駆け抜ける装靴《シューズ》、踏み砕かれる杜撰な煉瓦道《アンツーカー》、たった二人に託された両陣営《ファミリア》の運命《バトン》。

せっかく摑み取った希望を容易く絶望に反転させる猫の驀進が、白兎の背を猛追する。

「来るなっ、来るんじゃねえええええええええええええええ！」

「走ってくれぇ‼」

「何とかしやがれぇぇ‼　【白兎の脚《ラビット・フット》】おぉ！」

島外【ディアンケヒト・ファミリア】の救急拠点、聖女達《アミッド》に治療され目覚めたモルドやガイル、ボールス達が『神の鏡』に大粒の唾を飛ばし、頭に血が上った側から再び昏倒していく。

あらゆる者から、あらゆる絶叫を浴びせられていることを知らないベルは、走った。

外部情報の処理など追いつかないほどに、全ての力を足に費やした。

（速い‼　真後ろから、追《お》ってくる‼）

アレンの進路は、北西の円形劇場に向かってからの、転進。

オッタルのもとへ駆け付けようと北西地帯《エリア》に差しかかった時点で、第一級冒険者の視力が『神の家《アーニャ》』へ向かうベルを捕えてしまい、急遽進路を変更したのだ。ベルにとって何よりの凶報は、術者が倒れたことで異常魔法《アンチ・ステイタス》の戒めが既に解かれていること。

視界に映らない追跡者の存在は、圧倒的な重圧となって逃走者を追い詰める。

両腕を振る。懸命に振る。振り下ろした足で嚙んだ大地を後方へと蹴り飛ばす。

それでも車輪の音は振り切れない。

じりじりとではなく、もはや酷薄なまでに、彼我の距離が抉り取られていく。

(呼吸が——気配が迫《せま》ってくる‼)

ベル・クラネル最大の武器は『敏捷《はやさ》』。

その『敏捷《はやさ》』を上回る速度で後方から追いつめられるという初めての体験に、今まで味わったことのなかった衝撃が、ベルの四肢を脅かした。


『べ　君っ、逃　ろぉおおおおお　　　おおおおおおおおおお　　　　おおっ‼』

眼晶《オクルス》から途切れ途切れ放たれる女神の大音声に、リリは覚醒せざるをえなかった。

「ベル、さまっ……！」

アレンに一掃された『主戦場』東部。

誰も立ち上がれない石の更地で、リリは致命傷を免れていた。恐らくは蹴散らすにも値しないと思われて、撫でられたのだろう。事実、目を覚ましただけで碌に動けないリリは、右手に持った眼晶《オクルス》に囁くことしかできなかった。

そして、罅だらけになった水晶が、その声をもう誰にも届けられないことに、気が付くこともできなかった。

「だれか……ベルさまのっ、援護を……！」

返ってくる声はない。知っている。ずっと前に一度試していた。

それでもリリには、懇願することしかできなかった。

「島の、西端っ……『神の家』の、近く……神殿、区画にっ…………だれかぁ……！」

惨めでしかなかった。情けないったらない。

そんなのもはや指揮官ですらなかった。

少年の身を涙ながら案じるただの少女に成り下がったリリは、か細い声を囁き続けた。

骨を砕かれた左腕が高熱を発している。意識が朦朧《もうろう》としてくる。

腕が、肩が、腹が、胸が、足が、そして背中が熱を放ち、もう自分でも何を言っているかわからなくなる。それでも情報と祈り、願いと想いを口にして、リリは訴え続けた。

「だれかっ……だれかっ……だれかっっ……！」

力なき想いに打ち震えるように、背中の【神聖文字《ヒエログリフ》】が発光した。


『最大の勝負《ドラマ》は待っていた!!　待っていなくてもいいのに待っていたぁ!!』

イブリが汗だくで吠え続ける。

実況の仕事も忘れてただの本音だけをぶちまけ、歯を食い縛りながら見守る神《ガネーシャ》の横で、熱声を打ち上げる。

『泣いても笑っても、叫んでも喚《わめ》いてもこれが最後ぉぉ!!　【白兎の脚《ラビット・フット》】と【女神の戦車《ヴァナ・フレイア》】の大競争《デッドヒート》ッッッ────!!　って、うわああああああああああああああ!?

もう来てるぅうううううううううううううううううううううう!?』

暴れ狂うイブリの情緒を浴び続けていた魔石拡声器《マイク》がとうとう限界を迎え、壊品《スクラップ》になる。

それでも肉声で青年は叫び続けた。民衆とともに、悲痛の声を上げ続けた。

先行発走《ハンデ》などあっという間に喰らいつくし、見る見るうちにベルに迫っていくアレンの姿に、およそ少年を応援する全ての者が蒼白となる。

「────ッッッ!!」

風圧で白い髪が悲鳴を上げるほど、ベルは最高速度に挑みかかった。

瓦礫の沿道が静寂の声援を騒ぐ。茜《あかね》色に染まる廃墟が風の旗を振る。黄昏の空が勝負の行方に、赤く燃え上がる。

孤独に走り続ける少年の背を押すのは金光と雷光。

寄り添う光がもたらす限界超越走力増幅《フル・ブースト》。

しかし妖狐と聖女の献身をもってしても勝利の女神は微笑まない。

これだけの法外の力をもってしても、一台の戦車を振り切れない。

(【英雄願望《スキル》】で足に蓄力《チャージ》……駄目だ!!　瞬間加速《かそく》が途切れた瞬間、反動と一緒に後ろから貫かれる!!)

小細工は通用しない。

走るしか意味はない。

オッタルの時と同じだった。

ありとあらゆる反則技を動員してなお、『都市最強』には敵わなかったように、『都市最速』にも刺し貫かれようとしている。

「逃がすかよ」

「っっ──!?」

風切り音を越えて、とうとう斜め背後から追跡者の声が聞こえるようになる。

兎は思い切り地を蹴った。

猫は決して離さず追従した。

『鏡』の視点でしか追えない光と怒涛の軌跡が、遺跡を駆け抜ける。

それはまるで流星のようだった。

階位昇華《レベル・ブースト》の金粒が箒《ほうき》のように尾を引き、聖女の雷賛《ラウルス・ヒルド》の光条が道なき遺跡の荒野に軌跡を引く。

そしてその尾と軌跡を、純然なる加速を繰り返す戦車の『轍』が轢き潰していく。

(振り切れないっ……!!)

視線だけでなく、気配だけでなく、足音さえ、もう後ろに迫っている。

戦車はベルのように腕も振らず、片手に持った槍で背を穿つその時を、淡々と狙っていた。

鼓動が速過ぎる。

凶悪な圧力に潰れそうになる。

（でも──まだッッ!!）

多大な焦燥に襲われながら、それでもベルはまだ『敗北の条件』を満たしていなかった。

競り合う『走者《そうしゃ》』には二つの鉄則がある。

後ろを振り向いてはならない。

『駄目だ』と思ってはならない。

前者は言うまでもなく走行の浪費《ロス》。

駆け引きの側面もあるが、後ろを振り返るという行為は基本つけ入る隙を見せ、迫る者の気概《きがい》を助長させる。

後者もまた、言うまでもない。

一瞬でも心に諦念が過った瞬間、走る者は敗北する。

それを本能で理解していた──否、『彼女』を救うことしか頭にない少年は、逆境でなお速度を維持し続けることができた。

三流は足で走る。二流は腕で走る。そして一流は心で走る。

ならば冒険者とは──魂で走る。

ベルは燃焼を決めた。

自身を灰に変えることを定めた。

だって、もう目的地は見えている。

絶望的な状況でなお、『彼女』が待つ光《ゴール》は、すぐそこに迫っている。

それならもう、あがくだけ。
冒険《いつも》と同じ。
最後まで、あがき抜いた者が勝つ。
勝利の女神の微笑みを待つなんて糞喰らえ。
勝利とは、自らの足で摑み取るものだ。
（行こう――）
体力はある。
息も上がっていない。
足だって動く。
心肺も両脚も、ベルの言うことを聞いてくれる。
駆け抜けるだけだ。
カチリ、とベルの中で歯車《ギア》が上がった。
背中の一部が燃え上がった。
少女《リリ》の声が聞こえた気がした。
僕《ベル》はここだと呟いた。
そして少年は、逃走するだけの装置となった。
「――勝負だっ!!」
ベルとアレン、同時に、最後の加速に移る。

『最終闘走《ラストスパート》おおおおおおおおおおぉぉぉぉぉぉ――――――――――ッッッ!!』

イブリの咆哮が勝負の銅鑼《ゴング》を鳴らす。
『神の家』まで引かれた最終直線。
崩れた遺跡が築く、荒れ果てた石路を少年と戦車が駆け抜ける。
遮る者は誰もいない。自殺志願者は存在しない。
空を渡る星のように、燃え尽きるその時に向かって光となる。
「無駄だ」
差などもうないも同然の距離で、アレンは瞳を細めた。
(あと三歩)
熱も怒りもなく、身を打つ風と冷気の中で、冷酷に結論を打ち出す。
銀の槍が貫く射程。
兎がいくらあがこうと轢き殺す『戦車』の間合い。
(二歩)
差が埋まる。
背が近付く。
少年の真後ろに回り、風除《かぜよ》けに使って最後の距離を殺す。

（一歩）
最速の名のもとに槍を繰り出そうとした、その時。
「……？」
アレンは違和感を覚えた。
槍の間合いに誤差が生じている。
読み間違えた？
素早く計算を修正し、二歩の間合いを埋めようとする。
「っ……？」
アレンは違和感に、違和を覚えた。
誤差が大きくなる。
二歩から三歩に、三歩が四歩に、五歩、六歩、七歩八歩九歩十歩――――止まらない！
存在しなかった筈の差が『絶対の距離』となって遠ざかっていく!!
（おい――）
銀の長槍《ちょうそう》が震える。
（待てっ――）
車輪に亀裂が走る。
（ふざけるなっ――）
黄昏色の空が、激震する。

「──てめぇッ⁉」
引き離されていると自覚した瞬間、アレンの双眸が驚愕に見開かれた。

『速《はえ》ぇぇぇぇぇぇぇぇぇぇぇぇぇぇぇぇぇぇぇぇぇぇぇぇぇぇぇぇぇぇぇぇぇぇぇ‼』

駆け抜ける白の光芒《こうぼう》に神々の絶叫が爆発した。
一閃の瞬脚。風をも引き千切る疾走の咆哮。
眼光を置き去りにする深紅《ルベライト》が前だけを見据え、更なる加速を纏う。
この時、確かにベルの最高速度はアレンの限界速度を上回った。
都市最速を下界の最速が突き放す。
「ふざけやがれぇぇぇ‼」
世界最速兎《レコードホルダー》──【白兎の脚《ラビット・フット》】‼
燃え滾るアレンの双眼が怒りによって血走る。
意味がわからない！
状況が理解できない！
『逃走』態勢に入った瞬間、ベルの速度がはね上がった──‼

「何が起こったんや⁉」

「わからない！　だが‼」

ロキとヘルメスが爆ぜるがごとく立ち上がる。

「行けエッッ‼」

ベートが拳を握りしめる。

「行って行って行って行ってぇえええええええええええええええ‼」

ティオナが姉《ティオネ》の制止を振り切って『鏡』にかじりつく。

「ベル‼」

アイズが叫ぶ。

「ベル君‼」

エイナが泣き叫ぶ。

「行けえええええええええええええええええええっ‼　ベルく――――――――――んっっ‼」

ヘスティアが、少年のもとに最後の声援《ちから》を届ける。

女神の想いを受け取り、駄目押しとばかりにベルの速度が上がった。

「くそがぁあああああああああああ⁉」

痛罵をもってしても追いつけない。アレンの全力でなお届かない。

力強く振られる両腕、広過ぎる走幅《ストライド》、腿《もも》まで蹴り上げられる靴裏。

そして、遠ざかっていく背中。

最速のアレンが未だかつて味わったことなどなかった『絶望』が、視界に叩きつけられる。

「ア、アレン様⁉」

「それに、ベル⁉」

凄まじい疾駆の音に感付き、フレイヤの護衛達が一斉に外に出る。

丘の上の『神の家』から伸びる長い階段を下り、迫りくる光景に驚倒した。

「っっ――‼　ラスク、エミリアァ‼　呪文を唱えろぉ！」

身を襲う絶望を直ちに憤激へ変え、闘猫が怒号を放つ。

もう僅かもかけず辿り着く『神の家』。自分を上回る速度で走る今のベルが護衛の壁を容易く蹴散らすことを見越して、射撃の指示を出した。

「【金の車輪、銀の首輪《くびわ》】！」

ふざけた指示を口にする己に殺意と呪詛を覚えながら、それでもアレンは矜持を捨てた。

勝負に負けようが戦争に勝つため、屈辱の海の中で詠唱を叫ぶ。

【グラリネーゼ・フローメル】。真の戦車へと昇華させる最速の魔法。

これを発動すれば、あのベルの背中すら貫ける。

「――【駆け抜けよ、女神の神意を乗せて】！」

既に『神の家』は五〇M《メドル》圏内。だが、間に合う。

詠唱のために速度を落としながら、それでも一気に轢き殺そうと、アレンは『魔法』を唱えようとして――

「【燃え尽きろ、外法《げほう》の業《わざ》】」

次の瞬間、団員もろとも爆砕していた。

「がっっっ──!?」

「きゃあああああああああああ！」

アレンが、咄嗟に魔法を準備した全ての護衛が、自身を爆弾に変える。

魔力暴発《イグニス・ファトゥス》。

魔法制御の失敗ではなく、外部から強制的に暴走させられたアレンは、煙を吐き、体勢を崩し、転倒する間際《まぎわ》、少年《ベル》の進路を避《よ》けるように放たれた『陽炎《かげろう》』の源《みなもと》を一瞥した。

「間に、合ったぞ……リリスケ」

『神の家』の対面、崩れた神殿の陰。

柱に全身を委ねながら、それでも立って、こちらに片手を突き出す青年。

ヴェルフ・クロッゾ。

「────」

アレンに敗北した後、眼晶《オクルス》の通信を受け取り、ヘディンに見過ごされながら、空が夕刻に染まる前より、無様に這って進んでいた、赤髪の鍛冶師。

少年《ベル》のもとに辿り着くことができた勝因《りゆう》は、【指揮想呼《マインド・コール》】。

Lv.2となったリリが発現させた『スキル』。同恩恵を持つ者のみ遠隔感応を可能とさせる。

『島の、西端っ……『神の家』の、近く……神殿、区画にっ…………だれかぁ……！』

壊れた眼晶《オクルス》の代わりに、願いと情報を訴えたリリの想いが、三人を繋げた。

位置情報と、ベルがやってくる時間を知ったヴェルフは、間に合ってみせたのだ。

「おまえの、想い…………ちゃんと、届いてるぞ…………」

指揮官になる前から、少女の想いなんてとっくに知っている鍛冶師は、応えたのだ。

最強の派閥《フレイヤ・ファミリア》を相手に、始まりの三人の絆が、勝機を手繰り寄せたのだ。

「負け猫は、すっこんでろ……なっ？」

汗まみれの顔で、ヴェルフが憎たらしげな笑みを浮かべる。

腰から引き抜かれる『魔剣』の輝きを目にし、今度こそ憤怒に身を滅ぼされながら、アレンは絶叫した。

「三下がァアアアアアアアアアアアアア!!」

ヴェルフの答えは、一振り。

「煌月《かづき》ぃいいいいいいいいいいいいいいいいいいいいいいいいいいいいっ!!」

放たれた猛炎が、少年を邪魔する者全てを吹き飛ばした。

に辿り着く。

走り抜ける。

相棒《ヴェルフ》が作り上げた炎の道を駆け抜け、崩れ落ちる勇士達の横を抜いて、その長大な階段の前
そして、一気に駆け上がる。

「!!」

そして、フレイヤは玉座の前で立ちつくした。

彼が来る。

少年が、ここへやって来る。

女神が求めた『愛』が、彼女の『愛』を止めるために、この『神の家』に現れる。

「──シルさん」

だんっ！　と音を鳴らして、少年は階段を上りきり、女神の前に現れた。

唇が呼んだ『娘《むすめ》』の名に、フレイヤの顔が歪む。

女王を護る者は、もう誰もいない。

勇士も、小人も、妖精も、戦車も、猛者も、全て沈黙した。

仲間の助けを借り、少年はあらゆる困難を乗り越えたのだ。

誰よりもぼろぼろに傷付き果て、彼は、『彼女』のもとに辿り着いた。

「……」

「……」

互いの視線が交わり、ほんの僅かな静寂が訪れる。

崩れ果てた神殿の天井には茜《あかね》の光が差し込み、風が吹き抜ける列柱の壁は黄昏の空に囲まれていた。西を望めば夕暮れを反射し、湖が幻想のように輝いている。

少し寒い風の音だけが響く中、ベルは静かに踏み出した。

いたいけな少女のように肩を震わせるフレイヤのもとへ、歩み寄っていく。

「ベル――」

フレイヤは微笑んだ。

『女神の軛《くびき》』が彼女を突き動かし、この状況を否定しようとした。

意図せず漏れた『美』の権能が神の眼を薄い銀の色で縁取り、『魅了』しようとする。

しかし、止まらない。

ベルの足は止まらない。

決して女神の『美』に魅了されない少年は、消えれば二人の『愛』が終わってしまうというのに、二人の距離を消し去ろうとする。

フレイヤの微笑が罅割れた。

肩がもう一度震え、うつむき、一房の髪がこぼれ落ちる。

「……どうして？」

石の床に転がる一言。

もう十歩とかからず消える距離を残し、ベルが初めて立ち止まる。

「──どうして⁉」

　フレイヤは、顔を振り上げた。

「どうしてベルは、私のものにならないの⁉」

　癇癪《かんしゃく》を起こした子供のように、長い銀の髪を振り乱す。

　白い衣に包まれた、誰もが求める垂涎《すいぜん》の体をかき抱き、雪花石膏《アラバスター》のごとく瑞々《みずみず》しい右手を、自身の胸に押し当てる。

「私は、フレイヤよ⁉　美も、富も、栄光も、力も！　全てを与えられるというのに、なんで貴方は、私の『愛』を拒むの⁉」

　傲岸な女王のように。思い通りにならない騎士を呪う魔女のように。

　そんなことを言いたいわけじゃないのに、何も手に入れられなくて、自身の名と権能に縋るしかなくなった女神は浅ましいまでの醜さと、弱さを曝《さら》け出してしまう。

　その心を、裸にしてしまう。

「娘《シル》では駄目だったから！　だから私は、女神《フレイヤ》を選んだのに！」

　娘《シル》では無理だった。

　だから女神《フレイヤ》に戻るしかなかった。

『愛』しか自分にはないのだと、そう答えを出すしかなかったのに──。

「それじゃあ私は、どうすればいいの⁉」

　フレイヤは気付かない。

表情を変えようとしない少年の拳が、握りしめられ、血を吐いていることに。

今も彼女に声を上げさせる衝動こそが『　』であると、愛の女神は気付けない。

「どうしてっ、貴方はっ……！」

声が震える。瞳が震える。

銀の色を帯びる神の眼が、薄鈍色の光の間で揺れ動く。

「……もう、自分でもわからない」

そして。

「私は、自分のことが一番わからない……！」

いつか、どこかで聞いた、告白の続き《ことば》を口にした。

「私の本当《ぜんぶ》を告白してもっ……この苦しみから解放されないの！　貴方に『愛』を囁いても、ぜんぜん楽にならないの！」

ベルの顔が歪む。

ずっと耐えていた少年の顔も、罅割れる。

「貴方だけは愛したくないって、胸の奥が、ずっとそう言ってる‼」

ずっと隠していた矛盾を、曝け出す。

友《リューたち》を切り捨ててまで得ようとしていた『愛』が要らないものだったと認められなくて。

魂の奥の『花畑』で、今も自分が泣き続けているなんて受け入れられなくて。

迷子の少女のように、彼女は、その想いに辿り着くしかなかった。

「好きなの、ベル……」


胸を両手で握り締め、身を乗り出す。

「貴方のことが好き。ずっと一緒にいたい。私を、選んでほしい！」

銀と、薄鈍色の双眸が潤む。

「苦しいの！ 抱きしめてほしいの！ もう明日《あす》を不安に思うのは嫌！」

どうして滴《しずく》が溜まるのか、その瞳《ひとみ》自身もわかっていない。

「こんなこと知りたくなかったのに、それでもこの想いの先を知りたいって、そう思ってしまうの！」

身を引き裂く傷《エゴ》を伴って、少年の全てを揺さぶる。

「貴方が、好きっ……ベル」


少年は、うつむいた。

千切れた傷口から溢れ出しそうになる同情と叫びを堪え、代わりに血を吐き続ける。

わななく胸を殺す。

聞こえなくなる音を引き戻す。

彼女しか映さなくなる瞳に、決別を言い渡す。

あの時、灰の雲に塞がれていた空は今、こんなにも鮮やかで、美しい。

二人の行く末など決まりきっていたように、こんなにも儚い。

二人だけの世界で、ベルは一歩、踏み出した。

「僕はっ……貴方のものにならない」

彼女の傷《エゴ》に、自分の傷《エゴ》をぶつける。

「僕は！　貴方の『伴侶《オーズ》』になれない!!」

彼女の瞳から涙が滴り落ちる。

「僕はっ!!」

何度も足を床から引き剝《は》がし、血とともに進んで、彼女の目の前に立つ。

ずっと彼女が求めていた『　』の答えを、偽善《エゴ》と一緒にぶつけた。


「貴方の『恋』を、終わらせることしかできない!!」


『恋《それ》』が彼女の『望み』。

『恋の終わり《それ》』が、彼女を傷付け、彼女を救う、唯一の方法。

「――――あ」

少年の手が神の刃を握る。

少年の腕が、雄々しく、切ないほどに、振り上げられる。

耳朶《じだ》を掠《かす》める『花弁』の音。

刃は彼女の肌に触れることなく、胸もとの『花』を舞い上げていた。

頭上を見上げる。

涙を流す瞳《ひとみ》がそれを見る。

茜色《あかねいろ》の空に、紫丁香花《ライラック》の花が散る。

彼女の『初恋』が散った。

エピローグ　Double Cast

――『望み』にはもう気付いた?


どこからかずっと響き、私を惑わせていた『声』が、尋ねてくる。

葬った筈の『娘《シル》』の声に、私はもう神々の娘《ヘルン》を言い訳にしないで、認めた。


私が望んでいたものは『愛』ではなく――『恋』。


『愛の女神』だからこそ手に入れられない慕情に、私はずっと焦《こ》がれていた。

私の『美』は誰《だれ》をも魅了する。

私に心を奪われる者達は、私が求めれば何でも捧《ささ》げ、私が拒めば涙を忍んで従う。

それは『愛』だ。無償の愛に近い、歪《ゆが》んだ『愛』。

彼等と彼女達は私に『恋』をすることはなく、その逆もありえない。

誰が服従しているも同然の相手に恋焦《こいこ》がれることができるだろう?

どんなに神々の娘《ヘルン》や黄金の娘《ヘイズ》、それに眷族達《オッタル》、清く、強く、美しく在ろうとする子達が私のために尽くし、その姿を可愛《かわい》く思い、愛おしさを感じても、やっぱりそれは『愛』だ。

『愛』は『恋』より上の存在で、豊かなものだと誰もが言う。

その通りだ。私が狂ったように、『恋』ほど不安定なものはない。

けれど、あれほど世界を鮮やかにする衝動もまた存在しない。

愛とは豊穣の大地、恋とは私がいつも辿《たど》り着いていた花畑と一緒。

人を育て、恵み、一方で彼等の手で土を耕《たがや》し肥やされる、そんな相互の永遠がない代わりに、花は咲き誇るその一瞬、何ものよりも鮮やかに世界を彩《いろど》る。

私はきっと永遠ではなく、一瞬を生きる花になりたかった。

……いや、はっきり言おう。

愛することにも愛されることにも、疲れていたのだ。

だから、私は『恋』に夢見た。

『愛』より遥《はる》かに青く、とても不安定な想《おも》いに、何も知らない小娘のように焦がれた。

そして――出会った『恋』は、本当に私の世界を変えたのだ。

『恋』は夢ではなくなった。確かな『望み』へと形に変えた。

私が唯一恋できる相手が、少年《ベル》だった。

下界も天界も含めて、少年《ベル》だけが、私の望みを叶《かな》えてくれる存在だった。

惹《ひ》かれつつあった少年《ベル》に『魅了』が効かないとわかった時、私は本当に嬉《うれ》しかった。

少年《ベル》となら『恋』を経て、私の知らない『愛』に至ることもできるかもしれないと。

けれど、『魅了』にかからないということは、本当に信じられないけれど、私の権能にも屈さないほど別の存在を想い、憧憬《しょうけい》を抱いているということ。

とんだ皮肉だった。

私は『恋』が叶わない相手にしか、『恋』ができない。
そこには必ず失恋《おわり》が待っている。そして『恋』を求めるが故に、必ず破綻を起こす。
酷い女神がいたものだ。
自分のことながら始末に悪くて、面倒な女だと、彼に救われた今なら認められる。
私の『望み』は……決して叶わない『初恋』だった。

――それだけ？

……？

他に何があるというの？
問いを重ねる娘《シル》に眉《まゆ》をひそめると、どこか呆《あき》れた溜息《ためいき》が聞こえた。

――本当に面倒。矜持《きょうじ》を捨てられず、鈍感を気取る。ここまでくれば病気ね。

その溜息は、女神《だれか》の声に変わっていた。
おかしい。女神《フレイヤ》は私だ。これは私が始めた、娘《シル》と女神《フレイヤ》の一人二役《ダブルロール》だ。
けれど、そこで、気が付いた。
娘《シル》と女神《フレイヤ》を、二役《ふたり》を演じていた『一人』とは、誰？

――少年《ベル》が言っていたわ。『本当の貴方』を教えてくださいって。
それは戦争遊戯《ウォーゲーム》を要求した時、彼に言われた言葉。
『本当の私』？
『本当の私』は……誰？

――その姿がもう答えでしょう？

花畑が広がる。
空は黄昏《たそがれ》、大地を埋めつくすのは一面の紅《あか》い大輪。
花々の海の中に座り込み、黄金《おうごん》ではなくなった透明の滴《しずく》を流すのは、私。
穏やかな風に薄鈍《うすにび》色の髪を揺らす、私。
辿り着いた花畑で、私は薄鈍色の瞳を見開く。

――後悔だけはしないようにね。

『女神』が去る。

『軛《くびき》』が消える。

辿り着いた幻想《ユメ》の続きは、その日からもう見ていない。


史上初の『派閥大戦』——勝利を飾ったのは『派閥連合』。

【フレイヤ・ファミリア】の敗北を告げる報《しら》せに、世界は取り乱し、爆発《ばくはつ》した。

均衡は崩れ、勢力図が書き換わり、新たな『英雄』が胎動すると、下界中が大騒ぎとなる。

今代の『英雄候補』の末席に名を連ねるのは疾風の音色《ねいろ》か、はたまた鐘の咆哮《ほうこう》か、最強派閥《フレイヤ・ファミリア》打倒という偉烈は多くの者の憶測を呼び、『時代が動く』と、神ならざる者達でさえ確然たる予感を抱いた。

　そして、そんな震撼《しんかん》もたらす震源地《オラリオ》が、我を忘れない筈もなく。

『オルザの都市遺跡』より凱旋《がいせん》を果たした冒険者一行に叩《たた》きつけられたのは、歓声に次ぐ大歓声だった。幼女神《ヘスティア》が引っくり返るほどの熱狂に迷宮都市は包まれ、祝賀行進《パレード》さながら突発的な大祭《まつり》が開かれるほどだった。

　民衆は讃《たた》えた。

　冒険者達は昂《たかぶ》った。

　神々は万来の拍手をもって出迎えた。

戦いが終わった後も激闘の余韻はちっとも薄れず、朝と夜の境界を忘れ、都市は賑《にぎ》わいに賑わった。

そして、連日騒ぎ疲れた都市がようやく瞼《まぶた》を下ろした、戦争遊戯《ウォーゲーム》から三日目の朝。

「どうして負けちゃったのかしら？」

空になったグラスを細い指でつつきながら、フレイヤは呟《つぶや》いた。

まだ陽《ひ》も出ていない早朝。がらんと空いた酒場の長台《カウンター》で、子供のように小首を傾げている女神に、無理やり相手をさせられているミアは溜息をついた。

「そんなの、アンタが誰にも彼にも恨みを買ってたからに決まってるだろ」

「それでも、勝てると思ってたわ。ロキ達が出てきても、やり方次第でどうにでもなるって。ベルだけは手に入れられる筈《はず》だったのに」

戦争遊戯《ウォーゲーム》の結末に納得していない、というより心底不思議そうにしているフレイヤに、ミアはやはり呆れ交じりの視線を送った。

「坊主を守りたかった連中が多かったってことじゃないか」

「それだけ？」

「……あとは、アンタを想ってる物好きが、変に気を回したからじゃないかい？」

フレイヤは唇を閉じた後、なるほど、とグラスをつつくのを止めた。

正直、ヘディンやヘルン達の件があっても勝てたと今も思っているが、フレイヤは『愛』をもって派閥大戦に臨んだ。ならば『愛』故に敗れてしまうということもあるのだろう。

様々な『愛』と、意志と、想いが絡《から》み合《あ》って、少年達は万に一つもなかった勝機に辿り着いたのだと、フレイヤはそう納得することにした。

「ミア、この一杯は貴方のおごりでいい？」

「ふざけんじゃないよ、馬鹿《ばか》女神。こんな朝早く叩き起こされたんだ、その分も含めてしっかり払いな」

「だって私、もう何も持っていないもの」

戦争遊戯《ウォーゲーム》──『派閥大戦』に敗北した【フレイヤ・ファミリア】は解体された。

派閥連合の盟主扱いだったヘスティアが命じたわけではないが、『箱庭』の件も含め、フレイヤ達はあまりにも傲岸不遜《ごうがんふそん》に振る舞い過ぎた。開き直って戦争遊戯《ウォーゲーム》を要求したことといい、これ以上フレイヤの身勝手を許すなと、大戦に参加した女神達を中心に声が上がったのだ。フレイヤの横暴の原因である眷族も切り離し、手足をもぐべきだと。

親衛隊もとい男神達の『共鳴者《シンパ》』や、フレイヤを崇拝する子供達『信者』がすぐさま異を唱えたが、「うるせぇ黙れ」と無理矢理鎮圧された。何もしなかった者達より、戦争の勝者達の発言力が高まるのは当然の成り行きであり、多くの民衆も美神の権能を畏《おそ》れ、止めなかったのである。

フレイヤ達の敗北が決まって顔色を気の毒なほど千差万別に変えていたロイマンも、最初は庇《かば》っていたものの、勝者達の要求と世論を覆すには至らなかった。ギルド内でも背後から刺されかねない彼は、致し方なく従来のオラリオの規定通り、都市戦力──強靭な勇士達《エインヘリヤル》の都市外流出だけは防ぎ、主神《フレイヤ》の追放をギルド本部の総意として発表した。

「神フレイヤ以外の主《あるじ》などオッタル達が従うわけなかろぉぉぉ……!!　神アポロンの二の舞になるだろおうがぁぁぁぁ……!!」

とは、すっかりやつれた『ギルドの豚』の談だ。

それに伴って、【フレイヤ・ファミリア】の莫大な資産も全《すべ》て没収された。『戦いの野《フォールクヴァング》』のみはギルドの預かりとなったが、それ以外は全て勝者達、派閥連合に参加した【ファミリア】の山分けとなっている。開戦前は通夜状態だった【オグマ・ファミリア】辺りは今は跳んで跳ねて大喜びしているらしい。敗者《フレイヤ》からすると、かなり癪《しゃく》だが。

敗ければ即送還されるものだと思っていたし、フレイヤからすれば甘い措置とも思うが、

『屈辱恥辱汚辱、あらゆる辱《はずかし》めを味わえ』

という女神連盟の粋《いき》な計らいだろう。

この身が既に裸の女王と成り下がっていることは下界中に知れ渡っている。

【ファミリア】が解体された今、醜聞と嘲笑《ちょうしょう》は数百年は付いて回るかもしれない。

ギルドの発表では、暴挙を差し引いた上で余りある今日までのオラリオへの貢献を鑑みて送還はしない、らしいが、どこかの『お人好《ひとよ》し』達が余計なことをしたのだろうと、フレイヤはそう踏んでいる。

「全てを賭《か》けるって言ったのは私だし……無一文になるのはしょうがないでしょ?」

フレイヤに残されたのは、今も纏《まと》っている衣服のみ。

連れもいない。眷族達には全員「付いてきては駄目。この地で英雄になりなさい」と言い渡してある。ヘイズを始め、今まで決してフレイヤに逆らうことのなかった子供達は必死に食い下がったが、言うことを守らなければ『魅了』してオラリオに縫い留める、と告げると、多くの者が号泣し、崩れ落ちた。目を覚ましたヘルンだけは、悲しむ資格など持ち合わせていないように、ぐっとうつむいて何かに堪《た》えていた。

だから、ロイマンは別に胃を痛めなくても大丈夫だ。

今回の戦争遊戯《ウォーゲーム》で死者は出していない。

眷族達には相手を殺さないよう徹底させていた。

醜いエゴで開戦させておいて、他所の子供を殺《あや》めてしまったら夢見が悪いし、何より、死者がいたらベルは絶対自分のモノにならない気がしたから。

逆に派閥連合は殺すつもりで来るだろうが、まぁ死なないだろうと思う程度にはオッタル達や、あとはヘイズ達満たす煤者達《アンドフリームニル》を信頼していた。

「……だったら、今まで通り働いて稼ぎな」

「駄目よ。横暴で面倒な女神《おんな》は、今日までにさっさと出ていけって言われてるもの」

席から立ち上がるフレイヤを、ミアは睨《にら》むように見つめた。

その眼差《まなざ》しは、感情を出さないよう努めているようにも見えた。

「……どっかのチビ女神は、色ボケた女神はダメだが、『街娘』の一人くらいは見逃すって、そう口を滑らせたらしいよ」

ぴたりと、出入口の前で立ち止まる。

「……駄目よ。そんなの、惨めだもの」

けれど、やはり、微笑を作るフレイヤの意志は変わらなかった。

「だから……さようなら、ミア。今まで楽しかったわ」

ローブ姿で、フードを被り出ていくフレイヤの背を、重い溜息が叩いた。

それに気付かない振りをして、東のメインストリートに出る。

夜とも異なる薄青い闇《やみ》が、彼女を出迎えた。

「もう、どれくらいここにいたのかしら……」

見慣れた景色。

今日まで長くて、やはりあっという間だった気がする。

肌寒い早朝の空気。

一日の始まりを待ち遠しく思い始めたのは、何時《いっ》からだっただろう？

けれど長かった秋、豊穣の季節も終わる。ならば冬が来る前に、女神も豊穣と去るべきだ。

誰もいない街並みを眺めながら、フレイヤは都市門の方へ足を向けた。

向けようと、したのだが。

「シルさん」

一人で待っていたように、たたずんでいた少年に、足を止めた。

初めて出会った大通りで、初めて昼食《バスケット》を手渡した場所で。

「……何の用?」

少し硬く、ちょっと冷たい声が出た。

だって彼は今、一番会いたくない者の一人だったから。

「行っちゃうんですか?」

「当然でしょう。そういう決まりだもの」

「でも、僕達は……」

「なに、また私を振り回す気? 貴方は好き勝手に暴《あば》れて、自己満足で二度も振ってくれたでしょう?」

「うっ……!?」

最後の腹いせとばかりに、嫌味を言ってやる。

とはいっても、本心ではない。

好き勝手に暴れたのは、それこそ自己満足で下界を巻き込んだ自分の方だ。

世界を捻《ね》じ曲げてまで望みを叶えようとしたフレイヤに比べれば、ベルの『偽善《エゴ》』なんてまだ可愛いものである。

「……大丈夫よ」

「えっ?」

「貴方が『恋』を終わらせてくれたおかげで、ちゃんと私は救われた」

「！」

見張られる深紅《ルベライト》の瞳と視線を交わしながら、フレイヤは微笑を浮かべた。

そこには残酷で奔放な女神も、愛の毒と奇跡を識《し》る『魔女』もいなかった。

恋の痛みと苦みを知った、少女のような白い心だけがあった。

「もう愛には狂わないし、恋も求めない。初恋《あなた》が、私なんかよりずっとぼろぼろになって、未練なんてものを断ち切ってくれたから」

それは紛《まご》うことなき本心だ。

ベルに与えられた傷心と引き換えに、フレイヤはもう世界を捻じ曲げる怪物にはならず、誰かを傷付け、自らも傷付くことはないだろう。他ならない彼が一緒に傷付いて、傷を分かち合ってくれたおかげで。

悪夢が終わった、とは違う。

目が覚める思い、とも異なる。

とても寂《さび》しくて、どこか清々《すがすが》しい。

今も涙が出そうな喪失感《そうしつかん》こそが、フレイヤが少年を求めていた何よりの証拠で、彼女を呪う『愛』を上回ってくれた証《あかし》だ。

「貴方には……負けたわ」

悔しいけれど。

とても恥ずかしくて、認めたくないけれど。

フレイヤは救われてしまった。

口を閉ざす少年に、女神は何の含みもなく、微笑んだ。

「好きよ、ベル。貴方が好き」

「……」

「疲れて、飽きてしまうまで、貴方のことを想ってる」

何万、何億年も伴侶《オーズ》を探し続けた女神に、そんな日は永劫《えいごう》来ないだろうけれど。

それでも叶わないこの想いを抱え続けることこそが、フレイヤへの一番の罰。

「……それじゃあ」

未練など生まれないうちに、足早にその場から立ち去った。

隣を通り過ぎても、彼は何も言わない。

少し不思議に思った。ちょっとくらい呼び止めてくれてもいいのに、なんて小娘みたいな不満も確かにあるけれど、不思議に思う方が強かった。

あの少年のことだから、必ず駄々をこねると思っていたのに。

「シル」

そんな疑問への答えは、別の方角から、すぐにやって来た。

「！」

リュー。

そしてアーニャ、クロエ、ルノア。

他の『豊穣の女主人』の店員達も。

若葉色の制服に身を包む彼女達が、いつの間にか現れ、大通りに一枚の壁を作っていた。

フレイヤは動きを止めた。そして黙った。

やがてフードを目深《まぶか》に被り直し、彼女達のもとへ近付き、その間を通り過ぎようとした。

「待て」

当然、そんなことを潔癖な彼女が許す筈もなかった。

今まで決して娘《シル》には向けてこなかった険しい語気で、女神の足を止める。

「私達に何か言うことはないのか」

「……」

立ち止まったフレイヤは——いや『彼女』は、目を瞑《つむ》った。

リューは娘《むすめ》の名を呼んだ。ならば答えるのは、女神ではない。

それが、結末《エンディング》を迎えた神《プレイヤー》の最後の流儀。

騒ぐ心なんてものを無視し、瞼《まぶた》を開け、薄鈍色の瞳で石畳を見つめる。

女神が消え、そこに立っているのは『娘《むすめ》』となる。

「…………ごめんなさい」

直後。

——ぱんっ！　と。

頬《ほお》から、派手な音が鳴った。

フードが落ちた彼女は――シルは、目を見開きながら、じんじんと熱を持つ頬に触れた。

「ふざけるな!!」

クロエとルノアが顔を引きつらせるほどの速度で、シルの頬を張ったリューは、怒鳴った。

「謝るくらいだったら、償え!!」

「えっ……?」

「死ぬつもりだった私を生かしたのは、貴方だ！　私が今ここにいる責任を取れ!!」

その言葉に、シルはたじろいだ。

心が動揺して、これ以上もうみっともない思いをしたくないという我儘と、お願いだから未練なんて抱かせないでほしいという願望が、その薄鈍色の瞳で混ざり合う。

シルの考えていることを、怒り心頭のリューはすぐに見抜いたのだろう。

柳眉を逆立てて、胸《むな》ぐらでも摑《つか》みそうな勢いで詰め寄る。

「これ以上辱《はずかし》められたくない？　馬鹿を言うな！　一生辱《はずかし》めてやる！　一生、報いを受けさせてやる!!」

「っ……」

「私達の側に、ずっといなさい!!」

リューの涙交じりの一喝に、今度こそ薄鈍色の瞳が、大きく見開かれる。

「女神の矜持《プライド》なんて知ったこっちゃないニャ～」

「そうそう。だって私達の前にいるのは神様じゃなくて、仕事の同僚だし？」

クロエがニヤニヤと、ルノアがケラケラと笑う。

「それにあんなクソマズイ飯《メシ》作っておいて、誤魔化《ごまか》せると思ってるのかぁ～？《ニャー》」

更にそんな屈辱《おいうち》まで言い放って、シルの顔面を羞恥《しゅうち》に染める。

ぱくぱくと何度も口を開いた。みっともないくらい何も言えなかった。

他の店員達はくすくすと肩を揺らしていた。

やがて、それから、間を置かず。

捨て猫が一匹、前に歩み出た。

「…………フレイヤさま…………………シル………」

「アーニャ……」

自分でも愕然《がくぜん》とするくらい、かける言葉が見つからない。

あの『箱庭』で騙《だま》し、突き放し、傷付けておいて、何を言えというのか。

立ちつくすシルを前に、アーニャは怯《おび》えるように何度も視線と尻尾《しっぽ》を揺らした。

口を閉じると開くを繰り返して、地面をじっと見つめたかと思うと――。

「……行っちゃ嫌ニャア～～～～!!」

泣きながら、抱き着いてきた。

猫に飛びつかれたシルは、固まってしまった。

「ミャー、なにもわかんないけどっ……！　シルとっ、お別れしたくないニャア～……!!」

馬鹿なアーニャには説得なんてできない。

気の利《き》いた言葉も送れない。

そもそもフレイヤとシルの関係も理解できているかも怪しい。

だから、胸の内の想いを正直に打ち明けて、ぶつかってきた。

呆然《ぼうぜん》としていたシルの瞳が、ゆっくりと、滴の気配を纏《まと》い始める。

「シルさん」

それまで見守っていたベルが、後ろに立っていた。

クロエがアーニャをゆっくり引き取る中、咄嗟《とっさ》に振り返ったシルは、動揺を悟られたくなくて、顔を伏せる。

何もできずにいると──どんっ！　と。

ルノアの痛いくらいの平手が、強く背中を押し出した。

前につんのめり、危うく転びかける形で、ベルの前へと押し戻される。

「…………………」

「え～っと……あぁぁーーー………」

口ごもるシルに、ベルの方が何故《なぜ》か挙動不審となる。

不思議に思っていると、少年は意を決したように、ばっと両腕を広げた。

えっ、なに？

まるで今にも抱き締めてきそうな少年の行動に、シルが目を丸くしていると、頬を赤らめるベルは「うぅ～～～！」と頭を両手で抱えて、その場に蹲《うずくま》った。

ややあって、何かを断念したかのように立ち上がる。

次に、頬を赤く染めたまま、そっと、シルの右手を取る。

不意打ちに、シルの鼓動が跳ねてしまう。

そして、

「……いっ、いけない子猫ちゃんだ！　もう悪さをしないように、ずっと見張っててやる！

覚悟しなっ、フフ‼」

風が吹いた。

無言の時間が生まれた。

背後にいるルノア達は寒い目を向けた。

特にリューの目は、睨むだけでベルを殺せそうなほど氷点下の冷気を帯びていた。

「ぁ………………」

青ざめて汗をダラダラと流し出す少年を他所に、シルは気が付いてしまった。

『もし、私がおかしくなったら、ベルさんはどうしますか？』

それは女神祭での逢瀬の時。

人知れず、『愛』に狂う未来を恐れていたシルが、冗談交じりに彼に伝えた言葉。

『私をぎゅうっと抱き締めて『いけない子猫ちゃんだ。もう悪さをしないようにずっと見張っててやる。覚悟しなフフ』って耳もとで囁《ささや》いて家に持ち帰ってはくれないんですか？』

『しませんよッッ⁉』

シルと彼は、そんな風に笑い合ったのだ。

抱き締められない代わりに、少年は少女の手を、握っていた。

「……シルさん、あの時も言いました。シルさんが誰かを傷付けないように、止めるって」

呆然となるシルに、ベルは苦笑するように、はにかんだ。

「誰かを傷付けて、貴方自身が傷付かないように。だから……」

そう言って。

懐《ふところ》から取り出したあるモノを、まだ繋《つな》いでいるシルの右手に、置いた。

「――――」

それは蒼《あお》の装飾がちりばめられた銀細工。

片方は女神が砕いてしまった、番《つがい》の装身具《アクセサリ》。

英雄譚《フルランド》を着想《モチーフ》にした、『騎士』の髪飾り。

「僕、シルさんのこと、見張ってます」

「え……？」

「貴方が悪いことをしないように。リューさん達とずっと笑っていられるように……見守ってます」

シルの手が揺れる。

「僕は、『伴侶《オーズ》』にはなれない」

意識が離れて、髪飾りを握ってしまう。

「僕は、『フルランド』でもない」

唇を震わす少女に、少年は恥ずかしそうに、笑った。

「でも、貴方と一緒に傷付きながら、守ってあげられる……『騎士』にはなれると思うから」


シルの瞳から、涙がこぼれ落ちた。

「シルさん。約束、守ってください」

涙が止まらないシルに、ベルは最後に、優しく、そんな意地悪を言った。

「『本当の貴方』を教えてください……僕達が勝ったら、お願いを聞いてくれるって、言ったじゃないですか」

喉《のど》が震える。

嗚咽《おえつ》が漏《も》れそうになる。

そんなことは許さない。私は女神《フレイヤ》よ？

そんな風に心の中で強がっていても、薄鈍色の瞳から止まらない涙が、全てだった。

辿り着いた『花畑』で見た幻想《ユメ》を思い出す。

『本当の私』は誰で、『本当の望み』が何なのかなんてもう、気付いてる。

女神《フレイヤ》を始めたのも、娘《シル》を始めたのも、『彼女』。

あの『花畑』にずっといたのは——涙を流し続けていた、たった一人の少女。

「…………私は、女神をやめたい」

だから『本当の私』を伝えた。

女神の『軛《くびき》』から解き放たれる居場所に向かって、ありのままの自分を叫んだ。


「みんなの側で、私《シル》でいたい!!」


ベルは相好を崩した。

リューは涙を流し、微笑んだ。

アーニャがわんわんと泣いて抱きつき、笑うクロエとルノアが左右の肩に手を置く。

店員達の歓声が上がる。酒場の柱に寄りかかり、見守っていたドワーフが唇を上げる。

早朝に響く喜びの声に、都市がゆっくりと目覚め始めた。

東の市壁が輝いた。朝日の欠片《かけら》が姿を現す。

娘の涙を焼いて、咎《とが》めて、ほんの少しの祝福を与える。

「ごめんね、アーニャ……！」

これは罰だ。

「ごめんね、クロエっ……ごめんね、ルノア……！」

自分勝手で我儘な、『聖女』なんかじゃない『魔女』に下される罰。

「ごめんね、リュー……！」

彼女達と向かい合う度に羞恥に焼かれ、身悶《みもだ》えして、一生を償い続ける。

「ごめんなさい、ミアお母さん……！」

悪さだって、もうできない。

「みんなっ…………ありがとうっ」

彼女の側には『騎士』がいて、ずっと見守り続けているから。

「……これで満足か、羽虫」

とある酒場の屋上。

眼下の光景を見守っていた眷族達の中で、不機嫌な顔付きのアレンが問いかける。

「知らん」

「あぁ？」

「これが最上かは、わからない」

ヘディンは短く、素直な感想を告げる。

アレンだけでなく、オッタルを除いた四兄弟《アルフリッグたち》やヘグニからもじろりと睨まれた後、静かに、笑みを浮かべた。

「だが……悪くない」

あの愚かな少年は、やはり彼女の伴侶《オーズ》にはならなかった。

そして英雄《オーズ》にもならなかった。

少年は、彼女の『騎士《オーズ》』を選んだ。

精霊は娘《むすめ》。

聖女は魔女《まじょ》。

娘《シル》と魔女《フレイヤ》が織りなす、二人一心《ダブルキャスト》。それが『本当の彼女』。

彼女はもう『愛』に狂わず、『恋』に殺されない。

『愛』を拒んだ彼の前だけでは、『恋』に救われた彼女はもう、女神ではなく『一人の少女』にしかなれないから。

彼が側で見守り続ける限り、彼女は解き放たれる。

彼女の『本当の望み』は、もうここに在《あ》る。

「及第点だ。……馬鹿弟子」

日が昇る。

抱き締め合う少女達を照らし出す。

そこに花畑はない。

彼女達が纏う新緑の若葉だけが咲いている。

「本当に……憎たらしい男」

その光景に、呟きを一つ。

勇士達の側で眺める神々の娘《ヘルン》は、憎まれ口を一つ。

涙を流し、透明な微笑みを、一つだけ。

「私達《シル》を救ってくれて、ありがとう……ベル」

きっと最初で最後の感謝を、その朝焼けの空に捧げる。

少女達を離れた場所で見守る少年は一人、顔を綻《ほころ》ばせた。

秋が終わる。

豊穣とともに女神が去る。

砕けた軛から生まれた少女は、涙の産声と一緒に、花のように笑うのだった。

ステイタス

Lv.5

力：G222　耐久：F340　器用：G245　敏捷：F311　魔力：I98

幸運：F　耐異常：G　逃走：G　連攻：I

《魔法》

【ファイアボルト】
・速攻魔法。

《スキル》

【憧憬一途《リアリス・フレーゼ》】
・早熟する。
・懸想《おもい》が続く限り効果持続。
・懸想の丈により効果向上。

【英雄願望《アルゴノゥト》】
・能動的行動《アクティブアクション》に対するチャージ実行権。

【闘牛本能《オックス・スレイヤー》】
・猛牛系との戦闘時における、全能力の超高補正。

【美惑炎抗《ヴァナディース・テウェレ》】
・処女の加護《ヘスティア・ディバル》
・魅了効果侵犯時に発動。
全能力値《アビリティ》に超高補正。
・体力および精神力《マインド》の自動回復《オート・ヒール》。

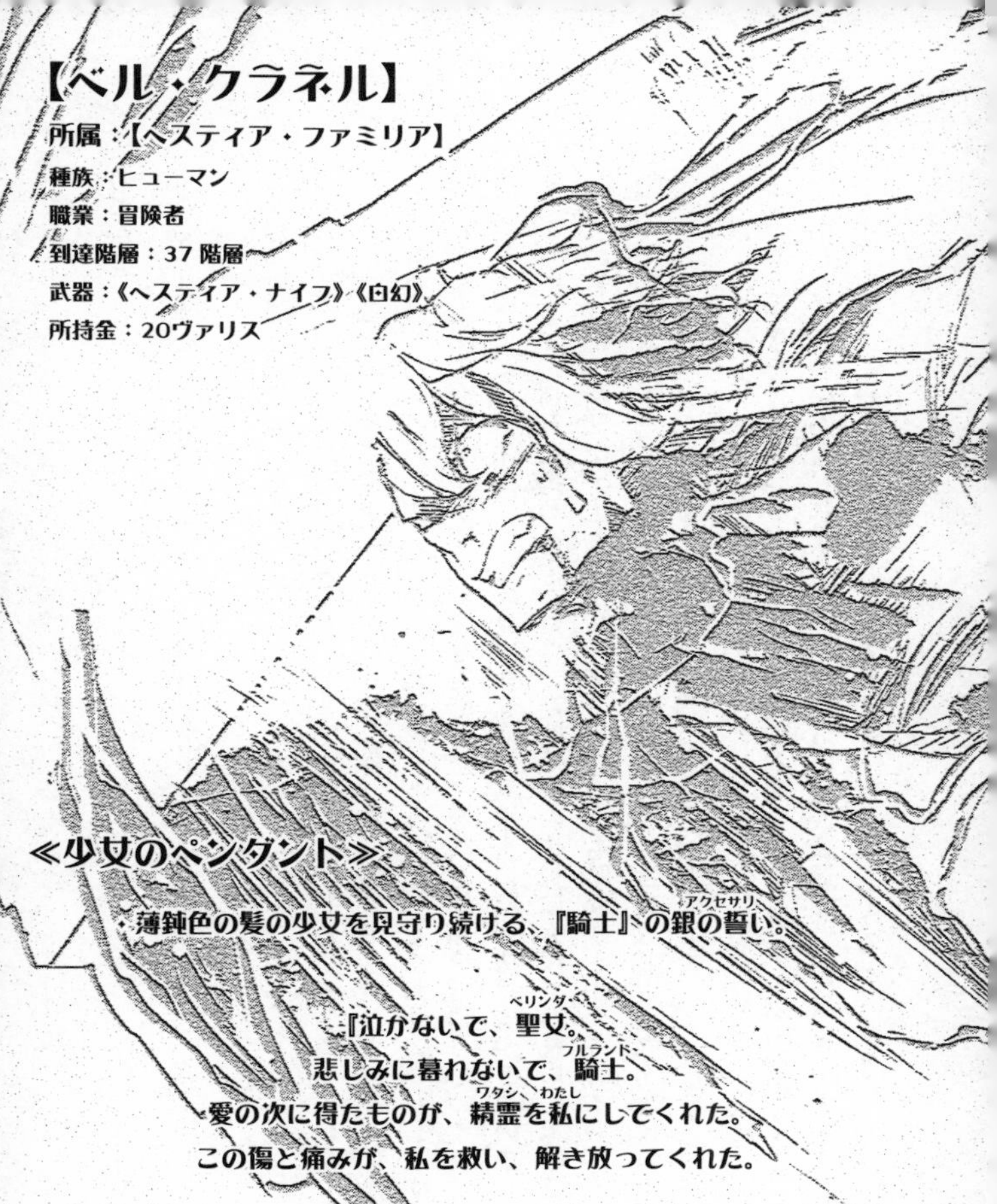

【ベル・クラネル】

所属：【ヘスティア・ファミリア】

種族：ヒューマン

職業：冒険者

到達階層：37階層

武器：《ヘスティア・ナイフ》《白幻》

所持金：20ヴァリス

≪少女のペンダント≫

・薄鈍色の髪の少女を見守り続ける、『騎士』の銀の誓い《アクセサリ》。

『泣かないで、聖女《ペリンダ》。
悲しみに暮れないで、騎士《フルランド》。
愛の次に得たものが、精霊《ワタシ》を私《わたし》にしてくれた。
この傷と痛みが、私を救い、解き放ってくれた。

ねぇ、二人とも。
私、忘れられない恋をしたわ――』

・棺に眠り、水底に浮かぶ泡沫の記憶は、今も微笑み続けている。

あとがき

逃走《アビリティ》がなければ戦車に差し切られていた、第十八巻になります。

最初に謝辞をさせてください。

ＧＡ文庫を退職された北村前編集長、今までお疲れ様でした。そして本当にありがとうございました。この十八巻までダンまちという作品作りを一緒にできたこと、絶対に忘れません。新しく編集長になられた宇佐美さん、これからもどうかよろしくお願いいたします。また原稿の離れがすこぶる悪くて申し訳ありませんでした。今回も作品を素晴らしいイラストで彩って頂いたヤスダスズヒト先生、挿絵の見開きラッシュ本当に腰が抜けるかと思いました。ありがとうございます。刊行に携わってくださった関係者の皆様にも深くお礼申し上げます。

読者の皆様には謝罪を。十七巻から一年と半年以上も時間がかかってしまい、本当にごめんなさい。ひとえに自分の責任です。当初の予定よりページ数が倍化して分厚くなって重くなったのも全て大森藤ノのせいです。本当の本当にお待たせしました。

このあとがきを書いている今、なにを考えて本文を執筆していたのか上手く思い出せません。思い出したくないのかもしれません。それくらい主人公達と一緒につらい戦いを味わったつもりです。何でこんなつらい思いしてるんだろう、と考えてみると、そうだ、女神様の『花畑』

にずっと辿り着きたかったんだ、と思い出しました。ので、せっかくだからフレイヤという女神様について少しだけ触れたいと思います。

このダンまちという作品を、最初の最初に書こうと思った時、まずできる限り神話を調べて、神様達のことを知ろうと思いました。

ですが調べていくうちに、どんどん混乱していきました。

あっちの本とこっちの本に載ってる言い伝えが違う!

情報がバラバラ! 矛盾ばっかり!

当時は本そのものを読み慣れておらず、神話について前知識も全くなかったので、目を回してばかりでした。

言い伝えられている神話が文献によって異なるのは、沢山の民族や国の歴史的背景、あるいは宗教の都合だったりするそうです。それが理解できていなかった当時の自分は、とにかくわかるまで本やネットを読み漁っていたのですが、わからないなりに深く印象に残った神様達がいました。フレイヤという女神様は特にそうです。

敵にも味方にも狙われる絶世の美の神様で、多情で奔放、そのくせ勇敢な戦死者の魂も集める怖い女王様。プライドも高そうだし、好き放題やって怒られても『それが何? 私はフレイヤよ?』とか言っちゃいそうな無敵メンタルの持ち主だと、自分の目には映りました。

ですが、そんな女神様も涙を流すことがあったそうです。

オーズと呼ばれる夫が自分のもとから去って、彼を探してあっちこっちを旅している間、ぜんぜん見つけられず泣いていたのだとか。

いやいやいや絶対ウソじゃん、そんなキャラじゃないじゃん、と当時の私は速攻でツッコミましたが、何度も読み返していると、この女神様のことがだんだん気になっていきました。

愛の女神様なのに愛のことがわからなかった？　それとも愛の女神様だから愛を軽んじて愛の大切さを忘れてしまっていた？　あるいは夫《オーズ》に向けていたのは愛ではなく恋だった？

そんなことを考えているうちに、フレイヤという女神様を、シルという女の子と一緒に、この物語の大切な場所に据えていました。

女神様にまつわる神話の中に、私の好きな言い伝えが一つあります。

夫《オーズ》と再会できた女神様が長い旅から帰る途中、大地に沢山の花が咲いたそうです。

それはきっと、とても綺麗な花畑だったんじゃないかと思っています。

そんな『花畑』に辿り着いてみたいと思って、今回の物語を書かせて頂きました。

そして辿り着いた花畑の先に広がっていたものも、少しだけ書けた気がします。

神話の言い伝えはバラバラで、矛盾ばかりで、正しい解釈というものを教えてくれません。神様達は本当に理不尽で不親切です。でも、それって最高に神様してるよね。ただの女の子みたいに泣いちゃう時もあるよね。だって神様だもん。今では、そんな風に思っております。

この本編十八巻で、十二巻から始まっていた第四部、自分の中では『豊穣編』と呼ばせてもらっていた長い章がようやく終わりました。

次回からは新章、『学区編』。

おそらくシリーズの中でも一番短い章になるかと思います。その後はきっと一気に。

とは言いつつ、まだ巻は重ねると思うので、次巻も手に取って頂けたらとても嬉しいです。

ここまで読んで頂いて、本当にありがとうございました。

失礼します。

大森藤ノ

ファンレター、作品の
ご感想をお待ちしています

〈あて先〉

〒105-0001
東京都港区虎ノ門2-2-1
SBクリエイティブ（株）
GA文庫編集部 気付

「大森藤ノ先生」係
「ヤスダスズヒト先生」係

本書に関するご意見・ご感想は
右のQRコードよりお寄せください。

※アクセスの際や登録時に発生する通信費等はご負担ください。

https://ga.sbcr.jp/

ダンジョンに出会いを求めるのは間違っているだろうか 18

発　行	2023年1月31日	初版第一刷発行
	2024年9月30日	第四刷発行

著　者　大森藤ノ
発行者　出井貴完

発行所　SBクリエイティブ株式会社
〒105-0001
東京都港区虎ノ門2-2-1

装　丁　ヤスダスズヒト
FILTH

印刷・製本　中央精版印刷株式会社

ISBN978-4-8156-1371-6
Printed in Japan　GA文庫

GA文庫
3
大森藤ノ
かかげ
アストレア・レコード
正邪決戦
GA文庫
アストレア・レコード3
正邪決戦
七年前のオラリオで
紡がれる、
正義の眷族《アストレア・ファミリア》の

第17回 GA文庫大賞
GA文庫では10代～20代のライトノベル読者に向けた
魅力溢れるエンターテインメント作品を募集します！
書く、その先へ。
イラスト／はねこと
大賞賞金300万円+コミカライズ確約！
◆募集内容◆
広義のエンターテインメント小説（ファンタジー、ラブコメ、学園など）で、日本語で書かれた未発表のオリジナル作品を募集します。希望者全員に評価シートを送付します。
※入賞作は当社にて刊行いたします。詳しくは募集要項をご確認下さい。
全入賞作品を刊行までサポート!!
応募の詳細はGA文庫公式ホームページにて
https://ga.sbcr.jp/